Ludwig Nohl

Beethovens Leben

Ludwig Nohl

Beethovens Leben

ISBN/EAN: 9783742878373

Manufactured in Europe, USA, Canada, Australia, Japa

Cover: Foto ©Raphael Reischuk / pixelio.de

Manufactured and distributed by brebook publishing software
(www.brebook.com)

Ludwig Nohl

Beethovens Leben

Beethoven's Mannesalter

von

LUDWIG NOHL.

LEIPZIG,

Ernst Julius Günther.

1867.

Meinem würdigen Freunde

Herrn Rudolph Koch in Gothenburg

dem thätigen Förderer so mancher eifrigen Kunstbestrebung.

Vorwort.

„Die Sonate ist in drangvollen Umständen geschrieben", schreibt Beethoven am 19. April 1819 von
Op. 106 an Ferdinand Ries, und ich darf das gleiche
Wort mit vollem Rechte von dem vorliegenden zweiten
Band meiner Biographie des Meisters sagen. Denn
Krankheit und Bedrängniss manch anderer Art haben
mir die drei Jahre erfüllt, seitdem der erste Band erschienen ist. Und hätten nicht edle Freunde und hohe
Gönner schliesslich mit Hand angelegt, die vielfachen
äussern Hindernisse des Fortarbeitens zu überwinden
und namentlich auch die ziemlich bedeutenden Mittel
zu den vorerst noch erforderlichen ausgedehnten For-
schungsreisen zu beschaffen, schwerlich würden selbst
die verhältnissmässige Musse des letztvergangenen

Jahres und die körperliche Wiederherstellung, die mir
der Aufenthalt in dieser schönen landschaftlichen Natur
gebracht, mir gestattet haben, die Arbeit schon jetzt
völlig zu Ende zu führen. So aber muss ich es zunächst
mit freudigem Dank aussprechen, dass es noch wahre
opferbereite Freunde der Kunst und namentlich Beethoven's gibt, die in ahnender Erkenntniss von des
Meisters Grösse auch ein thätiges Interesse für die
Erforschung seines Lebens- und Bildungsganges be-
kunden.

Und dennoch würde ich trotz des nicht eben
geringen Umfangs meiner Forschungen dieselben
nicht für geschlossen erklärt und trotz mehrjähriger
ernster Arbeit nicht den Muth gehabt haben, das
Werk selbst als fertig an die Oeffentlichkeit zu
bringen, wenn ich nicht allmälig durch die Arbeit
selbst die Ueberzeugung gewonnen hätte, dass eine
völlig erschöpfende Lebensbeschreibung des
Meisters in diesem Augenblicke ebenso wenig möglich
ist wie ein völlig abschliessendes Urtheil über
seine Bedeutung als Künstler. Denn noch steht uns
seine Erscheinung zu nahe, als dass ein wirklich freier
und unbefangener Blick auf dieselbe zu gewinnen
wäre, und höchstens das Kunstschaffen der aller-
letzten Generation, besonders die eben in unserm
Jahrzehnt emporblühende Erscheinung eines wahr-
haften Musikdramas kann uns einen annähernden

Massstab für die richtige Würdigung von Beethoven's Leisten geben, da sie, wenn auch nicht die unmittelbare Wirkung seines Schaffens, doch ohne dieses gar nicht zu denken ist und von ihm die erste Ausbildung der Tonsprache zu wirklich geistigem Ausdruck entnommen hat.

Dazu kommt dann für die thatsächliche Geschichtschreibung der besonders erschwerende Umstand, dass noch gar viele Lebensbeziehungen des Meisters — und wenig Künstler hatten deren zugleich so mannichfache und so bedeutende! — gänzlich unaufgedeckt sind, weil eben noch nicht überall in Memoiren und andern öffentlichen Kundgebungen die Zeitgenossen Beethoven's ihre persönliche Berührung mit ihm mitgetheilt haben. Von dieser Seite besonders ist noch viel Aufschluss zu erwarten, ehe sein Lebensgang im genügenden Detail festgestellt werden kann, und hoffentlich wird auch die vorliegende Arbeit dazu beitragen, im Hinblick auf die allgemeine Bedeutung dieses Mannes für die Gegenwart mit Ueberwindung aller persönlichen Scheu und Rücksicht jede bisher unbekannte Lebensäusserung und zumal Briefe von ihm ans Tageslicht zu fördern.

So war ich mir völlig bewusst, dass all mein Bemühen mich zunächst dennoch nicht viel weiter führen werde als zu einem ersten Versuch einer wirklichen Biographie des Meisters, und ich hege nur die Hoffnung, das blos Skizzenhafte, das im Grunde dieser zweite Band ungleich mehr als der erste haben muss, dort, wo von Beethoven's Schaffen die Rede ist, also im vierten Bande meines Werkes, zu einem vollständigen Gemälde seines Wesens und seiner Erscheinung ausführen zu können. Denn wenn jedes Künstlers Werth schliesslich nur in seinem Schaffen beruht und also sein eigentliches Wesen einzig aus seinen Werken zu erkennen ist, so verkriecht sich bei Beethoven im Vergleich zu seinem Schaffen das äussere Leben in Folge seines einfachen und gleichmässigen Ganges fast bis zur völligen Unscheinbarkeit. Dennoch glaube ich auch von dem Leben und Treiben des Meisters wesentlich mehr und Mannichfaltigeres zu bieten, als bisher irgend ein Biograph oder Chronist desselben gegeben hat, und damit wenigstens, indem auf solche Weise zugleich von seinem innern Thun und Sein tiefere Spuren nachgewiesen und reichere Quellen aufgedeckt werden, zunächst das Wort einer neuern Aesthetik zu bestätigen, dass „in Beethoven der Mensch den Musiker zur Aeusserung treibt", und zugleich Jedermann völlig greifbar vor Augen zu rücken, dass in der That, wie dasselbe treffliche Werk sich ausdrückt, bei Beethoven „der Mensch und der Künstler in sonst nie gesehener Gleichheit der Achtungs- und Sympathiewürdigkeit sich darstellt".

Das Bewusstsein, nach diesen beiden Seiten hin sowohl durch Beibringung mannichfachen neuen Materials wie durch Gliederung des Stoffs nach seinen natürlichen Rhythmen und durch möglichst anschauliche und lebendige Darstellung im einzelnen etwas mehr als meine Vorgänger erreicht zu haben, liess mich denn auch schliesslich das niederdrückende Gefühl der Unvollständigkeit des Materials wie der Unvollkommenheit der Bearbeitung, die freilich zum Theil Folge der langen Verzögerung und häufigen Unterbrechung der Arbeit ist, einigermassen überwinden, und indem ich hiermit das Werk, das seit mehr als anderthalb Jahren unter der Presse sich befindet, der Oeffentlichkeit übergebe, hoffe ich, dass eingehende zuneigungsvolle Betrachtung desselben mir ein gerechtes Urtheil über das Ziel meines Bestrebens wie über das Mass meines Leistens nicht vorenthalten wird.

Noch ist zu bemerken, dass, eben weil ich die Herstellung eines vollständigen Bildes von Beethoven mit dieser meiner Arbeit keineswegs für geschlossen erachte, das sämmtliche bisher erreichbare biographische Material nach Möglichkeit gesichtet und geordnet in den angehängten Anmerkungen niedergelegt ist, daher dieselben eine so ungewöhnliche Ausdehnung gewonnen haben, aber andererseits auch einen selbstständigen Werth für sich in Anspruch nehmen.

Das beigefügte kleine Register der in diesem
Bande vorkommenden Werke Beethoven's
möge dem Fachmann zur vorläufigen Orientirung wie
dem Musikfreunde zum bequemern Auffinden seiner
Lieblingswerke dienen.

Badenweiler im Breisgau.
7 März 1867.

Ludwig Nohl.

Erstes Buch.

VORSPIELE.

1793—1801.

Nohl, Beethoven's Mannesalter.

Erstes Kapitel.

Sociale Existenz.

Es war wohl um die Mitte November 1792, als Beethoven in Wien eintraf. Im Frühjahr war in Folge seiner Ausschweifungen Kaiser Leopold II., unvermuthet gestorben [1]; es folgte ihm jener Franz II., der durch mehr als ein Menschenalter mit bewundernswerth schlauer Zähigkeit, trotz verschiedenartigster Minister, sein schönes Land mit stets zunehmender Sicherheit in socialer wie in politischer Hinsicht zu einem deutschen China zu machen und jenes „Capua der Geister" zu schaffen wusste, das später verhängnissvoll genug für Oesterreich werden sollte. Selbst die tief erregenden Volkskriege der spätern Jahre vermochten diesen sonderbaren Mann nicht von dem Ziele des absolutesten Autokratismus auch nur um eines Haares Breite abzulenken, vielmehr dienten sie nur dazu, ihn in den einmal angenommenen Principien, die seiner natürlichen Anlage entsprachen, ganz zu befestigen.[2] Zumal

1 *

aber zur Zeit des Ausbruchs der ersten Revolution in
Frankreich hatte der Wiener Kaiserhof auch nicht die
leiseste Ahnung davon, dass die Völker wie die einzelnen Menschen angeborene Rechte besitzen, die zu
respectiren sind, und selbst das schreckliche Ereigniss
des Frühjahrs 1793, die ermordende Hinrichtung eines
gekrönten Hauptes, ein Schauspiel, das Europa seit
langem nicht erblickt hatte, brachte den Kaiser Franz
nicht zu besondern Gedanken darüber, dass hier nicht
blos blinde Leidenschaften wütheten, sondern dass
langverhaltene, tiefberechtigte Wünsche der Massen mit
rücksichtslosem Ungestüm nichts mehr als ihr althei-
liges Recht verlangten.

Doch in der That, Franz mochte mit seinen Vorstellungen so ganz Unrecht nicht haben. Es stand die
Sache damals in Oesterreich nicht so wie in Frankreich:
es war die untere Schicht der Bevölkerung, das eigentliche Volk, auch nicht entfernt zum Bewusstsein seiner
natürlichen Rechte und Pflichten gelangt, das politische
Bedürfniss war noch keineswegs allgemein erwacht und
die Jakobinerverfolgungen und Hinrichtungen des Jahres 1796 trafen wohl zum grössern Theil nur unruhige
Köpfe, die mehr ihr eigenes als das Interesse des Volkes
suchten. Man war auch im übrigen Deutschland überall
recht gut davon unterrichtet, dass die intellectuellen
Bedürfnisse Oesterreichs und selbst der Kaiserstadt, verhältnissmässig gering waren, und wo diese nicht vorhanden sind, wo ein durchgehender Trieb nach Klärung
der Begriffe, nach Entwicklung der geistigen Gaben

fehlt, wo nicht einmal mit Eifer nach den Mitteln der
Bildung gegriffen wird, wie können da irgend politische
Bedürfnisse von der Art herrschen, wie die jugendliche
Bewegung jener Jahre sie anderswo vertrat? Man darf
sich darüber nicht täuschen, dass Kaiser Franz II. in
der That zunächst vorwiegend aus der natürlichen
Neigung und Befähigung seiner Völker heraus regierte,
die eben noch nicht einmal jene „theologische Häutung"
begonnen hatten, mit der das übrige Deutschland meist
schon fertig war, und von dem literarischen Interesse,
das im übrigen Deutschland schon ganz allgemein war,
damals nur so viel kannten, als es Theater und Musik
anging.³ In Oesterreich entstand dieses Bedürfniss nach
freier Uebung der natürlichen Kräfte in einem reichern
Geistesleben ungleich später als im übrigen Deutschland, und es währte dort das achtzehnte Jahrhundert, sowie wir es nach seiner geistigen Bedeutung
im vorigen Band darzustellen versuchten, mit seinen
Mängeln, aber auch mit seinen Tugenden bis weit in
das neunzehnte hinein, es begannen erst lange nach
den Tagen, mit denen wir es zunächst zu thun haben,
die ersten Spuren sich zu zeigen, dass man auch hier
die neue Zeit und ihre socialpolitischen Bewegungen,
ihr Bedürfniss nach freier Regung des Individuums
auch ausserhalb des blos privaten Daseins lebhaft
empfand.

Wir können also in der Betrachtung des weitern
Entwicklungsgangs Beethoven's von diesen äusserlichen
Dingen so ziemlich absehen. Was davon für seinen

6

Geist von Bedeutung ist, hatte er bereits aus der eigenen Heimat mitgebracht und hielt es um so reiner und inniger fest, als ihn durch das ganze Leben in der neuen Heimat gerade in dieser Hinsicht die äusserste Dürre umstarrte. Und weil ihm nun der höhere Begriff von Menschen und Menschenwerth, den er aus der grossen Bewegung seiner rheinischen Lande mitgebracht hatte, fortan wenig mehr berührt wurde, denn das Lesen von Zeitungen wollte bei dem totalen Mangel an politischem Leben in der nächsten Umgebung um so weniger bedeuten, als ja jene selbst nichts wirklich Freisinniges bringen durften — weil also die Eindrücke seiner Jugend eine blosse Erinnerung blieben, so verklärten sie sich im Lauf der Zeit mehr und mehr zu jenem schönen Ideal von Menschenglück, das ihn zeitlebens umschwebte und zu so mancher herrlichen Composition begeisterte. Ja, es erhöhte sich jener echt menschliche Drang nach Freiheit, der auch seine Jugend erfüllt hatte, in seinem grossen Gemüthe allmälig zu dem sehnsuchtsvollen Bestreben, das Ideal menschlicher Freiheit und menschlichen Glücks stets reiner und strahlender in seiner Kunst darzustellen. So wandelte seine schaffende Phantasie durch die verschiedenen Stadien unseres Wähnens und Empfindens hindurch, um schliesslich in der Region zu verharren, wohin keine egoistischen Wünsche mehr dringen, wo die Seele der irdischen Begierden entkleidet in dem Gefühle einer unzerstörbaren höhern Freiheit sich labt. Und diesen schönsten Entwicklungsgang, den der Mensch überhaupt zu nehmen vermag, konnten die sonst aller äussern freien Regung feindlichen Zustände seiner neuen Heimat nur begünstigen. Sie entfernten den jungen Künstler schon bald nach seinem Einzug in die Kaiserstadt auf das vollständigste von dem ungestümen Ringen der Zeit nach den blos praktischen Zwecken des äussern Lebens und verwiesen ihn gänzlich auf das ihm eigene Gebiet, auf das geistige Leben, auf Erreichung von idealen Zielen, auf die Kunst. [4]

In Wien war um die Zeit, als Beethoven wieder hinkam, die Lage im Wesentlichen noch die frühere. Just als wäre derweilen nichts neues Welterregendes geschehen und als hätte die Menschheit immer noch keine bessern Ziele erkannt, als sich das Leben im engsten Kreise so reizend wie möglich zu machen und das Regieren des Ganzen, die Besorgung der grossen und allgemeinen Zwecke des Daseins möglichst Andern, die ja dafür angestellt sind, zu überlassen, war auch damals noch die gesammte Bevölkerung Oesterreichs, soweit sich dieselbe überhaupt um Dinge bekümmert, die über die allernächsten Bedürfnisse hinausgehen, ganz und gar versunken in die Bestrebungen, die ja den eigentlichen Mittelpunkt des vorigen Jahrhunderts bildeten, in die Kunst. Durften selbst Schiller und Goethe angesichts der grossen Fragen der Zeit mit Ruhe bei ihren ästhetischen Neigungen verharren und sich die

schönsten Briefe über grosse und kleine Fragen der
Kunst und des Lebens schreiben, gleich als könnten
sie nichts Dringenderes, Wichtigeres als diesen ihren
nächsten Beruf, durfte ein Goethe sogar auf dem
Schlachtfelde der Revolution sich geruhig mit natur-
wissenschaftlichen Phänomenen beschäftigen und sich
den Henker um das Pack bekümmern, das sich da
schlug und vertrug, wer will es dem gemüthlichen
Wiener verargen, wenn er auch in jenen heissen Tagen
vor allem seine innige Freude an den schönen neuen
Werken hatte, die ihm besonders das letzte Jahrzehnt gebracht, an den herrlichen Kunstschöpfungen,
die gerade Oesterreich damals aus seinem eigensten
geistigen Vermögen heraus erzeugt hatte? Ein Jeder
thut nach menschlicher Beschränkung zunächst, was
seiner Neigung und seines Berufs ist, und hat er
darin wirklich etwas erreicht und geschaffen, soll man
ihn schelten, wenn ihm das mehr gilt als Alles, was
Andere jetzt thun oder früher gethan haben?

Nun war es ja kaum zehn Jahre her, seitdem
Gluck seine klassischen Werke geschrieben, noch nicht
sechs, seitdem „Figaro" und „Don Juan" über die Bühne
gegangen waren, und erst so eben, seit dem Herbst 1791.
begann die himmlische „Zauberflöte", das Ideal des
Musikers, ihre Silberschwingen über die Welt aus-
zubreiten, oder vielmehr, was uns hier zunächst angeht, sie begann dem Wiener sein ganzes Leben und
Treiben in verklärtem Lichte zu zeigen und ihm den
bessern Kern im eigenen Innern zu enthüllen. Und

sollte er nun seine besondere Art, sowie sie sich hier im gefälligen Spiel darstellt, nicht liebenswerth finden? Sollte ihm nicht das, was diese Zauberopern sagten, weit herrlicher dünken als Alles, was die Dramen aussprachen, die aus dem kältern Norddeutschland kamen, selbst wenn einmal eine Iphigenie darunter war? Seinem Denken und Empfinden, seinem gesammten geistigen Zustande, seinem Bildungsgrade entsprach doch ein Mozart unendlich mehr als ein Goethe. „Unser Mozartl" sagt der Oesterreicher, und mit allem Recht. Das Verständniss dieses Mozart aber vermittelten ihm obendrein hundert kleine Componisten, die in demselben Sinne weiterschrieben und deren Opern alle Bühnen füllten.[5]

Aber noch mehr! War nicht auch noch Joseph Haydn da und obendrein unter den Lebenden, und hatte er nicht so eben den Ruhm seines Vaterlandes auch über die Gränzen Deutschlands hinausgetragen? Bald kam er von England zurück, reich beladen nicht blos mit irdischem Golde, sondern mit dem reinern Gewinn einer ganzen Anzahl der allerschönsten neuen Symphonien und Quartetten, ja einer halbvollendeten Oper und dem Text zu der „Schöpfung". Was war da nicht Alles zu hoffen! War jemals die Kaiserstadt hoffnungsfroh, dass sich reich und reicher ihr besonderes Kunstleben entfalten werde, so war sie es in jenem Anfang der neunziger Jahre, wo die herrlichsten Werke musikalischer Literatur so recht aufzuleben und ihren geistsprühenden Inhalt über die weitesten

Kreise der Nation auszugiessen begannen, das Empfinden der Menge zusammenfassend, das Streben des Einzelnen hebend und adelnd. Und doch mochte daneben in den Bessern ein dunkles Gefühl, eine Ahnung herrschen, als sei das Beste erst noch zu erwarten! Denn nicht blos dass man selbst auf den alten Papa Haydn — und mit gutem Grund -- schaute, als wenn er jetzt erst sein Schönstes leisten werde, es lebt auch in allen Epochen, wo sich Grosses vorbereitet, in den Gemüthern eine messiasfrohe Hoffnung, ein unbestimmtes, aber starkes Vorgefühl der Dinge, die da kommen werden, und diese allgemeine geistige Anspannung, diese rings verbreitete Erregung hebt und erregt auch wieder den Mann, der das Grosse zu leisten bestimmt ist und der dann selbst auch, sei es leiblich oder im Geiste Theil nehmend, bereits mitten unter der entzündeten Menge wandelt, mitten in den elektrischen Wassern der allgemeinen Erregung schwimmt und von ihnen getragen wird.

Solche allgemeine Verhältnisse der günstigsten Art waren es, die Beethoven, wie sie ihn mit starker Gewalt nach der Kaiserstadt geführt hatten, auch trotz manchen Versuchs, sich ihnen zu entwinden, nur stets enger an das sangesfrohe „Faijakenland" fesselten und ihn bis an sein Lebensende nicht mehr losliessen. Sehen wir also jetzt die einzelnen Kreise näher an, in denen sich jenes hoffnungsreiche Kunsttreiben der Zeit concentrirte und die dem jungen Genius die nächste Anregung zu eigenem Schaffen gaben.

Da war zunächst das Haus des wirklichen geheimen Raths Baron Gottfried van Swieten. Wir nennen diesen Mann zuerst, weil die Fischhof'sche Handschrift ihn als den ersten bezeichnet, zu dem Beethoven geführt wurde. Als Sohn des berühmten Leibarztes der Kaiserin Maria Theresia und als Präses der k. k. Hofbibliothek war dieser Mann in mancher Beziehung von Einfluss. Vor allem aber gab ihm seine thätige Musikliebhaberei eine grosse Bedeutung in der damaligen Wiener Welt. Er war lange Zeit Gesandter in Berlin gewesen, hatte dort den Werth der norddeutschen Musik kennen gelernt und suchte nun in Wien dieselbe „mit Betriebsamkeit" einzubürgern. In dem von ihm gestifteten Musikverein des hohen Adels, in dem auch Mozart eine Weile den dirigirenden Klavierpart übernommen hatte, wurden vorzugsweise Cantaten und Oratorien aufgeführt, und zu diesem Zweck hatte Mozart bekanntlich sowohl das „Alexanderfest" wie „Acis und Galathea", die „Cäcilienode" und den „Messias" mit modernerer Instrumentation versehen. Als Componisten übrigens schätzte Swieten vor allen den grossen Schüler Ph. Em. Bach's, den Papa Haydn. Es geht aber dennoch aus dem ganzen Treiben hervor, dass der alte Herr, obwohl er in dem schmeichlerischen „Jahrbuch der Tonkunst für Wien" von 1796 sogar unter den „Compositeurs" aufgezählt wird, von der Musik weniger den geistigen Gehalt als den Formenkram, der sich ja auch mit dem blossen Verstande fassen lässt, zu schätzen wusste, woraus denn weiter auch seine vollständige

Unersättlichkeit im Musiciren zu erklären ist. Wer
Musik mit der Seele hört, dem ist nur ein bestimmtes
Mass davon zu geniessen vergönnt, weil das befruchtete
Innere bald in eigene Thätigkeit geräth und weiteres
Empfangen ausschliesst. Ebenso scheint der grosse,
robuste Mann mit dem Bullenbeisserkopf auch als
Mensch von keinen besonders edlen Anlagen gewesen
zu sein. Wenigstens zeigt sein Benehmen bei Mozart's
Tode, das karge Begräbniss des armen Meisters und die
Behandlung seiner Wittwe, dass er durchaus keinen Sinn
weder für Mozart's wunderbares Kunstschaffen noch
für seine seltene menschliche Persönlichkeit gehabt
hat." Dem mag nun sein wie ihm wolle, jedenfalls gab
Swieten durch die Aufführung jener „protestantischen"
Musik manchem Musiker in Wien, wo ein „Messias"
sowie Bach's Passionen erst spät öffentlich gehört wurden, die beste Gelegenheit, sich mit der Bedeutung
dieser Werke bekannt zu machen, und gewiss hat auch
Beethoven nicht gefehlt, wenn in dem prächtigen Biblio-
theksaale ein solches Adelsconcert stattfand. Ob er
dabei mitwirkte, vielleicht wie einst Mozart am Klavier,
wird nicht berichtet, ist aber mehr als wahrscheinlich.
Jedenfalls schätzte Swieten in Beethoven den ausgezeichneten Spieler und vielleicht sogar nur diesen. Wir
vernahmen bereits (1, 374), dass Beethoven sogar mit der
Schlafhaube im Sack zu seinem Gönner kommen musste,
damit ja der Unersättlichkeit kein Abbruch geschehe,
und jedesmal waren dann ein paar Bach'sche Fugen
noch „zum Abendsegen" vorzutragen. [7]

Erquicklicher als dieser Verkehr, bei dem er im Grunde nur ausgebeutet wurde und der seinen Widerwillen gegen das Vorspielen nothwendig steigern musste, war für Beethoven das Leben in dem Hause des Fürsten Karl Lichnowsky, den er selbst im Juni 1800 das eine Mal gegen Wegeler „seinen wärmsten Freund" und das andere Mal den „unter allen erprobtesten" nennt. Man weiss, dass dieser treffliche Mann, der einem kunstsinnigen böhmischen Grafengeschlechte angehörte, ein Schüler und sogar Freund Mozart's war, und wessen Sinn sich zu diesem seelenvollen Meister neigte, der musste auch in Beethoven die Quelle ahnen, aus der, wie alles Schaffen der Kunst, so vor allem die Werke der Musik fliessen. Ja, man gewann in diesem Hause den sonderlichen rheinischen Jüngling, dessen Töne den Geist so zauberisch umfingen, bald persönlich lieb und war weit entfernt, ihn nur als Mittel des Genusses auszunutzen. Im Gegentheil verzieh man ihm nicht nur seine Fremdartigkeiten und zeitweisen Verstösse gegen die feinere Lebensart, man fand Gefallen selbst an seinen Absonderlichkeiten und verhätschelte ihn nachgerade nicht wenig. Besonders die Fürstin Christiane, eine Tochter des Lavater-Schwärmers Graf Thun und seiner überspannten Gemahlin, Gräfin Uhlefeld, war es, die, wie Schindler sagt, alles Thun und Lassen an dem meist in sich gekehrten Jüngling für originell und liebenswürdig erklärte und ihn auch bei dem strengern Fürsten in Allem zu entschuldigen wusste. „Mit grossmütterlicher Liebe hat man mich dort erziehen wollen", äusserte Beethoven selbst später über dieses Verhältniss, „und dies ging so weit, dass oft wenig gefehlt, dass die Fürstin nicht eine Glasglocke über mich machen liess, damit kein Unwürdiger mich berühre oder anhauche."

Allerdings heisst es von der Fürstin im „Jahrbuch der Tonkunst": „Sie ist eine starke Tonkünstlerin, sie spielt das Fortepiano mit Ausdruck und Empfindung." Ebenso war der Fürst selbst höchst ausgezeichnet im Klavierspiel. Noch höher aber stand darin nach Schindler's Zeugniss sein Bruder Graf Moritz Lichnowsky, der ebenfalls ein Schüler Mozart's war und sein ganzes Leben hindurch ein hoher Verehrer und einer der treuesten Freunde Beethoven's blieb. Vielleicht hatte Beethoven dieses Haus schon bei seinem ersten Besuche in Wien kennen gelernt, und nun Mozart gestorben, sah er sich dort um so herzlicher begrüsst, da man froh war, bereits so bald wieder einen hohen Genius der geliebten Kunst beschützen zu können, und zwar einen, dessen Geisteskraft schon damals fast noch erhabener schien. Ja, schon bald nach seiner Ankunft in Wien muss er ganz in Lichnowsky's Haus eingezogen sein, wenigstens traf ihn Wegeler, der 1794 nach Wien kam, dort an. Der Fürst selbst studirte nach Kräften an Beethoven's Compositionen und suchte dadurch, dass er dieselben bald mehr, bald weniger geschickt ausführte, dem jungen Componisten, den man häufig auf die zu grosse Schwierigkeit seiner Sachen aufmerksam machte, zu beweisen, dass er nicht nöthig

habe. in seiner Schreibart etwas zu ändern. Jeden
Freitag früh ward Musik bei ihm gemacht, wobei
das ausgezeichnete Streichquartett von Schuppanzigh, Sina, Weiss und Kraft thätig war. Hier nun
fanden für die nächsten Jahre fast alle ersten Aufführ-
rungen Beethoven'scher Werke statt, und er nahm die
Bemerkungen dieser trefflichen Gesellschaft um so ruhiger hin, als er wusste, dass sie nichts bewege als Liebe
zur Sache und dass sie sämmtlich ihr Instrument
verstanden. 'Hier stellten sich auch regelmässig viele
der hervorragenden Musiker und Musikfreunde Wiens
ein, sodass der neue Virtuos „aus dem Reich" bald in
weitern Kreisen bekannt wurde und hin und wieder
Bestellungen auf Compositionen erhielt. Hier zeigte
auch Beethoven zur nicht geringen Bewunderung seiner
Zuhörer oftmals wieder die eminente Gewandtheit in rein
technischen Dingen, von der wir bereits so Manches berichten hörten. So legte ihm einmal ein ungarischer Graf
—seinen Namen hat uns Wegeler nicht mit aufbewahrt—
eine schwere Composition von Bach im Manuscript
vor, die er, wie der Graf sich ausdrückte, ganz so, wie
Bach — also wohl K. Ph. Emanuel — sie gespielt hatte,
a vista vortrug. Und als Wegeler ihm bei einer andern
Composition bemerkte, er habe ja das Stück so schnell
gespielt, dass es schlechterdings unmöglich gewesen,
die einzelnen Noten zu sehen, erwiderte er: „Das ist
auch nicht nöthig; wenn Du schnell liest, so mögen eine
Menge Druckfehler vorkommen, Du siehst oder beach-
test sie nicht, wenn Dir nur die Sprache bekannt ist."

Ein anderes Haus, das ebenfalls für den jungen
Beethoven und zwar für seinen musikalischen Entwicklungsgang wichtig ward und durch sein ganzes
Leben von höchster Bedeutung bleiben sollte, war das
des Grafen, spätern Fürsten Andreas Kyrillowitsch
Rasumowsky, eines Schwagers vom Fürsten Lich-
nowsky. Das war ein recht merkwürdiger Herr —
J. F. Reichardt nennt ihn einen ansehnlichen, ver-
ständigen Mann — und nicht der erste, an dem sich die
Ironie der Geschichte so recht erheiternd bewies, dass
nämlich er, der Aristokrat vom reinsten Wasser und wie
sein Freund Metternich jeder freien Regung im Leben der
Völker im tiefsten Grunde abhold, er, der Erzfeind der
französischen Revolution, „dem ebenso wenig wie dem
Grafen Pozzo di Borgo ein sehr wichtiger Antheil am
Sturze des Napoleonischen Weltthrons abgesprochen
werden kann", als einer der wirkungsreichsten Gönner
Beethoven's gerade die geistigen Errungenschaften
dieser grossen Bewegung, wenigstens auf dem Gebiete
einer wenn auch wortlosen Kunst, durchaus begünstigen
musste. Altadliges Blut, wie bei den Lichnowskys,
floss zwar nicht in seinen Adern. Sein Vater war wie
sein vom Glück so sehr begünstigter Oheim Alexis
durch die Zuneigung der russischen Herrscherinnen
gross geworden, und Andreas Kyrillowitsch erfuhr nun
die seltene Gunst, mit dem um wenige Jahre jüngern
Grossfürsten Paul durch die besten Lehrer der Zeit
in allen geistigen Dingen unterrichtet zu werden. Un-
erklärte Beziehungen zur Grossfürstin lösten später

diesen Freundschaftsbund. Rasumowsky ward Gesandter in Neapel, beglückter Liebhaber der üppigen Königin Karoline, später Gesandter in Stockholm und zu Ende des Jahres 1793 Gesandter und 1797 wirklicher Botschafter in Wien, welchen Posten er viele Jahre bekleidete. Schon in den achtziger Jahren war er übrigens wiederholt in der Kaiserstadt gewesen, und es scheint, dass auch ihm die Art und Weise, wie der hohe Adel Oesterreichs damals lebte, sogleich ganz besonders zusagte. Heiterer Lebensgenuss, verbunden mit feinster Sitte, mannichfache Geistesbildung und ein reger Kunstsinn zeichneten auch ihn aus, und seine Neigung zu Frauen liess ihn die Befriedigung aller Wünsche gerade in Wien damals am leichtesten finden. Er wird als ein vollendeter Cavalier geschildert, dessen schönes Aeusseres und einnehmendes Wesen ihn fast überall unwiderstehlich machten. Im Jahre 1788 schon hatte er die Gräfin Elisabeth Thun geheirathet, eine vollendete Schönheit, und so kam er sogleich mitten in die musikalischen Kreise der Hauptstadt. Zumal bei seinem Schwager Lichnowsky konnte er damals auch den Schöpfer des „Don Juan" kennen lernen. Mehr aber scheint er sich von Anfang an zu Haydn geneigt zu haben. Er spielte selbst Geige und bevorzugte also die Quartettmusik, auch finden wir, besonders später, die Fürsten Esterhazy stets in seiner Gesellschaft, und so wird er auch Haydn, den Schöpfer jenes Musikgenres, wohl bereits früh persönlich kennen gelernt haben. Jedenfalls war ihr Verkehr mit

einander ein musikalisch sehr vertrauter, denn Schindler,
der darüber unterrichtet sein konnte, erzählt ausdrücklich: „Haydn hatte an diesem Kunstfreunde
jenen feinen Sinn zu richtiger Erfassung vieler nicht
auf der Oberfläche liegender und durch übliche Zeichen
ausgedrückter Eigenthümlichkeiten in seinen Quartetten und Symphonien entdeckt, darum er es unter-
nommen, den Grafen zunächst mit diesen verborgenen
Intentionen bekannt zu machen." Rasumowsky habe
dann diese Feinheiten auf seine jugendlichen Mitspieler
übertragen und sie so auch für Beethoven vorgebildet. [9]

Ueber die Art und Weise nun, wie der junge
Künstler in diesen und andern vornehmen Häusern
aus und ein ging, besitzen wir zum Glück das Zeugniss einer noch lebenden Zeitgenossin Beethoven's, die
ich vor ungefähr zwei Jahren in Augsburg kennen
lernte. Diese Dame heisst Frau von Bernhard und
ist im Jahre 1783 geboren. Die originelle Erscheinung
der jetzt über achtzigjährigen Frau in ihrer façonlosen
oder wenigstens völlig unmodischen Tracht mit der
grossen weissen Lobbenhaube nach alter Art konnte
beim ersten Begegnen freilich keinen sehr hoffnungs-
reichen Eindruck machen. Allein die nähere Unterhaltung bewies bald einen völlig ungetrübten Geist, ja
einen Geist von ganz ungewöhnlicher Lebhaftigkeit und
überaus klarer natürlicher Anschauung der Dinge und
ein Gemüth von schönster Reinheit und jener anspruchs-
losesten Liebenswürdigkeit, die in doppelt Respect
fordernder Weise fesselt. Sie ist die Tochter eines

Herrn von Ktissow, der viele Jahre in Reval in Esth-
land gewohnt hatte, dann aber im Anfange der achtziger
Jahre nach Augsburg kam und sich dort verheirathete.
Da sie früh musikalische Anlagen zeigte und der Vater
diese Kunst sehr liebte, so dachte er ihr eine wirklich
künstlerische Ausbildung zu geben und benutzte dazu
die Gelegenheit der Bekanntschaft mit Schiller's Jugendfreund, Johannes Andreas Streicher, der kurz vorher in Augsburg die aus Mozart's Briefen bekannte
Nannette Stein, Tochter des berühmten Klavier-
fabrikanten, geheirathet und mit ihr als Klavierlehrer
nach Wien gezogen war. Dieser verschaffte denn im
Jahre 1795 dem zwölfjährigen aufgeweckten Mädchen
eine Unterkunft bei dem ersten Secretär des russischen Botschafters, Herrn von Klüpfell, der in
den Kreisen des hohen Adels, von denen wir oben
hörten, ebenfalls eine gewisse Stellung einnahm.

Eines Tages, erzählt sie nun, kam ihr damals noch
wenig bekannter Lehrer zu ihr mit Sachen, von
denen er sagte, es möge sie keine der jungen Damen,
die er unterrichte, gern spielen, weil sie ihnen zu unverständlich und zu schwierig seien; ob sie wohl Lust
habe, die Stücke zu lernen? Es waren die ersten
Klaviersonaten Beethoven's Op. 2, die so eben im März
1796 bei Artaria in Wien erschienen waren. Das
Mädchen nun traut sich wohl zu, damit fertig zu werden,
und versteht bald sowohl diese wie andere Klaviersachen des jungen Meisters in solcher Weise vorzutragen, dass man sie zu den familiären Musikunter-

haltungen bei Lichnowsky und Rasumowsky zuzieht.
Auch Beethoven, der damals noch häufig hier zu
sehen war, hörte davon, wie gut sie seine Sachen
spiele. und machte sich bald mit ihr bekannt, ja er
lernte ihr Talent bald so sehr schätzen, dass er selbst
ihr von da an fast jedesmal ein Exemplar seiner jüngsten Klaviersachen, sobald sie im Druck erschienen
waren, mit einem kleinen, meist scherzhaften Briefchen,
wie wir ja deren so viele kennen, zuzusenden pflegte.
Leider ist von diesen Papilloten nichts mehr vorhanden.
da, wie die alte Dame sagt, damals stets so viele hübsche
russische Offiziere in ihrem Hause verkehrten, dass
ihr der von Gesicht garstige Beethoven gar keinen
Eindruck gemacht habe. Uebrigens sah sie den jungen
Künstler sehr häufig. Denn Herr von Klüpfell war ebenfalls sehr musikalisch, und Beethoven spielte dort oft
stundenlang, aber stets „ohne Noten". Das sei denn
bewunderungswerth gewesen und habe Alles in Entzücken versetzt. Eines Tages sei auch der bekannte
Componist Franz Krommer dort gewesen und habe
eine neue Composition von sich vorgetragen. Beethoven
sei dabei anfangs neben ihr auf dem Sopha gesessen.
bald aber aufgestanden und im Zimmer umhergegangen.
dann sei er ans Klavier getreten und habe sich mit
irgendwelchen Notenheften beschäftigt, kurz, er habe
nicht die mindeste Aufmerksamkeit auf das Spiel gezeigt. Ihr Hausherr habe sich darüber geärgert und
einem Freunde des jungen Nonchalants, Herrn Zmeskall von Domanovecz, aufgetragen, ihm zu sagen.

dass sich das nicht gezieme; ein junger Mann, der noch
nichts sei, müsse stets seine Achtung beweisen, wenn
ein älterer verdienter Compositeur etwas vortrage.
Von diesem Augenblicke an aber habe Beethoven niemals wieder den Fuss in ihr Haus gesetzt.
Ueberhaupt ist unsere Dame voll von Erinnerungen
an die ungestümen Eigenheiten des jungen Künstlers.
„Wenn er in unser Haus kam, steckte er gewöhnlich
erst den Kopf durch die Thür und vergewisserte sich,
ob nicht Jemand da sei, der ihm missbehagte. — Er
war klein und unscheinbar, mit einem hässlichen rothen
Gesicht voll Pockennarben. Sein Haar war ganz dunkel und hing fast zottig ums Gesicht, sein Anzug war
sehr gewöhnlich und nicht entfernt von der Gewählt-
heit, die in jener Zeit und zumal in unsern Kreisen
üblich war. Dabei sprach er sehr im Dialekt und in
einer etwas gewöhnlichen Ausdrucksweise, wie denn
überhaupt sein Wesen nichts von äusserer Bildung
verrieth, vielmehr unmanierlich in Geberden und Benehmen erschien. Er war sehr stolz; ich habe gesehen
wie die Mutter der Fürstin Lichnowsky, die alte Gräfin-
Thun, vor ihm, der in der Sophaecke lehnte, auf den
Knieen lag, ihn zu bitten, dass er doch etwas spiele.
Beethoven that es aber nicht. Die Gräfin Thun war
übrigens eine sehr excentrische Dame. [10]
Zu Lichnowsky ward ich häufig eingeladen, um
dort vorzuspielen. Er war ein freundlicher feiner Herr
und sie eine sehr schöne Frau. Doch schienen sie nicht
ganz glücklich mit einander zu leben, Sie hatte stets

einen so melancholischen Ausdruck im Gesicht. Ich
hörte auch, er depensire bedeutend, mehr als sich mit
seinen Einkünften vertrug. Ihre Schwester, die noch
schöner war und den Grafen Kinsky[?], ebenfalls einen
Gönner Beethoven's, zum Manne hatte, war fast regelmässig zugegen, wenn musicirt ward. Dort sah ich
auch Haydn und Salieri, die damals sehr berühmt
waren, während man von Beethoven's Compositionen
noch nichts Rechtes wissen wollte. Ich erinnere mich
noch genau, wie sowohl Haydn als Salieri in dem kleinen
Musikzimmer an der einen Seite auf dem Sopha sassen,
beide stets auf das sorgfältigste nach der ältern Mode
mit Haarbeutel, Schuhen und Seidenstrümpfen bekleidet,
während Beethoven auch in diese Kreise in der freiern
Weise der neuen überrheinischen Mode, ja fast nachlässig gekleidet zu kommen pflegte." [11]

Soweit Frau von Bernhard, deren mädchenhafte
Beobachtungen wir uns ihrem Werthe nach leicht zurecht legen können. Was das Aeussere des jungen
Künstlers betrifft, so gehören hierher auch wohl
schon die eigenen Worte Beethoven's an Zmeskall vom
25. Februar 1813: „Sollten Sie sonst nichts Aergeres
an ihm [dem Bedienten] auszustellen haben, so würde
ich dabei bleiben, denn die Frisur ist, wie Sie wissen,
mein letztes Augenmerk, es müsste denn sein, dass
man meine Finanzen frisiren und tapiren könnte."
Doch steht in dem mehrerwähnten Artaria'schen Tagebuch aus der ersten Wiener Zeit offenbar als zur An-
schaffung nöthig aufnotirt: „Ueberrock, Stiefel, Schuhe",

dann: „schwarze seidene Strümpfe (1 Ducaten), Pomade, Puder"! und dabei: „Am Mitwoch den 12. December hatte ich noch 15 Ducaten." Dann folgt: „Alle Nothwendigkeiten, z. B. Kleidung, Leinwand, Alles ist auf; in Bonn verliess ich mich darauf, ich würde hier 100 Ducaten empfangen, aber umsonst, ich muss mich völlig neu equipiren." Auch steht dort und zwar auf den ersten Seiten neben Klavierpult, Petschaft, Holz und Perrückenmacher aufnotirt: „Tanzmeister!" und später heisst es: „Andreas Lindner, Tanzmeister, wohnt am Stoss im Himmel Nr. 415." Des letztern Unterricht scheint aber nicht viel geholfen zu haben, und obwohl Schindler berichtet, Beethoven habe leidenschaftlich gern getanzt, so sagt doch Ries, sein Meister habe nicht einmal richtig im Takt tanzen können und sei überhaupt so unsicher im Gebrauch seiner Glieder gewesen, dass er nichts habe anrühren können, ohne es zu zerbrechen.

Alle dergleichen Dinge freilich wurden dem jungen Künstler in jenen Kreisen gewiss so gern nachgesehen, wie es auch heute in wirklich geistvollen und kunstliebenden Familien in solchem Falle geschieht. Allein mit Beethoven war es doch noch etwas Anderes; er ward in diesen Cirkeln nicht blos wie andere Künstler tolerirt, er galt in gewisser Weise dort für social gleichberechtigt, denn man hielt ihn für adlig. Das kleine Wörtchen „van", das in der niederländischen Heimat seines Namens durchaus nicht den Adel bedeutet, ward als „von" genommen, und Beethoven, der sich eben

innerlich durchaus ebenbürtig fühlte und auch lebens-
klug genug war, um zu wissen, dass er sonst wohl
schwerlich damals in Wien die sociale Gleichstellung
hätte geniessen und so in den Kreisen leben können, wo
damals einzig oder doch vorwiegend höhere Geistes-
cultur herrschte, auch Beethoven liess sich diesen
Irrthum gern gefallen. Für sein Gefühl freilich hob
sich das innere Missverhältniss durch diese unschuldige
Täuschung niemals völlig auf, und er hatte darum auch
stets Mittel bereit, um jene Leute in Respect zu halten.
„Mit dem Adel ist gut umgehen", äusserte er im
Jahre 1816 gegen das Fräulein del Rio, „aber man
muss etwas haben, womit man ihm imponirt." Vor
allem aber war es sein Humor und sein treffender
Witz, womit er die schwächern Köpfe jenes Geschlechts
mehr fast als durch sein künstlerisches Leisten auch
äusserlich im Zaum zu halten wusste, und man braucht
nur die Billets an Moritz Lichnowsky: „Bester Graf.
Sie sind ein Schaf!" und an Zmeskall sich zu vergegenwärtigen, um zu wissen, wie er diese Männer
zuweilen behandelte. [12]
Einmal aber sollte sich diese Verleugnung der
eigentlichen Grundsätze, die er über das Verhältniss
der Menschen zu einander hatte, an ihm selbst bitter
rächen. Es war bei dem widrigen Process, den er mit
der Frau seines Bruders um die Vormundschaft über
deren Sohn führte. Man hatte ihn auch am Gerichte
für adlig gehalten, und als ihm dort die Vormundschaft über den Neffen zuerkannt worden war, hatte

der krakehlsüchtige Advocat der Mutter ihn als bür-
gerlich denuncirt, und so ward der Process zur noch-
maligen Verhandlung an das Untergericht, den sogenannten Stadtmagistrat verwiesen. In dem anberaumten
Termine hatte er zwar persönlich und mit Emphase
auf Kopf und Herz zeigend erklärt, sein Adel sei
hier und hier, allein dies hatte merkwürdigerweise
gar nichts helfen wollen, und als er nun kurz darauf
mit einem befreundeten Manne, dem fürstl. Lobkowitz'schen Rathe Peters, an einem öffentlichen Orte
zusammenkam, ergoss sich sein Zorn in folgendem
Gespräch, das er seiner Taubheit wegen schriftlich
führen musste:

Peters: Sie sind heute so unzufrieden wie ich.

Beethoven: Abgeschlossen soll der Bürger vom
höhern Menschen sein, und ich bin unter ihn gerathen.

Peters: In drei Wochen haben Sie mit dem Bürger und dem Magistrat nichts mehr zu thun. Man wird
Sie noch um ihre Unterstützung ersuchen und Ihnen
von der Appellation die freundlichste Zustellung
machen.

Beethoven: Sollte es geschehen, so will ich lieber
in einem solchen Lande nicht bleiben. [13]

Von da an brach der innere Gegensatz gegen
den Adel hell hervor, allein Aeusserungen wie die an
den Neffen vom Jahre 1825: „Der Punkt von Bonheur
ist zu berühren, in dem an Lichnowsky (verstorben)
habe ich schon erfahren, wie diese sogenannten grossen
Herren nicht gern einen Künstler, der ohnehin ihnen

schon gleich ist, auch wohlhabend sehen" — solche
Worte zeigen, dass dieser Gegensatz stets gefühlt war.
Wie dem aber auch sei, in der ersten Zeit seines
Wiener Aufenthalts hatte der junge Künstler, der so
allein in der Welt stand, in den genannten Familien
einen höchst schätzenswerthen innern wie äussern
Anhaltspunkt für sein Schaffen und für sein Leben,
und wir finden wohl das menschlich Wahre und Gute
dieses Verhältnisses am besten ausgesprochen in den
Worten, die Beethoven selbst am 21. Sept. 1814 von
Baden an den Grafen Moritz Lichnowsky schreibt und
die den Hauptinhalt dieses Kapitels gewissermassen
recapituliren.

„Werther verehrter Graf und Freund!

Ich erhalte leider erst gestern Ihren Brief. Herzlichen Dank für Ihr Andenken an mich, ebenso alles
Schöne der verehrungswürdigen Gräfin Christiane. Ich
machte gestern mit einem Freunde einen schönen Spaziergang in die Brühl [beliebter Sommeraufenthalts-
ort bei Wien], und unter freundschaftlichen Gesprächen
kamen Sie auch besonders vor, und siehe da, bei meiner
Ankunft finde ich Ihren lieben Brief. Ich sehe, dass
Sie mich immer mit Gefälligkeiten überhäufen. Da ich
nicht möchte, dass Sie glauben sollten, dass ein
Schritt, den ich gemacht, durch ein neues Interresse
oder überhaupt etwas d. g. hervorgebracht worden sei,
sage ich Ihnen, dass bald eine Sonate [Op. 90] von mir
erscheinen wird, die ich Ihnen gewidmet; ich wollte
Sie überraschen, denn längst war diese Dedication

Ihnen bestimmt, aber Ihr gestriger Brief macht mich
es Ihnen jetzt entdecken. Keines neuen Anlasses
brauchte es, um Ihnen meine Gefühle für Ihre Freundschaft und Wohlwollen öffentlich darzulegen, aber
mit irgend nur etwas, was einem Geschenke ähnlich
sieht, würden Sie mir Weh verursachen, da Sie alsdann
meine Absicht gänzlich misskennen würden, und alles
d. g. kann ich nicht anders als ausschlagen. Ich küsse
der Fürstin die Hände für ihr Andenken und Wohlwollen für mich. Nie habe ich vergessen, was ich Ihnen
überhaupt schuldig bin, wenn auch ein unglückliches Ereigniss Verhältnisse hervorbrachte, wo ich es
nicht so, wie ich wünschte, zeigen konnte. — — —
    Leben Sie recht wohl, mein verehrter Freund, und
halten Sie mich immer Ihres Wohlwollens werth.

Ihr Beethoven.

Tausend Händeküsse der verehrten Fürstin C."

Zweites Kapitel.

Theoretische Studien.

„Ich lege Ihnen eine Composition der Feuerfarbe bei und wünschte Ihr Urtheil darüber zu vernehmen. Sie ist von einem hiesigen jungen Mann, dessen musikalische Talente allgemein angerühmt werden und den nun der Kurfürst nach Wien zu Haydn geschickt hat. Er wird auch Schiller's Freude und zwar jede Strophe bearbeiten. Ich erwarte etwas Vollkommenes, denn soviel ich ihn kenne, ist er ganz für das Grosse und Erhabene. Haydn hat hierher berichtet, er würde ihm grosse Opern aufgeben und bald aufhören müssen zu componiren. Sonst gibt er sich nicht mit solchen Kleinigkeiten, wie die Beilage ist, ab, die er mir auf Ersuchen einer Dame verfertigt hat." [14]

Beethoven's „Feuerfarb" von Sophie von Mereau, das bekanntlich mit sieben andern Liedern als Op. 52 erst im Jahre 1805 erschien, fand Charlotte von Schiller, an die der uns bereits bekannte junge Professor

Fischenich in Bonn am 26. Januar 1793 dasselbe mit obigen Zeilen schickte, „sehr gut und versprach sich viel von dem Künstler". Wir aber erfahren aus dieser Notiz zugleich, dass der Unterricht bei Haydn sogleich nach Ankunft des Schülers begonnen hatte. Und zwar führte nach Fischhof's Angabe Nikolas von Zmeskall, k. ungar. Hofsecretär, Beethoven „mit einer Anempfehlung des Kurfürsten versehen" zu dem alten Papa, dessen Unterricht mit ihm, wie es dort weiter heisst, nun begann, der ihm aber nicht zuzusagen schien.

Das vorige Kapitel zwar stellte Beethoven inmitten einer wohlbegründeten socialen Stellung dar, allein wie sehr er eine solche auch mit der Zeit gewann, damals konnte er sich in Wien zunächst doch nur als Gast und Zögling fühlen. Denn sein Kurfürst hatte ihn nur deshalb hingeschickt, um in dem völlig ausgebildeten Künstler einen tüchtigen Kapellmeister für seine kleine Residenz zu gewinnen, und Beethoven, dem reges Pflichtgefühl zeitlebens eine Grundbedingung der innern Existenz war, wollte die Unterstützung, die ihm sein hoher Gönner gewährte, nicht müssig verzehren. Er war also zunächst eifrig auf das Weiterlernen bedacht.

Ueber die Gegenstände des Unterrichts bei Haydn nun hat G. Nottebohm nach den im Besitze von Karl Haslinger in Wien befindlichen Studienheften Beethoven's das Genauere mitgetheilt. Zunächst sind es Uebungen im einfachen Contrapunkt über sechs feste Gesänge (cantus firmus) in den alten Tonarten, was aus der Zeit von etwa August 1793 bis Januar oder Mai 1794 vorliegt. Für die vorhergegangene Zeit aber nimmt Nottebohm eine wenn auch kurze einleitende Lehre über die Natur der Consonanzen und Dissonanzen nach dem letzten Kapitel des ersten Buchs von Fux' „Gradus ad Parnassum" und die Harmonielehre und Generalbassübungen nach dem System von Ph. E. Bach an. Wir können diese Thatsachen und Hypothesen sowohl als richtig gelten wie uns zunächst an ihnen genügen lassen. Nun ist aber bereits oben angedeutet, dass schon bald zwischen Lehrer und Schüler Differenzen entstanden, die sogar rasch zum völligen Bruch führten. Und Ries erzählt uns, Beethoven habe die Sonaten Op. 2, die Haydn gewidmet sind, nicht, wie dieser gewünscht, mit „Schüler von Haydn" etc. überschreiben wollen, weil er nie etwas von Haydn gelernt habe. Wir sind in verschiedener Weise über den äussern Anlass und Vorgang dieser Trennung berichtet. Ich glaube also zunächst einen ausführlichen anonymen Bericht geben zu sollen, der in Nr. 183 des Blattes „Freischütz" steht und, weil dort Schenk der „kürzlich verstorbene Componist des Dorfbarbiers" genannt wird, kurz nach 1836, in welchem Jahre Schenk starb, geschrieben sein muss. Derselbe ist betitelt: „ Schenk und Beethoven" und lautet so [15]:

„Im Jahre 1792 sendete der Kurfürst von Köln seinen Schützling Ludwig van Beethoven nach Wien, um bei Joseph Haydn die Composition zu erlernen. Der Abbé Gelinek, mit welchem Schenk häufig zusam-

menkam, erzählte diesem, dass er einen jungen **Mann**
kenne, der eine Virtuosität auf dem Klaviere bewähre,
wie sie ausser bei Mozart niemals gehört worden. Ein
anderes Mal erwähnte er, dass Beethoven bereits vor
einem halben Jahre bei Haydn die Lehre des Contrapunkts angefangen, aber wenig Fortschritte mache. Er
endete mit der Bitte, Schenk möchte dem jungen Künstler in seinem Studium behülflich sein. Vor allem wurde
eine Zusammenkunft in Gelinek's Wohnung beschlossen.
Beethoven setzte sich an das Pianoforte und phantasirte über eine halbe Stunde. Noch nach vierzig Jahren
gerieth der alte Schenk immer in Bewegung, wenn er
dieser ersten Phantasie gedachte. »Es war ein heller
Tag, ein volles Licht!« rief er aus; »da gab es keine
kraftlosen Zergliederungen, kein mattes Harpeggiren;
aus einigen leicht hingeworfenen Figuren entwickelten
sich die reichsten Motive, voll Wahrheit und Anmuth;
plötzlich trat er in weit entfernte Tonleitern, heftige
Leidenschaft ausdrückend; gefällige Modulationen
führten wieder zu einer himmlischen Melodie; nun ver-
änderte er die süssen Klänge in wehmüthige, scherzende,
tändelnde; jede dieser Figuren hatte ihren bestimmten Charakter; jede war kühn, neu, aber auch klar und
richtig; sein Spiel war vollkommen wie seine Erfindung. Und dieser Meister war damals noch ganz unbekannt!« Den Tag nach der ersten Zusammenkunft
besuchte Schenk den jungen Künstler. Die geniale
Unordnung, die im Wohnzimmer herrschte, befremdete
ihn ein wenig, der von **Jugend** auf bedächtig und abge-

messen war; doch liess er sich nichts merken. Beethoven empfing ihn herzlich und lebhaft. Auf dem Pulte lagen einige contrapunktische Uebungssätze, in denen Schenk nach flüchtigem Ueberblick einige Fehler bemerkte. Beethoven schien in einem etwas gereiztem Zustande. Voll Eifer und Wissbegierde war er nach Wien gekommen; er konnte sich Talent zutrauen, er war an einen grossen Mann gewiesen und doch wollte es in der Hauptsache nicht recht vorwärts. Dies war aber sehr begreiflich. Haydn war oft abwesend, überdies zu sehr mit seinen eigenen bedeutenden Werken beschäftigt, um sich genau mit der Lehre der musikalischen Grammatik zu befassen oder sich überhaupt viel um den jungen Feuergeist zu bekümmern, den ihm ein grosser Herr aufgebürdet und der ihm im Grunde lästig war. Beethoven verhehlte seine missmuthige Stimmung gegen Schenk nicht und wiederholte endlich mit aller Freimüthigkeit Gelinek's Antrag, den jener mit Vergnügen annahm, da er sich dadurch geehrt fühlte. Der Gradus ad Parnassum von Joseph Fux wurde vorgenommen und rasch ans Werk geschritten. Nun entstand wirklich ein sonderbares Verhältniss, indem er, der neue Lehrer [Schenk war neun Jahre älter als Beethoven], die nahe Grösse seines Schülers voraussehend, den höchsten Respect gegen ihn empfand und sich selbst nur als das Werkzeug betrachtete, um zur theoretischen Ausbildung des künftigen Meisters sein Scherflein beizutragen. Indessen durfte Haydn nicht gänzlich übergangen werden; Beethoven schrieb also die von Schenk corrigirten Sätze immer wieder ab, damit jener keine fremde Schrift gewahre. Natürlich drang Schenk auch bei diesem Verhältniss auf das tiefste Geheimhalten. Im nächsten Jahre entstanden Uneinigkeiten zwischen Beethoven und Gelinek, und letzterer plauderte das Geheimniss aus, worüber sich Schenk gar nicht zufrieden geben wollte. Der Unterricht hatte noch kein Jahr gedauert und war im besten Gange, als Beethoven plötzlich nach Eisenstadt berufen wurde, um dort mit Haydn (?) längere Zeit zu verweilen. Er liess in seiner Wohnung folgendes Schreiben zurück: «Lieber Schenk! Ich wusste nicht, dass ich schon heute würde reisen nach Eisenstadt. Gern hätte ich noch mit Ihnen gesprochen. Unterdessen rechnen Sie auf meine Dankbarkeit für die mir erzeigten Gefälligkeiten. Ich werde mich bestreben, Ihnen Alles nach Kräften gut zu machen. Ich hoffe Sie bald wieder zu sehen und das Vergnügen Ihres Umgangs geniessen zu können. Leben Sie wohl und vergessen Sie nicht ganz Ihren Beethoven.» Späterhin bildete sich, bei aller Verschiedenheit, noch ein innigeres Verhältniss zwischen den beiden Männern bis zu Beethoven's Tod."

Andererseits berichtet Schindler die Sache nach der Erzählung aus Schenk's Munde folgendermassen: „Eines Tages begegnete Schenk unserm Kunstjünger, als dieser eben mit seinem Hefte unter dem Arm von Haydn kam. Schenk warf einen Blick in das Heft und gewahrte da und dort Unrichtiges. Beet-

hoven, darauf aufmerksam gemacht, versicherte, dass
Haydn dieses Elaborat so eben corrigirt habe. Der
Componist des «Dorfbarbier» blätterte in dem Hefte
zurück und fand Fehler gegen Regel und Gesetz in
ziemlicher Menge nicht corrigirt. Mehr brauchte es
nicht, um bei Beethoven sogleich den Verdacht rege
werden zu lassen, Haydn meine es mit ihm nicht
redlich. Er fasste sofort den Entschluss, den Unterricht bei ihm abzubrechen, wovon er sich jedoch ab-
bringen liess, bis Haydn's nächstbevorstehende zweite
Reise nach London schickliche Gelegenheit dazu gegeben. Schenk aber blieb von jenem Augenblicke an
der Verbesserer oder eigentliche Führer im Contrapunkt bei Beethoven." Sodann erzählt Seyfried die
Sache in einer Weise, die lebhaft an den Bericht des
„Freischütz" erinnert und vermuthen lässt, dass auch
dieser aus der gleichen Feder geflossen ist, in Schilling's
„Lexikon der Tonkunst" unter dem Artikel „Schenk",
und wir haben daraus nur anzuführen, dass der Unterricht
Schenk's vom August 1793 (Seyfried sagt irrthümlich
1792) bis Ende Mai 1794 gedauert habe und das Billet
Beethoven's aus „den ersten Junitagen" stamme.

Diese Zeitangabe halte ich im Ganzen für richtig.
Sie widerspricht auch nicht dem Ausdruck im ersten
Bericht, dass Beethoven bereits „vor einem halben Jahre
den Unterricht bei Haydn begonnen habe"; denn viel
mehr war es nicht. Die Bekanntschaft Beethoven's mit
dem ebenso beliebten wie faden Variationencomponisten
Abbé Gelinek geht auch aus dem Briefe an Eleonore

von Breuning vom 2. Nov. 1793 hervor, worin Beethoven
von einem spricht, der Manches von seinem Spiel ab-
lauschte, während Wegeler als solchen ausdrücklich den
Ab. G. „einen sehr fruchtbaren Compositeur in Variationen" bezeichnet. Ferner bemerkt Nottebohm, dass
die Uebungen, die Beethoven bei Haydn über Cantusfirmen gemacht, so überaus reinlich geschrieben seien,
dass dadurch die Behauptung, sie seien zweite Abschrift nach Schenk's Correctur, bestätigt werde. Auch
Haydn's Wort, dass er ihm grosse Opern aufgeben
und bald aufhören würde zu componiren, deutet an,
dass bereits im ersten Halbjahr des Unterrichts die
innere Differenz zu Tage trat.

Und konnte das anders sein?

Ganz gewiss nahm sich Haydn des ihm anvertrauten jungen Talents mit all jener Pflichttreue an,
die ein Zug seines ganzen Wesens ist, und ohne Zweifel
arbeitete auch Beethoven die gegebenen Aufgaben
fleissig aus. Ja, sie waren recht gut Freund miteinander, und Haydn trank oft Kaffee oder Chocolade
bei seinem jugendlichen Schüler. Ferner ist nicht zu bezweifeln, dass Haydn die Arbeiten Beethoven's auf das
genaueste durchsah, und selbst wenn er Fehler stehen
liess, das aus demselben Grunde that, den Beethoven
zwanzig Jahre später dem Klavierlehrer seines Neffen,
dem bekannten Karl Czerny, ans Herz legt, stets die
Hauptsache im Auge zu behalten und den Schüler nicht
durch kleine Ausstellungen zu beirren. [16] Allein die
Hauptursache der Differenz lag in der Grundverschie-

denheit der beiden Männer, sowohl in künstlerischer wie in menschlicher Hinsicht.

Mag man sagen, was man will, Beethoven machte sich im Grunde nichts aus den Regeln der „alten Schule", und es war ihm innerlich langweilig die Art, wie ihm Haydn den Gradus ad Parnassum durchfuchsen liess. Nicht als wenn er die darin aus der bisherigen Praxis gewiegter Meister gezogenen Regeln der Grammatik und des Satzes irgendwie verachtet hätte, allein er kannte sie von Natur, sie waren ihm eingeboren, sein Ohr sog sie mit Sicherheit aus dem blossen Anhören guter Musik, aus dem Spielen Mozart'scher, Bach'scher, Haydn'scher Werke. Wie er denn ja selbst sagt — und dieses Wort stammt aus dem Jahre 1809! — „Ich brauchte wegen mir selbst beinahe dieses nie zu lernen, ich hatte von Kindheit an ein so zartes Gefühl, dass ich es ausübte, ohne zu wissen, dass es so sein müsse oder anders sein könne." [17] So lernt ja auch der Dichter seine Kunst nicht aus Lehrbüchern. Es ahnen vielmehr beide, wenn sie eben wahre Genien sind, hinter den aufgestellten Regeln instinctiv die tiefern Gesetze, und wogegen sie sich innerlichst wehren und mit vollem Recht, ist nur, dass ihnen die frische und freie Anwendung dieser Gesetze und damit die natürliche Fortbildung der Sprache und ihrer Regeln verkümmert werden soll. Und war nun wohl nach den vorliegenden Arbeiten der Unterricht Haydn's geeignet, in einem Beethoven Lust und Liebe zum Lernen zu erzeugen? Wir wissen von der Bonner Zeit her, er hatte das tiefste Bedürfniss zu lernen, er besass es wie Jeder, der sich wahren Gehalts voll fühlt und deutlich spürt, dass die Mittel des Aussprechens bei ihm noch nicht allseitig genug gebildet, nicht völlig erstarkt sind. Und was war bei diesem Zustande eine Uebung im Contrapunkt auf Cantusfirmen aus den alten Tonarten! Fürwahr, mir will es scheinen, als habe nichts Ungeschickteres zum Unterricht eines jungen Beethoven gewählt werden können, und nur einem Haydn, einem selbstthätigen Künstler, der also ans Schaffen denkt und nicht ans Lehren, konnte solch ein Missgriff widerfahren. Beethoven, voll von Ideen, und zwar rein musikalischen, und bereits mit einer Reihe ausgeführter und bedeutender Compositionen, zu denen wohl schon Stücke zu den Trios Op. 1 gehören, erfolgreich aufgetreten, und nun solche Uebungen machen! Es fehlte die lebendige Anwendung, es war die bei jungen Künstlern so nothwendige Vermittlung zwischen dem eigenen Schaffen und dem Lernen offenbar nicht vorhanden, es gab hier kein Band zwischen dem ideenreichen Drang des eigenen Herzens und dem, was gelernt werden sollte, der Unterricht war trocken, Haydn selbst war nicht dabei, wenigstens mit innerster Seele nicht. Das war später bei Albrechtsberger anders, eben weil Albrechtsberger keine productive Natur war.

Wie sehr nun Haydn selbst dieses Missverhältniss fühlte, zeigen uns die Worte, die er nach Bonn hinüber schrieb. „Ich werde ihm bald grosse Opern geben müssen", das heisst, die Fülle der Ideen und des

Geistes ist so mächtig, dass sie in die Enge eines Regel-
geheges nicht einzuzwängen ist! Dann aber, wenn
er solche Werke schafft, werde ich selbst wohl aufhören müssen zu componiren, denn da verschwindet
mein Können, ruft er hier, wie er nach Prag gerufen
hatte, als man ihm nach Mozart's „Don Juan" die
Composition einer Oper antrug. [18] Und was nun
endlich Beethoven's Achtung vor den Männern der
alten Schule angeht, so ist da wohl entscheidend, nicht
dass er früher und später so und so viel aus Fux, Türk
und Albrechtsberger eigenhändig ausgeschrieben hat,
sondern was er im Jahre 1825, als er den Zenith seines
Schaffens längst erreicht hatte, also in einem Zustande
sich befand, wo die Errungenschaften der Vergangenheit gern und freudig anerkannt zu werden pflegen, in
so ironischer Weise von dem „berühmten sattelfesten"
Verfasser des Gradus ad Parnassum und von Albrechtsberger schreibt: „Die schon vorhandene nota cambiata
wird nun gemeinschaftlich mit Albrechtsberger behandelt, die Wechselnoten aufs äusserste auseinander gesetzt, die Kunst, musikalische Gerippe zu
schaffen, wird aufs höchste getrieben" u. s. w. [19]
Diesen letztern Vorwurf geistlosen Spiels mit dem
bloss Technischen und Rechnenhaften der Musik machte
nun freilich Beethoven dem Meister Haydn am wenigsten und konnte ihm nicht machen. Denn Haydn war
es ja gerade gewesen, der nach dem geistreichen Vor-
gange Phil. Em. Bach's damit begonnen hatte, die
reichen Mittel der Musik, die vor allem Deutschland

in seiner instrumentalen Kunst ausgebildet hatte, in
freier Weise zum allgemein verständlichen und unmittelbar ansprechenden Ausdruck der Regungen des
natürlichen Gefühls zu verwenden; und wenn er auch
darin von seinem Nachfolger Mozart weit überholt war,
so ist doch nicht zu leugnen, dass auch in den bereits
damals bekannten Compositionen Haydn's — seine
grossen Oratorien wurden ja erst gegen Ende der neunziger Jahre geschrieben — so viel geistreiche Verwendung des technischen Materials der Kunst liegt, dass
sie den Stempel wahrer Genialität tragen und vollen
Anspruch auf Classicität machen können. Eben dies
war es ja auch, was ein Beethoven an dem alten Meister
bewunderte und was ihn wohl damit zufrieden sein liess,
dass sein hoher Gönner ihn dem „Papa" aufbürdete.
Allein ebenso wenig ist zu leugnen, dass für das Empfinden eines Beethoven, für die stoffliche Ueberfülle
seines jugendlichen Innern, das obendrein durch jene
mächtige Bewegung der Geister in seinem rheinischen
Vaterlande zum vollen Anschwellen gebracht war, in
der Art, wie Haydn empfand, etwas Kindliches und in
der Weise, wie er die Mittel seiner Kunst zum Aussprechen eines objectiven Gehalts verwendete, etwas
Kleinliches lag oder doch ein allzu grosses Vorherr-
schen des formellen Elements. Finden wir Heutigen
dieses letztere schon in fast allen Jugendcompositionen
Beethoven's bis beinahe zu den zwanziger Opus hinan,
wird hier für das modernere Kunstgefühl der Geistesgehalt trotz aller Lebendigkeit eines überquellenden

und aufbrausenden Herzens meistens noch von einem
hergebrachten Formenwesen überdeckt, in dem eben
nicht, wie es in der Kunst sein soll, auch jeder Ton ein
Selbsterlebtes, eigenst Empfundenes, geistig Bedeutendes ausspricht, sondern so mancher der Töne blos
eines technischen Spiels und sinnlicher Gefälligkeit
wegen da ist, wie musste eine solche Beobachtung sich
dem jungen Beethoven bei Haydn's Werken aufdrängen,
und am meisten dann, wenn er selbst in schöpferischem
Zustand sich fühlte! Und besonders beim Unterrichte musste sich, obendrein wenn Haydn so blos formelle Dinge vornahm, wie contrapunktistische Uebungen
über einen Cantus firmus der alten Tonarten, das blos
formelle Element an seinem Schaffen erst recht im
Bewusstsein des Schülers hervordrängen und ihm das
geistig Lebendige, das doch Haydn's Werke sonst auch
auch ihm so anziehend machte, so weit vergessen lassen,
dass ihm das instructive Wesen des alten Herrn kindisch, schülerhaft und geistlos vorkam. Denn ihm, dem
eben all dieses Lernen, all dies technische Können nur
Mittel zum Zweck, zur Erreichung eines höhern Ziels
sein sollte, musste es auf die Dauer unerträglich
werden, so das blos Technische seiner Kunst zum
Zweck gemacht zu sehen, und wir können es ihm nicht
verargen, wenn er selbst behauptete, von Haydn nichts
gelernt zu haben. Denn aus seiner Unterweisung hat
er im Grunde nichts gelernt, um so mehr aber aus
Haydn's Werken, und jeder Blick auf die ersten fünfundzwanzig Opus Beethoven's beweist, dass er die

Partituren der zwölf Londoner Symphonien, der letzten Quartette und der „Schöpfung" und „Jahreszeiten" so studirt hat wie seinerzeit Mozart die Partituren eines Gluck und der viel Geringern Grétry und Salieri. Und wenn mir Ries berichtet: „Haydn kam selten ohne einige Seitenhiebe weg, welcher Groll bei Beethoven wohl noch aus frühern Zeiten stammte", und ferner, dass, wenn von musikalischer Malerei die Rede gewesen, Haydn's beide Oratorien oftmals haben herhalten müssen, so heisst es doch dort andererseits ausdrücklich: „ohne dass jedoch Beethoven Haydn's höhere Verdienste verkannte, wie er denn namentlich bei vielen Chören und andern Sachen Haydn die verdientesten Lobsprüche ertheilte." Und noch auf dem Todtenbette zeigte sich diese Verehrung in rührender Weise. Es erzählt Schindler: „Hummel, entsetzt bei dem Anblick der Leidensgestalt Beethoven's, brach in helle Thränen aus, dieser aber suchte ihn zu beschwichtigen, indem er ihm eine von Diabelli zugeschickte Radirung von Haydn's Geburtshaus zu Rohrau mit den Worten vorhielt: «Sieh, lieber Hummel, das Geburtshaus von Haydn; heute habe ich es zum Geschenk erhalten, es macht mir grosse Freude; eine schlechte Bauernhütte, in der ein so grosser Mann geboren wurde!»" [20]

Im eingehenden Detail auseinanderzusetzen, wo der Fortschritt Beethoven's über Haydn hinaus liegt und wie er eben die zur Zeit Haydn's erworbenen Mittel der Kunst zu höhern Zielen verwendet, ohne jedoch die directe Einwirkung der zeitgenössischen Meister

zunächst irgend verleugnen zu können, wird nach
dem Plan unseres Werks erst im letzten Bande zu
geschehen haben, wo eben ausschliesslich von Beethoven's Schaffen die Rede ist.[21]

Auch über die vielfachen Anlässe (zu immer ent-
schiedenerem Auseinandergehen), die in den indivi-
duellen Eigenthümlichkeiten und in der Verschiedenheit
der Jahre und man kann fast sagen Zeitalter begründet
lagen, brauchen wir nach dem im ersten Bande (S.
328 f.) gegebenen Andeutungen wenig mehr zu sagen.
Haydn, der Sohn des Handwerkers, der „Heitere,
Demüthige, Zaghafte", von dessen bürgerlicher
Schlichtheit uns Griesinger wie Dies anziehende Skizzen entworfen haben, musste sich durch die Selbstständigkeit, mit der sein junger Schüler von vornherein
auftrat, mindestens befremdet, ja von dessen „etwas
hohem Tone" sogar abgestossen fühlen. Es ist aus
Seyfried's Erzählung bekannt, dass Haydn ihm den
Namen „Grossmogul" gab. Andererseits mochte auch
ihm der dämonische Schein, der aus dem dunkeln, stahl-
grauen Auge des jungen Künstlers blitzte, wie das
Leuchten phänomenalen Feuers einen eigenthümlich
zurückweisenden Eindruck machen, als gehöre der junge
Künstler einem andern Geschlechte und einer andern
Zeit an als jener Weise der naiven und komischen
breitbürgerlichen Redens- und Lebensart des damaligen
Niederösterreichers. Jedenfalls aber musste ihm, wie
auch A. B. Marx andeutet, die Straffheit, der ver-
schlossene Ernst und die innerliche Hoheit, die Folge

einer ernstern Geistesrichtung, die Beethoven von
Natur wie durch seinen Lebensgang genommen hatte,
unwillkürlich imponiren. „O Goethe!" — schreibt
Bettina 1809 — „kein Kaiser und kein König hat so das
Bewusstsein seiner Macht und dass alle Kraft von ihm
ausgehe, wie dieser Beethoven!" Es waren also beide
Musiker auch persönlich einander unbequem. Jedenfalls verstand Haydn die eigentlichen Ziele seines Zög-
lings nicht völlig und dieser fühlte sich von seinem
Lehrer nach seinem völligen Werthe nicht geschätzt.
Ries erzählt darüber, offenbar nach Bericht von Beethoven selbst, das Folgende: „Die drei Trios Op. 1
sollten zum ersten Male der Kunstwelt in einer Soirée
beim Fürsten Lichnowsky vorgetragen werden. Die
meisten Künstler und Liebhaber waren eingeladen,
besonders Haydn, auf dessen Urtheil Alles gespannt
war. Die Trios wurden gespielt und machten gleich
ausserordentliches Aufsehen. Auch Haydn sagte viel
Schönes darüber, rieth aber Beethoven, das dritte in
C-moll nicht herauszugeben. Dies fiel Beethoven
sehr auf, indem er es für das beste hielt, sowie es denn
noch heute immer am meisten gefällt und die grösste
Wirkung hervorbringt. Daher machte diese Aeusserung
auf Beethoven einen bösen Eindruck und liess bei ihm
die Idee zurück, Haydn sei neidisch, eifersüchtig und
meine es mit ihm nicht gut. Ich muss gestehen, dass,
als Beethoven mir dieses erzählte, ich ihm wenig
Glauben schenkte. Ich nahm daher Veranlassung, Haydn
selbst darüber zu fragen. Seine Antwort bestätigte

aber Beethoven's Aeusserung, indem er sagte, er habe
nicht geglaubt, dass dieses Trio so schnell und leicht
verstanden und vom Publikum so günstig aufgenommen
werden würde." Lag demnach hier so gut wie bei dem
Uebersehen kleiner Fehler im Unterricht ein nicht
unverständiger und jedenfalls neidlos rechtlicher Grund
vor, so empfand das doch Beethoven nicht so, und ohne
Zweifel müssen auch Berührungen zwischen beiden
vorgekommen sein, die Beethoven's Misstrauen wenigstens erklärlich und sein Handeln nicht ungerecht-
fertigt erscheinen lassen. Die Wiener A. M. Z. 1846
Nr. 39 theilt „von achtbarer Hand eines Zeitgenossen"
Folgendes mit: „Als Beethoven im Jahre 1801 die
Musik zu dem Ballet «Die Geschöpfe des Prometheus»
geschrieben hatte, begegnete ihm sein ehemaliger Lehrer, der grosse Joseph Haydn, welcher ihm alsogleich
festhielt und sagte: «Nun, gestern habe ich Ihr Ballet
gehört, es hat mir sehr gefallen.» Beethoven erwiderte:
«O lieber Papa, Sie sind sehr gütig, aber es ist doch
noch lange keine Schöpfung.» [Das Oratorium war kurz
vorher ebenfalls wieder mit gewohntem Beifall aufgeführt worden.] Haydn, durch diese Antwort überrascht und beinahe verletzt, sagte nach einer kurzen
Pause: «Das ist wahr, es ist noch keine Schöpfung,
glaube auch schwerlich, dass es dieselbe je erreichen
wird» — worauf sich beide etwas verblüfft gegenseitig
empfahlen." Und wenn nun der Volksmund obendrein
Haydn die Worte in den Mund legt: „Denn Sie sind
ein Atheist", so ist das zwar nicht historisch be-

gründet, beweist aber doch die Auffassung, die man
allgemein von dem Verhältniss der beiden Künstler hatte
und hat, wie jede derartige Tradition einen Kern der
Wahrheit, der eben in diesem Falle die verschieden-
artige Weltanschauung des untergehenden Sterns und
der aufsteigenden Sonne schlagend genug darthut.

Wir sind also durchaus geneigt zu glauben, dass
Beethoven bedacht war, den Unterricht bei Haydn so
bald wie möglich abzubrechen, und, wie Seyfried sagt,
kaum zu bewegen war, den günstigen Zeitpunkt dazu
ruhig abzuwarten. Und doch mag es dann gerade
der Unterricht bei Schenk gewesen sein, was ihm etwas
beruhigte und auch Haydn von neuem näher brachte.
Denn Schenk nach dem „Jahrbuch der Tonkunst" für
1796 Director der Hauskapelle des Fürsten Auersperg
und durch seine Composition im Fache der Symphonien
und deutschen Opern bekannt — der „Dorfbarbier", der
seinen Namen begründete, ward erst im Sommer 1796
componirt — war zwar ebenfalls ein gründlicher Kenner
der damaligen musikalischen Wissenschaft und dabei
ein sanfter, liebenswürdiger, treuherziger Charakter —
man denke nur an die rührende Art, wie er bei der
ersten Aufführung der „Zauberflöte" nach der Ouverture
durch das Orchester bis zu Mozart hinkriecht und ihm
die Hand küsst, während dieser mit der rechten ruhig
forttaktirt und nur freundlich zu ihm herabblickt —
allein der oben mitgetheilte Bericht spricht völlig richtig
die Situation aus, in der er sich innerlich dem jungen
Genius gegenüber befand. Und dass diesem auf die

Dauer ein solches Verhältniss noch weniger behagen konnte als die Lage bei Haydn, ist leicht zu begreifen. Wir glauben also mit Marx, dass jenes Zettelchen an ihn eine feine diplomatische Ablehnung fernerer Hülfe war, wie man eben dankend am leichtesten zurückweisst. Vielleicht sogar war die ungarische Reise hauptsächlich zu diesem Zwecke angetreten.

Soviel aber steht fest, dass Haydn, der am 19. Jan. 1794 seine zweite Fahrt nach England antrat, zuvor für den ihm anvertrauten Zögling nach bestem Vermögen sorgte. Das mehrerwähnte „Jahrbuch der Tonkunst von Wien und Prag" auf das Jahr 1796 sagt Folgendes: „Bethofen, ein musikalisches Genie, welches seit zween Jahren seinen Aufenthalt in Wien gewählet hat. Er wird allgemein wegen seiner besonderen Geschwindigkeit und wegen den ausserordentlichen Schwierigkeiten bewundert, welche er mit so vieler Leichtigkeit exequirt. Seit einiger Zeit scheint er mehr als sonst in das innere Heiligthum der Kunst gedrungen zu sein, welches sich durch Präcision, Empfindung und Geschmack auszeichnet, wodurch er dann seinen Ruhm um ein Ansehnliches erhöht hat. Ein redender Beweis seiner wirklichen Kunstliebe ist, dass er sich unserm unsterblichen Haydn übergeben hat, um in die heiligen Geheimnisse des Tonsatzes eingeweihet zu werden. Dieser grosse Meister hat ihn nun während seiner Abwesenheit unserm grossen Albrechtsberger übergeben. Was ist da nicht Alles zu erwarten, wenn so ein hohes Genie

sich der Leitung solcher vortrefflicher Meister überlässt! Man hat schon mehrere schöne Sonaten von ihm,
worunter sich seine letzteren besonders auszeichnen."
Wann dies geschrieben, ist nur annähernd zu
ermitteln. Da Haydn noch als abwesend bezeichnet wird
und derselbe nach Dies (S. 157) am 15. Aug. 1795
von London abreiste, so muss hier wohl Sommer oder
Frühjahr 1795 als die Zeit der Abfassung angenommen
werden. Auch steht in dem mehrerwähnten Artaria'-
schen Tagebuche

„Schuppanzigh 3 mal die W.

Albrechtsberger 3 mal die W."

Es muss also der Unterricht bei diesem letztern
zwischen Juni 1794, wo Beethoven Schenk's Anweisung
aufgab, und 1797 stattgefunden haben.

Nottebohm sagt über die Gegenstände des Unterrichts bei Albrechtsberger nach den Studienheften
Folgendes: „Es ist nichts vorhanden, aus dem sich
mit Sicherheit entnehmen liesse, dass (bei Haydn) auch
andere Gebiete, z. B. freie Composition, Formenlehre
u. dgl., berührt worden seien. Der Unterricht bei
Albrechtsberger aber umfasst einfachen Contrapunkt,
Fuge, doppelten Contrapunkt und Kanon. Demnach lässt
sich dieser Unterricht als der wichtigste, weil umfas-
sendste bezeichnen." Der Unterricht geschah mit Zu-
grundelegung von Albrechtsberger's „Gründlicher Anweisung zur Composition" in der ältesten Ausgabe vom
Jahre 1790, woraus Beethoven sich auch später noch
einen grossen Theil der Beispiele, z. B. fast alle zwei-,

drei- und vierstimmigen Fugen eigenhändig abgeschrieben hat. Offenbar aber hat, wie dies ganz natürlich ist, Beethoven seinem neuen Lehrer zunächst die Elaborate, die er bei dem ältern gemacht, die contrapunktistischen Uebungen über Cantusfirmen vorgezeigt und derselbe hat seine Anmerkungen dazu gemacht. Auch schrieb er dem Schüler dreissig Fugenthemata auf, welche, wie die Ueberschrift sagt, zu halber und ganzer Engführung geeignet sind und welche Beethoven sämmtlich in einfacher Fugenform ausführte, und zwar einige davon chromatisch und einige in alten Tonarten. Ferner finden sich unter jenen Elaboraten bei Albrechtsberger zwischen einfachen Fugen und Arbeiten zum doppelten Contrapunkt in der Octave auch drei Fugen mit einem Choral, zu welchen, wie Nottebohm meint, diezwei vorhandenen Fugen über frei gewählte Themata und in freier Schreibart den naturgemässen Uebergang von einer Form zur andern bildeten. Sodann wurde bei Albrechtsberger durchgenommen: der doppelte Contrapunkt in der Octave, der in der Decime oder Terz, der in der Duodecime oder Quint und der dreifache in der Octave, und überall ist Albrechtsberger's verbessernde und erläuternde Hand bemerkbar. Unter diesen letzten Arbeiten finden sich bei den Uebungen im Contrapunkt der Decime auch einige Compositionsskizzen, wie z. B. zur „Adelaide", die am 8. Febr. 1797 von Artaria als „ganz neu" in der Wiener Zeitung angezeigt, also wohl 1796 componirt ist. Und bei einer Fuge in D-moll alla duodecima stehen Bruchstücke, die sich auf den letzten Satz der am 2. April 1800 zum ersten Male aufgeführten ersten Symphonien beziehen lassen.

Ignaz Ritter von Seyfried hat bekanntlich Manches von diesen contrapunktistischen Arbeiten in willkürlicher Zusammenstellung und Zusammenmischung mit andern Dingen unter dem Titel: „Ludwig van Beethoven's Studien im Generalbass, Contrapunkt und in der Compositionslehre" im Jahre 1832 an die Oeffentlichkeit gebracht und dasselbe mit allerhand Beethoven beigelegten „sarkastisch hingeworfenen Randglossen" gewürzt, von denen in den jetzt vorliegenden Handschriften nichts steht. „Im Gegentheil", sagt Nottebohm, „kann man bei unbefangener Betrachtung der in Rede stehenden Handschriften nicht umhin, auf ein gutes Einvernehmen zwischen Lehrer und Schüler zu schliessen. Beethoven's Randbemerkungen, welche in den Studienheften bei Albrechtsberger vorkommen, sind ganz anderer Art als die von Seyfried gebrachten. Sie zeigen, dass Beethoven immer bei der Sache war und darauf einging; und bringt man sie mit andern Erscheinungen, z. B. mit den oft mehrmals ausgearbeiteten und veränderten Uebungen in Anschlag, so kann man sich des Geständnisses nicht erwehren, dass sie eher den Eindruck eines willigen als den eines widerspenstigen Schülers machen. Wir gerathen hier allerdings einigermassen in Widerspruch mit Ries, welcher sagt, Beethoven sei als Schüler eigensinnig und selbstwollend gewesen, und dabei unter Andern

Albrechtsberger als Gewährsmann nennt. Sollte aber nicht Beethoven's heftige Gemüthsart und sein auffahrendes Wesen einigen Theil an diesem Ausspruch haben? Es wäre auch unerklärlich, was Beethoven vermögen konnte, den Unterricht bei einem Lehrer fortzusetzen, mit dem er sich wenigstens nach Seyfried's Darstellung so häufig in Widerspruch befand. Stand es doch in seiner Macht, jeden Augenblick abzubrechen!"

Ueber die Bedeutung Albrechtsberger's als Theoretiker ist hier nicht viel zu sagen. Er scheint ein besonderer Anhänger Marpurg's gewesen zu sein, wenigstens beruft er sich auf diesen oftmals, und auf dessen „elendes Terzensystem" baute auch er seine Harmonielehre. Mozart freilich nennt ihn in dem für den spätern Hofkapellmeister Joseph Eybler ausgestellten Zeugniss vom 30. März 1790 den „berühmten Meister Albrechtsberger" und bezeichnet jenen als „einen gründlichen Componisten, sowohl im Kammer- als Kirchenstil gleich geschickten Orgel- und Klavierspieler". Auch trug er bekanntlich, als er bereits in den letzten Zügen lag, seiner Frau noch auf, seinen Tod geheim zu halten, bis sie nicht vor Tage Albrechtsberger davon benachrichtigt hätte, denn diesem gehöre der Dienst (als Adjunct des Kapellmeisters an St.-Stephan, den der Wiener Stadtmagistrat im Mai 1791 Mozart übertragen hatte) vor Gott und der Welt. Und Albrechtsberger ward auch bald darauf Adjunct und später Kapellmeister, welche Stelle er bis zu seinem Tode am 7. März 1809 bekleidete. Seine

eigenen Compositionen, meist im strengen Stil der Kirche,
sind durchaus trocken; „die Kunst, musikalische Gerippe
zu schaffen, wird aufs Höchste getrieben".[22] Doch
war er damals offenbar der berühmteste theoretische
Lehrer in Wien, wie denn das „Jahrbuch der Tonkunst
für 1796" von ihm sagt: „Er hat eine eigene rühmlichst
bekannte Tonschule geschrieben, seine Lehre ist kern-
haft, gründlich und klassisch, es gereicht jedem Musik-
künstler zum Vortheile, wenn er unter ihm studirt hat."
Dies mag denn auch Beethoven zu ihm geführt haben,
und es wird wohl Albrechtsberger's unsterblichstes Verdienst bleiben, eine Weile dieses Meisters Führer gewesen zu sein. Beethoven selbst aber, so fleissig er bei
diesem Lehrmeister war, scheint doch auch von ihm
nicht sonderlich erbaut gewesen zu sein, wenigstens
beweist die so eben wiederholte scherzhafte Aeusserung
eher das Gegentheil, das auch durch das Abschreiben
von Beispielen aus Albrechtsberger's Lehrbuch nicht
umgestossen wird. Und sonst findet sich bei Beethoven
nirgends eine Erwähnung dieses Namens. Nicht einmal
eine Dedication an ihn ist vorhanden, und das ist ein
schlimmes Zeichen, da auch Beethoven auf diese Weise
zuerst seine dankbare Gesinnung zu bethätigen pflegte.
Wir müssen also annehmen, dass auch hier wie
bei Haydn nicht eigentlich etwas Besonderes und jedenfalls nicht jenes von Beethoven so betonte „Freiheit,
Weitergehen in der Kunstwelt" gelernt worden
ist. Er mochte vielmehr auch den Unterricht bei
Albrechtsberger, der, wie es scheint, nur zweimal, im

Januar 1796, wo wir den jungen Künstler auf einer
Reise in Nürnberg finden, und im Frühling desselben
Jahres, wo er auf einer Kunstfahrt nach Prag, Leipzig,
Berlin ist, unterbrochen worden, jedoch nach seinem
Aufhören nicht genau zu bestimmen ist „im Grunde als
eine Art von Nöthigung betrachten, die er sich selbst
auferlegte, um consequent bei der pflichtmässigen Stu-
dienarbeit zu bleiben. Dass er dabei eine grössere Gewandtheit und genügende Sicherheit in den elementaren
und grammatischen Dingen seiner Kunst gewann, ist
natürlich.[23] Allein die Verwendung dieser Mittel zu
geistig freien Schöpfungen, „die bessere Kunstvereinigung" lernte er eben doch nur an diesem seinem eigenen Schaffen, und mehr fast als alle contrapunktistischen
Uebungen unterstützte ihn in diesem nächst dem
Hören und Lesen der Meisterwerke vor allem auch das
Abschreiben derselben, auf das auch er wie Bach und
Mozart viel Zeit verwendet hat.

Um nur einige Beispiele anzuführen, befindet
sich unter den Studienheften, die Nottebohm uns so
vortrefflich geschildert hat, Einiges von Händel, das
Seyfried als von Beethoven herrührend passiren lässt,
und zwar aus der dritten der zuerst im Jahre 1731 gedruckten sechs Sonaten oder Trios für zwei Violinen etc.
und Violoncell. In dem von Thayer mitgetheilten
„musikalischen Nachlass Beethoven's" ferner sind ein
„Quartett von Haydn in Partitur" und eine „Fuge von
Sebastian Bach im Quartett" als „von Beethoven geschrieben" angeführt. Wir werden später noch Gelegen-

heit haben, auf die theoretischen Arbeiten Beethoven's zurückzukommen. Hier sei nur noch die Aeusserung von Ries erwähnt: „Auch bei Albrechtsberger hatte Beethoven im Contrapunkte und bei Salieri über dramatische Musik Unterricht genommen. Ich habe sie alle gut gekannt; alle drei [es ist vorher von Haydn die Rede] schätzten Beethoven sehr, waren aber auch einer Meinung über sein Lernen. Jeder sagte, Beethoven sei immer so eigenwillig und selbstwollend gewesen, dass er Manches durch eigene harte Erfahrung habe lernen müssen, was er früher nie als Gegenstand eines Unterrichts habe annehmen wollen. Besonders waren Albrechtsberger und Salieri dieser Meinung; die trockenen Regeln des erstern und die unwichtigern des letztern über dramatische Compositionen (nach der ehemaligen italienischen Schule) konnten Beethoven nicht ansprechen." Ueber den letztern Punkt sagt Schindler bei Besprechung des „Fidelio", Salieri habe auch gegen Cherubini, der bei Beethoven die nöthige Kenntniss der Gesangskunst vermisste, geklagt, wie es ihm dereinst mit seinem Schüler ergangen. Uebrigens widmete Beethoven im Jahre 1798 Salieri die drei Sonaten für Klavier und Violine Op. 12. Ob aber diese Widmung nicht mehr dem noch immer einflussreichen k. k. Hofkapellmeister als dem allerdings damals weltberühmten dramatischen Componisten, von dessen Werken Beethoven im Grunde nicht viel halten konnte, gegolten habe, wollen wir dahingestellt sein lassen.²⁴ Doch sei hier noch ein

Zug aus Beethoven's späterem Leben mitgetheilt, der am klarsten zeigt, wie sich jene jugendliche Lehrzeit mit ihrer komischen Wichtigkeit in der Seele des auf der Höhe der Kunst wie des Lebens stehenden Meisters abspiegelte. „Es war in der Frühlingszeit von 1824", erzählt Schindler, „als Beethoven eines Tags in meiner Begleitung über den Graben ging und Schenk uns begegnete. Beethoven, ausser sich vor Freude, diesen alten Freund wiederzusehen, von dem er seit Jahren nichts gehört, ergriff seine Hand und zog ihn in das nahe gelegene Gasthaus zum Jägerhorn und zwar in das hinterste Zimmer, das am hellen Tage erleuchtet werden musste. Um ungestört zu bleiben, schloss er die Thür ab. Nun begann er alle Falten seines Herzens zu öffnen. Nachdem vorab Klagen über Missgeschicke und erlebte Unglücksfälle mitgetheilt und commentirt waren, kamen auch die Vorfälle aus den Jahren 1793—94 in Erinnerung, darüber Beethoven in ein schallendes Gelächter ausbrach, dass sie beide den Vater Haydn so hintergangen und dieser immerhin nichts gemerkt habe. Diese Scene gab Gelegenheit, dass ich von dem seltsamen Verhältniss, das zwischen beiden Männern bestanden, zum ersten Mal sprechen gehört. Der in jenem Momente auf dem Gipfelpunkt seiner Kunst stehende Beethoven überhäufte den bescheidenen, nur von dem Ertrage seiner Lectionen lebenden Componisten des »Dorfbarbiers« mit lautestem Danke für seine ihm in seinen Lehrjahren bewiesene Theilnahme und freundschaftliche Hingebung. Der

Abschied zwischen beiden nach jener denkwürdigen Stunde war rührend, als sollte er fürs ganze Leben gelten, und wirklich, Beethoven und Schenk haben sich seit jenem Tage niemals wiedergesehen."

Wir aber müssen als Endresultat unserer Betrachtung über die theoretischen Studien wiederholen, dass nicht sie es waren, woran Beethoven sich zu dem grossen Künstler aufgeschwungen hat, der er ist. An seinem ausserordentlichen Können hat das Lernen bei Lehrern, wie sie auch Namen haben mögen, nur den geringsten Antheil, zumal wenn dieselben mit ihrer Theorie einer bereits vorübergegangenen Zeit angehören. Eigenes Nachdenken und eigenes Schaffen sind der einzige Weg, auf dem der productive Mensch lernt, und mochten auch gerade bei der grandios eigensinnigen Natur Beethoven's manchmal Steine und Felsblöcke ihm bis in späte Zeiten diesen Weg versperren oder doch erschweren, er war der Mann, mit Titanenkraft jedes Hinderniss wegzuräumen. Schon die ersten Werke, die sogar zum Theil vor die dargestellte Lehrzeit fallen, beweisen eine Beherrschung der Mittel der Kunst und besonders eine Sicherheit in ihren freien Formen, dass man sich wundert, wie er nur noch hat daran denken können, sich in die Schule zurückzubegeben. Allein er studirte mit Eifer „Moses und die Propheten", und auch solche Selbstüberwindung, ja sie erst recht beweist den grossen Menschen, der auch bei Beethoven dem grossen Künstler zu Grunde liegt.

Drittes Kapitel.

Die Kunstreise.

„Durch den Einfluss Zmeskall's, der ein leidenschaftlicher Freund der Kunst, der Wissenschaft und
selbst Virtuose auf dem Cello war, trat er in die Häu-
ser des Baron Swieten, des Fürsten Lichnowsky, des
Herrn Streicher u. A. m., die ihm in der Folge von
grossem Vortheil für sein Leben waren, in der frühern
Zeit ihn aber in alle jene klassischen Cirkel von Künstlern und Gebildeten der Hauptstadt brachten, wo sein
Talent bald in dem vortheilhaftesten Lichte erschien."
Mit diesen Worten bestätigt die Fischhof'sche Handschrift das schon oben Berichtete und fährt in ihrer
holprigen Weise fort: „Als Virtuose hatte er also daselbst sein Ansehen schon geltend zu machen gewusst.
Als Componist jedoch ging es schwerer. Pleyel, Vanhal,
Clementi, Kozeluch mussten noch studirt werden, und
Mozart's Compositionen übte man gern, weil sie so
dankbar waren. Beethoven hatte Mozart'sche Themata

aus der »Zauberflöte« variirt, die er schon in Bonn skiz-
zirt hatte, und Zmeskall nahm es über sich, dieselben
einem Kunsthändler anzutragen. Der Preis war für
einen noch angehenden Componisten bedeutend genug,
um nicht durch den erfolgten geringen Absatz ein Miss-
behagen des Verlegers zu erzeugen, um so mehr, als
Pleyel'sche und Vanhal'sche Compositionen häufig gekauft wurden. Deshalb hielt es schwer, noch andere
seiner Kunstprodukte auf eine ihm vortheilhafte Art
ans Tageslicht zu fördern. Doch sein immer mehr zunehmender Ruf als Virtuos bahnte ihm nach und
nach den Weg, seine Compositionen erscheinen zu
lassen".[25]

Es handelt sich hier wohl um die XII Variationen
für Klavier und Violine „Se vuol ballare" aus „Figaro's
Hochzeit", die, Eleonoren von Breuning gewidmet, am
31. Juli 1793 von Artaria & Comp. in der Wiener Zeitung
als erschienen angezeigt wurden. Beethoven schickte
davon ein Exemplar am 3. November nach Bonn und
bemerkte seiner Freundin: „Man plagte mich hier um
die Herausgabe dieses Werkchens. — Die V. werden
etwas schwer zum Spielen sein, besonders die Triller
im Coda. Das darf Sie aber nicht abschrecken. Es
ist so veranstaltet, dass Sie nichts als den Triller zu
machen brauchen, die übrigen Noten lassen Sie aus,
weil sie in der Violinstimme auch vorkommen. Nie
würde ich so etwas gesetzt haben, aber ich hatte schon
öfters bemerkt, dass hier und da einer in W. war,
welcher meistens, wenn ich des Abends phantasirt hatte,

des andern Tags viele von meinen Eigenheiten aufschrieb und sich damit brüstete. Weil ich nun voraus
sah, dass bald solche Sachen erscheinen würden, so
nahm ich mir vor, ihnen zuvorzukommen. Eine andere
Ursache war auch dabei, die hiesigen Klaviermeister
in Verlegenheit zu setzen; nämlich manche davon sind
meine Todfeinde, und so wollte ich mich auf diese Art
an ihnen rächen, weil ich voraus wusste, dass man
ihnen die V. hier und da vorlegen würde, wo sich die
Herren dann übel dabei produciren würden."

Was nun zunächst die Herausgabe eigener Werke
betrifft, so scheint es damit dem jungen Künstler von
Anfang an doch nicht so gar schwer ergangen zu sein.
Wenigstens finden wir, dass bereits im Jahre 1794 sowohl die Waldstein-Variationen zu vier Händen als
die aus dem „Rothen Käppchen", wahrscheinlich Beides
Werke aus der Bonner Zeit, erschienen sind, ferner im
Jahre 1795 XII deutsche Tänze für Orchester und die
XII Menuetten für Orchester und VI Varationen über
„Nel cor più non mi sento", sowie im Jahre 1796 die
beiden Variationenhefte über das „Menuet à la Vigano"
und über „Quant' è più bello" ebenfalls in Wien und
bei ersten Verlegern. Dass er sein erstes Klavierconcert, welches er am 29. März 1795 in einer
Akademie im Burgtheater zum Vortheil der Ton-
künstler-Wittwen-Gesellschaft zum ersten Male öffentlich gespielt hatte, einstweilen nicht herausgab, dafür
hatte er die gleichen Gründe wie Mozart, der am 24. Mai
1784 seinem Vater von den Concerten ex B-, D- und G-

dur schreibt: „nur dass sie kein Mensch in die Hände bekommt; denn ich hätte erst heute für eins 24 Ducaten haben können: ich finde aber, dass es mir mehr Nutzen schafft, wenn ich sie noch ein paar Jährchen bei mir behalte und dann erst durch den Stich bekannt mache." Ebenso schreibt Beethoven am 15. Dec. 1800 an Hofmeister, dem er sein zweites Concert anbietet, dass er die bessern noch für sich behalte, bis er selbst eine Reise mache, und er beging deshalb ebenfalls die Vorsicht, die Klavierstimme nur zu skizziren. [26] Ueber die drei Trios Op. 1 aber, an denen er wohl schon in Bonn gearbeitet hatte und die jedenfalls bereits 1793 fertig waren, weil sie ja vor Haydn's Abreise nach London (Januar 1794) bei Lichnowsky gespielt wurden, schloss er am 19. Mai 1795 einen Verlagsvertrag mit Artaria ab, dessen Original noch vorhanden ist. Darnach erhielt Beethoven als Honorar 212 fl. und 400 Exemplare à 1 fl., in der That ein gutes Geschäft für einen jungen Künstler, an dessen Geistesprodukten „als unausführbar die Menge weniger Theil nahm". [27] Doch theilte mir Herr Artaria in Wien aus dem Munde seines Vaters ausdrücklich mit, dass derselbe das Geld zur Honorirung Beethoven's ohne dessen Vorwissen vom Fürsten Lichnowsky ausgezahlt erhalten habe!

Componirt wurden ferner in diesen ersten Jahren des Wiener Aufenthalts die drei Klaviersonaten Op. 2, die ebenfalls bereits in der Wiener Zeitung vom 9. März 1796 von Artaria als erschienen angezeigt

wurden und zwar mit der Bemerkung: „Da das vorige
Werk dieses Herrn Verfassers, die bereits in Händen
des Publikums befindlichen drei Klavier-Trios Opera 1
desselben mit so vielem Beifall aufgenommen worden
sind, so verspricht man sich das Nämliche von dem
gegenwärtigen Werke, um so mehr, da es ausser dem
Werth der Composition noch auch das an sich hat, dass
man aus demselben nicht nur die Stärke, die H. v.
Beethoven als Klavierspieler besitzt, sondern auch die
Delicatesse, mit welcher er dieses Instrument zu be-
handeln weiss, ersehen kann." Auch hatte er das
bereits in Bonn componirte Octett (Parthia in Es) im
Jahre 1795 zum Streichquintett umgearbeitet, weil, wie
Wegeler berichtet, ihm einmal der Graf Appony[28] bei
Lichnowsky aufgetragen hatte, gegen ein bestimmtes
Honorar ein Quartett zu componiren, woraus dann, auf
des Freundes wiederholte Erinnerung, beim ersten
Versuch ein grosses Violintrio (Op. 3), bei dem zweiten
jenes Quintett (Op. 4) geworden sei. Beide wurden am
8. Februar 1797 als „ganz neu" von Artaria angezeigt.
Dass aber jenes Streich-Trio bereits 1792 geschrieben
war, wie hier gelegentlich bemerkt werden mag, hat
Thayer (Chron. Verz. Nr. 18) aus dem Umstande nachgewiesen, dass der Abbé Clemens Dobbeler dasselbe
bereits im December 1792 abschriftlich mit sich nach
England nahm, wo das Werk im Sommer 1793 in Lei-
cester gespielt wurde.

Nach dieser Seite hin also hatte sich Beethoven
nicht zu beklagen, und auch das Publikum so gut wie

der engere Kreis der Künstler erkannte gelegentlich schon damals die „Meisterhand des Herrn Ludwig van Beethoven" an.[29] Dennoch scheint es, als habe er sich damals in der Kaiserstadt nicht recht behaglich, nicht in der ihm gebührenden Stellung gefühlt; er sehnt sich wenigstens für eine Weile weg von Wien, er will etwas Entscheidendes wagen. Und was waren die Gründe dieses unbehaglichen Zustandes?

Zunächst körperliche. „Im kranken Unterleib meines Freundes", so berichtet Wegeler, „lag schon 1796 der Grund seiner Uebel, seiner Harthörigkeit und der ihm zuletzt tödtlichen Wassersucht. Das nur zu häufige Unterbrechen einer regelmässigen Lebensweise musste allerdings diese Grundursache verschlimmern." Auch pflegte er sich in keiner Weise vor üblen Einflüssen zu hüten. „Im Jahre 1796", sagt Fischhof's Manuscript, „kam Beethoven an einem sehr heissen Sommertage ganz erhitzt nach Hause, riss Thüren und Fenster auf, zog sich bis auf die Beinkleider aus und kühlte sich am offenen Fenster in der Zugluft ab." Und von Schonung seiner selbst hat er nie etwas gekannt, zumal wenn die Stimme des Genius oder der Pflicht ihn rief. „Erst am Nachmittag des zweiten Tages vor der Aufführung seines ersten Concerts schrieb er das Rondo und zwar unter ziemlich heftigen Kolikschmerzen, woran er häufig litt. Ich half durch kleine Mittel, soviel ich konnte. Im Vorzimmer sassen vier Copisten, denen er jedes fertige Blatt einzeln übergab."

Sodann war es wohl auch der widrige Kampf mit

den „Klaviermeistern" der Stadt, was ihn unbehaglich
stimmte, und vorzüglich meinte er wohl diese, wenn
er in dem Briefe an Wegeler vom 29. Juni 1800 sagt:
„Und dabei meine Feinde, deren Zahl nicht gering ist."
Freilich ist aus der ganzen Art des selbstbewussten
Auftretens, wie es Beethoven von vornherein hatte, zu
erklären, dass die Herren Collegen in Wien sogleich
kräftiglich gegen ihn eingenommen waren. Er verstand es ja nicht, wie sie mit Bücken und Schmeicheln,
Unterordnen und sich in die Ecke Drücken die gnädige
Erlaubniss, sogar in höhern und höchsten Kreisen verweilen zu dürfen, sich alleruntertänigst zu erbetteln,
sondern verkehrte nach jenem heiligen Gefühle der
menschlichen Gleichberechtigung auch dort als ein völlig
Ebenbürtiger, wie dies ja auch Mozart in so schöner
Weise von sich selbst erzählt.[30] Dazu kam ein Brodneid,
der bei Musikanten auch heute noch lebendig genug,
damals um so heftiger war, als dieser Stand auf einer
noch viel geringern Stufe der Bildung stand. Und als
es nun gar hiess, dass dieser Künstler, der sie alle im
Können so weit übertraf, in Wien bleiben werde, da
war „das ganze corpus musicum sein Feind". Auch kann
man wohl denken, dass er selbst nicht viel von seinen
damaligen Wiener Collegen hielt; er hatte ja keinen
Grund dazu. Was war gegen ihn ein Kozeluch,
jener ewige Verkleinerer und Anfeinder Mozart's, ein
Vanhal, der sanfte Sonatenfabricator, dessen lächerliche Niedlichkeit fast sprichwörtlich geworden ist, ein
Förster, Eberl, Gelinek! Und doch waren diese

Nippsachenmännchen einstweilen noch der Menge ungleich lieber als ein Beethoven, der sie ja dann und
wann aus der angestammten Trägheit des gemeinen
Daseins zu höherem Leben aufzustören drohte. Der
einzige Klaviermeister, der an Virtuosität mit Beethoven damals verglichen werden konnte, war der Salz-
burger J o s e p h W ö l f f l, und es ist nicht uninteressant
zu sehen, wie man selbst im Jahre 1799 noch nicht,
ganz darüber einig ist, wem von beiden die Palme der
Kunst gebühre. Es heisst in einem Briefe über die
berühmtesten Klavierspieler Wiens in der Leipziger
A. M. Z. unter Anderm so:

„Unter diesen machen Beethoven und Wölffl das
meiste Aufsehen. Die Meinungen über den Vorzug
des einen vor dem andern sind hier getheilt, doch
scheint es, als ob sich die grössere Partei auf die Seite
des letztern neigte. Ich will mich bemühen, Ihnen
das Eigene beider anzugeben, ohne an jenem Vorrangs-
streite Theil zu nehmen. Beethoven's Spiel ist äusserst
brillant, doch weniger delicat und schlägt zuweilen
in das Undeutliche über. Er zeigt sich am allervor-
theilhaftesten in der freien Phantasie. Und hier ist es
wirklich ganz ausserordentlich, mit welcher Leichtigkeit und zugleich Festigkeit in der Ideenfolge Beethoven auf der Stelle jedes ihm gegebene Thema nicht
etwa nur in den Figuren variirt (womit mancher Virtuos Glück und — Wind macht), sondern wirklich ausführt. Seit Mozart's Tode, der mir hier noch immer
das Nonplusultra bleibt, habe ich diese Art des Ge-

musses nirgends in dem Masse gefunden, in welchem
sie mir bei Beethoven zu Theil ward. Hierin steht
ihm Wölffl nach. Aber Vorzüge vor ihm hat Wölffl
darin, dass er bei gründlicher musikalischer Gelehr-
samkeit und wahrer Würde in der Composition Sätze,
welche geradehin unmöglich zu executiren scheinen,
mit einer Leichtigkeit, Präcision und Deutlichkeit vorträgt, die in Erstaunen versetzt (freilich kommt ihm
dabei die grosse Structur seiner Hände sehr zu statten),
und dass sein Vortrag überall so zweckmässig und
besonders auch im Adagio so gefällig und einschmei-
chelnd, gleich fern von Kahlheit und Ueberfüllung ist,
dass man nicht blos bewundern, sondern auch geniessen kann. Er ist jetzt, wie Ihnen bekannt sein
wird, auf Reisen. Dass Wölffl durch sein anspruchsloses,
gefälliges Betragen über Beethoven's etwas hohen Ton
noch ein besonderes Uebergewicht erhält, ist sehr
natürlich. Ein ausgezeichneter Klavierspieler ist auch
Hummel (Joh. Nep.), der schon als Knabe grosse Reisen
machte und sich vielen Beifall erwarb. Da er aber
jetzt nur selten öffentlich spielt (er widmet sich jetzt
ganz der Composition) und ich noch keine Gelegenheit
gehabt habe, ihn privatim zu hören, so kann ich Ihnen
nur das Urtheil unparteiischer hiesiger Kenner geben,
welche sein Spiel brillant und dabei sehr deutlich nennen.
Hier haben Sie also beisammen, was diese Stadt von
wirklich ausgezeichneten Klavierspielern hat. Freilich
mögen die Angeführten noch manche wackere Nebenbuhler hier haben, welche, wenn sie ihnen auch nicht

an die Seite gesetzt werden können, doch ihnen auch
nicht allzu weit nachstehen. Denn in einer Stadt, worin
sich über dreihundert Klaviermeister befinden, muss
sich wohl auch gar mancher Schüler über das Mittel-
mässige erheben."[31]

Der Vorwurf, Beethoven's Spiel sei weniger delicat
und schlage zuweilen ins Undeutliche über, wird auch
von Ries und Schindler gemacht und erklärt sich wohl
zum Theil daraus, dass Beethoven's Hand, wie mir
Frau von Gleichenstein erzählte, sehr ungeschickt zum
Klavierspiel gebaut war; er hatte nämlich alle Finger
gleich lang. Besonders der kleine Finger unterschied
sich nicht von den andern, sodass es aussah, als seien
die andern sämmtlich abgehackt. Allein was erzählt
John Russell in seiner Reise durch Deutschland noch
mehr als zwanzig Jahre später von Beethoven! „Seine
Gesichtsmuskeln schwollen an und seine Adern traten
hervor, das ohnehin wilde Auge rollte noch einmal so
heftig, der Mund zuckte und Beethoven hatte das
Aussehen eines Zauberers, der sich von den Geistern
überwältigt fühlt, die er selbst beschwor." Und mit
diesem hohen Können mochte er auch überall, wo er
auftrat, unbedingt siegen. „Auch mein Klavierspielen
habe ich sehr vervollkommnet und ich hoffe, diese Reise
soll auch Dein Glück vielleicht noch machen", schreibt
er im Juni 1800 an Amenda. Allein es scheint doch,
dass er sich in Wien nicht so anerkannt wähnte, wie
er verdiente. Der kleine Kreis entschiedener Verehrer
genügte ihm nicht, obwohl vortreffliche Männer und

einsichtsvolle Kunstfreunde darunter waren. Ein
Genius bedarf der Menge, um sich gehoben zu fühlen.
Das Publikum jener Tage aber bestand auch in Wien
zum grössten Theil aus sogenannten Orecchianten,
welche sinnlichen Kitzel einem tiefern Erregen der
Seele selbst in einer Kunst vorzogen, deren eigent-
lichstes Gebiet die geheimsten Vorgänge des menschlichen Innern sind. Hatte doch selbst ein Mozart mit
seiner inhaltsvollen Musik, die zugleich die Sinne so
angenehm beschäftigt, noch immer nicht ganz durchdringen können! Auch die „Zauberflöte", in der er der
besondern Neigung der Wiener auf das entschiedenste
huldigte, hatte trotz fortwährender Aufführung zunächst noch keinen eigentlichen Einfluss auf den
Geschmack der Wiener gewonnen. Man genoss diese
Töne, wie man andere Musik genoss, man drang nicht
zu ihrem bessern Kern durch. Ein Blick auf das
Opernrepertoire jener Tage bestätigt diese Dinge nur
allzu sehr.[32] Unterhaltung war ja auch in der Musik
der hauptsächliche Zweck in einem Jahrhundert, das
in jeder Art auf den schönen Genuss des Lebens gerichtet war. Doch war es mit eben dieser Unterhaltung
den Wienern wirklicher Ernst; man betrieb die
Musik mit einem Eifer und einer Sorgfalt, dass die
Ausführung eine verhältnissmässig sehr gute sein
musste, wie wir denn auch finden, dass, als einmal
mit den Aufregungen der Revolution und der ihr
folgenden Kriege andere Interessen, andere geistige
Regungen auch nach Wien gedrungen waren, die

Pflege jener Kunst so sehr nachlässt, dass gerade diese
Zeit, die einem Beethoven nicht genügte, von allen,
die sie gekannt, wahrhaft als das goldene Zeitalter
der Musik gepriesen und zurückersehnt wurde. [33]

Allein wir glauben es, dass der Betrieb der Musik,
überhaupt die gesammte Art, wie man in Wien die
Kunst auffasste, einem Beethoven wirklich zunächst
nicht behagen konnte. Sein Ideal stand höher. Ihm
war Musik eine Art göttlicher Offenbarung, ein Mittel,
den Menschen das Höchste zu geben, was ihnen gegeben
werden kann, und so ist es begreiflich, wenn es ihn
drängte, jetzt, wo ihm das vielgepriesene „gelobte
Land" der Musik nicht genügte, einmal in der andern
Grossstadt Deutschlands nachzuschauen, ob denn
nicht dort mehr Ernst auch in der Musik sei, ob sie
nicht dort als die heilige Sache gehalten werde, als
welche sie der jugendliche Künstler in der Seele trug.
Er, dem es vorschwebte, auf die gesammte Nation, ja
auf die ganze Menschheit beglückend, bessernd, be-
freiend mit seiner Kunst zu wirken, er musste einmal
mit eigenen Augen sehen oder vielmehr mit eigenen
Ohren hören, ob denn der Staat, dessen grosser König
mit seinen Thaten der deutschen Nation das Bewusstsein ihres Werthes wiedergegeben und dem die geistigen Interessen vor allem nahe am Herzen lagen,
auch in der Kunst der Töne den ernsten, straffen, stolz
würdigen Geist hege, den er im socialen Leben an-
strebte. Es war nicht blos Sucht nach dem Ruhme
des Virtuosen, auch nicht blos allgemeiner Drang,

einmal die Welt zu sehen, was Beethoven damals von
Wien forttrieb, es war die Sehnsucht nach einer Thätigkeit, die ihn ausfüllte, nach einem Boden, auf dem
er gedeihen und völlig auswachsen konnte. Dass dieser
Boden trotz Allem für ihn nur in der Kaiserstadt zu
finden war, davon konnte er selbst sich freilich nur
überzeugen, wenn er erst die nordische Königsstadt
angeschaut hatte. Er machte sich also auf nach Berlin.

Vielleicht bestimmte ihn aber ausser den genannten Gründen gerade in dieser Zeit zum Reisen auch
der Umstand, dass mit der Vertreibung des Kurfürsten
Max Franz von Bonn (1794) sein Organistengehalt
aufgehört und obendrein die Aussicht auf eine feste
Stellung dort vollständig vernichtet schien. [34] Denn
wir finden ihn bereits vor dieser grossen Reise nach
dem Norden ebenfalls auf einer Fahrt, über deren
Zweck und Ausdehnung übrigens durchaus nichts
Näheres bekannt ist, die aber wohl auch theils eine
Kunstreise war, theils vielleicht einem Besuch bei
seinem hohen Gönner, dem Kurfürsten Maximilian, galt,
der damals schon in Franken lebte. Es berichtet
nämlich Wegeler, dass die beiden Brennings, Christoph
und Stephan, Beethoven bereits im Januar 1796 in
Nürnberg angetroffen haben. Sie reisten dann mit
einander nach Wien zurück, und weil sie alle drei
keinen österreichischen Pass hatten, so wurden sie in
Linz eine Weile angehalten, jedoch bald durch Wegeler's Verwenden in Wien wieder befreit. Die drei Bonner
hatten die Aufmerksamkeit der Polizei erregt. „Diese

glaubte Wunder was sie entdeckt habe", schreibt
Stephan an seine Mutter. „Ich glaube nicht, dass ein
weniger gefährlicher Mann gefunden werden kann als
Beethoven." Doch ist nicht zu vergessen, dass Bonn
damals bereits den Franzosen gehörte. Gleich nach
der Beendigung dieser gemeinschaftlichen Reise schrieb
Lenz von Breuning im Januar 1796 an Wegeler: „Beethoven ist wieder hier; er hat in der Rombergischen
Akademie gespielt. Er ist noch immer der Alte und
ich bin froh, dass er und die Rombergs noch so mit
einander auskommen. Einmal zwar war er beinahe
entzweit mit ihnen, ich war aber damals der Vermittler
und erreichte meinen Zweck so ziemlich. Ueberhaupt
hält er jetzt äusserst viel auf mich."[35]

Im Februar jedoch ist er schon wieder auf Reisen
und berichtet von Prag aus seinem Bruder Nikolaus
Johann, der in der Apotheke beim Kärntnerthor con-
ditionirte, Folgendes: „Lieber Bruder! Um dass Du doch
wenigstens nur weisst, wo ich bin und was ich mache,
muss ich Dir doch schreiben. Fürs erste geht mir's gut,
recht gut. Meine Kunst erwirbt mir Freunde und Achtung,
was will ich mehr! Auch Geld werde ich diesmal [!]
ziemlich bekommen. Ich werde noch einige Wochen
verweilen hier und dann nach Dresden, Leipzig und
Berlin reisen. Da werden wohl wenigstens sechs
Wochen dran gehen, bis ich zurückkomme. — — Fürst
Lichnowsky wird wohl bald wieder nach Wien kommen,
er ist von hier weggereist." Er war also wohl wie
seiner Zeit Mozart mit seinem Gönner nach Prag kut-

schirt und von ihm dort in die musikalischen Kreise eingeführt worden. Seine Wohnung war im goldenen Ein-
horn auf der Kleinseite, und er scheint ziemlich lange
in Prag geblieben zu sein. Wie aus seiner eigenen
Bemerkung auf dem Manuscript hervorgeht, hatte er
dort auch für Mozart's Freundin Madame Duschek,
die sich besonders „in den Bravourarien des deutschen
und italienischen Recitativs auszeichnete"[!], die grosse
Scene und Arie „Ah perfido!" geschrieben. Dieselbe
ist der Signora Contessa di Clari, die nach dem Jahrb.
der Tonk. für 1796 „mit vieler Anmuth" sang, gewidmet
und wohl damals in einem Concerte in Prag bereits
aufgeführt worden. Dann war er auch, wie Schindler
sagt, in Leipzig wegen seines Spiels und seiner Impro-
visation höchlich bewundert worden. Im Juni aber finden wir ihn in Berlin.[36]

In Berlin stand damals das musikalische Leben
im Ganzen genommen nicht so in Blüte wie in Wien.
Doch war der König Friedrich Wilhelm II. ein begeisterter Musikfreund und, wie es scheint, auch eine
Art von Kenner. Dittersdorf erzählt von ihm als Kron-
prinzen die liebenswürdigsten Züge gegen Musiker, und
Mozart erfuhr im Jahre 1789 ebenfalls die hohe Vorliebe
des Königs für seine Muse. Doch verrathen die
Quartette, die er in allerhöchstem Auftrag kurz nachher schrieb, dass es sich hier dennoch mehr um noble
Vergnügung als um eine innerliche Beschäftigung mit
der Kunst handelte, und demgemäss war auch das
reiche königliche Geschenk von 100 Ducaten. Solcher

starken Liebhaberei ist es auch zuzuschreiben, wenn
der König nicht verschmähte, in den Opernproben neben
dem berühmten allmächtigen D u p o r t im Orchester sein
Cello zu spielen, und sich des Kapellmeisters Alessandri
unverschämtes Bravo gefallen liess. Für die Oper
that Friedrich Wilhelm viel, und J. F. Reichardt und
B. A. Weber lagen mit Eifer der Aufführung deutscher
Opern, besonders der Gluck'schen ob. An Reichardt's
Stelle traten jedoch bald die schwächern Kapellmeister
Righini und Himmel. Den entscheidensten Einfluss beim König aber hatte in Musikdingen sein
Lehrer und Vertrauter Duport, der Surintendant de
la musique du Roi. Daher mochte es auch wohl kommen, dass Beethoven für sich und diesen eben in Berlin
die beiden Sonaten mit Violoncell Op. 5 componirte, die dann auch bei Hofe von ihm und Duport gespielt wurden. Doch scheint der König sich auf nichts
weiter eingelassen zu haben, als dass er, wie Ries berichtet, dem Künstler eine goldene Dose mit Louisdoren
gefüllt schenkte. Beethoven erzählte zwar später mit
Selbstgefühl, dass es keine gewöhnliche Dose gewesen
sei, sondern eine der Art, wie sie den Gesandten wohl
gegeben werde. Allein wenn auch, was freilich nicht
zu vermuthen ist, der ernstere Genius Beethoven's auf
den blos genussliebenden hohen Herrn einen ent-
schiedenen Eindruck gemacht hätte, so würde doch
das ruhig stolze, in sich gekehrte Wesen des jungen
Mannes den an Speichelleckerei gewöhnten schwachen
Herrn, zum mindesten nicht angezogen haben, und wer

sich obendrein der Beschreibung erinnert, die Mozart und Reichardt von dem hochfahrenden und intriguanten Duport machen, der wird gewiss sein, dass er einem Beethoven nicht gewogen sein konnte und dass er diese Stimmung auch gelegentlich auf seinen hohen Gönner zu übertragen wusste. [37]

In ein näheres künstlerisches wie menschliches Verhältniss dagegen trat Beethoven schon damals zu dem genialen Prinzen Louis Ferdinand, dem 1804 das dritte Concert Op. 37 gewidmet wurde. „Letzterem machte er", so erzählt Ries, „in seiner Meinung ein grosses Compliment, als er ihm einst sagte, er spiele gar nicht königlich oder prinzlich, sondern wie ein tüchtiger Klavierspieler." Von dem Musikeifer dieses Prinzen erzählt Spohr ergötzliche Dinge, und dass in seinen Compositionen ein Hauch echt musikalischen Lebens weht, ist längst anerkannt. Wie aufrichtig und hingebend aber seine Begeisterung für Beethoven's Schaffen war, erfahren wir aus folgenden Anekdoten. „Als Prinz Louis Ferdinand in Wien war" — es muss im Spätherbst 1804 gewesen sein — „gab eine alte Gräfin *** eine kleine musikalische Abendunterhaltung, zu der natürlich auch Beethoven eingeladen wurde. Als man zum Nachtessen ging, waren an dem Tische des Prinzen nur für hohe Adlige Gedecke bestimmt, also für Beethoven nicht. Er fuhr auf, sagte einige Derbheiten und ging. Einige Tage später gab Prinz Louis ein Mittagessen, wozu ein Theil dieser Gesellschaft, auch die alte Gräfin geladen war. Als man sich zu

Tische setzte, wurde die Gräfin auf die eine, Beethoven
auf die andere Seite des Prinzen gewiesen, eine Auszeichnung, deren er immer mit Vergnügen erwähnte."

So erzählt Ries. Die andere Erzählung, in der
Allg. Wiener Musikzeitung vom Jahre 1843, stammt
von „einer Person, welche Beethoven's Umgang genoss".
Sie lautet: „Die heroische Symphonie erfuhr ihre erste
Aufführung in einer Soirée eines Wiener Cavaliers
[des Fürsten Lobkowitz, dem das Werk gewidmet ist].
Vermochte man nun dem Gedankenfluge des grossen
musikalischen Epikers nicht zu folgen, oder lag es in
andern ungünstigen Umständen, das Werk gefiel nicht.
Einige Zeit nach dieser schmählichen Niederlage liess
sich bei demselben Cavalier, der indessen einen seiner
Landsitze bezogen hatte, der Prinz Louis Ferdinand von
Preussen zum Besuche anmelden. Der Cavalier, erfreut,
diesen hohen Gast bewirthen zu können, sann nun auf
allen möglichen Stoff zur Unterhaltung dieses geistreichen und höchst musikalischen Prinzen; besonders
wünschte er ihm in musikalischer Hinsicht eine Ueberraschung zu machen. Er zog daher seinen Kapellmeister
zu Rathe, der die Aufführung von Beethoven's neuester,
dem Prinzen gewiss noch unbekannter Symphonie in Vorschlag brachte. Der Prinz kommt an und wird mit aller
ihm gebührenden Aufmerksamkeit empfangen; auch der
Zeitpunkt erscheint, in welchem Beethoven's Held vielleicht eine zweite Niederlage erfahren soll. Doch der
Prinz hört die Symphonie mit gespannter Aufmerksamkeit, die sich mit jedem Satze steigert, an. Nach beendig-

ter Execution kann er, hingerissen von dem gewaltigen Geiste, der in dieser Musik lebt, nicht Worte des Lobes genug über dieselbe finden; er dankt dem Cavalier in den verbindlichsten Ausdrücken für den ihm bereiteten Genuss und drückt den Wunsch aus, die Symphonie noch einmal und zwar sogleich zu hören, da seine schleunige Abreise nöthig sei. Der Cavalier, voller Freuden, dass er seinen Gast so angenehm überrascht hat, lässt das Werk noch einmal durchspielen. Ganz erfüllt von der göttlichen Musik, wendet sich der Prinz an den Cavalier mit der Frage, ob er ihm die einzige Bitte nicht gewähren wolle, die Symphonie, nachdem sich die Musiker etwas restaurirt hätten, noch einmal executiren zu lassen. Der Cavalier erfüllt den Wunsch nach einer Stunde. Der Eindruck ist ein allgemeiner und der hohe Gehalt der Musik nun anerkannt. Den folgenden Tag erhält Beethoven von dem Cavalier eine grosse Venetianer-Kette zum Geschenk; aber der ausgezeichnete Prinz hörte wohl die Töne, die ihn so sehr begeistert hatten, nicht wieder, denn kurze Zeit darauf schon fand er den Heldentod."[38]

Ferner machte Beethoven damals Bekanntschaft mit Fasch, dem Gründer und Director der Berliner Singakademie, und dieser schrieb unterm 21. Juni 1796 in deren Tagebuch: „Herr v. B. phantasirte von der Davidiana und nahm dazu das Fugenthema aus Ps. 119 Nr. 8. — Herr v. B., Klavierspieler aus Wien, war so gefällig, uns eine Phantasie hören zu lassen." Und am 22. Juni: Herr von Beethoven war auch diesmal so gefällig,

uns eine Phantasie hören zu lassen." [39] Dabei geschah
es auch wohl, dass Beethoven Goethe's spätern Freund
und Dutzbruder, den derben Zelter kennen lernte, der
durch fast ein Menschenalter den alten Dichterheros
wie ganz Berlin im freien Verständniss der Kunst zu-
rückhielt. Zelter, der Beethoven's Werth niemals recht
erkannt hat, erwähnt dieser Bekanntschaft selbst in
seinem Briefe vom 22. Febr. 1823 mit folgenden
Worten: „Sie haben sie [die Singakademie, deren
Director Zelter geworden war] bei Ihrem Hiersein
schon vor 25 Jahren Ihrer mir unvergesslichen Gegenwart gewürdigt." Doch erfahren wir aus seinen Aeusserungen im Briefwechsel mit Goethe, wie er eigentlich
über Beethoven dachte, und dieser hat denn auch von
„seinem wackern Kunstgenossen", wie er ihn einmal
am 8. Febr. 1823 anredet, ebenso wenig wie von irgend
einem der Berliner Künstler und von der Spreestadt
überhaupt einen nachhaltigen oder nur irgend einen
Eindruck erfahren.

Auch die Begegnung mit Himmel, aus dessen
„Fanchon" eine Weile die ganze musikfreundliche
Welt Liederchen leierte, hat nur anekdotenhaften Reiz,
ist aber in mancher Hinsicht charakteristisch für Beethoven. „Er ging in Berlin viel mit Himmel um, von
dem er sagte, er besitze ein artiges Talent, weiter
aber nichts; sein Klavierspielen sei elegant und angenehm, allein mit dem Prinzen Louis Ferdinand sei er
gar nicht zu vergleichen." So berichtet Ries. Jener
königlich preussische Kammercompositeur war ein

Schüler Salieri's, an den er 1793 aus Venedig schrieb:
„Seitdem ich Ihren «Axur» hörte, beseelte mich der
heisse Wunsch, Ihre Bekanntschaft zu machen, und die
Zeit, welche zwischen diesem Wunsche und seiner Erfüllung lag, entflammte ihn immer mehr und mehr.
Endlich war mir einer der schönsten Momente meines
Lebens beschieden: Ihr philosophischer, durchdringen-
der Geist, Ihre richtige Beurtheilung, Ihre Erfahrung
gaben mir ein Licht, das mir auf der schweren Bahn,
die ich zu betreten willens bin, von grossem Nutzen
sein wird." Einem jüngern Mann gegenüber, dessen
Ideal sich nicht über Salieri und dessen „Axur" erhob,
musste sich Beethoven allerdings nicht eben in einer erquicklichen Stimmung befinden, wie er denn auch dem
liebenswürdig unbedeutenden Künstler, dessen Werth
etwa wie der eines Flotow ist, einmal arg mit-
spielte. „Als sie eines Tages zusammen waren", berichtet Ries, offenbar ebenfalls nach Beethoven's Erzählung, „begehrte Himmel, Beethoven möge etwas
phantasiren, welches Beethoven auch that. Nachher
bestand Beethoven darauf, auch Himmel solle ein
Gleiches thun. Dieser war schwach genug, sich darauf
einzulassen. Aber nachdem er schon eine ziemliche
Zeit gespielt hatte, sagte Beethoven: «Nun, wann fangen
Sie denn einmal ordentlich an?» Himmel hatte Wunder
geglaubt, wieviel er schon geleistet, er sprang also
auf und beide wurden gegenseitig unartig. Beethoven
sagte mir: «Ich glaubte, Himmel habe nur so ein bis-
chen präludirt.» Sie haben sich zwar nachher ausge-

söhnt, allein Himmel konnte verzeihen, doch nie vergessen." Bekanntlich starb der Künstler schon 1814 und zwar in Folge seiner Ausschweifungen, die ja damals allgemein in der preussischen Hauptstadt den höchsten Grad erreicht hatten.[40]

Ob es in Berlin zu einem öffentlichen Concert für Beethoven gekommen, war bisher nicht zu ermitteln. Es ist dies aber nicht wahrscheinlich, denn dergleichen war damals in Berlin noch selten und obendrein liebte der König es nicht. Im Ganzen also hatte Beethoven keineswegs Grund, besonders erbaut von dem Erfolg seiner Reise und zumal von Berlin zu sein. Auch hat er selten und niemals mit Vorliebe von Berlin erzählt, war vielmehr im Grunde zeitlebens nicht gut darauf zu sprechen und theilte sogar einigermassen das Vorurtheil des Oesterreichers gegen die protestantische Preussenstadt.[41] Und in der That, wenn seinem lebhaft sittlichen Gefühle das üppige sinnliche Leben Wiens nicht zugesagt hatte und dies auch eine der Ursachen gewesen sein mochte, die ihm eine Existenz in dem strengern Norden suchen liessen, so musste er davon jetzt gänzlich geheilt sein und mit Freuden in die heitere Kaiserstadt zurückkehren. Denn hier hatte doch das sinnliche Geniessen selbst in seiner Ausartung eine naive Frische, während dort die grösste Verdorbenheit sich obendrein in den Mantel der Tugend oder gar der Prüderie hüllte, eine Erscheinung, die dem jeder Unnatürlichkeit abholden Beethoven, der ein frohes Geniessen des Lebens ebenfalls in keiner

Weise verschmähte, in tiefster Seele zuwider sein
musste. Dann aber war Liebe und Verständniss der
Kunst an dem Maitressenhofe des Königs in keiner
Weise reiner und eingehender als an dem Kaiserhofe,
dem nach echt österreichischer Art die Musik in
Fleisch und Blut übergegangen war und wahrhaft zum
Lebensbedürfniss gehörte.[42] Freilich die Gesammt-
richtung der Musik war dort ernst, ernster wenigstens
als in Wien, wo man sich noch ausschliesslich dem
Zauber des blos Melodiösen hingab, und wenn auch
in den höhern Kreisen Berlins damals noch ganz der
Geschmack an der Opera seria herrschte, so war doch
auf der andern Seite die Tiefe des alten Bach und
seiner Söhne wenigstens einigen seiner Schüler und
deren Nachfolger aufgegangen. Nur konnten die Bestrebungen der Neuern, eines Fasch, Reichardt, B. A.
Weber und Zelter, von keiner grossen Bedeutung sein,
weil ihnen allen gar zu sehr jene angeborne Schöpfer-
kraft fehlte, die Theil nehmend an den eigensten Regungen der Zeit, auch der Kunst neues Leben einhaucht.
Wenigstens sind die dramatischen Compositionen und
Lieder eines Reichardt so gut wie Zelter's kräftige
Männerchöre nur als Anregungen zu betrachten, die
wohl recht gute Wirkung auch in weitere Ferne gethan
haben, deren Gehalt aber doch nicht gross genug war, um
dem Schaffen eines Beethoven irgend gleich zu kommen.

Erst mehr als zwanzig Jahre später sollten es
ernste Männer wie Spontini und K. M. von Weber sein,
die, das Bedürfniss ihrer Zeit verstehend und die

besondere Richtung der Kunstelemente Berlins zusammenfassend, dort wirklich Werthvolles und allgemein
Bedeutendes schufen. Schwerlich aber würde selbst
ein Beethoven, wenn man ihn im Jahre 1796 für Berlin
gewonnen hätte, eine Epoche erneuerten Schaffens
dort herbeigeführt haben. Dazu gehörte erst die
ganze lange Periode tiefster Schmach und schönster
Erhebung, die Preussen von da bis zu den Freiheits-
kriegen durchzumachen hatte. Dass man aber Beethoven damals nicht gewann, beweist, wie wenig Preussen
oder wenigstens Berlin zu jener Zeit an der Spitze
der Kunstbestrebungen stand. Denn hatte man gerade
damals den jedenfalls geistvollen künstlerischen Expe-
rimentator J. F. Reichardt fortgehen heissen, weil er
sich zu lebhaft für die Grundbewegungen der Zeit
interessirte, so konnte ein Beethoven gewiss nicht
genehm sein, dem der neue Geist der Zeit schon aus
den Augen sprühte und aus Reden und Benehmen so
sehr hervorleuchtete, dass gewiss manchem Manne
der höhern Kreise das Wort Sansculotte unwillkürlich
von der Zunge sprang. Und nach dieser Seite hin
konnte auch ein Prinz Louis Ferdinand, der doch gewiss
Beethoven's Bedeutung ahnte, selbst wenn er wollte,
nicht helfen; er selbst aber liess sich später an seinem
Dussek begnügen. Kurzum, Beethoven fand nicht,
was er ohne allen Zweifel gesucht hatte, eine Anstellung in Berlin[43], und von Dingen, die ihn sonst etwa
dort zu fesseln vermocht hätten, besass er Alles besser
in Wien. Dort wie hier war es eben nur Unterhaltung

mit Musik, was man liebte, und diese war denn doch
eher in Wien zu ertragen, wo ein frisches sinnliches
Dasein selbst der Musik eine tiefere Resonanz und dem
Rhythmus einen Schwung gab, wie man ihn noch heute
in Berlin vergebens sucht. Also kehrte unser Freund
von dieser Kunstreise, der ersten und letzten seines
Lebens, zunächst nach der Kaiserstadt zurück, und indem er sich fortan mit voller Hingebung auf ihre Interessen und Bestrebungen concentrirte, sollte bald genug
sein eigenes Schaffen es sein, was sich an die Spitze der
Kunstbestrebungen der Zeit schwang und für mehr als
drei Jahrzehnte Oesterreich zum Mittelpunkt der be-
deutendsten Kunstinteressen unseres Vaterlandes gemacht hat, den in Mitanlehnung an Beethoven und
seinen Schüler Schubert jüngere Kräfte wie Weber,
Schumann, Liszt und Wagner erst spät wieder dem
nördlichen Theile in der Musik zu erobern vermochten. Es ist also unsere nächste Aufgabe, auch in
der Abwicklung des äussern Lebensgangs des jungen
Künstlers die Momente aufzuweisen, die zu einer Ver-
tiefung des eigenen Innern wie zum Verständniss der
grossen Interessen der Zeit und damit zur Erschaffung
jener Reihe erhabenster Meisterwerke führten, die den
geistigen Gehalt jener ewig denkwürdigen Epoche in
strahlender Schönheit auf die Nachwelt gebracht haben.

Viertes Kapitel.

Die Taubheit.

Nach der Rückkehr von Berlin begann Beethoven im Gefühl einer gewissen Enttäuschung sich wohl zunächst etwas näher umzusehen, was er denn in der Kaiserstadt eigentlich Alles besass, und bald ward ihm Wien so sehr zur zweiten Heimat, dass er bereits im Jahre 1800 von Bonn und den Rheingegenden nur als einem Gegenstand des Besuchs spricht, ohne den Wunsch, jemals völlig wieder dorthin zurückzukehren.

Auch für die materiellen Verhältnisse ward ihm ja in Wien redlich gesorgt, wenn er nur für sich sorgen lassen wollte. Zunächst hielt wohl der Inhalt der goldenen Dose des Königs Friedrich Wilhelm noch eine Weile vor. Und das musste auch sein. Denn von Maximilian Franz, der unterdessen Land und Leute am Rhein verlassen hatte und nach Mergentheim gezogen war, war ferner kaum noch etwas zu erhalten, da er selbst keinen Ueberfluss hatte und schwerlich einen

Künstler in der Fremde zu erhalten geneigt war, den er doch nach seiner eigenen Einsicht in die politischen Verhältnisse kaum jemals als kurfürstlichen Kapellmeister anzustellen Hoffnung hatte. Eine „Zahlungsanweisung, betr. die 100 Thlr. Zulage für den Hoforganisten L. van Beethoven, an die kurfürstl. Landrentmeisterei seitens der Hofkammer d. d. 24. Mai 1793" liegt noch vor[14], weiter aber war nichts zu ermitteln von kurfürstlichen Unterstützungen. Im Gegentheil sagt das Tagebuch dieser Zeit schon ziemlich auf den ersten Blättern: „Ich verliess mich darauf, ich würde 100 Ducaten empfangen, aber umsonst." Nun wird ihn freilich vor allen Lichnowsky in keiner Weise im Stich gelassen haben. „Wenn Du allenfalls Geld brauchst, kannst Du keck zu ihm gehen, da er mir noch schuldig ist", schreibt Beethoven aus Prag seinem Bruder.

Es hatte ihn Lichnowsky ja auch in sein Haus aufgenommen, wo er wenigstens einige Jahre verblieb. „Ich fand ihn daselbst gegen das Ende 1794 und verliess ihn dort in der Mitte 1796", sagt Wegeler. Dort freilich war ihm Manches nicht ganz nach dem Sinn. So war die Zeit zum Mittagessen bei dem Fürsten auf 4 Uhr festgesetzt. „Nun soll ich", murrte Beethoven, „täglich um 4 Uhr zu Hause sein, mich etwas besser anziehen, für den Bart sorgen u. s. w. Das halt' ich nicht aus!" Natürlich, dass er häufig in die Gasthäuser ging. Einmal ferner gab der Fürst, der eine sehr laute Metallstimme hatte, seinem Jäger die Weisung, im Falle er und Beethoven zugleich klingelten, diesen zuerst zu

bedienen. Beethoven hörte dies und schaffte sich am
nämlichen Tage einen eigenen Diener an und ebenso bei angebotenem vollen Marstall des Fürsten ein
eigenes Pferd, als ihn die schnell vorübergehende Lust
zu reiten anwandelte. Zudem war es ihm nicht möglich, zur Sommerszeit in der Stadt zu weilen. „Kindlich
freue ich mich darauf; wie froh bin ich, einmal in Gebüschen, Wäldern, unter Bäumen, Kräutern, Felsen
wandeln zu können; kein Mensch kann das Land so
lieben wie ich; geben doch Wälder, Bäume, Felsen den
Widerhall, den der Mensch wünscht!" Also hatte er
schon damals fast immer zugleich eine Wohnung auf
dem Lande. Und da er, wie Wegeler ferner sagt,
unter höchst beschränkten Umständen erzogen und
immer gleichsam unter Vormundschaft, wenn auch
nur jener seiner Freunde, gehalten, den Werth des Geldes nicht kannte und nichts weniger als ökonomisch
war, so mussten doch seine Einnahmequellen ziemlich
reichlich fliessen, wenn er nicht irgendwie Mangel
leiden sollte. Vielleicht hängt es, da er nun doch —
auch wegen der Unterhaltung oder Unterstützung seiner
beiden Brüder — zunächst vorzugsweise auf den eigenen
Erwerb angewiesen war, mit diesen Umständen zusammen, dass er bald nach der Rückkehr von der Kunstreise, deren Ruhmeserfolge zudem ohne Zweifel auch
in Wien bekannt geworden waren, eine Reihe von kleinern Compositionen im Druck erscheinen liess, von
denen einige mit Bestimmtheit auch erst in diesem
Winter von 1796—97 geschrieben sind. So die vier-

händige Sonate in D, das Kriegslied der Oesterreicher
vom 14. April 1797: „Ein grosses deutsches Volk sind
wir", die Serenade Op. 8, die Klaviersonate Op. 7,
ferner im Jahre 1798 die dem Grafen von Browne
gewidmeten drei Streichtrios Op. 9, die der Gräfin
von Browne dedicirten drei Klaviersonaten Op. 10,
die XII Variationen über „Ein Mädchen oder Weibchen", das Trio Op. 11, der Gräfin von Thun gewidmet,
sowie die Sonaten Op. 12 und die Variationen über
„Mich brennt ein heisses Fieber"; sodann im Jahre
1799 die dem Fürsten Lichnowsky gewidmete Sonate
pathétique und verschiedene Variationenhefte über
Themen aus neu aufgeführten Opern, wie Salieri's
„Falstaff", Süssmayr's „Soliman II" und Winter's „Unterbrochenes Opferfest", sowie die kleinen Sonaten
Op. 14, der Baronin von Braun, Gattin des Directors
der k. k. Theater, gewidmet. Dazu kamen einige Werke,
die für öffentliche Aufführungen bestimmt waren, wobei
Beethoven gewiss auch auf die eine oder andere Art
honorirt ward, wie das Trio für 2 Oboen und englisch
Horn Op. 87, das Quintett für Klavier und Blasinstrumente Op. 16 und das zweite Concert Op. 19.
Ueber die Entstehung dieses letzten Werkes wird
z. B. von Tomaschek berichtet: „Im Jahre 1798
kam Beethoven, der Riese unter den Klavierspielern,
nach Prag. Er gab im Convictsaale ein sehr besuchtes
Concert, in welchem er sein C-dur-Concert Op. 15,
dann das Adagio und das graziöse Rondo aus A-dur
Op. 2 vortrug, dann mit einer freien Phantasie über

das ihm von der Gräfin Sch . . . . aus Mozart's «Titus»
gegebene Thema «Ah tu fossi il primo oggetto» schloss·
Durch Beethoven's grossartiges Spiel und vorzüglich
durch die kühne Durchführung seiner Phantasie wurde
mein Gemüth auf eine ganz fremdartige Weise erschüt-
tert. — Ich hörte Beethoven in seinem zweiten Concerte, dessen Spiel und auch dessen Composition nicht
mehr den gewaltigen Eindruck auf mich machten. Er
spielte diesmal das Concert in B-dur, das er in Prag
erst componirte". [45]

So sehen wir, dass, wie es so oft bei Künstlern
geht, auch hier der äussere Drang mit dem innern Trieb
sich verband, um in rascher Folge eine Reihe schönster
Kunstwerke ans Licht zu fördern. Und wenn auch
unter den angeführten Werken, zu denen noch das im
Winter von 1799 auf 1800 entstandene Septett und
die erste Symphonie, sowie „Christus am Oelberge", das dritte Klavierconcert, die Streichquartetten Op. 18, endlich die Sonaten Op. 17 und
Op. 22 und die Prometheusmusik hinzuzuzählen
sind, wenn auch, sage ich, unter diesen Werken nur
einzelne wenige sind, die vom Standpunkt der Entwicklung der gesammten Kunst aus als wirklich
epochemachend zu gelten haben oder gar den noch
höhern Anspruch machen dürfen, auch für das geistige
Leben der Nation eine entscheidende Bedeutung zu
besitzen, so ist vor allem nicht zu übersehen, dass zunächst der Künstler selbst auf diesem Wege des fleis-
sigen Schaffens und Herausarbeitens der eigenen innern

Natur und musikalischen Anschauung sich mehr aus fremden oder doch Andern mitgehörenden Dingen zu sich selbst, zu seinem eigensten Wesen hinarbeitete.

Wenn also nicht zu läugnen ist, dass durch manches dieser Werke im Einzelnen wie im Ganzen, im Kleinen wie im Grossen des blos Formellen, in der Harmonie, in der effectvollern Rhythmik und geistigern Accentuation das Vorhandene theils äusserst geschickt und lebensvoll verwerthet, theils wirklich fortgebildet und die musikalischen Mittel, ja die einzelnen Formen besonders in ihrer Architektonik bereits mannichfach und wesentlich erweitert sind, ja dass Vieles darin auch einen reichern Geistesgehalt zeigt und manch zündenden Funken in das Empfindungsleben der Zeit geworfen hat, so ist doch, wenn man das gesammte Leisten eines Beethoven überschauend ins Auge fasst, zu sagen, dass in den aufgezählten Werken zunächst nur für ihn selbst der Vortheil lag, sich der musikalischen Mittel, die seine Vorgänger hervorgebildet hatten, so zu bemächtigen, dass er mit vollster Freiheit darüber schalten und sie alle mit Sicherheit zum Ausdrucke seines eigenen Seins zu verwenden vermochte, dass aber, falls er über diese Werke nicht hinausgegangen oder vor der Zeit gestorben wäre, nicht zu behaupten wäre, Beethoven habe die Kunst über Haydn oder gar über Mozart weit hinausgeführt und neue geistige Elemente in die Welt wie neue sichere Formen in die Kunst geworfen. Denn was sie nach beiden Seiten hin von Neuem, das

heisst hier von Höchsteigenem der Beethoven'schen
Natur enthalten, wird jedenfalls weit überboten von
dem, was Andern ebenfalls und der Musik überhaupt
als formelles Element eigen ist, und kann deshalb
einstweilen noch nicht unter die wirklich umwälzenden Erscheinungen gerechnet werden. Freilich was in
diesen Werken, über die erst künftig das Genauere zu
sagen ist, von echt Beethoven'schem Geiste hervor-
schaut, ist in Wahrheit die Klaue oder vielmehr das
stolze Auge des Löwen. Es gehörten aber ausser der
formellen Gewandtheit, die dem Künstler durch das
eigene Schaffen wird, auch bei einem Beethoven noch
jene tiefen innern Processe dazu, die den eigentlichen Menschen hervorkehren und zu denen erst das
Leben, die freudige oder schmerzliche Berührung
mit der Welt den tief umbildenden Anstoss geben
kann. Und es versteht sich, dass auch diese bei
einem Beethoven nicht gar zu lange auf sich warten
liessen. Denn bereitet der Mensch in allen Fällen sein
Geschick sich selbst, so beschwört die ungemessene
Naturkraft eines solchen Titanen vor allem die rächen-
den Angriffe der andern Mächte herauf, und aus
Zufall und Schuld mischt sich jenes verhängnissvolle
Loos, das den wahren grossen Mann fast in allen Fällen
als einen Märtyrer erscheinen lässt und mit einem
tragischen Nimbus umgibt.

Freilich das nächste, was mit wahrhaft nächt-
lichen Schatten in das trotz allen kleinen Missgeschicks
bisher meist helle Dasein des verwöhnten, ja fast ver-

götterten Künstlers hineinfährt, scheint so unverdient
und so schrecklich zugleich, dass wohl Keiner, der sich
in die Lage Beethoven's hineindenkt, davon ohne tiefstes
Mitgefühl, ohne innerste Rührung vernimmt. Es ist
die Taubheit, deren Spuren sich schon jetzt, schon
im Jahre 1796 zeigen und die stets zunehmend den
grossen Mann allmälig wie mit sinkenden Nebel-
schleiern umwebt und mehr und mehr von der Welt
entfernt, bis sie ihn endlich für die mitlebende Menschheit wie ein geheimnissvolles Isisbild in fast völlige
Verborgenheit einhüllt.

Die Fischhof'sche Handschrift nennt als nächste
Ursache der plötzlich eingetretenen Harthörigkeit jene
Erkältung, die Beethoven sich durch unvorsichtiges
Auskleiden im erhitzten Zustande zugezogen, und verlegt dies schon in das Jahr 1796. [16] Bei ihm selbst
findet sich die erste directe Aeusserung darüber in
dem Briefe vom 29. Juni 1800 an Wegeler, wo es heisst:
„Nur hat der neidische Dämon meiner schlimmen Gesundheit mir einen schlechten Stein ins Bret geworfen,
nämlich mein Gehör ist seit drei Jahren immer
schwächer geworden, und zu diesem Gebrechen soll
mein Unterleib, der schon damals, wie Du weisst, elend
war, hier aber sich verschlimmert hat, die erste
Veranlassung gegeben haben." Und in denselben Tagen
schreibt er an seinen Freund Amenda in Curland:
„Wisse, dass mir der edelste Theil, mein Gehör sehr
abgenommen hat. Schon damals, als Du noch bei mir
warst, fühlte ich davon Spuren und ich verschwieg's,

nun ist es immer ärger geworden; ob es wird können geheilt werden, das steht zu erwarten; es soll von den Umständen meines Unterleibs herrühren." Allein schon in dem mehrerwähnten Tagebuche aus der ersten Wiener Zeit findet sich folgende merkwürdige Stelle: „Muth, auch bei allen Schwächen des Körpers soll doch mein Geist herrschen! Fünfundzwanzig Jahre sie sind da, dieses Jahr muss den völligen Mann entscheiden! Nicht [?] muss übrig bleiben!" Da nun Beethoven nach dem Briefe vom 2. Mai 1810 und andern Aeusserungen sich selbst um mindestens zwei Jahre jünger hielt, als er wirklich war, so muss die Zeit dieses schmerzlichen Ausrufs über körperliches Leid sein Geburtstag, der 17. December 1797 oder 1798 sein.

Es scheint nun wohl, dass er sich sogleich an namhafte Aerzte wandte. Der erste, von dem wir hören, ist der Director des allgemeinen Krankenhauses, Peter von Frank. [47] Dieser wollte, wie Beethoven seinem ärztlichen Jugendfreund am Rhein schreibt, durch stärkende Medicinen seinem Leibe den Ton wiedergeben und seinem Gehör durch Mandelöl helfen. „Aber prosit! Daraus ward nichts, mein Gehör ward immer schlechter und mein Unterleib blieb in seiner vorigen Verfassung; das dauerte bis voriges Jahr [1799], wo ich manchmal in Verzweiflung war. Da rieth mir ein medicinischer Asinus das kalte Bad für meinen Zustand, ein Gescheidterer das gewöhnliche lauwarme Donaubad. Das that Wunder, mein Gehör blieb oder ward noch schlechter." Den Winter 1799 auf 1800 nun ging's ihm

„wirklich elend", er hatte schreckliche Koliken und
sank wieder in sein voriges Leiden zurück. Dann
ging er im Mai zum dirigirenden Feldstabsarzt und
kaiserlichen Rath Dr. von Vering, indem er meinte,
dass sein Zustand zugleich einen Wundarzt erfordere.
Er hatte, wie er selbst sagt, ohnehin immer Vertrauen
zu diesem Manne, dessen Sohn der berühmte Arzt
Joseph von Vering war und dessen eine Tochter im
Jahre 1808 Beethoven's intimsten Freund Stephan von
Breuning heirathete, aber bereits elf Monate darauf
starb.[48] Ihm gelang es nun, fast gänzlich das Unterleibs-
leiden zu heben, und zwar durch laue Donaubäder, in
die jedesmal noch ein Fläschchen stärkender Sachen
gegossen wurde. Er gab anfangs keine Medicin, aber
dann im Juni Pillen für den Magen und Thee fürs
Ohr, worauf sich der Leidende stärker und besser
befand, ja sich fast ganz hergestellt fühlte. „Nur meine
Ohren, die sausen Tag und Nacht fort", klagt er seinem
rheinischen Freunde und meint, falls der Zustand fort-
dauere, so werde er im nächsten Frühjahr an den Rhein
kommen, wo ihm Wegeler irgend in einer schönen
Gegend ein Haus auf dem Lande miethen soll; „und
dann will ich ein halbes Jahr Bauer werden, vielleicht
wird's dadurch geändert".

Wo Beethoven den Sommer dieses Jahres 1800
zubrachte, erfahren wir nicht. Es scheint ihm körperlich nicht übel ergangen zu sein, wenigstens sehen wir
aus der Anzahl der damals geschaffenen Werke, dass
er sehr viel zu arbeiten vermochte. [49] Wegeler hatte

angefragt, wie es ihm gehe und was er jetzt brauche, worauf er am 16. November antwortet. Vering lasse ihn nun schon seit einigen Monaten Vesicatorien auf beide Arme legen, welche aus Seidelbast beständen. Das sei eine höchst unangenehme Kur, indem es ihn immer ein paar Tage des freien Gebrauchs der Arme beraube, ohne der Schmerzen zu gedenken; er könne nicht läugnen, das Sausen und Brausen sei etwas schwächer als sonst, besonders am linken Ohre, mit welchem eigentlich die Gehörkrankheit angefangen habe. Aber sein Gehör sei gewiss um nichts gebessert, und er wage nicht zu bestimmen, ob es nicht eher schlechter geworden. Mit dem Unterleibe gehe es besser; besonders wenn er einige Tage das lauwarme Bad gebrauche, befinde er sich acht, auch zehn Tage ziemlich wohl. Sehr selten erhalte er einmal etwas Stärkendes für den Magen, mit den Kräutern auf den Bauch, die Wegeler ihm gerathen, fange er auch an, aber von Sturzbädern wolle Vering nichts wissen. „Ueberhaupt bin ich mit ihm sehr unzufrieden", heisst es weiter; „er hat gar zu wenig Sorge und Nachsicht für so eine Krankheit; käme ich nicht einmal zu ihm und das geschieht auch mit viel Mühe, so würde ich ihn nie sehen. Was hältst Du von Schmidt? Ich wechsle zwar nicht gern, doch scheint mir, Vering ist zu sehr Praktiker, als dass er sich viel neue Ideen durchs Lesen verschaffte. Schmidt scheint mir hierin ein ganz anderer Mensch zu sein und würde vielleicht auch nicht so nachlässig sein. Man spricht wieder vom Galva-

nism; was sagst Du dazu? Ein Mediciner sagte mir,
er habe ein taubstummes Kind sehen sein Gehör wie-
dererlangen (in Berlin) und einen Mann, der ebenfalls
sieben Jahre taub gewesen und sein Gehör wieder-
erlangt habe. Ich höre eben, Dein Schmidt macht hierin
Versuche."

Johann Adam Schmidt, k. k. Rath, Feldstabsarzt
und wie die Titel alle heissen, die auf dem ihm 1803
dedicirten Trio Op. 38 (nach dem Septett) verzeichnet
sind, stand mit Wegeler bis zu seinem Tode in der
innigsten freundschaftlichen Verbindung. Das Jahrbuch der Tonkunst für 1796 nennt ihn „einen vortrefflichen Violinspieler, welcher vormals in allen unsern
Privatakademien mit offenen Armen aufgenommen
wurde und vorzüglich in Quartetten wegen seines lieblichen Tons und seiner schönen Empfindung glänzte,
aber zum Verdruss unserer wahren Musikfreunde sich
seit einiger Zeit her sehr zurückzieht". Beethoven
scheint in seiner Familie ebenfalls wohl aufgenommen
gewesen zu sein, wenigstens spricht die Dedication
jenes Trios von dem „aimable cercle de Votre famille"
und von „amitié" und „gratitude", wie von „vivacité et
cordialité de mes sentiments". Von einer entscheidenden
ärztlichen Hülfe, die Beethoven von Schmidt erfahren,
ist dort nicht das Geringste angedeutet, wohl aber in
dem Testament vom October 1802, wo Beethoven ihn
einen vernünftigen Arzt nennt und seine Dankbarkeit
auf das innigste ausspricht. Vielleicht jedoch war dem
berühmten Arzt die Sache im Anfang zu unbedeutend

oder Beethoven nicht folgsam genug, und dies Letztere
war wohl ein Hauptgrund, warum keine der Kuren
dauernd bei ihm anschlug. Er gebrauchte sie nicht
consequent, wollte sofortige Wirkung sehen und meinte,
wenn nur die geringste Besserung eingetreten war,
sogleich aller Hülfe entbehren zu können, deren Annahme ihm so überaus lästig war. So scheint denn
auch Dr. Schmidt zunächst nichts ausgerichtet zu
haben, und als nun die berühmten Aerzte der Hauptstadt durchprobirt waren und das Uebel stets dasselbe
blieb, ja oft ärger hervortrat, wandte er sich auf den
Rath seiner Freunde und zwar, wie Schindler sagt, „mit
Genehmigung seines Arztes" zu andern Praktikanten.

„Es lebte nämlich", erzählt die Fischhof'sche Handschrift, „an der Metropolitankirche zu St.-Stephan ein
Geistlicher [Pater Weiss] mit dem wohlverdienten
Rufe, Gehörkranke zu heilen, der auch viele bewährte
Zeugnisse von solchen Personen aufzuweisen hatte, die
durch seine Mittel genesen waren. Herr von Zmeskall
bewog mit vieler Mühe Beethoven, mit ihm dahin zu
gehen. Anfangs befolgte er auch den Rath des Arztes;
da er aber täglich zu ihm gehen musste, um sich eine
Flüssigkeit ins Ohr träufeln zu lassen, so war ihm
dieses um so unangenehmer, als er bei seiner Ungeduld
noch wenig oder gar keine Besserung zu spüren glaubte,
und blieb aus. Der besorgte Arzt verständigte Herrn
von Zmeskall davon, welcher ihm jedoch bat, sich zu
dem eigensinnigen Kranken selbst zu verfügen, um
seiner Bequemlichkeit entgegen zu kommen. Der

Geistliche, gutmüthig besorgt, Beethoven zu helfen, ging in dessen Wohnung, aber ebenso war seine Bemühung in wenigen Tagen schon vergebens, indem Beethoven sich verläugnen liess und so eine vielleicht mögliche Hülfe oder mindestens Linderung seines Zustandes vernachlässigte."

Dass bei solchen Umständen keine Besserung des Leidens eintrat, ist begreiflich, und es war also wohl nicht ganz ohne Schuld von seiten Beethoven's, dass das Uebel allmälig ein chronisches wurde und in solcher Weise zunahm, dass an Heilung nicht mehr zu denken war und am Ende merkliche Taubheit eintrat.

In welcher Weise nun, das ist eine der zumeist interessirenden Fragen, empfand Beethoven damals das Leiden in Beziehung auf seine Kunst?

„Um Dir einen Begriff von dieser wunderbaren Taubheit zu geben", schreibt er selbst im Juni 1800 vertraulich an Wegeler, „so sage ich Dir, dass ich mich im Theater ganz dicht am Orchester anlehnen muss, um den Schauspieler zu verstehen. Die hohen Töne von Instrumenten, Singstimmen, wenn ich etwas weit weg bin, höre ich nicht. Im Sprechen ist es zu verwundern, dass es Leute gibt, die es niemals merkten; da ich meistens Zerstreuungen hatte, so hält man es dafür. Manchmal auch höre ich den Redenden, der leise spricht, kaum, ja die Töne wohl, aber die Worte nicht; und doch, sobald Jemand schreit, ist es mir unausstehlich."[30]

Wie aber empfand er dasselbe in seinem Gemüthe?

— „Ich kann sagen, ich bringe mein Leben elend

zu", ruft er demselben Freunde in die treue Seele; „seit zwei Jahren fast meide ich alle Gesellschaften, weil's mir nicht möglich ist den Leuten zu sagen: ich bin taub. Hätte ich irgend ein anderes Fach, so ging's noch eher, aber in meinem Fache ist das ein schrecklicher Zustand. Dabei meine Feinde, deren Zahl nicht gering ist, was würden diese hierzu sagen! — Was es nun werden wird, das weiss der liebe Himmel. Vering sagt, dass es gewiss besser werden wird, wenn auch nicht ganz. Ich habe schon oft — — mein Dasein verflucht; Plutarch hat mich zu der Resignation geführt. Ich will, wenn's anders möglich ist, meinem Schicksal trotzen, obschon es Augenblicke meines Lebens geben wird, wo ich das unglücklichste Geschöpf Gottes sein werde." Und an Amenda: „Ob nun auch das Gehör besser werden wird, das hoffe ich zwar, aber schwerlich, solche Krankheiten sind die unheilbarsten. Wie traurig ich nun leben muss, Alles, was mir lieb und theuer ist, meiden und dann unter so elenden egoistischen Menschen wie . . . . — O wie glücklich wäre ich, wenn ich mein vollkommenes Gehör hätte; dann eilte ich zu Dir, aber so, von Allem muss ich zurückbleiben, meine schönsten Jahre werden dahinfliegen, ohne alles das zu wirken, was mich mein Talent und meine Kraft geheissen hätten. Traurige Resignation, zu der ich meine Zuflucht nehmen muss! Ich habe mir freilich vorgenommen, mich über alles das hinauszusetzen, aber wie wird es möglich sein? Ja, Amenda, wenn nach einem halben Jahre mein Uebel unheilbar wird, dann mache ich Anspruch auf Dich, dann musst Du Alles verlassen und zu mir kommen, ich reise dann (bei meinem Spiel und Composition macht mir mein Uebel noch am wenigsten, nur am meisten im Umgang) und Du musst mein Begleiter sein. — Ja, Du schlägst mir's nicht ab, Du hilfst Deinem Freund seine Sorgen, sein Uebel tragen." Dabei schämt er sich, wie leicht begreiflich, dieses Zustandes und wünscht ihn möglichst geheim zu halten. „Ich bitte Dich, von diesem meinem Zustande Niemandem, auch nicht einmal der Lorchen etwas zu sagen, nur als Geheimniss vertrau' ich Dir's an", ruft er Wegeler zu und fordert das Gleiche von Amenda.

Wir erkennen, dass das Leid ihm manchmal wie die Welle bis an den Mund hinansteigt, und manche Note in seinen Werken verräth schon die heisse Arbeit der Seele, Herr über die Noth des Körpers zu werden und auf Alles, was Lebensglück heisst, zu verzichten. Man denke nur an das Adagio appassionato im F-dur-Quartett Op. 18 1! Doch so lange nur diese Noth des Leibes ihn plagte, sehen wir ihn trotz Allem im Ganzen noch wohlgemuth und vernehmen auch in seinen Werken noch nicht jene ureigenen Töne, die des Herzens tiefste Bedrängniss den Menschen lehrt.' Aber auf einen andern schönen Weg bringt ihn diese herbe Lebenserfahrung, indem sie ihm neben allen Zielen, die der künstlerische Ehrgeiz zu erreichen strebt, das höhere Ziel der Vervollkommnung des innern Menschen zeigt. „So viel will ich Euch sagen, dass Ihr mich nur

recht gross wiedersehen werdet", verspricht er dem
Freunde am Rhein im Juni 1800; „nicht blos als
Künstler sollt Ihr mich grösser, sondern auch als
Mensch sollt Ihr mich besser, vollkommener finden."
Zudem hat er die Freude, dass die thätige Anspannung
der letzten Jahre, die der Drang körperlichen Elends
bei einem Beethoven nur erhöhen konnte, ihm in jeder
Hinsicht lohnend geworden ist. Bereits im Mai 1797
durfte er an Wegeler schreiben: „Mir geht's gut und
ich kann sagen, immer besser", und im Juni 1800 sogar: „Von meiner Lage willst Du was wissen? Nun, sie
wäre eben so schlecht nicht. Seit vorigem Jahre hat
mir Lichnowsky, der, so unglaublich es Dir auch ist,
wenn ich Dir es sage, immer mein wärmster Freund
war und geblieben ist (kleine Misshelligkeiten gab es
ja auch unter uns, und haben eben diese unsere Freundschaft nicht befestigt?), eine sichere Summe von 600 Fl.
ausgeworfen, die ich, solange ich keine für mich passende Anstellung finde, ziehen kann. Meine Compositionen tragen mir viel ein, und ich kann sagen, dass
ich mehr Bestellungen habe, als fast möglich ist, dass
ich befriedigen kann. Auch habe ich auf jede Sache
sechs, sieben Verleger und noch mehr, wenn ich mir's
angelegen sein lassen will; man accordirt nicht mehr
mit mir, ich fordere und man zahlt. Du siehst, dass es
eine hübsche Sache ist; z. B. ich sehe einen Freund in
Noth und mein Beutel erlaubt eben nicht, ihm gleich
zu helfen, so darf ich mich nur hinsetzen und in kurzer
Zeit ist ihm geholfen. Auch bin ich ökonomischer als

sonst. Sollte ich immer hier bleiben, so bringe ich's auch sicher dahin, dass ich jährlich immer einen Tag zur Akademie erhalte, deren ich einige gegeben."[51] Und ähnlich äussert er sich gegen Amenda. Dass er diese schönen Erfolge vor allem dem unausgesetzten Fleisse verdankte, versteht sich von selbst. Wir erfahren aber zum Ueberfluss noch aus seinem eigenen Munde zu dieser Zeit, wie es schon damals seine Gewohnheit war, in der Frühe stets um 5 oder 6 Uhr auf zu sein und zu arbeiten.

Zudem hatte er gerade damals auch von aussen her noch Anregung genug, die verschiedenartigsten Werke zu schaffen, denn noch hatte er sich dem Kreise der kunstliebenden Menschen nicht so sehr entzogen und sich so völlig auf sein eigenes inneres Leben concentrirt, wie das schon bald wenigstens für eine Weile der Fall sein sollte. Die Musikaufführungen vor grossem Publikum boten, wie wir sahen, manchen · Anlass zu Compositionen, ebenso die Privatunterhaltungen bei Lichnowsky, Graf Browne und andern Gönnern und Freunden, und Seyfried berichtet ausdrücklich, dass besonders das später von Rasumowsky für Lebensdauer engagirte Streichquartett alles Neue von Beethoven „brühwarm aus der Pfanne weg" probirte. Dieses Quartett der Künstler Schuppanzigh, Sina, Weiss und Kraft, die sämmtlich Beethoven zeitlebens mehr oder weniger nah befreundet blieben, hatte ohne allen Zweifel einen bedeutenden Einfluss auf das Verständniss seiner Werke beim grossen Publikum.

ja in mancher Hinsicht auf sein eigenes Schaffen. Die
Bemerkungen dieser Herren nahm ja nach der Versicherung Wegeler's, welcher „meistens, wo nicht jedesmal zugegen" war, Beethoven immer mit Vergnügen
an. So machte ihn, um nur eins anzuführen, der berühmte Violoncellist Kraft in Wegeler's Gegenwart
aufmerksam, eine Passage im Finale des dritten Trio
Op. 1 mit sulla corde G zu bezeichnen und in dem
zweiten dieser Trios den Vierviertaltakt, mit dem Beethoven das Finale bezeichnet hatte, in $^2/_4$ umzuändern.

Sehen wir uns diesen Virtuosenkreis nun zunächst
etwas näher an.

Ueber Schuppanzigh berichtet in dessen bio-
graphischem Abriss in Schilling's „Universallexikon der
Tonkunst" der Ritter von Seyfried: „Wie bekannt war
Beethoven im fürstlich Rasumowsky'schen Hause so zu
sagen Hahn im Korbe. Alles was er componirte, wurde
dort brühwarm aus der Pfanne durchprobirt und nach
eigener Angabe haarscharf genau, wie er es eben so
und schlechterdings nicht anders haben wollte, ausgeführt, mit einem Eifer, mit Liebe, Folgsamkeit und
einer Pietät, die nur solch glühenden Verehrern seines
erhabenen Genius entstammen konnte, und einzig blos
durch das tiefste Eindringen in die geheimsten Intentionen, durch das vollkommenste Erfassen der geistigen
Tendenz gelangten jene Quartettisten im Vortrage
Beethoven'scher Tondichtungen zu jener universellen
Berühmtheit, worüber in der ganzen Kunstwelt nur
eine Stimme herrschte." In der Leipziger A. M. Z.

von 1805 wird das Spiel des ersten Geigers, der nur
sechs Jahre jünger war als Beethoven, so charakterisirt:
„Schuppanzigh weiss bei seinem vortrefflichen Quar-
tettenvortrage in den Geist der Compositionen genau
einzudringen und das Feurige, Kräftige, aber auch das
Feinere, Zarte, Humoristische, Liebliche, Tändelnde
so bezeichnend herauszuheben, dass die erste Violine
kaum besser besetzt sein könnte", und diese Schilderung ist, als wenn sie vom Vortrag gerade Beethoven'-
scher Musik hergenommen wäre.[52] Der verhältnissmässig junge Componist fuhr diesen Künstlern aber
auch zuweilen gewaltig durch die Parade. So existirt
ein grosses Blatt mit Bleistift-Hünenzügen von Beethoven's Hand, worauf folgender Ukas des „Gross-
moguls": „Der Musikgraf [wohl Zmeskall, der nach
Wegeler's Mittheilung bei Lichnowsky als Cellist mitthätig war] ist heute infam cassirt. Der erste Geiger
wird ins Elend nach Siberien transportirt. Der Baron
hat einen ganzen Monat das Verbot, nicht mehr
zu fragen, nicht mehr voreilig zu sein, sich mit
nichts als seinem ipse miserum abzugeben."

Vor allem mit Schuppanzigh, der von einer
komischen Wohlbeleibtheit war, pflegte Beethoven
erstaunlich derb umzugehen, und es ist ein Beweis
sowohl der innern Tüchtigkeit beider Männer als der
künstlerischen Achtung, die sie vor einander hatten,
dass dergleichen ihr Verhältniss nicht nur nicht störte,
sondern gleichsam, wie jene Misshelligkeiten mit den
Freunden, nur befestigte. So existirt ein Kanon für

zwei Singstimmen und vierstimmigen Chor mit dem
Titel „Lob auf den Dicken", den Beethoven im Jahr
1801 auf das leere letzte Blatt des Originalmanuscripts
der Sonate Op. 28 (im Besitz des Herrn Joh. Kaffka
in Wien) schrieb und der beginnt: „Schuppanzigh ist
ein Lump, Lump, Lump." Und es schien ihn gar nicht
zu geniren, dass jenen so etwas ärgerte. Vielmehr
meint er einmal 1804 gegen. Ries: „Er könnte
sich freuen, wenn meine Kränkungen ihn magerer
machten." Dafür heisst es aber auch ein andermal,
in der öffentlichen Danksagung für die Mithülfe bei
den Akademien vom 8. und 12. December 1813:
„Wenn Herr Schuppanzigh an der Spitze der ersten
Violine stand und durch seinen feurigen, ausdrucksvollen Vortrag das Orchester mit sich fortriss" u. s. w.
Auch in spätesten Jahren, nachdem der erste Geiger
von 1816—23 in Russland gewesen war, blieb das
stete Streiten und Versöhnen, das so überall in Beethoven's Leben eine unerquickliche Rolle spielt, das
gleiche, wie das bekannte Billet vom April 1824
beweist: „An Herrn Schuppanzigh. Besuche Er mich
nicht mehr. Ich gebe keine Akademie. Beethoven."
Und selbst zu der ersten Aufführung der letzten Quartetten, wie Op. 127 u. a., waren Schuppanzigh, Weiss
und Linke nöthig, aber, wie es scheint, haben sie sämmtlich damals nicht mehr ausgereicht, das tiefgehaltvolle
Werk so zu produciren wie die Sachen der frühern
Periode. Wenigstens schreibt Beethoven im Sommer
1825 dem Neffen über diese Aufführung: „Du könntest

noch beifügen [zu dem Brief an Gallizin, für den das
Quartett bestimmt war], dass er sich an das Zeitungs-
gewäsche nicht störe, die, wenn ich wollte, mich nicht
wenig ausposaunen würde, das Quartett sei zwar das
erste Mal, da Schuppanzigh es gespielt, misslungen,
indem er durch seine Dicke mehr Zeit brauche als
früher, bis er eine Sache gleich erkenne, und viele
andere Umstände dazu beigetragen, dass es nicht gelingen konnte, auch ihm dieses von mir voraus-
gesagt; denn trotzdem, dass Schuppanzigh und zwei
Andere die Pension von fürstl. Personen [Rasu-
mowsky] beziehen, so ist doch das Quartett nicht
mehr, was es war, da alle immer zusammen waren."

Ferner der Violoncellist Anton Kraft, den
Mozart im April 1789 nebst seinem Sohne Nikolaus
in Dresden traf und mit ihm und Antoine Teyber
das reizende Streichtrio in E spielte, das „so ganz
hörbar executirt wurde," wird freilich schon 1809 von
Beethoven selbst als „die alte Kraft" und der „eben
auch alte Kraft" bezeichnet. Allein das Jahrb. der Tonk.
von 1796 sagt über Vater und Sohn: „Beide spielen das
Violoncell ganz vorzüglich gut und gehören ohnstrei-
tig unter die ersten Meister dieses Instruments zu
Wien." Und dass Beethoven sein Verdienst auch zu
schätzen wusste, erfahren wir aus dem Briefe an den
Erzherzog Rudolf vom Jahre 1815, der in jeder Hinsicht mittheilenswerth ist. „Nicht Anmassung", heisst
es dort, „nicht als wenn ich der Fürsprecher dürfte
irgend Jemandem sein, oder als wenn ich mich einer

besondern Gunst Ew. Kais. Hoheit rühmte, machen mich Ihnen etwas vortragen; so einfach, als es selbst in sich ist. — Gestern war der alte Kraft bei mir; er glaubte, ob es nicht möglich zu machen, dass man ihm in Ihrem Palaste eine Wohnung gäbe; er würde dafür E. Kais. H. so oft zu Diensten sein, als Sie es nur immer verlangten. Zwanzig Jahre sei er jetzt im Hause des Fürsten Lobkowitz, lange Zeit hindurch habe er keinen Gehalt empfangen, jetzt müsse er auch seine Wohnung räumen, ohne irgend eine Entschädigung dafür zu erhalten. — Die Lage des armen alten verdienten Mannes ist hart, und ich hätte mich wohl auch gewiss einer Härte schuldig gemacht, wenn ich es nicht gewagt hätte, sie Ihnen vorzutragen. — Gr. Troyer wird I. K. Hoh. um eine Antwort bitten. — Da die Rede von der Erleichterung der Lage eines Menschen ist, verzeihen Sie schon Ihrem —"

Mit dem ausgezeichneten Cellisten Joseph Linke, der freilich erst 1807 nach Wien kam und sogleich bei Rasumowsky eintrat, blieb das Verhältniss stets das beste; er ist dem Meister eben immer der „Rechte", wenn es ihm gilt, seine neuesten Werke öffentlich zu produciren. „Lieber Linke und Rechte" wird er angeredet, als es sich um den Vortrag des Trios Op. 97 in seiner Akademie handelt, und: „Rechnen Sie allzeit auf mich, wo ich dienen kann. Ihr Freund Beethoven"— schliesst das Billet. Im Sommer 1825 besuchte Linke mit einigen andern Künstlern den ergrauten Meister auf dem Lande, um von ihm das Es- dur- Quartett

Op. 127 wieder zu haben, wobei denn Beethoven dem
Neffen zuruft: „Die Anhänglichkeit von tüchtigen
Künstlern ist nicht zu verachten und freut einen doch."
Ebenso werden wir sehen, dass der Bratschist Weiss
bis zu Beethoven's Ende in dessen Nähe blieb. [53]

Mit Zmeskall von Domanovecz, der, wie es
scheint, trotz aller Strebsamkeit sowohl in der Composition wie im Spiel seines Instruments doch nur
Dilettantisches leistete, ging der Meister in künstlerischer Hinsicht natürlich noch rücksichtsloser um.
Dieser, „mein wohlfeilster Baron, mon ami à bon
marché", gehörte, wie Beethoven selbst einmal sagt, zu
seinen frühesten Freunden in Wien und spielte häufig bei
Privataufführungen die Violoncellstimme. Es scheint
dabei freilich nicht immer so ganz mit rechten Dingen,
das heisst nach Beethoven's Sinne zugegangen zu sein.
daher dann wohl solche Anreden wie: „Liebster siegreicher und doch zuweilen manquirender Graf", mit
dem musikalischen Spass: „Graf, Graf, Graf, liebster
Graf, liebstes Schaf." Besonders bei neuen Sachen
warnt Beethoven: „Fühlen Sie sich dazu, so spielen
Sie, sonst lassen Sie die alte Kraft spielen", und meint
dann später: „Liebes altes Musikgräferl! Ich glaube,
das würde doch gut sein, wenn Sie den eben auch
alten Kraft spielen liessen, da es doch das erste Mal
ist, dass die Terzetten [Op. 70] gehört werden vor
Mehreren; nachher werden Sie sie ja doch spielen
können. Ich stelle es Ihnen aber frei, wie Sie es hierin
halten wollen; finden Sie Schwierigkeiten hierbei, wo-

von vielleicht die auch dabei sein könnte, dass Kraft
und S. [Schuppanzigh] nicht gut harmoniren, so mag
nur immerhin der Hr. v. Z. jedoch nicht als Musikgraf,
sondern als tüchtiger Musiker sich dabei auszeichnen."

Wenn es dann gut gegangen war, kamen Billets
wie folgende: ..„Uebrigens geben wir uns die Ehre,
Ihnen zu sagen, dass wir Ihnen nächstens einige Decorationen von unserm Hausorden zuschicken werden,
das grosse für Sie selbst, die andern nach Belieben,
jedoch keinem Pfaffen eins" — und: „Es könnte denn
doch sein, dass Sie noch die grosse Decoration des
Cello-Ordens erhielten — wir sind Ihnen ganz wohl-
gewogen. Dero freundlichster Freund Beethoven." —
Meistens aber liebte er ihn mit seinen musikalischen
Bestrebungen zu necken. „Werden Sie nicht unwillig, nächstens schicke ich Ihnen meine Abhandlung
über die 4 Violonschell-Saiten, sehr gründlich abge-
fasst, erstes Kapitel: Von den Gedärmen überhaupt — 2. K. von den Därmsaiten" u. s. w., heisst es
am 5. Sept. 1816, und ein andermal (30. Jan. 1817):
„Obwohl Sie nur ausübender Künstler, so bedienten
Sie sich doch mehrmals der Einbildungskraft" — was
sich auf die kleinen Compositionen bezieht, die das
Resultat davon waren, wenn der k. ungarische Hofsecretär zuweilen ebenfalls den Pegasus bestieg, auf
dessen Flügelrücken er allerdings Beethoven wie ein
Sonntagsreiter erscheinen musste. Dergleichen that
natürlich dem persönlichen Verhältniss der Beiden auch
nicht den entferntesten Abbruch. [54]

Zu den Freunden, die zugleich musikalisch mitthätig in Beethoven's Atmosphäre lebten, gehörte aber
damals vor allen auch der schon genannte Amenda,
der später Landpfarrer und starker Familienvater in
Talsen in Kurland wurde. In einem Billet Beethoven's
an Zmeskall heisst es: „Der Amenda soll statt einer
Amende [die er zuw] eilen für sein schlechtes Pau-
siren verdient" etc. Also wirkte er bei Privatmusiken
mit und zwar wahrscheinlich an der Geige, denn
Beethoven hatte ihm sein Quartett in F- dur Op. 18
Nr. 1 geschenkt. Es heisst darüber: „Dein Quartett
gib ja nicht weiter, weil ich es sehr umgeändert habe,
indem ich erst jetzt recht Quartetten zu schreiben
weiss, was Du schon sehen wirst, wenn Du sie erhalten
wirst." Wann er nach Wien gekommen, erfahren wir
nicht. Dass aber zwischen beiden ein Freundschaftsbund
geschlossen ward, wie ihn jene schwärmerische Zeit in
dem Gemüth eines Beethoven erzeugen musste, hören
wir aus seinem eigenen Munde: „Wie kann Amenda
zweifeln, dass ich seiner je vergessen könnte – weil
ich ihm nicht schreibe oder geschrieben, — als wenn
das Andenken der Menschen sich nur so gegen einander erhalten könnte! — Tausendmal kommt mir der
beste der Menschen, den ich kennen lernte, im Sinn.
Ja gewiss, unter den zwei Menschen, die meine ganze
Liebe besassen und wovon der eine noch lebt, bist Du
der dritte — nie kann das Andenken an Dich er-
löschen." Kurz darauf erfolgt dann jener schöne Brief
vom 1. Juni 1800: „Mein lieber, mein guter Amenda,

mein herzlicher Freund, mit inniger Rührung, mit
gemischtem Schmerz und Vergnügen habe ich Deinen
letzten Brief erhalten und gelesen. Womit soll ich
Deine Treue, Deine Anhänglichkeit an mich vergleichen! O, das ist recht schön, dass Du mir immer
so gut geblieben, ja ich weiss Dich auch mir von allen
bewährt und herauszuheben. Du bist kein Wiener
Freund, nein, Du bist einer von denen, wie sie mein
vaterländischer Boden hervorzubringen pflegt. Wie
oft wünsche ich Dich bei mir, denn Dein Beethoven
lebt sehr unglücklich." Und nun folgt in lebhaftem
Erguss jene Schilderung des schweren Unglücks, das
ihn getroffen. Dann heisst es weiter: „Jetzt ist zu
meinem Trost wieder ein Mensch hergekommen, mit
dem ich das Vergnügen des Umgangs und der uneigennützigen Freundschaft theilen kann, er ist einer meiner
Jugendfreunde [Stephan von Breuning]. Ich habe ihm
schon oft von Dir gesprochen und ihm gesagt, dass,
seit ich mein Vaterland verlassen, Du einer derjenigen
bist, die mein Herz ausgewählt hat. Auch ihm kann
der . . . . [Zmeskall?] nicht gefallen, er ist und beibt
zu schwach zur Freundschaft und ich betrachte ihn
und . . . . als blosse Instrumente, worauf ich, wenn's
mir gefällt, spiele; aber nie können sie edle Zeugen
meiner innern und äussern Thätigkeit ebenso wenig
als wahre Theilnehmer von mir werden; ich taxire sie
nur nach dem, was sie mir leisten." Dann macht er
er ihm den Vorschlag einer gemeinschaftlichen Kunstreise und: „Du bleibst hernach ewig bei mir. Ich habe

alle Deine Briefe richtig erhalten; so wenig ich Dir auch antwortete, so warst Du doch immer mir gegenwärtig und mein Herz schlägt so zärtlich wie immer für Dich. Schreibe mir recht oft, Deine Briefe, wenn sie auch noch so kurz sind, trösten mich, thun mir wohl, und ich erwarte bald wieder von Dir, mein Lieber. einen Brief."[55]

Das scheint der Freund freilich nicht erfüllt zu haben. Wenigstens beginnt sein Brief vom 20. März 1815, der sich in Schindler's Beethoven-Nachlass befindet, so: „Mein Beethoven! Nach langem schuldvollen Schweigen nähere ich mich mit einem Opfer Deiner herrlichen Muse. dass sie Dich mir versöhne und Du Deines fast entfremdeten Amenda wieder gedenkest." Und dann geht es in der sentimentalen Ueberschwänglickeit jener Zeit und Lande weiter: „O jene unvergesslichen Tage, da ich Deinem Herzen so nahe war, da dies liebevolle Herz und der Zauber Deines grossen Talents mich unauflöslich an Dich fesselten, sie stehen in ihrem schönsten Licht noch immer vor meiner Seele, sind meinem innigsten Gefühl ein Kleinod, das keine Zeit mir rauben soll." Sodann bietet er ihm einen Text zu einer grossen Oper, den sein Freund Berge ausgearbeitet habe, zur Composition an, wobei er die ganze Fülle der Harmonie zusammennehmen werde, die nur ihm in der Vollkommenheit zu Gebote stehe. „O könnte ich und mein treuer Berge — — doch bei dieser Arbeit zuweilen um Dich sein und so auch beim Entstehen mit

Dir fühlen, mit Dir geniessen! Sonst war ich einer
dieser Glücklichen; den Würdigern wirst Du auch
jetzt wohl nicht entbehren! Ich kenne das Bedürfniss
Deines unbefangenen Herzens! Es ist: Vervollkomm-
mung der Kunst!"

Dass aber Amenda bereits vor 1799 Wien verlassen hatte, beweist sich daraus, dass Beethoven
ihm in dem Briefe vom Juni 1800 Dinge mittheilt, die
schon ein Jahr lang passirt waren, sowie ferner aus
dem Briefe an Ries vom 24. Juli 1804, wo es heisst:
„Ich habe nur zwei Freunde in der Welt gefunden,
mit denen ich auch nie in ein Missverhältniss gekommen,
aber welche Menschen! Der eine ist todt, der andere
lebt noch. Obschon wir fast sechs Jahre hindurch
keiner von dem andern etwas wissen, so weiss ich doch,
dass in seinem Herzen ich die erste Stelle sowie er
in dem meinigen einnimmt."

Das Bedürfniss der Freundschaft, das zeitlebens
stark in Beethoven war, musste in jener ersten Zeit
schwerer Lebensprüfungen freilich am stärksten sein.
Vor dieser Zeit wie auch nachher wieder pflegte er
freilich nach seiner reizbaren Art leicht in heftigen
Zwiespalt gerade mit den besten Freunden zu gerathen,
wie dies sogar Wegeler in Wien erfahren musste. Dieser war aber nicht faul und rückte dem jähzornigen
Musikanten sein Benehmen energisch vor, worauf denn
ein seitenlanger Brief Beethoven's erfolgte, aus dem
Wegeler leider nur einige Bruchstücke mitgetheilt
hat. „In was für einem abscheulichen Bilde hast

Du mich mir selbst gezeigt! O ich erkenne es, ich verdiene
Deine Freundschaft nicht — — — es war keine absichtlich ausgedachte Bosheit von mir, die mich so
gegen Dich handeln liess, es war mein unverzeihlicher
Leichtsinn." Und zum Schluss: „Doch nichts mehr,
ich selbst komme zu Dir und werfe mich in Deine
Arme und bitte um den verlornen Freund, und Du
gibst Dich mir wieder, dem reuevollen, Dich liebenden,
Dich nie vergessenden Beethoven."

Am 25. November 1796 aber schrieb Stephan von
Breuning aus Mergentheim nach Bonn: „Ich weiss
nicht, ob Lenz Euch etwas von Beethoven geschrieben
hat; sonst diene Euch zur Nachricht, dass ich ihn noch
in Wien gesehen habe, und dass er meinem Urtheile
nach, welches auch Lenz bestätigte, durch seine Reise
[nach Berlin] etwas solider oder eigentlich mehr
Kenner der Menschen und überzeugt von der Sel-
tenheit und dem Werthe guter Freunde geworden ist.
Er wünscht Sie, lieber Wegeler, wohl hundertmal zurück und bedauert nichts so sehr, als so vielen Ihrer
Rathschläge nicht gefolgt zu haben." Besonders nahe
schloss er sich jetzt an eben den jüngsten der Brüder
Breuning, an seinen Bonner Schüler Lenz, der 1794 mit
Wegeler nach Wien gekommen war, und ohne Zweifel
ist es dieser, den er gegen Amenda als den erwähnt,
der von den zwei Menschen, die seine ganze Liebe
besassen, jetzt nicht mehr lebe. Denn Lenz war bereits
am 10. April 1798, einundzwanzig Jahr alt, gestorben,
nachdem ihm Beethoven noch kurz vorher, bei der

Abreise von Wien, das oben mitgetheilte schöne
Stammbuchblatt geschrieben hatte. [56]

Mehr aber als Alles, was ihm selbst dieser Kreis
liebender und verehrender Freunde und Gönner, zu
denen vor allen noch der schon genannte Klavierbauer
J. A. Streicher mit seiner Frau[57], der Baron Pasqualati, der verschwenderische Russe Graf Browne[58] und der Graf Fries[59] gehörten und den um
Mitte 1800 die Wiederkehr Stephan Breuning's auf
das wohlthuendste ergänzte — mehr als alle diese
Freunde musste, wie jedem geistbegabten Manne,
einem Beethoven das eigene Wirken über die Prüfungen der Wirklichkeit hinaushelfen. Und hoch erhoben über aller Noth hielt ihn das Bewusstsein,
welches jetzt wie stets tief in seiner Seele lebte, dass
er noch zu grossen Dingen berufen und dass alles
jetzige Thun nur eine Vorbereitung zu den Werken
sei, zu denen er Kraft und Muth in sich fühlte. Dabei
belebte ihn mächtig der Hauch grosser Thaten, der
damals die Welt durchzog und selbst das politisch
stagnirende Oesterreich in leise Erregung versetzte.
Napoleon Bonaparte war es, der damals seine glänzenden Siege erfocht, die ihn als das Gestirn verkündeten,
das bald alle Welt überstrahlen sollte. Und Beethoven,
den schon die angeborene Art den eigenen Zwillings-
bruder deutlich ahnen liess, hätte gar nicht der Lectüre
eines Plutarch, der ihn damals so lebhaft beschäftigte,
bedurft, um hier die Gestalt eines Helden zu erkennen,
wie an Macht und Grösse das Alterthum nur irgend

einen aufzuweisen hat. Obendrein aber hörte er noch in
den allen Notabilitäten der Stadt geöffneten Salons des
geistreichen Generals Bernadotte, der im April 1798
für kurze Zeit als Gesandter der französischen Republik nach Wien gekommen war[60], in der bewundernden
Weise von Napoleon sprechen, die nur die wahre Einsicht zu geben vermag. So mochte es wohl in der
Seele Beethoven's den schlummernden Keim einer
grossen Idee erwecken, als Bernadotte selbst ihm vorschlug, er möge den grössten Helden des Zeitalters in
einem Tonwerke feiern. Was daraus entstanden ist, die
Eroica, kennt und bewundert heute Jedermann. Und
eben solch grosse Ideen, die im Innern des Meisters
ruhten, waren es, was ihn über der Dumpfheit des
gemeinen Daseins emporhielt. Aber es bedurfte noch
manchen Jahres der künstlerischen Schulung und noch
manch herben Kampfes, wie sie der Mensch in seiner
tiefsten Seele durchkämpft, um zu der Fähigkeit zu
gelangen, solche Ideen, die das Innere jedes lebenden
Wesens angehen, in einer Weise auszusprechen, die
nun auch das Herz jedes Menschen überzeugend ergreift. Diese Kraft aber sollte es dann auch sein, die
ihn schliesslich, wie es bei dem echten Künstler sein
soll, von den Wünschen und Begierden des niedern
Daseins frei machte und ihn, wie Amenda in seinem
Briefe sich ausdrückt, „der Vervollkommnung der
Kunst" oder, wie wir sagen, dem schönen Dienst weihte,
die Seele des Menschen über das Gemeine zu erheben
und sie einer reinern Entfaltung ihrer selbst zuzuführen.

Zweites Buch

HELDENTHATEN.

1801---1806.

Fünftes Kapitel.

Giulietta Guicciardi.

Am 16. November 1801 [64] schrieb Beethoven an
Wegeler, der sich wegen des kranken Freundes mit
Vering in Correspondenz gesetzt und ihm auch allerhand ärztlichen Rath ertheilt hatte, unter Anderm
Folgendes: „Etwas angenehmer lebe ich jetzt wieder,
indem ich mich mehr unter Menschen gemacht. Du
kannst es kaum glauben, wie öde, wie traurig ich mein
Leben seit zwei Jahren zugebracht; wie ein Gespenst
ist mir mein schwaches Gehör überall erschienen und
ich floh die Menschen, musste Misanthrop scheinen
und bin's doch so wenig. Diese Veränderung hat ein
liebes zauberisches Mädchen hervorgebracht, das mich
liebt und das ich liebe; es sind seit zwei Jahren wieder
einige selige Augenblicke und es ist das erste Mal,
dass ich fühle, dass Heirathen glücklich machen könnte.
Leider ist sie nicht von meinem Stande, und jetzt —
könnte ich nun freilich nicht heirathen; ich muss mich
nun noch wacker herumtummeln."

Mit dieser vertraulichen Mittheilung, die Beet-

8*

hoven dem Jugendfreunde in der Heimat macht, sind
wir an jener Stelle in seinem Leben angekommen, die
dem Erforscher wie dem Darsteller seines Lebens-
ganges gleich grosse Schwierigkeiten bereitet. Nicht
als ob wir über das Wesentliche, das den Inhalt
dieses in der Entwicklung jedweden geschaffenen
Wesens wichtigsten Ereignisses ausmacht, so sehr
ununterrichtet wären, im Gegentheil besitzen wir
gerade hier aus Beethoven's eigener Feder Zeugnisse,
die an Kraft und Ausführlichkeit jeder andern Aeusserung des Meisters über seine Erlebnisse weit voran-
stehen und selbst die Klaglaute, die seine Seele über
das körperliche Missgeschick seines Lebens ausstösst,
an ergreifender Macht überragen. Ich meine die wohlbekannten drei Liebesbriefe, die, wenn Beethoven auch
keine einzige Note geschrieben hätte, doch für alle
Zeiten diesen Mann als einen derer kennzeichnen würden, die die Natur mit dem höchsten Schwung der
Phantasie wie mit der tiefsten Kraft des Herzens ausgestattet hat, sodass wir sagen können, kaum einer
unserer grossen Künstler hat uns neben seinen Dichtungen überzeugendere und wichtigere Documente des
entscheidendsten Vorgangs seines innern Lebens
hinterlassen als eben Beethoven. Ja, diese Briefe
sprechen beredter für Beethoven's Wesen und das in
seinem Herzen Vorgegangene, als alle Thatsachen und
Mittheilungen aus seinem und dem Munde Anderer
irgend vermöchten, sie sprechen mit der vollen Kraft
seiner besten Geisteswerke.

Allein es ist ja Pflicht des Biographen, auch die
begleitenden Umstände eines solchen Hauptereignisses
in dem Leben seines Helden erschöpfend zu erforschen, und da ist nun leider von vornherein zu bekennen, dass die Neugierigen unter meinen Lesern,
die sich eben bei den Darstellungen der Geschichte
und des Lebens wesentlich an das halten, was
äusserlich „passirt" ist, vielleicht geringere Befriedigung finden werden. Ich habe an Ort und Stelle
zu erforschen gesucht, was nur zu erforschen war.
Allein die Dame, um die es sich handelt, ist längst
todt; ihren Verwandten, wenn sie ja diesen Mittheilungen gemacht haben sollte, war nicht nahe zu
kommen, und Freunde, denen sie selbst etwas erzählt
hätte, habe ich auch nicht gefunden, noch jemals von
solchen reden hören. Was aber Beethoven selbst von
diesem Erlebniss erzählt, ist freilich nicht viel, jedoch
immerhin mehr, als der Meister über vergangene Dinge
überhaupt mitzutheilen pflegte. Er hatte ja kein
Gedächtniss für blos äusserlich Erlebtes, weil er eben
keinen Sinn hatte für blos äusseres Leben, und dass
er nun über diesen Punkt mehr und Sichereres erzählt
hat, als irgend anderswo Schindler zu berichten weiss,
beweist ebenfalls, wie wichtig der Vorgang in seinem
Leben gewesen und dass tiefste Revolutionen des
Innern damit verbunden waren. Man wird jedoch leicht
erkennen, dass durch aufmerksamere Betrachtung der
entscheidenden Thatsachen, durch geschicktere Com-
bination des Einzelnen und durch ergänzende Hypothese

dennoch im Ganzen ein Bild der Sache zu erreichen ist, welches uns von der Bedeutung des ganzen Vorgangs eine genügend klare Vorstellung gewährt und unser Herz ergreifend berührt.

Schon in Bonn hörten wir von so manchen Exercitien des Herzens, die der Musikantensohn trotz seiner äusserlich abstossenden Erscheinung machte und die ihm zu ebenso viel Uebungen in seiner Kunst wurden. Und wie konnte das auch anders sein bei einem Jüngling, den die Natur so sehr wie Beethoven zu einem Künstler bestimmte, dem sie lebhafteste Sinnlichkeit gab, die lieblichen Dinge der Erde zu ergreifen, eine seltene Kraft des Empfindens und feinstes Anschauungsvermögen, um das Material zu gewinnen zur Befruchtung einer Einbildungskraft, die reger wenig Menschen je besessen und die auch bei Beethoven nur übertroffen ward von der Fähigkeit, das aus der Anschauung in sich Hineingebildete in herrlichster Gestaltung aus sich herauszubilden und Andern zur frohsten Betrachtung hinzustellen! Und wie gerade der echte Dichter und Künstler vor allen andern Dingen, die der Mensch innen erfährt, die Liebe als die wirksamste Lehrerin von je erkannt, wie sollte nicht auch, wo eines Malers Auge an dem Zauber der äussern Erscheinung haftet und sich tausend Reize des eigenen Schaffens davon entlehnt, eines Musikers Seele sich versenken in den unergründlichen Born, den des Weibes Herz liebend uns entgegenströmt!

„Lass o Genius unseres Vaterlandes", ruft ein
junger Dichter jener Zeit aus, „bald einen Jüngling
aufblühen, der voller Jugendkraft und Munterkeit
zuerst für seinen Kreis der beste Gesellschafter wäre,
das artigste Spiel angäbe, das freudigste Liedchen
sänge, im Rundgesange den Chor belebte, dem die
beste Tänzerin freudig die Hand reichte, den neuesten
mannichfaltigsten Reihen vorzutanzen, den zu fangen
die Schöne, die Witzige, die Muntere alle ihre Reize
ausstellten, dessen empfindendes Herz sich auch
wohl fangen liesse, sich aber stolz im Augenblicke
wieder losrisse, wenn es aus dem dichtenden Traume
erwachend fände, dass seine Göttin nur schön, nur
witzig, nur munter sei; dessen Eitelkeit, durch den
Gleichmuth einer Zurückhaltenden beleidigt, sich der
aufdrängte, sie durch erzwungene und erlogene Seufzer
und Thränen und Sympathien, hunderterlei Aufmerk-
samkeiten des Tags, schmelzende Lieder und Musiken
des Nachts endlich auch eroberte und — auch wieder
verliess, weil sie nur zurückhaltend war; der uns dann
all seine Freuden und Siege und Niederlagen, all seine
Thorheiten und Resipiscenzen mit dem Muth eines
unbezwungenen Herzens vorjauchzte; des Flatterhaften
würden wir uns freuen, dem gemeine einzelne weibliche
Vorzüge nicht genug thun. Aber dann, o Genius! dass
offenbar werde, nicht Fläche, nicht Weichheit des Herzens sei an seiner Unbestimmtheit schuld, lass ihn ein
Mädchen finden seiner werth! Wenn ihm heiligere
Gefühle aus dem Geschwirre der Gesellschaft in die

Einsamkeit leiten, lass ihn auf seiner Wallfahrt ein
Mädchen entdecken, dessen Seele ganz Güte, zugleich
mit einer Gestalt ganz Anmuth, sich in stillem Fami-
lienkreis häuslicher thätiger Liebe glücklich entfaltet
hat, die Liebling, Freundin, Beistand ihrer Mutter,
die zweite Mutter ihres Hauses ist, deren liebwirkende
Seele jedes Herz unwiderstehlich an sich reisst, zu
der Dichter und Weise willig in die Schule gingen, mit
Entzücken schauten eingeborene Tugend mit geborenem
Wohlstand und Grazie. Ja, wenn sie in Stunden ein-
samer Ruhe fühlt, dass ihr bei all dem Liebeverbreiten
noch etwas fehlt, ein Herz, das jung und warm wie
sie mit ihr nach fernern verhüllten Seligkeiten dieser
Welt ahnete, in dessen belebender Gesellschaft sie
nach all den goldenen Aussichten von ewigem Beisam-
mensein, dauernder Vereinigung, unsterblich webender
Liebe fest angeschlossen hinstrebte, lass die beiden
sich finden; beim ersten Nahen werden sie dunkel und
mächtig ahnen, was jeder für einen Inbegriff von
Glückseligkeit in dem andern ergreift, werden nimmer
von einander lassen! — — — "

So ruft der dreiundzwanzigjährige Reichskammer-
gerichts-Referendar Goethe aus und prophezeit, indem er so die leibhaftige Lotte schildert, zugleich sein
eigenes Erscheinen, das kurz darauf mit „Werther's
Leiden" ein poetisches Gift in die Adern der Nation
warf, das sie von materiellem Stumpfsinn wie von
Sentimentalität und „Seifenblasenidealen" mannichfach
kuriren sollte.[62]

Und passt wohl diese Exclamation auch auf einen Beethoven, in dem die Welt sich gewöhnt hat, nicht sowohl den Sänger der Liebe als den Rhapsoden mächtiger Freiheitsstürme und umwälzender Weltenschicksale zu bewundern?

Schauen wir näher zu und wir werden sehen, dass er so gut wie jeder Sterbliche „das Menschliche ausbaden" musste und dass erst die tiefsten Prozesse des eigenen Herzens ihn wie jeden wahren Künstler zum Verständniss der grossen Prozesse der Menschheit ausbilden und zu ihrer künstlerischen Darstellung befähigen konnten.

Der oftgenannte Seyfried, der mit Beethoven fast die ganze Wiener Zeit hindurch in nicht gar zu ferner Verbindung stand, hatte in seinem Anhange zu „Beethoven's Studien" gesagt: „Beethoven war nie verheirathet und merkwürdig genug auch nie in einem Liebesverhältniss." Diese Aeusserung gab später dem allerdings intimern Jugendfreunde Wegeler Anlass zu dem Ausspruch: „Die Wahrheit, wie mein Schwager Stephan von Breuning, wie Ferdinand Ries, wie Bernhard Romberg, wie ich sie kennen lernte, ist: Beethoven war nie ohne eine Liebe und meistens von ihr in hohem Grade ergriffen." Und nachdem er die uns bekannten Jugendübungen aufgezählt, heisst es: „In Wien war Beethoven, wenigstens solange ich da lebte, immer in Liebesverhältnissen und hatte mitunter Eroberungen gemacht, die manchem Adonis, wo nicht unmöglich, doch sehr schwer geworden wären.

Bemerken will ich noch, dass. soviel mir bekannt geworden, jede seiner Geliebten höhern Ranges war."

Wegeler war von 1794 — 96 in Wien. Zum grossen Bedauern meiner schönen Leserinnen mag es nun sein, dass er nichts von den betreffenden Personen verräth, und ich weiss leider auch nichts davon zu verrathen. Dürfte man aus Widmungen besonderer Werke jener Zeit etwas schliessen, so würden hier die Arie „Ah perfido" und die junge Gräfin Clari, die Sonate Op. 7 nebst den Variationen über „La stessa" und dem ersten Concert und die Gräfin Babette de Keglevics, spätere Fürstin Odescalchi zu nennen sein, ferner die Sonate Op. 10 und die russische Gräfin Browne, „eine besonders schöne Erscheinung", die Sonaten Op. 14 und Op. 17 und die Baronin Braun, vielleicht gar auch das Septett und die Kaiserin von Oesterreich, wie die vierhändigen Variationen über Goethe's „Ich denke dein" und die Gräfinnen Josephine Deym und Therese Brunswick, in deren Stammbuch 1800 das Werkchen eingeschrieben wurde, und endlich als noch in diese Zeit gehörig auch die zwei Sonaten quasi Fantasia Op. 27 mit ihren Dedicationen „A sua Altezza la Signora Principessa Giovanni Liechtenstein nata Landgravia Fürstenberg" und „Alla Damigella Contessa Giulietta Guicciardi", erschienen am 3. März 1802! Auch erzählt Wegeler aus seinen Wiener Erlebnissen: „Beethoven war mit einer ihm sehr werthen Dame in einer Loge, als eben La Molinara" [von Paisiello] aufgeführt wurde. Bei dem bekannten

»Nel cuor più non mi sento« sagte die Dame, sie habe
Variationen über dieses Thema gehabt, sie aber verloren. Beethoven schrieb in der Nacht die sechs Variationen hierüber und schickte sie am andern Morgen
der Dame mit der Aufschrift: »Variazioni u. s. w. Perdute
par la — — ritrovate par Luigi van Beethoven.«"

Nicht wahr, meine lieben Beethovenfreundinnen,
das sind äusserst spärliche Notizen über einen so
wichtigen Gegenstand? Wir erfahren aber daraus,
was sich freilich im Grunde von selbst versteht, dass
es regelmässig seine Kunst war, womit unser Meister,
der mit seinem pockennarbigen Gesicht und struppigen
Haar wohl kein Adonis war, sich die Herzen der
Baronessen und Comtessen zu gewinnen und mit
liebenswürdigen Gaben zu fesseln verstand. Dass er
ihnen dabei in der Regel wenn nicht ständigen Unterricht, doch gelegentliche Unterweisung im Vortrag
seiner Werke gab, versteht sich wohl ebenfalls von
selbst, und wie sehr ein solches Thun, ein gemein-
sames Erglühen in der Kunst der Empfindung selbst
von Natur entferntere Herzen nahe zusammenbringt, wie
vor allem ein Genius der Kunst, ein kraftvoll schaffen-
der Mann das Herz des Weibes entzückend fesselt,
weiss wieder Jedermann, und wir glauben gern die
Anekdote, wie einmal eine musikalische Dame in
der Erregung des Entzückens des Meisters schöne
Stirn bewundert und Beethoven dann ausgerufen habe:
„So küssen Sie sie", wir glauben es gern, wenn berichtet wird, dass die Dame es sogleich gethan. Und

gerade er nun, der so manche Eroberung gemacht und
so manche Festung wieder aufgegeben, weil er, wie
er selbst in seinen Briefen an Zmeskall später sich
oft ausdrückt, sie als „morsch" erkannt oder als „nur
schön, nur witzig, nur zurückhaltend" und, wir setzen
hinzu, nur Gräfin, nur Baronin, auch er sollte doch
einmal das Wesen finden, das Natur und Leben
für ihn gebildet, und dann „ahnend und hoffend und
geniessend lallen, was doch Keiner mit Worten ausspricht, Keiner mit Thränen und Keiner mit dem ver-
weilenden vollen Blick und der Seele drin". Und
damit hatte er denn auch für seine Lieder Wahrheit gefunden und lebendige Schönheit zugleich. Aber seinem
Herzen sollte damit zugleich der tiefste Stoss gegeben werden, den er im Leben erfuhr, und nur
der kraftvolle Genius der That, der in ihm lebte,
war es, was ihm möglich machte, sich nicht blos von
diesem Stoss zu erholen, sondern ihn sogar zum fruchtbarsten Antrieb für das eigene Schaffen umzulenken.

Hören wir also nun das Nähere und Thatsächliche.

In dem grossen alten Schreibsecretär, an dem
Beethoven zu arbeiten pflegte, fand in einer als Cas-
sette dienenden geheimen Schublade, deren einfachen,
aber praktischen Verschluss der jetzige Besitzer Dr.
Gerhard von Breuning in Wien gern Jedem zeigen
wird, dessen Vater Stephan Breuning nach Beethoven's
Tode nebst andern dem Freunde wichtigen Brief-
schaften einige mit Bleistift anfangs sehr sorgfältig,
am Schluss immer Beethovenscher geschriebene

Blättchen feinern Postpapiers. Es sind die berühmten Briefe an die „unsterbliche Geliebte". Sie lauten,
wie ich sie nach dem Original in Schindler's Beethoven-
Nachlass getreulich copirt habe, in ungetrennter Auf-
einanderfolge so:

„Am 6. Juli Morgens.

Mein Engel, mein alles, mein Ich — nur einige
Worte heute, und zwar mit Bleistift (mit Deinem)
erst bis morgen ist meine Wohnung sicher bestimmt,
welcher nichtswürdiger Zeitverderb in d. g. — Warum
dieser tiefe Gram, wo die Nothwendigkeit spricht —
Kann unsere Liebe anders bestehn, als durch Aufopferungen, durch nicht alles verlangen, kannst Du es
ändern, dass Du nicht ganz mein, ich nicht ganz Dein
bin — Ach Gott blick in die schöne Natur und beruhige Dein Gemüth über das müssende · die Liebe
fordert alles und ganz mit Recht, so ist es mir mit
Dir, Dir mit mir — nur vergisst Du so leicht, dass
ich für mich und für Dich leben muss — wären wir
ganz vereinigt, Du würdest dieses schmerzliche eben
so wenig als ich empfinden. Meine Reise war
schrecklich — ich kam erst Morgens vier Uhr gestern
hier an, da es an Pferden mangelte, wählte die Post
eine andere Reiseroute, aber welch schrecklicher Weg,
auf der letzten Station warnte man mich bei Nacht zu
fahren — machte mich einen Wald fürchten, aber
das reizte mich nur — und ich hatte Unrecht, der
Wagen musste bei dem schrecklichen Wege brechen,
grundlos, blosser Landweg, ohne solche Postillione

wie ich hatte, wäre ich liegen geblieben unterwegs. —
Esterhazy hatte auf dem andern gewöhnlichen Wege
hiehin dasselbe Schicksal mit acht Pferden, was ich mit
vier, jedoch hatte ich zum Theil wieder Vergnügen,
wie immer, wenn ich was glücklich überstehe. —
Nun geschwind zum innern vom äussern. Wir werden
uns wohl bald sehen, auch heute kann ich Dir meine
Bemerkungen nicht mittheilen, welche ich während
dieser einigen Tage über mein Leben machte — wären
unsere Herzen immer dicht an einander, ich machte
wohl keine d. g. Die Brust ist voll Dir viel zu sagen.
— Ach — es gibt Momente, wo ich finde, dass die
Sprache noch gar nichts ist. — Erheitere Dich —
bleibe mein treuer, einziger Schatz, mein alles, wie ich
Dir; das Uebrige müssen die Götter schicken, was
für uns sein muss und sein soll.

Dein treuer Ludwig."

„Abends Montags am 6ten Juli.

Du leidest, Du mein theuerstes Wesen — eben
jetzt nehme ich wahr, dass die Briefe in aller Frühe
aufgegeben werden müssen. Montags Donnerstags
— die einzigen Tage, wo die Post von hier nach K.
geht — Du leidest — Ach, wo ich bin, bist auch Du
mit mir, mit mir und Dir werde ich machen, dass ich
mit Dir leben kann, welches Leben!!!! so!!!! ohne
Dich — verfolgt von der Güte der Menschen hier
und da, die ich meine ebenso wenig verdienen zu
wollen, als sie zu verdienen — Demuth des Menschen
gegen den Menschen — sie schmerzt mich — und

wenn ich mich im Zusammenhang des Universums betrachte, was bin ich und was ist der — den man den
Grössten nennt — und doch — ist wieder hierin das
Göttliche des Menschen — ich weine, wenn ich denke,
dass Du erst wahrscheinlich Sonnabends die erste
Nachricht von mir erhältst. — Wie Du mich auch
liebst — stärker liebe ich Dich doch — doch nie ver-
berge Dich vor mir — gute Nacht! — Als Badender
muss ich schlafen gehn. [Hier sind drei bis vier Worte
von Beethoven selbst völlig unleserlich gemacht.] Ach
Gott — so nah! so weit! ist es nicht ein wahres
Himmelsgebäude unsre Liebe — aber auch so fest
wie die Veste des Himmels. —"

„Guten Morgen am 7. Juli.
Schon im Bette drängen sich die Ideen zu Dir
meine unsterbliche Geliebte, hier und da freudig, dann
wieder traurig, vom Schicksal abwartend ob es uns
erhört — leben kann ich entweder nur ganz mit Dir
oder gar nicht, ja ich habe beschlossen in der Ferne
so lange herum zu irren, bis ich in Deine Arme fliegen
kann und mich ganz heimathlich bei Dir nennen kann,
meine Seele von Dir umgeben in's Reich der Geister
schicken kann — ja leider muss es seyn — Du wirst
Dich fassen, um so mehr, da Du meine Treue gegen
Dich kennst, nie eine andre kann mein Herz besitzen
nie — nie — o Gott warum sich entfernen müssen,
was man so liebt, und doch ist mein Leben in W. so
wie jetzt ein kümmerliches Leben — Deine Liebe

machte mich zum glücklichsten und zum unglücklichsten zugleich — in meinen Jahren jetzt bedürfte
ich einiger Einförmigkeit, Gleichheit des Lebens —
kann diese bei unserm Verhältnisse bestehn? — Engel,
eben erfahre ich, dass die Post alle Tage abgeht —
und ich muss daher schliessen, damit Du den B. gleich
erhältst — sei ruhig, nur durch ruhiges Beschaun
unsers Daseins können wir unsern Zweck zusammen
zu leben erreichen — sei ruhig — liebe mich — heute
- gestern — welche Sehnsucht mit Thränen nach
Dir — Dir — Dir — mein Leben [immer flüchtigere
Schrift] mein alles — leb wohl — o liebe mich fort
— verkenne nie das treuste Herz Deines geliebten L.

ewig Dein, ewig mein, ewig uns."

Dass das Mädchen, an welches Beethoven diese von
Leidenschaft glühenden Worte richtet, die bereits
obengenannte Gräfin Giulietta Guicciardi ist, der
die berühmte Cismoll-Sonate gewidmet, erfuhr die
Welt zuerst von Schindler im Nachtrag seiner im
Jahre 1845 veröffentlichten zweiten Ausgabe der
Biographie des Meisters. Er wusste es freilich bereits
seit mehr als zwanzig Jahren aus Beethoven's eigenem
Munde, hatte aber erst den Tod der Gräfin, die nach
1840 starb, abgewartet, um das, was ihm Beethoven
als „lauterste Quelle" von der Sache mitgetheilt,
zu veröffentlichen. Dass das oben erwähnte „zaube-
rische Mädchen, das leider nicht von meinem Stande
ist", ebenfalls Giulietta ist, geht aus mehreren andern

Andeutungen hervor. Wegeler hat sie nicht genannt, vielleicht nicht einmal ihren Namen gekannt; denn Beethoven wollte, wie Schindler sagt, „dieses zarte Thema selbst von seinen ältesten Freunden niemals berührt wissen".[63]

Was ich nun Näheres darüber erfahren, beruht auf Mittheilungen theils von Schindler's Schwester, Frau Marie Egloff in Mannheim, die in Beethoven's letzten Jahren lange bei ihrem Bruder in Wien lebte und sowohl von diesem als von Andern nach Frauenart Manches zu erfahren strebte, theils von dem bekannten Schriftsteller Ludwig Mielichhofer in Salzburg, der früher ebenfalls lange in Wien lebte und Giulietta als Gräfin Gallenberg persönlich gekannt hat. Die Verbindung der Mittheilungen dieser Beiden mit den schriftlichen Quellen ergibt Folgendes.

Die Familie von Guicciardi war nicht vermögend, hielt aber streng auf ihren hohen Stand. Sie hatte ihrer Tochter, die von einer edlern geistigen Begabung war, eine ordentliche Erziehung angedeihen lassen, und das Fräulein leistete nach damaliger Art der adligen Damen Wiens besonders in der Musik Vorzügliches. Dies war denn auch wohl der nächste Anlass zu einer Bekanntschaft mit Beethoven, der ihr sogar Klavierunterricht ertheilte. Und da sie zudem ausgezeichnet schön und geistvoll war, so ist es leicht zu begreifen, dass auch des Künstlers Herz sich bald zu dem sechzehnjährigen Mädchen neigte, obwohl sie bereits so gut wie verlobt war. Sie war von

schöner Figur, hatte braune Locken und schöne dunkel-
blaue Augen. [64] Ihr „Amant", wie Beethoven selbst
ihn einmal nennt, war der später als Componist von
Balletmusik und als Theaterunternehmer bekannt gewordene damals siebzehnjährige Graf Wenzel Robert Gallenberg, von dessen geistiger Begabung
und sonstigem Wesen diejenigen, die ihn gekannt
haben, nicht viel Besonderes zu rühmen wissen. Ob
Giulietta ihn selbst gewählt, ob ihn die Aeltern ihr auf-
geredet, erfahren wir nicht. Das aber wissen wir aus
Beethoven's eigenem Bericht in den Conversationsheften, dass sie unsern Meister sehr liebte und mehr als
je ihren Gemahl. Sie scheint zu Hause nicht glücklich gewesen zu sein, wie denn auch Mielichhofer erzählt, es habe
stets ein Schleier der Melancholie über ihrem seelenvollen Antlitz gelegen. So mag sie selbst es gewesen
sein, die, wie sich in den obigen Briefen andeutet, Beethoven drängte, seine Verbindung mit ihr dauernd zu
machen, und da dieser in seiner Lage dies noch nicht
vermochte, so wird dies zunächst der Anlass gewesen
sein, dass das Mädchen, dem Drängen ihrer Aeltern
nachgebend, mit Beethoven plötzlich abbrach. Das
geschah im Anfange des Jahres 1802. [65]

Damit war also das ebenso kurze wie innige Verhältniss für Beethoven thatsächlich zu Ende, und wir
haben nun nur noch seinen eigentlichen Verlauf wie die
Ursachen des jähen Bruchs näher zu betrachten.

Der Verbindung mit Beethoven stand vielleicht zu
allernächst sein Körperleiden im Wege. Deshalb war

er im Sommer 1801 in ein ungarisches Bad gegangen, und wenn dies sein Leiden gehoben oder wesentlich gebessert sein sollte, war sein Plan, wieder Kunstreisen zu machen und so entweder rasch ein zureichendes Vermögen oder eine annehmbare Lebensstellung zu finden. Am 16. November 1801 schreibt er an Wegeler: „Wäre mein Gehör nicht, ich wäre nun schon lange die halbe Welt durchgereist, und das muss ich", und ebenso an Giulietta: „Ich habe beschlossen in der Ferne so lange herumzuirren, bis ich in Deine Arme fliegen kann und mich ganz heimathlich bei Dir nennen kann, meine Seele von Dir umgeben in's Reich der Geister schicken kann — ja leider muss es seyn. O Gott, warum sich entfernen müssen, was man so liebt, und doch ist mein Leben in W. so wie jetzt ein kümmerliches Leben." Allein es blieb, wie so oft bei Hamlet-Beethoven, auch diesmal bei dem blossen Plane.[66]

Dass ferner mit Giulietta's Liebe zu Beethoven südlich leidenschaftliches Begehren nach voller Vereinigung verbunden war, sagen uns deutlich die Briefesworte: „Warum dieser tiefe Gram, wo die Nothwendigkeit spricht" — d. h. ein dauerndes Zusammensein noch abwarten zu müssen — und: „Kann unsre Liebe anders bestehen, als durch Aufopferungen, durch nicht alles verlangen? Kannst Du es ändern, dass Du nicht ganz mein, ich nicht ganz Dein bin?" — „Nein", glaubt man sie zu hören, „nicht ich, aber Du kannst es ändern und Du zauderst." Wobei denn der heissblütigen Italienerin der Trost: „Ach Gott, blick in

die schöne Natur und beruhige Dein Gemüth über das
müssende", wenig zugesagt haben mag. Denn es ist
bei dem Weibe so, wie Beethoven selbst sagt: „Die
Liebe fordert alles, und ganz mit Recht, so ist es mir
mit Dir, Dir mit mir" -- und keine Macht der Welt
wird das Weib überzeugen, dass der Mann Recht hat, wenn
er wie Beethoven sagt: „Nur vergisst Du so leicht, dass
ich für mich und für Dich leben muss." Das war es;
Giulietta mochte fühlen, ihr Romeo liebe ausser ihr noch
etwas Anderes, und eben dieses halte ihn ab, schon
jetzt eine völlige Vereinigung mit ihr einzugehen, die
er sonst doch selbst so sehr wünschte. Wir besitzen
auch darüber wieder Beethoven's eigene Aeusserungen. Denn ist es nicht der Grundinhalt aller darauf
bezüglichen Gespräche, die er mit Giulietta geführt
haben mag, wenn er an Wegeler schreibt: „Ich fühle,
dass heirathen glücklich machen könnte; aber jetzt
könnte ich nun freilich nicht heirathen, ich muss mich
nun noch wacker herumtummeln. Für mich gibt
es kein grösseres Vergnügen, als meine Kunst zu
treiben und zu zeigen. Für ein stilles Leben, nein, ich
fühl's, ich bin nicht mehr dafür gemacht." Was Anderes
als dieses suchte aber Giulietta, sucht das Weib, dem
nicht selbst ein höherer Trieb im Busen lebt, überhaupt in der Liebe? Und darum klagte sie nach ihrer
leidenschaftsvollen Art mit Lauten heissester Sehnsucht
zu ihrem fernen Geliebten hinüber, der dann schmerzlich ausruft: „Du leidest, Du, mein theuerstes Wesen!"
und wieder: „Du leidest — ach, wo ich bin, bist

Du mit mir, mit mir und Dir werde ich machen, dass
ich mit Dir leben kann." Auch kommt es ihr, was bei
ihrem Naturell erklärlich ist, wohl in den Sinn, an
seiner Liebe zu zweifeln, und er muss sie ermahnen,
„treu zu sein und sich nie vor ihm zu verbergen, nie zu
verkennen das treuste Herz ihres geliebten Ludwig."

Endlich gefällt es ihr denn gar nicht mehr, von
blossen Liebesversicherungen zu leben und Worte zu
hören wie: „Das Uebrige müssen die Götter schicken,
was für uns sein muss und sein soll" — und wie er
sagt, „vom Schicksal abzuwarten, ob es uns erhört, und
nur durch ruhiges Beschauen unseres Daseins unsern
Zweck, zusammen zu leben, zu erreichen;" sie bricht
nach leidenschaftlicher Frauen Art jäh ab und zer-
schmettert mit dieser einen That eines edlen Mannes
innerstes Herz, aber zugleich und fast in höherem
Grade ihr eigenes Lebensglück.

„Sie war nicht glücklich", bezeugt Frau Egloff.
„Welche Frau könnte das mit einem solchen Manne
sein!" fügt sie hinzu. „Sie lebte stets sehr zurückgezogen, zwar mit ihrem Gemahl, von dem sie mehrere
Kinder hatte, in demselben Hause, aber sie sahen einander nur zu Tische." Ungleich gewichtiger aber ist
das Zeugniss, das uns Beethoven selbst über ihr
späteres Leben hinterlassen hat. Es war im Jahre
1823, als die Wiederaufführung des „Fidelio" im Wiener
Hoftheater vorbereitet wurde und Beethoven der
Partitur bedurfte. Er schrieb deshalb an Schindler:
„Ausserordentlich Bester! Morgen erst zu G., ich muss

erst sehen, was ich geschrieben." Dieser G. war Graf
Gallenberg, der, nachdem er eine Reihe von Jahren
sammt der Familie in Italien zugebracht, damals mit
dem bekannten Theaterunternehmer Barbaja nach
Wien zurückgekehrt war und nun die Bibliothek des
Kärntnerthortheaters zur Aufsicht anvertraut erhalten
hatte. Schindler besorgte Beethoven's Auftrag, ward
aber mehrmals unter mancherlei Vorgebungen mit
seinem Ansuchen abgewiesen. Ueber die ihm unerklär-
lichen Ursachen gab ihm darauf Beethoven in folgendem Gespräch selbst Aufschluss.

Schindler. Er hat mir heute keine Achtung
eingeflösst.

Beethoven. Ich war sein unsichtbarer Wohlthäter durch Andere.

Schindler. Das sollte er wissen, damit er mehr
Achtung für Sie habe, als er zu haben scheint.

Beethoven. Sie fanden also, wie es scheint, G.
nicht gestimmt für mich, woran mir übrigens nichts
gelegen; doch möchte ich von seinen Aeusserungen
Kenntniss haben.

Schindler. Er erwiderte nur, dass er glaube,
Sie müssten die Partitur selbst haben. Allein als ich
ihm versicherte, dass Sie selbe wirklich nicht hätten,
sagte er, das sei die Ursache Ihrer Unstetigkeit und
beständigen Herumwanderns, dass sie selbe verloren
haben.

Nach einigen Zwischenreden über andere Dinge
fragt der Meister, ob Schindler die Gräfin Gallenberg

geschen habe, und darauf geht es in Beethoven'schem Französisch weiter:

Beethoven. J'étois bien aimé d'elle et plus que jamais son époux. Il étoit pourtant plutôt son amant que moi, mais par elle j'apprenois de son misère et je trouvais un homme de bien, qui me donnoit la somme de 500 Fl. pour le soulager. Il étoit toujours mon ennemi, c'étoit justement la raison que je [lui] fusse tout le bien que possible.

Schindler. Darum sagte er mir auch noch: „Er ist ein unausstehlicher Mensch!" Aus lauter Dankbarkeit wahrscheinlich. Doch, Herr, verzeih' ihnen . . . . denn sie wissen nicht, was sie thun!! —
. . . . mad. la comtesse? etait elle riche? . . . . elle a une belle figure jusqu'ici . . . . est-ce qu'il-y-a longtems qu'elle est mariée avec Mons. de Gallenberg?

Beethoven. Elle (est) née Guicciardi. Elle étoit . . . . moi que l'épouse de lui avant son voyage de l'Italie. Arrivé à Vienne elle cherchoit moi pleurant, mais je la méprisois.

Schindler. Hercules am Scheidewege.

Beethoven. Und wenn ich hätte meine Lebenskraft mit dem Leben so hingeben wollen, was wäre für das Edle, Bessere geblieben? [67]

.   .

Das sind die wenigen thatsächlichen Nachrichten, die wir über das ganze Verhältniss besitzen, und es bleibt uns jetzt nur übrig, die innere Bedeutung, das heisst den Erfolg, den dieses Ereigniss für die Ausbildung seines Innern wie seines Schaffens hatte, näher ins Auge zu fassen. Denn was anders kann in dem Leben eines Künstlers für die Nachwelt von Werth sein?

Vor allem steht fest, dass wir es hier nicht mit einer blossen Liebschaft, einem blossen angenehm erregenden und unterhaltenden Verhältniss zu thun haben, sondern mit jener das tiefste Innere des Menschen aufwühlenden und im Kern umbildenden Leidenschaft, die man Liebe nennt und die in ihrer vollen Gewalt nur der Edlere, Tiefere und nur einmal in seinem Leben erfährt, die aber, wie sie sein gesammtes inneres Dasein mit einem mächtigen Ruck aufrüttelnd zusammenfasst, so auch einen entscheidenden Abschnitt, ja unter Umständen einen völligen Abschluss in dasselbe hineinbringt.

Zunächst, welche tiefsten Laute des Herzens enthält jener Brief, oder vielmehr, wie ist die ganze Stimmung des in drei Absätzen verfassten Schreibens von jener innersten Erregung des ganzen Wesens, die der Mensch erfährt, wenn, wie Schindler sich ausdrückt, „endlich jene kommt, die mit einem Male in seinem Herzen tiefe Wurzeln schlägt und unaufhörlich ihm in Allem als Leitstern vorangeht!" — „Bei Beethoven schien dies auch wirklich der Fall zu sein", fügt der Chronist diesen wenigen Worten, womit er die ganze Begebenheit abmacht, hinzu, und man sieht, er hatte, obwohl er „von Beethoven selbst in Bezug auf jene

Giulietta nur Flüchtiges hörte", den Eindruck einer
das ganze künftige Leben entscheidenden Begebenheit
von diesem Verhältniss gewonnen.[68] „Mein Engel,
mein alles, mein Ich!" — so redet nur der, welcher
in dem Andern alles das gefunden hat, was die eigene
Seele ergänzt und zu ihrer völligen Art auswachsen
lässt, nur der, welcher erfahren hat, dass die Liebe,
wie sie in uns erst das volle natürliche Dasein und die
Wonne der blos sinnlichen Existenz erweckt, so auch
unsere innern Regungen, ja das gesammte geistige Vermögen erst zu klarem Bewusstsein bringt! Und welch
ein herrliches Gefühl der Fülle, wie es eben nur die
Liebe gewährt, überkommt auch diesen Liebenden!
Nicht mag er, der auch sonst dem Tand des äussern
Lebens wenig hold war, jetzt nur einen Moment verweilen bei „dergleichen Dingen", jetzt, wo sein Herz
überströmt von seligen Empfindungen, seine Phantasie
von tausend duftenden Blumen der Kunst blüht. Er
hat eine Wohnung zu suchen - „welcher nichtswürdiger
Zeitverderb in dergleichen!" Er hat die kleine Reise
zu beschreiben, die nach damaliger Art zu reisen
mehrere Tage des Rüttelns und Schüttelns in der
Kutsche mit sich brachte. Sie war „schrecklich", denn
die Wege waren grundlos, sodass der Wagen brach
und auf der letzten Station sogar die Nacht den Reisenden überfiel. Dieser aber verging derweilen fast in
Sehnsucht nach dem Bestimmungsort, wo er vielleicht
schon einen Brief der Geliebten vorfand oder doch auf
jeden Fall im Gefühl ihrer Nähe schwelgen konnte,

wenn er nur selbst sogleich an sie schrieb. Ja, nicht die befürchtende Warnung vor den ungarischen Wäldern, die noch heute so wenig geheuer sind, hält den Liebenden auf, dessen ganzes inneres Sein zu hoch gespannt ist, als dass ihn irgend auf der Welt etwas zu schrecken vermocht hätte. Und ebenso naiv wie er auf der Uebersiedelungsreise nach Wien, wo damals seine Ideale standen, dem Kutscher einen Thaler gab, „weil er mitten durch die hessische Armee kutschirte und wie ein Teufel fuhr", ebenso naiv sagt er jetzt, nachdem er morgens um vier Uhr ohne Zweifel todmüde und nach solchem Fahren völlig wie zerschlagen angekommen, „doch hatte ich zum Theil wieder Vergnügen, wie immer, wenn ich was glücklich überstehe".

Aber ein Beethoven war nie Freund vom Erzählen, sein Sinn hing sich nicht an die unwichtige äussere Begebenheit, wohl fühlend, dass von ihr unser geistiges Wesen nichts gewinnt und dass nichts von unserm Fühlen darin widerhallt. Drum „geschwind zum innern vom äussern". Und da ist die nächste Wonne der Seele die Hoffnung des Wiedersehens! Welche grössere kännte auch der Liebende! „Wir werden uns wohl bald sehen." Wo, das erfährt man nicht und das wusste auch wohl Beethoven damals nicht. Wiedersehen, wiedersehen, wo und wann es auch sein mag, es muss kommen, muss das Nächste sein, was wir erstreben. „Heute — gestern — welche Sehnsucht mit Thränen nach Dir — Dir — Dir — mein Leben — mein alles." Und wie geht jetzt, wo das ganze Wesen

gewaltsam in sich selbst zurückgeworfen ist, der Sinn
betrachtend über die nächste Vergangenheit! Aber
„auch heute kann ich Dir meine Bemerkungen nicht
mittheilen, welche ich während dieser einigen Tage
über mein Leben machte — wären unsere Herzen
immer dicht an einander, ich machte wohl keine dergleichen — die Brust ist voll, Dir zu sagen — ach —
es gibt Momente wo ich finde, dass die Sprache noch
gar nichts ist!" Dann nach wenigen heftigen Worten
des Abschieds schliesst der erste drängende Erguss,
um vielleicht jetzt erst seinen völligen Reichthum zu
offenbaren, indem er sich strömend in die Sprache
ergiesst, die Natur ihm, dem Dichter, eingeboren.
Und wem ist es nun wohl noch unbegreiflich, dass Beethoven's Werke so jede Faser unserer Seele wonne-und
schmerzensvoll berühren, da wir sehen, dass jede
Regung, die des Menschen Herz wonne- und schmerzensvoll berührt, auch ihn durchzittert hat![69]
    Aber noch steigert, noch vermannichfacht sich
der Sturm der Gefühle, welche Liebe in uns zu erregen
vermag. Am Tag des Schreibens ist offenbar ein Brief
Giulietta's angekommen. Die Geliebte klagt ihr Sehnen,
und nun drängt es das Herz des grossen Liebenden
mit Gewalt zu jenem ahnenden Sichhinauffühlen nach
dem Göttlichen, wo allein Trost und Erquickung ist,
wenn die Welt sich verneinend von uns abwendet.
„Welches Leben!!!! so!!! ohne Dich. — Verfolgt von
der Güte der Menschen hier und da, die ich meine
ebenso wenig verdienen zu wollen, als sie zu verdie-

nen — Demuth des Menschen gegen den Menschen — sie schmerzt mich — und wenn ich mich im Zusammenhang des Universums betrachte, was bin ich und was ist der, den man den Grössten nennt! — Und doch — ist wieder hierin das Göttliche im Menschen" — dass er eben das grosse Universum lebendig in seinem eigenen kleinen Busen zu fühlen vermag und so zu dem Bewusstsein gelangt, dass er wirklich Antheil an dem Göttlichen hat. Und wann wohl hat er dieses Bewusstsein stärker als im Gefühl der Liebe! Dieses Gefühl, das jeder Creatur eine Ahnung des eigenen innersten Wesens und damit des Göttlichen gewährt, wem wird es mehr die Nähe des Göttlichen offenbaren, als dem Menschen, und vor allen jenen Glücklichen, die wir vor Andern als gottbegabt und Gottes Kinder bezeichnen, weil wir in ihnen einen wirkenden Ausfluss jener urewig schaffenden Mächte des Alls schauend verehren! So ist es auch wieder ein Beweis der Grösse eines Menschen, wenn das Tiefste und Eigenste seines Empfindens ihn am lebhaftesten an den Himmel gemahnt, wenn die Seligkeit, die ihm das eigene Herz zur Unendlichkeit anschwellen macht, ihn gemahnt an das Höhere der ganzen Welt. des Universums. Er wird mit der höchsten Wonne der Liebe, mit der grössten Grösse des eigenen Empfindens die ganze Kleinheit des Ichs und die ganze Grösse des Alls demüthig erkennen. So erzeugt die wahre Liebe jenes echteste der religiösen Gefühle, die Hingebung an das All. Und wem wird nicht hier mit

Freuden einfallen, wie so oftmals auch Beethoven in seinem Schaffen die tief überzeugenden Töne für dieses höchste aller Gefühle gefunden?[70]

Dann wieder, welche Kraft kommt in das eigene Herz und wie gross wird das Bewusstsein von dieser Macht des eigenen Fühlens! „Wie Du mich auch liebst, stärker liebe ich Dich doch." Und welche Ahnung davon, dass das echte Empfinden, die echte Liebe Zeit und Raum aufhebt. „Ach Gott — so nah! so weit! Ist es nicht ein wahres Himmelsgebäude unsre Liebe — aber auch so fest wie die Veste des Himmels!" Welche Grösse in der Anschauung! Wundert man sich noch, dass ein solcher Mann Töne fand, die es vermögen, unsere Brust auszuweiten zum lebendigen Fühlen des Unendlichen und unser Herz zu stärken zum Glauben und Vertrauen an ein Höheres, wenn ein solch unwandelbares Vertrauen im Herzen des Dichters selbst lebte?

Allein auch kein Wechsel der Gefühle wird ihm erspart, er soll Alles im eigenen Innern erfahren, was die Menschen, was alle fühlenden Herzen bewegt, um ihnen dann mit seinen Bildern dieses Fühlens Trost und Freude und Bestätigung zu geben. „Schon im Bette drängen sich die Ideen zu Dir, meine unsterbliche Geliebte   hier und da   freudig – dann wieder traurig" — doch stets gottergeben. — „Deine Liebe machte mich zum glücklichsten und zum unglücklichsten zugleich — sei ruhig — liebe mich — leb wohl — o liebe mich fort — ewig Dein — ewig mein — ewig uns!"

Wahrlich, wem nur einmal im Leben von dem
stürmenden Wechsel der Empfindungen, den die Liebe
bringt, das innere Herz so geprüft worden ist,
dass es in fast schmerzvoller Seligkeit ausbricht in
die Worte: „Müd vor Wonne, müd vor Glück" —
wem ein gütiges Geschick einmal die ganze Seligkeit,
die der Mensch geniessen kann, mit reichen Händen
gewährt hat, der fürwahr kann nie ganz wieder unglücklich werden. Ja, das Herz wird ihm ewig voll
sein, der das Glück einmal in seiner ganzen Fülle
gekostet hat. Und dass dies Beethoven genossen und
dass er damit zum Bewusstsein auch seiner ganzen
Macht gekommen, wie spricht er das selbst aus in den
Worten an Wegeler aus dieser Zeit: „Meine Jugend,
ja ich fühle es, sie fängt erst jetzt an. War ich nicht
immer ein siecher Mensch? Meine körperliche Kraft
nimmt seit einiger Zeit mehr als jemals zu und so
meine Geisteskräfte. Jeden Tag gelange ich mehr zu
dem Ziel, was ich fühle, aber nicht beschreiben kann.
Nur hierin kann Dein Beethoven leben. Nichts von
Ruhe! — Ich weiss von keiner andern als dem Schlaf,
und wehe genug thut mir's, dass ich ihm jetzt mehr
schenken muss als sonst. Nur halbe Befreiung von
meinem Uebel und dann — als vollendeter reifer Mann
komme ich zu Euch, erneuere die alten Freundschafts-
gefühle. So glücklich als es mir hienieden beschieden
ist, sollt Ihr mich sehen, nicht unglücklich. Nein, das
könnte ich nicht ertragen, ich will dem Schicksal in
den Rachen greifen, ganz niederbeugen soll es mich

gewiss nicht. O, es ist so schön, das Leben tausendmal leben!"

Ja wohl, und selbst im Schmerze ist es schön,
wenn Du nur den Muth hast, dem Schicksal in den
Rachen zu greifen und Höheres kennst als irdisches
Glücksgefühl! Und Beethoven ahnte in dem Momente,
wo er dies schrieb, noch nicht, wie nöthig ihm gar bald
ein solches Bewusstsein sein werde und wie bald sich
die Kraft seiner guten Vorsätze im Feuer des Leidens
zu erproben habe.

Nicht gar lange nachher brach ja Giulietta
„fast plötzlich" mit ihrem Geliebten ab. Sie war also
doch untreu! Sie verkannte also doch das treueste
Herz ihres geliebten Ludwig! Sie stürzte also doch,
diese Liebe, die so fest war wie die Veste des
Himmels! Und Beethoven? Wie war jetzt sein Zustand? Dumpfes Schweigen lag auf ihm; keinem
seiner Freunde hat er ein Wort weder gesagt noch
geschrieben. Darum ist auch hier nur wenig von
Thatsachen zu verzeichnen. Aber dies Wenige ist, wie
Alles, was sich von Hauptdingen in der Geschichte
eines Menschen wie der Menschheit erhält, stets das
Wesentliche, der Kern der Sache, und wir erkennen
daraus deutlich genug die furchtbare Grösse des
Schmerzes, die den Titanensohn ergreift und in die
tiefsten Tiefen der Vernichtung wirft, wie ihn die
Grösse seines Glücks zum Firmament emporgehoben hatte, dass er wähnte an der Tafel der Götter
ebenbürtig mitzuspeisen. Sein Firmament war einge-

stürzt, die Veste seines Himmels zertrümmert, und
hülflos, ohne Handhabe, sank er mit all seinem Denken
und Empfinden in eine unendliche Tiefe.

„In der Verzweiflung suchte er Trost bei seiner
bewährten und vorzugsweise verehrten Freundin, Gräfin
Marie Erdödy, auf ihrem Gute Jedlersee im Marchfelde, um einige Tage in ihrer Nähe zu verbringen“,
erzählt Schindler. „Dort verschwand er aber und die
Gräfin glaubte ihn nach Wien zurückgekehrt, als am
dritten Tage darauf ihr Musiklehrer . . . . . ihn in
einem entlegenen Theile des Schlossgartens gewahrte.
Dieser Zwischenfall blieb lange ein fest bewahrtes Geheimniss und ward erst nach Jahren durch die beiden
Mitwissenden nähern Freunden Beethoven's anvertraut, nachdem diese Liebesangelegenheit längst in
Vergessenheit gerathen. Man knüpfte die Vermuthung
daran, es sei des Unglücklichen Absicht gewesen, sich
durch Verhungern den Tod zu geben. Im Stillen beob-
achtende Freunde wollen bemerkt haben, dass Beethoven diesem Musiklehrer mit ausserordentlicher Aufmerksamkeit seitdem begegnet ist."[71]

Wer die Grossartigkeit des Empfindens und der
Willenskraft Beethoven's kennt, wird jene Vermuthung
theilen und sich sogar zur innern Gewissheit machen
können. Ruft er doch im Bewusstsein der vollen Un-
entbehrlichkeit dieser Liebe für sein innerstes Sein
sogar selbst der Geliebten die energischen Worte zu:
„Leben kann ich entweder nur ganz mit Dir oder gar
nicht!"[72] Und der heroischen Anlage seines gesamm-

145

ten Wesens entspricht ganz die entsetzliche Todesart, die er gewählt und gegen die die That eines Mucius Scävola wohl gar kindisch erscheint. Wer aber für grösser erachtet, das Leben, und wenn es das schwerste wäre, fortzuleben, als ihm mit jäher Eigenmächtigkeit ein Ende zu machen, der wird den Zufall preisen, der den edlen Mann der Ausführung jenes unseligen Vorsatzes entriss und ihm Gelegenheit gab, die grössere Grösse des Menschen zu zeigen, durch die Kraft des sittlichen Willens Herr über das herbste Missgeschick zu werden und es sogar zu höherem Thun nutzbar zu machen. Und wir werden sehen, wie er auch jetzt es vermochte, die schwerste Entsagung zu üben, die es gibt, auf das eigenste innere Glück, das dem Menschen als Einzelwesen, als Geschöpf von der Natur versprochen ist, zu verzichten und fortan nur den Idealen zu leben, die ihm vor der Seele standen. Nachdem er aber erkannt, dass es zum Theil eben diese waren, was ihm die Geliebte des Herzens geraubt, und nachdem sich aus der Tiefe des Schmerzes ihm allmälig die Ueberzeugung zum Lichte emporrang, dass sie ihn doch nicht verstanden und wohl gar seiner unwürdig war, da ward ihm der Sieg über sich selbst erleichtert; er fand mit der Geringschätzung der Ungetreuen den Werth des eigenen Wesens wieder und damit auch die Erinnerung an seine Ideale und dass er zu etwas Anderem berufen sei, als in ehelicher Liebe stillbeglückt dahinzuleben. Aus diesem Bewusstsein, das lange Jahre des fruchtbarsten Schaffens ihm zur völligen

Nohl, Beethoven's Mannesalter. 10

Gewissheit gemacht hatten, ging denn auch am Ende
seines Lebens jenes Wort hervor, mit dem er selbst das
Andenken an diese Tage beschlossen haben mag, jenes
räthselhaft klingende Wort, das freilich dem Eingeweihten sich wohl lösen wird und mit dem wir dieses
wichtige Kapitel, wie mit einem weit ausklingenden,
halb befriedigenden, halb das Gemüth in der Spannung
erhaltenden Schluss auf der Dominante schliessen
wollen, das schöne Wort: „Und wenn ich hätte meine
Lebenskraft mit dem Leben so hingeben wollen, was
wäre für das Edle, Bessere geblieben!"[73]

Sechstes Kapitel.

Das Heiligenstädter Testament.

Für die nächsten Jahre ist der beredteste und im Ganzen auch zuverlässigste Gewährsmann über das Einzelne aus Beethoven's Leben, das sich von jetzt an wieder lange Zeit hinter das Schaffen zurückzieht, jener Ferdinand Ries aus Bonn, von dem wir schon in „Beethoven's Jugend" vernahmen. Sein Vater hatte wie alle kurfürstlichen Hofmusiker durch die französische Occupation das Beste der Einnahmen verloren, und bei der allgemeinen Verarmung Bonns zog er es vor, seinen fünfzehnjährigen Sohn, der bisher bei ihm selbst sehr gründlichen Unterricht im Klavierspiel und in der Musik überhaupt erhalten hatte, auswärts weiter ausbilden und sich eine Zukunft suchen zu lassen, und sandte ihn zuerst nach München und dann nach Wien.

Hier kam er gegen Ende März 1800 an, als Beethoven gerade mit der Vollendung seines Oratoriums „Christus am Oelberg" sehr beschäftigt war; es sollte

10*

eben in einer grossen Akademie im Theater an der
Wien zu seinem Vortheil aufgeführt werden. „Beethoven fand gleich in den ersten Tagen, dass er mich
brauchen könne, und so wurde ich oft schon früh um
fünf Uhr geholt, wie auch am Tage der Aufführung
des Oratoriums geschah", fährt Ries fort. „Ich traf ihn
im Bette auf einzelne Blätter schreibend. Als ich
ihn fragte, was es sei, antwortete er: »Posaunen.«
Die Posaunen haben auch in der Aufführung von diesen Blättern geblasen." Hier haben wir freilich sogleich ein Beispiel davon, wie Ries zuweilen in seiner
Erinnerung Dinge confundirt, die weit auseinander-
liegen. Denn das Oratorium ward in diesem Concerte,
das am 2. April 1800 stattfand, gar nicht aufgeführt,
sondern erst am 5. April 1803, und so muss das Po-
saunen-Anekdötchen wohl um drei Jahre später gesetzt
werden.[74] Allein das Wesentliche ist uns hier zunächst
das Verhältniss von Lehrer und Schüler.

Darüber hören wir vorerst aus Beethoven's eigenem Munde, wie er sich in Erinnerung der Bonner
schlimmen Zeit und der Hülfe, die der alte Ries ihm
erwiesen, sogleich des wohl talentvollen, aber durchaus
ungenialen Jünglings, der ihn künstlerisch in keiner
Weise interessiren konnte, sorgend annahm. „Wegen
Ries, den mir herzlich grüsse, ein Wort", heisst es
schon am 29. Juni des Jahres 1800 an Wegeler; „was
seinen Sohn anbelangt, will ich Dir näher schreiben,
obschon ich glaube, dass, um sein Glück zu machen,
Paris besser als Wien sei; Wien ist überschüttet mit

Leuten, und selbst dem besten Verdienst fällt es dadurch
hart, sich zu halten. Bis den Herbst oder bis zum
Winter werde ich sehen, was ich für ihn thun kann,
weil dann Alles wieder in die Stadt eilt." Er suchte
nun vor allem den Schützling, den er stets als seinen
wirklichen Schüler ansah und behandelte, technisch so
zu entwickeln, dass er ihn mit gutem Gewissen in eine
ordentliche Position bei einem seiner hohen Freunde
zu bringen vermöchte. Ries selbst gibt uns ein zu-
treffendes Bild von diesem Unterricht. „Wenn Beethoven mir Lection gab, war er, ich möchte sagen,
gegen seine Natur auffallend geduldig. Ich musste
dieses sowie sein nur selten unterbrochenes freundschaftliches Benehmen gegen mich grösstentheils
seiner Anhänglichkeit und Liebe für meinen Vater zuschreiben. So liess er mich manchmal eine Sache
zehnmal, ja noch öfter wiederholen. In den Variationen
in F-dur, der Fürstin Odescalchi gewidmet (Op. 34),
habe ich die letzten Adagiovariationen siebzehnmal
fast ganz wiederholen müssen; er war mit dem Ausdruck in der kleinen Cadenz immer noch nicht zufrieden,
obschon ich glaubte sie ebenso gut zu spielen wie er.
Ich erhielt an diesem Tage beinahe zwei volle Stunden
Unterricht. Wenn ich in einer Passage etwas verfehlte
oder Noten und Sprünge, die er öfter recht herausgehoben haben wollte, falsch anschlug, sagte er selten
etwas; allein wenn ich am Ausdrucke, an Crescendos
u. s. w., oder am Charakter des Stücks etwas mangeln
liess, wurde er aufgebracht, weil, wie er sagte, das

Erstere Zufall, das Andere Mangel an Kenntniss, an Gefühl oder an Achtsamkeit sei." Und wenn er den Schüler häufig zum Abschreiben seiner Manuscripte oder zur Correctur und Revision der gedruckten Sachen verwendete, so war dies die beste Uebung in der Theorie, die Ries haben konnte, wobei er zugleich dem Lehrer etwas von seiner Mühe abnahm und das, was dieser sonst an ihm that, einigermassen vergalt.

Ries selbst erzählt, dass ihm Beethoven, wenn er gewahr wurde, dass es ihm knapp ging, mehrmals unaufgefordert Geld geschickt habe. „Er hatte mich wirklich lieb — bei vielen Veranlassungen bewies er mir eine wahrhaft väterliche Theilnahme."[75] So verschaffte er ihm denn auch bereits im nächsten Frühjahr ein Engagement als Klavierspieler bei dem reichen Grafen Browne, kais. russischem Brigadier in Wien, und gab ihm, als dieser bald darauf nach Baden übersiedelte, einen Brief an denselben mit, worin stand, dass Browne ihm die 50 Ducaten, die Ries als Besoldung bezog, vorausgeben solle, weil er sich equipiren müsse. „Das ist eine Nothwendigkeit, die ihn nicht beleidigen kann", heisst es in dem von Ries mitgetheilten Billet Beethoven's. „Denn nachdem das geschehen, sollen Sie künftige Woche schon am Montag mit ihm nach Baden gehen. Vorwürfe muss ich Ihnen denn doch machen, dass Sie sich nicht schon lange an mich gewendet. Bin ich nicht Ihr wahrer Freund? Warum verbergen Sie mir Ihre Noth? Keiner meiner Freunde darf darben, solange ich etwas hab. Ich hätte

Ihnen schon eine kleine Summe geschickt, wenn ich
nicht auf Browne hoffte. Geschieht das nicht, so wenden Sie sich gleich an Ihren Freund Beethoven."

Von dem nähern Verkehr mit diesem Grafen
Browne, dem die graziöse Sonate Op. 22 gewidmet ist,
sowie die bereits oben erwähnten VII Zauberflöten-
variationen, „die vielleicht aus Anlass der Anfang 1801
im Hoftheater und wenige Monate darauf mit grosser
Pracht durch Schikaneder in dem neuen Theater an
der Wien aufgeführten, von Beethoven so hoch ge-
schätzten Mozart'schen Oper entstanden" — von diesem
offenbar sehr intimen musikalischen Verkehr mit dem
reichen, schwelgerischen Russen hat Ries eine Reihe
nicht uninteressanter Anekdoten aufbewahrt, die hier
folgen mögen. Bei dem Aufenthalt in Baden hatte
Ries im Browne'schen Hause häufig abends Beethoven'-
sche Sachen theils von Noten, theils auswendig vor
einer Versammlung von gewaltigen Beethovenianern
zu spielen. „Hier konnte ich mich überzeugen", fährt
er fort, „wie bei den Meisten schon der Name allein
hinreicht, Alles in einem Werke schön und vortrefflich
oder mittelmässig und schlecht zu finden. Eines Tages
des Auswendigspielens müde, spielte ich einen Marsch,
wie er mir gerade in den Kopf kam, ohne irgend eine
weitere Absicht. Eine alte Gräfin, die Beethoven mit
ihrer Anhänglichkeit wirklich quälte [Gräfin Thun?
Vgl. ob. S. 13], gerieth darüber in ein hohes Entzücken,
da sie glaubte, es sei etwas Neues von demselben, was
ich, um mich über sie sowohl als über die andern

Enthusiasten lustig zu machen, nur zu schnell bejahte.
Unglücklicherweise kam Beethoven selbst den nächsten
Tag nach Baden. Als er nun abends beim Grafen
Browne ins Zimmer trat, fing die Alte gleich an
von dem äusserst genialen Marsche zu sprechen. Man
denke sich meine Verlegenheit! Wohl wissend, dass
Beethoven die alte Gräfin nicht leiden konnte, zog ich
ihn schnell beiseite und flüsterte ihm zu, ich hätte
mich nur über ihre Albernheit belustigen wollen. Er
nahm die Sache zu meinem Glücke sehr gut auf, aber
meine Verlegenheit wuchs, als ich den Marsch wiederholen musste, der nun viel schlechter gerieth, da
Beethoven neben mir stand. Dieser erhielt von
allen die ausserordentlichsten Lobsprüche über sein
Genie, die er ganz verwirrt und voller Grimm anhörte,
bis sich dieser zuletzt durch ein gewaltiges Lachen auf-
löste. Später sagte er mir: »Sehen Sie, lieber Ries, das
sind die grossen Kenner, welche jede Musik so richtig
und so scharf beurtheilen wollen. Man gebe ihnen nur
den Namen ihres Lieblings, mehr brauchen sie nicht.«"
Da Ries bemerkt, dass bei dieser Begebenheit
Browne die Composition der drei feingezeichneten
vierhändigen Märsche Op. 45 bestellte und dieselben
zwischen 1801 und 1802 componirt worden sind[76],
so erfahren wir hierdurch auch die ungefähre Zeit
jener Anekdote, der Ries noch Folgendes hinzufügt.
„Beethoven componirte einen Theil des zweiten Marsches, während er, was mir noch immer unbegreiflich
ist, mir zugleich Lection über eine Sonate gab, die ich

abends in einem kleinen Concerte bei dem eben erwähnten Grafen vortragen sollte. Auch die Märsche
sollte ich daselbst mit ihm spielen. Während dieses
Letztere geschah, sprach der junge Graf P.....
[Palffy?] in der Thür zum Nebenzimmer so laut und
frei mit einer schönen Dame, dass Beethoven, da
mehrere Versuche, Stille herbeizuführen, erfolglos
blieben, plötzlich mitten im Spiele mir die Hand vom
Klavier wegzog und aufsprang und ganz laut sagte:
»Für solche Schweine spiele ich nicht.« Alle Versuche,
ihn wieder ans Klavier zu bringen, waren vergeblich;
sogar wollte er nicht erlauben, dass ich die Sonate
spielte. So hörte die Musik zur allgemeinen Misstim-
mung auf." 77

Das biographisch Bemerkenswerthe dieser Anekdoten ist, dass wir auch diesen Winter 1801 auf 1802
hindurch Beethoven noch vielfach in Gesellschaft sehen.
Doch war es ein steter Kampf mit sich selbst, was er
dabei durchzufechten hatte und was ihn deshalb
auch für die Menschen so abstossend machte und noch
mehr so scheinen liess. Das zunehmende Gehörleiden
begann allmälig ihm selbst den geselligen Verkehr
vielfach zu verleiden. und zudem hatte ihn „sein ver-
nünftiger Arzt" Dr. Schmidt aufgefordert, soviel als
möglich sein Gehör zu schonen. Dadurch kam dieser,
wie Beethoven selbst sagt, „seiner jetzigen Disposition
entgegen, obschon vom Triebe zur Gesellschaft manchmal hingerissen er sich dazu verleiten liess". Solche
Scenen wie die oben erzählten. die fast niemals ganz

ausblieben, riefen dann in ihm selbst nur zu schmerzliche Empfindungen hervor, denen er selbst einmal den schönsten Ausdruck gegeben hat. „O ihr Menschen, die ihr mich für feindselig, störrisch oder misanthropisch haltet oder erkläret, wie unrecht thut ihr mir, ihr wisst nicht die geheime Ursache von dem, was euch so scheinet!" ruft er in einer Stunde der ernstesten Betrachtung aus. „Mein Herz und mein Sinn waren von Kindheit an für das zarte Gefühl des Wohlwollens. Selbst grosse Handlungen zu verrichten, dazu war ich immer aufgelegt. Aber bedenket nur, dass seit sechs Jahren ein heilloser Zustand mich befallen, durch unvernünftige Aerzte verschlimmert, von Jahr zu Jahr in der Hoffnung, gebessert zu werden, betrogen, endlich zu dem Ueberblick eines dauernden Uebels (dessen Heilung vielleicht Jahre dauern oder gar unmöglich ist) gezwungen. Mit einem feurigen, lebhaften Temperamente geboren, selbst empfänglich für die Zerstreuungen der Gesellschaft, musste ich früh mich absondern, einsam mein Leben zubringen; wollte ich auch zuweilen mich einmal über alles das hinaussetzen, o wie hart wurde ich durch die verdoppelte traurige Erfahrung meines schlechten Gehörs dann zurückgestossen, und doch war's mir nicht möglich, den Menschen zu sagen: Sprecht lauter, schreit, denn ich bin taub! Ach, wie wäre es möglich, dass ich die Schwäche eines Sinnes angeben sollte, der bei mir in einem vollkommenern Grade als bei Andern sein sollte, einen Sinn, den ich einst in der grössten Vollkommenheit besass,

in einer Vollkommenheit, wie ihn wenige von meinem
Fache gewiss haben noch gehabt haben! O, ich
kann es nicht! Drum verzeiht, wenn ihr mich da
zurückweichen sehen werdet, wo ich mich gern unter
euch mischte. Doppelt wehe thut mir mein Unglück,
indem ich dabei verkannt werden muss. Für mich
darf Erholung in menschlicher Gesellschaft, feinere
Unterredungen, wechselseitige Ergiessungen nicht
statt haben. Ganz allein fast und soviel als es die höchste
Nothwendigkeit fordert, darf ich mich in Gesellschaft
einlassen. Wie ein Verbannter muss ich leben. Nahe
ich mich einer Gesellschaft, so überfällt mich eine
heisse Aengstlichkeit, indem ich befürchte, in Gefahr
gesetzt zu werden, meinen Zustand merken zu
lassen."[78]

Um so mehr war nun in diesem Winter wieder
seine schaffende Phantasie thätig gewesen. Ein glücklicher Zufall, das von G. Nottebohm kürzlich herausgegebene Skizzenbuch, das jetzt bereits nach Russ-
land verkauft ist, unterrichtet uns genau von den
Werken, mit denen Beethoven's Seele damals umging,
und wir können uns nicht versagen, unsern Lesern bei
dieser Gelegenheit einen kleinen Blick auch in des
Meisters Werkstätte thun zu lassen. Da stehen zuerst
Menuetten, wie sie Beethoven so gut wie Haydn,
Mozart, Salieri u. A. für Redouten zu schreiben hatte.
Dann erscheinen Entwürfe und zwar mehrere zum
Opferlied von Matthisson: „Die Flamme lodert, milder
Schein durchglänzt den düstern Eichenhain und Weih-

rauchdüfte wallen. O neig' ein gnädig Ohr zu mir und lass des Jünglings Opfer Dir, Du Höchster, wohlgefallen." Wie sehr Matthisson's Poesie ihm behagte, wissen wir aus dem Schreiben an den Dichter vom 4. Aug. 1800, wo er ihm die „Adelaide" übersendet. Allein auch mehr als zwanzig Jahre später hatte er noch Sinn für dieses Opferlied und sang, vielleicht in Erinnerung an die jüngern Jahre, wo er selbst so manches Opfer zu bringen hatte — „schon in meinem 28. Jahre gezwungen, Philosoph zu werden", ruft er darüber aus — dasselbe noch einmal in einer diesen ersten Entwürfen ziemlich verwandten Weise als Op. 121! Weiter bringt das Skizzenbuch Brouillons zu einem Recitativ und Arie „No non turbati o Nice" und „Ma tu tremi o mio tesoro", die ersten sehr figurenreich, die spätern im Figurenwerk sehr vereinfacht. Diese letztern hat der Meister später zu einer bisher ungedruckten Arie für Sopran mit Begleitung von Streichinstrumenten verwendet, jedoch dieselbe geringschätzig überschrieben: „Esercizii da Beethoven." Für welchen Zweck, ob für eine schöne Gesangsdilettantin in den Wiener Kreisen, vielleicht die junge Frau von Frank, diese Entwürfe geschrieben sind, ist nicht zu ersehen.[79]

Inmitten dieser Skizzen erscheinen ausser einem ersten Entwurfe zum Andante der zweiten Symphonie wieder drei Contretänze und direct hinter der Arie die sechste der Bagatellen Op. 33. Dann folgen verschiedene, grösstentheils unbekannte, nicht ausgeführte Entwürfe, unter denen eine „Marcia con varia-

zioni" für Orchester ist, und darauf elf Seiten ununterbrochen Arbeiten zum letzten Satz der genannten Symphonie. Wieder kommen tanzartige Stücke im Dreivierteltakt, die ebenfalls nur zum Theil im Druck bekannt geworden sind, und nach einigen unbekannten Entwürfen
das in allen Theilen skizzirte und als Op. 116 gedruckte
Terzett „Tremate empi tremate", das jedoch erst viele
Jahre später ausgeführt sein mag. Von jetzt an folgen
fast ausschliesslich Klaviercompositionen. Zunächst der
abgebrochene Anfang des ersten Satzes von Op. 30
Nr. 1, Sonate für Klavier und Geige in A-dur durch fast
22 Seiten, jedoch oftmals unterbrochen, zuerst durch
einen aus der A. M. Z. abgeschriebenen Kanon: „Ein
Anderes ist's das erste Jahr", dann durch unbekannte
Fragmente, ferner mehrmals durch Entwürfe zum
zweiten Satz derselben Sonate, endlich durch solche zum
dritten Satz der Sonate Op. 47, der, wie auch Ries meldet,
ursprünglich für Op. 30 Nr. 1 bestimmt war. Hierauf
erscheinen Skizzen zu Op. 30 Nr. 2 der Sonate mit
Violine in C-moll, zunächst des ersten und letzten
Satzes, dann der beiden mittlern Stücke, Alles wieder vielfach unterbrochen, und zwar durch den Anfang
der fünften Bagatelle aus Op. 119, durch das Thema des
letzten Satzes von Op. 30 Nr. 1, durch Anklänge an
den zweiten und dritten Satz der Sonate in G-dur, Op. 30
Nr. 3, und endlich durch einen Entwurf zum ersten Satz
der stürmisch-poetischen Klaviersonate in D-moll.
Dieser letztere Entwurf ist besonders anziehend, weil
er, gegen des Meisters sonstige Gewohnheit, sogleich

„in wenig Zügen ein Ganzes hinstellt, von dem er jedoch, alle verbindenden und gegensätzlichen Mittelglieder überspringend, nur Anfang und Ende, gleichsam die Eckpfeiler davon, gibt". So sieht man deutlich, wie sehr aus einer tief und heftig erregten momentanen Gemüthsstimmung dieses schöne Gedicht hervorgegangen ist. Von den beiden andern Sätzen dieser Sonate aber zeigt sich hier keine Spur.

Die nächste Skizzengruppe bezieht sich auf die drei Sätze der Sonate Op. 30 Nr. 3. Wieder folgen unbekannte Entwürfe und darauf die Variationen für Klavier in Es, Op. 35, dem Grafen Lichnowsky gewidmet, und innerhalb derselben das Hauptmotiv zu dem Thema der Variationen in F-dur, Op. 34. Abermals folgen verschiedene unbekannte Skizzen und dann die ausgedehnten Entwürfe zum ersten Theil von Op. 31 Nr. 1, der Klaviersonate in G, zwischen denen auch Skizzen zu den beiden andern Sätzen derselben Sonate vorkommen und obendrein drei verschiedene Bruchstücke, jedes „Sonata 2da" überschrieben. Damit ist's zu Ende.

Welch ein Reichthum von herrlichsten musikalischen Gedanken! Das Ganze fällt, wie Nottebohm überzeugend genug nachgewiesen hat, in den Zeitraum vom October 1801 bis Mai 1802, also noch in die Liebeszeit! Und wer weiss, wie viele andere Entwürfe nicht blos im Gehirn des Meisters spukten, sondern auch bereits aufnotirt waren! „Bestellungen" hatte er ja damals genug. Am 8. April 1802 schreibt er selbst an den Kapellmeister Hofmeister in Leipzig — es ist derselbe, der in Mozart's Leben eine so fatale Rolle spielt und mit dem Beethoven schon seit anderthalb Jahren in buchhändlerischen Unterhandlungen steht[80]: „Die Dame kann eine Sonate von mir haben, auch will ich in ästhetischer Hinsicht im Allgemeinen ihren Plan befolgen — und ohne die Tonarten zu befolgen — den Preis um 5 Duc. — dafür kann sie dieselbe ein Jahr für sich zu ihrem Genuss behalten, ohne dass weder ich noch sie dieselbe herausgeben darf." Ebenso begehrten die Verleger immerfort Werke von ihm, z. B. von auswärtigen Nägeli in Zürich für sein eben begonnenes „Répertoire des Clavecinistes" und der alte Freund Simrock in Bonn.[81] So begreift es sich, wenn er schon am 29. Juni 1800 schreibt: „Auch habe ich auf jede Sache 6, 7 Verleger", und: „Ich lebe nur in meinen Noten, und ist das Eine kaum da, so ist das Andere schon angefangen. So wie ich jetzt schreibe, mache ich oft drei, vier Sachen zugleich."

In solch unausgesetzter Thätigkeit nun, in der er sich zumal jetzt vor den eigenen Gedanken retten mochte, finden wir ihn auch im Sommer dieses Jahres 1802 auf dem Lande in Heiligenstadt, wohin er bereits im Mai gegangen war, wie Schindler sagt, zur Wiederherstellung von einer bedeutenden Krankheit, die eine empfindliche Störung in den Geschäften des Tondichters gemacht habe. Es findet sich sonst nirgends eine Erwähnung einer solchen Krankheit, auch nicht in dem Briefe an Hofmeister vom 8. April 1802. Die

oben angeführten Skizzen beweisen viel eher eine
vollständig gesunde Thätigkeit, und Dr. Schmidt
hatte den Meister, wie dieser selbst bezeugt, nur wegen
seines Ohrenübels in die Einsamkeit des Landaufent-
halts gesendet. [82]

Hier nun begann erst recht die angestrengteste
Arbeit, und es ist erstaunlich, wie viele von den oben
genannten Skizzen, die eine glückliche, sehr glückliche
Zeit geboren hatte, in dieser Sommerfrische ausgeführt
und druckfertig geworden sind. Am meisten materielle
Arbeit machte von all jenen Werken dem Künstler
jedenfalls die Symphonie. Denn noch war ihm die
Kunst der instrumentalen Colorirung keineswegs so ge-
läufig, dass er dieselbe gleichsam als eine natürliche
Sprache ebenso leicht und ohne besonderes Nachdenken und Aufmerken anwandte, wie z. B. das Klavier.
So findet sich auch in diesem Werke im Ganzen genommen durchaus nicht jener unmittelbare Ausdruck
des eigensten Geisteslebens, den Beethoven seinen
spätern Symphonien zu verleihen weiss. „Gib Dein
Quartett nicht weiter, ich habe erst jetzt Quartetten
schreiben gelernt", sagt er 1800 zu Amenda, und im
Jahre 1804, als die „Eroica" geschrieben war, wird er
wohl dasselbe von der ersten und zweiten seiner Symphonien gedacht haben. Auch die genannten Violin-
sonaten Op. 30 sind hier trotz mannichfacher musikalischer Schönheiten nicht näher zu betrachten, da ihr
Lebensgehalt ebenfalls nicht von der Art ist, dass sie
einen entscheidenden Entwicklungspunkt in der innern

Fortbildung Beethoven's und damit unseres Empfin-
dungslebens überhaupt bezeichneten. Von den Variationen Op. 34 und 35 ferner sagt er selbst zwar in
einem „kleinen Vorbericht" an die Verleger Breitkopf
und Härtel im December 1801: „Da diese Variationen
sich merklich von meinen frühern unterscheiden, so
habe ich sie, anstatt mit den vorhergehenden nur
mit einer Nummer (nämlich z. B. Nr. 1, 2, 3 u. s. w.)
anzuzeigen, unter die wirkliche Zahl meiner grössern
musikalischen Werke aufgenommen, um so mehr,
da auch die Themas von mir selbst sind." Doch ist
auch hier, wenn nicht gerade die geschäftsmässige
Arbeit, die eben etwas fertig zu machen und davon
zu subsistiren strebt, so doch jedenfalls vorwiegend
das rein technische Interesse herrschend, und es gehören also auch diese Werke wie die übrigen obenge-
nannten in die Geschichte der künstlerischen, nicht in
die der innern menschlichen Entwicklung des Meisters.[3]

Ganz auf der Höhe jener innersten Vereinigung des
künstlerischen und menschlichen Wesens, welche entscheidend für die Kunst wie für die gesammte Geistes-
entwicklung und daher von allgemeinster Bedeutung
ist, steht aber eben jene Klaviersonate in D-moll,
Op. 31 Nr. 2. Hier sind mit überzeugender Gewissheit
jene tiefen Laute der Seele zu vernehmen, die unser
Herz auf das mächtigste bewegen und uns zeigen, wie
die innere Entwicklung Beethoven's um ein sehr Merk-
liches vorangeschritten ist und dass in der That die
höchsten Momente seines Schaffens aus den höchsten

Was hier folgt ...

Momenten seines Lebens fliessen. Was der unglückliche Meister in diesem letzten Jahre an höchstem Glücksgefühl genossen, dann in der Tiefe seiner Seele gerungen und gesiegt, das ist in diesem wundervollen Gedicht in kurzen, aber kräftigen und fast dramatisch vergegenwärtigenden Worten ausgesprochen. Und wenn nun hier zum ersten Mal in Beethoven's Schaffen die reichen Mittel der blossen Musik nicht genügen wollen, wenn selbst die frappantesten Modulationen, der beredteste Gesang, die schärfsten Rhythmen und Accente, wie sie hier fast gehäuft erscheinen, nicht ausreichen, das unendlich Sprachbedürftige seines Innern zu befriedigen, sodass er nun zum ersten Mal zu jenem Mittel, das nicht eigentlich der Musik, sondern der Poesie, der Kunst des Wortes entsprang, zum Recitativ, zur directen Nachbildung der Wortsprache greift, wem fiele da nicht jenes „Nun sprich!" ein, mit dem der grosse Michel Angelo den letzten Hammerschlag auf das Knie seiner Mosesstatue that, um so das täuschende Bild des Lebens zum wirklichen Dasein zu erwecken! Und welche Zeugen tiefster Herzensregung wieder sind die Melodien und Harmonien des Adagios, und wie zittert selbst in dem heiterer bewegten Finale noch jener Wellenschlag, den mächtige Grundbewegungen der Seele erzeugen! Dieses Werk, so tief aus dem Innersten des eigenen Lebens herausgeschrieben, mochte aber auch eben dieses eigene Innere von schwerem Druck freizumachen dienen und dem hartbedrängten Dichter freiern Athem schaffen, wie es ja noch heute Tausenden das Herz zugleich bewegt und befreit.

Jedoch nicht einzig und allein in Tönen hat der
Meister verrathen, was in jenem Frühling seine Seele so
stürmisch bewegte, ein glücklicher Zufall hat uns auch
eine wenn schon kleine, doch sehr bezeichnende wört-
liche Aeusserung Beethoven's über den Schmerz jener
Tage erhalten. Der seinerzeit sehr geschätzte Histo-
rien- und Portraitmaler Macco, der mit Goethe und
andern berühmtesten Männern seiner Zeit in Rom, Weimar und anderswo befreundet war, kam, wie ich aus
seiner handschriftlichen, vielfach interessanten Selbstbiographie ersehen, im Juni 1802 von Prag nach Wien,
wo er unter Andern auch den Erzherzog Karl als Sieger
bei Würzburg malte. Doch kurze Zeit darauf rief ihn
eine bedeutende Bestellung nach Prag zurück. „Ich
hatte in Wien", erzählt er nun, „manche interessante
Bekanntschaft, ja Freunde gefunden, welche mir freilich
die Abreise erschwerten. Allein die Hoffnung, vielleicht
nach Jahresfrist dahin zurückzukehren, erleichterte
mir solche, und so verlebte ich noch die letzten Tage
mit L. v. Beethoven in der schönen Umgebung Wiens
auf dem Lande und wir schieden in der Hoffnung, uns
bald wiederzusehen." Er kam freilich vor 1808 nicht wieder nach Wien, wohl aber gedachte er lebhaft des neuen
Freundes, mit dem er offenbar sehr angenehm verkehrt
hatte, und bot ihm im Jahre 1803 einen Oratorientext
von Meissner an, worauf denn Beethoven am 2. November 1803 so antwortet:

„Lieber Macco! Wenn ich Ihnen sage, dass mir
Ihr Schreiben lieber ist als das jedes Königs oder

Ministers, so ist's Wahrheit, und dabei muss ich noch
hintendrein gestehen, dass Sie mich durch Ihre Grossmuth wirklich etwas demüthigen, indem ich Ihr Zuvor-
kommen bei meiner Zurückhaltung gegen Sie gar
nicht verdiene: überhaupt hat mir's wehe gethan, dass
ich in Wien nicht mehr mit Ihnen sein konnte, allein
es gibt Perioden im menschlichen Leben,
die wollen überstanden sein, und oft von der un-
rechten Seite betrachtet werden. Es scheint, dass Sie
selbst als grosser Künstler nicht ganz unbekannt mit
dergleichen sind und so — habe ich denn, wie ich sehe,
Ihre Zuneigung nicht verloren und das ist mir sehr
lieb, weil ich Sie sehr schätze und wünsche nur einen
solchen Künstler in meinem Fach um mich haben zu
können."

Das war nachhallende Erinnerung jener heissen
Frühlingstage von 1802. Hören wir nun, was ferner That-
sächliches F. Ries von Heiligenstadt meldet: „Die
beginnende Harthörigkeit war für ihn eine so empfindliche Sache, dass man sehr behutsam sein musste, ihn
durch lauteres Sprechen diesen Mangel nicht fühlen zu
lassen. Hatte er etwas nicht verstanden, so schob er
es gewöhnlich auf eine Zerstreutheit, die ihm allerdings
in höherem Grade eigen war. Er lebte viel auf dem
Lande, wohin ich denn öfter kam, um eine Lection zu
erhalten. Zuweilen sagte er dann, morgens um acht
Uhr nach dem Frühstück: «Wir wollen erst ein wenig
spazieren gehen.» Wir gingen, kamen aber mehrmals
erst um 3—4 Uhr zurück, nachdem wir auf irgend

einem Dorfe etwas gegessen hatten. Auf einer dieser Wanderungen gab Beethoven mir den ersten auffallenden Beweis der Abnahme seines Gehörs, von der mir schon Stephan von Breuning gesprochen hatte. Ich machte ihn nämlich auf einen Hirten aufmerksam, der auf einer Flöte aus Fliederholz geschnitten im Walde recht artig blies. Beethoven konnte eine halbe Stunde hindurch gar nichts hören und wurde, obschon ich ihm wiederholt versicherte, auch ich höre nichts mehr, was indess nicht der Fall war, ausserordentlich still und finster."

Ferner: „Die drei Solosonaten Op. 31 hatte Beethoven an Nägeli in Zürich versagt, während sein Bruder Karl (Kaspar), der sich leider immer um seine Geschäfte bekümmerte, diese Sonaten an einen Leipziger Verleger verkaufen wollte. Es war öfters deswegen unter den Brüdern Wortwechsel, weil Beethoven sein einmal gegebenes Wort halten wollte. Als die Sonaten [d. h. zunächst nur Nr. 1 und 2] auf dem Punkte waren weggeschickt zu werden, wohnte Beethoven in Heiligenstadt. Auf einem Spaziergange kam es zwischen den Brüdern zu neuem Streite, ja endlich zu Thätlichkeiten. Am andern Tage gab er mir die Sonaten, um sie auf der Stelle nach Zürich zu schicken, und einen Brief an seinen Bruder, der in einen andern an Stephan von Breuning zum Durchlesen eingeschlagen war. Eine schönere Moral hätte wohl Niemand mit gütigerem Herzen predigen können als Beethoven seinem Bruder über sein gestriges Betragen. Erst zeigte er es ihm unter der wahren verachtungswerthen Gestalt, dann verzieh

er ihm Alles, sagte ihm aber auch eine üble Zukunft
vorher, wenn er sein Leben nicht völlig ändere. Auch
der Brief, den er an Breuning geschrieben hatte, war
ausgezeichnet schön."[84]
Hier ist nun der Anfang einer neuen Kette von
schweren Leiden und Aergernissen, die sein bestes Sein
so oft fesselnd durch Beethoven's ganzes Leben sich hin-
zieht.[85] Es scheint, als habe der unsaubere Charakter des Vaters sich auf die beiden jüngern Söhne
völlig übertragen. Wenigstens werden wir den jüngsten,
Johann, noch von recht unerfreulichen Seiten kennen
lernen. Aber auch Karl, der ebenfalls bereits sehr bald
nach Wien gekommen war, betrachtete seinen grossen
Bruder nur als ein Werkzeug der eigenen Bereicherung
oder doch eines bequemern Lebens. So rechtfertigt
sich unser Wort, dass Beethoven schon damals viel für
blosse Verleger zu arbeiten hatte, und es ist z. B. in
einem Werke wie Op. 31 Nr. 1, der Sonate in G, eigentlich nur jenes angenehme Tonspiel zu erkennen, wie es
ein Meister der Kunst treibt, um Andere zu vergnügen
und sich selbst die Mittel höhern Schaffens zu gewinnen.
Da sehen wir ferner, wie in dem Briefe an Hofmeister
vom 15. Dec. 1800 eine Menge Werke, das Septett, die
erste Symphonie, das Klavierconcert Op. 19 und die
Sonate Op. 22, zum Verlag angeboten werden und es
dabei heisst: „Bei Ihrer Antwort können Sie mir selbst
auch die Preise festsetzen, und da Sie weder Jud noch
Italiener und ich auch keins von beiden bin, so werden wir schon zusammenkommen."[86] Vier Wochen

später aber gibt er, höchst wahrscheinlich auf des Bruders Mahnung, die Preise selbst so an: Septett 20 Duc., Symphonie 20 Duc., Concert 10 Duc., grosse Solosonate 20 Duc., und sagt dann: „Nun zur Erläuterung. Sie werden sich vielleicht wundern, dass ich hier keinen Unterschied zwischen Sonate, Septett und Symphonie mache, weil ich finde, dass ein Septett oder eine Symphonie nicht soviel Abgang findet als eine Sonate; deswegen thue ich das, obgleich eine Symphonie unstreitig mehr gelten soll. Ich glaube nicht, dass Ihnen dieses übertrieben scheint. Alles zusammengenommen, wenigstens habe ich mich bemüht, Ihnen so mässig als möglich die Preise zu machen. -- Nun wäre das saure Geschäft vollendet", heisst es zum Schluss. „Ich nenne das so, weil ich wünschte, dass es anders in der Welt sein könnte. Es sollte nur ein Magazin der Kunst in der Welt sein, wo der Künstler seine Kunstwerke nur hinzugeben hätte, um zu nehmen, was er brauchte; so muss man noch ein halber Handelsmann dabei sein, und wie findet man sich darein — du lieber Gott — dass nenne ich noch einmal sauer."

Bald begann denn auch, wie Seyfried es ausdrückt, der Bruder „die drückende Last der Sorgen für seine ökonomischen Verhältnisse von den Schultern des im bürgerlichen Leben fast steinfremden Kunstpriesters zu wälzen und ihn so zu sagen recht eigentlich zu bevormunden". Sahen wir schon oben ein Beispiel davon, so lässt uns ein aus dieser Zeit stammender Brief an J. André in Offenbach tiefer in diese Verhältnisse blicken.

„Wien, am 23. November 1802.

Ew. Wohlgeboren

Haben uns neulich mit einem Schreiben beehrt und
den Wunsch geäussert, einige Musikalien von meinem
Bruder zu besitzen, wofür wir Ihnen sehr danken
Gegenwärtig haben wir aber nichts als eine Simphonie
dann ein grosses Conzert für Klavier, für die erste ist
300 Fl., für das zweite auch so viel; wollten Sie 3 Klaviersonaten, so könnte ich (!) diese nicht anders als
900 Fl. geben, alles in Wienerwähr., auch diese
können Sie nicht auf einmal erhalten, sondern alle 5
oder 6 Wochen eine, weil mein Bruder sich mit solche
Kleinigkeiten nicht mehr viel abgibt und nur Oratorien
Opern etc. schreibt. Dann bekommen wir auch noch
von jedem Stücke, was Sie vielleicht stechen werden,
immer 8 Exemplare. Auf jeden Fall aber, die Stücke
mögen Ihnen gefällig sein oder nicht, bitte ich um Antwort, weil ich sonst aufgehalten würde, sie an jemand
andern zu verkaufen. Auch haben wir noch 2 Adagi
für Violin und ganzer Instrumentalbegleitung, welche
135 Fl. kosten, dann auch noch 2 kleine leichte Sonaten,
wo jede nur 2 Stücke hat, welche um 280 Fl. zu Ihren
Diensten stehen. Sonst bitte ich alles schönes an unsern Freund Koch zu sagen.

Ihr unterthänigster K. v. Beethoven,

k. k. Kassenbeamter."

Was würde wohl der grosse Ludwig gesagt haben,
hätte er diesen für uns so erheiternd naiven Brief
gelesen? Und doch war so wirklich der ihm lästige

„Vertrieb und Verschleiss seiner Waaren" von seinen
Schultern gewälzt, und wenn nicht einerseits die auswärtigen Verleger ein ganz falsches Bild von Beethoven
bekommen hätten und andererseits durch solch unpas-
sende Handeltreiberei stets neue Verwicklungen und
Aergernisse herbeigeführt worden wären, könnte man die
Sache einfach belächeln, und auch Beethoven hätte sie
ruhig gehen lassen können. Wir finden aber bald, dass
er auch diesen unangenehmen Geschäftsverkehr wieder
persönlich in die Hand nehmen muss, und obendrein
erzählt nun Ries: „Besonders bemühten sich seine
Brüder, alle nähern Freunde von ihm fern zu halten,
und was diese auch immer Schlechtes gegen ihn trieben, wovon man ihn vollständig überzeugte, so kostete
es ihnen nur ein paar Thränen, und gleich vergass er
Alles. Er pflegte dann zu sagen: «Es ist doch immer
mein Bruder» und der Freund bekam Vorwürfe für
seine Gutmüthigkeit und Offenheit."

Das schönste Zeugniss aber für seine bis zur offenbaren Schwachheit gehende Güte gegen diese Brüder,
die freilich, wie wir wissen, fast seine Söhne zu nennen
waren, gibt jenes Schriftstück „Für meine Brüder
Karl und Johann van Beethoven", das er im
October dieses Jahres 1802 schrieb. Es ward im Nachlass des Meisters gefunden und heisst deshalb allgemein das Heiligenstädter Testament.[87] Mit
diesem Documente, das, wie die Briefe an Giulietta,
wohl bei Jedem, der Beethoven's Töne längst mit
Wonne eingesogen, ihm auch das ganze Herz gewinnt.

weil es den tiefsten Blick in die volle Wirklichkeit der Empfindung des grossen Meisters gewährt,
mit diesem vollen Erguss seines Herzens, dem wie
dieser später in Worten kaum einer mehr gefolgt ist
und der uns die letzten tiefen Athemzüge, gewissermassen das letzte schmerzlich heftige Aufzucken und
Nachwogen der Erlebnisse des vergangenen Jahres
zeigt, wollen auch wir dieses an Erfahrungen wie an
Schöpfungen so reiche Jahr 1802 zusammenfassend
beschliessen.

Hatte die Zeit der Leidenschaft dem Genius des
Meisters jene Cis-moll-Sonate eingegeben, an deren
schmerzlicher Wollust sich die Empfindung so manches
Liebenden zur sehnsuchtsvollen Glut entzündet, so
gab ihm die Zeit des Leidens und der Entsagung jene
poesievolle D-moll-Sonate. Und wie der Sieg über
sich selbst und das stille Wirken im Kreise des Berufs
ein unendlich reineres Glück gewähren als selbst die
süsseste Leidenschaft, so strahlt auch diese Sonate
trotz des noch oft tief schmerzlich aufzuckenden Inhalts
in dem Lichte der reinsten Harmonie, nur freilich, wie
das bei jeder Resignation der Fall ist, leise gedämpft
durch die Erinnerung an das herbe Leid und den noch
herbern Kampf, den es gekostet, Herr über sich selbst
zu werden, an „die Perioden im menschlichen Leben, die
überstanden sein wollen". Was die Sonate pathétique
an allgemeiner tief aufwühlender Erregung darbot und
was dann die Cis-moll-Sonate an concentrirtester Her-
zensleidenschaft heraustobte, wie scheint das Alles in

diesem letztern Werke persönlichsten Fühlens geklärt und verherrlicht, und wie viel geistiger in ihrer Wirkung ist diese D-moll-Sonate als jene fast stoffartig ergreifenden frühern Werke, die später nur noch einmal, in der Appassionata Op. 57, ihre Fortsetzung und zugleich eine Ueberbietung finden sollten![88] Den besten Commentar zu der hart andrängenden Verzweiflung wie zu der sanften Melancholie der D-moll-Sonate aber bildet eben jenes Testament, dessen Anfang bereits oben mitgetheilt wurde und dessen Verlauf nun also lautet:

„Aber welche Demüthigung, wenn Jemand neben mir stand und von weitem eine Flöte hörte und ich nichts hörte, oder Jemand den Hirten singen hörte und ich auch nichts hörte! Solche Ereignisse brachten mich nahe an Verzweiflung, es fehlte wenig und ich endigte selbst mein Leben. — Nur sie, die Kunst, sie hielt mich zurück! Ach, es dünkte mir unmöglich, die Welt eher zu verlassen, bis ich das alles hervorgebracht, wozu ich mich aufgelegt fühlte. Und so fristete ich dieses elende Leben, so wahrhaft elend, dass mich eine schnelle Veränderung aus dem besten Zustand in den schlechtesten versetzen kann. Geduld — so heisst es, sie muss ich nun zur Führerin wählen! Ich habe es. — Dauernd, hoffe ich, soll mein Entschluss sein, auszuharren, bis es den unerbittlichen Parzen gefällt, den Faden zu brechen. Vielleicht geht es besser, vielleicht nicht. Ich bin gefasst. — Schon in meinem 28. Jahre [er zählte damals schon fast 32 Jahre] gezwungen Philosoph zu werden. Es ist nicht leicht,

für den Künstler schwerer als für irgend Jemand. —
Gottheit. Du siehst herab auf mein Inneres, Du kennst
es, Du weisst, dass Menschenliebe und Neigung zum
Wohlthun darin hausen! O Menschen, wenn ihr einst
dieses leset, so denkt, dass ihr mir unrecht gethan, und
der Unglückliche, er tröste sich, einen seinesgleichen
zu finden, der trotz allen Hindernissen der Natur doch
noch alles gethan, was in seinem Vermögen stand, um
in die Reihe würdiger Künstler und Menschen aufgenommen zu werden. — Ihr meine Brüder Karl und Johann, sobald ich todt bin und Professor Schmidt lebt
noch, so bittet ihn in meinem Namen, dass er meine
Krankheit beschreibe, und dieses hier geschriebene
Blatt füget ihr dieser meiner Krankheitsgeschichte bei,
damit wenigstens so viel als möglich die Welt nach
meinem Tode mit mir versöhnt werde. — Zugleich erkläre ich euch beide hier für die Erben des kleinen
Vermögens (wenn man es so nennen kann) von mir.
Theilet es redlich und vertragt und helft euch einander.
Was ihr mir zuwider gethan, das wisst ihr, war euch
schon längst verziehen. Dir Bruder Karl danke ich
noch insbesondere für deine in dieser letztern Zeit mir
bewiesene Anhänglichkeit. Mein Wunsch ist, dass
euch ein besseres, sorgenloseres Leben werde als mir.
Empfehlt euren Kindern Tugend; sie nur allein kann
glücklich machen, nicht Geld. Ich spreche aus Erfahrung. Sie war es, die mich selbst im Elende gehoben;
ihr danke ich nebst meiner Kunst, dass ich durch keinen Selbstmord mein Leben endigte. — Lebt wohl

und liebet euch! — Allen Freunden danke ich, besonders Fürst Lichnowsky und Professor Schmidt. —
Die Instrumente von Fürst L. wünsche ich, dass sie
doch mögen aufbewahrt werden bei einem von euch;
doch entstehe deswegen kein Streit unter euch. Sobald sie euch aber zu etwas Nützlicherem dienen können, so verkauft sie nur. Wie froh bin ich, wenn ich
auch noch im Grabe euch nützen kann.[89]

So wär's geschehen! — Mit Freuden eile ich dem
Tode entgegen. Kommt er früher, als ich Gelegenheit
gehabt habe, noch alle meine Kunstfähigkeiten zu entfalten, so wird er mir, trotz meinem harten Schicksal,
doch noch zu früh kommen, und ich würde ihn wohl
später wünschen; doch auch dann bin ich zufrieden,
befreit er mich nicht von einem endlosen leidenden
Zustande? — Komm, wann du willst, ich gehe dir
muthig entgegen! Lebt wohl und vergesst mich nicht
ganz im Tode, ich habe es um euch verdient, indem
ich in meinem Leben oft an euch gedacht, euch glücklich zu machen; seid es!

Heiligenstadt, am 6. October 1802.

Ludwig van Beethoven."

„Heiligenstadt, am 10. October 1802.

So nehme ich denn Abschied von Dir — und zwar
traurig. — Ja, die geliebte Hoffnung, die ich mit hieher nahm, wenigstens bis zu einem gewissen Punkte
geheilet zu sein, sie muss mich nun gänzlich verlassen.
Wie die Blätter des Herbstes herabfallen, gewelkt

sind, so ist auch sie für mich dürre geworden. Fast
wie ich hieher kam, gehe ich fort; selbst der hohe
Muth, der mich oft in den schönen Sommertagen beseelte, er ist verschwunden. O Vorsehung, lass einmal einen reinen Tag der Freude mir erscheinen! So
lange schon ist der wahren Freude inniger Widerhall
mir fremd. Wann, o wann, o Gottheit! kann ich im
Tempel der Natur und der Menschen ihn wieder fühlen? — Nie? — Nein, es wäre zu hart!"

Aussen darauf hatte er dann geschrieben: „Für
meine Brüder Karl und Johann nach meinem Tode zu
lesen und zu vollziehen." Aber der Tod, er sollte noch
fast ein Vierteljahrhundert auf sich warten lassen, und
jener hohe Muth, der den Meister oft in diesen Sommertagen beseelt und von neuem glanzvolle Klänge wie
die der zweiten Symphonie hervorgezaubert hatte,
auch dieser Muth sollte noch oft in seinem Leben wiederkehren und ihn dann wie die ebenfalls nicht aus-
bleibenden schweren und schwersten Leiden zu noch
höhern Werken des Geistes entzünden. Und wir
werden bald finden, dass sich nach all diesen eigenen
Leiden und persönlichen Kämpfen sein Sinn von neuem
der freiern Anschauung der Welt und ihrer grössern
Kämpfe zuwendete und dass seiner Phantasie dann
auch die Flügel wuchsen zu höherem Aufschwung, als
ihn der lyrische Erguss einer kleinen Sonate fordert
und erlaubt. Wir stehen jetzt an der Schwelle, wo
das monumentale Schaffen des Meisters beginnt, und
wie man gestehen muss, dass auch ihn wie jeden Sterb-

lichen erst das Leben selbst zu der edlen Fähigkeit er-
zog, sich über das Leben zu erheben, so wird man auch
dem Geschick nicht grollen mögen, das ihn mehr und
mehr den Freuden des blossen Daseins entzog und sein
vereinsamtes Gemüth auf die höhern und ewigen Dinge
richtete, um ihn zum Verkünder von Ideen zu machen,
deren Kraft und Fruchtbarkeit noch heute uns alle
stärkt und nährt.

Siebentes Kapitel.

Die Helden-Symphonie.

Die nächsten Werke, mit denen der Meister die Welt bekannt machte, waren die von sanfter Schönheit strahlende Sonate Op. 28, der man willkürlich den Namen Pastorale gegeben und die schon im August 1802 herauskam, so wie die „Sechs ländlerischen Tänze" nebst dem kleinen, der Mlle. la Comtesse Henriette de Lichnowsky gewidmeten Rondo in G, die bereits in der Wiener Zeitung vom 11. Sept. 1802 angezeigt wurden. Allein es erschienen auch ohne des Meisters Zuthun Sachen von ihm in der Oeffentlichkeit, und zwar waren dafür nicht blos seine Brüder thätig, die manches geringfügige Stück, das besser zurückgeblieben wäre, in den Handel brachten, sondern mehr noch die sogenannten Uebersetzer, die Arrangeurs. Nun schreibt zwar Beethoven selbst einmal (am 22. April 1801) an Hofmeister: „Es wäre recht hübsch, wenn der Herr Bruder auch nebstdem, dass Sie das Septett so [d. h.

als Quartett] herausgeben, dasselbe auch für Flöte
z. B. als Quintett arrangirten; dadurch würde den
Flötenliebhabern, die mich schon darum angegangen,
geholfen und sie würden darin wie die Insekten herum-
schwärmen und davon speisen." Allein er sieht sich
doch um seines und des Verlegers Vortheils willen genöthigt, im November 1802 in das Intelligenzblatt der
Leipziger A. M. Z. folgende energische „Anzeige"
einzurücken: „Ich glaube es dem Publikum und mir
selber schuldig zu sein, öffentlich anzuzeigen, dass die
beiden Quintetten aus C- und Es-dur, wovon das eine
(ausgezogen aus einer Sinfonie von mir) bei Herrn
Mollo in Wien, das andere (ausgezogen aus dem Septett von mir Op. 20) bei Herrn Hofmeister in Leipzig erschienen ist, nicht Originalquintetten, sondern
nur Uebersetzungen sind, welche die Herren Verleger
veranstaltet haben. — Das Uebersetzen ist überhaupt
eine Sache, wogegen sich heutzutage (in unserm fruchtbaren Zeitalter — der Uebersetzungen) ein Autor nur
umsonst sträuben würde; aber man kann wenigstens
mit Recht verlangen, dass die Verleger es auf dem
Titelblatte anzeigen, damit die Ehre des Autors nicht
geschmälert und das Publikum nicht hintergangen
werde. Dies, um dergleichen Fällen in Zukunft vorzubeugen."[90]

Zu Ende 1802 waren denn auch die Variationen
Op. 34 und Op. 35 fertig, und ausserdem scheint der
Meister in diesem Winter vielfach mit der Correctur
des Druckes der im Sommer geschriebenen Werke be-

schäftigt gewesen zu sein. Mit den an Nägeli gesandten
Sonaten Op. 31 geschah dann die ärgerliche Geschichte,
dass sie nicht blos so gestochen waren, dass Beethoven
Grund gehabt hätte, wie am 8. April 1802 an Hofmeister
zu schreiben: „Herr .... [Mollo?] hat wieder neuerdings meine Quartetten [Op. 18] sage voller Fehler
und Errata in grosser und kleiner Manier herausgegeben, sie wimmeln darin wie die Fische im Wasser,
d. h. ins Unendliche; questo è un piacere per un autore
— das heiss' ich stechen, in Wahrheit, meine Haut ist
ganz voller Stiche und Risse"; sondern der Herr
Editeur hatte sich diesmal sogar erlaubt, in die G-dur-
Sonate am Schluss vier Takte hineinzucomponiren.
„Als ich diese spielte", erzählt Ries, „sprang Beethoven wüthend auf, kam herbeigerannt und stiess mich
halb vom Klavier, schreiend: »Wo steht das zum Teufel?« Sein Erstaunen und seinen Zorn kann man sich
kaum denken, als er es so gedruckt sah. Ich erhielt
den Auftrag, ein Verzeichniss aller Fehler zu machen
und die Sonaten auf der Stelle an Simrock in Bonn zu
schicken, der sie nachstechen und zusetzen sollte: Edi-
tion tres-correcte." Dies geschah auch und Ries hatte
abermals die Correctur zu besorgen, doch hat Beethoven selbst später (1815) noch Nägeli als den Origi-
nalverleger bezeichnet.[91]

Das Hauptereigniss des Winters für Beethoven's
äusseres Leben scheint aber das grosse Concert gewesen
zu sein, das er am Palmsonntag (5. April) 1803 gab
und zu dem wegen der Schwierigkeit der aufzuführen-

den neuen Werke mancherlei Vorbereitungen nöthig
waren. Dabei scheinen jedoch nächst Ries, dem die
Correctur der Stimmen oblag, aber andererseits auch
die directe Mitwirkung zufiel, wieder Freund Zmeskall
und die beiden Lichnowsky thätig gewesen zu sein. An
den ersten liegt aus dem Herbst 1802 das Billet vor:
„Liebster siegreicher und doch zuweilen manquirender
Graf, ich hoffe. Sie werden wohl geruht haben, liebster
charmantester Graf! o theuerster Graf! allerliebster
ausserordentlichster Graf", mit dem musikalischen
Spass: „Graf. Graf, Graf, liebster Graf, bestes Schaf"
etc."² Dem Grafen Lichnowsky werden die XV Variationen über das Thema aus „Prometheus" gewidmet
und dem Fürsten die zweite Symphonie, offenbar Beides
aus besonderer Dankbarkeit für diese und spätere
Freundesdienste. Denn Ries erzählt von jenem Concerte: „Die Probe fing um acht Uhr morgens an, und
von neuen Sachen nebst dem Oratorium [Christus am
Oelberg] wurden zum ersten Male aufgeführt Beethoven's zweite Symphonie in D-dur, das Klavierconcert
in C-moll und noch ein neues Stück, dessen ich mich
nicht mehr erinnere. Es war eine schreckliche Probe
und um halb drei Uhr Alles erschöpft und mehr oder
weniger unzufrieden. Fürst Karl Lichnowsky, der von
Anfang an der Probe beiwohnte, hatte Butterbrod, kal-
tes Fleisch und Wein in grossen Körben holen lassen.
Freundlich ersuchte er alle zuzugreifen, welches nun
auch mit beiden Händen geschah und den Erfolg hatte,
dass man wieder guter Dinge wurde. Nun bat der

Fürst, das Oratorium noch einmal durchzuprobiren, damit es abends recht gut ginge und das erste Werk dieser Art von Beethoven seiner würdig ins Publikum gebracht würde. Die Probe fing also wieder an. Das Concert begann um sechs Uhr, war aber so lang, dass ein paar Stücke nicht gegeben wurden."

Hier zum ersten Male hören wir nun auch ausführlichere öffentliche Stimmen über Beethoven's Schöpfungen in Kammer- und Concertmusik. Die A. M. Z. 1803 lässt sich über dieses Concert berichten: „Es bestätigte mein schon lange gefasstes Urtheil, dass Beethoven mit der Zeit eben die Revolution in der Musik bewirken kann wie Mozart. Mit grossen Schritten eilt er zum Ziele." Auch wird von dem „ausserordentlichen Beifall" gesprochen, den das Oratorium erhalten. Allein später heisst es: „Zur Steuer der Wahrheit muss ich einer Nachricht der Musikalischen Zeitung widersprechen, nämlich Beethoven's Cantate hat nicht gefallen."[93] Namentlich dieses Werk aber muss trotz seiner uns heute wenig befriedigenden Art einen bedeutenden Eindruck gemacht haben, denn es war, wie Treitschke erzählt, der nächste Anlass, dass Beethoven den Auftrag zur Composition des „Fidelio" erhielt.

In die gleiche Zeit fällt wohl, um zunächst das wenige Thatsächliche, das aus diesem Jahre zu erfahren war, der Zeitfolge nach zu berichten, die nachstehende pikante kleine Begebenheit. Denn die „eben erst erschienene" Sonate Op. 31 ist im Mai 1803 herausgekommen. „Eines Abends", erzählt Ries, „sollte ich

beim Grafen Browne eine Sonate von Beethoven (A-moll,
Op. 23) spielen, die man nicht oft hört. Da Beethoven
zugegen war und ich diese Sonate nie mit ihm geübt
hatte, so erklärte ich mich bereit, jede andere, nicht
aber diese vorzutragen. Man wendete sich an Beethoven,
der endlich sagte: »Nun, Sie werden sie wohl so schlecht
nicht spielen, dass ich sie nicht anhören dürfte.« So
musste ich. Beethoven wendete wie gewöhnlich mir
um. Bei einem Sprunge mit der Hand, wo eine Note
recht herausgehoben werden soll, kam ich daneben und
Beethoven tupfte mit einem Finger mir an den Kopf,
was die Fürstin L., die mir gegenüber auf das Klavier
gelehnt sass, lächelnd bemerkte. Nach beendigtem
Spiele sagte Beethoven: »Recht brav, Sie brauchen
die Sonate nicht erst bei mir zu lernen. Der Finger
sollte Ihnen nur meine Aufmerksamkeit beweisen.«
Später musste Beethoven spielen und wählte die D-moll-
Sonate (Op. 31), welche eben erst erschienen war.
Die Fürstin, welche wohl erwartete, auch Beethoven
würde etwas verfehlen, stellte sich nun hinter seinen
Stuhl und ich blätterte um. Bei dem Takte 53 in 54
verfehlte Beethoven den Anfang, und anstatt mit zwei und
zwei Noten herunter zu gehen, schlug er mit der vollen
Hand jedes Viertel (3—4 Noten zugleich) im Herunter-
gehen an. Es lautete, als sollte ein Klavier ausgeputzt
werden. Die Fürstin gab ihm einige nicht gar sanfte
Schläge auf den Kopf mit der Aeusserung: »Wenn der
Schüler einen Finger für eine verfehlte Note erhält, so
muss der Meister bei grössern Fehlern mit vollen

Händen bestraft werden.« Alles lachte und Beethoven zuerst. Er fing nun aufs neue an und spielte wunderschön, besonders trug er das Adagio unnachahmlich vor "

In demselben Winter war auch der amerikanische Schiffskapitän Bridgetower, Violinist im Dienste des Prinzen von Wales (nachherigen Königs Georg IV.) längere Zeit in Wien anwesend und verkehrte viel mit Beethoven, der ihm dann zu einem seiner am 17. und am 24. Mai 1803 stattfindenden Concerte eine Sonate schrieb. Es war die berühmte Kreuzersonate. „Ein grosser Theil des Allegros", erzählt Ries, „war früh fertig. Bridgetower drängte ihn sehr, weil sein Concert schon bestimmt war und er seine Stimme üben wollte. Eines Morgens liess mich Beethoven schon um fünf Uhr rufen und sagte: ›Schreiben Sie mir diese Violinstimme des ersten Allegros schnell aus.‹ (Sein gewöhnlicher Copist war ohnehin beschäftigt.) Die Klavierstimme war nur hier und da notirt. Das so wunderschöne Thema mit Variationen aus F-dur hat Bridgetower aus Beethoven's eigener Handschrift im Concerte im Augarten morgens um 8 Uhr spielen müssen, weil keine Zeit zum Abschreiben war." [94]

Ohne Zweifel hat Beethoven dieses ebenso poesievolle wie glanzreiche Werk damals selbst mit Bridgetower öffentlich gespielt. Und es ist wahrscheinlich, dass die auf besondern Klaviereffect berechnete märchenhaft duftige Waldsteinsonate Op. 53 ebenfalls in dieser Zeit geschrieben ist. Vielleicht war der Meister durch den Vortrag des C-moll-Concerts, für das

er jedenfalls wieder einige Zeit auch die Finger hatte
üben müssen, von neuem zum eigenen Spiel angeregt
worden. Auch die F-dur-Sonate Op. 54 zeigt vorzugsweise technisches Element und viel Figurenwerk; sie
ist trotz ihres so reichen wie reizenden Inhalts doch
fast eine Etude zu nennen, freilich die Studie eines
Meisters. Von der Sonate Op. 53 nun erzählt uns Ries
noch Folgendes: „In der Sonate, die seinem ersten
Gönner, dem Grafen von Waldstein, gewidmet ist, war
anfänglich ein grosses Andante. Ein Freund Beethoven's
äusserte ihm, die Sonate sei zu lang, worauf dieser
fürchterlich von ihm hergenommen wurde. Allein ruhi-
gere Ueberlegung überzeugte meinen Lehrer bald von
der Richtigkeit der Bemerkung. Er gab nun das grosse
Andante in F-dur, Dreiachteltakt, allein heraus und componirte die interessante Introduction zum Rondo, die
sich jetzt darin findet, später hinzu. Dieses Andante
hat aber eine traurige Rückerinnerung in mir zurück-
gelassen. Als Beethoven es unserm Freunde Krumpholz[95] und mir zum ersten Male vorspielte, gefiel es
uns aufs höchste und wir quälten ihn so lange, bis er
es wiederholte. Beim Rückwege am Hause des Fürsten
Lichnowsky vorbeikommend, ging ich hinein, um ihm
von der neuen herrlichen Composition Beethoven's zu
erzählen und wurde nun gezwungen, das Stück, so gut
ich mich dessen erinnern konnte, vorzuspielen; da mir
immer mehr einfiel, so nöthigte mich der Fürst, es
nochmals zu wiederholen. So geschah es, dass auch
dieser einen Theil desselben lernte. Um Beethoven

eine Ueberraschung zu machen, ging der Fürst des andern Tags zu ihm und sagte, auch er habe etwas componirt, was gar nicht schlecht sei. Der bestimmten Erklärung Beethoven's, er wolle es nicht hören, ungeachtet setzte sich der Fürst hin und spielte zu des Componisten Erstaunen einen guten Theil des Andante. Beethoven wurde hierüber sehr aufgebracht, und diese Veranlassung war schuld, dass ich Beethoven nie mehr spielen hörte. Denn er wollte nie mehr in meiner Gegenwart spielen und begehrte mehrmals, dass ich bei seinem Spiele das Zimmer verlassen sollte. Eines Tages, wo eine kleine Gesellschaft nach dem Concerte im Augarten (morgens um 8 Uhr) mit dem Fürsten frühstückte, worunter auch Beethoven und ich waren, wurde vorgeschlagen, nach Beethoven's Hause zu fahren, um seine dazumal noch nicht aufgeführte Oper »Leonore« zu hören [1804]. Dort angekommen, verlangte Beethoven auch, ich sollte weggehen, und da die dringendsten Bitten der Anwesenden fruchtlos blieben, that ich es mit Thränen in den Augen. Die ganze Gesellschaft bemerkte es. Fürst Lichnowsky, mir nachgehend, verlangte, ich möchte im Vorzimmer warten, weil er selbst die Veranlassung dazu gegeben habe und nun die Sache ausgeglichen haben wollte. Mein gekränktes Ehrgefühl liess dies jedoch nicht zu. Ich hörte nachher, Lichnowsky wäre gegen Beethoven wegen seines Betragens sehr heftig geworden, da doch nur Liebe zu seinen Werken schuld an dem ganzen Vorfalle und folglich auch an seinem Zorne sei. Diese

Vorstellungen führten jedoch nur dahin, dass er nun auch der Gesellschaft nicht mehr spielte."

Die Zeit vom Frühjahr bis Herbst 1803 ist verhältnissmässig arm an Werken, die nach Conception und Ausführung nachweisbar in dieselbe fallen, ja es ist eigentlich nur ein Wurf, der hier fällt, aber es ist der Wurf einer Löwin — die „Eroica".

Dass sie, obwohl erst im Herbst 1806 herausgekommen, die Opuszahl 55 trägt, bezeugt, dass ihre Entstehung schon in den Sommer 1803 fällt, freilich das Autograph trägt die eigenhändigen Worte: „Sinfonia grande — 1804 im August." Doch eben die Grösse des Werks lässt eine längere Zeit der Arbeit vermuthen.[96] Mit der Idee dieser Schöpfung beschäftigte sich, wie wir wissen, der Meister schon seit vielen Jahren, und Bonaparte's stets wachsende Erfolge liessen dieselbe wohl ebenfalls an Kraft, Fülle und Tiefe nur zunehmen. War doch der grosse Feldherr aus dem ersten General des Staates jetzt auch der erste Lenker desselben geworden und bewies auch hier, dass er der Mann sei, nicht blos die verrotteten Dinge des Mittelalters wenigstens in seinem Lande bis zum letzten Reste aus dem Wege zu räumen, sondern auch auf dem neu geöffneten Plane freie, feste, segensreiche Stätten des Wirkens der Volkskraft zu bereiten. Das gute alte deutsche Reich war gestürzt, die Republik Frankreich blühte und dictirte der Welt Gesetze, deren Wohlthat vielleicht damals auch Oesterreich dunkel ahnte. Ja, die grössere Entfernung des Helden liess gerade hier seine

Gestalt nur wachsen, und Beethoven's schönste Ju-
gendträume von Freiheit und Grösse und Staatenglück
sahen hier einen Hort der reichsten Erfüllung, ja er
selbst konnte hier wie in einem Spiegel seine eigenen
Ideale, seine eigenen Thaten in fasslichster Deutlichkeit sich entgegenleuchten sehen.[97]

„Unser Zeitalter bedarf kräftiger Geister, die diese
kleinsüchtigen, heimtückischen, elenden Schufte von
Menschenseelen geisseln", schrieb er mehr als zwanzig
Jahre später einmal an den Neffen, und so musste ihm
Bonaparte damals schon deshalb theuer sein, weil er
diese Geisselung gar an Kaisern und Königen vornahm.
Dass der kaiserliche Hof wiederholt gedemüthigt ward,
konnte seiner Anschauung von diesem Regimente trotz
aller Zuneigung zu einzelnen Personen jener höchsten
Kreise nur befriedigend sein, und er hoffte in der That,
dass der erste Consul nicht blos in Frankreich eine
Musterrepublik errichten, sondern dass sich dann eine
angemessene Freiheit und namentlich die von ihm so
sehr ersehnte sociale Gleichstellung der Menschen nach
ihrem innern Werth über die ganze Welt verbreiten
werde. Wie das praktisch möglich zu machen sei, darüber gab er sich keine Auskunft und brauchte sich
keine darüber zu geben. Ihm war wie jeder echten
Künstlerseele die Idee die Hauptsache, und diese Idee
der politischen Freiheit schien ihm noch damals offenbar kein Lebender so stolz und herrlich zu vertreten als
eben Napoleon. Freilich schrieb er noch am 2. April
1802, also zur Zeit, wo jener schon völlig Herr der

Situation war, an Hofmeister: „Reit euch denn der
Teufel insgesammt. meine Herren, mir vorzuschlagen,
eine solche Sonate zu machen? Zur Zeit des
Revolutionsfiebers — nun, da wäre das so etwas gewesen, aber jetzt, da sich alles wieder ins alte Gleis zu
schieben sucht, Bonaparte mit dem Papste das Con-
cordat geschlossen — so eine Sonate? Wär's noch eine
Missa pro sancta Maria à tre voci oder eine Vesper
u. s. w. — nun da wollte ich gleich den Pinsel in
die Hand nehmen und mit grossen Pfundnoten ein
Credo in unum hinschreiben. aber du lieber Gott, eine
solche Sonate zu diesen neu angehenden christlichen
Zeiten — hoho! — da lasst mich aus, da wird nichts
daraus.“

Allein Ries, der hier genau unterrichtet sein konnte
und nur das Jahr 1802 mit dem Jahre 1803 oder gar 1804
verwechselt, erzählt ausdrücklich über die „Eroica“:
„Bei dieser Symphonie hatte Beethoven sich Bonaparte gedacht, aber diesen, als er noch erster Consul war. Beethoven schätzte ihn damals ausserordentlich hoch und verglich ihn den grössten römischen
Consuln. Sowohl ich als mehrere seiner nähern Freunde
haben diese Symphonie schon in Partitur abgeschrieben
auf seinem Tische liegen sehen, wo ganz oben auf dem
Titelblatte das Wort »Bonaparte« und ganz unten
»Luigi van Beethoven« stand, aber kein Wort mehr.
Ob und womit diese Lücke hat ausgefüllt werden sollen,
weiss ich nicht.“ Das Autograph der Symphonie hat
sich bis jetzt nirgends gefunden, wohl aber ist das ge-

schriebene Handexemplar Beethoven's — in der Lici-
tation seines Nachlasses um 3 Fl. 10 Kr. verkauft! —
noch vorhanden, und zwar im Besitz des Componisten
Joseph Dessauer in Wien. Dasselbe hat den Titel:
„Sinfonia grande", dann zwei Worte, die sorgfältig
ausradirt sind, von denen aber eins sicherlich auch
„Bonaparte" war, dann „1804 im August del Sr. Louis
van Beethoven", und gerade unter diesem Namen war
mit Bleistift geschrieben und ist noch zu lesen: „Geschrieben auf Bonaparte."[98]

Im Sommer 1803, um zunächst wieder das rein
Thatsächliche chronologisch fortzuführen, befand sich
Beethoven, wie aus einem Billet an Ries [B. B. 28] zu
ersehen, in „Oberdöbling Nr. 4 die Strasse links, wo man
den Berg hinunter nach Heiligenstadt geht". Wir erfahren nichts von besondern Ereignissen dieser Zeit,
auch der Brief vom 22. Sept. 1803 an Hofmeister ist
rein geschäftlicher Natur und beweist nur, dass der
Meister damals, wie immer, Geld brauchte, vielleicht
jetzt doppelt mehr, weil er in einer Arbeit „apposta più
longa delle solite" stak. „Ich wollte euch alles schenken, wenn ich damit durch die Welt kommen könnte",
schliesst er, „aber bedenkt nur, alles um mich hier
ist angestellt und weiss sicher, wovon es lebt, aber du
lieber Gott, wo stellt man so ein parvum talentum com
ego an den kaiserlichen Hof?" Derselbe Nothstand
veranlasste ihn, im November dieses Jahres in das Intelligenzblatt der A. M. Z. folgende „Warnung" einrücken zu lassen: „Herr Carl Zulehner, ein Nachstecher

in Maynz, hat eine Ausgabe meiner sämmtlichen Werke
für Pianoforte und Geiginstrumente angekündigt. Ich
halte es für meine Pflicht, allen Musikfreunden hiermit
öffentlich bekannt zu machen, dass ich an dieser Ausgabe nicht den geringsten Antheil habe. Ich hätte nie
zu einer Sammlung meiner Werke, welche Unternehmung ich schon an sich voreilig finde, die Hand
geboten, ohne zuvor mit den Verlegern der einzelnen
Werke Rücksprache genommen und für die Correct-
heit, welche den Ausgaben verschiedener einzelner
Werke mangelt, gesorgt zu haben. Ueberdies muss
ich bemerken, dass jene widerrechtlich unternommene
Ausgabe meiner Werke nie vollständig werden kann,
da in kurzem verschiedene neue Werke in Paris erscheinen werden, welche Herr Zulehner als französischer Unterthan nicht nachstechen darf. Ueber eine
unter meiner eigenen Aufsicht und nach vorherge-
gangener strenger Revision meiner Werke zu unter-
nehmende Sammlung derselben werde ich mich bei
einer andern Gelegenheit umständlich erklären."
Ein wichtiges Ereigniss dieser Zeit aber war,
dass ihm die Direction des Wiedener Theaters, das neu
erbaut war und 1804 eröffnet werden sollte, den Vorschlag zur Composition einer Oper machte und ihm
sofort auch eine Wohnung in ihren Gebäuden einräumte.
Das war bereits im Sommer 1803, und während nun an
der „Eroica" fortgearbeitet wurde, entstanden zugleich
die ersten Entwürfe zur „Leonore" und dazwischen
auch Skizzen wie z. B. zur Klaviersonate Op. 57,

die uns von heftigen innern Stürmen jener Zeit un-
widersprechlich deutlich reden. Die äussere Lage Beethoven's war damals nicht gut und sein Gemüth sehr verstimmt. Wir sahen dies schon in dem oben begonnenen
Briefe an Macco vom 2. Nov. dieses Jahres 1803, der
dann so fortfährt: „Der Antrag von Meissner ist mir
sehr willkommen, mir könnte nichts erwünschter sein,
als von ihm, der als Schriftsteller so sehr geehrt und
dabei die musikalische Poesie besser als einer unserer
Schriftsteller Deutschlands versteht, ein solches Gedicht zu erhalten, nur ist es mir in diesem Augenblick
ohnmöglich, dieses Oratorium gleich zu schreiben, weil
ich jetzt erst an meiner Oper anfange und das wohl
immer bis Ostern dauern kann. Wenn also Meissner
mit der Herausgabe des Gedichts übrigens nicht so
sehr eilte, so würde mir's lieb sein, wenn er mir die
Composition davon überlassen wollte, und wenn das
Gedicht noch nicht ganz fertig, so wünschte ich selbst,
dass M. damit nicht zu sehr eilte, indem ich gleich vor
oder nach Ostern nach Prag kommen würde, wo ich
sodann einige neuere Compositionen von mir ihm würde
hören machen, die ihn mit meiner Schreibart bekannter
machen würden und entweder — weiter begeistern —
oder gar machen würden, dass er aufhöre etc. —
Mahlen Sie das dem Meissner aus, lieber
Macco — hier schweigen wir — eine Antwort
von Ihnen hierüber wird mir immer sehr lieb sein. An
Meissner bitte ich Sie meine Ergebenheit und Hochachtung zu melden. Noch einmal herzlichen Dank,

lieber Macco, für Ihr Andenken an mich. Mahlen Sie
— und ich mache Noten, und so werden wir — —
ewig? — ja vielleicht ewig fortleben. Ihr innigster
Beethoven."

Wie hebt das Bewusstsein seiner Aufgaben ihn hier
so hoch empor! Wir finden ihn aber auch von diesem
Zeitpunkt an zunächst völlig von dem Plan des äussern
Lebens verschwinden, wenigstens ist kaum eine bemerkenswerthe Thatsache aus diesem Winter zu verzeichnen. Ja, er scheint, ganz in sein geistiges Schaffen
versunken, damals fast menschenscheu von einer Wohnung in die andere geflohen zu sein. Das Logis im
Wiedener Theater behagte ihm nicht, weil es nach dem
Hofe zu lag. Er miethete sich also, erzählt Ries, zu
gleicher Zeit ein Logis im rothen Haus an der Alsterkaserne, wo auch Stephan von Breuning wohnte. Als
der Sommer kam, nahm er eine Wohnung in Döbling,
und in Folge eines Streites mit Breuning miethete
er zugleich wieder auf der Mölker Bastei im Pasqualati'schen Hause eine Wohnung im vierten Stock, sodass er damals vier Wohnungen zu gleicher Zeit hatte.
Aus letzterer zog er zwar auch mehrmals aus, kam aber
immer dahin zurück, sodass der Baron, wenn Beethoven fortging, gutmüthig sagte: „Das Logis wird nicht
vermiethet, Beethoven kommt schon wieder."[99]

Auch das körperliche Befinden ward damals in
Folge schwerer Krankheit und durch die stete Ueber-
anstrengung und die Unachtsamkeit auf sich selbst,
worein der Meister bei grossen Arbeiten stets doppelt

verfiel, bald wieder weniger gut. „Dass mein Hr. Bruder nicht eher den Wein besorgt, ist unverzeihlich, da
er mir, so nöthig und zuträglich ist. — Wir haben
schlechtes Wetter hier und ich bin vor den Menschen
hier nicht sicher, ich muss mich flüchten, um einsam
sein zu können", schreibt er am 14. Juli 1804 von
Baden an Ries. Er lebt wie später bei Composition der
Missa solennis und der Neunten ganz in andern Welten
und weiss sich deshalb in der wirklichen Welt nicht
zurecht zu finden, stösst überall an, verletzt sich und
seine Freunde und ist mit Allem unzufrieden, was in
seine Nähe kommt.

„Lieber Ries!" heisst es in denselben Tagen, „da
Breuning keinen Anstand genommen hat, Ihnen und
dem Hausmeister durch sein Benehmen meinen Charakter vorzustellen, wo ich als ein elender, armseliger, kleinlicher Mensch erscheine, so suche ich Sie dazu aus,
erstens meine Antwort Breuning mündlich zu überbrin-
gen, nur auf einen und den ersten Punkt seines Briefes,
welchen ich nur deswegen beantworte, weil dieses
meinen Charakter nur bei Ihnen rechtfertigen soll.
Sagen Sie ihm also, dass ich gar nicht daran gedacht,
ihm Vorwürfe zu machen wegen der Verspätung des
Aufsagens, und dass, wenn wirklich Breuning schuld
daran gewesen sei, mir jedes harmonische Verhältniss
in der Welt viel zu theuer und lieb sei, als dass um
einige Hundert und noch mehr ich einem meiner
Freunde Kränkungen zufügen würde. Sie selbst wissen,
dass ich Ihnen ganz scherzhaft vorgeworfen habe, dass

Sie schuld daran wären, dass die Aufsagung durch Sie zu spät gekommen sei. Ich weiss gewiss, dass Sie sich dessen erinnern werden; bei mir war die ganze Sache vergessen. Nun fing mein Bruder bei Tische an und sagte, dass er Breuning schuld glaube an der Sache; ich verneinte es auf der Stelle und sagte, dass Sie schuld daran wären. Ich meine, das war doch deutlich genug, dass ich Breuning nicht die Schuld beimesse. Breuning sprang darauf auf wie ein Wüthender und sagte, dass er den Hausmeister heraufrufen wollte. Dieses für mich ungewohnte Betragen vor allen Menschen, womit ich nur immer umgehe, brachte mich aus meiner Fassung; ich sprang ebenfalls auf, warf meinen Stuhl nieder, ging fort und kam nicht mehr wieder. Dieses Betragen nun bewog Breuning, mich bei Ihnen und dem Hausmeister in ein so schönes Licht zu setzen und mir ebenfalls einen Brief zu schicken, den ich übrigens nur mit Stillschweigen beantwortete. — Breuning habe ich gar nichts mehr zu sagen. Seine Denkungsart und Handlungsart in Rücksicht meiner beweist, dass zwischen uns nie ein freundschaftliches Verhältniss statt hätte finden sollen und auch gewiss nicht ferner stattfinden wird. Hiermit habe ich Sie bekannt machen wollen, da Ihr Zeugniss meine ganze Denkungs- und Handlungsart erniedrigt hat. Ich weiss, wenn Sie die Sache so gekannt hätten, Sie es gewiss nicht gethan hätten, und damit bin ich zufrieden. Jetzt bitte ich Sie, lieber Ries! gleich nach Empfang dieses Briefes zu meinem Bruder, dem Apotheker, zu gehen und ihm zu sagen, dass ich in einigen Tagen schon Baden verlasse, und dass er das Quartier in Döbling, gleich nachdem Sie es ihm angekündigt, miethen soll. Fast wäre ich schon heute gekommen: es ekelt mich hier; ich bin's müde. Treiben Sie uns Himmelswillen, dass er es gleich miethet, weil ich gleich allda hausen will. Sagen Sie und zeigen Sie von dem auf der andern Seite geschriebenen Briefe nichts; ich will ihm von jeder Seite zeigen, dass ich nicht so kleinlich denke wie er, und habe ihm erst nach diesem Briefe geschrieben, obschon der Entschluss zur Auflösung unserer Freundschaft fest ist und bleibt."

Ferner nochmals aus Baden am 24. Juli 1804: „Mit der Sache von Breuning werden Sie sich wohl gewundert haben; glauben Sie mir, Lieber! dass mein Aufbrausen nur ein Ausbruch von manchen unangenehmen vorhergegangenen Zufällen mit ihm gewesen ist. Ich habe die Gabe, dass ich über eine Menge Sachen meine Empfindlichkeit verbergen und zurückhalten kann; werde ich aber auch einmal gereizt zu einer Zeit, wo ich empfänglicher für den Zorn bin, so platze ich auch stärker aus als jeder Andere. Breuning hat gewiss vortreffliche Eigenschaften, aber er glaubt sich von allen Fehlern frei und hat meistens die am stärksten, welche er an andern Menschen zu finden glaubt. Er hat einen Geist der Kleinlichkeit, den ich von Kindheit an verachtet habe. Meine Beurtheilungskraft hat mir fast vorher den Gang mit Breuning prophezeit, indem unsere Denkungs-, Handlungs- und

Empfindungsweise zu verschieden ist; doch habe ich
geglaubt, dass sich auch diese Schwierigkeiten überwinden liessen; die Erfahrung hat mich widerlegt.
Und nun auch keine Freundschaft mehr! [Vgl. oben
S. 109.]   Der Grund der Freundschaft heischt die
grösste Aehnlichkeit der Seelen und Herzen der Menschen. Ich wünsche nichts, als dass Sie meinen Brief
läsen, den ich an Breuning geschrieben habe, und den
seinigen an mich. Nein, nie mehr wird er in meinem
Herzen den Platz behaupten, den er hatte. Wer seinem
Freunde eine so niedrige Denkungsart beimessen kann
und sich ebenfalls eine so niedrige Handlungsart wider
denselben erlauben, der ist nicht werth der Freundschaft
von mir."
    Hören wir aber auch, was am 13. November des-
selben Jahres Breuning an Wegeler schreibt: „Der
Freund, der mir von den Jugendjahren hier blieb,
trägt noch oft und viel dazu bei, die abwesenden zu
vernachlässigen. Sie glauben nicht, lieber Wegeler,
welchen unbeschreiblichen und ich möchte sagen
schrecklichen Eindruck die Abnahme des Gehörs
auf ihn gemacht hat. Denken Sie sich das Gefühl, unglücklich zu sein, bei seinem heftigen Charakter; hierbei Verschlossenheit, Misstrauen, oft gegen seine besten
Freunde, in vielen Dingen Unentschlossenheit! Grösstentheils, nur mit einigen Ausnahmen, wo sich sein
ursprüngliches Gefühl ganz frei äussert, ist Umgang
mit ihm eine wahre Anstrengung, wo man sich nie sich
selbst überlassen kann. Seit dem Mai bis zu Anfang

dieses Monats haben wir in dem nämlichen Hause gewohnt und gleich in den ersten Tagen nahm ich ihn
in mein Zimmer. Kaum bei mir, verfiel er in eine heftige, am Rande der Gefahr vorübergehende Krankheit,
die zuletzt in ein anhaltendes Wechselfieber überging.
Besorgniss und Pflege haben mich da ziemlich mitgenommen. Jetzt ist er wieder ganz wohl. Er wohnt auf
der Bastei, ich in einem vom Fürsten Esterhazy neu-
erbauten Hause vor der Alsterkaserne [in der Nähe
der Schwarzspanier], und da ich meine eigene Haus-
haltung führe, so isst er täglich bei mir."

So war dieses Verhältniss, wie sich von selbst versteht, bald wieder im alten Gleise, und wir werden
noch Züge genug erfahren, wo beide Freunde in Liebe
und Aufopferung mit einander wetteifern. Es war die
hohe Anspannung all seiner Seelenkräfte, das Leben
im Ideal, was Beethoven damals so unmässig hohe Anforderungen an die Menschen stellen liess, aber ihm
auch die schöne Milde des Gemüths gab, die aus obigen Briefen spricht. „Es liebt der Bruder seine Brüder!" -- so sang ja damals seine ganze Seele. [100]

In demselben Briefe an Ries hatte er freilich auch
geschrieben: „Ich hätte mein Leben nicht geglaubt,
dass ich so faul sein könnte, wie ich hier bin. Wenn
darauf ein Ausbruch des Fleisses folgt, so kann wirklich was Rechtes zu Stande kommen." Dieser erzählt
nun von dem darauf folgenden Aufenthalt zu Döbling:
„Bei einem Spaziergange, auf dem wir uns so verirrten,
dass wir erst um acht Uhr nach Döbling, wo Beethoven

wohnte, zurückkamen, hatte er den ganzen Weg über immer für sich gebrummt oder theilweise geheult, immer herauf und herunter, ohne bestimmte Noten zu singen. Auf meine Frage, was es sei, sagte er:»Da ist mir ein Thema zum letzten Allegro der Sonate eingefallen« (in F-moll, Op. 57). Als wir ins Zimmer traten, lief er, ohne den Hut abzunehmen, ans Klavier. Ich setzte mich in eine Ecke und er hatte mich bald vergessen. Nun tobte er wenigstens eine Stunde lang über das neue so schön dastehende Finale in dieser Sonate. Endlich stand er auf, war erstaunt, mich noch zu sehen, und sagte:»Heute kann ich Ihnen keine Lection geben, ich muss noch arbeiten.«[101]

Nicht mit Unrecht hat man diese Sonate Appassionata genannt. Sie ist einer der leidenschaftlichsten Ergüsse seines schmerzlich erregten, fast grollenden Innern, aber zugleich auch in diesem fast stofflichen Hervordrängen des Subjects einer der letzten des Meisters. Fortan erscheinen auch bei Beethoven jene monumentalen Schöpfungen, wo sich das kleine eigene Herz mit seinen Leiden und Freuden hinter den grossen Kämpfen und Siegen der Menschheit in bescheidener Scham verbergend zurückzieht. Die „Eroica", die er selbst als in diesem August fertig geworden bezeichnet, war das erste in dem Cyklus der grossen Heldengedichte, mit denen der Meister nach seiner Art die Thaten und Gesinnungen seiner Zeit verewigte und dem innern Empfinden der nachfolgenden Generationen in gleicher Weise seinen kenntlichen Stempel aufdrückte. wie der grosse Napoleon als echtester Sohn der Freiheitsbewegung seiner Zeit deren allgemeingültige Errungenschaften in die weiten Lande trug, wo sie noch heute fruchtbar nachwirken. Und dass mit dieser echten Geistesthat des Meisters zugleich auch eine Erneuerung und Erweiterung seiner Kunst verbunden war. dass, wie überall der Geist das Wort sich schafft, so auch hier ein neuer hoher Ausdruck geistiger Dinge gewonnen und der grosse instrumentale Stil, sowie er selbstständig und frei monumentale Gegenstände darstellt. erst eigentlich geschaffen wurde, dass ferner namentlich die grossartige Architektonik des Ganzen, sowie sie aus der völligen Vereinigung des polyphonen Stils mit dem homophonen hervorgeht. erst hier ihre Vollendung findet. aber in der Art, dass dennoch stets die höchst persönliche Rede des Melos auch hier wie der Geist über den Wassern schwebt und das blos Elementare bändigend zusammenhält, dies Alles näher nachzuweisen, ist nach dem Plane des vorliegenden Werks erst später unsere Aufgabe. Hier sei nur noch bemerkt. dass. wie die Cis-moll-Sonate, die Verkörperung der Herzensideale Beethoven's, den Cyklus der wahren Klavierdichtungen des Meisters eröffnet, die dann an echtester Poesie stets reicher werden und stets mehr das blos Subjective und Materielle abstreifen. so die „Eroica" den stolzen Reigen jener Orchesterdichtungen beginnt, mit denen Beethoven sich den grössten Meistern nicht blos seiner, sondern aller Künste völlig gleichstellte. indem er wirkliche Welt-

gedichte schuf. Und obgleich auch der Eroica wie der
Cis-moll-Sonate noch Manches, ich möchte sagen,
von dem Stoffe ihrer Darstellung leise störend an-
klebt, von dem der Meister sich erst später völlig rei-
nigt und ganz auf die Stufe höchster Kunstschöpfung
erhebt, so ist doch gerade dieses Heldengedicht auf der
andern Seite von einer Kraft der Ueberzeugung, die
Manchem erst den Geist und das Wollen Beethoven's,
ja seiner ganzen Zeit mit völliger Deutlichkeit zum
Bewusstsein gebracht hat. Es thut noch heute überall dieselbe seelenbefreiende Wirkung wie die Dichtungen Schiller's. Wie diese, wie ein „Don Carlos" und
ein „Wilhelm Tell", gemahnt es kräftig an die höhern
Güter der Menschheit, vor allem an die der Freiheit,
und wenn auch nur wie hier von Kampf und Sieg um
äussere Freiheit die Rede wäre.[102]

Von besondern Schicksalen dieses Werks, das
also in gewissem Sinne weltbedeutend genannt werden
kann, haben wir vorerst eine kleine Anekdote von
Ries mitzutheilen. Er erzählt von jener berühmten
Stelle des ersten Satzes, wo in den Secundaccord der
Geigen plötzlich der Heldenschritt des Dreiklang-
themas mit Hörnern wiedereintritt: „Es muss dieses
dem Nichtkenner der Partitur immer den Eindruck
machen, als ob der Hornist schlecht gezählt habe
und verkehrt eingefallen sei. Bei der ersten Probe
dieser Symphonie, die entsetzlich war, wo der Hornist
aber recht eintrat, stand ich neben Beethoven, und
im Glauben, es sei unrichtig, sagte ich: »Der ver-

dammte Hornist, kann der nicht zählen? Es klingt ja
infam falsch! Ich glaube, ich war nahe daran, eine
Ohrfeige zu erhalten — Beethoven hat es mir lange
nicht verziehen." Diese Ohrfeige aber gab der Meister
in Wirklichkeit der gesammten alten Schule, indem er
so direct gegen die Forderungen des Wohllauts absolut
nur das Geistige seiner Intention gelten liess, und
welche echt poetische Wirkung hat er damit erzielt!
So erklärt sich's, dass diese gegen alle bisherigen Begriffe der Herren „Professori" verstossende Musik
schwer Eingang fand.[103] Geschah es doch noch in einer
der spätern Proben beim Fürsten Lobkowitz, dass,
wie Ries erzählt, der Meister selbst im zweiten Theile
des ersten Allegros, wo es so lange durch halbirte Noten [Synkopen] gegen den Takt geht, das heisst, wo es
in der That ist, als wolle die ganze alte Welt aus den
Fugen gehen, trotz des Dirigentenstabs das ganze Orchester so herauswarf, dass ganz von vorn angefangen
werden musste. Welche Genugthuung aber andererseits
der Erschaffer dieses Heroen-Werks in der verständ-
nissvollen Begeisterung wirklicher Kenner fand, haben
wir oben [S. 72] bei der Anwesenheit des heldenhaften
Prinzen Louis Ferdinand in Wien erfahren.

Wie nun Fürst Lobkowitz, dem das Werk auch
gewidmet ist, damals zum Besitz der Partitur gekommen war, erzählt ebenfalls Ries. „Ich war der erste,
der Beethoven die Nachricht brachte, Bonaparte habe
sich zum Kaiser erklärt, worauf er in Wuth gerieth
und ausrief: Ist der auch nicht anders wie ein gewöhn-

licher Mensch! Nun wird er auch alle Menschenrechte
mit Füssen treten, nur seinem Ehrgeize zu fröhnen;
er wird sich nun höher wie alle Andern stellen, ein
Tyrann werden!« Beethoven ging an den Tisch, fasste
das Titelblatt oben an, riss es ganz durch und warf es
auf die Erde. Die erste Seite wurde neu geschrieben
und nun erst erhielt die Symphonie den Titel »Sinfonia eroica«. Später kaufte der Fürst Lobkowitz
diese Composition von Beethoven zum Gebrauche auf
einige Jahre, wo sie dann in dessen Palais mehrmals
gegeben wurde."

Schindler berichtet sogar noch genauer, die
Reinschrift der Partitur mit der Dedication an den
ersten Consul habe eben dem Gesandten zur Absendung nach Paris übergeben werden sollen, als jene
Nachricht nach Wien gekommen und Graf Moritz Lichnowsky und Ries sie Beethoven überbracht hätten. Er
fügt hinzu, mit der Bewunderung für Napoleon sei es
für alle Zeit aus gewesen, ja sie habe sich in lauten
Hass verwandelt. Erst das tragische Ende des Kaisers auf St.-Helena habe den Meister zur Versöhnung
gestimmt, doch habe es auch dabei nicht an sarkasti-
schen Aeusserungen gefehlt, z. B. dass er zu dieser
Katastrophe bereits die passende Musik — den Trauermarsch — componirt habe. „Ja, er ging in der Deutung
dieses Satzes noch weiter, indem er in dem Motiv des
Mittelsatzes in C-dur das Aufleuchten eines Hoffnungs-
sterns in den widrigen Schicksalen Napoleon's, das
Wiedererscheinen auf dem politischen Schauplatz 1815.

weiterhin den kräftigsten Entschluss in der Seele des Helden, den Geschicken zu widerstehen, sehen wollte, bis der Augenblick der Ergebung kommt, der Held hinsinkt und sich wie jeder Sterbliche begraben lässt."[104]

Es begreift sich von selbst, dass, sobald die besondere Intention des Werks in weitern Kreisen Wiens bekannt wurde, die lebhafteste Spannung entstand und dass die Freunde Beethoven's nun erst recht dafür sorgten, es zur öffentlichen Aufführung zu bringen. Denn abgesehen von seinem Zorn auf Napoleon war der Meister damals viel zu sehr in die Schöpfung des „Fidelio" versunken, als dass er selbst sich viel um solche Dinge hätte bemühen mögen. So fand bereits im Januar 1805 die erste Aufführung statt. Allein die Leipziger A. M. Z. sprach wohl die allgemeine Stimmung Wiens aus, wenn sie referirte, diese lange, äusserst schwierige Composition sei eigentlich eine sehr weit ausgeführte, kühne und wilde Phantasie; es fehle ihr zwar nicht an frappanten und schönen Stellen, in denen man den energischen, talentvollen Geist ihres Schöpfers erkennen müsse, sehr oft aber scheine sie sich ins Regellose zu verlieren. Ref. gehöre gewiss zu Beethoven's aufrichtigsten Verehrern, aber bei dieser Arbeit müsse er doch gestehen, des Grellen und Bizarren allzuviel zu finden, wodurch die Uebersicht äusserst erschwert werde und die Einheit beinahe ganz verloren gehe. Worauf dann Beethoven zu verstehen gegeben wird, er solle mehr im Stile Eberl's schreiben, von dem eben-

falls eine neue Symphonie dort und zwar sehr lobprei-
send angezeigt wird. Wer kennt heute Eberl!

Man hatte Beethoven's erste Symphonie vorausge-
geben, und dieser Umstand mochte den Meister bewegen, der später im Druck erscheinenden Partitur der
„Eroica" hinzuzufügen: „Questa sinfonia essendo scritta
apposta più longa delle solite si deve eseguire più vicino
al principio ch'al fine di un' Academia e poco dopo un
Overtura un' Aria ed un Concerto; acciochè, sentita
troppo tardi non perda per l'Auditore gia faticato
dalle precedenti produzioni, il suo proprio proposto
effetto." Am 7. April desselben Jahres ward dann wenigstens als erstes Stück des zweiten Theils zu Franz
Clement's Concert angezeigt: „Eine neue grosse Sinfonie
in Dis [so nannten die Wiener damals Es] von Herrn
Ludwig van Beethoven, zugeeignet Sr. Durchlaucht
Fürsten von Lobkowitz. Auch wird der Verfasser
selbst zu dirigiren die Gefälligkeit haben." Allein auch
diesmal verlangt der Referent der A. M. Z., dass sie
abgekürzt und in das Ganze mehr Licht, Klarheit und
Einheit gebracht werde. „Auch fehlte sehr viel, dass
die Sinfonie allgemein gefallen hätte." Von dem ersten
Worte dachte wohl der Meister wieder: „Die Leipziger
Ochsen!" und von dem andern wie Mozart beim „Don
Juan": „Lass ihnen Zeit, diesen Bissen zu kosten!" [105]

Wie dem aber auch sein mag, wir wissen heute
mit völliger Sicherheit, und auch Beethoven hatte
davon gewiss eine ruhige Ueberzeugung, dass er
mit diesem Werke unserm Geistesleben einen neuen

Anstoss, so zu sagen eine neue Mischung der Säfte gegeben hatte, so gut wie das gewaltige Modell, das zu
dieser Schöpfung gesessen, dem politischen und socialen Leben der Zeit neue Triebräder einzusetzen wusste.
Und wenn der Meister auch später selbst den Namen
des grossen Napoleon ausstrich und in unbestimmter
Allgemeinheit sagte: „Per festeggiare il sovvenire
d'un gran Uomo", in der Erinnerung der Welt bleibt
dieses Werk doch für alle Zeiten mit dem Namen jenes
Helden, an dessen Thaten sich alles Bessere anknüpft,
was wir heute im staatlichen Leben besitzen, innigst
verbunden, und es könnte wohl mit gutem Recht auch
heute noch die Napoleon-Symphonie heissen. Und
was Beethoven betrifft, ob dieses Werk wohl das Wort
erfüllte, das er zur Zeit der Composition desselben
an Macco schrieb: „Malen Sie — und ich mache
Noten, und so werden wir — — ewig? — ja
vielleicht ewig fortleben!" — Es war das erste
Werk, das des Meisters Unsterblichkeit endgültig be-
siegelte.

Achtes Kapitel.

Leonore-Fidelio.

Auch bei Beethoven, wie bei jedem Künstler, der das Grosse in sich wirkend fühlt und auf einer gewissen Stufe des Könnens angelangt ist, musste es ein naturgemässer Wunsch der lebhaftesten Art sein, die angeborene Kraft auch in dem höchsten Gebiete der Kunst, im Dramatischen, zu versuchen und zugleich mit einem Schlage jene Volksthümlichkeit und jenen strahlenden Ruhm zu gewinnen, die dem Musiker nur dieser Zweig seiner Kunst in vollem Mass gewährt. Denn eine solche Schöpfung befriedigt, wenn sie völlig gelungen ist, in gleicher Weise den tiefsten Kenner der Sache, wie sie den blos geniessenden Freund des Schönen wahrhaft zündend erfasst.

Im Juni 1800 schreibt Beethoven selbst an Amenda: „Ich habe, seit der Zeit Du fort bist, alles geschrieben, bis auf Opern und Kirchensachen." Jedoch derselbe Amenda, als er fünfzehn Jahre später ein Libretto ein-

sendet, verräth uns: „Aus Deinem Munde vernahm
ich's damals [1798—99] zuweilen, wie Du ein würdiges
Sujet zu einer grossen Oper wünschtest." Eine Kir-
chencomposition freilich, wenn man „Christus am Oelberg" so nennen will, war seitdem geschrieben, und
eben ihr Erfolg sollte auch die Composition einer Oper
herbeiführen helfen, die Beethoven auf eigene Hand,
das heisst ohne Bestellung eines Theaters damals
schon deshalb nicht hätte unternehmen können, weil
er unausgesetzt das tägliche Brod für sich und seine
Brüder zu erarbeiten hatte. Aber dass es ihm manchmal mit heissem Sehnen durch die Seele ging, wenn er
die hochgeliebte „Zauberflöte" hörte — und dass er
trotz der Harthörigkeit noch das Theater besuchte,
wissen wir ja unter Andern aus dem Briefe an Wegeler vom 29. Juni 1800 — ist wohl anzunehmen. Mehr
aber musste es das Gefühl seiner Kraft und den lebhaften Wunsch, sie in ihrem ganzen Umfange zu zeigen,
wachrufen, wenn er die Werke des Zeitgenossen hörte,
den er nach eigener Versicherung in seiner Kunst am
höchsten schätzte, die Opern Cherubini's.[106]
Bereits im März 1802 war „Lodoiska" in Scene gegangen und im August desselben Jahres erschien sowohl
an der Wien wie im Hoftheater „Graf Armand" („Der
Wasserträger") zum ersten Mal. Im November folgten
„Medea", im December „Der Bernhardsberg" und am
22. Sept. 1803 „Der portugiesische Gasthof". Noch
im Jahre 1823 schreibt Beethoven an den ergrauten
Meister, wie er seine Werke über alle andern theatra-

lischen schätze. „Wahre Kunst bleibt unvergänglich",
fährt er fort, „und der wahre Künstler hat inniges Ver- ·
gnügen an grossen Geistesprodukten. Ebenso bin ich
auch entzückt, so oft ich ein neues Werk von Ihnen ver-
nehme, und nehme grössern Antheil daran als an den meinigen." Von jenen Opern hielt sich freilich damals in
Wien wie später überall eigentlich nur der „Wasserträger". Aber abgesehen davon, dass Beethoven im
Jahre 1823 gegen C. M. von Weber diesen und die
„Vestalin" für die besten Operntexte erklärte, enthielt
ihm derselbe, wie man genügend aus „Fidelio" erkennt,
auch im wesentlichen das, was er in der dramatischen
Musik als das Rechte ansah, und so konnte es ihm nur
erwünscht sein, als sich ihm ein Text darbot, dessen Inhalt wenigstens nach seiner Tendenz und Art nicht
weit vom „Wasserträger" ablag.[107]

Es scheint damals in den Operntheatern Wiens
trotz der Leitung des Freiherrn von Braun, der bereits am 23. Juli 1794 dieselben in Pacht genommen,
freilich bald nur den ökonomischen Theil der Verwaltung behielt, durch dessen Vermittlung Wien aber
dennoch, wie der Schauspieler Lange sagt, „manches
Merkwürdige und Grosse gesehen hatte", nicht recht
vorwärts gegangen zu sein. Er hatte die deutsche
Oper nicht beibehalten wollen und dafür eine Menge
glänzende Erscheinungen an der italienischen gewonnen, wie den „grossen Künstler Marchesi", den „göttlichen Crescentini" und dazu ein vorzügliches Ballet
unter dem berühmten Vigano, zu dessen „Prometheus"

ja sogar der Titanensohn Beethoven seine Muse hatte
tanzen lassen. Andererseits sorgte er auch für ein
ausgezeichnetes Schauspiel, wo dann Iffland und Unzel-
mann zuweilen als Gäste „mit Entzücken aufgenommen" wurden und das sich über Collin und Kotzebue
hinaus sogar zu Goethe's „Iphigenie" aufschwang. Das
Neueste von französischen Opern fehlte, wie wir sahen,
ebenfalls nicht. Allein man hatte in der letzten Zeit mit
keinem einzigen Werke einen durchschlagenden Erfolg
erzielt. Das Theater an der Wien, welches bisher der
Schauspieler Joseph Sonnleithner dirigirt hatte, ging im
Jahre 1804 wieder an Schikaneder über und wollte auch
unter ihm keinen rechten Fortgang haben. Es kamen
Mozart's „Cosi fan tutte", „Selcko" von Gyrowetz,
der „Stein der Weisen" mit Musik verschiedener Meister und Haibl's „Tyroler Wastel" zur Aufführung.
Dann aber lässt sich die A. M. Z. berichten, man erwarte verschiedene neue Opern von Salieri, Clement,
Gyrowetz etc. Gretry's „Karawane von Kairo" zog
über die Bühne; dann im Dezember 1804 hatten „nicht
gefallen" Terziani's „Campi d'Ivri", Abt Vogler's
Chöre aus Racine's „Athalia", ebenso wenig eine neue
Oper von Treitschke und Salieri, wie auch Alayrac's
„Schloss von Montenero" und ein Melodrama der Ge-
brüder Seyfried.[108]

Freiherr von Braun gedachte also einmal wieder
einen grossen Zug zu thun, indem er die beiden Kory-
phäen der Zeit, den anerkannt ersten Meister der Oper
Cherubini und den trotz Allem, was man an ihm aus-

zusetzen hatte, doch als wahrhaft schöpferischen Geist bewunderten Beethoven, zu gleicher Zeit ins Feld führte. Offenbar war es zum Theil auf eine Concurrenz abgesehen, die besonders den Ehrgeiz des jüngern Künstlers zu höchster Anspannung aller Kräfte spornen sollte, dass Maëstro Cherubini den Auftrag zur Composition der „Faniska" erhielt, was doch wohl jedenfalls bereits im Winter von 1804 auf 1805 geplant sein muss, wenn die Verhandlungen nicht schon früher im Gange waren.[109]

Der für Beethoven bestimmte Text ward nun von Joseph Sonnleithner nach dem französischen Libretto J. N. Bouilly's: „Léonore ou l'amour conjugal espagnol", das bereits 1798 mit Musik von P. Gaveaux in Paris aufgeführt worden war, deutsch bearbeitet.[110] Was den Meister selbst zunächst an diesem Stoffe besonders interessiren mochte, war der Stimmung der Zeit gemäss der politische Hintergrund, auf dem sich derselbe abspielt. Mag auch der kühne Enthusiasmus für Freiheit und Gleichheit, den die Jugendtage ihm wie jedem seiner geisteskräftigen Zeitgenossen gebracht, mit der Zeit abgekühlt und mehr zu einer jener persönlichen Liebhabereien geworden sein, deren schaffende Geister mehr als andere zur Herstellung des innern Gleichgewichts bedürfen, wir sahen bereits in der „Eroica", zu welchem Aufschwung sich diese Neigung für jene äussern Fragen der Menschheit noch erheben konnte, und eine warme Begeisterung für der Menschen Wohl und ihre Rechte blieb ihm bis in die spätesten Tage. Es ist also sehr begreiflich, wenn sich, wie O. Jahn mittheilt, in dem P. Mendelssohn'schen Skizzenbuche das zweite Finale mit seinem hymnischen Charakter zuerst entworfen findet, und ebenso, dass das erste Finale mit seinem Chor der Gefangenen am unmittelbarsten aus der Seele des Meisters gequollen und auch seiner Schaffenshand am besten gelungen ist.[111] Aber auch das speciellere Motiv des Stoffes, die Treue der Liebe und zwar zu dem Weibe, „das nur erlaubt mein ist", klang aufs kräftigste an einen Grundzug seiner eigenen Natur an. Begegnet man bei Beethoven schon einer so grossen Menge von Aeusserungen eines fast schwärmerischen Freundschaftsgefühls, dessen Kern ja Treue ist, und werden wir noch die Züge zahlreich sich mehren sehen, in denen vor allem auch gegen die Freunde des Blutes, gegen die Verwandten seine unwandelbare und aufopferungsvollste Liebe zu Tage tritt, jene mochten ihm Leid anthun, soviel sie wollten, so trägt gerade das schönste Gefühl des Menschen, die Liebe, bei ihm ganz jenen besondern Ausdruck der unzerstörbaren Treue, die nicht mit einem Hauch daran zu denken vermag, dass dieses Gefühl auch einmal aufhören, dass man in Lieb und Treue jemals nachlassen könne. „Fest wie die Veste des Himmels", das war sein Ideal von der Liebe und, wie bei allen innerlichen Naturen, von jedweder Neigung zu Dingen oder Menschen, die er einmal mit der Kraft des Herzens erfasst hatte. Wie ergreifend also auch seine Schilderung der Gemüthsstimmung der Gefan-

genen sein mag, die nach langem Schmachten in un-
verdienter Haft zum ersten Mal das Licht der Sonne
wiedererblicken, und wie auch das Herz des Hörers vor
Mitgefühl zittern mag bei den Klängen, mit denen sie
die schmerzliche Wonne des neugefundenen Lichts
und den Himmelssegen der Freiheit aussprechen, tiefer
ist die innere Erregung doch, wenn Leonore in der
Angst ihrer Seele lauscht zu hören, ob er es ist, dem
sie das Grab gräbt, er, der eigene, so unsaglich geliebte,
mit so „unnennbaren Leiden" gesuchte Gatte. Und
wenn nun das „Halt" ertönt und jenes „Tödt' erst sein
Weib", dann dringt in die Seele des Hörers jene ge-
waltsame Erschütterung des innersten Lebens, jenes
heftige Zucken aller Fasern des Seins, das den Menschen ergreift, wenn er seine heiligsten Güter in dringendster Gefahr und mit Hintansetzung aller eigenen
Wünsche und Güter muthig vertheidigt sieht. Aber
nicht lange und die fast unerträgliche Spannung aller
innern Organe löst sich zu wonnereicher Wehmuth und
schmerzvoll jubelndem Entzücken über die „namen-
namenlose Freude" der Beiden, die sich wiedergefunden.

Dass Beethoven hier mit dem Blut des eigenen Herzens geschrieben, das fühlt jeder Hörer erquickend
durch, und man wird es fühlen, solange Herzen
schlagen. Diese Momente, die der Meister mit seiner
Seelen Neigung erfasste und mit reinster Entzündung
seiner Phantasie in Tönen gestaltete, sie sichern dem
ganzen Werke die Unsterblichkeit. Und wären es auch
nur die angedeuteten Stellen, die im Herzen der Freunde

14 *

des wahrhaft Schönen fortleben, sie werden eben
ewig darin leben und mit ihrer innern Wahrheit selbst
wieder die Wahrheit im Herzen der Menschen erzeugen und so, wie alle echte Kunst soll, ordnend und
reinigend auf das gesammte Empfinden fortwirken.

Im Uebrigen — und diesen Punkt können wir an
dieser Stelle nur obenhin berühren — war weder der
Stoff noch seine Behandlungsweise von seiten des Verfassers von der Art, dass sich Beethoven's Seele ganz
daran erwärmen und mit voller geistiger Freiheit ihn
in Tönen ausbilden konnte. Und mag dies auch zum
guten Theil seinen Grund in der eigenthümlichen Organisation der Beethoven'schen Muse haben, die sich
durch Alles beengt fühlte, was nicht völlig und in jedem
Moment unbehindert frei aus dem eigenen Innern entsprang, sondern von aussen bestimmend auf sein Thun
einzuwirken versuchte, Jeder, der ein sicheres Gefühl
für die Beethoven'sche Kunst hat, wird zugeben müssen, dass in der Musik zu „Fidelio" trotz all ihrer Herrlichkeit überall nicht jener völlig freie Flügelschlag
des Genius waltet, den wir an diesem Meister gewohnt
sind und der eben in dieser Befreiung von allem fremden Zwang so seelenerquickend, so wahrhaft geistbe-
freiend wirkt. Ja, wer völlig in des Meisters Instrumentalmusik eingelebt ist, wird beim Anhören dieser Oper
die unabweisliche Empfindung haben, als sei dem Helden, der diese grosse That verrichtete, die Arbeit
wirklich schwer geworden, vielleicht weil ihm die
Hände gebunden oder doch nicht so frei gewesen,

wie es zu allem rechten Thun in der Kunst gehört, deren Resultat eben nichts mehr von Arbeit, sondern nur Vollendung zeigen soll. Ja, es ist, als wenn dem Hercules, der so eben noch mit fast leichter Hand cyklopische Felsen der Kunst zu einem Monument und Mausoleum für den grössten Helden seines Zeitalters zu thürmen wusste, bei diesem neuen Werke der Verherrlichung menschlicher Tugend ein leichtes, aber unzerreissbares Schleiernetz über die Schultern geworfen sei, das ihn in der freien Handtierung mit seinem Können wie in der sichern Regung seiner Geisteskräfte hemmte. „Das Wort! das Wort! das schreckliche Wort!" mag er manchmal ausgerufen haben, wenn er mit dem Text in keiner Weise zurecht kommen konnte. Und wenn auch dieser selbst unendlich viel zu wünschen übrig liess, sodass wohl in keiner andern Oper so viel hat umgedichtet und uncomponirt werden müssen wie im „Fidelio", wo sollte der Dichter gefunden werden, welcher einem Beethoven einen Text schrieb, der ihn völlig frei liess, ja erst recht frei machte! Das hätte eben nur selbst wieder ein Beethoven vermocht, und solange nicht die geistige Begabung und Entwicklung des Musikers auf diesem Standpunkte angekommen ist, kann von einer wahren Oper, vom wirklichen musikalischen Drama nicht die Rede sein. Sogar ein Beethoven und gerade er, der specifische Musiker, musste an der Lösung dieses Projects, das er nicht am rechten Ende angefasst, vielfach scheitern. Aus dieser dunkeln Ahnung, dass ihm etwas fehle, was er mit

aller Kraft seiner himmlischen Phantasie und seinem
besten technischen Können nicht zu ersetzen vermöge,
ging dann für ihn selbst das widrige Gefühl des Schwan-
kens während der Composition des Werkes hervor,
sowie für die Andern dessen mühevolles Einstudiren,
mangelhafte Ausführung und die kühle Aufnahme, und
erst wir Heutigen haben das klare Bewusstsein, dass
trotz aller oftmals einzigen Herrlichkeit des Werkes
doch auch hier eben an Musik des Guten zu viel gethan
und so jenes volle Gleichgewicht gestört ist, das die
erste Bedingung wie die Ursache der reinen Wirkung
alles wahrhaft Schönen ist. [112]

Doch fahren wir zunächst in der Erzählung des
rein Historischen der Fideliocomposition fort.

Es war gewiss mit lebhafter Freude geschehen,
dass Beethoven sich an die Composition seines Textes
machte, und wir sehen ihn mehr als zwei Jahre fast
unausgesetzt mit derselben beschäftigt. Wenn nun
zwischen den Skizzen dazu hin und wieder auch andere
Werke erscheinen, wie z. B. das Scherzo des Quartetts
Op. 59 Nr. 1, so war dies eine Folge der Anregung
hoher Musikfreunde, wie Graf Rasumowsky. Denn
Schuppanzigh hatte für diesen Winter 1804 in dessen Hause von neuem Quartettabende eingerichtet.
Doch fand die Ausführung dieser Skizze erst nach der
Vollendung der Oper statt. Ebenso wurde die F-moll-
Sonate Op. 57 erst im Herbst 1806 fertig, und das
Tripleconcert Op. 56, von dem ebenfalls Anfänge unter
den Fidelioskizzen stehen, ward auch erst später vol-

lendet. Wie dem Meister aber Schaffenslust und Lebens-
muth damals wieder in schönster Blüthe standen, erfahren wir aus einer der Anekdoten von Ries. Im
December 1804 war der berühmte Oboist Ramm von
München in Wien, um Concerte zu geben. Am Abend
nach der ersten Probe der Eroica, wo Beethoven
sich genugsam zu ärgern gehabt, spielte man das
Klavierquintett mit Blasinstrumenten Op. 16. Ramm
begleitete dem Componisten. „Im letzten Allegro“, erzählt nun Ries, „ist einigemal [?] ein Halt, ehe das
Thema wieder anfängt; bei einem derselben fing
Beethoven auf einmal an zu phantasiren, nahm das
Rondo als Thema und unterhielt sich und die Andern
eine geraume Zeit, was jedoch bei den Begleitenden
nicht der Fall war. Diese waren ungehalten und
Herr Ramm sogar sehr aufgebracht. Wirklich sah es
possirlich aus, wenn diese Herren, die jeden Augenblick erwarteten, dass wieder angefangen werde, die
Instrumente unaufhörlich an den Mund setzten und
dann ganz ruhig wieder abnahmen. Endlich war
Beethoven befriedigt und fiel wieder ins Rondo ein.
Die ganze Gesellschaft war entzückt.“ [113]

In den Schuppanzigh'schen Quartettabenden kam
auch das Sextett für Blasinstrumente Op. 71 zur
erstmaligen Aufführung. Der Referent der A. M. Z.
nennt es „eine Composition, die durch schöne Melodien, einen ungezwungenen Harmoniefluss und einen
Reichthum neuer und überraschender Ideen glänzt“,
ein Urtheil, von dessen Schluss man heute das gerade

Gegentheil behaupten würde. Auch stammt das Werk ohne Zweifel nicht aus dieser Zeit, es mag der Periode des Septetts angehören. Aber gewiss diente es unserm Meister damals dazu, auch unter dem musikblödern Publikum manch neuen Freund zu erwerben. Denn noch freute man sich mehr des Alten als des Neuen. Von Mozart's „Titus", der im April 1804 zum ersten Mal im Hoftheater zur Aufführung kam, hiess es: „Lange hat keine italienische Oper so allgemeinen Beifall hier erhalten." Im Februar 1805 ward die Anwesenheit des jungen Mozart angezeigt, der im Mai ein Concert gab, wo ihn seine Mutter Constanze beim Publikum einführte. Und der greise Papa Haydn konnte es noch erleben, dass im April dieses Jahres im Hoftheater seine „Schöpfung" zwei Tage hinter einander mit 200 Sängern aufgeführt wurde. Am 2. März wird der A. M. Z. berichtet: „Es freut mich, dass nach so vielem Mittelmässigen im Fache der Theatermusik, womit ich meine frühern Briefe ausfüllen musste, doch wieder etwas Vorzügliches gekommen ist." Es war eine italienische Oper von Weigl, ins Deutsche übersetzt von Treitschke, und sie hatte noch bei der dritten Vorstellung ein volles Haus und dem Componisten ein gutes Benefiz zu Wege gebracht! Ferner trug die junge Madame Bigot sowohl im December 1804 wie im Februar 1805 Mozart'sche Klavierconcerte vor und entzückte das Publikum durch die Eleganz, Leichtigkeit und Delicatesse ihres Vortrags. Ja, Fétis erzählt, das erste Mal, wo sie vor Joseph Haydn gespielt habe, sei

die Bewegung des ehrwürdigen Greises so lebhaft gewesen, dass er sich in die Arme derjenigen, die diese
Erregung erzeugt hatte, mit den Worten warf: „O meine
liebe Tochter, das bin nicht ich, der diese Musik gemacht hat, das sind Sie, die sie componirte!" Und auf
das Stück, das sie gespielt, schrieb er: „Den 20. Febr.
1805 ist Joseph Haydn glücklich gewesen." In gleicher
Weise verband die junge geistvolle Elsässerin sich
nahe mit dem alten Salieri. Doch wir werden sehen,
dass gerade sie, nachdem sie die alte Zeit überwunden, eine der besten Auslegerinnen der neuen ward
und eine Freundin Beethoven's wie wenig andere.[114]

Von neuen Werken, d. h. von Werken im neuern
Geist und Stil, waren hauptsächlich Cherubini's Ouverturen an der Tagesordnung, und man lobte es, wenn
diese „schweren" Stücke mit Feuer und Präcision
gespielt worden waren. Die zu „Medea" und „Lodoiska"
wurden häufig gegeben und im April 1805 sogar sein
ganzer „Anakreon" als Oratorium im Redoutensaale.
Dieser scheint aber auch nicht allerseits angesprochen
zu haben. Doch war damals überhaupt die Musik- und
Theatermisère wieder einmal ziemlich gross. „Selbst
unser Hoftheater nimmt wieder zu alten französischen
Opern seine Zuflucht", referirt man der A. M. Z. am 5.
Juni 1805 und führt dabei Aleyrac's „Raoul von Crequi"
und ein paar Operetten von Gaveaux an, deren Erfolg
jedoch ebenfalls nicht durchschlagend sein konnte. Zur
Freude der Musik- und Theaterliebhaber aber hatte
es schon am 12. Mai 1805 dort geheissen: „Nächstens

soll eine neue Oper Beethoven's auf die Bühne gebracht
werden. Man ist sehr gespannt auf diese Arbeit, in
welcher Beethoven zuerst als dramatischer Componist
auftreten wird." Und vielleicht noch mehr erfreute
die Nachricht vom 5. Juli desselben Jahres: „Baron
Braun wird nächstens von Paris zurückkommen; man
versichert hier allgemein, er werde Cherubini mitbrin-
gen, der sich zwei Opern für das hiesige Theater zu
schreiben verpflichtet habe." Und wenn hinzugefügt
wird, Cherubini werde in Wien, wo man seine Werke
ausserordentlich liebe, gewiss höchst ehrenvoll empfangen werden, so bestätigte sich das sehr bald. Am
5. August heisst es: „Cherubini ist hier angekommen
und hat selbst seine Oper »Die Tage der Gefangenen«
(Wasserträger, Les deux journées) dirigirt; er wurde
mit Enthusiasmus aufgenommen, jede schöne Stelle
beklatscht und am Ende der Componist einstimmig
und mit Jubel hervorgerufen." Ja, am 9. September
steigert sich der Bericht dahin, die Aufmerksamkeit des
ganzen musikalischen Publikums sei auf Cherubini gerichtet, er verbessere und ergänze frühere Arbeiten
und werde stets mit allgemeinem Beifall empfangen
und entlassen.

Ob nicht Beethoven, dem solche Berichte und
Reden nicht fremd bleiben konnten und der damals
zumal keine der Vorstellungen Cherubini'scher Opern
versäumte, manchmal im Aufwallen der Seele zu sich
sagte: „Warte, diesem Welschen wollen wir es einmal
zeigen!" Denn trotz allen äussern Glanzes des Kön-

nens, den der jüngere Meister hier zu bewundern hatte,
musste gerade ihm die innere Kühle des französirten
Italieners jetzt am meisten auffallen. „Und eigene
Rührung lehrt dich Herzen rühren", heisst es treffend
in Breuning's Gedicht auf „Fidelio", das aus genauester
Kenntniss von der Lage und von Beethoven's Gemüthszustand hervorging.[115] Und diese eingeborene Kraft
des Herzens wie der Phantasie musste sich damals doppelt in unserm Meister zum Bewusstsein empordrängen.
Freilich am 2. Juni 1804 ruft er selbst in den Leonoren-
skizzen aus: „Finale immer simpler — alle Klaviermusik ebenfalls — Gott weiss es, warum auf mich immer
noch meine Klaviermusik den schlechtesten Eindruck
macht, besonders wenn sie schlecht gespielt wird."
Aber er wusste auch, nicht blos wie er seinen Gegenstand mit dem innersten Herzen erfasst und mit der
vollen Kraft seines Schaffens ausgebildet, sondern auch
dass er keine Mühe gescheut hatte, ihm die möglichste
technische Vollendung zu geben. Das Skizzenbuch der
Oper enthält, wie O. Jahn berichtet, „zum Theil gänzlich von einander abweichende Versuche, denselben Text
musikalisch auszudrücken, und manche Nummern, wie
die Arien Marcellinens und Pizarro's, erscheinen anfangs
mit ganz andern Motiven als in der Oper, z. B. „Wer
ein holdes Weib errungen", hat anfangs eine ganz
andere Melodie. Andere Male sind ganze Stücke in
einem Zuge so hingeschrieben, wie sie im Wesentlichen
geblieben sind. Daneben geht dann aber diese unermüdliche Detailarbeit, die gar nicht aufhören kann,

nicht blos einzelne Motive und Melodien, sondern die
kleinsten Elemente derselben hin und her zu wenden
und zu rücken und aus allen denkbaren Variationen
die beste Form hervorzulocken". [116]

„Aber bei dem Allem hat nichts wohl Beethoven
so viel Verdruss gemacht als dieses Werk", ruft St.
Breuning am 2. Juni 1806 seinen rheinischen Verwandten zu, und wir haben die Hauptursache davon
bereits als im Text der Oper selbst und mehr noch in
Beethoven's Individualität liegend erkannt. Allein dazu
kamen nun noch die kleinen Aergernisse und Hem-
mungen durch die besondern Verhältnisse des Theaters
und seines Personals. Freilich für die Hauptpartie, für
Leonore, war eine von Natur vielfach ausgezeichnete Dar-
stellerin vorhanden, die damals siebzehnjährige schöne
Anna Milder, später Gattin des Münchener Juweliers
Hauptmann. Ihre Stimme und ihre allgemeine geistige wie künstlerische Begabung waren so gross, dass
selbst ein Beethoven ihr aufrichtigste Verehrung zollte.
„Morgen komme ich selbst, um den Saum ihres Rockes
zu küssen", schreibt er 1806 an Röckel, den Sänger des
Florestan. Und wie schön ist der Brief vom 6. Jan.
1816: „Meine werthgeschätzte einzige Milder, meine
liebe Freundin! Wie gern möchte ich dem Enthusiasmus
der Berliner mich persönlich beifügen können, den Sie
in Fidelio erregt! Tausend Dank von meiner Seite, dass
Sie meinem Fidelio so treu geblieben sind! Glücklich kann sich derjenige schätzen, dem sein Loos Ihren
Musen, Ihrem Genius, Ihren herrlichen Eigenschaften

und Vorzügen anheimfällt, so auch ich. Wie es auch sei, alles um Sie her darf sich nur Nebenmann nennen, ich allein nur führe mit Recht den ehrerbietigen Namen Hauptmann. In mir ganz im Stillen Ihr wahrer Freund und Verehrer Beethoven." Am Schluss folgt dann der musikalische Spass: „Ich küsse Sie, drücke Sie ans Herz! Ich, der Hauptmann der Hauptmann", und in Klammern: „Fort mit allen übrigen falschen Hauptmännern." Allein wie sehr sie später ihre Partie verstanden und die Rolle in ihrer ganzen Grösse den übrigen Darstellerinnen überliefert hat, in ihrer Ausbildung stand sie damals noch nicht auf der vollen Höhe der Kunst, und sie selbst erzählte noch im Jahre 1836 in Aachen Schindler, wie auch sie hauptsächlich wegen der unschönen, unsangbaren, ihrem Organ auch jetzt noch widerstrebenden Passagen im Adagio der Arie in E-dur harte Kämpfe mit dem Meister zu bestehen gehabt, jedoch anfangs vergeblich, bis sie 1814 entschieden erklärt habe, mit jener so gestalteten Arie nicht wieder auftreten zu wollen. Das habe gewirkt. [117]

„Am meisten Noth aber scheint ihm schon bei der ersten Bearbeitung die Arie Florestan's gemacht zu haben; es finden sich für dieselben im Skizzenbuch eine ganze Reihe sehr verschiedener Versuche", berichtet Jahn. Ries hatte noch 1837 von Röckel gehört, dass Demmer, auf den der Florestan geschrieben ward, nicht einmal vier Takte lang das hohe F, womit die Arie schloss, auszuhalten vermochte und

Beethoven genöthigt hatte, das Adagio abzukürzen und
dafür ein Allegro zuzusetzen. Und die Geschichten mit
dem Bassisten Meier, der den Pizarro zu singen hatte,
sind erst recht ergötzlich, waren es aber schwerlich
für Beethoven. Friedrich Sebastian Meier, der Mann
von Mozart's ältester Schwägerin, der frühern Frau
Hofer („Königin der Nacht"), war wohl der von den
Sängern der Oper, der am meisten zu wünschen übrig
liess. Besonders von seiner grossen Arie erklärte er,
dieselbe könne kein Mensch mit Effect singen. Er
hatte indessen, wie Schindler erzählt, von seinen Fähigkeiten eine hohe Meinung, vielleicht weil er ein guter
Sarastro gewesen, gewiss aber auch darum, weil er mit
Mozart verschwägert war. Er pflegte demnach bei
Mozart zu schwören und überhaupt sich Alles zuzu-
trauen. Beethoven, der steten Nergeleien überdrüssig,
fasste den Entschluss, ihn von seinen Schwächen zu
curiren, indem er in der ursprünglichen B-dur-Arie zu
den Worten: „Bald wird sein Blut verrinnen, bald
krümmet sich der Wurm", wogende Scalengänge
machte, und zwar so, dass die Instrumente jedesmal
auf dem Hauptton des Gesangs die untere kleine
Secunde bringen. Und da die schadenfrohen Spieler
da unten diesen ohnehin stark dissonirenden Ton
noch besonders scharf accentuirten, so musste der
wuthschnaubende Pizarro die ganze Stelle durch am
Bogen der Spieler hängen bleiben. Das verursachte
Gelächter. Darüber erhob aber der in seiner Einbil-
dung verletzte Sänger ein Geschrei und warf mit

Ingrimm dem Componisten unter andern auch die
Worte an den Kopf: „Solchen verfluchten Unsinn hätte
mein Schwager nicht geschrieben."[118]

Noch in spätern Jahren konnte diese Geschichte
Beethoven recht erheitern. Jetzt aber hatte er allen
Grund, sich mit den Sängern möglichst gut zu stellen,
und besonders Meier scheint auch bei der Regie und
Einübung des Werkes höchst nothwendig gewesen zu
sein. „Lieber Mayer! Das Quartett vom 3. Act ist nun
ganz richtig", schreibt Beethoven an ihn; „was mit
rothem Bleistift gemacht ist, muss der Copist gleich
mit Dinte ausmalen, sonst verlöscht es! Heute
Nachmittag schicke ich wieder um den 1. und 2. Act,
weil ich den auch selbst durchsehen will. Ich kann
nicht kommen, indem ich seit gestern Kolikschmerzen
— meine gewöhnliche Krankheit — habe. Wegen der
Ouverture und dem Andern sorg Dich nicht; müsste
es sein, so könnte morgen schon Alles fertig sein.
Durch die jetzige fatale Krisis habe ich so viele andere
Sachen noch zu thun, dass ich alles, was nicht höchst
nöthig ist, aufschieben muss. Dein Freund Beethoven."[119]

Da kam also zu allen sonstigen Hinderungen noch
„die fatale Krisis", offenbar die drohende Kriegsge-
fahr. Und zu „den vielen andern Sachen" gehörte wohl
auch die Pflicht, für seinen Schüler Ries Sorge zu
tragen. Dieser war als Bonner Kind zur Conscription
in die Heimat berufen worden, und da es ihm an Allem
fehlte, so schrieb Beethoven ein Billet an seine Gön-

nerin, Fürstin Liechtenstein, das jener aber „zu Beethoven's höchstem Zorn" nicht abgegeben hat. „Ich
weiss es, Sie verzeihen diesen Schritt, nur in der
äussersten Noth kann ein edler Mensch zu solchen Mitteln seine Zuflucht nehmen", heisst es in dem Billet.[120]
Ries aber fand auch ohne dies bald die Mittel zur
Abreise. und so entgeht uns leider sein Bericht über
die erste Aufführung der Oper. Was nun diese selbst
anbetrifft, so besitzen wir einen solchen durch ihn vom
Tenoristen Röckel, sowie einen von Breuning. ausserdem verschiedene Zeitungsreferate.

Zunächst lässt sich der Berliner „Freimüthige"
am 26. Dec. 1804 berichten: „Das Einrücken der Franzosen in Wien [13. Nov.] war für die Wiener eine Erscheinung, an die man sich anfangs gar nicht gewöhnen
konnte, und es herrschte einige Wochen lang eine
ganz ungewöhnliche Stille. Der Hof, die Hofstellen,
die meisten grossen Güterbesitzer hatten sich wegbe-
geben; statt dass sonst das unaufhörliche Gerassel
der Kutschen betäubend sich durch die Strassen wälzte,
hörte man jetzt selten einen Wagen schleichen. Die
Gassen waren grösstentheils von französischen Sol-
daten bevölkert, welche im Ganzen gute Mannszucht
hielten. In der Stadt selbst wurden beinahe durchaus
Offiziere einquartiert; die Gemeinen hatte man in die
Vorstädte verlegt. Natürlich war es, dass man wenig
an Zeitvertreib dachte, wo die Sorge für die Erhal-
tung so mächtig wirkte und die Furcht vor möglichen
Collisionen und unangenehmen Auftritten so Manchen

und Manche zu Hause erhielt. Auch waren die Theater
anfangs ganz leer; nach und nach fingen die Franzosen
an das Schauspiel zu besuchen, und sie sind es noch
jetzt, welche die grösste Anzahl der Zuschauer aus-
chen. Man hat in den letzten Zeiten wenig Neues von
Bedeutung gegeben. Eine neue Beethovens'che Oper:
Fidelio oder die eheliche Liebe gefiel nicht, sie wurde
nur einigemal aufgeführt und blieb gleich nach der
ersten Vorstellung ganz leer. Auch ist die Musik
wirklich weit unter den Erwartungen, wozu sich Kenner
und Liebhaber berechtigt glaubten. Die Melodien
sowohl als die Charakteristik vermissen, so gesucht
auch Manches darin ist, doch jenen glücklichen, treffenden, unwiderstehlichen Ausdruck der Leidenschaft, der
- uns in Mozart'schen und Cherubini'schen Werken so
unwiderstehlich ergreift. Die Musik hat einige hübsche Stellen, aber sie ist sehr weit entfernt, ein vollkommenes, ja auch nur ein gelungenes Werk zu sein.
Der Text, von Sonnleithner übersetzt, besteht aus einer
Befreiungsgeschichte, dergleichen seit Cherubini's Deux
journées in die Mode gekommen sind."

Dieses Urtheil, das wohl von Kotzebue selbst her-
rührt, erscheint besonders hart und sogar thöricht,
wenn man ohne Kenntniss der damaligen allerersten
Bearbeitung der Oper ist. von der ja auch Treitschke
sagt: „Es erschienen mehrere Mängel in der Einrichtung des Textes", und Ries nach Röckel's Mittheilung:
„Dann war der Text wie auch die Musik an vielen
Stellen ausserordentlich gedehnt, und zwar so, dass die

Handlung nur einen sehr schleppenden Fortgang nahm."
Nicht einmal gleichen Sinn für das Wesen des Dramatischen, dessen Mangel ja selbst die schönste Musik
nicht zu ersetzen vermag, verräth aber der Berichterstatter der A. M. Z., dem zugleich noch viel weniger
von der eigentlichen Bedeutung Beethoven's aufgegangen ist. Er schreibt aus Wien Mitte December: „Das
Merkwürdigste unter den musikalischen Produkten des
vorigen Monats war wohl die schon lange erwartete
Beethoven'sche Oper: Fidelio oder die eheliche Liebe.
Sie wurde am 20. Nov. zum ersten Male gegeben, aber
sehr kalt aufgenommen. Ich will etwas ausführlicher
darüber sprechen.

Wer dem bisherigen Gange des Beethoven'schen,
sonst unbezweifelten Talents mit Aufmerksamkeit und
ruhiger Prüfung folgte, musste etwas ganz Anderes von
diesem Werke hoffen, als gegeben worden. Beethoven
hatte bis jetzt so manchmal dem Neuen und Sonderbaren auf Unkosten des Schönen geopfert; man musste
also vor allem Eigenthümlichkeit, Neuheit und einen
gewissen originellen Schöpfungsglanz von diesem
seinem ersten theatralischen Singprodukte erwarten,
und gerade diese Eigenschaften sind es, die man am
wenigsten darin antraf.

Das Ganze, wenn es ruhig und vorurtheilsfrei betrachtet wird, ist weder durch Erfindung noch Ausführung hervorstechend. Die Ouverture besteht aus
einem sehr langen, in alle Tonarten ausschweifen-
den Adagio, worauf ein Allegro aus C-dur eintritt,

das ebenfalls nicht vorzüglich ist und mit andern
Beethoven'schen Instrumentalcompositionen, auch nur
z. B. mit seiner Ouverture zum Ballet Prometheus
keine Vergleichung aushält.[121] Den Singstücken liegt
gewöhnlich keine neue Idee zu Grunde, sie sind
grösstentheils zu lang gehalten, der Text ist unaufhörlich wiederholt und endlich auch zuweilen die
Charakteristik auffallend verfehlt, wovon man gleich
das Duett im dritten Acte aus G-dur nach der Erken-
nungsscene zum Beispiele anführen kann. Denn das
immer laufende Accompagnement in den höchsten
Violincorden drückt eher lauten wilden Jubel aus, als
das stille, wehmüthig tiefe Gefühl, sich in dieser Lage
wiedergefunden zu haben. Viel besser ist im ersten
Acte ein vierstimmiger Kanon gerathen und eine affectvolle Discantarie aus F-dur[122], wo drei obligate
Hörner mit einem Fagotte ein hübsches, wenngleich
zuweilen etwas überladenes Accompagnement bilden.
Die Chöre sind von keinem Effecte, und einer derselben, der die Freude der Gefangenen über den Genuss
der freien Luft bezeichnet, ist offenbar missrathen.
Auch die Aufführung war nicht vorzüglich. Demoiselle
Milder hat trotz ihrer schönen Stimme doch für die
Rolle des Fidelio viel zu wenig Affect und Leben und
Demmer intonirte fast immer zu tief. Alles das zu-
sammengenommen, auch wohl zum Theil die jetzigen
Verhältnisse machten, dass die Oper nur dreimal ge-
geben werden konnte."[123]

Wir Heutigen würden nun freilich von der Mehr-

15*

zahl dieser Urtheile das gerade Gegentheil behaupten. Allein es ist anzunehmen, dass dennoch hier so ziemlich die allgemeine Ansicht des damaligen Wien ausgesprochen ward. Darum zog Beethoven es vor, das Werk nach dreimaliger Aufführung von der Bühne zurückzuziehen. Seine Freunde aber hatten, wie Röckel erzählt, beschlossen, dasselbe nicht so ruhmlos zu den Schatten hinabgehen zu lassen. Es ward deshalb zunächst, um die nöthigen Veränderungen zu berathen, eine Zusammenkunft beim Fürsten Lichnowsky veranstaltet, zu welcher ausser der Fürstin, die den Klavierpart übernahm, und den Sängern Röckel und Meier auch der Hofrath von Collin, dessen „Regulus" und „Coriolan" seit einigen Jahren grossen Beifall gefunden und dem Dichter einen bedeutenden Rang unter den dramatischen Capacitäten des damaligen Wien verschafft hatten, und der Dichterfreund Stephan von Breuning hinzugezogen wurden. Die beiden letztern hatten die Abkürzungen bereits unter einander besprochen. Anfangs vertheidigte Beethoven jeden Takt. Als man sich aber allgemein dahin aussprach, dass sogar ganze Stücke wegfallen müssten, und Meier dabei blieb, kein Sänger könne die Pizarroarie mit Effect singen, wurde Beethoven grob und aufgebracht. Endlich aber gab er doch nach, sowohl mit dem Weglassen der betreffenden Nummern als mit der Arie des Pizarro. Die Sitzung hatte von 7 Uhr abends bis 2 Uhr morgens gewährt, wo dann noch ein fröhliches Mahl die Sache beschloss.[124]

Beethoven ging also, nachdem Breuning durch
Umarbeitung des Buchs die Handlung lebhafter fort-
schreitend gemacht, an die Durchsicht der einzelnen
Stücke, und es ist höchst interessant, wie fein hier im
Detail nicht blos durch Weglassung ganzer Takte und
Stellen, sondern auch durch Abänderung der Stimmen
u. s. w. in der That verbessert worden ist. Ein rührender
Eifer und eine herzerquickende Treue beseelten ihn
bei dieser so unangenehmen Arbeit an einem Werke,
an dem offenbar wie an einem leidenden Kinde sein
ganzes Herz hing. Dass es Grundfehler des Ganzen
waren, was dem Werke die durchschlagende Wirkung
vorenthielt, erkannte er offenbar nicht und hat es wohl
niemals ganz eingesehen. Vor allem die Florestanarie
musste wieder umgearbeitet werden, und der Wuthaus-
bruch Pizarro's erscheint allerdings in der neuen Arie
viel energischer und drastischer.[125] Allein die künstlerische Schönheit des Details, die wir heute so sehr bewundern, rührt zumeist aus einer noch spätern Zeit her.
Denn auch diesmal drang die Oper nicht durch. „Sie
ward dreimal mit dem grössten Beifall aufgeführt“,
schreibt Breuning am 6. Juni 1806; „nun standen aber
seine Feinde bei dem Theater auf, und da er mehrere
besonders bei der zweiten Vorstellung beleidigte, so
haben diese es dahin gebracht, dass sie seitdem nicht
mehr gegeben worden ist.“ Und welche neue Schwierigkeiten bei diesen Wiederaufführungen erstanden,
ersieht man unter Anderm aus den folgenden Billets an
Meier: „Baron Braun lässt mir sagen, dass meine

Oper Donnerstags [10. April] soll gegeben werden: die Ursache warum, werde ich Dir mündlich sagen. Ich bitte Dich nun recht sehr, Sorge zu tragen, dass die Chöre noch besser probirt werden, denn es ist das letzte Mal tüchtig gefehlt worden; auch müssen wir Donnerstags noch eine Probe mit dem ganzen Orchester auf dem Theater haben, es war zwar vom Orchester nicht gefehlt worden, aber auf dem Theater mehrmals; doch das war nicht zu fordern, da die Zeit zu kurz war. Ich musste es aber darauf ankommen lassen, denn B. Braun hatte mir gedroht, wenn die Oper Sonnabends [29. März] nicht gegeben würde, sie gar nicht mehr zu geben. Ich erwarte von Deiner Anhänglichkeit und Freundschaft, die Du mir wenigstens sonst bewiesen, dass Du auch jetzt für diese Oper sorgen wirst; nachdem braucht die Oper dann auch keine solchen Proben mehr und ihr könnt sie aufführen, wann ihr wollt. Hier zwei Bücher, ich bitte Dich eins davon [*] zu geben. Leb wohl, lieber Mayer, und lass Dir meine Sachen angelegen sein.“ [126] Ferner: „Lieber Mayer! Ich bitte den Herrn von Seyfried zu ersuchen, dass er heute meine Oper dirigirt, ich will sie heute selbst in der Ferne ansehen und anhören, wenigstens wird dadurch meine Geduld nicht so auf die Probe gesetzt, als so nahebei meine Musik verhunzen zu hören! Ich kann nicht ánders glauben, als dass es mir zu Fleiss geschieht. Von den blasenden Instrumenten will ich nichts sagen, aber — — — lass alle pp, cresc., alle decresc. und alle f. ff. aus meiner Oper ausstreichen!

sie werden doch alle nicht gemacht. Es vergeht alle
Lust, weiter etwas zu schreiben, wenn man's so hören
soll! Morgen oder übermorgen hole ich Dich ab zum
Essen. Ich bin heute wieder übel auf. P. S. Wenn die
Oper übermorgen sollte gemacht werden, so muss morgen wieder Probe davon im Zimmer sein, sonst geht es
alle Tage schlechter."

Man sieht, bei den Darstellern war die Liebe zur
Sache verloren, vielleicht weil der Glaube daran verloren war. Denn abgesehen von den Urtheilen der
öffentlichen Blätter konnte auch solch ein Wort, wie es
Cherubini über die grosse Leonorenouverture nachgesagt wird, „dass er wegen Bunterlei an Modulationen
darin die Haupttonart nicht zu erkennen vermocht",
und das er gewiss trotz aller italienischen Vorsicht
bereits in Wien angedeutet haben wird, auf die Musiker
nur übel wirken, und Beethoven selbst war bei seiner
Heftigkeit nicht wohl geeignet, das Orchester, wenn es
einmal missgestimmt war, zum Rechten zu leiten.[127]
Am 25. Febr. war „Faniska" mit Erfolg in Scene gegangen und hatte bereits am 3. März die dritte Vorstellung zu Cherubini's Benefiz erlebt. „Die Musik ist überall, wo sie nicht gar zu künstlich ist, vollkommen ihres
grossen Meisters würdig, tief, kräftig, feurig und charakteristisch, mit allen harmonischen Mitteln, zuweilen
auch wohl allzu reichlich, unterstützt. Belebend
ergreifend die Tiefe des Gemüths, gewaltig fassend
strömt sie dahin, aber sie will auch öfter gehört sein,
um ganz verstanden und gefühlt zu werden." So lässt

sich die A. M. Z. am 26. Febr. berichten, und welchen
Eindruck musste es auf Beethoven obendrein machen,
dass der ausländische Meister auch jetzt wieder mit
allgemeinem Jubel empfangen und am Ende der Oper
herausgerufen worden war! Dabei hatte Cherubini
das k. k. Hoforchester und Sänger wie Weinmüller und
Vogl zur Disposition. So gut sollte es unserm Meister
erst volle acht Jahre später werden. Jetzt heisst es
von der Milder zwar: „Ihre volle, reine, klare Metallstimme", aber auch: „nur an leichtere Musik gewöhnt
und ohne eigentliche feste musikalische Bildung", und
von dem jungen Florestan - Röckel, er habe eine ganz
gute Stimme, nur scheine er noch zu furchtsam und
intonire daher oft unrichtig. Dazu kam, dass man
Beethoven offenbar mancherlei andere Schwierigkeiten
machte, wie ja deren so viele und so unüberwindliche
bei solchen Gelegenheiten möglich sind. Und während
z. B. Grétry's „Samniterinnen" nach Reichardt's Bearbeitung an der Wien damals mit ganz ungemeiner
Pracht in Scene gingen, konnte Beethoven bei dieser
zweiten Aufführung nicht einmal erlangen, dass die
Oper jetzt den ihr sowohl dem Stoffe wie Beethoven's
Auffassung nach unendlich mehr entsprechenden Titel
„Leonore" erhielt. Man hatte es ihm versprochen,
allein trotzdem dass nun das neue Textbuch wirklich so
betitelt ward, befand sich doch auf dem Anschlagzettel
vom 29. März 1806 der alte Titel „Fidelio".

Um so thätiger aber waren auch jetzt wieder seine
Freunde gewesen. Breuning, der schon bei der ersten

Aufführung sein wohlgemeintes Gedicht hatte vertheilen lassen, hatte es auch jetzt einzurichten gewusst, dass ein Gedicht sogar dem Theaterzettel vorgedruckt wurde mit dem Titel: „An Herrn Ludwig van Beethoven, als die von ihm in Musik gesetzte und am 20. Nov. 1805 das erste Mal gegebene Oper jetzt unter der veränderten Benennung Leonore wieder aufgeführt wurde." Es heisst darin:

Dein Gang voll eigner Kraft muss hoch uns freun,
Dein Blick, der sich aufs höchste Ziel nur wendet,
Wo Kunst sich und Empfindung innig reihn. [128]

Und wirklich scheint sich nach diesem wiederholten Anhören Manchem ein Ahnungsblick in des Werkes innere Schönheit eröffnet zu haben. Sogar der Weise der A. M. Z. muss berichten, das Stück habe gewonnen und nun auch besser gefallen. Noch lakonischer aber ist der „Freimüthige" vom 23. Mai 1806. „Die möglichen Arten, Jemand aus dem Kerker zu befreien, werden nun auch auf unsern Operntheatern bald erschöpft sein", sagt Herr von Kotzebue in leisester Hindeutung auf „Fidelio", während er am 10. April es der Mühe werth hält, von den „Samniterinnen" und von Meier's Messiasconcert laut zu reden. Nicht ohne Einsicht aber sind die „Gedanken über Fidelio" in der Wiener Theaterzeitung vom 22. Oct. 1806: „Die Umarbeitung besteht in der Zusammenziehung dreier in zwei Acte. Es ist unbegreiflich, wie sich der Compositeur entschliessen konnte, diesen gehaltlosen Text mit der schönen Musik beleben zu wollen, und daher konnte

der Effect des Ganzen unmöglich von der Art sein, als
sich der Tonkünstler wohl versprochen haben mochte,
da die Sinnlosigkeit der recitirenden Stellen den schönen Eindruck der abgesungenen ganz oder doch
grösstentheils verwischte. Es fehlt Herrn B. gewiss nicht
an hoher ästhetischer Einsicht in seiner Kunst, da er
die in den zu behandelnden Worten liegende Empfindung vortrefflich auszudrücken versteht, aber die
Fähigkeit zur Uebersicht und Beurtheilung des Textes
in Hinsicht auf den Totaleffect scheint ihm ganz zu
fehlen. Die Musik ist jedoch meisterhaft, und B. zeigte,
was er auf dieser neu angetretenen Bahn in der Zukunft wird leisten können" u. s. w.

Ergötzlich ist ferner, was der „Freischütz" von
1840 erzählt: ...Als einst der verstorbene Kapellmeister
Kleinheinz mit dem alten berühmten Salieri ins
Theater ging, um der damals neuen Oper Beethoven's
beizuwohnen, bemerkte Salieri in gebrochenem Deutsch:
‹Beethoven ist ein miracoloso Compositore; er spas-
sir auf die Scala in erste, zweite, dritte und vierte
Stock, dann spassiren er auf die Boden und sprin-
gen bei kleine Fenestre von Boden erunter; ick begreifen nit diese Maniera!« — »Ich begreife es auch
nicht«, erwiderte Kleinheinz; »aber so viel ist mir
klar, dass wir, wenn wir uns einmal zum Boden ver-
steigen, unsern Rückweg ganz ruhig auf der Scala
suchen müssen; denn würden wir, gleich Beethoven,
einen solchen Sprung machen, so brächen wir uns das
Genick.‹" [129]

Nachdem also die Oper am 10. April noch einmal
gegeben. wurde die Partitur vorerst „dem Staube der
Theaterbibliothek überantwortet". Treitschke fügt
noch hinzu: „Einige gleichzeitige Versuche damit auf
Provinzbühnen hatten keinen bessern Erfolg."[130]
Fürst Lichnowsky schickte die Oper im Frühjahr noch
an die Königin von Preussen, und Breuning, der dies
berichtet, meinte: Die Vorstellungen in Berlin werden
den Wienern erst zeigen, was sie hier haben." Allein
auch diese Hoffnung war zunächst vergeblich, und
Beethoven hatte von der mühevollen Arbeit vorerst
nichts als das Gefühl bitterer Enttäuschung, das um so
grösser sein musste, als in derselben Zeit Cherubini's
„Faniska" nicht blos in Wien eine Vorstellung nach der
andern erlebte, sondern auch, weil sie nun bald auch
auf die übrigen Bühnen wandern sollte, sogleich einen
Klavierauszug erhielt, von dem die Breitkopf und Härtel'sche Verlagshandlung in ihrer A. M. Z. eine Scene
und Arie noch in diesem Jahre als Beilage gab.

Cherubini selbst deutete Beethoven sein Urtheil
über den „Fidelio" dadurch an, dass er, wie Schindler
berichtet, noch während seiner Anwesenheit in Wien die
Gesangschule des Pariser Conservatoriums kommen
liess und sie Beethoven verehrte, weil derselbe sich
noch viel zu wenig mit dem Studium der Gesangskunst
befasst habe. Dieses Exemplar hat sich sogar bis in
die letzten Lebenstage des Meisters erhalten und auch
die deutsche Uebersetzung des Werkes stand daneben.
Aber wie von seinem einstigen dramatischen Lehrer

Salieri hat sich Beethoven auch von Méhul, Adam,
Gossec, Catel, Cherubini und wie die übrigen Verfasser
jener Schule heissen, herzlich wenig angenommen, und
der spätere Erfolg des „Fidelio" hat bewiesen, dass es
auch bei dieser so viel ventilirten Frage nach der
rechten Gesangskunst mehr auf den Geist als auf über-
lieferte Regeln ankommt, ja dass wahrhafte Kunstwerke sich ihre Schule der Darstellung selbst schaffen.
Haben wir ja auch heute wieder und trotz „Fidelio"
erleben müssen, dass eine mehr auf deutlichen Ausdruck des geistigen Inhalts als auf blosse sinnliche und
nur zu oft sinnlose Tonschönheit gerichtete Art des
Singens von manchen Seiten geradezu als unkünst-
lerisch verpönt wurde! Diese echt dramatische Art
des Singens aber hat gerade durch die auf rein deutschen Text componirte Musik des „Fidelio", freilich nur
an einzelnen hervorragenden, besonders drastischen
Stellen, weit über Cherubini und seine Nachfolger hinaus eine Fortbildung erfahren, die zunächst in Weber's
Opern wirkungsvollste Verwendung und erst heute in
Richard Wagner's Schöpfungen, zumal in „Tristan und
Isolde" eine Vollendung fand, von der sich weder Cherubini noch selbst Beethoven in ihren dramatischen Werken etwas träumen liessen, sondern gegen die sich beide
nur wie allerdings mächtige Propheten des alten Bun-
des verhalten, sowie sie ein Michel Angelo an die Decke
der Sixtinischen Kapelle malte.

Mit diesem Bilde aber glauben wir zugleich das
Resultat, das die Fidelio-Arbeit für die gesammte Kunst

enthält, annähernd festgestellt zu haben. Was sie für
Beethoven selbst bedeutete, ist eine andere Frage.
Dass er die Oper, wie Schindler sagt, als sein Enfant
de prédilection behandelte, beweist nur, dass sie ein
Kind der Sorgen und der Mühe war, mit keiner
der eigentlichen Beethoven-Schöpfungen hält sie den
Vergleich aus.[132] Sie steht, was den absolut freien
und sichern Ausdruck eines geistig Ureigenen anbetrifft, nicht völlig auf der Höhe des Beethoven'schen
Schaffens, sie wird, abgesehen von der Grösse der
Kunstgattung, an Vollendung schon von manchem kleinern Werk der frühern Zeit übertroffen und an
Eigenthümlichkeit in Geist und Darstellung von einer
Eroica unbedingt in Schatten gestellt. In „Fidelio"
werden wir überall fast an die Vorgänger erinnert, und
nur einzelne Höhepunkte der Oper zeigen uns den
hohen freien Geist des grossen Verfassers. Diesen
aber, die Ureigenheit des eingeborenen Wesens in vollendeter Sicherheit und Klarheit künstlerisch darzustellen und so als Herrscher im Reiche des Geistes,
das nicht Vor- noch Nachwelt kennt, gebietend aufzutreten, das ist die höchste, ja die einzige Aufgabe des
wahren Künstlers. So sehen wir auch Beethoven,
der ein solcher war und das richtigste und stärkste
Gefühl für seine eigentlichen Aufgaben hatte, nach
diesem nur halb gelungenen Versuche auf einem Gebiete, wo ihm des Geistes Hände zu sehr gebunden
waren, mit voller Energie auf den Boden zurücktreten,
wo seine Phantasie frei zu walten und sich für den

eigenen Inhalt die eigene Form zu erschaffen vermochte. Und wie er, der gewissermassen schon in der
Wiege die Schlangen des traditionellen Kunstvorur-
theils erdrückt hatte, dann als Jüngling wie ein echter
Göttersohn den mächtigen Strom seiner symphoni-
stischen Begeisterung durch den kolossalen Formen-
stall seiner Zeitgenossen leitete, um ihn von allem
handwerksmässigen Zopf und Unrath zu reinigen,
schon während des Erschaffens der Oper zugleich
ein rein instrumentales Bild erzeugte, das den ganzen
geistigen Inhalt dieses Stoffs in wahrhaft verklärter
Schönheit darstellt und das nicht sowohl Leonoren-Ou-
verture wie Fideliosymphonie heissen könnte, so
werden wir ihn jetzt bald in diesem seinem eigensten
Felde Werke wirken sehen, die in der That der neue
Ausdruck eines neuen Geistes sind und die ihm, wie die
zwölf Mühen dem Hercules, endlich den Sitz unter den
Heroen der Menschheit völlig gewinnen. Zu diesem hohen Ziele aber hatte ihm die so vielfach sich selbst ver-
läugnende Fidelio-Arbeit den Weg bahnen helfen. Sie
hatte sein Inneres gereinigt und befreit, sie hatte ihm
sein technisches Können sicherer gemacht. Sie war
ihm eine schwere, aber fruchtbare Lehr- und Busszeit,
aus der er jetzt als vollendeter Meister der Kunst hervorgeht und seine Herrscherzeiten antritt.

Drittes Buch.

HERRSCHERZEITEN.

1806—1814.

Neuntes Kapitel.

Die C-moll-Symphonie und die Pastorale.

Der Hoffnung letzter Schimmer sinkt dahin!
Sie brach die Schwüre all mit flücht'gem Sinn.
So schwinde mir zum Trost auch immerdar
Bewusstsein, dass ich einst zu glücklich war.

Mit der Composition dieser Romanze, die Steffen
Breuning aus Solié's Oper „Le secret" übersetzt hatte,
begann Beethoven nach der letzten erfolglosen Aufführung des „Fidelio" von neuem seine Schaffensthätig-
keit. „Empfindungen bei Lydiens Untreue"
ist das Liedchen überschrieben, allein von einer neuen
„unglücklichen Liebe" war, soviel wir ersehen können,
damals nicht die Rede. Die etwas gedrechselten, nicht
gerade poesievollen Worte des Gedichts erinnerten ihn
vielmehr an die eigenen schmerzlichen Enttäuschungen
bei einem Ereigniss, an das er die Kraft wie die Hoffnung seines Lebens gesetzt hatte, und um so leichter
ward es ihm, dem Freunde Breuning für die neuesten
Beweise seiner Liebe durch diese kleine Composi-

tion sich dankbar zu erzeigen. Sie ist zwar nicht von besonderem Gehalt und hebt sich kaum über die allgemeine Weise der Zeit, allein ein leiser melancholischer Hauch des Ganzen verräth uns dennoch etwas von der damaligen Gemüthsstimmung des Meisters.[133]

Zu dem herben Leid der mangelnden Anerkennung eines seiner besten Geisteswerke und zu der ungleich stechendern Pein des Zweifels an der eigenen Fähigkeit, von der er sich durch Jahre nicht wieder loszumachen vermochte und erst völlig erholte, als er wieder ein Werk geschaffen hatte, worin er selbst die ganze Kraft seines Könnens gegenwärtig fühlte, zu diesen innern Leiden kommen aber jetzt obendrein von neuem und in höherem Grade die Widerwärtigkeiten der pecuniären Bedrängniss, die er ebenfalls durch den Erfolg einer Oper für immer zu bannen sicher gehofft hatte. Sein Contract lautete auf Tantième, und es ist begreiflich, wenn diese nach nur fünf mehr oder minder besuchten Vorstellungen, wie Schindler angibt, sich nicht einmal auf die Summe von 200 Gulden erhob. Und so hatte der stolze Meister sich damals sogar entschliessen müssen, von seinem jüngsten Bruder Johann, welcher unterdessen durch seine Apotheke in Linz zu Vermögen gekommen war, Geld zu leihen![134]

Um so mehr galt es also jetzt zunächst für den Erwerb nach jeder Seite hin thätig zu sein, und es war nur eine längst gemachte Bestellung, die er endlich ausführen wollte, als er am 26. Mai mit der Ausarbeitung

der Streichquartette Op. 59 begann, die Graf
Rasumowsky, dem das Werk gewidmet ist, auch
bereits im nächsten Winter an den Schuppanzigh'schen
Concertabenden in seinem herrlichen Palais am untern
Donaukanal zur Aufführung bringen liess. Der A. M. Z.
wird am 27. Febr. 1807 darüber berichtet: „Auch drei
neue sehr lange und schwierige Beethoven'sche Violin-
quartette zogen die Aufmerksamkeit aller Kenner auf
sich. Sie sind tief gedacht und trefflich gearbeitet, aber
nicht allgemein fasslich, das dritte aus C-dur etwa ausgenommen, welches durch Eigenthümlichkeit, Melodie
und harmonische Kraft jeden gebildeten Musikfreund
gewinnen muss."

Also nicht einmal mit diesem Werke fand er das
allgemeine Verständniss, das er nach einem leicht erklärlichen Bedürfniss mit seinem Schaffen in diesem Augenblick lebhafter als je wünschen musste. Und doch
hatte er versucht, in diesem Werke bei aller Kunst und
Originalität so populär als möglich zu sein, und es ist
sogar durchgehends ein Bestreben nach klarster Ver-
ständlichkeit, ja ein häufiges Anlehnen an die tradi-
tionelle Form und allgemein übliche Quartettweise
nicht zu verkennen. Dies schliesst freilich nicht und
offenbar bei einem Beethoven am wenigsten aus,
dass er auch mit innerster Seele bei der Arbeit war,
und Stücke wie das Adagio in Nr. 2, von dem Schindler berichtet, dass es dem Meister bei langem Betrachten des unabsehbar weiten Sternenhimmels in die
Phantasie getreten sei, und ebenso das Adagio mesto

in Nr. 1 zeigen deutlich das tiefe Auf- und Abwogen des innern Leids, das nun zu dem traurigen Geschick der Harthörigkeit hinzugetreten war. Aber „eben so wie du dich hier in den Strudel der Gesellschaft stürzest, ebenso möglich ist's, Opern trotz allen geselligen Hindernissen zu schreiben, kein Geheimniss sei dein Nichthören mehr, auch bei der Kunst!" Mit solch energischen Entschlüssen, über äusseres wie inneres Leid Herr zu werden, deren Nothwendigkeit sich ihm so lebhaft aufdrängte, dass er, wie obige Worte auf den Skizzenblättern jener Quartette, sie während der Arbeit sich so zu sagen in die eigene Erinnerung unlöschbar einzuprägen strebte, wusste der Meister auch stets die sichere Freiheit des Geistes wiederzugewinnen, und nichts ist erfreuender, als die Menge geistvoller Züge zu sehen, die in diesen Quartetten ausgestreut ist, und vor allem die wunderbare Frische des Humors zu empfinden, die besonders aus den Menuetten spricht. Das B-dur-Scherzando freilich reicht noch in die Zeit der ersten Fidelioskizzen, aber das in E-moll aus diesem bösen Sommer 1806 ist noch ungleich freier und kecker in seinem Wurf und verräth zuerst den ganzen Meister des Humors, der nun bald aus dem Wirrsal der Leiden fertig hervortreten sollte. Der melancholische Zug übrigens wird bei mehreren Sätzen dieser Quartette auch noch dadurch verstärkt, dass ihnen russische Melodien oder doch solchen nachgebildete Motive zu Grunde liegen, wie denn dieser Umstand auch auf die Bestellung des russischen Gönners hinweist.[135]

In gleicher Weise wie dieser waren auch die übrigen hohen Freunde des Meisters, die seine tiefe Verstimmung mitleidend ansahen, bemüht, dieselbe zu heben und ihm eine bessere Gegenwart und Zukunft zu bereiten. Fürst Lichnowsky, nachdem er den „Fidelio" nach Berlin gesendet hatte, lud den Meister selbst zu sich auf seine schlesischen Güter, um ihn durch das Mittel zu erheitern, das auf seine Seele am sichersten wirkte. Allein noch im October dieses Jahres schrieb Breuning an Wegeler, Beethoven's Verhältnisse seien jetzt nicht die besten, da seine Oper durch die Kabalen der Gegner selten aufgeführt worden sei und ihm also nichts eingetragen habe, seine Gemüthsstimmung sei meistens sehr melancholisch, und nach seinen Briefen zu urtheilen habe der Aufenthalt auf dem Lande ihn nicht erheitert.[136] Ja gerade einen der leidenschaftlichsten Ausbrüche seines Innern, die unter dem Namen Appassionata bekannte Sonate Op. 57, von der die Skizzen des ersten und letzten Satzes freilich von früher stammen (s. S. 196), scheint er hier künstlerisch völlig ausgestaltet zu haben, und wenn er das Variationen-Andante damals dazu erfunden hat, so wissen wir allerdings zur Genüge, wie tief die Melancholie in seiner Seele Raum gewonnen hatte.

Von diesem Werke erzählt nun Mr. Bigot, der Mann der berühmten Klavierspielerin, die wir oben (S. 216) kennen lernten, die folgende Anekdote, wodurch sich unsere Angabe bestätigt und Schindler's Meinung, dass die Sonate auf einer kurzen Rast beim Grafen

Brunswick in Ungarn geschrieben sei, völlig widerlegt
wird. „C'était, si j'ai bonne mémoire, vers la fin de Sep-
tembre 1808 [Oct. 1806] que Beethoven revint à Vienne
après avoir passé quelques semaines dans la terre de
Mr. Lichnowsky. Pendant sa route il fut assailli par
un orage et une pluie à verse qui perça sa malle où il
avait placé la Sonate en fa (mineur) qu'il venait de
composer. Arrivé à Vienne il vint nous voir et mon-
tra en riant son oeuvre encore tout mouillé à ma
femme qui se mit à le regarder. Suivant le début
frappant elle se pose sur le piano et se mit à le jouer.
Beethoven ne s'y attendait pas et fut surpris en voyant
que Mad. Bigot n'était pas un moment arrêtée par les
fréquentes ratures et les changements qu'il y avait faits.
C'était l'original qu'il allait apporter à son éditeur pour
le faire graver. Quand Mad. Bigot l'eut joué et le pria
de lui en faire cadeau il y consentit et le lui rapporta
fidèlement après l'avoir fait graver.“

Das vom Regen befleckte Originalmanuscript ist
noch heute in den Händen Bigot's, der die Anekdote
am 27. Nov. 1859 dem Klavierspieler Mortier de Fon-
taine eigenhändig auf ein Holle'sches Exemplar der
Sonate geschrieben hat. Auch erzählt Fétis offenbar
aus bester Ueberlieferung: „La génie mélancolique et
profonde de Beethoven trouvait en Mad. Bigot une in-
terprète dont l'enthousiasme et la sensibilité ajoutaient
de nouvelles beautés à celles qu'il avait imaginées.
Un jour elle jouait devant lui une sonate qu'il venait
d'écrire. Ce n'est pas là précisément, lui dit-il, le

caractère que j'ai voulu donner à ce morceau, mais allez toujours: si ce n'est pas tout à fait moi, c'est mieux que moi." Ja das Wohlgefallen an dem Talent und der Liebenswürdigkeit der geistvollen jungen Frau scheint bald bei unserm Meister so gestiegen zu sein, dass er nicht ohne leidenschaftliches Gefühl für dieselbe blieb, und es soll sogar zu einer Art von Stadtgespräch darüber gekommen sein, weshalb Beethoven, der dies hörte, von dem ihr gegebenen Versprechen, auf einer öffentlichen Redoute zu erscheinen, sich durch einen langen Brief an die Dame befreite, worin er selbst jenes Gerüchts erwähnte. Der musikalische Verkehr beider blieb jedoch dadurch ungestört und ward sogar mit der Zeit noch intimer.[137]

Eine Arbeit dieses Jahres 1806 war aber vor allem die vierte Symphonie, und an ihr beweist sich aufs deutlichste das damalige Bestreben Beethoven's, dem allgemein Gekannten und Beliebten der überlieferten Form und damit dem eigenen bessern Fortkommen nach Möglichkeit Rechnung zu tragen. Trotz allen Reizes der melodiösen und rhythmischen Motive und aller Vollendung der Factur, wobei besonders die Instrumentation eine merkliche Fortbildung erfahren hat, fehlt jenem Werke die durchschlagende Kraft einer neuen Idee, die sonst das Bezeichnende an Beethoven's grössern Schöpfungen ist. Mag sich der Meister der Technik hier in trefflichster Weise bewähren, ja die ganze Künstlerschaft Beethoven's eine bedeutsame Fortentwicklung zeigen, eine tiefere Ent-

hüllung geistiger und allgemein menschlicher Dinge
ist hier nicht zu finden und daher auch das allgemeine
Interesse bei diesem Werke weniger lebhaft als bei
der Eroica und der C-moll-Symphonie, die gewissermassen als Marksteine in der Geschichte des menschlichen Geistes mit dastehen.[138]

In gleicher Weise wohl musikalisch interessant,
aber nicht von reicherem innern Gehalt und daher
ohne allgemeinere Bedeutung sind das vierte Klavierconcert Op. 58 und das bekannte Violinconcert, das er für das am 23. Dec. 1806 stattfindende
Concert des Directors Franz Clement schrieb und
später als Klavierconcert umgearbeitet der Frau seines
Freundes Breuning, einer geborenen Vering, widmete.[139]
Einen wahrhaft grossartigen Aufschwung aber nimmt
des Meisters Phantasie wieder und setzt ihn wie mit
einem Schlage von neuem in den vollen Besitz seines
eigenen Wesens die Ouverture zu Collin's „Coriolan".

Dieses Trauerspiel war bereits im Frühjahr 1803
in Wien auf die Bühne gekommen, und Mozart's
Schwager Lange, der die Titelrolle gab, erzählt in
seiner Selbstbiographie, er erinnere sich nicht bald
eines so stürmischen Beifalls, als womit die ersten
vier Acte desselben aufgenommen worden seien. Es
spielten darin allerdings Künstler wie Koch, Brock-
mann, die Roose und die Nonseul. So ist der Eindruck erklärlich, den das sonst nicht bedeutende Stück
auch auf einen Beethoven machen konnte. Allein ohne
Zweifel kannte er, was bei Collin selbst merkwürdiger-

weise nicht der Fall war, schon damals auch das gleich-
namige Stück Shakspeare's, und dieses mochte ihm die
Idee des Stoffs, den Beethoven auch schon in seinem Plutarch gelesen haben konnte, wohl tiefer in die Seele
geprägt haben, als es ein Collin vermocht hätte. Die
schroff männliche Kraftfülle Coriolan's und im Gegensatz dazu die Weichheit der bittenden Mutter, sowie
das tragische Ende des Helden. also sämmtliche
menschliche Pointen des Stücks sind hier mit einer
sichern Energie und Klarheit ausgeprägt. die das
Werk an die Spitze der charakteristischen Ouverturen
stellen. Und Reichardt, der sie 1808 in Wien hörte,
hat nicht Unrecht, wenn er meint, Beethoven habe
in diesem übermächtigen gigantischen Werke sich
selbst noch besser vorgestellt als seinen Helden.[140]

Es war aber offenbar mit der Composition dieser
Ouverture, die sogleich allgemein gefiel, zugleich eine
Gefälligkeit gegen den Dichter wie gegen die k. k. Theaterdirection beabsichtigt. Collin war, wie wir oben
(S. 228) bereits erwähnten, durch eine Reihe dramatischer Arbeiten in Wien rasch berühmt und beliebt geworden, daher nicht ohne Einfluss und als eine Art
von Autorität in Theaterdingen angesehen. Darum
war er ja auch bei der Umarbeitung des „Fidelio" zugezogen worden, und jetzt stand Beethoven gar mit ihm
in Unterhandlung wegen eines neuen Operntextes.
Denn der Meister wollte sich, wie wir vorhin hörten,
durch den ersten Misserfolg durchaus nicht abschrecken
lassen. Er schreibt damals selbst: „Ich höre, dass Sie,

mein verehrter Collin, meinem höchsten Wunsch und
Ihrem Vorsatze entsprechen wollen; so gerne ich
Ihnen meine Freude hierüber mündlich bezeugte, so
habe ich jetzt noch etwas viel zu thun; blos dem
schreiben Sie es zu und keinem Mangel an Aufmerksamkeit für Sie" — welches Billet sich ohne Zweifel
auf die Beschaffung eines Operntextes bezieht, wie wir
denn auch aus Reichardt's Briefen von 1808 erfahren,
dass Collin Beethoven ein Libretto „Bradamante" angeboten hatte, welches dann später Reichardt componirte. Ebenso sehen wir aus einem Billet des
Meisters an den bekannten Orientalisten Hammer
(Purgstall), dass auch dieser ihm zwei Singspiele
auf einmal zugesandt hatte. [141]

Es hatte nämlich mit dem Schlusse des Jahres
1806 der k. k. Hofbanquier Freiherr von Braun die
Direction der kaiserlichen Theater niedergelegt und
mit dem neuen Jahre eine Gesellschaft hoher Herren derselben sich angenommen. Fürst Nikolaus Esterhazy
erhielt das Präsidium der Societät, Graf Ferdinand
Palffy speciell das deutsche Schauspiel und Beethoven's Gönner, Fürst Lobkowitz, die Oper, die mit
Gluck's „Iphigenia in Tauris" einen glänzenden und en-
thusiasmirenden Anfang machte. Graf Palffy begann mit
Collin's „Bianca della Porta", und auch zur möglichst
anziehenden Wiederaufführung des „Coriolan", die am
24. April 1807 mit besonderem Pomp geschah, hatte
Beethoven seine herrliche Ouverture geschrieben, mit
der er sich den Dichter und die Direction verpflichtete,

wie dem Publikum von neuem vortheilhaft empfahl.[142]
Es war nämlich, abgesehen von der steten Lockung der
dramatischen Composition, damals sein dringendster
Wunsch, zu einer festen Anstellung zu gelangen, und
da der kaiserliche Hof sich noch immer durchaus nicht
um ihn kümmerte, so richtete er, um seiner Wünsche
Erfüllung bald zu finden, sein Augenmerk fortan auf die
neue Hoftheaterdirection.

Mit dem „Verschleiss" seiner Werke stand es freilich damals nicht so übel. Besonders das Kunst- und
Industrie-Comptoir in Wien kaufte zu jener Zeit sehr
flott. Im Herbst 1806 hatte es die Eroica und die
Sonate Op. 57 erhalten; auch die vierte Symphonie, das
Violinconcert, das vierte Klavierconcert, die Coriolan-Ouverture und die Quartette Op. 59 sowie das Tri-
pelconcert gingen an dieses Institut über. Im Frühjahr
1807 erschien dann Muzio Clementi, der berühmte
Klavierspieler, der in London eine grosse Musikalien-
handlung errichtet hatte, und schloss am 20. April mit
Beethoven im Beisein seines Freundes, des Barons von
Gleichenstein, einen Vertrag, wonach der Meister
für den Debit jener Werke Op. 58, 59, 61, 62 blos
in England wieder 200 Pfund Sterling erhielt und
für drei zu componirende Sonaten die Zusage von
weitern 60 Pfund. Auf diese Verhältnisse beziehen sich
einige der Billets an den Baron Gleichenstein, die
ich vor kurzem veröffentlicht habe und die uns über
so manches Thatsächliche der nächsten Jahre unter-
richten.[143] Daraus bestätigt sich nun zunächst unsere

Behauptung, dass Beethoven damals den heftigsten
Drang empfand, einerseits von drückenden Verbind-
lichkeiten, wie gegen den Bruder Johann, frei zu werden,
andererseits überhaupt endlich eine sichere Lebensstellung zu gewinnen, mit einem Wort, dem steten widrigen
Kampf mit der blossen Subsistenz für immer ein Ende
zu machen. Er hatte sich jetzt mehr als je auch dem
Verkehr mit der Gesellschaft wieder zugewandt, vielleicht weil er fühlte, dass nur aus dem Leben mit den
Menschen jenes Lebendige erblüht, dessen er für sein
Schaffen bedurfte, wenn er damit zugleich auf die
Menschen wirken wollte. „Seit ein paar Jahren hörte
ein stilleres, ruhigeres Leben bei mir auf und ich ward
mit Gewalt in das Weltleben gezogen", schreibt er am
2. Mai 1810 an Wegeler. Und wenn wir nun das eine der
Billets an Gleichenstein aus dem Frühjahr 1807 erwägen, worin er diesem 300 fl. schickt, um dafür „Leinwand oder Bengalen für Hembden, auch wenigstens
ein halb dutzend Halstücher zu kaufen", und wenn er
dem Schneidermeister damals ebenfalls 300 fl. voraus-
zahlt und ein andermal Langes und Breites von einem
neu gekauften Hute plaudert, so entspricht dieses sehr
wenig der allgewohnten Vorstellung von dem Meister
nach dieser Seite hin. Es geht aber noch weiter. Er,
der selbst einmal bei Gelegenheit von Bedientenfragen
an Zmeskall schreibt, dass die Frisur, wie er wisse, sein
letztes Augenmerk sei, begann sich jetzt förmlich zu
adonisiren. Wir besitzen eine Bleistiftskizze, die der
junge Ludwig Schnorr von Carolsfeld zu jener Zeit

in ein Portraitbuch der Familie von Malfatti in
Wien zeichnete. Dort sieht der Schöpfer der C-moll-
Symphonie nicht viel anders aus als jeder wohlge-
kleidete Mann seiner Tage. Feste Halsbinde, steife
Vatermörder und sogar ein gestutzter Backenbart, ganz
die Mode der Zeit! Nur das Haar ist frei wallend, wie
Natur es geschaffen, jedoch durchaus nicht wild. Es ist
der Mann der Gesellschaft, so wie er abends in die heitern Unterhaltungskreise der Familie Malfatti trat und
bei Thee und Punsch angenehme Conversation führte
oder auch wie in der Bonner Zeit tolles Zeug trieb
— ein gezähmter Löwe, in Banden des gewöhnlichsten
Daseins gefesselt, aber gefesselt mit Rosenketten![114]

Die Familie von Malfatti, verwandt mit dem berühmten Arzte Malfatti, der noch bei Beethoven's
Sterben eine Rolle spielen sollte, war eine jener gesellig liebenswürdigen und heiter aufgeweckten Familien, die in dem fröhlichen Wien noch heute nicht
selten sind. Der Vater war ein wohlhabender Guts-
besitzer, der aber den Winter in der Stadt zubrachte.
Die Familie war musikalisch und jedem freiern Genusse
des Daseins mit Fröhlichkeit zugethan, weshalb das ge-
sellige Leben dort sich sehr angenehm gestaltete.
Eine besondere Zierde des Hauses aber bildeten
zwei schöne Töchter, beide, ohne doch Zwillinge zu
sein, merkwürdigerweise in demselben Jahre 1793 geboren, also jetzt im vollen Zauber der Jugend pran-
gend, die ältere, Therese, schwarzbraun in Locken-
haar, Teint und Augen, mit charakteristisch gebogener

Nase, voll Verstand und feurigen Temperaments, flüchtig
und ganz des Lebens Sonnenseite zugewandt [145], die
andere blond und mehr sinnig still. „Ich komme gegen
Mittag zum wilden Mann im Prater; ich vermuthe,
dass ich dort keine wilden Männer, sondern schöne
Grazien finden werde", schreibt Beethoven selbst an den
Baron Gleichenstein, der, aus Freiburg im Breisgau gebürtig und damals k. k. Hofconcipist in Wien,
seinen künstlerischen Freund in dieses Haus eingeführt hatte und später (1811) selbst der Gemahl der
jüngern noch jetzt lebenden Schwester ward. Wir
hören ferner, dass auch Professor Julius Schneller,
der Historiker und Aesthetiker, dort verkehrte, sowie
der obenerwähnte Maler Schnorr, der Oheim des
edlen, zu früh gestorbenen Tristansängers, ferner der
Leibarzt des Grafen Cobenzl, Dr. Dorner, in besonderer Gunst beim Erzherzog Rudolf, der bereits
genannte Dr. Malfatti und manche andere tüchtige
Männer des damaligen Wien. [146]

Eine Hauptunterhaltung der Familie nun bestand
in Musik, und da versteht es sich von selbst, dass ein
Beethoven bald der besondere Freund der jungen
Mädchen ward, ja der talentvollen Therese, von der
Schneller noch zwanzig Jahre später an die Schwester
Gleichenstein schrieb: „Sie ist Ihre einzige und in
mancher Beziehung der Naturanlage und Entwicklung
auch einzig", gab er sogar einigen Klavierunterricht
und schrieb manche Compositionen, besonders Goethe'-
sche Lieder für sie. [147] Dieser Verkehr wurde aber

bald um so tiefer anregend für ihn selbst, als man einander in lebendigster Mittheilung berührte und sich auch gegenseitig die Schätze der Kunst wie der Poesie zu erschliessen strebte. Doch hören wir lieber Beethoven selbst, wie er über dieses anziehende Verhältniss offenbar im Stadium der ersten Entwicklung sich auslässt. Er schreibt an das früh entwickelte und früh verehrte vierzehnjährige Mädchen folgenden Brief, der uns zugleich ihr eigenes Wesen mit voller Deutlichkeit vor Augen rückt:

„Sie erhalten hier, verehrte Therese, das Versprochene, und wären nicht die triftigsten Hindernisse gewesen, so erhielten Sie noch mehr, um Ihnen zu zeigen, dass ich immer mehr meinen Freunden leiste, als ich verspreche. Ich hoffe und zweifle nicht daran, dass Sie sich ebenso schön beschäftigen, als angenehm unterhalten, letzteres doch nicht zu sehr, damit man auch noch unser gedenke. Es wäre wohl zu viel gebaut auf Sie oder meinen Werth zu hoch angesetzt, wenn ich Ihnen zuschriebe: die Menschen sind nicht nur zusammen, wenn sie beisammen sind, auch der Entfernte, der Abgeschiedene lebt bei uns. Wer wollte der flüchtigen, Alles im Leben leicht behandelnden T. so etwas zuschreiben?

Vergessen Sie doch ja nicht in Ansehung Ihrer Beschäftigung das Klavier oder überhaupt die Musik im Ganzen genommen. Sie haben so schönes Talent dazu, warum es nicht ganz cultiviren? Sie, die für alles Schöne und Gute soviel Gefühl haben, warum

wollen Sie dieses nicht anwenden, um in einer so
schönen Kunst auch das Vollkommnere zu erkennen,
das selbst auf uns immer wieder zurückstrahlt? [148]

Ich lebe sehr einsam und still. Obschon hier und
da mich Dichter aufwecken möchten, so ist doch eine
unausfüllbare Lücke, seit Sie alle fort von hier sind,
in mir entstanden, worüber selbst meine Kunst, die
mir sonst so getreu ist, noch keinen Triumph hat erhalten können. Ihr Klavier ist bestellt und Sie werden
es bald haben. [149] Welchen Unterschied werden Sie
gefunden haben in der Behandlung des an jenem
Abend erfundenen Themas und so, wie ich es Ihnen
letztlich niedergeschrieben habe! Erklären Sie sich das
selbst, doch nehmen Sie ja den Punsch nicht zu Hülfe.
Wie glücklich sind Sie, dass Sie schon so früh aufs
Land kamen! Erst am 8. kann ich diese Glück-
seligkeit geniessen. Kindlich freue ich mich darauf.
Wie froh bin ich, einmal in Gebüschen, Wäldern, unter
Bäumen, Kräutern, Felsen wandeln zu können! Kein
Mensch kann das Land so lieben wie ich. Geben doch
Wälder, Bäume, Felsen den Widerhall, den der
Mensch wünscht!

Bald erhalten Sie einige andere Compositionen
von mir, wobei Sie nicht zu sehr über Schwierigkeiten klagen sollen. Haben Sie Goethe's Wilhelm
Meister gelesen, den von Schlegel übersetzten
Shakspeare? Auf dem Lande hat man so viele
Musse, es wird Ihnen vielleicht angenehm sein, wenn
ich Ihnen diese Werke schicke. Der Zufall fügt es,

dass ich einen Bekannten in Ihrer Gegend habe, vielleicht sehen Sie mich an einem frühen Morgen auf eine halbe Stunde bei Ihnen und wieder fort. Sie sehen, dass ich Ihnen die kürzeste Langweile bereiten will.[150]

Empfehlen Sie mich dem Wohlwollen Ihres Vaters, Ihrer Mutter, obschon ich mit Recht noch keinen Anspruch darauf machen kann — ebenfalls dem der Base M. Leben Sie nun wohl, verehrte T., ich wünsche Ihnen alles, was im Leben gut und schön ist, erinnern Sie sich meiner und gern — vergessen Sie das Tolle — sein Sie überzeugt, Niemand kann Ihr Leben froher, glücklicher wissen wollen als ich, und selbst dann, wenn Sie gar keinen Antheil nehmen

an Ihrem ergebensten Diener und Freund
Beethoven.

NB. Es wäre wohl sehr hübsch von Ihnen, in einigen Zeilen mir zu sagen, worin ich Ihnen hier dienen kann?"[151]

Man erkennt deutlich, das Herz des liebebedürftigen Künstlers glüht von neuem für ein weibliches Wesen, und häufige Stellen in den fernern Zetteln an Gleichenstein verrathen uns laut all das Neigen von Herzen zu Herzen, sowie den mannichfachen Liebeskummer des jetzt sechsunddreissigjährigen schwerhörenden und gesellig wenig begabten und geschickten Liebenden, dem es offenbar schwer wird, die Neigung eines so jungen oder lebensfrohen Mädchens zu gewinnen oder zu fesseln. „Grüsse mir alles, was Dir und mir lieb ist; wie gerne würde ich noch hin-

zusetzen, und wem wir lieb sind???? Wenigstens
gebührt mir dieses Fragezeichen. — Ich habe heute
und morgen so viel zu thun, dass ich nicht, wie ich
wünschte, zu Dir kommen kann. Leb wohl, sei glücklich, ich bin's nicht", heisst es das eine Mal an den
Vertrauten, den er mit seiner Freundschaft jetzt förmlich plagt, wie man einen Bruder der Geliebten mit
Liebe zu überschütten pflegt und nichts als Quälereien
von seiner Seite dafür hat.[152] „Die vorgestrige Nacht
hatte ich einen Traum, worin mir vorkam, als seist Du
in einem Stall, worin Du von ein paar prächtigen
Pferden ganz bezaubert und hingerissen warst, sodass
Du Alles rund um Dich her vergassest", heisst es am 13.
Juni mit allerhand Aufträgen von Baden aus[153], und
später einmal: „Mach mir zu wissen, ob Ihr zu Hause
bleibt, aber bei Zeiten. Kalter Freund, leb wohl, was
es auch mit Dir sein mag, Du bist's einmal nicht recht,
auch nicht im entferntesten Grade wie ich der Deine."
Dann wieder am 16. Juni: „Komm bald zu mir, ich
umarme Dich von Herzen. viele Empfehlungen an
einen sehr gewissen Ort."[154] Später einmal: „Ich
verlange keine Besuche von Ihnen, Hochgeehrtester,
kein Stelldichein, damit Sie nicht in Verlegenheit
gesetzt werden, solches nicht halten zu können, oder
zu wollen, kurzum gar nichts, als dass Sie die Gefälligkeit haben, erstens nach London zu schreiben,
zweitens mir einige tüchtige, gesunde, starke Feder-
kiele zu besorgen: das Geld, das solche kosten, bitte
ich Sie der Rechnung einzuverleiben, die, wie Sie wis-

sen, ich schon längstens von Ihnen wünschte und jetzt
wirklich dringend von Ihnen fordere. Mein Bedienter
wird sich morgen früh deshalb bei Ihnen erkundigen,
kann es dann noch nicht sein, übermorgen oder
auch noch später — meine Freundschaft soll Ihrer
Gemächlichkeit keine Schranken setzen. Ihr Verehrer
Beethoven." Und so weiter in wechselnden Stimmungen, die aber alle miteinander eine sehr bedenkliche
Erregtheit des Innern athmen.

Wie nun diese neue Liebe des Meisters gewiss
einerseits auf das Schaffen dieses Sommers den wirk-
samsten Einfluss übte und sein Inneres zu beredtesten
Schöpfungen begeisterte — einzelne Werke, deren
Conception und Ausführung bestimmt in diese Zeit
fallen, sind kaum anzugeben — so regte sich andererseits
trotz der bittern Erfahrung früherer Jahre auch
diesmal wieder tief im Hintergrund seiner Leidenschaft der nur zu natürliche Wunsch, das schöne lebhafte Mädchen als Gattin heimzuführen. „Nur Liebe,
ja nur Sie vermag dir ein glücklicheres Leben zu geben.
O Gott, lass mich sie, jene endlich finden, die mich in
Tugend bestärkt, die nur erlaubt mein ist", ruft er
am 27. Juli in Baden aus, „als die M. vorbeifuhr und
es schien, als blickte sie auf mich."[155] Allein zur Erfüllung eines so schönen Wunsches gehörte auch von
seiner Seite zunächst nothwendig eine völlige Ordnung
der eigenen äussern Verhältnisse, Bezahlung der Schulden u. s. w., und dann vor allem eine feste auskömm-
liche Lebensstellung.

Freund Gleichenstein wusste natürlich um Alles, was Beethoven's materielle Lebenslage anging, er hatte ja fast Alles dieser Art zu besorgen, und wenn Beethoven auch einmal (am 23. Juni) an ihn schreibt: „Ich habe Dich lieb, und magst Du auch alle meine Handlungen tadeln, die Du aus einem falschen Gesichtspunkte ansiehst, so sollst Du mich darin doch nicht übertreffen", so treibt er ihn doch in demselben Briefe an, das Geschäft mit dem Industriecomptoir ins Reine zu bringen.[156] Es handelte sich nämlich um eine Auszahlung dieser Handlung theils auf die obenerwähnten, theils wohl auf neu zu empfangende Werke, damit davon zunächst die Schulden an den Bruder Johann gezahlt würden. Dabei heisst es dann in einem folgenden Brief von Baden charakteristisch genug: „Meinem Bruder kannst Du sagen, dass ich ihm gewiss nicht mehr schreiben werde; die Ursache warum, weiss ich schon, sie ist diese, weil er mir Geld geliehen hat und sonst einiges ausgelegt, so ist er — ich kenne meine Brüder — jetzt schon besorgt, da ich's noch nicht wiedergeben kann, und wahrscheinlich jetzt der andere, den der Rachegeist gegen mich beseelt [ohne Zweifel, weil Beethoven der kurz vorher stattgefundenen Heirath mit der wohlhabenden, aber völlig ungebildeten und leichtsinnigen Tapezirerstochter widersprochen hatte], auch an ihm. Das Beste aber ist, dass ich die ganzen 15hundert Gulden aufnehme (vom Industriecomptoir) und damit ihn bezahle, dann ist die Geschichte am Ende. Der Himmel bewahre mich, Wohlthaten von meinen Brüdern empfangen zu müssen. Gehab Dich wohl — grüsse bestens."[157]

Zu gleicher Zeit wurde, nachdem Clementi den Verlag für England und Banquier Henickstein in Wien die Auszahlung des Honorars für London übernommen hatte, auch mit dem uns wohlbekannten alten Jugendfreunde Simrock in dem damals noch französischen Bonn wegen des Verlags der gleichen Werke für Frankreich unterhandelt. Denn vor allem war jetzt doppelt auch für die Gesundheit zu sorgen, die sich immer noch nicht recht befestigen wollte, und Professor Schmidt hatte gerathen, von Baden fortzugehen und eine andere Kur zu beginnen.[158] Dies Alles aber waren Nebensachen gegen den grossen Plan, den er in diesem Augenblick eifrigst verfolgte, um mit einem Male und fürs Leben der äussern Sorgen enthoben zu sein. Er wollte Compositeur der k. k. Operntheater in Wien werden!

Da galt es denn also zunächst die mächtigen Herren der Direction und ihre Freunde sich von neuem eng zu verbinden. Ein Brief aus Wien vom 28. März dieses Jahres 1807 im „Journal des Luxus und der Moden" berichtet: „Beethoven gab in der Wohnung des Fürsten L. [offenbar Lobkowitz, bei dem ja auch die Eroica-Proben stattfanden] zwei Concerte, worin nichts als seine Compositionen aufgelegt wurden, nämlich seine vier ersten Symphonien, eine Ouvertüre zu dem Trauerspiel »Coriolan«, ein Klavierconcert und und einige Arien aus der Oper »Fidelio«." Auch ist demselben Mäcen das im Juli 1807 erschienene Triple-concert gewidmet, und es ward schon damals, wie man aus den Briefen an Gleichenstein ersieht, viel mit dem Erzherzog Rudolf musicirt, und dieser, bei dem Lobkowitz viel galt, mag auch ein Wört-chen in jener Sache mit geredet haben.[159] Kurzum, Lobkowitz selbst gab Beethoven den Wink, sich mit einem Gesuch um Anstellung an die k. k. Hof-Theatral-Direction zu wenden.

Zuvor aber suchte der Meister auch noch die übrigen Herren für sich zu stimmen. Das war nicht so ganz leicht, denn Graf Palffy war es wohl, den Beetho-ven damals mit dem Kraftausdruck: „Für solche Schweine spiel' ich nicht", schwer genug beleidigt hatte, und Fürst Esterhazy, der Gönner des alten Haydn und der jüngern Meister Hummel und Kreuzer, war im Ganzen auf Beethoven's schöpferische Muse nicht besonders zu sprechen. Er war jedoch ein eifriger Liebhaber der Kirchenmusik. Also unternahm es Beethoven, in diesem Frühjahr für ihn eine Messe zu schreiben. Ein Wiener Brief aus diesem Sommer 1807 berichtet: „Mit dem grössten Vergnügen gebe ich Ihnen die Nachricht, dass unser Beethoven so eben eine ausserordentlich schöne, ganz seiner würdige Messe vollendet hat, welche am Feste Mariä beim Fürsten Esterhazy aufgeführt werden soll." Ferner heisst es ebendort, „Fidelio" solle nächstens in Prag mit einer neuen Ouverture aufgeführt werden, die vierte Symphonie sei im Stiche, auch die Ouverture zu „Corio-

lan" und ein Violinconcert; „dabei fängt er bereits
eine zweite Messe an, auch drei Quartette werden gestochen. Sie sehen daraus, wie rastlos thätig der geniale Künstler ist!"[160]

Die Messe — es ist die wohlbekannte in C-dur —
ward auch wirklich am Feste Mariä (10. Sept.) dieses
Jahres 1807 auf des Fürsten Schloss in Eisenstadt
aufgeführt, und es knüpfte sich nach Schindler's Bericht daran folgender komische Vorfall. „Es war
Sitte an diesem Hofe, dass nach beendigtem Gottes-
dienste die heimischen wie fremden musikalischen
Notabilitäten sich in den Gemächern des Fürsten zu
versammeln pflegten, um mit ihm über die aufgeführten Werke zu conversiren. Beim Eintritt Beethoven's
wendete sich der Fürst an ihn mit der Frage: »Aber,
lieber Beethoven, was haben Sie denn da wieder gemacht?« Der Eindruck dieser sonderbaren Frage, der
wahrscheinlich noch mehrere kritische Anmerkungen
nachgefolgt sind, war auf unsern Tondichter ein um so
empfindlicherer, als dieser den zur Seite des Fürsten
stehenden Kapellmeister [Hummel] lachen sah. Dies
auf sich beziehend, vermochte nichts mehr ihn an
einem Orte zu halten, wo man seine Leistung so verkannt und er überdies noch eine Schadenfreude an
seinem Kunstbruder wahrnehmen zu müssen geglaubt.
Noch am selben Tag verliess er Eisenstadt."[161]

Hummel hatte wohl nur über die sonderbare Art
gelacht, wie der Fürst die Messe kritisirte. Das
Werk selbst gehört nun zwar keineswegs zu Beetho-

ven's entscheidenden Leistungen und vermag namentlich weder durch seine reizvollen Melodien noch durch
die zum Theil etwas gewagten oder doch sehr frappanten
harmonischen Führungen den durchgehenden Mangel
an wirklich religiösem Gehalt, an inniger Erfassung
der Stimmungen des Textes zu ersetzen; allein sicher
war es nicht dies, was ein Esterhazy an dem Werke
vermisste, der ja vielmehr an jene mehr theatralische
als innerlich wahrhaftige Auffassung, die das vorige
Jahrhundert sogar von der kirchlichen Musik hatte,
durchaus gewöhnt war und also nach dieser Seite hin
eher mehr als weniger ertragen, ja verlangt und dafür
die schönen kleinen Ansätze von wirklicher Innerlich-
keit, die sich trotz Allem auch hier schon zeigen und
später zu so herrlichen Gebilden auswachsen sollten, gern preisgegeben hätte. Und diese Ueberlegung
mochte in einer ruhigern Stunde auch wohl unserm
Meister kommen und ihm die Hoffnung geben, dass
er denn doch die Gunst dieses fürstlichen Hof-Theatral-
Directions-Mitgliedes nicht so ganz für seine Muse
entbehre. Er entschloss sich also im December dieses
Jahres kurzweg das folgende Gesuch einzureichen:

„Löbliche k. k. Hoftheatral-Direction!

Unterzeichneter darf sich zwar schmeicheln, während der Zeit seines bisherigen Aufenthalts in Wien
sich sowohl bei dem hohen Adel als auch bei dem übrigen Publikum einige Gunst und Beifall erworben, wie
auch eine ehrenvolle Aufnahme seiner Werke im In-
und Auslande gefunden zu haben. Bei alledem hatte

er mit Schwierigkeiten aller Art zu kämpfen und war
bisher nicht so glücklich, sich hier eine Lage zu begründen, die seinem Wunsche, ganz der Kunst zu
leben, seine Talente zu noch höhern Graden der Vollkommenheit, die das Ziel eines jeden wahren Künstlers sein muss, zu entwickeln und die bisher blos zu-
fälligen Vortheile für eine unabhängige Zukunft zu
sichern, entsprochen hätte. Da überhaupt dem Unterzeichneten von jeher nicht so sehr Broderwerb
als vielmehr das Interesse der Kunst, die Veredl-
lung des Geschmacks und der Schwung seines Genius
nach höhern Idealen und nach Vollendung zum Leit-
faden auf seiner Bahn diente, so konnte es nicht fehlen, dass er oft den Gewinn und seine Vortheile der
Muse zum Opfer brachte. Nichtsdestoweniger er-
warben ihm Werke dieser Art einen Ruf im fernen
Auslande, der ihm an mehreren ansehnlichen Orten
die günstigste Aufnahme und ein seinen Talenten und
Vortheilen angemessenes Loos verbürgt.

Demungeachtet kann Unterzeichneter nicht ver-
hehlen, dass die vielen hier vollbrachten Jahre, die unter Hohen und Niedern genossene Gunst und Beifall, der Wunsch, jene Erwartungen, die er bisher zu
erregen das Glück hatte, ganz in Erfüllung zu bringen,
und er darf es sagen, auch der Patriotismus eines
Deutschen ihm den hiesigen Ort gegen jeden andern
schätzungs- und wünschenswerther machen. Er kann
daher nicht umhin, ehe er seinen Entschluss, diesen
ihm werthen Aufenthalt zu verlassen, in Erfüllung

setzt, dem Winke zu folgen, den ihm Se. Durchlaucht der regierende Herr Fürst von Lobkowitz zu geben die Güte hatte, indem er äusserte, eine löbliche Theatral-Direction wäre nicht abgeneigt, den Unterzeichneten unter angemessenen Bedingungen für den Dienst der ihr unterstehenden Theater zu engagiren und dessen fernern Aufenthalt mit einer anständigen, der Ausübung seiner Talente günstigern Existenz zu fixiren. Da diese Aeusserung mit des Unterzeichneten Wünschen vollkommen übereinstimmt, so nimmt sich derselbe die Freiheit, sowohl seine Bereitwilligkeit zu diesem Engagement als auch folgende Bedingungen zur beliebigen Annahme der löblichen Direction geziemendst vorzulegen:

1. Macht sich derselbe anheischig und verbindlich, jährlich wenigstens eine grosse Oper, die gemeinschaftlich durch die löbliche Direction und durch den Unterzeichneten gewählt würde, zu componiren; dagegen verlangt er eine fixe Besoldung von jährlich 2400 fl. nebst der freien Einnahme zu seinem Vortheile bei der dritten Vorstellung jeder solcher Oper.

2. Macht sich derselbe anheischig, jährlich eine kleine Operette oder ein Divertissement, Chöre oder Gelegenheitsstücke nach Verlangen und Bedarf der löblichen Direction unentgeltlich zu liefern; doch hegt er das Zutrauen, dass die löbliche Direction keinen Anstand nehmen werde, ihm für derlei besondere Arbeiten allenfalls einen Tag im Jahre zu einer

Benefiz-Akademie in einem der Theatergebäude
zu gewähren.

Wenn man bedenkt, welchen Kraft- und Zeitaufwand die Verfertigung einer Oper fordert, da sie jede andere Geistesanstrengung schlechterdings ausschliesst, wenn man ferner bedenkt, wie in andern Orten, wo dem Autor und seiner Familie ein Antheil an der jedesmaligen Einnahme jeder Vorstellung zugestanden wird, ein einziges gelungenes Werk das ganze Glück des Autors auf einmal begründet; wenn man ferner bedenkt, wie wenig Vortheil der nachtheilige Geldcours und die hohen Preise aller Bedürfnisse dem hiesigen Künstler, dem übrigens auch das Ausland offen steht, gewährt, so kann man obige Bedingungen gewiss nicht übertrieben oder unmässig finden.

Für jeden Fall aber, die löbliche Direction mag den gegenwärtigen Antrag bestätigen und annehmen oder nicht, so fügt Unterzeichneter noch die Bitte bei, ihm einen Tag zur musikalischen Akademie in einem der Theatergebäude zu gestatten; denn im Falle der Annahme seines Antrags hätte Unterzeichneter seine Zeit und Kräfte sogleich zur Verfertigung der Oper nöthig und könnte also nicht für anderweitigen Gewinn arbeiten. Im Falle der Nichtannahme des gegenwärtigen Antrags aber würde derselbe, da ohnehin die im vorigen Jahre ihm bewilligte Akademie wegen verschiedenen eingetretenen Hindernissen nicht zu Stande kam, die nunmehrige Erfüllung des vorjäh-

rigen Versprechens als das letzte Merkmal der bisherigen hohen Gunst ansehen und bittet im ersten
Fall den Tag an Mariä Verkündigung [4. April],
in dem zweiten Falle aber einen Tag in den bevorstehenden Weihnachtsferien dazu zu bestimmen."[162]

Das waren gewiss Leistungen und Verbindlichkeiten genug, zu denen sich unser an Freiheit so sehr ge-
wöhnter Meister hier erbot. Allein er erhielt trotzdem
eine abschlägige Antwort und sah sich also in materieller Hinsicht auch ferner ganz allein auf sich selbst
gestellt. Wir vernehmen denn auch, dass in jenen
Wochen wieder einmal die gute Laune selten einzutre-
ten pflegte.[163] Ohne Zweifel aber diente die ganze
Sache wie bei jeder kräftigen Natur auch bei ihm, statt
dass er sich lange ärgerte, dass „alles um ihn her angestellt sei und nur so ein parvum talentum miserum
wie er nicht", nach einigen kräftigen Zornesausbrüchen
über Aristokraten- und Dilettantenwirthschaft u. s. w.
doch nur dazu, dass er die Hülfsquellen des eigenen
Geistes um so gründlicher sondirte und von neuem
kräftig zu erschliessen begann. Ja es reiften unter so
schwierigen äussern Verhältnissen, zu denen bald
noch marterndes inneres Leid sich gesellte, die hohen
Ideen zu jenen beiden grossen instrumentalen Werken,
mit denen unser Meister sichern Schwunges sich völlig ebenbürtig neben die grössten Geister aller Länder
und Zeiten erhob, die Symphonien in C-moll und in
F, die sogenannte Pastorale. Ausgearbeitet wurden
diese Werke freilich erst im Sommer darauf. Und es ge-

hörte ihm wohl die volle Abgeschiedenheit des Landlebens dazu, um die zerrissene Seele ganz zu dem Zusammenhang des Universums und zu sich selbst zurückzu-
stimmen und den Streit des Herzens in den Frieden
der Natur und den Sieg über sich selbst aufzulösen.
Aber es geschah dann auch, dass Beethoven zum
ersten Mal zu jener vollen Höhe seiner selbst aufstieg,
wo sein Genius in ungetrübter Reinheit strahlt.

Zunächst ging der angenehme Verkehr mit dem
Malfatti'schen Hause unverändert fort. „Ich bitte Dich,
mir heute sagen zu lassen, wenn die M. zu Hause
abends bleiben", heisst es an Gleichenstein; „Du
wirst sicher einen angenehmen Schlaf gehabt haben,
ich habe zwar wenig geschlafen, aber ein solches Er-
wachen ziehe ich allem Schlaf vor." Und im Frühjahr
geht es wieder mit den „schönen Grazien" hinaus ins
Freie. „Dafür muss ich mich auch noch erst har-
nischen. Dass Du mich, weil ich gerade nur zu Mittag kommen kann, für keinen Schmaruzer hältst, weiss
ich, und so komme ich gerade; find ich Euch noch zu
Hause, so ist's gut, wo nicht, so eile ich zum Prater, um
Euch zu umarmen." Offenbar ward auch der Umgang
allgemach sehr innig, allein bald muss ohne Zweifel in
Folge irgend eines Missgriffs von seiten des ungestümen Meisters eine heftige, Alles entscheidende
Explosion erfolgt sein, denn es ergeht an den Freund
das folgende seltsam erregte Schreiben: „Deine Nachricht stürzte mich aus den Regionen des höchsten Entzückens wieder tief herab. Wozu denn der Zusatz,

Du wolltest mir es sagen lassen, wenn wieder **Musik sei?** Bin ich denn gar nichts als Dein Musikus oder der andern? So ist es wenigstens auszulegen. **Ich kann also nur wieder in meinem eigenen Busen einen Anlehnungspunkt suchen.** von aussen gibt es gar keinen für mich. Nein, nichts als Wunden hat die Freundschaft und ihr ähnliche Gefühle für mich. So sei es denn. für dich armer B. gibt es kein Glück von aussen, du musst Dir Alles in Dir selbst erschaffen, nur in der idealen Welt findest Du Freunde. Ich bitte Dich, mich zu beruhigen, ob ich selbst den gestrigen Tag verschuldet, oder wenn Du das nicht kannst, so sage mir die Wahrheit, ich höre sie ebenso gerne, als ich sie sage — jetzt ist es noch Zeit, noch können mir Wahrheiten nützen — leb wohl — lass Deinen einzigen Freund Dorner nichts von alledem wissen." Und der folgende Zettel an Gleichenstein handelt offenbar von dem rasch ausgeführten Entschluss. das Geschehene nach Möglichkeit wieder gut zu machen. „Lieber Freund. so verflucht spät — drücke alle warm ans Herz — warum kann meines nicht dabei sein? — leb wohl, Mittewochs früh bin ich bei Dir — der Brief ist so geschrieben, dass ihn die ganze Welt lesen kann — findest Du das Papier von dem Umschlag nicht rein genug, so mach ein anderes darum, bei der Nacht kann ich nicht ausnehmen, ob's rein ist — leb wohl, lieber Freund, denk und handle auch für Deinen treuen Freund Beethoven."

Den besondern Anlass dieser etwas verzweifelten

Briefe, die in den Frühling 1808 zu fallen scheinen, wusste auch Frau von Gleichenstein mir nicht anzugeben.[164] Allein die weitere Correspondenz mit dem Freunde lässt vermuthen, dass damit zugleich die Entscheidung über die Liebespläne Beethoven's wenigstens vorläufig gefallen war, denn die Briefe sind fortan rein geschäftlicher Natur. Wie aber die Seele des Meisters gestürmt hat, auch diesmal wieder von der Welt und ihren Freuden ausgeschlossen zu sein, lehren uns am besten seine Werke, die jetzt eine Beredtheit, eine kurzangebundene Energie des Inhalts und der Sprache gewinnen, wie sie bisher auch bei Beethoven nur die Ausnahme bildeten. Am vernehmlichsten und man kann fast sagen mit rhetorischem Pathos spricht diesen Seelenzustand und den festen Entschluss, fortan nur auf sich selbst zu stehen und der Welt und ihrer Leiden und Widersprüche nicht zu achten, das erste der Trios Op. 70 aus, das eben darum auch für Beethoven's Weise epochemachend zu nennen ist. Es ist der Gräfin Erdödy gewidmet, „für sie geeignet und ihr zugeeignet", wie Beethoven selbst zuerst auf den Titel der Pianofortestimme geschrieben hatte. Es scheint also, als wenn er auch diesmal wieder die Zeit der innern Noth bei der treuen Freundin sich zu erleichtern und zu verkürzen gesucht habe. Wissen wir doch, dass er in diesem Jahre 1808 sogar mit ihr das gleiche Haus bewohnte!

Einen gleichsam weltbedeutenden Ausdruck aber hat das eigene muthige Ankämpfen gegen die Zwiste der Welt und gegen die Entsagungen, die sie unserm Innersten auferlegt, in der weltberühmten C-moll-Symphonie angenommen. Doch da sie Beethoven selbst anfangs als die sechste im Cyklus dieser erhabensten Schöpfungen seines Genius bezeichnete, so hat man wohl anzunehmen, dass sie, wenn nicht concipirt, doch erst vollendet ist, nachdem die Pastorale, heute Nr. 6, bereits fertig war.[165] Wir erfahren durch Schindler, dass dieses letztere Werk im Sommer dieses Jahres 1808 in Heiligenstadt entstand, wo der Meister, in Feld und Wald schweifend, die liebliche Weite und Einfachheit des Landlebens von neuem in seine Seele aufnahm oder, an dem kleinen Bach mit Nussbäumen liegend, dem Gesang der lieben Vögel lauschte, die dann in der „Scene am Bach" so reizend mitspielen. „Hier habe ich die Scene am Bach geschrieben, und die Goldammern da oben, die Wachteln, Nachtigallen und Kukuke ringsum haben mit componirt", sagte er selbst noch fünfzehn Jahre später zu Schindler, als er mit ihm diese Gegend besuchte und „seinen Blick voll von seligem Wonnegefühl in der herrlichen Landschaft umherschweifen liess.

Es war eine goldene Zeit der Freude und des innern Glücks gewesen, dieser Frühling von 1808, und die froheste Theilnahme an dem Leben der Natur und ländlicher Menschen hatte ihm neue Impulse auch des eigenen Schaffens gegeben. Hatte er doch Laune genug, die Dorfmusikanten in all ihrer drolligen Eigenheit, die den Künstler wohl zur Verzweiflung bringen könnte, mitsammt ihren komischen Mängeln in diesem Werke seines Genius genau zu copiren und so zugleich der österreichischen Volksmusik ein ewig dauerndes Denkmal zu gründen, wie die niederländer Maler dem Leben und Treiben ihres orginellen Volkes nur irgend eins gesetzt haben![166] Und welch sonniger Glanz des dankbarsten Glücksgefühls liegt über dem Hymnus, mit dem die Landleute ihren Schöpfer preisen, nachdem das Tosen des verderbenschwangern und doch so segenbringenden Gewitters vorübergezogen! Ein schönes Sinnbild der eigenen innern Erlebnisse und des entsagenden Friedens, mit dem er selbst sich stets von neuem zu seinem Gotte und Lenker seines Schicksals zurückfand! Wie viel mehr wahre Religion ist in diesem Bilde der ländlichen Natur und ihres Lebens als in so mancher Messe jener Tage! Und doch, wie ist diese Frömmigkeit nur die des einfachen Menschen, dem die tiefern Erfahrungen des Herzens, die heissen Kämpfe des eigenen Innern noch nicht genaht sind!

„Beethoven will den Faust componiren!" berichtet ein Brief aus Wien von diesem Sommer 1808.[167] Welch unerwarteten Zug der Gedanken über Beethoven's Wesen und Schaffen eröffnet nicht eine solche Notiz auch jenen, denen die blosse Tonsprache nicht vernehmlich genug zu sagen vermag, was das Herz des Künstlers bewegt, das Ideenleben des Componisten befruchtet hat! Nicht den Faust freilich componirte er, er träumte wohl von diesem Project noch

auf dem Todtenbette, aber er schrieb die C-moll-
Symphonie, und sie ist der andere Faust der
Deutschen, der Faust nicht des Gedankens, wie der
Goethe's, auch nicht der religiösen Empfindung, wie
wohl Mozart's „Zauberflöte", es ist der Faust des moralischen Willens und seiner Kämpfe, sowie er selbst bei
Goethe, ich möchte sagen, zum Theil im Stoffe stecken
geblieben, sowie er aber in andern Vertretern des
deutschen Geistes sich aus Licht gerungen, sowie er
einem Luther die Macht seines welterschütternden
Protestes gegen jeden Zwang unseres auf eigener Einsicht gegründeten Willens gegeben, sowie er einem
Schiller die Seele zu mehr als einer seiner grossen
ethischen Gestalten eingehaucht, wie er aber erst
in Beethoven zu voller Kraft und durchschlagender
Wirkung der künstlerischen Darstellung gedieh!

Das ist die C-moll-Symphonie. Und mögen jene
kleinen Erlebnisse des eigenen Herzens, zu denen
abermals drängende äussere Noth sich gesellte, mit
dazu beigetragen haben, in ihm das Bewusstsein dieser
moralischen Macht des Menschen von neuem wachzurufen, mehr prägt sich hier zum ersten Male der
innerste Kern seiner eigenen Natur aus, deren geistiges
Wesen wir im ersten Einleitungskapitel unseres Werks
in der Hauptsache zu begründen und zu deuten
suchten. Und wenn er selbst, wie Schindler berichtet,
von den Anfangstakten des ersten Satzes ausrief: „So
pocht das Schicksal an die Pforte!" so zeigt der

Verlauf des Werkes, die völlige Auslegung und Ausge-
staltung dieses urewige Wahrheiten urkräftig behaup-
tenden Motivs, dass es etwas Grösseres gibt als das
Schicksal, das ist der Mensch, der, tief in die Schachte
des eigenen Innern steigend, sich Rath und Kraft erholt,
mit dem Leben zu kämpfen, und dann neu gestärkt
durch das Bewusstsein unzerstörbaren Zusammen-
hangs mit dem Göttlichen in dithyrambischem Singen
den Sieg des ewig Guten und der eigenen innern Freiheit feiert.

Dieses Werk war es denn auch, was von des Meisters monumentalem Schaffen zuerst in weitern Kreisen
vernehmliche Kunde gegeben und eine dunkle Ahnung
von der geistigen Bedeutung Beethoven's selbst denen gebracht hat, die sonst geneigt sind, in der Musik
überhaupt nur tändelndes Behagen der Sinne oder
höchstens Ergötzung des Gemüths und der Phantasie
zu sehen. Es hat zuerst auch in weitesten Kreisen
darüber entschieden, dass, wo es sich um künstlerischen
Ausdruck höchster geistiger Dinge, um Lösung ge-
heimster innerer Fragen handelt, auch die Musik ein
ebenso inhaltschweres wie allgemein verständliches
Wort mitzureden hat. Es hat zuerst auch der blossen
Instrumentalmusik einen ersten Rang unter den Spra-
chen des menschlichen Geistes vindicirt und bildet so
nicht blos unter den Schöpfungen Beethoven's, sondern
im Gebiete der gesammten Kunst ein Werk von entscheidender Bedeutung, wenn es gilt, die Hauptepochen
und die Knotenpunkte in der Entwicklung des mensch-

lichen Geistes festzustellen. Es ist aber auch, und das
liegt uns hier zunächst am Herzen, ein entscheidendes
Ereigniss und epochemachendes Resultat in des Meisters eigenem Leben, in welchem von da an zwar allmälig, aber merklich genug eine wesentlich verschiedene
Richtung sich vorbereitet.[168]

Zehntes Kapitel.

Der Ruf nach Kassel.

Am 1. Nov. 1808 schrieb Beethoven an den Grafen von Oppersdorf, dem die in diesem Jahre erschienene vierte Symphonie gewidmet ist: „Bester Graf! Sie werden mich in einem falschen Lichte betrachten, aber die Noth zwang mich die Symphonie, die für Sie geschrieben, und noch eine andere dazu an jemanden andern zu veräussern. Sein Sie aber versichert, dass Sie diejenige, welche für Sie bestimmt ist, bald erhalten werden." Er hatte die eben vollendeten Symphonien Nr. 5 und Nr. 6 an Breitkopf und Härtel verkauft, wo sie denn nebst der Violoncellsonate Op. 69 und den Trios Op. 70 im Frühjahr 1809 erschienen. „Meine Umstände bessern sich", fügt er hinzu, „ohne Leute dazu nöthig zu haben, welche ihre Freunde mit Flegeln tractiren wollen.[169] Auch bin ich als Kapellmeister zum König von Westphalen berufen, und es könnte wohl sein, dass ich diesem Rufe folge."

Die erste Hälfte des Schreibens bestätigt bereits Berichtetes, der Schluss bringt uns ein neues Ereigniss, dessen Bedeutung für Beethoven's Leben gross genug werden sollte.

König Jérôme, der bekannte „Morgen wieder lustick" von Kassel, wollte es bei seinem üppig heitern Hofhalt natürlich an Musik und Theater am wenigsten fehlen lassen. Und wenn er auch die deutsche Oper und ihre Sängerinnen nicht liebte, sondern Primadonnen aus Paris verschrieb, so hatte er doch auch andererseits den frühern preussischen Kapellmeister J. F. Reichardt zu sich berufen, und man hörte sogar bald aus Kassel von einer Hebung des Orchesters. Ja während zunächst, um eine Opera buffa zu engagiren, Reichardt auf Reisen geschickt ward, bot man sogar dem berühmtesten Instrumentalcomponisten der Zeit in Deutschland einen Jahresgehalt von 600 Ducaten, wofür er nichts zu thun haben sollte, als die Concerte des Königs zu dirigiren, welche kurz und eben nicht oft waren. „Nicht einmal bin ich verbunden, eine Oper, die ich schreibe, zu dirigiren", sagt unser Meister weiter darüber und schliesst: „Aus allem erhellt, dass ich dem wichtigsten Zweck meiner Kunst, grosse Werke zu schreiben, ganz obliegen kann — auch ein Orchester zu meiner Disposition!" Freilich sagt ein Bericht aus Kassel über die Hofconcerte: „Der König liebt keine Adagios noch zu lange Stücke, weshalb auch die Instrumentalmusik nur leichte gefällige Allegros und Rondos wählt." Allein da blieben ja die Opern!

Später aber berichtet man sogar: „Das Orchester ist jetzt vorzüglich gut." Und war nicht obendrein Reichardt auf einer „Geschäftsreise" guter Sänger wegen? [170]

Da heisst es also aufmerken und jedenfalls die Sache so wenden, dass sie nach Möglichkeit zum eigenen Vortheil wie zum Heile der Kunst ausschlage. Denn so nahe wird uns die Erfüllung unserer Wünsche nicht leicht wieder gebracht! Es werden also sogleich die nächsten Freunde aufgeboten, mit Rath und That beizustehen. Vor allen Gleichenstein! Aber zunächst das Geschehene nicht einmal andeutend, sondern nur nach dem Curs der Ducaten fragend und zugleich entschuldigend, dass das kurz vorher, im August erschienene Klavierconcert Op. 58 nicht, wie es doch zugesagt war, dem Freunde, sondern dem hohen erzherzoglichen Schüler zugeeignet worden, übrigens aber im charmantesten Tone: „Mein lieber Gleichenstein! Ich hatte noch nicht Zeit, Dir mein Vergnügen über Deine Ankunft zu bezeigen oder Dich zu sehen, auch Dich über etwas aufzuklären, was Dir vermuthlich sehr auffallen wird, welches jedoch im Wesentlichen Dir nichts schaden kann, da ein anderes Werk erscheint, wo Dir das geschieht, was Dir gebührt — oder unserer Freundschaft. [171] Ich bitte Dich, Dich doch genau zu erkundigen, was der Ducaten jetzt gilt, ich werde morgen gegen 7, halb acht zu Dir in die Stadt kommen." Am andern Tage aber geht man bereits direct mit der Sprache heraus: „Liederlicher Baron — ich habe Dich

gestern umsonst erwartet — ich habe einen schönen
Antrag als Kapellmeister zum König von Westphalen erhalten — man will mich gut bezahlen —
ich soll sagen, wie viel Ducaten ich haben will
etc. — ich möchte das mit Dir überlegen — wenn Du
daher kannst, komm diesen Nachmittag gegen halb
vier zu mir — diesen Morgen muss ich ausgehen."

Darauf wird auch die vertrauteste Freundin zur Be-
rathung gezogen, denn es gilt an entscheidender Stelle
die Sache ruchbar und fruchtbar zu machen. Und die
Gräfin hat ja hohe Freunde. Also geschwind an Gleichenstein: „Die Gräfin Erdödy glaubt, Du solltest doch
mit ihr einen Plan entwerfen, nach welchem sie, wenn
man sie, wie sie gewiss glaubt, angeht, tractiren könne.

Wenn Du diesen Nachmittag Zeit hättest, würde es
die Gräfin freuen Dich zu sehen." Ferner an denselben thätigen Freund zur gehörigen Orientirung bei der
Verhandlung mit den Gönnern: „Wenn die Herrn sich
als die Miturheber jedes neuen grössern Werks be-
trachteten, so wäre es der Gesichtspunkt, woraus ich
am ersten wünschte betrachtet zu werden, und so wäre
der Schein, als wenn ich einen Gehalt für nichts besässe, verschwunden." Dann verfasst der eifrige Musikus eigenhändig einen „Entwurf einer musikalischen Constitution", den er ebenfalls dem „trac-
tirenden" Freund zusendet. Da heisst es denn: „Zuerst wird der Antrag vom König von Westphalen ausgesetzt. — B. kann zu keinen Verbindlichkeiten wegen
diesem Gehalt angehalten werden, indem der Haupt-

zweck seiner Kunst, nämlich die Erfindung neuer Werke darunter leiden würde. Diese Besoldung muss B. so lange versichert bleiben, als derselbe nicht freiwillig Verzicht darauf leistet. Den Kaiserlichen Titel auch, wenn es möglich — abzuwechseln mit Salieri und Eibeler[172] — das Versprechen vom Hof, ehestens in wirkliche Dienste des Hofs treten zu können — oder Adjunction, wenn es der Mühe werth ist. — Contract mit den Theatern mit ebenfalls dem Titel als Mitglied eines Ausschusses der Theatral - Direction — festgesetzter Tag für eine Akademie für immer, auch wenn diese Direction sich verändert, im Theater, wogegen sich Beethoven verbindet für eine der Armenakademien, wo man es am nützlichsten finden wird, jährlich ein neues Werk zu schreiben — oder zwei derselben zu dirigiren — einen Ort bei einem Wechsler oder dergleichen, wo Beethoven den angewiesenen Gehalt empfängt — der Gehalt muss auch von den Erben ausbezahlt werden."

Das geht denn so hin und her mit dem üblichen Verschleppen und Bedenkentragen in solchen Dingen, was den Meister gelegentlich zu Kraftausdrücken gegen den Freund veranlasst, wie: „Ich habe Deine Schrift von den E— nicht können zurückerhalten bis jetzt, indem der H— wieder einige items und aber und alldieweilen anbringen wollte." Endlich jedoch kommt nach dem nochmals dringend mahnenden Zuruf: „Ich bitte Dich, das Ganze immer auf die wahre, mir angemessene Ausübung meiner Kunst

sich beziehen zu lassen, alsdann wirst Du am
meisten meinem Herzen und Kopf zu willen schreiben",
und nach Berathungen bei dem edlen Fürsten Kinsky
eine ausführliche Eingabe heraus. die offenbar das Produkt einer Gesammtredaction der Freunde ist[173]. Und
bereits am 26. Febr. des Jahres 1809 hatte der
Meister die freudige Genugthuung, das endgültige „Decret". wie er selbst auf das Original desselben notirt
hat, aus den Händen des Erzherzogs Rudolf zu
empfangen. Dasselbe muss trotz seines österreichischen
Stils von damals hier mitgetheilt werden.

„Die täglichen Beweise, welche Herr Ludwig van
Beethoven von seinem ausserordentlichen Talente und
Genie als Tonkünstler und Compositeur gibt, erregen
den Wunsch. dass er die grössten Erwartungen über-
treffe, wozu man durch die bisher gemachten Erfahrungen berechtigt ist.

Da es aber erwiesen ist. dass nur ein so viel möglich sorgenfreier Mensch sich einem Fache allein
widmen könne, und diese von allen übrigen Beschäftigungen ausschliessliche Verwendung allein im Stande
sei, grosse, erhabene und die Kunst veredelnde Werke
zu erzeugen, so haben Unterzeichnete den Beschluss
gefasst. Herrn Ludwig van Beethoven in den Stand zu
setzen, dass die nothwendigsten Bedürfnisse ihn in
keine Verlegenheit bringen und sein kraftvolles Genie hemmen sollen. Demnach verbinden sie sich, ihm
die bestimmte Summe von 4000, sage viertausend Gulden jährlich auszuzahlen, und zwar:

Se. kaiserliche Hoheit der Erzherzog Rudolf   fl. 1500
der hochgeborene Fürst Lobkowitz   . . . . „   700
der hochgeborene Fürst Ferdinand Kinsky[174] „ 1800
Zusammen fl. 4000

welche Herr Ludwig van Beethoven in halbjährigen
Raten bei jedem dieser Theilnehmer nach Massgabe
des Beitrags gegen Quittung erheben kann.

Auch sind Unterfertigte diesen Jahrgehalt zu
erfolgen bereit, bis Herr Ludwig van Beethoven zu
einer Anstellung gelangt, die ihm ein Aequivalent für
obbenannte Summe gibt. Sollte diese Anstellung un-
terbleiben und Herr L. van Beethoven durch einen
unglücklichen Zufall oder Alter verhindert sein, seine
Kunst auszuüben, so bewilligen ihm die Herren Theilnehmer diesen Gehalt auf Lebenslänge. Dafür aber
verbürgt sich Herr L. van Beethoven, seinen Aufenthalt
in Wien, wo die hohen Fertiger dieser Urkunde sich
befinden, oder einer andern, in den Erbländern Sr.
östreichisch-kaiserlichen Majestät liegenden Stadt zu
bestimmen und diesen Aufenthalt nur auf Fristen zu
verlassen, welche Geschäfte oder der Kunst Vorschub
leistende Ursachen veranlassen könnten, wovon aber
die hohen Contribuenten verständigt und womit sie
einverstanden sein müssten.“[175]

So war denn auf eine die Geber wie den Empfänger gleich ehrende Weise endlich im neununddreissig-
sten Jahre seines Lebens für unsern Meister jene Sicherheit der materiellen Existenz erreicht, die er stets
gewünscht, weil sie ihm für die besondere Art seines

Schaffens durchaus erforderlich schien. Dass ihm das
Schicksal sehr bald das Gegentheil bewies, indem es
ihm durch Entziehung oder doch Verkürzung dieses
sichern Auskommens die mühsam gewonnene Lebensruhe wieder störte und ihm unerbittlich von neuem in
die Noth der Arbeit um des lieben Brodes willen zu-
rückstiess, ja ihm durch dieses nämliche Decret
noch die unangenehmsten Verwicklungen bereitete, das
konnte er jetzt nicht ahnen, und voll von Zuversicht
auf die Zukunft gab er sich zunächst ganz dem Gefühl
der Freudigkeit und der bequemern Muse hin, die ihm
so lange gefehlt hatte.[176]

Der Winter 1808—9 war übrigens trotz all dieser äussern Unruhen und Geschäfte voll lebhaftester
Anregung und voll eigenen Schaffens.[177] Wir sind
über Manches davon näher als gewöhnlich unterrichtet,
denn der Kapellmeister Reichardt, der seine Geschäftsreise benutzte, um selbst in Wien eine Oper zu
schreiben, und deshalb fünf Monate lang dort ver-
weilte, hat über diesen Aufenthalt jene Reihe „Vertrauter Briefe" an seine Frau geschrieben, die uns
schon so manches werthvolle Material zur Kenntniss
der damaligen Zustände Wiens boten. Und wenn
auch seine Anschauung der Dinge, wie leider so oft
bei dem geistreichen Manne, ein wenig durch das
bunte Glas der gekitzelten Eigenliebe geschieht
und ein völlig unbefangenes wie ein tiefer gehendes
Urtheil fast nirgends anzutreffen ist, so kann uns
doch manches Thatsächliche seiner Berichte das gei-

stige und speciell musikalische Treiben der Kaiserstadt und besonders auch die Art und Weise näher bringen, wie Beethoven damals nach aussen hin lebte. [178]

Kaum acht Tage nach seiner Ankunft in Wien, am
30. Nov., besuchte Reichardt den ihm persönlich
bekannten Meister. „Auch den braven Beethoven
hab ich endlich ausgefragt und besucht", erzählt er.
„Man kümmert sich hier so wenig um ihn, dass mir
Niemand seine Wohnung zu sagen wusste und es mir
wirklich recht viel Mühe kostete, ihn auszufragen.
Endlich fand ich ihn in einer grossen, wüsten, einsamen
Wohnung. Er sah anfänglich so finster aus wie seine
Wohnung, erheiterte sich aber bald, schien ebenso wohl
Freude zu haben, mich wiederzusehen, als ich an ihm
herzliche Freude hatte, äusserte sich auch über Manches. was mir zu wissen nöthig war, sehr bieder und
herzig. Es ist eine kräftige Natur, dem Aeussern
nach cyklopenartig, aber doch recht innig, herzig und
gut. Er wohnt und lebt viel bei einer ungarischen
Gräfin Erdödy, die den vordern Theil des grossen
Hauses bewohnt, hat sich aber von dem Fürsten Lichnowsky, der den obern Theil des Hauses bewohnt
und bei dem er sich einige Jahre ganz aufhielt, gänzlich getrennt." [179]

Aus dem Briefe vom 5. Dec. erfahren wir zugleich
interessante Notizen über die uns so wohlbekannte
gräfliche Freundin Beethoven's. Es heisst dort: „Zu
einem andern recht angenehmen Diner ward ich durch
ein sehr freundliches, herzliches Billet von Beethoven,

der mich persönlich verfehlt hatte, zu seiner Haus-
dame, der Gräfin Erdödy, einer ungarischen Dame,
eingeladen. Fast hätte mir da zu grosse Rührung die
Freude verdorben. Denkt Euch eine sehr hübsche,
kleine, feine fünfundzwanzigjährige Frau, die im fünf-
zehnten Jahre verheirathet wurde, gleich vom ersten
Wochenbett ein unheilbares Uebel behielt, seit den zehn
Jahren nicht zwei, drei Monat ausser dem Bett hat
sein können, dabei doch drei gesunde liebe Kinder
geboren hat, die wie die Kletten an ihr hangen; der
allein der Genuss der Musik blieb, die selbst Beethoven'sche Sachen recht brav spielt und mit noch immer
dick geschwollenen Füssen von einem Fortepiano zum
andern hinkt, dabei doch so heiter, so freundlich und
gut — das Alles machte mich schon oft so wehmüthig
während des übrigens recht frohen Mahls unter sechs,
acht guten musikalischen Seelen. Und nun bringen
wir den humoristischen Beethoven noch aus Fortepiano,
und er phantasirt uns wohl eine Stunde lang aus der
innersten Tiefe seines Kunstgefühls in den höchsten
Höhen und tiefsten Tiefen der himmlischen Kunst mit
Meisterkraft und Gewandtheit herum, dass mir wohl
zehnmal die heissesten Thränen entquollen und ich zuletzt gar keine Worte finden konnte, ihm mein innig-
stes Entzücken auszusprechen. Wie ein innig beweg-
tes glückliches Kind hab ich an seinem Halse gehangen und mich wieder wie ein Kind darüber gefreut,
dass ihn und alle die enthusiastischen Seelen auch meine
Goethe'schen Lieder glücklich zu machen schienen."

Ferner heisst es am 10. Dec.: „Einige Tage
später hatte mir Beethoven die Freude gemacht, dasselbe angenehme Quartett zur Gräfin von Erdödy
einzuladen, um mir etwas Neues von seiner Arbeit
hören zu lassen. Er spielte selbst ein ganz neues Trio
für Fortepiano, Violine und Violoncell von grosser Kraft
und Orginalität überaus brav und resolut. Auch trug
das Quatuor einige der ältern sehr schweren Beethoven'schen Quartette sehr gut vor. Herr Schuppanzigh zeigte eine ganz besondere Geschicklichkeit
und Fertigkeit im Vortrag der schweren Beethoven'-
schen Compositionen, in denen oft die Violine in den
schweren Klavierfiguren mit dem Fortepiano wetteifert,
wie dieses wieder im Gesange mit der Violine. Die
liebe kränkliche und doch so rührend heitere Gräfin
und eine ihrer Freundinnen, auch eine ungarische
Dame, hatten solchen innigen enthusiastischen Genuss
an jedem schönen kühnen Zug, an jeder gelungenen
feinen Wendung, dass mir ihr Anblick fast ebenso
wohlthat als Beethoven's meisterhafte Arbeit und
Execution. Glücklicher Künstler, der solcher Zuhörer
gewiss sein kann!"

. Dann heisst es von einer Aufführung der Coriolan-
Ouvertüre im Liebhaberconcert: „Gehirn und Herz
wurden mir von den Kraftschlägen und Rissen in den
engen Zimmern fast zerstreugt, die sich Jeder bemühte
so recht aus Leibeskräften zu verstärken, da der Componist selbst gegenwärtig war. Es freute mich sehr,
den braven Beethoven selbst da und sehr feirt da zu

sehen, um so mehr, da er die unselige hypochondrische Grille im Kopf und Herzen hat, dass ihn hier Alles verfolge und verachte. Sein äusseres störrisches Wesen mag freilich manchen gutmüthigen Wiener zurückscheuchen, und viele unter denen, die sein grosses Talent und Verdienst auch anerkennen, mögen wohl nicht Humanität und Delicatesse genug anwenden, um dem zarten, reizbaren und misstrauischen Künstler die Mittel zur Annehmlichkeit des Lebens so anzubringen, dass er sie gerne empfänge und auch seine Künstlerbefriedigung darin fände. Es jammert mich oft recht herzinnig, wenn ich den grundbraven, trefflichen Mann finster und leidend erblickte, wiewohl ich auch wieder überzeugt bin, dass seine besten und originellsten Werke nur in solcher eigensinnigen, tief missmuthigen Stimmung hervorgebracht werden konnten. Menschen, die sich seiner Werke zu erfreuen im Stande sind, sollten dieses nie aus den Augen lassen und sich an keine seiner äussern Sonderbarkeiten und rauhen Ecken stossen. Dann erst wären sie seine echten wahren Verehrer.“[180]

Es war, was Reichardt wohl nicht wusste, gerade damals die Zeit der Verhandlungen wegen der materiellen Sicherstellung des Meisters, und diese mochten wie alle derartigen äussern Dinge ihn weidlich verstimmen. Dazu kamen die mancherlei Vorbereitungen der Akademie an einem der „Normatage“ der bevorstehenden Weihnachtszeit, und Beethoven wusste aus genügender Erfahrung, welche Noth man habe, das Orchester in zwei, höchstens drei Proben in die Ge-

heimnisse von Werken einzuführen, deren Sinn selbst
heute den Instrumentisten noch nicht überall aufgegangen ist. Das Concert sollte wie gewöhnlich im
Theater an der Wien stattfinden. Der Kapellmeister
Seyfried, der dort schon manchem Concert Beethoven's
und den Proben dazu thätig beigewohnt hatte, gibt ein
recht ergötzliches Bild von der Art, wie der Meister
bei solchen Gelegenheiten sich und den Executirenden
die Sache zu erschweren wusste. „Im Dirigiren", sagt
er. „dürfte unser Meister keineswegs als Musterbild
aufgestellt werden, und das Orchester musste wohl
Acht haben, um sich nicht von seinem Mentor irre
leiten zu lassen; denn er hatte nur Sinn für seine
Tondichtungen und war unablässig bemüht, durch die
mannichfaltigsten Gesticulationen den intentionirten
Ausdruck zu bezeichnen. So schlug er oft bei einer
starken Stelle nieder, sollte es auch im schlechten
Takttheile sein. Das Diminuendo pflegte er dadurch
zu markiren, dass er immer kleiner wurde und beim
Pianissimo so zu sagen unter das Taktirpult schlüpfte.
Sowie die Tonmassen anschwellten, wuchs auch er
wie aus einer Versenkung empor, und mit dem Eintritt
der gesammten Instrumentalkraft wurde er auf den
Zehenspitzen sich erhebend fast riesengross und schien
mit beiden Armen wellenförmig rudernd zu den Wolken
hinaufschweben zu wollen. Alles war in regsamster
Thätigkeit, kein organischer Theil müssig und der
ganze Mensch einem Perpetuum mobile vergleich-
bar. Bei zunehmender Harthörigkeit entstand freilich

Nohl, Beethoven's Mannesalter.   **19** öfters ein derber Zwiespalt, dass der Maestro in Arsin battirte und die Musiker in Thesin accompagnirten; dann orientirte sich der von der Heerstrasse Abgekommene am leichtesten bei leisen Sätzen, während er von dem gewaltigsten Forte rein nichts verstand. Auch kam ihm in solchen Fällen das Auge zu Hülfe; er beobachtete nämlich den Strich der Bogeninstrumente, errieth daraus die eben vorgetragene Figur und fand sich bald wieder zurecht.“ [181]

Doch verräth uns das nachfolgende Billet des Meisters noch andere Nöthe als mit dem Orchester. Er schreibt in verzweifeltem Humor: „Lieber werther Freund! Alles wäre gut, wäre der Vorhang da, ohne diesen fällt die Arie durch; erst heute Mittag erfahre ich dieses von S. [Seyfried] und mich schmerzt's; sey's nur ein Vorhang, wenn auch ein Bett-Vorhang oder nur eine Art von Schirm, den man im Augenblicke wegnimmt, ein Flor etc. Es muss was seyn, die Arie ist ohnedem mehr dramatisch fürs Theater geschrieben, als dass sie im Concert wirken könnte, alle Deutlichkeit geht ohne Vorhang oder etwas Aehnliches verloren! — verloren! — verloren! — zum Teufel alles! Der Hof kommt wahrscheinlich; Baron Schweiger hat mich inständig hinzugehen, Erzherzog Karl liess mich vor sich und versprach zu kommen. — Die Kaiserin sagte eben nicht zu, aber auch nicht ab.

Vorhang!!!! oder die Arie und ich werden morgen gehangen. Leben Sie wohl, beym neuen

Jahre drücke ich Sie ebenso sehr als beym alten ans
Herz. — Mit Vorhang oder ohne Vorhang? Ihr
Beethoven."[182]

Und da nun „wie gewöhnlich die Proben mit nas-
sen Stimmen etwas flüchtig" abgehalten wurden, so
begreift man die nachfolgende Schilderung, die
Reichardt von diesem in so mancher Hinsicht wichtigen Concerte des 22. Dec. 1808 macht. „Ich konnte
dieses unmöglich versäumen", beginnt er, „und nahm
also den Mittag des Fürsten von Lobkowitz gütiges
Anerbieten, mich mit hinaus in seine Loge zu nehmen,
mit herzlichem Dank an. Da haben wir denn auch in
der bittersten Kälte von halb sieben bis halb elf ausge-
halten und die Erfahrung bewährt gefunden, dass man
auch des Guten — und mehr noch des Starken —
leicht zu viel haben kann. Ich mochte aber dennoch
so wenig als der überaus gutmüthige delicate Fürst,
dessen Loge im ersten Range ganz nahe am Theater
war, auf welchem das Orchester und Beethoven diri-
girend mitten drunter ganz nahe bei uns stand, die
Loge vor dem gänzlichen Ende des Concerts verlassen,
obgleich manche verfehlte Ausführung unsere Ungeduld
in hohem Grade reizte. Der arme Beethoven, der an
diesem seinem Concert den ersten und einzigen baaren
Gewinn hatte, den er im ganzen Jahre finden und erhalten konnte, hatte bei der Veranstaltung und Ausführung manchen grossen Widerstand und nur schwache
Unterstützung gefunden. Sänger und Orchester waren
aus sehr heterogenen Theilen zusammengesetzt und

19*

es war nicht einmal von allen aufzuführenden Stücken,
die alle voll der grössten Schwierigkeiten waren, eine
ganz vollständige Probe zu veranstalten möglich geworden. Du wirst erstaunen, was dennoch Alles von
diesem fruchtbaren Genie und unermüdeten Arbeitern
während der vier Stunden ausgeführt wurde." Es war:

I. Die Pastoral-Symphonie Nr. 5 [!]. Mehr Ausdruck der Empfindung als Malerei.

II. Arie [Ah perfido].

III. Hymne mit lateinischem Text [Gloria].

IV. Klavierconcert [Nr. 4 in B].

V. Symphonie in C-moll Nr. 6 [!].

VI. „Heilig" im Kirchenstil geschrieben [Sanctus
und Benedictus aus der C-Messe].

VII. Phantasie auf dem Klavier allein.

VIII. Phantasie auf dem Klavier, welche sich nach
und nach mit Eintreten des Orchesters und zuletzt mit
Einfallen von Chören und Finale endet. [183]

Reichardt fährt also fort: „Diese sonderbare Idee
verunglückte in der Ausführung durch eine so com-
plete Verwirrung im Orchester, dass Beethoven in
seinem heiligen Kunsteifer an kein Publikum und
Lokal mehr dachte, sondern drein rief aufzuhören und
von vorne wieder anzufangen. Du kannst Dir denken,
wie ich mit allen seinen Freunden dabei litt. In dem
Augenblicke wünschte ich doch, dass ich möchte den
Muth gehabt haben früher hinauszugehen." [184]

Detaillirter aber berichtet die Scene Seyfried
und gibt zugleich als Anlass der Irrung an, dass Beet-

hoven in der Probe bestimmt habe, die zweite Variation
solle durchaus gespielt werden. „Abends jedoch ganz
vertieft in seine Schöpfung", heisst es weiter, „vergass er der gegebenen Weisung, wiederholte den ersten
Theil und das Orchester accompagnirte zur andern
Hälfte, was allerdings nicht ganz erbaulich klang.
Freilich ein klein wenig zu spät merkte der Concertist
Unrath, hielt plötzlich inne, sah sich verwundert nach
seinen verlorenen Commilitonen um und rief ihnen ein
trockenes: »Noch einmal!« zu. Unwillig fragte der
Violindirector Anton Wranitzky: »Also mit Repeti-
tion? — »Ja«, erscholl's zurück, und nun ging die Sache
wie am Schnürchen.[185] Dass er dadurch die braven
Musiker gewissermassen beschimpft hatte, wollte ihm
anfangs gar nicht einleuchten. Er meinte, es sei
Pflicht, einen vorgefallenen Fehler zu verbessern, und
das Publikum könne für sein Geld Alles fein ordentlich
zu hören verlangen. Bereitwillig jedoch bat er das
Orchester mit der ihm eigenen Herzlichkeit wegen der
demselben absichtslos zugefügten Beleidigung um
Verzeihung und war ehrlich genug, die Geschichte
selbst weiter zu verbreiten und alle Schuld seiner
eigenen Zerstreuung zuzumessen."[186]

So endete der fatale Vorgang in voller Versöhnung auch für unser Gefühl, und Beethoven konnte
getrost lächelnd den Kopf schütteln, wenn er ein Jahr
später Reichardt's „Vertraute Briefe über Wien" las.
War doch eben diese Aufführung trotz ihrer Mangel-
haftigkeit in so mancher Hinsicht für ihn selbst von

Wichtigkeit geworden! Denn wer weiss, ob „die neuen
Beweise, die er von seinem ausserordentlichen Talente
und Genie als Tonkünstler und Compositeur" eben hier
gegeben, den Unterzeichnern des Decrets, besonders
dem Fürsten Lobkowitz, dem in Gemeinschaft mit dem
Grafen Rasumowsky die beiden neuen Symphonien
gewidmet sind, nicht ein besonders starker Antrieb
wurden, dem Meister fortan die Möglichkeit zu gewähren, als „sorgenfreier Mensch zu leben und durch
diese von allen übrigen Beschäftigungen ausschliessliche Verwendung im Stande zu sein, grosse und erhabene und die Kunst veredelnde Werke zu erzeugen!"
Von dem „einzigen baaren Gewinn" dieses Jahres aber,
den Reichardt bei diesem Concert offenbar nach des
Meisters eigenen Klagen für ihn erhoffte, wird wohl
nicht viel Rede gewesen sein, da der „unvermeidliche
enorme Kostenpunkt" solche Akademien meist sehr
wenig einträglich machte. [187]

Andererseits schreibt Beethoven selbst am 4. März
1809 an Breitkopf und Härtel: „Sie erhalten morgen
eine Anzeige der kleinen Verbesserungen, welche ich
während der Aufführung der Symphonien machte. Als
ich sie Ihnen gab, hatte ich noch keine davon gehört,
und man muss nicht so göttlich sein wollen, [nicht]
etwas hier oder da in seinen Schöpfungen zu verbessern." [188] Dass der Meister diese „kleinen Verbesserungen" gerade jetzt machte, beweist, wie sehr er
in der That die Befreiung von gemeinen Lebenssorgen,
die ihm ein gütiges Geschick endlich bereitet hatte,

in keinem andern Sinne auffasste, als um jetzt erst
recht den höchsten Zielen seiner Kunst zuzustreben
und nicht zu ruhen, als bis er auch in rein technischer
Hinsicht die möglichste Vollendung erreicht habe.
Denn nicht so ganz gelassen mochte er dabei sein,
dass die öffentliche Meinung sich noch immer nicht
zu seiner unbedingten Anerkennung vereinigen wollte.
Waren doch sogar über den Werth dieser neuen
grossen orchestralen Schöpfungen die Stimmen mehr als
getheilt! Und das konnte einem ernst strebenden
Künstler wohl Stoff zum Nachdenken geben. [189]
Um so mehr aber musste es dem Meister innerste
Genugthuung gewähren, sich von wahrhaft feinfühlen-
den Seelen, von wirklich geistigen Naturen mehr und
mehr verstanden zu sehen.
Da berichtet uns denn am 31. Dez. 1808 wieder
Reichardt, wie Beethoven selbst an einem musikalischen
Abend bei der Gräfin Erdödy ganz meisterhaft und
begeistert neue Trios gespielt habe, die er kürzlich
gemacht und worin ein so himmlischer cantabeler
Satz (im Dreivierteltakt und in As-dur) vorkomme, wie
er von ihm noch nie gehört; „er hebt und schmilzt
mir die Seele, so oft ich dran denke". Dann am 8. Jan.
1809 hatte in einem grossen Concert beim Fürsten
Lobkowitz der Erzherzog Rudolf mehrere der
schwersten Sachen vom Prinzen Louis Ferdinand und
von Beethoven auf dem Fortepiano mit vieler Fertigkeit, Präcision und Zartheit vorgetragen, und am 15.
Jan. heisst es wieder von einem musikalischen Abend

bei der Gräfin Erdödy, dass Beethoven neue herrliche Sachen gespielt und wundervoll phantasirt habe. [190]

Dann am 26. Jan. 1809 hören wir von einem angenehmen Abend bei der uns schon bekannten hübschen Elsässerin Madame Bigot: „Sie hatte ihn mir zu Gefallen veranstaltet, um mir die grossen Beethoven'schen Sonaten und Trios hören zu lassen, von denen ich ihr letzt mit grosser Theilnahme sprach. Sie hatte den Violinisten Schuppanzigh dazu eingeladen, dessen ausgezeichnetes Talent sich nirgends bestimmter und vollkommener ausspricht als im Vortrag der Beethoven'schen Sachen. Er begleitete den Abend das vortreffliche Spiel der Virtuosin auch mit seiner ganzen Feinheit und pikanten Originalität. Sie spielte fünf grosse Sonaten von Beethoven ganz meisterhaft, eine war immer herrlicher als die andere, es war die Blüte eines sehr vollen, üppigen Künstlerlebens. In allen den Sachen ist ein Strom von Phantasie, eine Tiefe des Gefühls, für die es keine Worte, nur Töne gibt und die auch nur in das Herz und aus dem Herzen eines solchen Künstlers kommen, der seiner Kunst ganz lebt und mit ihr wachend träumt und träumend wacht." [191]

Weiter heisst es am 2. Febr.: „Schon längst hatte man mir von der Gemahlin des Majors von Ertmann [einer geborenen Graumann aus Frankfurt a. M.] als von einer grossen Klavierspielerin gesprochen, die besonders die grössten Beethoven'schen Sachen sehr vollkommen vortrüge. Ich war also darauf vorbereitet und ging mit grosser Erwartung zu

ihrer Schwester, der Gemahlin des jungen Banquiers
Franke. Eine hohe edle Gestalt und ein schönes
seelenvolles Gesicht spannten meine Erwartung beim
ersten Anblick der edlen Frau noch höher, und dennoch
ward ich durch ihren Vortrag einer grossen Beethoven'schen Sonate wie fast noch nie überrascht. Solche
Kraft neben der innigsten Zartheit habe ich selbst bei
den grössten Virtuosen nie vereinigt gesehen; in jeder
Fingerspitze eine singende Seele, und in beiden gleich
fertigen, gleich sichern Händen welche Kraft, welche
Gewalt über das ganze Instrument, das Alles, was die
Kunst Grosses und Schönes hat, singend und redend
und spielend hervorbringen muss!"

Bald nachher hatte er in dem neuen wöchentlichen
Quartett für Sonntag Mittag bei Freund Zmeskall ein
Beethoven'sches schweres Quintett gut vortragen und
darauf von derselben Dame, die seit mehreren Jahren in Oesterreich lebe und ihren grössten Gewinn aus
Beethoven's Nähe gezogen habe, eine grosse Beethoven'sche Phantasie mit einer Kraft, Seele und Vollkommenheit spielen hören, die alle entzückte. Dabei
erfahren wir denn, dass Beethoven's Freund Streicher
auf seinen Rath „das Weiche, zu leicht Nachgebende
und prallend Rollende der andern Wiener Instrumente
verlassen und seinen Instrumenten mehr Gegenhal-
tendes, Elastisches gegeben hatte, damit der Virtuose,
der mit Kraft und Bedeutung vorträgt, das Instrument
zum Anhalten und Tragen, zu den feinen Druckern und
Abzügen mehr in seiner Gewalt habe". Man wird in

den nächstfolgenden Klaviercompositionen diese Vortheile zu einer schärfern und mannichfachern Charakteristik wohl benutzt und das Fortepiano wirklich
„zu einem ganzen Orchester beseelt" finden. Jene
Phantasie aber war die Cis-moll-Sonate, und Reichardt versichert, er besinne sich nicht, je etwas Grösseres und Vollendeteres gehört zu haben. Wie denn
sogar Clementi, aus dessen Munde noch keine
Schmeichelei in der Kunst gekommen sei und der sein
Urtheil mit der schärfsten Goldwage der reinsten Kritik
abzuwiegen pflege, nach dem Vortrag des Beethoven'-
schen Klavierquartetts entzückt ausgerufen habe:
„Elle joue en grand maitre!"[192]

Dazu kamen wohl hin und wieder die „angenehmen Abendmusiken" beim Fürsten Kinsky, dessen
schöne Gattin, geborene Gräfin Kerpen, eine Stimme besass, die „besonders in der Tiefe einen weichen, vollen,
echt italienischen Klang" habe[193], und dieser mannichfache musikalische Gesellschaftsverkehr, der bis in den
Mai hinein fortdauerte, war natürlich sehr anregend für
des Meisters Schaffen in Kammer- und Concertmusik.

Op. 70, die herrlichen Trios, waren, wie wir
wissen, für die Gräfin Erdödy geschrieben. Jedoch
auf der Pianofortestimme des ersten derselben sind
am Rande folgende durchstrichene Worte von des
Meisters Hand noch deutlich zu lesen: „Dies wird die
Baronin Ertmann den kommenden Sonntag spielen", und
im ersten Allegro ist eine Reihe Takte von Beethoven
selbst sorgfältig mit Fingersatz versehen. Auch heisst

es am 16. April 1809 an Zmeskall: „Wenn ich nicht
komme, lieber Zmeskall, welches leicht geschehen kann,
bitten Sie die Baronin von Ertmann, dass Sie Ihnen
die Klavierstimme von den Terzetten dalässt, und haben
Sie hernach die Gefälligkeit, mir solche mit den übrigen
Stimmen noch heute zu schicken."[194]

Op. 73. das Klavierconcert in Es, Erzherzog
Rudolf gewidmet, ward wohl auch und zwar in diesem
Winter oder Frühjahr für diesen treuesten Gönner geschrieben, der, wie Reichardt mittheilt, sobald er in
den Besitz seines Bisthums trete, den grossen Künstler
sogar ganz als Kapellmeister an sich zu attachiren gedachte. „Die schwersten Concerte von Beethoven spielte
der Erzherzog mit grosser Besonnenheit, Ruhe und
Genauigkeit", schreibt derselbe Gewährsmann am 30.
Jan. 1809 von einer grossen Aufführung beim Fürsten
Lobkowitz. Auch trägt das Originalmanuscript des
Werkes die Jahreszahl 1809. Mag es nun Dankbarkeit für genossene Gunst oder Aufmunterung
für ferner zu gewährende Gnade sein, welch ein Denkmal hat der Meister in diesem Werke sich und
seinem Verhältniss zu dem liebenswürdigen Prinzen
gesetzt! Die Krone aller Concerte und welch ein Strom
von Poesie!

Op. 74, das Streichquartett in Es, dem Fürsten
Lobkowitz gewidmet und ohne Zweifel auch für die
Quartette und Abendconcerte geschrieben, die er
dem Erzherzog Rudolf gab und die trotz der Kriegs-
unruhen noch in das Frühjahr hinein fortdauerten.

Das Originalmanuscript trägt ebenfalls die Jahreszahl 1809.[195]

Op. 75 sind die Sechs Gesänge, meist auf
Goethe'sche Lieder, der schönen Fürstin Kinsky gewidmet. Doch mögen wohl mehr speciell für sie in
diesem Winter die „Vier Arietten und ein Duett
auf italienische Texte" geschrieben sein, die als Op. 82
im März 1811 erschienen. Bestimmt in dieses Jahr
1809 aber fällt nach Beethoven's eigenhändiger Notiz
auf dem Originalmanuscript das „Lied aus der
Ferne", für eine Singstimme und Klavier, Text von
Reissig.

Op. 76 sind die Variationen über das Thema des
türkischen Marsches in den „Ruinen von Athen", dem
Freunde Oliva gewidmet.

Op. 81ᵃ endlich ist die schöne Sonate „Lebe-
wohl, Wien am 4. März 1809 bei Abreise Sr. Kaiserl. Hoheit des verehrten Erzherzogs Rudolf."

Und bei den Skizzen zu diesen Werken finden
sich in den Landsberg'schen Notirbüchern obendrein
Entwürfe zur Egmontmusik, zum Quartett Op. 95,
zur Sonate Op. 96 und zum Trio Op. 97! Wie also war
ihm, sowohl um seinen mannichfachen musikalischen
Freunden als seinen hohen Gönnern, namentlich dem
jungen Erzherzog zu genügen, die Schaffenskraft mit
Lust und Erfolg in dieser Zeit in voller Thätigkeit![196]

Wie nun aber der Meister das Ereigniss der ge-
sicherten Lebensstellung nahm und welche Pläne er zunächst daran knüpft, erfahren wir aus dem folgenden

Billet, auf das der offenbar in der Heimat weilende Empfänger selbst geschrieben hat: „erh. den 18. März, beant. den 20. März", und das sich auf nichts Anderes beziehen kann als auf das Decret der hohen Gönner. „Du siehst, mein lieber guter Gleichenstein, aus Beigefügtem, wie ehrenvoll nun mein Hierbleiben für mich geworden — der Titel als Kaiserl. Kapellmeister kommt auch nach etc. — Schreibe mir nun sobald als möglich, ob Du glaubst, dass ich bey den jetzigen kriegerischen Umständen reisen soll, und ob Du noch fest gesonnen bist mitzureisen. Mehrere rathen mir davon ab, doch werde ich Dir hierin ganz folgen; da Du schon einen Wagen hast, müsste die Reise so eingerichtet werden, dass Du mir und ich Dir eine Strecke entgegen reise — schreibe geschwind. — Nun kannst Du mir helfen eine Frau suchen; wenn Du dort in F. [Freiburg im Br.] eine schöne findest, die vielleicht meinen Harmonien einen Seufzer schenkt, doch müsste es keine Elise Bürger seyn, so knüpf im Voraus an. — Schön muss sie aber seyn, nichts nicht schönes kann ich nicht lieben — sonst müsste ich mich selbst lieben. Leb wohl und schreibe bald. Empfehle mich Deinen Eltern, Deinem Bruder. — Ich umarme Dich von Herzen und bin Dein treuer Freund Beethoven."[197]

Auch an Breitkopf und Härtel hatte er bereits am 4. März geschrieben: „Mein Hochverehrter! Aus dem hier Beygefügten sehen Sie, wie die Sachen sich verändert haben, und ich bleibe, obschon ich vielleicht doch noch eine kleine Reise zu machen gesonnen bin, wenn sich nicht die drohenden Gewitterwolken zusammenziehen. Sie erhalten aber gewiss zeitig genug Auskunft." Wie gewöhnlich handelt es sich wohl um eine Reise zur Wiederherstellung seiner Gesundheit. Die Monate April, Mai und Juni aber sehen wir ihn noch in der Kaiserstadt, mit allerhand Lebenseinrichtungen und äussern Beschäftigungen geplagt. Verschiedene Billets an Zmeskall aus dieser Zeit beziehen sich theils auf widrige Zwiste mit einem Bedienten, die der Freund ausgleichen soll, theils auf eine neue Wohnung an der Bastei, die der jetzt pecuniär besser gestellte Maestro sich miethen will, um ferner nicht die Güte seiner lieben Freundin und Wohlthäterin Erdödy zu missbrauchen. Hatte die Gräfin doch sogar seinem Bedienten, wie sie selbst sagte, 25 Gulden geschenkt und monatlich 5 Gulden gegeben, bloss damit er bei dem Meister bleiben solle! Allein so sehr Beethoven diesen Edelmuth schätzen musste, er wollte nicht, dass er so fort ausgeübt werden solle, und fand auch, dass der Bediente durch dieses Haus, wo er jetzt lebe, verdorben werde. War es doch, was er ebenfalls nicht zu läugnen vermag, in weiss Gott welch kleinen Streitereien, die ja die unregelmässige Lebensweise wie der Jähzorn und das Misstrauen des tauben Mannes so hundertfach herbeiführen konnten, sogar zu Thätlichkeiten gekommen, und jetzt musste, wie ihn däuchte, sein lieber Zmeskall „wohl noch nach dem Kriege, wenn er wirklich beginnen sollte, zu

Friedenslegazionen sich anschicken". Welch „glor-
würdiges Amt" denn bereitwillig ausgeübt und so Alles
bald wieder ins Gleiche gebracht sein mag. [198]

Ebenso ward die neue Wohnung mit Hülfe des
unermüdlichen Ariel bald gefunden und bezogen. Allein nicht so leicht und glücklich wie diese Einzel-
nöthe sollte die allgemeine Noth überwunden werden,
auf die Beethoven in seinen Billets anspielt, vielmehr
auch ihm noch manche Ungelegenheit bereiten. Die
„drohenden Gewitterwolken" zogen sich immer schwär-
zer zusammen. Napoleon nahte rasch mit seinen Sie-
gesscharen. Die Wogen der patriotischen Begeisterung gingen denn auch und vor allem in Wien
wieder sehr hoch im Kaiserstaate. Das Burg- und
Kärntnerthortheater veranstalteten der allgemeinen
Stimmung folgend grosse musikalische „Volksfeste".
Am 28. März wurden in k. k. grossen Redoutensaale
die Collin'schen Kriegslieder mit Musik von Weigl
vorgetragen. Anna Milder trat als Austria costümirt
vor und sang mit wunderbarer Stimme ein Wehr-
mannslied, dessen Schlussworte: „Wir schwören!"
von den zahlreich versammelten Zuhörern mit Begeisterung wiederholt wurden. Den höchsten Beifall aber
rief das Lied: „Oesterreich über Alles, wenn es nur
will!" hervor. Weigl musste an Collin's Hand vortreten,
um den stürmischen Beifall entgegenzunehmen. Was nur
mitfechten konnte, trat in die Armee ein oder in die
Landwehrbataillone, die einzelne Reiche, z. B. Fürst
Lobkowitz, auf eigene Kosten errichteten. Dabei

fand sich denn, wenigstens mit seiner Kunst, auch
Beethoven ein, der ja „soviel Dankbarkeit für die vielen
Beweise von Wohlwollen, welche er in der Kaiserstadt
erhalten, und soviel Patriotismus für sein zweites
Vaterland" zu haben sich rühmte, und componirte
einen Marsch für die böhmische Landwehr, die der
Erzherzog Anton befehligte. [199]

Allein alles dies hatte der stolzen Armee selbst
unter der Führung des heldenhaften Erzherzogs Karl
nicht die Kraft verliehen, den übermüthigen Feind
abzuwehren. Er drang vielmehr bereits am 10. Mai
bis vor die Thore Wiens, und wie die ersten Kanonen-
schüsse den alten Papa Haydn so sehr erschreckten,
dass er bald darauf die Welt verliess[200], so machte
die kurze Beschiessung der Stadt auch unsern Meister
ängstlich, sodass er, wie Ries berichtet, die meiste Zeit
in einem Keller bei seinem Bruder Karl zubrachte, wo
er noch den Kopf mit Kissen bedeckte, um ja nicht die
Kanonen zu hören. Doch Wegeler trifft wohl das
Rechte, wenn er daran erinnert, dass der Kanonen-
donner zugleich schmerzhaft auf sein krankes Gehör-
organ gewirkt habe.[201] Das sonst so geräuschvolle
Wiener Gesellschaftstreiben hatte sich jetzt rasch zu
einem recht gemüthlichen Stillleben umgestaltet, und
namentlich Musik wurde, wie Reichardt mittheilt, nur
noch hin und wieder in engen vertrauten Kreisen
getrieben, aber nicht mehr in unbefangener Stimmung,
da die grossen Weltereignisse bald ausschliessend
Gegenstand der Unterhaltung wurden. Bald war auch

die Stadt auf eine betrübende Weise entblösst von
merkwürdigen Personen. Jede Unterhaltung hörte auf,
nur der Schall der Trommeln und Trompeten wurde
vernommen und kaum erinnerte irgend etwas daran,
dass Wien noch vor wenig Tagen die musikalischste
aller Städte gewesen. [202]

Diesen Zeitraum dumpfer Schwüle benutzte nun
auch Beethoven zu einer geschäftsmässigen Arbeit in
seinem Berufe, die ihm selbst aber vielleicht einige
Beruhigung oder doch Abziehung von dem Soldaten-
lärm gewährt haben mag. Um nämlich dem kurz
zuvor ebenfalls ins Feld gezogenen hohen Schüler
Erzherzog Rudolf in den bald erhofften Friedenszei-
ten die künstlerischen Lieblingsstudien und so zugleich
sich selbst den jetzt doppelt treu zu pflegenden Unterricht zu erleichtern, gab er sich „die Mühe", ausführliche Auszüge aus den renommirtesten musikalischen
Lehrbüchern der Zeit zu verfertigen, und schrieb mit
eigener Hand einen ziemlich dicken Band Regeln und
Beispiele ab, denen er den allgemeinen Titel „Materialien
zum Generalbass" gab. Und zwar sind es, wie zunächst
F. Derckum und dann noch eingehender G. Nottebohm
nachgewiesen haben, Ph. E. Bach, Albrechtsberger und Türk, deren Schriften für den bestimmt
ausgesprochenen Zweck, „um recht beziffern zu können
und dereinst Andere anzuführen", zu einer Art von
Compendium redigirt sind, nach welchem nun der Kai-
sersohn die „gegründete Setzart" erlernen mochte. [203]

Als aber nach den halb verlorenen, halb siegreichen

Schlachten von Aspern und Wagram Anfang Juli Waffenstillstand eintrat, mochte es auch Beethoven gerathen scheinen, sich dem Stadtlärm und der unfruchtbaren Arbeit des Beispielabschreibens zu entziehen. Er reiste auf die Besitzungen seines Gönners Lichnowsky bei Grätz in Oesterreichisch-Schlesien, um in der Stille des Landlebens die eigenen Geister zu erneutem Schaffen, zur Erfüllung seines höhern Berufs zu sammeln. Allein auch dort scheint er nicht lange Ruhe gefunden zu haben, denn es kamen die Franzosen auch dorthin, und als nun der Fürst eines Tages ihm sogar nöthigen wollte, den verhassten Feinden des Vaterlandes vorzuspielen, und er sich fest weigerte, gab es wieder eine der bekannten Beethoven'schen Scenen zwischen ihm und dem Fürsten, worauf er rücksichtslos und plötzlich das Schloss verliess. [204]

Vom Herbst aber erfahren wir, dass er einen Besuch bei seinem Freunde, dem Grafen Brunswick in Pest machte, auf welcher „kurzen Rast" dann die schönen Werke 77 und 78, die Phantasie und die Sonate für Klavier, entstanden und dem edlen Gastgeber und seiner Schwester, der schönen Gräfin Therese, sogleich als Geschenk dargebracht wurden. Bei der Rückkehr fand er 43 kleine schottische Lieder vor, die am 23. September Thomson in Edinburg mit der Bitte geschickt hatte, sobald als möglich Ritornells und Begleitungen für Klavier oder Harfe mit Violine und Cello dazu zu schreiben, was denn der Meister auch sogleich ausführt und 10 Pf. St. dafür fordert. Zugleich meldet er (23. Nov.), dass er die „Chansons" bereits begonnen und binnen acht Tagen an das Haus Fries in Wien abliefern werde. [205] Die schaffende Phantasie des Meisters aber, durch die kurze Lebensmusse nur um so mehr befruchtet, trug sich bereits mit neuen Werken höherer Art, und wenn hin und wieder an die dem Grafen Oppersdorf versprochene neue Symphonie gedacht ward, als welche wir uns die siebente vorstellen, so waren andererseits manche kleinere Freundschaftsdienste durch Composition von Liedern und Sonaten, sowie vor allem die Egmontmusik das, was den Rest dieses so ereignissvollen Jahres ausfüllte, mit dessen Ablauf wir uns einer bedeutungsvollen neuen Periode in des Meisters Leben und Schaffen zuwenden. [206]

Elftes Kapitel.

Die A-dur-Symphonie.

„Freude, schöner Götterfunken!"

Im Skizzenbuch der 7. und 8. Symphonie.

So sehr es nächste Aufgabe des Biographen ist, die Hauptereignisse im äussern Leben seines Helden genau zu verzeichnen und zwar in solcher Weise, dass der natürliche Rhythmus dieses Lebenslaufs nach seinen innewohnenden Hebungen und Senkungen deutlich hervortritt, ebenso sehr ist es ihm eine höhere Pflicht, zumal bei der Darstellung eines Künstlers, die organischen Knotenpunkte aufzudecken, nach denen sich das innere Leben und die geistige Entwicklung seines Meisters gliedert. Wie wir also bereits in „Beethoven's Jugend" darzustellen suchten, welch besondere Welt- und Menschenansicht durch Zeitverhältnisse und Umgebung in des Jünglings Innerm sich begründet, so haben wir auch im Verlauf unserer jetzigen Erzählung nicht versäumt, nach Möglichkeit dar-

auf hinzuweisen, wie diese besondere Anschauungsweise im nähern Verkehr mit Welt und Menschen
einer andern Art und Zeit sich zum Theil bewährt, zum
Theil neu begründet oder gar verändert hat.

Die persönliche Berührung Beethoven's mit der
Welt war freilich im Ganzen genommen nicht sehr er-
freuend und aufmunternd für ihn. Der tiefe innere
Gegensatz des armen, nicht eben „gebildeten" Musikan-
tensohnes und des an geistigem Vermögen unermess-
lich reichen und in künstlerischer Bildung höchstge-
stellten Componisten brachte unausgesetzt die uner-
quicklichsten Störungen auch in seinem äussern Umgang hervor, und wenn je Schiller's Wort, dass der
Dichter an der Götter Tafel speise, zur Wirklichkeit
geworden ist, so war es bei Beethoven, und zwar auch
mit der nahezu unerträglichen Kehrseite, dass er dabei an den Tafeln der Erdengötter, wenn nicht Bettler, so
doch selbst in Wien, wie es damals war, trotz aller Anerkennung höchstens geduldeter Gast war. Die ver
schiedenen Bestrebungen aber, die er selbst machte,
dieses schiefe Verhältniss auszugleichen und sich auch
äusserlich den Hohen dieser Welt ebenbürtig zur Seite
zu stellen, denen er innerlich so sehr überlegen war,
mussten nach ihrem im damaligen Oesterreich nur zu
erklärlichen Scheitern den Stachel dieser Missver-
hältnisse nur tiefer in sein Herz drücken. Dass dazu
das rein zufällige körperliche Gebrechen der Taubheit
auf seiner Seite kam, machte die Sache nur noch
schwieriger und hob später sogar jede Möglichkeit

einer richtigen, erfreulichen und nutzbringenden Stellung zu Welt und Menschen völlig auf.[207]

Noch aber finden wir ihn inmitten dieses „Weltlebens", wenn auch „mit Gewalt hineingezogen". Und ob er gleich, wie er hinzufügt, „noch kein Resultat dafür gefasst und vielleicht eher dawider", so ist er doch noch stets bestrebt, sich die Berührungskanäle mit der Welt nach Möglichkeit offen zu halten. Denn noch hatten weder die Erlebnisse des Herzens noch die Erfahrungen mit dem Publikum und seinen nähern Freunden, noch endlich die Zertrümmerung so mancher Ideale ihm den Glauben an die Mitwelt geraubt, vielmehr war, um seinen eigenen Ausspruch im Heiligenstädter Testament zu wiederholen, „sein Herz und sein Sinn auch jetzt noch wie von Kindheit an für das zarte Gefühl des Wohlwollens, und selbst grosse Handlungen zu verrichten war er immer noch, ja mehr als je aufgelegt". Und wenn nun auch die äussern Erlebnisse wie bei jeder innerlichen Natur dahin gewirkt hatten, ihn mehr und mehr in sich selbst und sein Schaffen hineinzudrängen, so erhöhten sich eben damit auch bei ihm nur die tiefern Bedürfnisse unseres Innern und jenes edelste Bestreben, an dem eigenen moralischen Wesen weiter zu arbeiten, sich „als Menschen besser, vollkommener" zu machen.

Hatte er anfangs im Bewusstsein seiner lückenhaften Schulbildung nach Möglichkeit sein äusseres Wissen zu ergänzen gesucht, sodass z. B. Reisebeschreibungen, Robertson's Geschichte von Amerika, Plu-

tarch's Heldenbilder und später Tacitus seine Lieb-
lingslectüre waren [208], so nährte sich sein inneres
Leben naturgemäss doch von je mehr an den Werken
der Dichter, und eigene trübe Herzenserfahrungen
befreundeten ihn bald inniger mit den Geistern, die
„edlen Seelen vorempfinden". Wenn also bereits in
frühen Jahren Lessing, Claudius, Gellert, S.
von Mereau ihm auch Liedchen zur Composition geliefert hatten, so entsprach doch die mehr poetisch stim-
mungsvolle Lyrik eines Hölty und Matthisson
seiner eigenen Neigung zum Elegischen ungleich mehr
und entzündete trotz all ihrer Weichheit seine echt
männliche Kraft zu schönsten Productionen; ja sogar
die kleinen Geister Oesterreichs, ein Reissig, Stoll,
Kuffner, lieferten ihm hin und wieder Stoff und Text
zu Compositionen. [209] Besonders aber war es Shakspeare, der ihm zeitlebens vor allen andern nahe
blieb, indem er ihm den eigenen angeborenen Sinn für
grosse Situationen und darin wirkende grosse Charak-
tere nährte und ihm zugleich wie Händel das Geheimniss grosser Kunstwirkungen aufdeckte. [210]

Doch musste auch bei Beethoven bald jener Zustand eintreten, der jede echt deutsches Wesen ergreift,
dass es ihn innerlichst drängte, tiefer in die Schachte
des geistigen Lebens, seiner tausendfachen Formen
und Bildungen, seiner geheimnissvollen Räthsel hinab-
zusteigen. Noch in den ersten Jahren des Wiener
Aufenthalts freilich wollte er, der sich doch stets „viel
neue Ideen durch Lesen zu verschaffen suchte", den

Privatvorlesungen gelehrter Männer über Kant selbst
auf Wegeler's Zureden auch nicht einmal beiwoh-
nen. Das „Speculiren gleich dem Thier auf dürrer
Haide" war eben niemals seine Sache, seine echte
Künstlernatur wollte Alles im Gewande blühenden
Lebens schauen, und es konnten ihm wie so Manchem jener Tage, was von diesen Dingen allgemeingül-
tig und auch für einen Künstler brauchbar ist, eben
die Dichter der Zeit, die ja aus dem gleichen Brunnen
des Geistes schöpften, wohl ungleich besser zu Sinne
bringen als solch breitspurige halbgelehrte Vorlesungen des damaligen Oesterreich. Ebenso wenig mochte
er wohl, auch abgesehen von dem Hinderniss des Gehörs, noch im Jahr 1808 Neigung zu den dramaturgischen Vorlesungen verspüren, die A. W. Schlegel
damals in Wien hielt.[211] Allein der, wenn es sich um
das tiefere Geistesleben der Nation handelt, vor allen
andern Dichtern zu nennen ist, Schiller hielt auch
Beethoven zeitlebens sehr hoch. Und wie Phantasie
und Gemüth sich ihm an diesem edlen Geiste hell entzündeten, wie Schiller's dithyrambische Himmelszüge
ihn selbst hoch über das Irdische emporhoben und vor
allem das „Freude, schöner Götterfunken" ihn
früh und spät lockend umspielte und ihn nicht ruhen
liess, bis er dieser höchsten Freudenstimmung den herrlichsten Ausdruck auch in seiner Kunst gegeben, so
pflegte er von des Dichters Werken ganz erfüllt sogar
in manches Lebensverhältniss, z. B. wo ein Stammbuchblatt von ihm begehrt ward, und vor allem in

seine eigene Schrift und Rede einen Vers oder Spruch
dieses Lieblings der deutschen Nation hineinzuweben
und bekundete so die entscheidende Wirkung, die dieser edle Geist auch auf ihn gethan.[212] Und doch finden wir auch bei Beethoven, wie bei jedem höher begabten Manne, dass die innigere Berührung mit der
Welt, die tiefern Erfahrungen des eigenen Herzens
ihm den Sinn für das Leben und seine greifbare Wirklichkeit wachsen machen, und dass er sich damit, wie
Schiller selbst es einst gethan, aus wirklichem Bedürfniss mehr und mehr jenem Meister von Dichtung und
Wahrheit nahe bringt, den sich gleichsam der Genius
des deutschen Volkes selbst erschaffen hatte, um sein
eigenes inneres wie äusseres Dasein, sein eigenes
Wesen und Walten im Gewande der Schönheit zu
enthüllen.

Auch Goethe's Dichtungen hatte Beethoven ja
bereits in Bonn kennen gelernt und wahrscheinlich schon
dort in „Claudine von Villabella" das Studentenlied
„Mit Mädeln sich vertragen" hineincomponirt. Auch
wird er nicht gefehlt haben, wenn, was freilich nicht
oft der Fall war das k. k. Schauspiel „Iphigenie", oder
sonst ein Stück Goethe's aufführte.[213] Allein wie überhaupt erst dem reifern Geiste die Wahrheit des Lebens gleichwie die Schönheit der Kunst aufgeht, so
sehen wir auch erst den zum Mannesalter gereiften
Beethoven mit diesem Dichter näher vertraut werden.
„Haben Sie Goethe's Wilhelm Meister gelesen?" hören
wir ihn 1807 einem Mädchen zurufen, an dem sein Herz

besondern Antheil nahm und bei dem ihm daran lag, dass es in der Kunst „auch das Vollkommnere erkenne, das selbst auf uns immer wieder zurückstrahlt". Und wie mochte erst jene Schatzesfülle von Lebensweisheit und von Kunstverstand, die eben dieses Werk zu einem so ganz einzigen in der gesammten Literatur macht, ihm selbst das Herz erfreuen und die Geheimnisse der eigenen Kunst so nahe bringen, wie sie in der Jugend wohl nur Mozart ihm gebracht hatte! Wie aber musste ihm erst die Brust von dem Andrang tausendfacher Empfindungen schwellen und der eigene so tief angelegte Geist von Ideenfluten auf und nieder wogen, wie auch seine eigene so wirklich erhabene Phantasie in mächtigste Schwingung gerathen, als er sein Inneres in den Geistesstrom tauchte, der im „Faust" so übermächtig braust! Ist es schon für jeden geistbegabten und höher strebenden Jüngling ein merklich einschneidendes Lebensereigniss, das auf sein ganzes ferneres Denken und Empfinden bestimmend einwirkt, wenn ihm zum ersten Male der innere Sinn dieses Weltgedichts ahnend aufgeht, welch unvergleichbar tiefern Eindruck muss ein solches Werk erst auf einen Geist machen, in dem die gleichen Ideen und Kräfte, die jenes Gedicht beseelen und erzeugten, als Keime des eigenen Lebens und Schaffens verborgen liegen!

So hörten wir denn auch, dass das dämmernde Bewusstsein dieser gleichen Ideenmächte Beethoven sogleich antrieb und zeitlebens bei dem Vorhaben festhielt, den „Faust" zu componiren, das heisst, die Stellen, wo der Dichter zur Ergänzung seines Ideenausdrucks wie zur Steigerung der künstlerischen Wirkung ausdrücklich die Musik verlangt, mit solcher auszustatten. Davon freilich ward dann, soviel wir wissen, direct nichts, gar nichts wirklich ausgeführt, ausser einem einzigen kleinen Liedchen, das obendrein zum wenigst Bedeutenden des ganzen Werkes gehört, Mephisto's Flohlied.[214] Allein es war ja im Grunde ein Irrthum, was Beethoven reizte, den „Faust" zu componiren. Er selbst wollte, das war sein durch dieses Gedicht innen angeregter drängender Trieb, Faustmusik schreiben, und dass er das bereits einmal gethan, haben wir ja oben vernommen. Die ideenerzeugende, lebenaufweckende Einwirkung dieses Gedichts aber blieb viele Jahre, ja eigentlich stets für ihn bestehen, lässt sich jedoch, wie überhaupt solche innere Dinge, nicht völlig greifbar nachweisen.

Eine andere Einwirkung Goethe's auf Beethoven, die künstlerische, ist dagegen sehr erkennbar und ward gewiss vor allem ebenfalls durch „Faust" hervorgebracht und dauernd erhalten, weil sich in diesem Gedichte höchste Realität des Lebens und tiefes Schauen des Geistes in der vollendetsten Einfachheit der Form darstellen und darin erst ihre ganze Wahrheit, Kraft und Fülle offenbaren. Ja es ist zu sagen, dass von dem Moment an, wo Beethoven sich in Goethe's Schaffen wirklich versenkt, mit der Ahnung des Geheimnisses der Form auch in sein eigenes Schaffen jenes reine

Gleichgewicht zwischen Inhalt und Erscheinung, jene
volle Harmonie des Gedankens und seines Ausdrucks kommt, die erst die wahre Schönheit wie die
ganze künstlerische Wirkung begründet. Und wenn
ihm Wilhelm Meister, was wohl zu beachten ist,
zugleich etwas mehr von dem Wesen der Shakspeare'-
schen Muse aufdeckte, dass er daran den eigenen
Geist stärkte und vertiefte und dann mit der Zeit
selbst Werke schuf, die an Tiefsinn und Geistesgehalt
zum Theil selbst Goethe's Schöpfungen hinter sich lassen
und ihresgleichen nur in Shakspeare, Bach und Schiller
finden, so gab ihm wohl gerade Goethe ausser seinen
eigenen Werken noch einen andern Massstab der
künstlerischen Schönheit in die Hand, mit dem der
Dichter selbst zunächst sein Schaffen gemessen: das
waren die Griechen. Was also Beethoven gleich
Shakspeare und Schiller an äusserer Anschauung,
an Kenntniss der Antike und des Cinquecento gewiss
zur Erschwerung der eigenen künstlerischen Bildung
entbehrte, ersetzte ihm fortan in vergeistigter Weise die
Plastik Homer's, und besonders die Odyssee schwand
fortan nicht mehr von seinem Tische.

So finden wir denn, während früher wie bei dem
jugendlichen Schiller auch in den Werken Beethoven's
das blos Stoffliche vorgeherrscht hatte und nicht nur
die kleinen Sonaten von Herzensfülle überschäumen,
sondern mehr noch sogar monumentale Schöpfungen
wie die Eroica das Uebermass des Ideenstroms
kaum zu fassen vermögen und zu zahlreichen, freilich

schönsten Episoden greifen, jetzt jenen Standpunkt der
echten Kunst erreicht, wo weder das Stoffliche noch das
Formelle irgend vorherrscht, sondern jenes künstlerische Ebenmass gewonnen ist, das für die sanfte-
sten Stimmungen des Herzens wie für das stürmische
Aufbrausen des Geisteslebens gleichmässig den völlig
entsprechenden Ausdruck besitzt. Und wenn zuerst
die C-moll-Symphonie und die Pastorale eben
diese Vorzüge in ihrer ganzen Vollendung und Bedeutung zeigten, so gibt die bald darauf entstandene
Musik zu „Egmont“, die am 24. Mai 1810 ihre erste
Aufführung erfuhr, das Zeugniss, dass jenes Gleichgewicht des Schönen jetzt auch bei Beethoven zum klar-
bewussten dauernden Ziel des künstlerischen Wollens
geworden ist, und es bildet denn auch den besondern
Charakter dieser ganzen Schaffensepoche von etwa
1806—14, der erst später höhern Zielen oder
auch den Wundergängen des eignen Ichs weicht. Und
dass dieses Gleichgewicht jetzt eintritt, sind wir eben
geneigt, wie bei so vielen schaffenden Naturen von damals, auch bei Beethoven, dessen Geist sonst nicht
leicht Mass und Richtschnur von Jemand anders entlehnt, abgesehen von den schulenden Einflüssen des
Lebens, vor allem der Einwirkung von Goethe's ebenso
lebensvollen wie künstlerisch unerreicht vollendeten
Dichtungen zuzuschreiben.[215]

Ja von dem Vorhandensein dieser Einwirkung
haben wir auch ausserhalb seines Schaffens ein bestimmtes Zeugniss aus seinem Leben, und mit der Er-

wähnung eben dieses treten wir wieder in unsere lange
unterbrochene Geschichtserzählung ein. Wir meinen den
wohlbekannten Besuch Bettinens, die, man mag
sonst von ihr denken und sagen, was man will, unstreitig das grosse Verdienst hat, nicht blos so manchem
Einzelnen, mit dem sie in persönliche Berührung gekommen, sondern ganzen Generationen, die Goethe
„schon längst verehrt und ihn als Deutschlands grössten Dichter begrüsst hatten, zuerst zu zeigen, wie er
geliebt worden ist und wie man ihn lieben muss".

Das genialische „Kind", damals fünfundzwanzig
Jahre alt, nahe befreundet mit der Familie des berühmten Gelehrten Birkenstock in Wien, wo auch Beethoven bereits seit 1792 bekannt war, besuchte die Kaiserstadt im Frühling 1810. Und wie sie ihrem vergöt-
terten Freund in Weimar über Alles, was sie erlebte,
briefliche Auskunft gab, so berichtete sie am 28. Mai 1810
auch über ihre Begegnung mit Beethoven. Mag nun dieses
Schreiben in dem fünfundzwanzig Jahre später entstan-
denen Buche „Goethe's Briefwechsel mit einem Kinde"
auch von ihrer die Thatsachen wenig respectirenden
Hand merklich redigirt worden sein, das Wesentliche
ihrer Erlebnisse ist doch stehen geblieben und wir wollen
es in den charakteristischen Stücken hier mittheilen.

„Wie ich diesen sah, von dem ich dir jetzt sprechen
will, da vergass ich der ganzen Welt. Schwindet mir
doch auch die Welt, wenn mich Erinnerung ergreift".
beginnt ihr begeisterter Bericht, der den Altmeister,
wenn er schon damals so geschrieben, gar seltsam be-

rührt haben wird. „Es ist Beethoven, von dem
ich dir jetzt sprechen will und bei dem ich der Welt
und deiner vergessen habe. Ich bin zwar unmündig,
aber ich irre darum nicht, wenn ich ausspreche (was
jetzt vielleicht keiner versteht und glaubt), er schreite
weit der Bildung der ganzen Menschheit voran, und
ob wir ihn je einholen? — ich zweifle. — —

Vor dir kann ich's wohl bekennen, dass ich an
einen göttlichen Zauber glaube, der das Element der
geistigen Natur ist — diesen Zauber übt Beethoven
in seiner Kunst. Alles, wessen er dich darüber belehren
ren kann, ist reine Magie, jede Stellung [?] ist Organisation
tion einer höhern Existenz, und so fühlt Beethoven
sich auch als Begründer einer neuen sinnlichen
Basis im geistigen Leben. Du wirst wohl herausverstehen,
verstehen, was ich sagen will und was wahr ist. Was könnte
uns diesen Geist ersetzen? — von wem könnten wir ein
gleiches erwarten? Das ganze menschliche Treiben
geht wie ein Uhrwerk an ihm auf und nieder, er allein
erzeugt frei aus sich das Ungeahnte, Unerschaffne.
Was sollte diesem auch der Verkehr mit der Welt, der
schon vor Sonnenaufgang am heiligen Tagwerk ist und
nach Sonnenuntergang kaum um sich sieht, der
seines Leibes Nahrung vergisst und von dem Strom
der Begeisterung im Flug an den Ufern des flachen
Alltagslebens vorübergetragen wird. Er selber sagte
mir: »Wenn ich die Augen aufschlage, so muss ich
seufzen, denn was ich sehe, ist gegen meine Religion,
und die Welt muss ich verachten, die nicht ahnt, dass

Musik höhere Offenbarung ist als alle Weisheit und Philosophie — — — —.

Dies Alles hat mir Beethoven gesagt, wie ich ihn zum ersten Mal sah. Mich durchdrang ein Gefühl von Ehrfurcht, wie er sich mit so freundlicher Offenheit gegen mich äusserte, da ich ihm doch ganz unbedeutend sein muss. Auch war ich verwundert, denn man hatte mir gesagt, er sei ganz menschenscheu und lasse sich mit Niemand in ein Gespräch ein. Man fürchtete sich, mich zu ihm zu führen, ich musste ihn allein aufsuchen. Er hat drei Wohnungen, in denen er abwechselnd sich versteckt, eine auf dem Lande, eine in der Stadt und die dritte auf der Bastei; da fand ich ihn im dritten Stock.[216] Unangemeldet trat ich ein, er sass am Klavier, ich nannte meinen Namen, er war sehr freundlich und fragte, ob ich ein Lied hören wolle, was er eben componirt habe? Dann sang er scharf und schneidend, dass die Wehmuth auf den Hörer zurückwirkte: Kennst du das Land. — »Nicht wahr, es ist schön«, sagte er begeistert, »wunderschön! ich will's noch einmal singen.« Er freute sich über meinen heitern Beifall. »Die meisten Menschen sind gerührt über etwas Gutes, das sind aber keine Künstlernaturen. Künstler sind feurig, die weinen nicht«, sagte er. Dann sang er noch ein Lied von dir, das er auch in diesen Tagen componirt hatte: Trocknet nicht Thränen der ewigen Liebe.

Er begleitete mich nach Hause und unterwegs sprach er eben das viele Schöne über die Kunst. Da-

bei sprach er so laut und blieb auf der Strasse stehen,
dass Muth dazu gehörte zuzuhören; er sprach mit grosser Leidenschaft und viel zu überraschend, als dass
ich nicht auch der Strasse vergessen hätte. Man war
sehr verwundert, ihn mit mir in eine grosse Gesellschaft,
die bei uns zum Diner war, eintreten zu sehen. Nach
Tische setzte er sich unaufgefordert ans Instrument
und spielte lang und wunderbar, sein Stolz fermentirte
zugleich mit seinem Genie, in solcher Aufregung erzeugt sein Geist das Unbegreifliche und seine Finger
leisten das Unmögliche.

Seitdem kommt er alle Tage oder ich gehe zu
ihm. Darüber versäume ich Gesellschaften, Gallerien,
Theater und sogar den Stephansthurm. Beethoven
sagt: »Ach was wollen Sie da sehen! Ich werde Sie
abholen, wir gehen abends durch die Allee von Schönbrunn.« Gestern ging ich mit ihm in einen herrlichen
Garten, in voller Blüte, alle Treibhäuser offen, der
Duft war betäubend. Beethoven blieb in der drückenden Sonnenhitze stehen und sagte: »Goethe's Gedichte
behaupten nicht allein durch den Inhalt, auch durch
den Rhythmus eine grosse Gewalt über mich, ich
werde gestimmt und aufgeregt zum Componiren durch
diese Sprache, die wie durch Geister zu höherer Ordnung sich aufbaut und das Geheimniss der Harmonien
schon in sich trägt. [Folgt ein langer, vielfach interessanter Excurs über Musik, sowie Bettina Beethoven
verstanden hat.[217]] Ich muss abbrechen mit meiner
unerweislichen Weisheit, sonst möchte ich die Probe

versäumen, schreiben Sie an Goethe von mir, wenn Sie mich verstehen, aber verantworten kann ich nichts und will mich auch gern belehren lassen von ihm.«

Ich versprach ihm, so gut ich's begreife, dir alles zu schreiben. Er führte mich zu einer grossen Musikprobe mit vollem Orchester, da sass ich im weiten unerhellten Raum in einer Loge ganz allein, einzelne Streiflichter stahlen sich durch Ritzen und Astlöcher, in denen ein Strom bunter Lichtfunken hin und her tanzte wie Himmelsstrassen mit seligen Geistern bevölkert. Da sah ich denn diesen ungeheuren Geist sein Regiment führen. O Goethe, kein Kaiser und kein König hat so das Bewusstsein seiner Macht und dass alle Kraft von ihm ausgehe wie dieser Beethoven, der eben noch im Garten nach einem Grund suchte, wo ihm denn alles herkomme. Verständ ich ihn so, wie ich ihn fühle, dann wüsste ich alles. Dort stand er so fest entschlossen, seine Bewegungen, sein Gesicht drückten die Vollendung seiner Schöpfungen aus, er kam jedem Fehler, jedem Missverstehen zuvor, kein Hauch war willkürlich, alles war durch die grossartige Gegenwart seines Geistes in die besonnenste Thätigkeit versetzt. — Man möchte weissagen, dass ein solcher Geist in späterer Vollendung als Weltherrscher wieder auftreten werde.²¹⁸

Gestern Abend schrieb ich noch alles auf, heute morgen las ich's ihm vor, er sagte: »Hab ich das gesagt? Nun, dann hab ich einen Raptus gehabt.« Er las es noch einmal aufmerksam und strich das

oben aus und schrieb zwischen den Zeilen, denn es
ist ihm drum zu thun, dass du ihn verstehst."

Soweit Bettina, deren Bericht eine wesentliche Bestätigung und Ergänzung durch den bekannten Brief
findet, den am 11. August dieses Jahres Beethoven an
seine neue Verehrerin richtete und der, was uns hier
vor allem von Bedeutung ist, auch die Verehrung bestätigt, welche der Meister vielleicht jetzt in noch
höherem Grade für Goethe gewonnen hatte.[219]

Auch dort aber erfahren wir wieder davon, dass
damals „der Missmuth ganz seiner Meister" geworden,
und dieser Zustand führt uns denn auf neue Spuren
seines Lebenswegs, weist auf neue schmerzliche
Processe in des Meisters Innerem. Ja diese fast ver-
zweifelte Gemüthslage, diese in das tiefste Innenleben
eingreifende und zum Lebensüberdruss gesteigerte
Missstimmung, die nur dann und wann einem obendrein
„angenommenen Frohmuth" Platz macht, spricht sich
unumwunden in dem Schreiben an Wegeler vom 2. Mai
dieses Jahres 1810 aus, worin er offen bekennt, dass
der Entschluss nahezu gefasst sei, für immer aus dem
Verkehr mit der Welt zu scheiden. „Doch auf wen
mussten nicht die Stürme von aussen wirken", fährt
er gleichsam ablenkend fort. „Doch ich wäre glücklich, vielleicht einer der glücklichsten Menschen, wenn
nicht der Dämon in meinen Ohren seinen Aufenthalt
aufgeschlagen. Hätte ich nicht irgendwo gelesen, der
Mensch dürfe nicht freiwillig scheiden von seinem
Leben, solange er noch eine gute That verrichten kann,

längst wäre ich nicht mehr, und zwar durch mich selbst. O so schön ist das Leben, aber bei mir ist es für immer vergiftet." [220]

Was aber ist es, das diese tieftrübe Stimmung hervorbrachte? Hatte er nicht seit mehr als Jahresfrist durch edler Gönner Grossmuth endlich die äussere Lebensruhe gewonnen, die er so sehnlich gewünscht, und wuchs nicht sein Ruhm mit seinem Schaffen?

Wohl hatte er sie gewonnen, diese Lebensruhe, und sie musste im Ganzen wohlthuend auf ihn wirken, weil er zugleich getrost in die Zukunft blicken konnte. Und dennoch war sein Glück dadurch allein nicht begründet, ja er hatte davon nicht einmal für sein Schaffen den Genuss und den Vortheil, den er erhofft. Denn abgesehen davon, dass er mit dem Unterricht seines wirklich geliebten erzherzoglichen Schülers, dessen Wiederankunft am 30. Jan. 1810 er durch das jubelnde Vivacissime der Sonate Op. 81 feierte, sich für das eigene Schaffen einen Hemmschuh bereitet hatte, der für einen Künstler, welcher sich noch zu so vielen „grossen Werken aufgelegt fühlte", doppelt hinderlich sein musste, setzte der grosse Zeitaufwand, den dieser Unterricht erforderte, sogar den materiellen Werth der Gabe bald so herab, dass Beethoven später selbst einmal ausruft: „Durch meine unglückliche Verbindung mit diesem Erzherzog bin ich beinahe an den Bettelstab gebracht!" [221] Allein was ihn in diesem Moment so tief niederdrückte, war etwas ganz Anderes, das einzig in seiner Person beruht. Hatte er doch durch jene hoch-

edle Gabe allein nicht auch jenen Antheil an den Freuden des Daseins gewonnen, zu dem jede Creatur
den Schuldbrief des Schicksals in Händen zu haben
wähnt. Ja jetzt, wo die Sorge um die blosse Subsistenz
endlich von seinen Schultern für immer abgewälzt
schien, mochte er nur um so empfindlicher den Mangel einer liebenden Hand fühlen, die mit Lust die kleinen Genüsse des Lebens bereitet und den aufdringlich
regelmässigen Bedürfnissen des Tages freundlich ab-
helfend entgegenkommt, den Mangel einer zärtli-
chen Gattin, einer sorgenden Hausfrau. Und dass er
sie gewinne, verhinderte, so scheint es wenigstens ihm,
vor allem „der Dämon in seinen Ohren“. Fürwahr
eine tief bedauernswerthe Lage, die wohl den Ausbruch bitterer Klage rechtfertigt!

Und dennoch scheint gerade damals mehr als je
die Aussicht auf Erfüllung auch dieses berechtigtsten
seiner Lebenswünsche gegeben. Denn er bittet in
demselben Briefe, dessen Anfang wir oben gaben, seinen heimischen Freund mit eben solcher Ausführlichkeit wie Dringlichkeit um Beschaffung eines zuverläs-
sigen Taufscheins; leider habe er eine Zeit lang
gelebt, ohne selbst zu wissen, wie alt er sei; und Steffen
Breuning verräth uns in einem drei Monate später
geschriebenen Briefe, dass es sich dabei um eine „Hei-
rathspartie“ handelte! Der amtliche Taufschein,
datirt vom 2. Juni 1810, langte bald an, allein Beethoven konnte auch da, obwohl derselbe das Geburtsjahr
richtig angibt, nicht unterlassen, seine Bedenken

wegen einer Verwechslung mit dem ältern Bruder Ludwig Maria eigenhändig auf dem Schein zu notiren, da er in diesem Moment am wenigsten davon wissen wollte, dass er bereits ganz nahe am Schwabenalter stehe![222]

Und wer, meine verehrten Beethoven-Freundinnen, war denn diesmal die Beneidenswerthe, die zu besitzen selbst ein Beethoven „für das grösste Glück erachtet"? Wer die Kühne, die es wagen zu wollen schien, mit dem fast vierzigjährigen, halbtauben, höchst eigenartigen Meister in die Ehe zu treten? Wer war es, die sein innerstes Herz in solchen Mannestagen noch in eine fruchtbare Bewegung zu setzen wusste, dass daraus die herrlichsten Blumen der Kunst, die schönsten Lieder, die Beethoven je gemacht, rasch und in Menge erblühten? Wer das liebe lose Mädchen, das an ihrem Zauberfädchen den Meister festhielt, dass er selbst singend klagt:

> Muss in ihrem Zauberkreise
> Leben nun auf ihre Weise!

Nehmen wir alle Indicien zusammen, und es sind sehr deutlich redende und sehr gravirende darunter, so dürfte wohl wieder oder vielmehr immer noch Niemand anders als die braunlockige, südlich glühende „Theres Malfatti" die Schuldige sein, um derentwillen mit „Hangen und Bangen in schwebender Pein" die „Thränen ewiger Liebe nicht trocknen" wollen. Denn wenn in ihrem Nachlass sich der hinreissende erste Entwurf zu „Herz, mein Herz" befand, sowie das reinlichst copirte „Freudvoll und leidvoll" mit den eigenhändigen Worten: „Aus Goethe's Egmont von

L. v. Bthvn.", wenn auch gerade damals „Kennst
du das Land" aus „Wilhelm Meister", den ja er selbst
ihr gesandt, und das schwermuthsvolle „Nur wer die
Sehnsucht kennt" sogar mit vier verschiedenen
Melodien componirt wurden, wenn ferner „Wonne der
Wehmuth" ebenfalls damals entstand und das graziöse Gedicht „Sehnsucht" mit den so verrätherischen
Worten: „Er singet so lieblich und singt es an mich",
sowie endlich das reizvoll tändelnde „Mit einem ge-
malten Bande", dessen anmuthige Schilderung:

> Und so tritt sie vor den Spiegel
> All in ihrer Munterkeit.
>
> Sieht von Rosen sich umgeben,
> Selbst wie eine Rose jung.
> Einen Blick, geliebtes Leben,
> Und ich bin belohnt genung!

fast mit greifbarer Erkennbarkeit uns das Bild des
jetzt jugendschönen und siebzehnjährigen, jugendlich
lebhaften Mädchens vor die Augen malt, wenn wir dies
Alles zusammenfassend erwägen, dann wird wohl auch
der Schluss des Liedes, jenes

> Fühle, was dies Herz empfindet,
> Reiche frei mir deine Hand.
> Und das Band, das uns verbindet,
> Sei kein schwaches Rosenband. —

kaum anders gedeutet werden können, als dass damit
unser trotz seiner Jahre ebenfalls völlig jugendlich
empfindende Meister auf diese zarteste Weise dem
wilden Röslein seiner Liebe von seines Herzens heissen
Wünschen sichere Kunde zu geben beabsichtigt habe.

derer Mensch war", schreibt das junge Mädchen, „so
auch in seinen Ideen und Meinung hierüber. Jede Art
gebundenes Verhältniss beim Menschen, so sagte er,
sei ihm unangenehm. Ich glaubte ihn zu verstehen,
er will die Freiheit des Menschen nicht beschränkt
wissen. So ist es ihm weit interessanter, wenn ein
weibliches Wesen ihm, ohne an ihn gebunden zu sein,
ihre Liebe und mit ihr das Höchste schenkt. In dem
Verhältniss des Mannes zum Weibe, so schien mir,
glaubte er die Freiheit des Weibes beschränkt. Was
ihm beträfe, so habe er noch keine Ehe gekannt,
von welcher nach einiger Zeit nicht das Eine oder
Andere den Schritt bereut hätte; und von einigen
Mädchen, welche er in frühern Zeiten zu besitzen als
das grösste Glück erachtet hätte, habe er in der Folge
eingesehen, dass er sehr glücklich sei, dass keine derselben seine Frau geworden sei, und wie gut es sei,
dass die Wünsche oft nicht erfüllt werden."

Wir glauben nicht fehlzugehen, wenn wir diese
letztern Worte unmittelbar auch auf die allerdings
nicht wenig geliebte Therese Malfatti beziehen.
Und wenn wir den obigen Ideen und Meinungen, die,
soviel an ihnen auch bedenklich sein mag, doch mehr
oder weniger Beethoven's wirkliche Ansicht von der
Sache waren, noch die weitere Notiz jenes Fräuleins
hinzufügen: „Meine Schwester machte auch die Bemerkung, dass er seine Kunst immer mehr lieben
würde als seine Frau — das, erwiderte er, wäre auch
in der Ordnung" — so haben wir wohl den Massstab

in Händen, um mit voller Gerechtigkeit das Handeln
Theresens wie Beethoven's zu beurtheilen, der das
neckische Mädchen, wie es scheint, wie andere über
seinem Schaffen bald genug vergass. [224]

Fragen wir aber, was für einen Einfluss auch
dieses jedenfalls das innere Wesen des Meisters in
erregender Weise berührende Lebensverhältnis auf sein
Schaffen hatte, so entstanden ja eben die Goethe'-
schen Lieder in dieser Zeit, und obwohl Therese nicht
mehr und nicht besser sang als eben jedes deutsche
Mädchen, sind dieselben doch ohne Zweifel ihr zu
Liebe, ja vielleicht auf ihre besondere Veranlassung
componirt worden. Und diese Lieder sind ein schönstes
Erzeugniss seines Genius und zwar in einem Zustande,
wo sein von Leidenschaft erfülltes Herz „fermentirte"
mit dem stolzen Bestreben, dem grössten Dichter
der Nation als Musiker es gleichzuthun. Und wenn
auch nicht bei jedem dieser „Gesänge", so ist doch,
um nur eins davon zu nennen, in Mignon, diesem
Lied der Lieder musikalischer Composition, dieses Ziel
man kann sagen Goethe'scher Vollendung völlig erreicht. Denn so treffend wahr hier jeder Ton in der
Empfindung ist, so vollkommen schön bei aller Einfachheit der Mittel ist das Ganze in der künstlerischen Darstellung. [225]

Allein weit Grösseres noch als jene kleinen Werke,
so scheint es, hat uns diese sommerliche Herzens-
erregung gebracht, die selbst in ihrem schmerzlichen
Verscheiden wie ein Heldendichter aus blutendem

Herzen noch Lieder sang — wir meinen das F-moll-Quartett, Op. 95, das im October dieses Jahres vollendet ward.

Freilich zunächst hatten, wie es nur zu erklärlich ist, die „Schattenstunden, in denen man nichts thun kann", nur kleine Sachen, wie eine Eccosaise und eine Polonaise für Harmoniemusik, aufkommen lassen, die offenbar, wie Beethoven das oft zu thun pflegte, für die Kapelle in Baden geschrieben wurden, wo er ja den Sommer zubrachte. Auch der ungedruckte Marsch für Militärmusik, „1810 in Baden componirt für Erzherzog Anton, 3. Sommermonat", ist nicht zu rechnen, wenn der Meister „etwas gethan" haben soll, ebenso wenig wie die Harmonisirung der schottischen Lieder, worüber er am 17. Juli an Thomson schreibt: „Voila Monsieur les airs écossais, dont j'ai composé la plus grande partie con amore, voulant donner une marque de mon éstime à la nation éccosoise et angloise en cultivant leurs chants nationaux." [226]

Andererseits sagt er selbst am 9. desselben Monats: „Leben Sie wohl, guter Zmeskall, wir werden uns hoffentlich so wiedersehen, dass Sie finden, dass meine Kunst in der Zeit wieder gewonnen hat." Und wir können davon den Zusammenhang wohl ahnen. Denn wieder hiess es: „Es gibt Perioden im menschlichen Leben, die wollen überstanden sein", und wieder drängt sich jenes schmerzliche Gefühl: „Für dich, armer Beethoven, gibt es kein Glück von aussen, du musst dir alles in dir selbst erschaffen, nur in der

idealen Welt findest du Freunde", mit Gewalt hervor.
Und diesmal entladet es sich zur vollen Kraft concentrirt eben in jenem „Quartett serioso, 1810
dem Herrn von Zmeskall gewidmet und geschrieben
im Monat October von seinem Freunde L. v. Bthvn".
Die ersten Entwürfe davon waren freilich bereits
vorhanden, aber wie seiner Zeit die C-moll-Symphonie, so mochte auch dieses Werk wohl erst in einer
Seelenstimmung, wie die jetzige war, jene unwider-
stehliche Schlagkraft und gedrängteste Redeweise gewinnen, die dasselbe an die spontansten Vollergüsse
seiner Leidenschaft als ebenbürtig anreihen und zugleich technisch über die Mehrzahl der bisherigen
Werke, ja was die Quartette anbetrifft, über alles bis-
herige Schaffen des Meisters hoch hinausstellen. Es
ist auch dies so ein Faustmonolog, ernst und düster,
aber zugleich mit heroischer Willenskraft ankämpfend
gegen die bedrängende Uebermacht des Leides. Es
steht gleich der Appassionata in F-moll und ist gleich
dieser fast wie ein Murren gegen das Geschick, weshalb wir nicht anstehen, die tiefern Quellen seines
Daseins, seinen eigentlichen Pulsschlag in dem eigensten Erleben seines Erschaffers und nicht blos in
dessen künstlerischer Phantasie zu suchen, die allerdings bereits leise begann, sich über den Wechsel von
Leid und Freud, über die blossen Stimmungen des
Herzens zu erheben.[227] Jedoch, ob es auch brauset
und zischt, wie wenn Wasser mit Feuer sich menget,
zumal in dem Allegretto agitato des Finales. Versöh-

nung und Ruhe ward auch diesmal gewonnen. Denn
sich getröstend konnte auch sein Inneres sprechen:
„Und ich fühle dieser Schmerzen still im Herzen heim-
lich bildende Gewalt." Das neue Werk aber, das bald
darauf zum Vorschein kommt, die liebliche Sonate
für Klavier und Violine, Op. 96, erinnert sie nicht
lebhaft an jenes treffende Wort eines Mannes, der
Beethoven persönlich wohl gekannt: „Sobald sich sein
Gesicht zur Freundlichkeit aufheiterte, so verbreitete
es alle Reize der kindlichsten Unschuld; wenn er
lächelte, so glaubte man nicht blos an ihn, sondern
an die Menschheit, so innig und wahr war er in Wort,
Bewegung und Blick!" Dieses Lächeln einer geprüf-
ten Mannesnatur, die trotz allen Leids und aller Küm-
merniss den Frieden der Seele nicht verloren, ist es
nicht der Ausdruck der G-dur-Sonate? Sie ist wieder
dem Erzherzog Rudolf gewidmet und ohne Zweifel für
ihn in diesem Spätherbst geschrieben.[228]

Besondere biographische Neuigkeiten bringt uns
der jetzt folgende Winter nicht. Man war, wie das ja
stets der beste Trost ist, möglichst tief in das eigene
Schaffen versenkt, und die „Siebente" sc. Symphonie
wird wohl das nächste hohe Ziel des Strebens gewesen
sein, um dessentwillen alles Andere, auch das Leben
vernachlässigt ward. Nur ein Brief vom 10. Febr.
1811 liegt vor, der, aus der Stille der Arbeit an
die Freundin Bettina gesandt, den deutlichen Widerhall der jüngstvergangenen Erlebnisse vernehmen lässt.

„Geliebte liebe Freundin!" schreibt er in liebens-

würdiger Theilnahme. „Ich habe schon zwei Briefe von
Ihnen und sehe aus Ihrem Briefe an die Tonie [Birken-
stock], dass Sie sich immer meiner und zwar viel zu vortheilhaft erinnern.[229] Sie heirathen, liebe Freundin,
oder es ist schon geschehen, und ich habe Sie nicht einmal zuvor noch sehen können; so ströme denn alles
Glück Ihnen und Ihrem Gatten zu, womit die Ehe die
Ehelichen segnet. — Was soll ich Ihnen von mir sagen?
»Bedaure mein Geschick«, rufe ich mit der Johanna aus;
rette ich nur noch einige Lebensjahre, so will ich auch
dafür wie für alles übrige Wohl und Wehe dem alles
in sich Fassenden, dem Höchsten danken.

An Goethe, wenn Sie ihm von mir schreiben,
suchen Sie alle die Worte aus, die ihm meine innigste
Verehrung und Bewunderung ausdrücken, ich bin eben
im Begriff, ihm selbst zu schreiben wegen Egmont,
wozu ich die Musik gesetzt, und zwar blos aus Liebe
zu seinen Dichtungen, die mich glücklich machen:
wer kann aber auch einem grossen Dichter genug danken, dem kostbarsten Kleinod einer Nation![230]

Nun nichts mehr, liebe gute Freundin, ich komme
diesen Morgen um vier Uhr erst von einem Bacchanal,
wo ich so gar viel lachen musste, um heute beinahe
ebenso viel zu weinen; rauschende Freude treibt mich
oft gewaltthätig in mich selbst zurück. — Wegen Clemens vielen Dank für sein Entgegenkommen; was die
Cantate — so ist der Gegenstand für uns hier nicht
wichtig genug, ein anderes ist's in Berlin: was die Zuneigung, so hat die Schwester davon eine so grosse

Portion, dass dem Bruder nicht viel übrig bleiben wird; ist ihm damit auch gedient? — Schreiben Sie bald, bald, oft Ihrem Bruder

Beethoven."[231]

Der Hauptverkehr aber war in diesem Winter pflichtgemäss wieder mit dem Erzherzog, für den im März das längst skizzirte Trio aller Trios, das in B-dur, Op. 97, vollendet wurde. Unwohlsein und Miss-stimmung wechselten dabei wie immer mit momen-tanen Ausbrüchen der guten Laune, und wenn er einerseits an Zmeskall humoristische Zettel über allerhand Bedürfnisse des Tages schreibt, ihm „näch-stens einige Decorationen von unserm Hausorden" ver-spricht, „das grosse für Sie selbst, die andern nach Belieben, jedoch keinem Pfaffen eins" [vgl. o. S. 105], und ihn um einige Federn bittend nächstens einen ganzen Pack solcher zusagt, „damit er sich nicht seine eigenen ausrupfen müsse", so heisst es andererseits an den hohen Schüler, als er ihm das Manuscript des Trios zum Copiren in seinem eigenen Palaste schickt, weil man sonst nie sicher vorm Stehlen sei: „Mir geht es besser und in einigen Tagen werde ich wieder die Ehre haben, Ihnen aufzuwarten und das Versäumte nachzuholen. Ich bin immer in ängstlicher Besorgniss, wenn ich nicht so eifrig, nicht so oft, wie ich es wünsche, um Ihre Kaiserliche Hoheit sein kann. Es ist gewiss Wahrheit, wenn ich sage, dass ich dabei sehr viel leide, aber es wird sobald nicht mehr mit mir so arg werden. Halten Sie mich in Ihrem Andenken. Es werden Zeiten kommen, wo ich doppelt und dreifach zeigen werde, dass ich dessen werth bin. Ihrer Kaiserlichen Hoheit treu ergebenster Diener."[232]

Am 29. Mai 1811 aber fand etwas statt, das gewiss kaum vernarbte Wunden schmerzlich wieder aufriss. Freund Gleichenstein, der sich wenige Wochen vorher mit dem jüngern Fräulein Malfatti verlobt hatte, feierte an jenem Tage seine Hochzeit, und da er in demselben Jahre noch Wien verliess, so verlor Beethoven nicht blos einen wahrhaft treuen und hülfreich thätigen Freund,- sondern zugleich den angenehmen Verkehr in dem Malfatti'schen Hause. Gleichenstein kehrte von da an nur noch besuchsweise nach Oesterreich zurück.[233]

Ein entscheidendes Ereigniss für das Leben wie für das Schaffen des Meisters aber scheint sich in eben diesen Tagen vorbereitet zu haben: der Theaterdichter Treitschke wollte einen Operntext für ihn schreiben. Denn auf was sonst sollte sich der nachfolgende Zettel vom 6. Juni dieses Jahres beziehen?

„Haben Sie, mein lieber Treitschke, das Buch gelesen, und darf ich hoffen, dass Sie sich dazu bestimmen werden, es zu bearbeiten? Antworten Sie mir hierüber gefälligst, ich bin verhindert, selbst zu Ihnen zu kommen. Im Falle Sie das Buch schon gelesen, bitte ich mir's zurückzusenden, damit auch ich es vorher noch einmal, ehe Sie es anfangen zu bearbeiten, durchlesen kann. Ich bitte Sie überhaupt, wenn es Ihr Wille ist, dass ich mich auf den Fittigen

Ihrer Poesie in die Lüfte erheben soll, dies sobald als möglich zu bewerstelligen. Ihr ergebenster Diener - .“

Genaueres erfahren wir jedoch nicht über diese Oper und wissen nur das Eine, dass es zu ihrer Composition nicht gekommen ist. Auch sind die Nachrichten dieses Jahres überhaupt sehr spärlich. Aus einem Briefe St. von Breuning's an seine Mutter geht hervor, dass Beethoven den Sommer hindurch von Wien abwesend, d. h. ohne Zweifel seiner Gesundheit wegen wieder irgendwo in der Nähe auf dem Lande war, und aus dem Petter'schen Skizzenbuche können wir schliessen, dass an der siebenten und achten Symphonie zugleich gearbeitet wurde. Im Herbst war man dann wieder in Wien anwesend, sollte aber, wie ebenfalls Breuning berichtet, nach Italien reisen, offenbar zur völligen Herstellung der Gesundheit. [234]

Diese Reise blieb jedoch unausgeführt, zum Theil wohl, weil ein neuer ehrender Auftrag für sein Schaffen winkte. Es war in Pesth ein „königlich städtisches Schauspielhaus“ erbaut worden, und zur feierlichen Eröffnung desselben hatte der „berühmte dramatische Dichter Herr von Kotzebue“ ein Vorspiel mit Chören, „Ungarns erster Wohlthäter“ (König Stephan), und ein Nachspiel mit Gesängen und Chören, „Die Ruinen von Athen“ verfasst, zu dem nun, vielleicht auf die besondere Anregung des Grafen Brunswick, der sich ausserordentlich um Hebung von Musik und Theater in seiner Vaterstadt bemühte, „unser preiswürdiger Tonsetzer v. Beethoven“ die Musik zu schrei-

ben ersucht wurde. Beethoven löste seine Aufgabe
ganz der damaligen Stufe seines Könnens entsprechend.
Denn ob es gleich nur Gelegenheitsmusik ist, was hier
zu schreiben war, und obendrein zu recht unerquickli-
chen allegorischen Texten, so haben doch beide Werke
einzelne Stücke von wahrer Genialität, und bei kraft-
voller Art und oft höchst treffender Charakteristik
liegt über dem Ganzen der entzückende Reiz der
natürlichen Schönheit, der das besondere Merkmal
dieser Schaffensperiode des Meisters ist. Die Werke
wurden bereits am 9. Febr. 1812 und zwar ohne Beethoven's Gegenwart in Pesth aufgeführt, und die
Wiener Zeitung vom 19. Febr. berichtet, der Zuspruch
sei ungemein zahlreich und der Beifall allgemein gewesen.[235]

Möglicherweise war die Entstehung dieser Musik,
die, wenn auch nicht eigentlich dramatisch, doch zu
dramatischer Composition anregend ist, der nähere
Anlass, dass von neuem die sirenenhafte Lockung der
Operncomposition lebhafter an Beethoven herantrat.
Und diesmal schien sich, was bisher nicht ein einziges
Mal der Fall gewesen, in der That ein Mann gefunden zu haben, der mit dem Schwunge der echten
Dichterphantasie musikalische Begabung genug verband, um ein wirksames Drama für Musik erfinden zu
können. Es war Theodor Körner, der, im August
1811 nach Wien gekommen, dort trotz seiner jungen
Jahre rasch zu dichterischem Ansehen und theatra-
lischem Erfolg gelangte. „Die Braut", „Der grüne

Domino" fanden im Januar 1812 viel Beifall, ebenso
bald darauf „Der Nachtwächter" und später „Toni".
„Rosamunde" und namentlich „Zriny". Im Hause des
Vaters hatte Körner von Jugend an nicht blos alles
Schönste der Poesie eingesogen, auch Musik musste
eine wirklich genossene und verstandene Freude sein,
dort, wo sogar ein Mozart verkehrt und der Tante
Dora Stock zu einer Zeichnung gesessen hatte. Körner's Biograph, der Dichter Tiedge, berichtet,
dass von einer Oper, die jener für Beethoven bestimmt
hatte, bereits in Wien ein Theil fertig gewesen sei.
Und wenn wir hören, dass der Stoff die Rückkehr
des Ulysses war, wem fiele da nicht des Meisters
besondere Vorliebe für die Odyssee ein! Zumal der
schöne Moment, wo treueste Frauenliebe endlich ihren
Lohn findet, musste den Componisten des „Fidelio"
innerlichst berühren. Doch ob die beiden edlen Männer
noch mehr als ein Jahr in Wien mit einander lebten
und sogar über ihren Plan mit einander correspondir-
ten, der Plan blieb wie so mancher in Beethoven's
Leben, vielleicht auch durch Körner's frühen Tod,
eben ein blosser Plan. [236]

Um so mehr Musse hatte der Meister — und wir
können dies wohl nicht anders als ein Glück nennen
für die Ausarbeitung der grossen instrumentalen
Werke, mit denen seit langem sein Inneres sich trug.
Und zwar war es zunächst die siebente Symphonie,
die er jetzt künstlerisch völlig auszugestalten und
zum Abschluss zu bringen strebte. Gedenken wir nun

der sonnigen Heiterkeit, die über dieses Werk verbreitet ist, wer möchte sich da vorstellen, dass gerade damals wieder der Meister äussern Unannehmlichkeiten wie eigenem Missmuth im vollsten Masse preisgegeben war!

Schon im Herbst 1811 beklagt er sich von neuem über die „Hudelei" seines Arztes, der er doch nun endlich müde werde: er scheint damals an den Füssen gelitten zu haben. Dann berichtet uns ein Brief, den der vierundzwanzigjährige Schweizer Schnyder von Wartensee am 17. Dec. dieses Jahres von Wien aus an seinen „hochverehrten Herrn und Freund" H. G. Nägeli in Zürich schreibt, Gleiches aus jenen Tagen. Der junge Musiker war seiner Studien wegen nach Wien gezogen und von Beethoven's Jugendfreunde Dr. Droxler in Aarau, an den damals bereits weit berühmt werdenden Meister empfohlen worden. Dieser aber war nicht zu bewegen gewesen, den Unterricht zu übernehmen, hatte den jungen Mann aber aufgefordert, seine Arbeiten getrost herzubringen, er werde sie mit Vergnügen durchsehen und beurtheilen. Schnyder also erzählt: „Von Beethoven wurde ich äusserst gut empfangen und war schon einigemal bei ihm. Er ist ein höchst sonderbarer Mann. Grosse Gedanken schweben in seiner Seele, die er aber nicht anders als durch Noten zu äussern vermag; Worte stehen ihm nicht zu Gebote. Seine ganze Bildung ist vernachlässigt, und seine Kunst ausgenommen ist er roh, aber bieder und ohne Falschheit. Er sagt geradezu von der Leber weg, was er denkt. In seiner Jugend und noch jetzt hatte er mit vielen Widerwärtigkeiten zu kämpfen; dieses machte ihn launisch, finster. Ueber Wien schimpft er und wünscht fortzugehen. »Vom Kaiser bis auf den Schuhputzer«, sagte er, »sind alle Wiener nichts werth.« Ich fragte ihn, ob er keinen Schüler annehme? Nein, antwortete er, dieses sei eine verdriessliche Arbeit; er habe nur einen, der ihm sehr viel zu schaffen mache und den er sich gern vom Halse schaffen möchte, wenn er könnte. »Wer ist denn dieser?« — »Der Erzherzog Rudolf.« [237]

Auch an Freund Zmeskall, den „Faschingslump". ergehen wieder recht unwirsche Billets, wie das eine charakteristische vom 2. Febr. 1812: „Nicht ausserordentlicher, aber sehr ordentlicher, ordinärer Federschneider, Dero Virtuosität hat schon in diesem Stück abgenommen, diese bedürfen einer neuen Federnreparatur. — Wann werfen Sie denn einmal ihr Fesseln weg, wann? — Sie denken schön an mich, verflucht sey das Leben hier in der österreichischen Barbarey für mich — ich werde jetzt meistens zur Schwane gehen, da ich mich in andern Wirthshäusern der Zudringlichkeit nicht erwehren kann. — Leben Sie wohl, so wohl, als ich es Ihnen wünsche ohne mich Ihren Freund Beethven."

Wenn wir uns nun nach den speciellern Gründen des Missmuths umsehen, der sich hinter Witz und Humor zu verbergen strebt, so stossen wir zunächst auf jenes so tausendfach verwünschte Finanzpatent vom

Herbste 1811, womit der durch den letzten Krieg
finanziell so tief zerrüttete Kaiserstaat sich wieder
aufzuhelfen gedachte, indem er den realen Werth
sämmtlichen österreichischen Papiergeldes auf ein
Fünftel herabsetzte! Dadurch war auch Beethoven's
Gehalt von 4000 Gulden plötzlich auf 800 reducirt
und die kaum gewonnene sichere Subsistenz wieder
für immer in Frage gestellt. Freilich der Hauptgön-
ner Erzherzog Rudolf, an den er sich mit der Bitte
wendete, den ihm treffenden Antheil von 1500 Gulden
künftig in sogenannten Einlösungsscheinen aus-
zahlen zu lassen, gestand dieselbe, wie Beethoven selbst
berichtet, augenblicklich zu und versprach auch eine
schriftliche Versicherung darüber. Allein was trotzdem auch hiermit an widrigen Verhältnissen und üblen
Stimmungen jeder Art verbunden war, sagt uns das
folgende Billet vom 19. Febr. 1812:

„Lieber Z., erst gestern erhalte ich schriftlich,
dass der Erzherzog seinen Antheil in Einlösungsscheinen bezahlt — ich bitte Sie nun, mir ohngefähr den
Inhalt aufzuschreiben, wie Sie Sonntag sagten, und
wir es am besten glaubten, um zu den andern zwei zu
schicken   man will mir ein Zeugniss geben, dass
der Erzherzog in Einlösungsscheinen bezahlt, ich
glaube aber, dass dieses unnöthig, um so mehr, da die
Hofleute trotz aller anscheinenden Freundschaft für
mich äussern, dass meine Forderungen nicht gerecht
wären!!!!! O Himmel, hilf mir tragen; ich bin kein
Herkules, der dem Atlas die Welt helfen tragen kann

oder gar statt seiner. — Erst gestern habe ich ausführlich gehört, wie schön Herr Baron von Kraft von
mir bei Zisius gesprochen, geurtheilt, — lassen Sie
das gut seyn, lieber Z., lange wird's nicht mehr währen, dass ich die schimpfliche Art hier zu leben weiter fortsetze, die Kunst, die verfolgte, findet überall
eine Freistatt; erfand doch Dädalus eingeschlossen
im Labyrinthe die Flügel, die ihn oben hinaus in die
Luft emporgehoben, o auch ich werde sie finden diese
Flügel. – Wenn Sie Zeit haben, schicken Sie mir das
vorverlangte Formular noch diesen Morgen, — für
nichts, wahrscheinlich für nichts zu erhalten, mit höfischen Worten hingehalten, ist diese Zeit so schon verlohren worden."

Die Dädalusflügel freilich hatte er sich längst in
seiner Kunst erfunden, die ihm die Schwungkraft
verlieh, sich, wo es nothhat, über des Lebens Un-
bill weit hinauszuschwingen. Auch hoben sich die
pecuniären Schwierigkeiten bald. Denn auch der
andere Unterzeichner des „Decrets", Fürst Lobkowitz, erklärte sich sogleich bereit, seine 700 Gulden
nach wie vor voll zu zahlen. Nur mit dem edlen Fürsten Kinsky, der gerade damals abwesend war, konnte
die Sache vorerst nicht geregelt werden.[238]

Wohl aber scheint es, dass man gerade damals,
wo in der allgemeinen Geldbedürftigkeit ein Jeder den
Werth sicherer Einnahmen höher als billig schätzte,
unsern Meister auf manchen Seiten empfindlich fühlen
liess, dass er den Gehalt eigentlich „für nichts besässe".

Denn was galt den Leuten dort die Reihe herrlichster
Werke, zu denen wahre Freunde der Kunst ihm eben
durch jenen Gehalt die Musse hatten verschaffen wollen! Und war nicht eben jetzt eine seiner neuesten und
grössten Schöpfungen sogar öffentlich durchgefallen?
Theodor Körner schreibt am 15. Febr. 1812: „Mitt-
wochs war zum Besten der Gesellschaft adliger Frauen
für Wohlthätigkeit ein Concert und Darstellung dreier
Bilder nach Rafael Poussin und Troyer, wie sie
Goethe in den Wahlverwandtschaften beschreibt. Die
Bilder gewährten einen herrlichen Genuss. Ein neues
Klavierconcert von Beethoven fiel durch." Es war
das in Es-dur, Op. 73! Man hatte, ohne Zweifel
auf Beethoven's Wunsch, der diese seine Schöpfung
nach ihrem vollen Werthe kannte und so auch seinen
Schüler und Wohlthäter nach seiner Weise ehren
wollte, freilich gegen damalige Sitte, auf dem Anschlagzettel ausdrücklich gemeldet: „gewidmet Sr.
Kaiserlichen Hoheit, dem Erzherzog Rudolf." Und
gespielt hatte es der damals einundzwanzigjährige
Carl Czerny, dem ja Beethoven bereits 1805 das
Zeugniss nicht versagen konnte, „dass derselbe auf
dem Pianoforte sein vierzehnjähriges Alter überstei-
gende ausserordentliche Fortschritte gemacht habe",
und der jetzt das Werk, wie Schindler sagt, unter
Anweisung Beethoven's sich bestens zu eigen gemacht
hatte. Dennoch war es durchgefallen. Wie durfte man
denn einen solchen Künstler noch unterstützen, und gar
mit solchen Summen!

Beethoven seinerseits macht sich solch niedrigen
Auffassungen gegenüber Luft mit „Schimpfen über
Wien" und verflucht das Leben in der „österreichischen Barbarey". Denn es war ja, wie die A. M. Z.
XIV. 8 berichtet, im December vorher durch dasselbe Concert in Leipzig, wo Musikdirector Schneider das Klavier spielte, „das sehr zahlreiche Auditorium in eine Begeisterung versetzt worden, die sich
kaum mit den gewöhnlichen Aeusserungen der Er-
kenntlichkeit und Freude begnügen konnte"! Und
hatte nicht im steiermärkischen Gratz am 22. Dec.
1811 in einer Akademie für die „Nothbedrängten"
Professor Schneller's kaum achtzehnjährige Protegée
und Schülerin Marie Koschak die Chorfantasie so gespielt, dass die Wiener Musikzeitung von
1812 berichten muss: „Das Spiel des Klaviers gewann auch hier einen grössern Charakter, seitdem
Beethoven's Composition mehr Eingang fand und man
über das leichte Geklimper sich hinwegsetzte, um in
die Tiefen seines Geistes nachzusteigen."[239]

Das musste dem Ohre des Meisters allerdings anders klingen als der Bericht des Wiener Referenten der
A. M. Z. über jene erste Aufführung des Es-dur-Con-
certs: „Die übermässige Länge der Composition ver-
minderte den Totaleffect, den dieses herrliche Geistes-
produkt sonst ganz gewiss hervorgebracht hätte", und
es ist begreiflich, dass Beethoven gerade damals in seiner „zweiten Heimat" sich nicht besonders behaglich
fühlte. Denn man verstand dort nicht oder wollte es

nicht verstehen, dass dieser Künstler in der That sein
Schaffen aus dem höchsten Gesichtspunkte auffasste
und seine Kunst nicht als die „melkende Kuh" betrachtete, „die ihn mit Butter versorgt". Und dass er trotz
aller Lebensmühen dies that, davon liegen uns gerade
aus diesen Tagen die schönsten Beweise vor.

Es hatte ihn nämlich im Herbst 1811 der k. k.
Kammerprocurator Varenna in Gratz um Compositionen zur öffentlichen Aufführung gebeten. Beethoven antwortet darauf: „Leuchtete nicht aus dem
Schreiben von Ihnen die Absicht, den Armen zu nützen,
so deutlich hervor, so würden Sie mich nicht wenig
gekränkt haben, indem Sie die Aufforderung an mich
gleich mit Zahlen belegen. Nie von meiner ersten
Kindheit an liess sich mein Eifer, der armen leidenden
Menschheit mit meiner Kunst zu dienen, mit etwas
anderm abfinden, und es braucht nichts anders als das
innere Wohlgefühl, das dergleichen immer begleitet."

Dabei sendet er sofort „Christus am Oelberg",
die Egmont-Ouverture und die Chorfantasie, die er
„als Theilnahme für die dortigen Armen von seiner
Seite und als Eigenthum der dortigen Armenakademie niederlegt", und fügt auch Stücke aus den für
Pesth geschriebenen dramatischen Gelegenheitscompositionen bei. Ebenso veranlasst ihn der überaus
günstige Erfolg dieses ersten Concerts, den offenbar
Schneller oder Varenna ihm berichtet hatte, am 8.
Febr. 1812 an den letztern zu schreiben: „Uebrigens
werde ich es mir angelegen sein lassen, Ihnen immer

meine wärmste Bereitwilligkeit, Ihren dortigen Armen behülflich zu sein, zu offenbaren, und ich verbinde mich hiermit, jährlich Ihnen immer auch selbst Werke, die blos im Manuscripte noch existiren, oder gar eigens zu diesem Zweck verfertigte Compositionen zum Besten der dortigen Armen zu schicken." Ja für ein Osterconcert zum Vortheil der Ursulinerinnen dort sendet er die übrigen Stücke aus „König Stephan" und den „Ruinen von Athen" sogar durch Stafette ein![240]

Am 8. Mai aber verspricht er für die „ehrwürdigen Frauen" eine ganz neue Symphonie. „Das ist das Wenigste, vielleicht aber auch noch etwas Wichtiges für Gesang", fügt er hinzu und schliesst dann bezeichnend genug: „Ohne Gränzen würde meine Freude sein über die gelungene Akademie, wenn ich Ihnen auch keine Kosten hätte verursachen müssen: so nehmen Sie mit meinem guten Willen vorlieb.

Empfehlen Sie mich den ehrwürdigen Erzieherinnen der Kinder und sagen Sie ihnen, dass ich Freudenthränen über den guten Erfolg meines schwachen guten Willens geweint, und dass, wo meine geringen Fähigkeiten hinreichen, ihnen dienen zu können, sie immer den wärmsten Theilnehmer an ihnen in mir finden werden.

Für Ihre Einladung meinen herzlichsten Dank. Gern möchte ich einmal die interessanten Gegenden von Steiermark kennen, und es kann wohl seyn, dass ich mir dieses Vergnügen machen werde. Leben Sie recht wohl, ich freue mich recht innig, in Ihnen einen

Freund der Bedrängten gefunden zu haben, und bin allezeit Ihr bereitwilliger Diener Beethoven."[241]

Mit solchen Anschauungen, des Menschen wie des Künstlers in gleichem Masse würdig, vermochte er denn auch den andrängenden widrigen Lebenserfahrungen einen starken Damm entgegenzusetzen. Die „ganz neue Symphonie" aber, die ebenfalls von den begeisterten Verehrern des Meisters in Gratz zuerst gehört werden sollte, war, wie wir uns wohl vorstellen können, keine andere als die A - dur - Symphonie, die siebente im Cyklus dieser monumentalen Schöpfungen.

So war denn, und damit nahen wir uns endlich auch dem Schlusse dieses langen Kapitels, nach mehr als dreijähriger Frist, wie die Früchte des Feldes in Regen und Sonnenschein zur Reife gedeihen, so im Wechsel von Leid und Freud des äussern Daseins auch dieses Riesenwerk seines Genius endlich vollendet. Welche Mühe dasselbe auch der Titanenkraft eines Beethoven gekostet, beweist das fingerdicke Skizzenbuch mit dem oft wiederholten wohlbekannten „meilleur". Und diesen ausgeführten Skizzen war obendrein so mancher Detailentwurf in den sogenannten Notirbüchern vorausgegangen, mit denen er in Wald und Feld umherschwärmend Bienen gleich herrlichste Ideen aus der Natur sog und von denen er den Ausdruck der Jungfrau von Orleans zu gebrauchen pflegte: „Nicht ohne meine Fahne darf ich kommen."[242]

Wir begreifen also, dass er, wie ja auch Gluck fast nach jeder seiner Operncompositionen in eine

schwere Krankheit verfiel, noch in den letzten Zeiten
der übermässigen Anspannung aller Organe sogar körperlich unterliegt. „Erst jetzt kann ich, indem ich das
Bette verlasse, Ihr gnädiges Schreiben von heute beantworten", heisst es im Frühjahr zur Entschuldigung
an den Erzherzog, dessen Lehransprüche eben auch
noch unausgesetzt störend zwischenein liefen. „Für
morgen dürfte es mir noch nicht möglich sein, Ihnen
aufzuwarten, doch vielleicht übermorgen. Ich habe
diese Tage viel gelitten, doch werde ich wohl hiermit
das Frühjahr und den Sommer (ich meine mit meinem
Kranksein) abgefunden haben." Und gewiss athmete
er tief auf und fühlte sich wie erlöst von einem schweren Druck, als er die abschliessenden Titelworte schrieb:
„Sinfonie. L. v. Beethoven. 1812. 13. May!" [243]

Es war aber, das mochte er trotz aller momentanen Abspannung, die ja auch bei dem grössten Geistesvermögen solcher stärksten Anspannung aller Kräfte
folgen muss, ebenso tief in der Seele fühlen, es war
mit diesem Werke, wie ein Resultat das eigenen Lebens
gezogen, so der eigenen innern Entwicklung ein kennt-
licher Merkstein gesetzt, von dem aus die fernern Mei-
len des abzulaufenden Lebensziels zu messen waren.
Es folgte nicht so bald wieder ein Werk von gleicher
Bedeutung nach Grösse und Schönheit, nach Inhalt
und Gestaltung, und als endlich wieder ein solches erschien, hatte es eben ein ganz anderes Gesicht, wie
das Innere des Meisters eine merklich andere Physiognomie angenommen hatte.

Fragen wir nun, soweit das eben hier angeht, nach dem künstlerischen Rang, den das Werk in dem Cyklus der Beethoven'schen Schöpfungen einnimmt, so ist hier in höchster Vollkommenheit jenes Gleichgewicht des Schönen erreicht, das wir als Errungenschaft dieser Lebensperiode erkannten. Es strahlt förmlich in Schönheit, jedoch — das ist bemerkenswerth für diese Schaffensepoche — so, dass immer noch, wie ja auch bei Goethe's vollendetsten Schöpfungen, der Lebensgehalt, man möchte sagen das Vollblut sinnlichen Daseins die Grundlage bildet und keineswegs schon wie in den spätern Werken ein rein Geistiges, wie die Form, so den Inhalt des Ganzen ausmacht.

Und welche Wonne hat mit diesem Werke der Meister, man kann sagen, der Menschheit bereitet! Im vollen Glanz seiner Schönheit hat er ihr das eigene Dasein enthüllt. Und nicht blos allgemeine „Daseinsfreude", wie sie aus so manchem Werke auch anderer Meister, aus Haydn's und Mozart's Symphonien uns freundlich anlacht, höchster Lebensjubel ist es, was aus diesem Werke entzückend und erregend zugleich dem Ohre entgegenschallt, und Lebensfeier, Festes-Symphonie ist der Name, den dieses Werk in Jedermanns Vorstellung sogleich annimmt. „Freude, schöner Götterfunken", das war es ja, was der Phantasie des Meisters bei Erzeugung dieses Werkes unausgesetzt vorgeschwebt und ihm die Zaubertöne eingegeben hatte, in denen wir in der That „wonnetrunken der Himmlischen Heiligthum" leibhaftig zu betreten wähnen.

Wem aber eine solche immer nur allgemeine
Bezeichnung dieser so vernehmlich klingenden Grundstimmung des Werkes nicht genügt, wer neben der
Pracht und Fülle, welche Phantasie und Sinnen hier
geboten wird, und neben der tiefsten Kunst und reichsten Mannichfaltigkeit, die dem musikalischen Verständniss tausendfach entgegensprühen, bei diesem instrumentalen Hochgemälde der reichsten und stolzesten
Art concrete Vorstellungen will und Zeichen und Namen für den Reichthum und den Glanz der Bilder, die
zauberisch wechselnd vor unserer Einbildungskraft
umhergaukeln, dem möchte wohl ein greifbarer An-
halt des Verständnisses gegeben sein, wenn nur an
die Art erinnert wird, wie ein Tizian, ein Veronese
die stolze Pracht des südländischen Lebens, ein Ru-
bens die glänzenden Feste seines üppigen Heimat-
landes selbst dem Geringsten im Volke zu frohestem
Anschauen hingestellt! War in der Pastoral-Symphonie
nur ländliches Genre gegeben, in der A-dur-Symphonie herrscht ritterliche Festespracht, wie sie in dichterischer Verklärung wohl Goethe's „Egmont" unserm
Meister zum anschauenden Bewusstsein gebracht haben
konnte, und die dann eben bei diesem Genius Form
und Farbe der grössten und schönsten musikalischen
Frescomalerei annahm.

Der Rhythmus des ersten Satzes hat unverkennbar
etwas anmuthig Chevalereskes, das aber nicht auch
den entschiedensten Ausdruck der Kraft und Fülle
ausschliesst. Und will man, wie Marx es gethan, in

dem unvergleichlichen Allegretto einen „Zug mauri-
scher Gefangenen" sehen, so ist eine solche Vorstellung keineswegs der Stimmung des Ganzen entgegen.
Ja was hindert uns anzunehmen, dass, wie der Rhythmus eines galoppirenden Pferdes unserm Meister
das Motiv zu einem Sonatensatze gegeben, und wie
durch das Kriegsmarschiren zur Zeit der Revolution
in seiner Phantasie ein musikalisches Bild der Schlachten und ihres Heldensiegers sich entzündet hatte, so
die grossen Waffenspiele der letzten Jahre, das glänzende Rüsten und stolze Ausziehen der kaiserlichen
Heere, das er ja fast täglich mit eigenen Augen
hatte sehen können, seiner Einbildungskraft ein musikalisches Gemälde dieser kriegerischen Dinge bereitete und zwar vor allem nach ihrer Glanz- und Freu-
denseite, sodass er diesmal deren Endziel, den allbe-
glückenden Frieden mit seinem allgemeinen Festes-
jubel zum Ausgangspunkt des Schaffens nahm, wie schon
früher das eine Mal das Schlachtenwesen, das andere
Mal Naturleben und wieder ein andermal die Kämpfe
des menschlichen Geistes um höchste Güter unseres
Geschlechts Motiv und Impuls seines Schaffens gewesen waren.[244]

Das Volk des Kaiserstaats konnte ja damals mit
stolzem Bewusstsein in seiner Waffen Glanz sich
sehen, das auch der Friede von Wien nicht störte, da
Aspern und Wagram wahre Heldenthaten der Nation
waren und Erzherzog Karl trotz Allem als Kriegsheld
einritt. Und diese Freude über den neugewonnenen

Frieden, die Wonne, sich dem gewohnten sichern Dasein wiedergegeben zu sehen, wie sie sich damals in Wien naiv und kräftig aussprach und die selbst durch den „Zug der Gefangenen" oder, um es dem ganzen Bilde entsprechender auszudrücken, durch das schmerzliche Andenken an die Gebliebenen nicht dauernd gestört werden konnte, dieses laute Jubeln des Volkes, allgemeiner Festzug den Kriegern entgegen, Spiel und Tanz selbst mit all seinem tosend übertäubenden Praterlärm, kann es herrlicher, glänzender, sprechender künstlerisch ausgedrückt werden als in dieser Symphonie? Und will man weiter gehen und den Boden der blossen concreten Wirklichkeit verlassen, will man über Siegesfeier oder auch Bacchusfest mit „Bocksfüsslern und Bocksfüsslerinnen" und gar Walpurgisnacht und Jahrmarktsfest von Plunderswcilern, wie sie mit all ihren kreischenden Misstönen im Finale wiederklingen, hinausgehen in das Allgemeine und Ewige, so sage man eben, dass es Festesglanz und Freudenfeier ist, was hier ausstrahlt, und gestehe, dass unser Meister, unser selbst so wenig glänzend situirter Meister hier ein Bild des höchsten Lebensglanzes gegeben, wie es keine Kunst, keine Zeit zugleich drastischer und idealer erzeugt hat.[245] Mit diesem Werke aber, sagt der Biograph, schied der Meister selbst von Lieb und Leben, um sich fortan in seinem Schaffen auf Dinge vorzubereiten, deren Freuden über diesem Leben schweben.

Zwölftes Kapitel.

Die Reise nach Teplitz.

Männerstolz vor Königsthronen,
Bruder, gält' es Gut und Blut,
Dem Verdienste seine Kronen,
Untergang der Lügenbrut. 246
Beethoven'sches Stammbuchblatt.

Je mehr wir uns dem Schlusse dieses Bandes
nähern, desto mehr erheben wir uns zugleich auf die
volle Höhe, wenn auch nicht des Schaffens, so doch des
Lebens unseres Meisters. Denn jetzt zum ersten Male
naht sich ihm mit markdurchschauerndem Kusse
jene Zaubergestalt des Weltruhms, die von allen
Mächten der Erde die grösste Gewalt über des Menschen Herz ausübt, weil sie ihm mit der Wonne des
innersten Gefühls seiner selbst zugleich einen er-
höhenden Ahnungsblick in den Zusammenhang seines
Wesens mit dem gesammten Sein, mit dem Schaffen
des Alls gewährt und ihm so trotz des drückenden
Bewusstseins von der eigenen Kleinheit im Hinblick

23*

auf diese Urmächte zugleich jene reinste Erhebung
zum Ewigen bereitet, die dem beschieden ist, der in
seinem Schaffen dem Ewigen sich gleichartig fühlen
darf.

Freilich noch vor wenig Jahren hatte Ferdinand
Ries aus Paris geschrieben, dass man Beethoven's
Werke dort wenig kenne und spiele, und diese „schönen Nachrichten über ihn" hatten den Meister bass
erzürnt. Und da nach Ries der Geschmak dort nur
ein schlechter war, so mochten auch wohl die durch Sim-
rock für Frankreich veranstalteten Ausgaben der neue-
sten Werke dort im Allgemeinen wenig durchdringen.
Im Jahre 1807 hatte man zwar in den später berühmten Conservatoriumsconcerten, denen Cherubini „seit
seiner Zurückkunft aus Wien nicht nur einen neuen
Schwung, sondern auch eine besondere, auf das Ernste,
Grosse und Strenge gerichtete Wendung gegeben",
Beethoven's erste Symphonie mit „ausgezeichnetem
Beifall" aufgenommen. Allein „der einmal aufgeregte
Enthusiasmus" der Pariser vermochte bei der zweiten
Symphonie nicht einmal „die Länge einiger Sätze" zu
überdauern, und seitdem dachte Niemand daran, es mit
den folgenden auch nur zu versuchen. Mehr dagegen
begann man, wenigstens in seiner Kammermusik, Beethoven's Bedeutung in England zu ahnen, und schon
rührten sich in London jene steten Lockrufe, die ver-
führerisch durch des Meisters ganzes ferneres Leben
tönen sollten und seine in der Eingabe von 1807 gebrauchte Wendung von dem Künstler, „dem übrigens

auch das Ausland offen steht", glänzend bestätigten.
Und hatte er nicht auch bereits einen Ruf nach
Neapel erhalten? Ebenso strebten jetzt von nah
und fern die Kaiserstadt besuchende Freunde der
Musik den Meister persönlich zu begrüssen. „Jeden
Tag kommen neue Nachfragen von Fremden, neue
Bekanntschaften, neue Verhältnisse selbst auch in
Rücksicht der Kunst, manchmal möchte ich bald toll
werden über meinen unverdienten Ruhm", schreibt er
selbst im Juli 1810 an Zmeskall, und jetzt, im Frühjahr 1812, muss er sogar das Speischaus wechseln,
weil er sich in andern Wirthshäusern der Zudringlichkeit nicht erwehren könne.[247]

Allein in voller Gegenwärtigkeit mochte er doch
diesen Weltruhm, der sich trotz Salieri, Cherubini,
Spontini und anderer berühmtester Operncomponisten
der Zeit allgemach auch auf seinen Scheitel zu lagern
begann, zum ersten Male erfahren, als er im Sommer
dieses Jahres die von Notabilitäten aller Welt und Art
frequentirten böhmischen Bäder besuchte.[248]

Wir hörten bereits, dass von neuem heftiges Unwohlsein ihn überfallen und dass er deshalb auch
sein „Dienstgeschäft" beim Erzherzog hatte aussetzen
müssen. Kaum genesen eilt er jedoch wieder in die
Burg, und da er eines Tages dort Alles geschlossen
findet, hinterlässt er Herrn von Schweiger dies Billet:
„Der kleinste aller Kleinen war eben beim gnädigsten Herrn, wo alles zugesperrt war, dann hier, wo
alles offen, aber Niemand als der treue Diener war.

Ich hatte einen dicken Pack Musikalien bei mir, um noch zu guter Letzt einen guten musikalischen Abend zu prokuriren — nichts. — Malfatti will durchaus, dass ich nach Teplitz soll, das mir nun gar nicht lieb. Ich hoffe wenigstens, ich kann mir nicht helfen, dass sich der gnädigste Herr nicht so ganz gut unterhalten soll ohne mich. — O Vanitas — es ist nicht anders. Ehe ich nach Teplitz reise, besuche ich Sie in Baden oder schreibe. Leben Sie wohl, alles Schöne dem Gnädigsten, halten Sie lieb

Ihren Freund Beethoven."[249]

Da aber zu einer langen Reise Gesellschaft stets erwünscht ist und man erfährt, dass Graf Brunswick ebenfalls die gute Absicht hat, das Bad zu gebrauchen, so erfolgt am 18. Juni 1812 nach Pest an den weinspendenden Freund ein liebenswürdiges Schreiben:

„Tausend Dank, Freundchen, für Deinen Nektar. — Und wie soll ich Dir genug dafür danken, dass Du mit mir die Reise machen willst? Es wird sich schon in meinem tönenden Herzen finden. Da ich nicht wünschte, dass Dir irgend etwas nicht nach Deinem Sinne wäre, so muss ich Dir sagen, dass ich auf Verordnung meines Arztes volle zwei Monate in T. zubringen muss, bis halben August könnte ich also nicht mehr mit Dir gehen, Du müsstest denn die Reise allein oder, was Du auch leicht finden wirst, wenn's Dir gefällt, mit Jemandem Andern machen — ich erwarte hierüber Deinen freundschaftlichen Beschluss. Glaubst

Du, dass Dir das alleine Zurückreisen nicht anstehe,
so handle ganz nach Deiner Gemächlichkeit; ich will
nicht, so sehr lieb Du mir auch bist und so sehr viel
Angenehmes auch aus dem Zusammensein mit Dir für
mich entspringt, dass Dir daraus Unangenehmes entstehe. Da Du ohnedem, wenn Du auch mitgehst, doch
den halben August zurückmusst, so werde ich meinen Bedienten mitnehmen, der wirklich ein sehr
ordentlicher, braver Kerl ist. — Da es aber sein könnte,
dass wir nicht in einem Hause zusammen sein könnten,
so wirst Du wohl thun, den Deinigen mitzunehmen,
wenn Du ihn brauchst; ich für meine Person, wenn ich
nicht ein so unbehülflicher Sohn des Apollo wäre,
möchte auf Reisen gar keinen mitnehmen. Ich bitte
Dich, nur zu machen, dass Du spätestens den ersten,
zweiten Juli hier bist, weil's sonst zu spät für mich
wird, und der Arzt jetzt schon grollt, dass ich es so
lange anstehen lasse, obschon er es selbst findet, dass
die Gesellschaft eines so guten, lieben Freundes auf
mich wohl wirken würde. — Hast Du einen Wagen?
— jetzt schreib mir aber blitzschnell die Antwort, weil
ich, sobald ich weiss, ob Du noch mitgehn willst, um
Wohnungen für uns schreibe, indem es sich dort sehr
füllen soll — leb wohl, mein guter, lieber Freund,
schreibe ja gleich Antwort und liebe

Deinen wahren Freund
Beethoven.

Meine Wohnung ist im Pasqualati'schen Hause
auf der Mölkerbastei 1239 im 4. Stock."

Allein mittlerweile eingetretene Hindernisse veranlassen den Grafen seinen Plan aufzugeben, und nun erlässt ärgerlich - launig der Meister nachfolgenden Ukas, den zum getreuen Andenken des Grafen Tochter, Fräulein Marie Brunswick in Marton - Vásár in Ungarn, in ihrem Autographenalbum aufbewahrt:

„Freund, Deine Absagung kann ich nicht annehmen, ich habe Oliva fortreisen lassen allein und zwar wegen Dir, ich muss Jemanden Vertrauten an meiner Seite haben, soll mir das gemeine Leben nicht zur Last werden, ich erwarte Dich spätestens bis 12. dieses Monaths, auch meinetwegen bis 15. dieses Monaths, doch ohne Widerrede. Es ist allerhöchster Befehl. Dieses kann nicht ohne schwere Ahndung und Strafe verstattet werden, sondern es heisst ihm ohne alle Bedingung Folge leisten. Hiermit gehabt euch wohl lieber Getreuer, den wir Gott bitten in seinen gnädigen Schutz zu nehmen. Gegeben morgens gleich nach Aufstehen vom Kaffetisch.

Wien am 4. Juli.

Beethoven.

Das Uebrige wegen der Zurückreise macht sich bald.

Wir erwarten sechsfach-blitzschnell keine andere Antwort auf unsern allerhöchsten Befehl als: ja, ja, ja, geschwinde : sonst kommt der Zorn bis nach Ofen."[250]

Statt der Antwort aber kommt der Freund selbst, ist jedoch auch jetzt nicht zu bewegen, die Reise mit-

zumachen, was natürlich den Zorn unseres Meisters
nur noch mehr erregt.

„Verdammtes ehemaliges Musikgräferl, wo hat
Sie denn der Teufel?" — schreibt er an Zmeskall.
„Kommens heute zur Schwane? nein? ja. — — Hier
sehn Sie in das Beigeschlossene, was ich alles für die
Ungarn gethan; das ist was Anders, wenn ein deutscher Mensch, ohne Wort zu geben, etwas übernimmt,
als so ein Ungarischer Graf B., der mich wer weiss,
wegen welch elender Lumperey konnte allein reisen
lassen und noch dazu ab-warten lassen ohne etwas erwartet zu haben.

Bester ehemaliger M. Gr.
ich bin Ihr
bestes dermaliges
Beethöverl.

Das Eingeschlossene schickens zurück, denn wollens dem Graf unter die Nase mit noch was anderem
reiben."[251]

Gleichwohl ist man in diesen Tagen stets heiter
gesellig mit einander, und der „Grossmogul" weiss
durch allerhöchste Verordnung stets Alles in seinem
beliebten Speischause „zur Schwane" zusammen zu
bringen.

„Sie haben heute in der Schwane zu erscheinen",
heisst es wieder an Zmeskall. „Brunswick kommt auch,
wo nicht, so werden Sie von allem, was uns angeht,
ausgeschlossen — Entschuldigungen per excellentiam
werden nicht angenommen — Gehorsam wird gefor-

dert, wo man weiss, dass man Ihr Bestes besorgt und
Sie vor Verführungen und vor ausübenden Treulosig-
keiten per excellentiam bewahren will — dixi —

Beethoven."

Und als nun Alles zur Reise vorbereitet und
durch Zmeskall „bei dem bekannten Uhrmacher an der
Freiung" noch um eine sehr gute Repetiruhr für 40
Ducaten gehandelt worden ist, werden die nähern
Freunde sämmtlich noch einmal zu einem solennen
Abschiedsmahl versammelt. In diesem vertraulichen
Kreise war denn unser Meister wieder einmal, wie er
es nannte, so recht „aufgeknöpft" und improvisirte unter Anderm auf den Mechaniker Mälzel, der sich seit
Jahren mit Erfindung und Verbesserung des wohlbekannten Metronoms beschäftigte, einen Kanon zu
den Worten: „Ta, ta, ta, lieber Mälzel, leben Sie wohl.
Banner der Zeit, grosser Metronom", der von den versammelten Freunden sogleich abgesungen wurde und
später das Hauptmotiv zu dem humoristisch-anmuthi-
gen Allegretto scherzando in der achten Symphonie abgab, dessen Haupttöne bereits Note für Note
in der Anfangsstimme des Kanons vorhanden sind.[252]

Um Mitte Juli finden wir ihn, nachdem vorerst
in Linz noch „mein Bruder der Apotheker" besucht worden, auf einige Tage in Prag, wo er zunächst den ver-
geblichen Versuch macht, seinem „Herrn aufzuwarten",
der jedoch eben die Nacht vorher abgereist war[253],
und dann, was ein Hauptanlass dieses Aufenthalts
war, sich bemüht, die Gehaltsverhältnisse mit dem

Fürsten Kinsky zu regeln. Bereits im Mai hatte er
dem Fürsten durch Varnhagen von Ense, damals Offizier im Regimente Vogelsang, die gehorsamste Bitte überreichen lassen, den Sr. Durchlaucht
betreffenden Theil an seinem Gehalte mit 1800 Gulden
gleich den andern beiden hohen Theilnehmern in Einlösungsscheinen bezahlen zu lassen, und Varnhagen
hatte denn auch bereits am 9. Juni gemeldet, Kinsky
habe unter den grössten Lobsprüchen für Beethoven
dessen Forderungen augenblicklich zugestanden. Als
nun der Meister persönlich sich vorstellte, erhielt
er die Bestätigung dieser Zusage in ihrem ganzen
Umfange. „Seine Durchlaucht erklärte mir überdies",
fügt er der Erzählung dieser Dinge bei, „dass Sie
die Rechtmässigkeit meiner Bitte vollkommen ein-
sähen und sie nicht anders als billig fänden." Ja der
Fürst „hatte die Gnade, ihm als a conto Zahlung 60
Stück Ducaten sogleich zu geben", welcher Zuschuss
zu den Kurkosten gewiss sehr erwünscht war. [254]

In Teplitz angekommen, schreibt er am 19. Juli
zunächst an Varenna in Gratz: „Sehr spät kommt
mein Dank für die guten Sachen, die mir die würdigen
Frauen alle zum Naschen geschickt; beständig kränk-
lich in Wien, musste ich mich endlich hierher flüchten.
Unterdessen besser spät als gar nicht, und so bitte ich
Sie den ehrwürdigen Frauen Ursulinerinnen alles Angenehme in meinem Namen zu sagen. Uebrigens
braucht es so viel Dank nicht, ich danke der mich in
Stand gesetzt, hier und da mit meiner Kunst nützlich

zu sein. Sobald Sie von meinen geringen Kräften zum
Besten der Armen wieder Gebrauch machen wollen,
schreiben Sie nur an mich. — Vielleicht findet sich
auch noch etwas anderes in der Zeit zum Singen.
Ich wünsche nur nicht, dass Sie diese meine Bereitwilligkeit den E. Fr. zu dienen einer gewissen Eitelkeit oder Ruhmsucht zuschreiben mögen, dieses würde
mich sehr kränken. Wollen die E. Fr. übrigens glauben, dass sie mir etwas gutes erzeigen, so sollen sie
mich mit ihren Zöglingen in ihr frommes Gebet ein-
schliessen."²⁵⁵

Es ward jetzt vor allem eifrig der Kur gelebt, und
diese „Beschäftigung seiner Gesundheit halber" hielt
ihn sogar, wie er sagt, „von der Pflicht ab, sich in das
Gedächtniss seines hohen Schülers zurückzurufen,
theils seine Unbedeutenheit liess ihn hierin zaudern".
Am 12. August aber schreibt er an ihn von Franzensbrunn aus. Dadurch erfahren wir noch die wichtige
Nachricht, dass er alle Tage viermal türkische Musik
hörte, „den einzigen musikalischen Bericht, den ich
abstatten kann!" Von Teplitz hatte ihn sein Wiener
Arzt Staudenheim nach Karlsbad beordert. Dort
gab er zum Besten des am 16. Juli abgebrannten
Baden bei Wien eine Akademie, und zwar zusammen
mit dem Kapellmeister Polledro von Turin, der
damals als Violinspieler Reisen durch Deutschland
machte und im März auch in Wien concertirt hatte.
Die Einnahme betrug 1000 Gulden W. W. „Und wäre
ich nicht genirt gewesen in der bessern Anordnung",

fügt er hinzu, „so dürften leichtlich vielleicht 2000 Gulden eingenommen worden sein. Es war eigentlich ein
armes Concert für die Armen. Ich fand beim Verleger hier nur von meinen frühern Sonaten mit Violine,
da dieses Polledro durchaus wünschte, musste ich
mich eben bequemen eine alte Sonate zu spielen.
Das ganze Concert bestand aus einem Trio von Polledro gespielt, der Violinsonate von mir, wieder etwas
von Polledro gespielt, und dann fantasirt von mir.
Unterdessen freue ich mich wahrhaft, dass den armen Badnern etwas dadurch zu Theil geworden. —
Geruhen Sie meine Wünsche für Ihr höchstes Wohl und
die Bitte, zuweilen meiner gnädig zu gedenken, anzunehmen."[256]

Das Hauptereigniss des Teplitzer Aufenthalts
aber war neben dem mannichfachen Verkehr mit Varnhagen und Rahel, Tiedge und Frau von der
Recke[257] die persönliche Bekanntschaft mit Goethe.

Bekanntlich hat über dieses Begegniss und besonders über einen pikanten Zwischenfall desselben
Bettina von Beethoven einen Bericht empfangen, der,
gleich dem Schreiben an den Erzherzog vom Monat
August datirt, den Meister in einem Lichte erscheinen
lässt, das zu den so eben gehörten Schlussworten an den
hohen Schüler den möglichst grossen Gegensatz bildet.
Die uns zunächst interessirende Stelle daraus lautet:

„Liebste, getreue Freundin! Könige und Fürsten können wohl Professoren machen und Geheim-
räthe und Titel und Ordensbänder umhängen, aber

grosse Menschen können sie nicht machen, Geister, die
über das Weltgeschmeiss hervorragen, das müssen
sie wohl bleiben lassen zu machen, und damit muss
man sie in Respect haben. — wenn so zwei zusammenkommen wie ich und der Goethe, da müssen diese
grossen Herren merken, was bei unser einem als gross
gelten kann. Wir begegneten gestern auf dem Heim-
weg der ganzen kaiserlichen Familie, wir sahen sie von
weitem kommen, und der Goethe machte sich von meinem Arme los, um sich an die Seite zu stellen, ich
mochte sagen, was ich wollte, ich konnte ihm keinen
Schritt weiter bringen, ich drückte meinen Hut auf
den Kopf und knöpfte meinen Ueberrock zu und ging
mit untergeschlagenen Armen mitten durch den dick-
sten Haufen — Fürsten und Schranzen haben Spalier
gemacht, der Herzog hat mir den Hut gezogen, die
Frau Kaiserin hat gegrüsst zuerst. — Die Herrschaften
kennen mich — ich sah zu meinem wahren Spass die
Prozession an Goethe vorbeidefiliren — er stand mit
abgezogenem Hut tief gebückt an der Seite – dann
habe ich ihm den Kopf gewaschen, ich gab kein Pardon und habe ihm all seine Sünden vorgeworfen, am
meisten die gegen Sie, liebste Freundin, wir hatten gerade von Ihnen gesprochen."

Um nun dieses Aufeinanderplatzen der beiden
grossen Männer, das, wenn es auch im Detail etwas
ausgeschmückt und outrirt sein mag, doch jedenfalls
der Hauptsache nach in der hier erzählten Weise
stattgefunden hat, zunächst nur begreiflich zu finden,

muss man sich die besondern Umstände dieser Begegnung, vor allem auch die Verschiedenheit der Individualität beider Männer vergegenwärtigen, die allerdings nach Naturanlage wie nach Bildung und Lebensstellung kaum grösser gedacht werden kann.

Beethoven hatte die persönliche Bekanntschaft
mit Goethe längst gewünscht und war denn auch, wie
er selbst an den Erzherzog schreibt, mit ihm „viel zusammen" gewesen. Allein wie es so oft in solchen Fällen geht, der Gesammteindruck dieser Begegnung war
zunächst eine starke Enttäuschung: statt des Dichter-
fürsten, den er so hoch verehrte, fand er wie so Viele, die
in des alternden Goethe Nähe kamen, einen Fürsten-
dichter, dem so eben noch, wie es in seinen Annalen
dieses Jahres heisst, „drei Gedichte für Kaiserliche
Majestäten im Namen der Karlsbader Bürger eine ehrenvoll angenehme Gelegenheit gegeben, zu versuchen, ob
noch einiger poetischer Geist in ihm walte", und der
jetzt, wie Beethoven an Bettina schreibt, er, der alte
Herr, mit denselben hohen Herrschaften Theater spielte,
der Kaiserin ihre Rolle einstudirte, überhaupt gleich
seinem Herzog „verliebt war in chinesisches Porzel-
lan"! Das Alles musste einem Beethoven, der noch in
dem ganzen Ernst des künstlerischen Strebens und der
kaum erreichten ersten Lebensresultate befangen
war, allerdings sehr „absurd" vorkommen. Er fügt
jedoch in liebenswürdigem Humor seinem Bericht darüber hinzu: „Da ist Nachsicht vonnöthen, weil der
Verstand die Oberhand verloren hat." Allein ohne

Zweifel war zu dieser sonst milden Auffassung von
des Altmeisters Thun und Wesen ein gewisser
Stachel durch dessen persönliches Benehmen gegen
unsern Meister gekommen. Denn besässen wir nicht
hundert Schilderungen von Goethe's Auftreten in jenen
Jahren, das selbst berühmten Künstlern und genialen
Männern gegenüber, wenn sie nicht zugleich gesellschaftlich hochgestellt waren, kühl reservirt und sogar
abweisend war, es genügten die einzigen Annalen,
um uns das nicht eben erfreuliche Bild eines Dichters,
der völlig Hofmann geworden, klar vor die Seele zu
stellen. Von Geburt Aristokrat — denn was ist ein
reichsstädtischer Patricier anders — hatte er sich von
vornherein in den Fürstendienst, allerdings einen der
schönsten Art, die es je gegeben, mit Leichtigkeit ge-
fügt, und wenn auch die ersten zwanzig Jahre dieser
Stellung das einfach Menschliche seiner Natur im gewöhnlichen Umgang nicht unterdrückt erscheinen lassen, der jetzt über sechzig Jahre alte Geheimrath und
Minister hatte selbst bis auf Kleidung und Haltung
die prononcirte Erscheinung und Gebarung des Hof-
manns, die durch das Napoleonische „Vous êtes un
homme" und den unausgesetzten Verkehr mit hohen,
höchsten und allerhöchsten Herrschaften nur gesteigert werden konnte und den eigentlichen Kern seines
Wesens wenigstens für Fremde nur noch äusserst selten durchschimmern liess.[258]

Allein diese äussere Art und Erscheinung des
Dichters, die Beethoven damals gegen Bettina treffend

genug mit den Worten charakterisirt: „Man muss
was sein, wenn man was scheinen will!" — diese
den schlichten Bürgersinn Beethoven's innerlichst ab-
stossende kühle Vornehmheit Goethe's allein berechtigt
selbst in einem Fall, wie er hier vorliegt, nicht entfernt
zu einem solchen Vorgehen, wie wir es oben von
unserm M ister vernahmen. Denn „Jeder lebe und
gebare sich seinem Stande gemäss, eins schickt sich
nicht für alle, und wer einmal zum Hofe gehört,
mag ein Hofmann sein, hat er doch selbst Unbequem-
lichkeit genug davon", so mochte, wie wir ihn bereits
zur Genüge kennen, auch Beethoven denken. Es muss
also sein Benehmen in dieser Situation nicht sowohl
die Regung des Moments als der endliche Ausbruch
einer seit langem gährenden innern Stimmung oder
vielmehr Verstimmung gegen den berühmten Dichter
gewesen sein, und daran trug, wie gesagt, dieser
ohne Zweifel selbst mit die Schuld.

Vergessen wir nämlich zunächst nicht, dass Goethe
nicht eigentlich musikalisch war, das heisst, dass jene
ureigenen Regungen des innern Menschen, die sich eben
die Kunst des Tons als besonderes Ausdrucksmittel
geschaffen haben, in seinem Wesen nicht lagen, und
dass er deshalb, wie es ja Vielen geht, den specifischen
Geistesgehalt dieser Kunst kaum dunkel ahnend, im
Ganzen genommen in derselben nichts Anderes sah
als ein reizvolles Spiel für Sinne und Phantasie, überhaupt das von ihm besonders jetzt so sehr geliebte
Formwesen. Eben dies letztere aber nach Möglichkeit

zu überwinden und auch seine scheinbar stumme
Kunst zur deutlichen Sprache des Innern, ja zur Offenbarung höchster geistiger Dinge zu machen, war ja
von je unseres Meisters heiligstes Bestreben gewesen.
Mochte also im Hinblick darauf das Kind Bettina mit
ihrem das Geistige auch in der Musik tief ergreifenden Vermögen über Beethoven's Grösse und geistige
Bedeutung berichtet haben, was sie wollte, für Goethe
war es wohl unverständlich, wenn sie sagt, Beethoven
fühle sich als der Begründer einer neuen sinnlichen
Basis im geistigen Leben. Denn er verstand eben
nicht heraus, „was sie sagen wollte und was wahr ist".
Er konnte sich keine rechte Vorstellung von der Musik
machen, denn nicht einmal das eigene Anhören Beethoven'schen Spiels, das ja zu dem Höchsten gehört
haben soll, was der Mensch von Enthüllungen des
innern Lebens durch die Kunst der Töne überhaupt
erfahren kann, selbst dieses „Talent" vermochte nur
ihn „in Erstaunen zu setzen". Daher denn auch Beethoven bei irgend einer passenden Gelegenheit, wie er
damals schreibt, „dem Goethe seine Meinung gesagt,
wie der Beifall auf unsereinen wirke, und dass man
von seinesgleichen mit dem Verstand gehört sein
wolle".[259]

Es war also trotz aller wohlbekannten echten
Humanität Goethe's sein Benehmen gegen den allerdings zwanzig Jahre jüngern, erst im Anfang seiner
Berühmtheit stehenden Musiker von vornherein in
keinem Falle so gewesen, wie dieser es nach seinem

künstlerischen Bewusstsein und nach seinem damaligen
Leisten — man denke nur an die C-moll-Symphonie
und an die Siebente! — zu fordern sich berechtigt
hielt, nämlich eine Behandlung auf dem Fusse voll-
ständiger Ebenbürtigkeit. Man hatte überhaupt offenbar zu keinem richtigen Verhältniss mit einander
kommen können. Dieses aber, man darf das andererseits nicht übersehen, erschwerte in rein geselligem
Umgang unser Meister allerdings selbst in hohem
Grade. Seine eigenartige Natur und der besondere
Gang seines Lebens wie seiner Bildung liessen ihn
zumal von einer Art und Weise zu sein, wie die Goethe's
war, meilenweit abstehen. Er, der Sohn der niedern
Stände — denn wozu sonst gehört ein obendrein
vermögensloser kurfürstlicher Hoftenorist, wie sein
Vater war! — und Kind der noch immer über die Achsel
angesehenen Musikantensphäre, der er ja selbst trotz
aller öffentlichen Anerkennung auch jetzt noch angehörte, war obendrein von Natur ein „unbehülflicher
Sohn Apollo's" und in Folge mangelnden Gesellschafts-
lebens ohne alle „Tournure", ja völlig „ohne Manieren"
geblieben. Dazu war er in Folge des unglückseligen
Gehörleidens, das ihn allen möglichen Missverständ-
nissen aussetzte und daher misstrauisch machte, bald
in hohem Grade unzugänglich und für den persönlichen
Umgang sogar unbequem geworden. Im vollen Gegen-
satze gegen diese gesellschaftliche Unfähigkeit seines
Wesens aber, die sich auch in einer mangelhaften,
fast plebejisch dialekthaften Ausdrucksweise zeigte,

pflegte er im Bewusstsein seines Genius, der der Welt
schon so manches unvergleichliche Werk der Kunst
geschenkt hatte und noch so manches zu schenken gedachte, in der Gesellschaft, wenn auch ohne jede „Repra-
sentation" und ohne allen „Schein", doch mit dem
ganzen Nachdruck eines Mannes aufzutreten, der Alles,
was er ist und hat, allein sich selbst verdankt und
daher nicht geneigt scheint, irgend einem Herrn sich
unterthan zu geben, irgend einer Autorität sich zu
beugen! Fest und stramm wie die ungebrochene Kraft
seines Geistes war auch sein persönliches Auftreten und
löwenartig stolz sein gesammtes Wesen.

Und dennoch hatte er, dessen können wir gewiss
sein, sich dem soviel Jahre ältern verehrten Manne,
dem berühmtesten Dichter, „dem kostbarsten Kleinod
der Nation" mit jener zutraulichen Einfachheit und Offenheit genähert, die ein so schöner Zug seiner Natur ist,
und hatte gewiss auch dem Dichter selbst die Verehrung nicht verschwiegen, die er für ihn so wahrhaft
fühlte.²⁶⁰ Dieser aber, wie immer mit Connaissancen
jeder Art überhäuft und an die anerkennende Theilnahme auch berühmterer Leute, als damals Beethoven
war, von je gewöhnt, war offenbar trotz des „vielen
Zusammenseins mit ihm" stets etwas reservirt geblieben. „Beethoven habe ich in Teplitz kennen gelernt",
schreibt er am 2. Sept. 1812 von Karlsbad aus an
seinen Berliner Verehrer Zelter, der ihm in der Musik
ein völliges Orakel war; „sein Talent hat mich in
Erstaunen gesetzt, allein es ist leider eine ganz unge-

bändigte Persönlichkeit, die zwar gar nicht Unrecht
hat, wenn sie die Welt detestabel findet, aber sie freilich dadurch weder für sich noch für Andere genuss-
reicher macht. Sehr zu entschuldigen ist er hingegen
und sehr zu bedauern, da ihn sein Gehör verlässt, das
vielleicht dem musikalischen Theil seines Wesens
weniger als dem geselligen schadet. Er, der ohnehin
lakonischer Natur ist, wird es nun doppelt durch diesen
Mangel."[261]

In diesen Worten bestätigt sich uns völlig das
geschilderte Verhältniss der beiden grossen Männer
zu einander. Und da nun jedenfalls der vornehme
alte Herr den erst aufstrebenden Sohn des Volkes,
freilich ohne es zu wollen, auch durchfühlen liess,
dass an ihm eben etwas zu „entschuldigen" und zu
„bedauern" sei, oder dieser so etwas jedenfalls durch-
zufühlen meinte, so war dies schon Anlass genug, dass
sich im Innern des Meisters zuweilen die Geister des
Unmuths regten und dass er sich unter Anderm, wie
er an Bettina schreibt, auch nicht entschliessen konnte,
was Goethe und der Herzog gewünscht, zu den gemeinschaftlichen Spielen der allerhöchsten Herrschaften
etwas von seiner Musik aufzuführen. Vielmehr hatte
er es beiden abgeschlagen, seine Kunst war ihm zu
werth, um damit blos auf Verlangen zu vergnügen, er
hatte „höhere Ziele", als „absurdes Zeug auf gemeine
Kosten" zu machen. Kaum je mochte er das lebhafter
gefühlt haben als in diesem Moment. Denn gerade die
persönliche Bekanntschaft mit Goethe, mit den aner-

kannt grössten Dichter seiner Zeit und einem der
ersten Geister aller Zeiten, musste ihm das Bewusstsein der eigenen Kraft und Bedeutung nur heben. Ja
es musste, wenn er neben dem bald steineklopfenden,
bald in indische Tiefen mystisch versenkten, die ganze
Welt umspannen wollenden Altmeister einherging,
seinem Genius eine merkliche Ahnung davon sich aufdrängen, wie zwar dieser edelste Mensch, Dichter und
Weise in diesem Moment auf der vollen Höhe der
damaligen Bildung stehe, er selbst aber, der nur halb
gebildete, vielfach unwissende Musiker, der sich vor
solcher Fülle des Wissens nur zu beugen hatte, auf
der vollen Geisteshöhe der Zeit! Oder sollte es ihm
nicht zum Bewusstsein gekommen sein, dass der damalige Goethe trotz all des Ewigen, was an ihm ist,
trotz allen weltumfassenden Bemühens seines Genius
persönlich wie in seinem Schaffen jetzt nur eine Vergangenheit repräsentirte, derweilen er, der Sohn der
jüngsten Geisterbewegung Europas, mit seinem innersten Fühlen am Pulsschlag seiner Nation, ja der gesammten Gegenwart lag und ihr den vollen treffenden
Ausdruck wie überhaupt dem geistigen Leben neue
Impulse gab?[262]

Diese Erfahrung aber musste ihm auch das Gefühl
der Würde des Künstlerberufs neu stärken, und wenn
er nun den hochedlen Mann, der doch immer der erste
Dichter seiner Nation und einer der grössten Männer
der Zeit blieb, gleich gewöhnlichen „Schranzen" Hof-
dienste thun und sich jedem Höhergestellten fast

knechtisch beugen sah, musste da nicht jenes schöne
Wort: „Demuth des Menschen gegen den Menschen, sie
schmerzt mich". laut in ihm wieder aufwachen und ein
unmuthiges „Fürstendiener" von seiner Zunge sprin-
gen machen? Goethe. selbst ein Herrscher im Reich
des Geistes. ein Fürst fast ohnegleichen, dem die
Grossen der Welt zu dienen kommen sollten und wirklich kamen. und „spielt auf zu ihren Verkehrtheiten,
macht absurdes Zeug auf gemeine Kosten mit Fürstlichkeiten, die nie aus der Art Schulden kommen!"

So schreibt Beethoven damals an Bettina, und was
ist nun begreiflicher, als dass einmal die Art oder
vielmehr Unart Goethe's in jenen Jahren, die oft genug
als des Dichters unwürdig bezeichnet worden ist und
ihm als Mann so manchen Verehrer entzogen hat, die
der Jüngling besessen und besitzt, wie kaum je ein
Anderer auf Erden. unserm Meister gar zu arg ward
und dass er mit der vollen Energie seiner Natur
in deutscher Geradheit mit seiner Meinung heraus-
platzte, „dem Dichter den Kopf wusch, keinen Pardon
gab und ihm all seine Sünden vorwarf"? Und mag
in dieser lutherhaft derben Handlungsweise gar wenig
höfische Erudition und gar viel gesellschaftliche Unart
liegen, eben dieser rücksichtslose Ausbruch einer
„ungebändigten Persönlichkeit" war die gesunde Re-
action einer Natur, die das tiefste Gefühl für die
ewigen Grundlagen unseres Geschlechts hat und es
nicht ertragen kann, dass ein Mensch, der selbst diese
Grundlagen in so mancher Hinsicht auf das beste

erneuert hat, in unnatürlicher Weise eben diese Gesetze thöricht verletzt. Und gewiss, diese Empörung
des natürlichen Gefühls, dieses freimüthige Aussprechen der berechtigtsten Kritik über solches Un-
wesen des alten Herrn, die in keiner Weise mit der
unwürdigen Art zu verwechseln ist, womit sich gewisse
Literarhistoriker an dem Wesen unseres grössten
Dichters so schwer versündigt haben, diese gerechte
Geisselung einer des grossen Mannes nicht würdigen Art
des Benehmens ist es, was unserm Meister mehr als ein
Herz erworben hat, weil es die sittliche Tüchtigkeit
seiner eigenen Natur aufs schlagendste beweist. Eben
darum verdient diese Lection, die er Goethe damals
gab, anstatt der Milderung oder gar Entschuldigung
und völligen Abläugnung, die man mit ihr versucht hat,
sogar weiteste Verbreitung.[263] Denn sie ist zugleich
geeignet, jenen in Leben und Kunst tiefeingerissenen
Servilismus und Formendienst, den gerade der alternde
Goethe als betrübendes Vermächtniss den nächstfolgenden Generationen hinterlassen hat, zerstören zu helfen
und allmälig, wie es sich gehört, ein männlicheres Selbst-
bewusstsein, ein würdigeres Gebaren und kräftigeres
Geltendmachen der natürlichen · Berechtigungen im
Leben wie in der Kunst anzubahnen. Von diesem
Gesichtspunkte aus, der wohl der einzig richtige ist,
weil er beiden Theilen ihr Recht lässt, wird sich unser
Gefühl aber auch mit dem harten Anprall des Meisters
auf den allverehrten grossen Dichter nicht blos leicht
aussöhnen, sondern man wird sogar den glücklichen

Zufall preisen, der es Beethoven möglich machte, an
einem der besten und hochgestelltesten Männer der
Zeit wir möchten sagen ein würdig Exempel zu sta-
tuiren und durch muthiges Zerreissen des Lügenge-
webes gar zu serviler socialer Formen zugleich ein
allgemeingültiges Zeugniss dafür abzulegen, dass jener
Geist der einfachen Wahrhaftigkeit und natürlichen
Gleichberechtigung, den ja Goethe selbst dereinst in
das deutsche Haus, in den Verkehr von Herz zu Herzen
eingeführt, sein volles Recht auch in den höchsten
Regionen des Lebens wie in den hervorragendsten
geistigen Beziehungen besitze und kräftig geltend zu
machen schuldig sei. Ja dass der Meister bei dieser
Begegnung mit der kaiserlichen Familie auch jenes
hochherrliche Schiller'sche „Männerstolz vor Königsthronen", das ihm Devise blieb, also in einem nicht ganz
unwichtigen Moment, wenn auch etwas ungestüm und
vielleicht sogar komisch outrirt, doch in offenster
Weise bethätigte, zeigt uns, wie ernst es ihm auch im
Leben mit jener neuen Anschauung der Dinge, mit der
Geltendmachung unserer natürlichen Rechte und Triebe
war, die den Grundgehalt seines Schaffens bilden. Und
mag er auch im fernern Verlaufe seines Lebens selbst
noch oft und bitter genug an eigener Haut haben erfahren müssen, dass es nun einmal keinem Sterblichen
vergönnt ist, „wider den Stachel zu löcken", mag er
selbst auch so gut wie Goethe später oft bis zum
Stumpfwerden der Zähne in den sauern Apfel des
Hofdienstes haben beissen müssen, der Kern seiner

Natur bleibt von diesen Dingen unberührt, und er wusste auch den persönlichen Verkehr mit seinem geliebten Erzherzog so einzurichten, dass das natürlich Menschliche darin vorherrschte und dass er sich nie der Rechte des Mannes zu begeben brauchte, der sein Haupt vor fremder Macht nicht beugt. Solche Gesinnung aber, die sich in diesem einen Moment so kräftig kund gethan, sie macht in Beethoven auch den Menschen hoch verehrungswürdig für alle, welche den Künstler längst liebten und verehrten. Eckig und knorrig wie die Eiche, aber auch innen unbrechbar fest wie dieser deutsche Baum, so war sein menschliches Wesen, und an ihm mag sich manch schwaches Gemüth aufrichten und auch in sittlicher Hinsicht in sich selbst jene neue Ordnung der Dinge begründen, die Beethoven's Werke in geistiger Hinsicht längst mit vorbereitet haben. [264]

* * *

Noch ein Begegniss brachte unserm Meister der Aufenthalt in Teplitz, das offenbar für ihn selbst grössere innere Bedeutung hatte als die persönliche Begegnung mit Goethe. Es war wieder ein zartes Verhältniss mit einem weiblichen Wesen, und wieder konnte er wie einst gegen Giulietta den Ausruf thun: „Verfolgt von der Güte der Menschen, hier und da, die ich meine ebenso wenig verdienen zu wollen, als sie zu verdienen!" Es hatte von neuem und diesmal in wohlthuendster Weise eine freundliche Hand seiner täglichen Nöthe und Unbequemlichkeiten sich ange-

nommen, eine Sängerin von Berlin. Gesellschafterin
bei einer vornehmen fremden, wahrscheinlich russischen Familie, die in Teplitz wohnte, mit Namen A m a l i e
Sebald. Und zwar scheint es, dass dieses durch
geistige und körperliche Vorzüge gleich ausgezeichnete
hochmusikalische weibliche Wesen mit der „bezaubernd
schönen Stimme" den Harmonien unseres Meisters sogleich im Anfang des Badeaufenthalts theilnehmende
Seufzer geschenkt hatte. Denn er schrieb bereits am
8. August in ihr Stammbuch:

> Ludwig van Beethoven,
> Den Sie, wenn Sie auch wollten,
> Doch nicht vergessen sollten!

Und als er nun von den „Ausflügen" nach Karlsbad und Franzensbrunn, wie er dem Erzherzog am
12. August meldet, mit „noch wenig Gewissheit über
die Verbesserung seines Zustandes" nach Teplitz zurückgekehrt und sogar kränker als vorher ward, sodass er die Absicht, wieder nach Wien zu gehen, die er
gegen Bettina ausgesprochen, zunächst aufgeben
musste, da nahm das treffliche Fräulein bei seinem
wiederholten Unwohlsein nach Frauenart seiner Pflege
freundlich sich an und suchte auch nach Kräften seiner
Verstimmung entgegenzutreten. Daraus entspann sich
dann die nachfolgende Reihe von zarten und innigen,
jedoch wie immer launigen Billets, die für sich selbst
sprechen, aber offenbar ein tieferes Verhältniss zwischen den beiden Herzen vorbereiteten.[265]

„Tyrann ich? Ihr Tyrann!" heisst es zunächst

am 16. Sept. 1812. „Nur Missdeutung kann Sie
dies sagen lassen, wie, wenn eben dieses Ihr Urtheil
keine Uebereinstimmung mit mir andeuten [solle]. Nicht
Tadel deswegen; es wäre eher Glück für Sie. — Ich
befand mich seit gestern schon nicht ganz wohl, seit
diesem Morgen äusserte sich's stärker; etwas Unver-
dauliches für mich genossen ist die Ursache davon.
und die reizbare Natur in mir ergreift ebenso das
schlechte als gute, wie es scheint; wenden Sie dies
jedoch nicht auf meine moralische Natur an. Die
Leute sagen nichts, es sind nur Leute; sie sehen sich
meistens in Andern nur selbst, und das ist eben nichts;
fort damit, das Gute, Schöne braucht keine Leute. Es
ist ohne alle andere Beihülfe da, und das scheint denn
doch der Grund unseres Zusammenhaltens zu sein. —
Leben Sie wohl, liebe Amalie. Scheint mir der Mond
heute Abend heiterer als den Tag durch die Sonne.
so sehen Sie den kleinsten, kleinsten aller Menschen
bei Sich.

Ihr Freund Beethoven."

Wieder heisst es, offenbar am Tage darauf, in
der echten Bescheidenheit einer grossen Natur: „Liebe
gute Amalie. Seit ich gestern von Ihnen ging, ver-
schlimmerte sich mein Zustand und seit gestern
Abend bis jetzt verliess ich noch nicht das Bette, ich
wollte Ihnen heute Nachricht geben und glaubte dann
wieder mich dadurch Ihnen so wichtig scheinen machen
zu wollen, so liess ich es sein. — Was träumen Sie,
dass Sie mir nichts sein können? mündlich wollen wir

darüber, liebe Amalie, reden; immer wünschte ich nur,
dass Ihnen meine Gegenwart Ruhe und Frieden einflösste, und dass Sie zutraulich gegen mich wären. Ich
hoffe mich morgen besser zu befinden und einige
Stunden werden uns noch da während Ihrer Anwesenheit übrig bleiben, in der Natur uns beide wechsel-
seitig zu erheben und zu erheitern. — Gute Nacht,
liebe Amalie, recht viel Dank für die Beweise Ihrer
Gesinnungen für Ihren Freund Beethoven.

In Tiedge will ich blättern."[266]

Auch die fernern, thatsächlich wenig bedeutenden
Billets zeigen, dass der persönliche Verkehr der Beiden
fast täglich stattfand, und obgleich von den kleinsten
Alltagsbedürfnissen ausgehend und sich nährend, doch
einen wirklich geistigen Untergrund und eine gegen-
seitige zarte Theilnahme an den kleinen Tageser-
lebnissen wie an dem tiefsten innern Wesen zur
Folge hatte. „Ich melde Ihnen nur, dass der Tyrann
ganz sklavisch an das Bett gefesselt ist — so ist es!
Ich werde froh sein, wenn ich nur noch mit dem Verlust
des heutigen Tages durchkomme. Mein gestriger
Spaziergang bei Anbruch des Tages in den Wäldern,
wo es sehr neblicht war, hat meine Unpässlichkeit
vergrössert und vielleicht meine Besserung erschwert.
Tummeln Sie sich derweil mit Russen, Lapländern,
Samojeden etc. herum und singen Sie nicht zu sehr
das Lied „Es lebe hoch".

Ihr Freund
Beethoven.

„Es geht schon besser. Wenn Sie es anständig heissen, allein zu mir zu kommen, so können Sie mir eine grosse Freude machen; ist aber dass Sie dieses unanständig finden, so wissen Sie, wie ich die Freiheit aller Menschen ehre, und wie Sie auch immer hierin und in andern Fällen handeln mögen, nach Ihren Grundsätzen oder nach Willkühr, mich finden Sie immer gut und als Ihren Freund Beethoven."

„Die Krankheit scheint nicht weiter voranzugehn, wohl aber noch zu kriechen, also noch kein Stillstand! dies alles was ich Ihnen darüber sagen kann. — Sie bei sich zu sehen, darauf muss ich Verzicht thun, vielleicht erlassen Ihnen Ihre Samojeden heute Ihre Reise zu den Polarländern, so kommen sie zu Beethoven."

„Dank für alles was Sie für meinen Körper für gut finden, für das Nothwendigste ist schon gesorgt · auch scheint die Hartnäckigkeit der Krankheit nachzulassen. Herzlichen Antheil nehme ich an Ihrem Leid, welches auf Sie durch die Krankheit Ihrer Mutter kommen muss. — Dass Sie gewiss gern von mir gesehen werden, wissen Sie, nur kann ich Sie nicht anders als zu Bette liegend empfangen. Vielleicht bin ich Morgen im Stande aufzustehen. — Leben Sie wohl, liebe gute Amalie.

Ihr etwas schwach sich befindender Beethoven."[267]

Als letztes der uns aufbewahrten Billets erscheint dann das folgende:

„Ich kann Ihnen noch nichts bestimmtes über mich sagen, bald scheint es mir besser geworden, bald wieder im alten Geleise fortzugehen, oder mich in einen längern Krankheitszustand versetzen zu können. Könnte ich meine Gedanken über meine Krankheit durch ebenso bestimmte Zeichen als meine Gedanken in der Musik ausdrücken, so wollte ich mir bald selbst helfen — auch heute muss ich das Bett noch immer hüten. Leben Sie wohl und freuen Sie sich Ihrer Gesundheit, liebe Amalie.

Ihr Freund Beethoven."

Keine weitere-directe Nachricht haben wir über dieses feine und schöne Verhältniss, wenn wir nicht etwa, was allerdings ohne Zwang geschehen kann, das Wort vom 8. März 1816 an Ferdinand Ries: „Alles Schöne an Ihre Frau, leider habe ich keine, ich fand nur Eine, die ich wohl nie besitzen werde" — auf Amalie Sebald beziehen wollen. Ungleich mehr aber erinnert an dieses Wesen, das vermöge seiner Vorzüge auch Männern wie C. M. von Weber und seinem Freunde Wollank in Berlin eine warme, tiefe und veredelnde Zuneigung und Verehrung eingeflösst hatte, die Erzählung des uns wohlbekannten Fräuleins Del Rio aus dem September 1816. Das junge Mädchen hatte mit Vater und Schwester den Meister in seiner Villegiatur in Baden aufgesucht, und hier hatten sie denn mit weiblicher Neugierde sich über Beethoven's Notizenbuch hergemacht, das auf dem Tische lag. „Da war aber", schreibt sie nun, „ein solches Durcheinander von wirthschaftlichen Angelegenheiten, auch vieles für uns nicht Leserliche, dass es unser Staunen erregte;

aber siehe da! einer Stelle erinnere ich mich — da stand: »Mein Herz strömt über beim Anblick der schönen Natur — obschon ohne sie!« — Das gab uns viel zu denken. — Es wurde dann ein Spaziergang ins schöne Helenenthal gemacht, wir Mädchen wanderten voran, dann Beethoven mit unserm Vater. Folgendes war es, was wir mit gespanntem Gehör erhaschen konnten:

Mein Vater meinte, Beethoven könne sich von diesem traurigen Uebelstand seiner häuslichen Verhältnisse nur durch ein ähnliches Band befreien und ob er Niemand kenne etc. Da war denn unsere langgehabte Ahnung bestätigt; er liebe unglücklich, vor fünf Jahren habe er eine Person kennen gelernt, mit welcher sich näher zu verbinden er für das höchste Glück seines Lebens gehalten hätte. Es sei nicht daran zu denken, fast Unmöglichkeit, eine Chimäre. Dennoch ist es jetzt noch wie am ersten Tag. Diese Harmonie, setzte er noch hinzu, habe er noch nicht gefunden! Doch ist es zu keiner Erklärung gekommen, er habe es noch nicht aus dem Gemüth bringen können!"[268]

Amalie Sebald heirathete später einen Justizrath Kramer. Dass Beethoven, der über die Jahre der Leidenschaft doch wohl jetzt hinaus war, in der dauernden Verbindung mit einem Wesen wie dieses, dessen echt weibliche Tugenden sich sogar in seinen eigenen Billets wiederspiegeln, den kleinen Rest von Lebensglück sammeln zu können hoffte, den auch ihm

des Schicksals Fügung noch aufgespart zu haben
schien, ist nur zu begreiflich, und wir können im Hinblick darauf, dass ihm auch dieser bescheidene Wunsch
wie so mancher in seinem um so manches schöne
Lebensgut betrogenen Dasein nicht erfüllt wurde, nur
das Wort wiederholen, das er selbst ein Jahr vorher
an Bettina geschrieben: „Bedaure mein Geschick!"[269]

* * *

Im October dieses Jahres finden wir ihn wieder
in Linz beim „Bruder Apotheker", allwo dann, wie aus
der Aufschrift des Originalmanuscripts hervorgeht,
die achte Symphonie vollendet ward, von deren Allegretto scherzando wir bereits oben vernahmen.
Aber auch die Skizzen zum ersten und letzten Satze
waren bereits vorhanden, sie folgen im Petter'schen
Skizzenbuche unmittelbar auf die zur siebenten Symphonie.[270] Also ist wohl nur das Tempo di Menuetto
damals neu erfunden worden, eine Vermuthung, die
der besondere Charakter dieses Stücks mehr als
wahrscheinlich macht. Denn dieser Satz, in seiner
stelzenhaften Würde und dem vornehmen Sichbreit-
machen ein wahres Meisterstück musikalischer Charakteristik, ist vielleicht eine geniale Ironisirung der
mancherlei steifen Gespreiztheiten, die Beethoven in
Karlsbad immerfort hatte ausstehen müssen und die
sich geberdeten, als wenn auch nicht entfernt eine
Zeit hereingebrochen wäre, wo am Menschen blos
das Menschliche gilt, sondern als ob das geliebte
„ancien régime" nach wie vor in vollster Glorie

fortblühe. Wenn schon Goethe gegen Beethoven sich vornehm betrug, wie mögen erst die eigentlichen Hofschranzen und die Gestirne zweiten, dritten und vierten Ranges, die die kaiserlich apostolischen Majestäten unausgesetzt umschwärmten, sich gegen den stand- und ranglosen Musikanten benommen haben, der in demselben Kreise sich zu bewegen wagte! Dieser aber hat dann allerdings für solch unberechtigte Entziehung der natürlichen Ehre, die dem Menschen, und des theilnehmenden Verständnisses, das dem Künstler gebührt, nach echter Genien Art seine Rache genommen und das Ridicüle dieser vornehmen Wirthschaft, das Hohle und Leere eines überlebten Formenwesens in einer Weise greifbar verständlich gemacht, wie nur je die Donquixoterien irgend einer Epoche künstlerisch gegeisselt worden sind. [271]

Sonst steht nach ihrem geistigen Gehalt jene Symphonie so ziemlich auf der Stufe der vierten, zeigt jedoch in technischer Hinsicht und besonders auch in der Instrumentation überall jene äussere Formvollendung und gleichgewichtige Harmonie, die wir als den allgemeinen Charakter des jetzigen Schaffens des Meisters erkannten. Nur ist bemerkenswerth, dass sich bereits hier, wenigstens in kleinen Ansätzen, die freiere Formauffassung der spätern Zeit findet, und dass namentlich sogar in diesen sonst durchweg monumentalen Stil auch bereits jene neuen Mittel der Darstellung, z. B. die Vortragsnüancen durchs Tempo, die enharmonischen Verwechslungen etc. verwebt sind, die

später eine so grosse Rolle in Beethoven's Musik spielen
und überhaupt unserer Kunst neue Ausdrucksweisen
angebahnt haben, welche besonders bei R. Schumann
und R. Wagner die bedeutsamste geistige Verwerthung
erfahren sollten. Von andern Erweiterungen des
orchestralen Stils aber gibt eine theilweise Andeutung eins jener merkwürdigen Worte, mit denen sich
der Meister selbst stets die nothwendigen Fortschritte
seiner Kunst zur bewussten Anschauung zu bringen
suchte, das Wort aus dem Tagebuch von diesem Herbst:
„Die genaue Zusammenhaltung mehrerer Stimmen
hindert im Grossen das Fortschreiten einer zur
andern."[272] Man merkt, der Geist des Meisters, durch
innere Erfahrung gekräftigt und durch unausgesetztes
Schaffen frei und selbstständig gemacht, strebt mehr
und mehr die Bande wie des Lebens so der Schule
abzustreifen und seinem Genius eine Sprache zu gewinnen, die zum vollen reinen Ausdruck des eigensten
Ideenlebens wird. Eben damit aber sehen wir ihn zugleich mehr und mehr auf die Gaben des äussern
Lebens, das ihn nun bereits so oft getäuscht und
genarrt, verzichten und sich in einer Weise in sein
Schaffen versenken, die ihn bald ganz und gar dem
Licht des Tages entzieht und einem höhern Lichte
zuführt.

„Ergebenheit, innigste Ergebenheit in dein Schicksal, nur diese kann dir die Opfer — — — zu dem
Dienstgeschäft geben", beginnt in seiner apokalyp-
tischen Sprache das genannte Tagebuch; „o harter

Kampf! - Alles musst du finden, was dein seligster Wunsch gewährt, so musst du es doch abtrotzen — absolut die stete Gesinnung beobachten. Du darfst nicht Mensch sein, für dich nicht, nur für andre, für dich gibt's kein Glück mehr als in dir selbst, in deiner Kunst — o Gott! gib mir Kraft mich zu besiegen, mich darf ja nichts an das Leben fesseln."

Und doch trotz Allem, für eine Weile hält es ihn noch auf der hohen Woge des Lebens, ja es scheint fast, als wäre noch 'eine Steigerung zu gewinnen, indem nicht blos der Ruhm der Welt ihm naht, sondern sogar die Grossen dieser Erde kommen, um dem wahrhaft Grossen zu huldigen. Allein wir werden sehen, dass, wie es Beethoven's Art einmal war, sich durch nichts auf der Welt beirren noch imponiren zu lassen, so auch die jetztkommenden Erlebnisse, so glänzend sie sind, ihn nicht innen wesentlich höher hoben oder auch nur veränderten. „Das ganze menschliche Treiben geht wie ein Uhrwerk an ihm auf und nieder, er allein erzeugt frei aus sich das Ungeahnte, Unerschaffene", schreibt Bettina schon 1810. Und doch gehörten auch diese Erfahrungen, es gehörte der Gewinn des höchsten Preises, den das Leben dem Künstler zu bieten vermag, dazu, um ihn mit eben diesem Leben völlig abzufinden und, indem er dessen ganze Endlichkeit erkannte, in ihm jene Sehnsucht nach dem Unendlichen zu erwecken, die, schon ein natürlicher Hang seines Wesens, bald sogar der Grundcharakter seines gesammten Denkens, Handelns und Empfindens wurde und ihm jene dichterisch prophetische Kraft verlieh, auf das tiefste Herz der Menschen zu wirken und so auch aus seinem blos musikalischen Schaffen eine welt-bedeutende That zu machen, die wenigstens in unserm Innern ahnungsweise die neue Ordnung der Dinge, der wir hoffend und wünschend entgegensehen, vor-zubereiten und zu begründen mit geholfen hat.

Dreizehntes Kapitel.

Das Concert im Universitätssaale.

Denn ausduldenden Muth verlieh dem Menschen das Schicksal.
Tagebuch von 1814.

In dem oben erwähnten Tagebuch steht auch
1812 die Stelle: „Alles anwenden, was noch zu thun
ist, um das Nöthige zu der weiten Reise zu entwerfen.“
Diese weite Reise sollte wohl nach London gehen, wo
ja schon so mancher Musiker und nicht blos geniale
Künstler wie Haydn und Cherubini, sondern auch blosse
Talente wie Peter Winter sich Ruhm und Gold geholt
hatten. [273] Denn besonders an letzterem scheint es, zumal nach der überlangen kostspieligen Badereise, unserm Meister wieder einmal sehr gefehlt zu haben.
An einträglichen Compositionen hatte dieser kränkliche
Sommer wohl auch nicht viel gebracht, und grosse
Werke wie die siebente und achte Symphonie waren
nicht verkäuflich, ehe die Stimme des Publikums über

ihren Werth entschieden hatte. Auch Beethoven's Aeusserung gegen Varenna (8. Febr. 1812): „da ich vor einem Jahre gar nichts Neues von meinen Werken herausgebe", deutet darauf hin, dass die Einnahmequelle bei den Verlegern momentan versiegt war.

Die Ausgaben dagegen waren nach wie vor dieselben, sie müssen sogar gerade in dieser Zeit bedeutend zugenommen haben, weil er seinen seit 1806 verheiratheten „unglücklichen kranken Bruder Karl sammt seiner Familie gänzlich zu unterstützen" genöthigt war. „Er hatte einige Jahre die Lungensucht", heisst es an Ries 22. Nov. 1815, „und um ihm das Leben leichter zu machen, kann ich wohl das, was ich gegeben, auf 10000 Fl. W. W. anschlagen." Ja der Meister hatte sich jetzt, wie er selbst sagt, ohne Rücksicht seiner selbst ganz ausgegeben, indem er hoffen konnte, durch die Erhebung seines Gehalts wenigstens seines Lebens Unterhalt zu bestreiten. [274]

Um so empfindlicher musste es ihn treffen, nicht blos dass, wie er bei der Rückkehr nach Wien erfuhr, Fürst Kinsky trotz seines Versprechens die Auszahlung des Gehalts nicht verfügt hatte, sondern das sauch durch seinen jähen Tod, der am 3. November in Folge eines Sturzes vom Pferde erfolgte, die Forderung wenn nicht überhaupt in Frage gestellt, doch jedenfalls hinausgezogen wurde. Er wendete sich freilich bereits am 30. Dec. 1812 an die verehrte schöne Fürstin, der ein Jahr vorher die oben (S. 300) erwähnten Gesangstücke dedicirt waren, mit folgenden eindringlichen Worten: [275]

„Eure Durchlaucht! Das unglückliche Ereigniss, welches Seine Durchlaucht den Fürsten von Kinsky, Hochdero seligen Gemahl dem Vaterlande, Ihren theuren Angehörigen und so Vielen entriss, die Sie grossmüthig unterstützen, welches jedes für das Grosse und Schöne empfängliche Gemüth mit tiefer Trauer erfüllt, traf auch mich auf ebenso sonderbare als für mich empfindliche Weise. Die herbe Pflicht der Selbsterhaltung zwingt mich, Eurer Durchlaucht eine gehorsamste Bitte vorzulegen, welche, wie ich hoffe, in ihrer Billigkeit zugleich die Entschuldigung mit sich führen wird, Eure Durchlaucht in einem Augenblicke, wo so wichtige Dinge Sie beschäftigen, damit belästigt zu haben." Er trägt dann den oben (S. 363) gegebenen „Thatbestand" vor, zu dem wir nur noch hinzuzufügen haben, dass auch dem Freund Oliva, durch den der Meister im September nochmals „eine gehorsamste schriftliche Erinnerung an das Versprechen überreichen liess", der Fürst neuerdings das Gesagte wiederholt und die nöthige Verfügung an die Kasse zugesagt hatte. So war die „Liquidität" der Bitte „durch zweier Zeugen Mund", Varnhagen und Oliva, genügend dargethan, und Beethoven legte in der Ueberzeugung, „dass die hohen Erben und Nachkommen dieses edlen Fürsten gewiss im Geiste Seiner Humanität und Grossmuth fortwirken und Seine Zusage in Erfüllung bringen werden", seine gehorsamste Bitte in die Hände Ihrer Durchlaucht und erwartete von ihrer Gerechtigkeit die günstige Entscheidung derselben.

Allein die gewiss wohldenkende und edle Fürstin
hatte bei aller Anerkennung der Billigkeit dieser Forderung wegen ihrer Kinder doch auf die Entscheidung
der Obervormundschaftsbehörde hinweisen müssen und
obendrein darauf, dass durch den unvorhergesehenen
Hintritt des Fürsten, ja durch die Zeitverhältnisse
selbst dem Verlassenschaftsvermögen so manche Last
aufgeladen werden musste, die eine genaue Zusammenhaltung aller Hülfsquellen für den Augenblick zum
höchsten Bedürfniss und Gesetz machten. Beethoven
beschied sich denn auch, den Umständen nachgebend,
zunächst nur den seit dem 1. Sept. 1811 rückständigen
Gehalt nach der alten Scala mit 1088 Fl. zu fordern
und die weitern Ansprüche bis zur Ordnung der Ver-
lassenschaft zu verschieben, da die unmittelbare Auszahlung des verfallenen unstreitigen Betrags zu seinem
Unterhalt höchst nöthig sei Allein die Sache muss
sich trotzdem noch verzögert haben, denn Beethoven
klagt im Anfang 1813 dem „erhabenen Schüler“
das eine Mal: „Ich bin schon seit Sonntag nicht wohl,
zwar mehr geistig als körperlich“, und das andere Mal:
„Was meine Gesundheit anbelangt, so ist's wohl dasselbe, um so mehr, da hierauf moralische Ursachen
wirken, die sich sobald nicht scheinen heben zu wollen;
um so mehr, da ich nur alle Hülfe bei mir selbst suchen und nur in meinem Kopf die Mittel dazu finden
muss; um so mehr, da in der jetzigen Zeit weder Wort,
weder Ehre, weder Schrift jemanden scheint binden zu
müssen.“[276]

Wir hören dabei, dass er wieder an mehreren Werken zugleich schreibt. Welche es sind, werden wir später erfahren. Wir können es aber wohl begreifen, dass er sich in dieser hartbedrängten Lage vom Himmel herab Ergebung erfleht, da „nur diese ihm die Opfer zu dem Dienstgeschäft geben könne", das ihm ebenfalls die jetzt so kostbare Zeit raubt. Gleichwohl erfolgen Billets wie dieses: „Ich bitte tausendmal um Verzeihung, wenn ich mich nicht früher entschuldigt, doch hatte ich jeden Tag den besten Willen aufzuwarten, aber der Himmel weiss es, trotz dem besten Willen, den ich für den besten Herrn habe, hat es mir nicht gelingen wollen, so weh es mir auch thut, dem nicht alles aufopfern zu können, für den ich das höchste Gefühl der Hochachtung und Liebe und Verehrung habe" Es handelt sich um die regelmässigen Musikabende, die er einmal ausgesetzt wünscht, zum Theil auch um des Erzherzogs selbst willen. Denn er fügt hinzu: „Seine Kaiserl. Hoheit würden vielleicht selbst nicht unrecht handeln, wenn Sie diesesmal in Rücksicht der Lobkowitzischen Concerte eine Pause machten: auch das glänzendste Talent kann durch Gewohnheit verlieren." Doch ist er auch jetzt wie immer in jedem Augenblicke bereit, dem erhabenen Schüler mit seiner Kunst zu Gefallen zu sein.

Es war im Januar 1813, als von Russland kommend der berühmte Geiger Pierre Rode in Wien eintraf, und offenbar wollte auch der Erzherzog ihn bei sich, d. h. eben in den Lobkowitz'schen Concerten hören und wohl gar mit ihm spielen. Also schickte sich Beethoven an, eine Composition für Rode zu schreiben. Er meldet dem Prinzen: „Morgen in der frühesten Frühe wird der Copist an dem letzten Stück anfangen können, da ich selbst unterdessen an mehreren andern Werken schreibe. so habe ich um der blossen Pünktlichkeit willen mich nicht so sehr mit dem letzten Stücke beeilt, um so mehr, da ich dieses mit mehr Ueberlegung, in Hinsicht des Spiels von Rode, schreiben muss; wir haben in unsern Finales gern rauschendere Passagen, doch sagt dieses R. nicht zu und — schenirte mich doch etwas. -- Uebrigens wird Dienstags alles gut gehen können. Ob ich diesen Abend bei Ihrer Kaiserl. Hoheit erscheinen kann, nehme ich mir die Freiheit zu zweifeln, trotz meinem Diensteifer; aber dafür komme ich morgen Vormittag, morgen Nachmittag, um ganz die Wünsche meines erhabenen Schülers zu erfüllen."

Bald darauf heisst es denn: „Roden anbelangend haben Ihre Kaiserl. Hoheit die Gnade, mir die Stimme durch den Ueberbringer dieses übermachen zu lassen, wo ich sie ihm sodann mit einem Billet doux von mir schicken werde. Er wird das die Stimme schicken gewiss nicht übel aufnehmen, ach gewiss nicht! Wollte Gott, man müsste ihn deshalb um Verzeihung bitten, wahrlich die Sachen ständen besser. --- Gefällt es Ihnen, dass ich diesen Abend um 5 Uhr. wie gewöhnlich. komme oder befehlen I. K. H. eine andere Stunde, so werde ich, wie immer, darnach trachten, aufs pünktlichste Ihre Wünsche zu erfüllen."[277]

Merkwürdig ist nun aber, dass Beethoven damals in der pecuniären Bedrängniss sich nicht an seinen hohen Gönner zu wenden wagte. Fürchtete er auch hier, was er in diesen Tagen an Zmeskall schreibt: „Für mich hat man überall die Ohren an den Füssen"? Und doch nennt er in denselben Tagen gegen Varenna „seine Lage unverschuldet wohl die unglücklichste seines Lebens"! Es scheint dagegen, als habe er sich in dieser Verlegenheit zunächst dem getreuen Freund Brunswick vertraut, da eben damals Zmeskall beauftragt wird, einen Brief an denselben „gleich heute zu besorgen, dass er so geschwinde als möglich und richtig ankomme". Doch wird in Folge seiner Theaterleidenschaften auch dieser damals nicht in der Lage gewesen sein, mit ausgiebigem Erfolge zu helfen, und so mussten, da die gewöhnlichen Quellen ganz versiegten, fernerstehende Bekannte und Freunde vertrauend angegangen werden. So mag auf diese Tage zurückzuführen sein, was im Tagebuch des folgenden Jahres 1814 durchstrichen steht: „2300 fl. bin ich der F. A. B. [Brentano in Frankfurt, Gemahl von Antonie Birkenstock, vgl. oben S. 318] schuldig, einmal 1100 fl. und 60 fl."[278]

Allein auch dies scheint die „schrecklichste Geldverlegenheit, in die er gerathen", nicht gehoben zu haben. Dennoch schreibt er in derselben Zeit einmal an Varenna: „Uebrigens wird mich das (und nichts

in der Welt) nicht abhalten, Ihren ebenso unschuldig
leidenden Convent-Frauen soviel als möglich durch
mein geringes Werk zu helfen." Dabei stellt er ihm
die beiden neuen Symphonien, eine Arie für Bassstimme
mit Chor und mehrere einzelne kleine Chöre zu Diensten. „Was Sie von einer Belohnung eines Dritten für
mich sagen", heisst es jedoch weiter, „so glaube ich
diesen wohl errathen zu können. Wäre ich in meiner
sonstigen Lage, nun ich würde gerade sagen: Beethoven nimmt nie etwas, wo es für das Beste
der Menschheit gilt, doch jetzt ebenfalls durch
meine grosse Wohlthätigkeit in einen Zustand versetzt,
der mich zwar eben durch seine Ursache nicht beschä-
men kann, wie auch die andern Umstände, die daran
schuld sind, von Menschen ohne Ehre, ohne Wort her-
kommen, so sage ich Ihnen gerade, ich würde von einem
reichen Dritten so etwas nicht ausschlagen." Als
aber kurz darauf Varenna 100 fl. sendet, empfängt sie
Beethoven „mit vielem Missvergnügen" und lässt sie
liegen, um zu den Copiaturen angewendet zu werden;
„was übrig bleibt, wird den edlen Klosterfrauen nebst
der Einsicht in die Rechnungen der Copiatur zurück-
gesendet werden." Dabei enthüllt sich, dass der „reiche
Dritte" der ehemalige König von Holland, Ludwig
Bonaparte, ist. „Und nun ja von diesem, der vielleicht
viel von den Holländern auf weniger rechtmässige Art
genommen", meint Bethoven, „hätte ich kein Bedenken getragen, in meiner jetzigen Lage etwas zu nehmen. Nun aber verbitte ich mir freundschaftlich, nichts

mehr davon zu erwähnen. Schreiben Sie mir, ob ich vielleicht, wenn ich selbst nach Gratz kommen würde, eine Akademie geben könnte, und was ich wohl einnehmen könnte; denn leider wird Wien nicht mehr mein Aufenthalt bleiben können." [279]

Treuester Helfer in der fatalen äussern Lage, die dem Meister sogar den Aufenthalt in der schönen Kaiserstadt verleidete, weil er sich dort von der ganzen Welt verlassen wähnte, war nun wie gewöhnlich zunächst Zmeskall, an den eine Reihe von Billets aus diesen Tagen vorliegt, die uns in das Kleinleben des unbehülflichen Apollosohnes genügend einweihen. „Verfluchter geladener Domanovetz — nicht Musikgraf, sondern Fressgraf — Dineengraf, Soupeengraf" etc., heisst es einmal im Humor halber Verzweiflung. „Heute um halb Eilf oder 10 Uhr wird das Quartett bei Lobkowitz probirt, S. D., die zwar meistens mit ihrem Verstande abwesend, sind noch nicht da, — kommen Sie also — wenn Sie der Kanzleygefängnisswärter entwischen lässt. — Heute kommt der Herzog, der bei mir Bedienter werden will, zu Ihnen — auf 30 fl. mit seiner Frau obligat können Sie sich einlassen — Holz, Licht, kleine Livree etc. — zum Kochen muss ich Jemand haben, solange die Schlechtigkeit der Lebensmittel so fortdauert, werde ich immer krank. — Ich esse heute zu Hause, des bessern Weins halber; wenn Sie sich bestellen, was Sie haben wollen, so wär's mir lieb, wenn Sie auch zu mir kommen wollten; den Wein bekommen

Sie gratis, und zwar besser wie in der hundsföttischen Schwane.

Ihr kleinster Beethoven."

Und am 25. Febr. 1813: „Ich bin, mein lieber Z., seit der Zeit ich Sie nicht gesehen, beynahe immer krank, unterdessen hat sich der Bediente, welcher vor dem, den Sie jetzt haben, bey mir gemeldet; ich erinnerte mich seiner nicht, er aber sagte mir, dass er bey Ihnen gewesen und dass Sie nichts auszusetzen an ihm gehabt, als dass er Sie nicht recht frisiren könne. — Ich habe ihm zwar schon, doch nur 1 fl. Draugeld gegeben; sollten Sie sonst nichts Aergeres, welches ich Sie mir bitte aufrichtig zu sagen, an ihm auszustellen haben, so würde ich dabei bleiben, denn die Frisur ist, wie Sie wissen, mein letztes Augenmerk, es müsste denn seyn, dass man meine Finanzen frisiren und tappiren könnte. Der Himmel segne Sie in Ihren musikalischen Unternehmungen. Der Ihrige Ludwig von Beethoven. Miserabilis."280

Um also der andrängenden Lebensnoth, die eben aller Fleiss nicht heben wollte, mit einem Schlage ein Ende zu machen, fasste er den ihm aus mancherlei guten Gründen so schweren Entschluss, einmal wieder ein Concert zu geben. Hatte er doch neue Werke genug vorzuführen! Und was für Werke waren darunter! Auch hier nun muss zunächst Freund Zmeskall mit behülflich sein, die Menge der Schwierigkeiten zu überwinden.

„Der Universitätssaal, mein werther Z., ist — ab-

geschlagen" — heisst es am 19. April 1813. „Vorge-
stern erhielt ich diese Nachricht; seit gestern krank.
konnte ich nicht zu Ihnen kommen, und auch heute
nicht, um Sie zu sprechen. - Es bleibt wahrscheinlich
nichts, als das Kärntnerthor-Theater, oder das an
der Wien, und zwar glaube ich nur eine A. - Geht
das alles nicht, so müssen wir zum Augarten unsere
Zuflucht nehmen; dort müssen wir freilich 2 A.; überlegen Sie mein Lieber ein wenig mit, und theilen Sie
mir Ihre Meynung mit. — Vielleicht werden morgen
die Sinfonien beym Erzherzog probirt (wenn ich ausgehen kann), welches ich Ihnen zu wissen machen
werde."

Allein trotz der Hülfe Zmeskall's und der Verwendung des Erzherzogs, der „diesen Fürst Fizlipuzli
[vielleicht Lobkowitz, Mitdirector der Theater] gehörig
bei den Ohren nehmen wollte", war zunächst nicht einmal ein Lokal zu gewinnen, und am 26. April 1813
meldet der Meister, nach dem 15. Mai oder wenn solcher vorbei sei, wolle ihm Lobkowitz einen Tag im
Theater geben. „Mir scheint, das ist soviel als gar
keiner", fügt er empört genug hinzu, „und fast bin ich
gesonnen, an gar keine Akademie mehr zu denken, —
der oben wird mich wohl nicht gänzlich wollen zu
Grunde gehen lassen."

All diese entgegenstrebenden Verhältnisse hatten
nun, wie Schindler erzählt, und zwar nach Mittheilung
von Andreas Streicher und dessen Gattin. die
beide als besonders theilnehmende Freunde damals

dem Meister nahe gestanden, „seinen Gemüthszustand
in eine Verfassung gebracht, wie seit dem Prüfungs-
jahr 1802 nicht bemerkt worden". Und in der That
tiefstes Mitgefühl erwecken die Worte, die der Meister,
nachdem bei allem Eifer und Fleiss jeder Versuch
einer Verbesserung seiner äussern Lage vergeblich und
jede Hoffnung auf geordnete Lebensverhältnisse gescheitert schien, am 13. Mai 1813 in sein Tagebuch
schreibt: „Eine grosse Handlung, welche sein kann, zu
unterlassen und so bleiben — o welcher Unterschied
gegen ein unbeflissenes Leben, welches sich in mir so
oft abbildete — o schreckliche Umstände, die mein
Gefühl für Häuslichkeit nicht unterdrücken, aber deren
Ansübung. O Gott, Gott sieh auf den unglücklichen
B. herab, lass es nicht länger so dauern."[281]
Um also wenigstens von physischer Seite her dem
Hartbedrängten einige Luft zu schaffen, sandte ihn
sein Arzt Malfatti nach dem nahen Baden. Von hier
aus wendet er sich nun am 27. Mai sogleich entschuldigend an den erhabenen Freund und Schüler, der selbst
diesen Badeaufenthalt für Beethoven gewünscht hatte.
„Ich habe die Ehre, Ihnen meine Ankunft in Baden zu
melden, wo es zwar noch sehr leer an Menschen, aber
desto völler, angefüllter und in Ueberfluss in hinreissen-
der Schönheit pranget die Natur. — Wenn ich irgendwo fehle, gefehlt habe, so haben Sie gnädigst Nachsicht
mit mir, indem so viele auf einander gefolgte fatale
Begebenheiten mich wirklich in einen beinahe verwirr-
ten Zustand versetzt; doch bin ich überzeugt, dass die

herrlichen Naturschönheiten, die schönen Umgebungen
von hier mich wieder ins Geleise bringen werden, und
eine doppelte Beruhigung wird sich meiner bemeistern,
da ich mit meinem hiesigen Aufenthalte den Wünschen
I. K. H. zugleich entspreche. Würde mir auch mein
Wunsch, Sie bald in vollkommenem Gesundheits-Zu-
stande zu wissen, erfüllt! Es ist in der That mein
heissester Wunsch, und wie sehr betrübt es mich, dass
ich eben jetzt nichts zu Ihrer Besserung, zu Ihrem
Wohlbefinden mittelst meiner Kunst beitragen darf
und kann; nur der Göttin Higea ist dieses vorbehalten,
bin ich doch nichts als ein armer Sterblicher, der sich
I. K. H. empfiehlt und sehr wünscht, sich Ihnen bald
hier nahen zu dürfen."

Der Erzherzog, der derweilen ebenfalls nach Baden übergesiedelt war, antwortet darauf am 7. Juni:
„Lieber Beethoven! Mit vielem Vergnügen habe ich
aus Ihrem Briefe vom 27. des vor. Mon., den ich vor-
gestern Abend erhielt, Ihre Ankunft in meinem lieben
Baden erfahren und hoffe Sie, wenn es Ihre Zeit erlaubt, morgen vormittags bei mir zu sehen, da der
Aufenthalt von einigen Tagen, den ich hier gemacht,
schon so vortheilhaft auf meine Gesundheit gewirkt,
dass ich, ohne Nachtheil für dieselbe zu befürchten,
Musik hören und wieder selbst ausführen kann. Möchte
Ihr Aufenthalt in dieser gesunden und schönen Gegend
gleiche Wirkung auf Ihren Zustand hervorbringen, so
wäre mein Zweck, den ich durch Sorge für Ihre Wohnung beabsichtigt, gänzlich erfüllt. Ihr Freund Rudolf."

Allein leider konnte die Villegiatur, die ihn stets
so sehr erfrischte, seiner Seele wieder Frieden und
seiner Phantasie neue Schwingen gab, nicht lange
währen. Er musste noch im Anfang des Sommers nach
Wien zurückkehren. Und hier nun begann in gleicher
Weise mit verehrender Sorgfalt, wie der Prinz für eine
Wohnung in Baden gesorgt hatte. Frau S t r e i c h e r, die
damals ebenfalls in Baden geweilt, auch seiner häuslichen Bedürfnisse sich hülfreich anzunehmen. Sie
verschaffte dem Meister, der sich in so verwahrlostem
Zustande befand, dass es sogar an guter Kleidung und
an Wäsche fehlte, wovon freilich viel in das Haus des
Bruders Karl und seiner unnützen Frau gewandert
sein mochte, mit Hülfe ihres Gatten alles Nöthige.
Zurückgerufen aber hatten ihn neue Verkürzungen,
die seinen Finanzen drohten, und es wartete seiner
sogar jetzt erst recht die „schrecklichste Geldverlegenheit". — „Von Tag zu Tag", schreibt er von Wien am
24. Juli 1813 an den Erzherzog, „glaubte ich wieder
nach Baden zurückkehren zu können, unterdessen kann
es sich wohl noch mit diesen mich hier aufhaltenden
Dissonanzen verziehen bis Ende künftiger Woche. Für
mich ist der Aufenthalt in Sommerzeit in der Stadt
Qual, und wenn ich bedenke, dass ich noch dazu verhindert bin, I. K. H. aufwarten zu können, so quält er
und ist mir noch mehr zuwider. Unterdessen sind es
eigentlich die Lobkowitzischen und Kinsky'schen Sachen, die mich hier halten; statt über eine Anzahl
Täkte nachzudenken, muss ich mir immer eine Anzahl

26*

Gänge, die ich zu machen habe, vormerken; ohne dieses würde ich das Ende dorten kaum erleben. — Lobkowitzens Unfälle werden I. K. H vernommen haben. Es ist zu bedauern, aber so reich zu sein, ist wohl kein Glück! Graf Fries soll allein 1900 ‖ in Gold an Duport [den Tänzer] bezahlt haben, wobei ihm das alte Lobkowitzische Haus zum Pfand dienen musste. Die Details sind über allen Glauben. — —

Nehmen I. K. H. meine innigsten Wünsche für Ihre Gesundheit gnädig auf und bedauern Sie mich, in so widerwärtigen Verhältnissen hier zubringen zu müssen. Unterdessen werde ich alles, was Sie allenfalls dabei verlieren, in Baden doppelt einzuholen mich bestreben."

„Lobkowitzens Unfälle" aber waren ebenfalls nichts Anderes als bedeutende Finanzverlegenheiten, die diesen Fürsten theils in Folge seiner verschwenderischen Prachtsucht und Kunstliebhaberei, mehr aber wohl in Folge der allgemeinen Geldkrisis heimsuchten, welche der in Aussicht stehende Krieg gegen Napoleon verursachte. Es war dadurch natürlich auch von dieser Seite wieder ein Stück von Beethoven's Gehalt in Frage gestellt und ist, wie es scheint, wenigstens einige Zeit gar nicht ausgezahlt worden, welch neue Bedrängniss den Meister leider veranlasste, von einem Anerbieten des Hofmechanikers Mälzel, dem er „auf eigenen Antrieb ein Stück Schlachtsinfonie für seine Panharmonika geschrieben", ihm 50 Ducaten in Gold zu leihen, Gebrauch zu machen. Er selbst sagt:

„Ich kam in die schrecklichste Geldverlegenheit; verlassen von der ganzen Welt hier in Wien, in Erwartung
eines Wechsels" u. s. w.[282]

Doch wie, wird man fragen, ist es möglich, im An-
gesicht solch gewöhnlichster materieller Misère von
„Lebenshöhe", ja von „Herrscherzeiten" zu reden, die
damals für den Meister angegangen! Und doch werden wir sehen, dass eben diese jetzt nahe bevorstehen
und fast wie von den äussern Bedrängnissen, die auch
dieser Grosse wie jeder Kleinste im Leben erfahren
musste, hervorgerufen, ja wie ein Lohn des treuen
Festhaltens an den Idealen selbst in den Zeiten der
Noth erscheinen.

Im Winter 1812 war Napoleon, besiegt vom Brande
von Moskau und den russischen Eisfeldern, von seinem
Welteroberungszuge zurückgekehrt, und nachdem
schon am 30. December York die mannhafte Conven-
tion abgeschlossen, regte sich tief geheimnissvoll, aber
allgemein und mächtig als ein Kind des Grolls über die
Schmach und Vergewaltigung, die der Franzosenkaiser
dem Vaterlande angethan, zunächst im Norden und
bald auch im Süden Deutschlands der Drang nach Befreiung vom Feinde. Bereits im Mai 1813 hatten die
Preussen bei Grossgörschen gezeigt, was deutscher
Mannesmuth, was Begeisterung und Freiheitsdrang
einer Nation sind und vermögen. Am 27. August erklärte auch Oesterreich den Krieg, und bald bewiesen,
nachdem Napoleon bei Dresden sein altes Schlachten-
glück noch einmal erprobt, die Kämpfe an der Katz-

bach, bei Culm, Grossbeeren und Dennewitz, dass jetzt
auch der Deutsche die neue Kriegführung völlig begriffen hatte, und die Völkerschlacht bei Leipzig liess
des Helden Stern untergehen und die Sonne Deutschlands neustrahlend aufsteigen. Bei Hanau hatten dann
Baiern und Oesterreicher dem „sterbenden Löwen" noch
einmal den Weg verlegt und, obwohl sie mit schweren
Verlusten zurückgedrängt wurden, doch die alte deutsche Tapferkeit ebenfalls glänzend bewährt.

Diese grossartigen Ereignisse, die alle Welt damals in frohlockende Bewegung setzten, wirkten sie
auch auf Beethoven, dessen politische Neigungen wir
so oft hervorhoben und der selbst seinen „patriotischen
Sinn" stets stark betonte?

Zunächst verlautet nicht ein Wort davon, dass
er nur um die Vorgänge in der politischen Welt
überhaupt weiss, deren Keimen und Wachsen allerdings in Oesterreich ungleich weniger fühlbar war als
in dem auf das gränzenloseste misshandelten Preussen.
Wir finden ihn vielmehr in diesem Sommer 1813,
soweit die „Anzahl Gänge", die er zu machen hat, ihm
Musse zur Arbeit lassen, mit mancherlei Lectüre
beschäftigt, die von den Tagesereignissen weit abliegt.
Das von Herder übersetzte „Saadi's Rosenthal"
hatte ihn so sehr angeregt, dass er mehrere Sprüche
daraus sich ausschrieb, von denen dann der eine oder
andere, wie „Lerne Schweigen, o Freund", gelegentlich auch in Musik gerieth.[283] Im Juni aber war im
Burgtheater „mit grossem Beifall, mit ernster und

schöner Aufmerksamkeit bei jeder Vorstellung" Müllner's „Schuld" aufgenommen worden, und diese renommirte Schicksalstragödie ist es denn, woraus fast unmittelbar hinter Saadi's Rosenthal im Tagebuch ebenfalls Auszüge gemacht sind, unter denen auch jenes komisch berühmte Schlusswort: „Hier ist das geschieht nur klar, das Warum wird offenbar, wenn die Todten auferstehn", nicht fehlt, das die Herzen unserer sämmtlichen Herren Väter einst mit schauriger Rührung erfüllte. -Nach einigen Bemerkungen über die Prosodie, z. B. dass „4 füssige — ◡ — sich auch gut zur Musik lassen", folgt die vom Dichter gegebene „Anmerkung für die Bühnenvorstände": „Die Ouverture kann füglich darauf berechnet werden, dass sie mit einem Pizzicato endet, welches Elvire auf der Harfe noch einige Sekunden fortzusetzen scheint." Woraus erhellt, dass, sei es auf Bestellung der k. k. Theaterdirection oder auf Anregung des Freundes Karl Bernard, der von dem Werke sehr entzückt war, oder gar aus eigenem Antrieb, der Meister vorgehabt hat, eine solche Schicksalsouverture zu schreiben. Soviel jedoch bekannt, ist es nicht einmal zu den ersten Entwürfen davon gekommen.[284]

Dann aber hörten wir schon oben von einem „Stück Schlachtsinfonie", das er in jenen Tagen für Mälzel's Panharmonika geschrieben, und zwar auf „Wellington's Sieg bei Vittoria" im Juni 1813. Darüber erzählt nun Beethoven selbst in einer „Deposition", die er gegen den trügerischen „Banner der

Zeit" später zu machen genöthigt war: „Als er dieses
eine Weile hatte, brachte er mir die Partitur, wornach
er schon zu stechen angefangen, und wünschte es in-
strumentirt für ganzes Orchester. Ich hatte schon
vorher die Idee einer Schlacht gefasst, die aber auf
seine Panharmonika nicht anwendbar. Wir kamen
überein, zum Besten der Krieger dieses Werk und
noch mehrere von mir zu geben." Das nachfolgende
Billet an den „erhabenen Schüler" aber verräth uns,
dass leider, wenn auch patriotische Gefühle den ersten
Anstoss gaben, doch schliesslich wieder rein persönliche
Zwecke und zwar der gewöhnlichsten Natur dabei
ausschlaggebend werden mussten. „Ich frage mich
an, ob ich, nun ziemlich wiederhergestellt, Ihnen
diesen Abend aufwarten soll? Zugleich nehme ich
mir die Freiheit, Ihnen eine gehorsamste Bitte vorzulegen. Ich hoffte, dass wenigstens bis jetzt meine
trüben Umstände sich würden erheitert haben, allein
es ist noch alles im alten Zustande, daher musste ich
den Entschluss fassen, zwei Akademien zu geben. Meine
frühern Entschlüsse, dergleichen blos zu einem wohlthätigen Zweck zu geben, musste ich aufgeben, denn
die Selbsterhaltung heischt es nun anders. Der Universitätssaal wäre am vortheilhaftesten und ehrenvollsten
für mein jetziges Vorhaben, und meine gehorsamste
Bitte besteht darin, dass I. K. H. die Gnade hätten,
nur ein Wort an den dermaligen Rector magnificus der
Universität durch den Baron Schweiger gelangen zu
lassen, wo ich dann gewiss diesen Saal erhalten würde.

In der Erwartung einer gnädigen Bewilligung meiner
Bitte verharre ich" etc. [265]

Sein Wunsch ward erfüllt, und Mälzel besorgte
die lästigen Vorbereitungen zu den Akademien, die
denn auch am 8. und 12. Dec. 1813 in der Aula der
Universität stattfanden. Mochte nun hierbei jener
zweite Schikaneder, der aber freilich keinen die Sachen
gutmüthig gehenlassenden Mozart gegenüber hatte,
dem Meister auch allerhand Aergernisse bereiten und
z. B. ohne dessen Einwilligung auf den Anschlagzettel
setzen, die Schlachtsymphonie sei sein Eigenthum,
nachher aber, als Beethoven „empört hierüber heftig
gestritten" hatte, die Zettel wieder abreissen lassen,
um dann „aus Freundschaft zu seiner Reise nach
London" darauf zu setzen, der Meister, der noch während
dieser Vorbereitungen an der Composition fortarbeitete,
blieb, wie er selbst sagt, „im Feuer der Eingebung ganz
in seinem Werke". Wie denn auch das Tagebuch aus
jener Zeit die Bemerkung enthält: „Ich muss den
Engländern ein wenig zeigen, was in dem God save the
king für ein Segen ist." [286]

Und eben der glückliche Umstand, dass auch in
dieses Werk, das sonst so ganz und gar nur Gelegenheitscomposition und obendrein von sehr lärmender
Art ist, wenigstens ein Funke des Beethoven'schen
Genius hinübergesprüht ist, gab demselben eine Wirkung, die über seine künstlerische Bedeutung weit
hinausgeht. Denn die beiden Concerte, die auf dieses
„für ein gemischtes Publikum gute Aushängeschild",

wie Beethoven einmal von dem bekannten Derwisch-
chor sich ausdrückt, hauptsächlich begründet wurden,
sind, obwohl wie so manches Bedeutende im Leben und
in der Kunst aus unansehnlichen, ja nebensächlichen
Anlässen hervorgegangen, dennoch nicht blos die Begründer von Beethoven's Ruhm und Glück geworden,
sondern sie sind zugleich als ein epochemachendes
Ereigniss in der Kunst zu bezeichnen. Schon dass dazu
sämmtliche hervorragende Musiker des damaligen Wien
— und wie reich war diese Stadt von je an echten
Künstlern! — aufgeboten wurden, war ein durchaus un-
gewöhnliches Ereigniss. Allein die darauf beruhende
glänzende Ausführung des Ganzen und die durch die
besondern Verhältnisse unterstützte tiefe Erregung
und innere Erhebung des Publikums brachten zum
ersten Mal in ebenso grossartiger wie handgreiflicher
Weise auch den weitern Kreisen des Publikums die
Bedeutung zum Bewusstsein, welche auch die wort-
lose Kunst der Töne für das Leben im Grossen hat.
Für Beethoven selbst aber war dieses Ereigniss eins
der entscheidendsten seines Lebens und damit auch
seiner Kunst. Denn nicht blos dass in der That
diese beide Akademien in ihren Folgen ihm die so
sehnlichst gewünschte Befreiung von der materiellen
Bedrängniss wenigstens für einige Zeit verschafften,
weit mehr gilt der Eindruck, den dieses Ereigniss auf
sein inneres Wesen und Schaffen machen musste. Denn
jetzt zum ersten Male im Leben fühlt er, sieht er sich
auf der vollen Höhe wie der Kunst so des Lebens,

erkennt mit eigenen Augen die Wirkung seines Schaffens auf die Stimmung der Massen und ihre gesammte innere Verfassung und fühlt sich selbst als den grössten unter den Wiener, ja unter den deutschen Musikern und damit als einen Herrscher im Gebiete der gesammten Tonkunst, der mit seinen Werken die Geister seiner Zeit bannend lenkt und ihnen den Stempel seines besondern Wesens und Empfindens, seines ahnenden Schauens von einer höhern Ordnung der Dinge aufdrückt, von dem auch die Regenerirung unserer innern wie äussern Zustände im Leben wie in der Kunst manchen kräftigen Anstoss zu gewinnen vermag.

Doch hören wir auch diesmal vorerst wieder die zeitgenössischen Berichte über dieses Ereigniss und zwar zunächst unsern Meister selbst, der eigenhändig für die Wiener Zeitung die nachstehende „Danksagung" verfasste:

„Ich halte es für meine Pflicht, allen den verehrten mitwirkenden Gliedern der am 8. und 12. December gegebenen Akademien zum Besten der in der Schlacht bei Hanau invalid gewordenen kais. österr. und kgl. bair. Krieger für ihren bei einem so erhabenen Zweck dargelegten Eifer zu danken. Es war ein seltener Verein vorzüglicher Tonkünstler, worin ein jeder einzig durch den Gedanken begeistert, mit seiner Kunst auch etwas zum Nutzen des Vaterlandes beitragen zu können, ohne alle Rangordnung auch auf untergeordneten Plätzen zur vortrefflichen Ausführung des Ganzen mitwirkte. Wenn Herr Schuppanzigh

an der Spitze der ersten Violine stand und durch
seinen feurigen, ausdrucksvollen Vortrag das Orchester
mit sich fortriss, scheute sich ein Herr Oberkapell-
meister Salieri nicht, den Takt den Trommeln und Ka-
nonaden zu geben; Herr Spohr und Herr Mayseder,
jeder durch seine Kunst der obersten Leitung würdig,
wirkten an der zweiten und dritten Stelle mit, und
Herr Siboni und Giuliani standen gleichfalls an
untergeordneten Plätzen. Mir fiel nur darum die
Leitung des Ganzen zu, weil die Musik von meiner
Composition war; wäre sie von einem Andern gewesen, so würde ich mich ebenso gern wie Herr
Hummel an die grosse Trommel gestellt haben, da
uns alle nichts als das reine Gefühl der Vaterlandsliebe
und des freudigen Opfers unserer Kräfte für diejenigen,
die uns so viel geopfert haben, erfüllte. Den vorzüg-
lichsten Dank verdient indessen Herr Mälzl, insofern
er als Unternehmer die erste Idee dieser Akademie
fasste und ihm nachher durch die nöthige Einleitung,
Besorgung und Anordnung der mühsamste Theil des
Ganzen zufiel. Ich muss ihm noch insbesondere danken,
weil er mir durch diese veranstaltete Akademie Gelegenheit gab, durch Composition einzig für diesen
gemeinnützigen Zweck verfertigter und ihm
übergebener Werke den schon lange bei mir ge-
hegten sehnlichen Wunsch erfüllt zu sehen, unter den
gegenwärtigen Zeitumständen auch eine grössere
Arbeit von mir auf den Altar des Vaterlandes
niederlegen zu können." [287]

Von der „Menge der mit Selbstverläugnung zu dem einen schönen Ziel hinwirkenden grössten Ton- künstler" seien nur noch M o s c h e l e s , R o m b e r g und M e y e r b e e r genannt, doch fehlte, wie Spohr sagt, von den bedeutendern Künstlern Wiens auch nicht einer. Und alle beseelte „Eifer für die Kunst und die Sache des Vaterlandes zu diesem Feste der Kunst und patriotischen Wohlthätigkeit", berichtet die Wiener Zeitung vom 20. December. Daher denn „die Ausfüh- rung eine ganz meisterhafte" und der einstimmige Bei- fall des überfüllten Saals enthusiastisch war und sogar bis zur Entzückung stieg! Von mehreren Sätzen wurde durch anhaltendes Klatschen die Wiederholung verlangt, besonders vom Allegretto der A-dur-Symphonie; „es machte auch auf mich einen tiefen, nachhaltigen Ein- druck", fügt Spohr hinzu. [288]

Und jetzt waren wie mit einem Zauberschlage alle Zungen gelöst zu Beethoven's Preise, sein Name war auf aller Lippen und Hoch und Gering freute sich, einen solchen Künstler als Sohn des eigenen Vaterlandes zu begrüssen. „Alle bisher dissentirenden Stimmen mit Ausnahme weniger Fachmänner hatten sich endlich dahin geeinigt, ihn des Lorbeers würdig zu halten." berichtet Schindler. Und auch diese wenigen Nacht- eulen sollten bald in das Dunkel des Neides zurück- fliehen vor dem Ruhmesglanz, der sich von da an wie die Sonne leuchtend über Beethoven verbreitete. Sogar die Leipziger A. M. Z. hat jetzt Worte wie die folgenden: „Längst im In- und Auslande als einer der grössten

Instrumentalcomponisten geehrt, feierte bei diesen
Aufführungen Herr van Beethoven seinen Triumph.
Vor allem verdiente die neue Symphonie jenen grossen
Beifall und ausserordentlich gute Aufnahme, die sie
erhielt. Man muss dies neueste Werk des Genies
Beethoven's selbst und wohl auch so gut ausgeführt
hören, wie es hier ausgeführt wurde, um ganz seine
Schönheiten würdigen und recht vollständig geniessen
zu können." Und ebenso anerkennend, ja begeistert
berichtete so manches andere auswärtige
Journal. [289]

So war denn endlich, wenn auch mit Beihülfe des
patriotischen Zwecks und vielleicht gar des Kunst-
trompeters von Mälzel, jedenfalls aber durch die Ankündigung einer „Schlachtsymphonie", dergleichen ja
noch nie gehört worden, auch das grosse Publikum
für Beethoven interessirt und durch die Aufführungen
selbst darauf aufmerksam gemacht worden, nicht blos
dass auch die Musik thätigen Antheil an den grossen
Fragen der Zeit und der Nation habe, sondern auch
dass vor allem Beethoven's Werke eine Art von Zau-
berspiegel bilden, in welchem man die wirkenden
Ideen der Zeit, die geistigen Probleme der modernen
Menschheit nach ihrem eigentlichen Gehalt und ihrer
lebendigen Triebkraft ahnend zu erschauen vermag,
um dann das hier zum kräftigen Wirken erregte blosse
Empfinden selbst zu jenem festen Handeln zu
steigern, das umgestaltend auf die Welt wirkt, oder
auch die blosse dunkle Vorstellung, die jene Musik

von dem Höchsten und Rechten, von der Wahrheit in
uns erweckt, durch selbsteigene Geistesthätigkeit zum
klaren Gedanken, zum bewussten Ziel des geistigen
Strebens fortzubilden.[290]

Und wollen wir uns, um die ganze Bedeutung
jener Concerte zu verstehen, in die Erinnerung zu-
rückrufen, worin eigentlich dieser thatsächliche Antheil der Musik Beethoven's an den Fragen der Zeit wie
an der Fortbildung der Menschheit besteht, wem fiele
da nicht zunächst die Eroica ein, die das getreue
Abbild der grossen geschichtlichen Kämpfe der Revolu-
tionszeit und ihrer Folgen und eine Art von tief erre-
gendem Vorbild für die kriegerischen Heldenthaten ist,
womit die Nation später den unzerstörbaren Kern ihres
Wesens und ihr Recht zur Selbstständigkeit von neuem
muthig bethätigte! Wem nicht die Bedeutung, die ein
„Fidelio“ für die praktisch-sittliche Reformirung des
deutschen Lebens hat, da in diesem Werke zum ersten
Male wieder mit der vollen Kraft der Ueberzeugung
ungeschminkt und ungeschmälert im höchsten und
reinsten Sinne der ewig dauernde Werth der ehelichen
Liebe und Treue behauptet wird, den das schönheits-
und genussselige vorige Jahrhundert fast ganz vergessen zu haben schien! Ja dieser höchste Preis, der
in Tönen jemals der Frauen Lieb und Treue gesungen
ward, er half in seiner das innerste Herz ergreifenden
Weise dazu mit, unserer Zeit von neuem ein lebhaftes
Gefühl für jene einzige Grundlage des Familienlebens
zu geben und so unser gesammtes sociales Dasein zu

erfrischen und neu zu befestigen. Die C-moll-Symphonie, wie bewies sie den thätig wirkenden Antheil, den auch der katholische Süden unseres Vaterlandes an den grossen „Faust"-Kämpfen der Zeit zu nehmen gesonnen war! Wie sprach sie im energischen Protest gegen alles Fremde und Falsche jenes Bewusstsein von dem unantastbaren Werth der natürlichen Wahrheit aus, die jede Brust in sich lebendig fühlt, und von dem ewigen Rechte der Freiheit des eigenen Innern, das dem vorigen Jahrhundert fast wie eine neue Entdeckung erschien. Die Schiller'sche „Gedankenfreiheit", wie ist sie hier in der Kunst bereits zu einer Wirklichkeit geworden, wie sie die Nation sich erst spät selbst mit harten Kämpfen errungen, um dann mit der innern Freiheit auch der äussern würdig und theilhaftig zu werden! Die Pastoral-Symphonie aber verrieth mit vernehmlichsten Lauten der Seele jenes tiefe Gefühl für Erneuerung des gesammten innern Daseins und jene heisse Sehnsucht nach Versöhnung all der Widersprüche, die das Geistesleben der Zeit vor allem in der deutschen Nation so tief zerklüftet haben. Und indem sie nach der allgetheilten Neigung der Zeit die reinere und innigere Gottesverehrung, die jene Widersprüche versöhnen soll, zunächst aus dem reinern und innigern Verkehr mit der Natur zu erringen hoffte und aus der Gottheit wunderherrlichem Kleid auch das Ewige selbst tiefer zu erkennen strebte, kam sie dem innersten Bedürfniss der Zeit auf allverständlichem Wege entgegen

und half so in ihrer Weise durch die Hinweisung auf
den Frieden der Natur dazu mit, das religiöse Gefühl
der Zeit neu zu stärken. Wie aber der Meister
in diesem ersten selbstthätigen Hinwenden seiner
Seele und seiner Phantasie auf das über allem Dasein schwebende Ewige selbst erst die Kraft gewann,
sich über das Leben und seine Gegensätze, seine ver-
wirrenden Kämpfe und Siege zu erheben, so vermochte
er auch diesen Sieg über sich selbst und das Leben in
einem Werke zu feiern, das, mit allen Reizen der Kunst
geschmückt und im vollen Glanz der Schönheit strah-
lend, unser irdisches Dasein, sei es in seiner geschichtlichen oder in seiner allgemein menschlichen Erscheinung, mit reinem und freiem Sinn künstlerisch darstellt,
damit sich der Mensch daran erfreue und erhebe, aber
auch zugleich von diesem blossen Leben sich befreie,
um einem höhern Sein sich zuzuwenden. So erkennen wir, dass bei einer Feier, wie die des nach langem
Druck und schweren Kämpfen wiedergewonnenen fried-
lich fröhlichen Daseins in jenen Tagen war, der allge-
fühlten Stimmung und Gemüthsverfassung ein weihe-
vollerer, reinerer und kräftigerer Ausdruck nicht
gegeben werden konnte als durch dieses glanz- und
lebensvollste Werk der instrumentalen Kunst, durch
die A-dur-Symphonie von Beethoven.

Ein Künstler aber — davon musste eben bei jenen
Aufführungen jedem tiefer Angelegten, wenn er die
Erregung des Moments zu ruhiger Betrachtung und
überschauendem Nachdenken zu concentriren ver-

mochte, eine sichere Ahnung aufgehen — ein Künstler, der in einer so imponirenden Reihe von Werken der Kunst bereits dargethan, dass er sowohl die historischen Entwicklungsmomente der Nation als auch die sittlichen Probleme der Zeit und die geistigen Fragen der Menschheit von ihrem höchsten Gesichtspunkte aufzufassen und künstlerisch zu gestalten suche, ein solcher Geist wird noch höhere Ziele des Strebens vor seiner Seele tragen, noch gewichtigere Resultate der innern Arbeit an der Lösung der letzten Fragen und höchsten Aufgaben unseres Daseins zu bieten haben. Und wie nun für Beethoven selbst eben diese erstmalige, in ahnendem Verständniss begeisterte Aufnahme seiner Geisteswerke eine erhebende Bestätigung der eigenen Ideale war, die völlig rechtfertigte, was er selbst nicht lange vorher an Bettina geschrieben: „Die Welt muss einem erkennen, sie ist nicht immer ungerecht", so ward sie ihm zugleich ein Antrieb zur Erstrebung des „höhern Ziels", dessen er gegen dieselbe Freundin sich rühmt, und eine Art von innerer Vorbereitung zu den höchsten Thaten seines Genius.

Denn hier hatte er im entzündeten Enthusiasmus der Massen zum ersten Mal in lebendiger Gegenwärtigkeit die zündende Kraft der eigenen Seele empfunden, und diese tief eindringende Gewissheit von der Gemeinschaft des eigenen Wesens mit dem Höchsten und Heiligsten der Menschheit ward ihm zu einer ebenso tief eindringenden innern Mahnung, die seine Seele gewaltsam in sich selbst zurückwarf

und ihn bald mit voller Macht in jene das ganze
Innere erschütternden und umwälzenden Kämpfe stiess,
in denen der Mensch sich selbst und seine Verbindung mit dem Ewigen wiedersuchend gewissermassen
zum Vorbild des gesammten Geschlechts, zum Typus
der nach Versöhnung der irdischen Widerstreite sich
ewig sehnenden Menschheit wird. Daraus geht dann
nach manchem Jahre scheinbar nachlassender künstlerischer Production endlich jenes erhabene Werk
seines Genius hervor, in dem auch seine Seele
von den Geheimnissen zu reden strebt, die Jeder
tief in seiner Brust verschliesst und gern der Kunst
die andeutende Lösung überlässt, weil nur sie, die
Kunst, die Mittel besitzt, ein reines Sinnbild des Ewigen
zu geben, das an sich stets unaussprechlich in unserm
Herzen als unauslöschliches Urbild fortlebt. Diesem
tiefsten Ernst der Seele, der mit „klammernden Or-
ganen" das Göttliche sucht, das unerreichbar über den
Sternen thront, verband sich dann bald auch in un-
übertroffener Weise jene weltbelächelnde Heiterkeit,
die eben dieses Göttliche, das so ewig unergreif-
bar scheint, von Anbeginn lebendig in sich wirkend
fühlt und im Bewusstsein dieses unverlierbaren Besitzes
der Welt und ihrer Widersprüche spottet. Mit diesen
höchsten Werken des rein Beethoven'schen Genius
aber, der „frei aus sich das Ungeahnte, Unerschaffne
zeugt", mit der Missa solennis, der neunten
Symphonie und den vielen kleinern Werken, die sich
ihnen zur Seite stellen wie ein Kranz von Gestirnen

um die Sonne, geschah es dann in der That, dass, wie einst Homer den Griechen ihre Götter und andere Dichter andern Zeiten ihre Ideale gegeben, so auch Beethoven unserm geistigen Leben neue Bahnen anwies und unserm Denken und Empfinden eine Basis gab, die tiefer, als irgend etwas Anderes in der Kunst unserer Zeit es gethan, eine neue Anschauung der Dinge in uns vorbereitete. [291]

Doch wir sind dem Gange der Erzählung weit vorausgeeilt, indem wir schon von den geiststärkenden Früchten des Lebensbaums kosten wollen, zu dem die bisherigen Werke und ihre Aufführungen erst den Keim und belebenden Antrieb boten. Wir haben vielmehr in dem jetzt folgenden letzten Kapitel dieses Bandes vorerst die nächsten praktischen Wirkungen und dann die allgemeine Seelenstimmung zu erforschen, woraus sich für den Meister selbst die besondere Richtung für sein späteres Leben und Schaffen begründete, die wir auch hier wie am Schluss des vorigen Kapitels nicht anders vorzuzeichnen vermögen als die in seiner tiefsten Seele erwachende Sehnsucht nach dem Unendlichen.

Vierzehntes Kapitel.

Der Wiener Congress.

Zeig mir die Laufbahn, wo an dem fernen Ziel die Palme steht!
Tagebuch von. Frühjahr 1814.

Der nächste äussere Erfolg der Akademien im Universitätssaale war, abgesehen von der Bestellung eines Oratoriums durch die so eben sich gründende Gesellschaft der Musikfreunde in Wien, die Wiederholung dieser grossen und einträglichen Concerte zum Vortheile Beethoven's. Alle Welt wollte jetzt natürlich die Schlacht bei Vittoria hören, und so fand die nächste Wiederholung dieses Werkes nebst der siebenten Symphonie bereits am 2. Jan. 1814 und zwar diesmal im grossen Redoutensaale unter stärkstem Zudrang des Publikums statt. Dabei wurden dann auch die eigentlichen Intentionen des Schlachtgemäldes erst völlig zur Ausführung gebracht, indem man aus den langen Corridoren und entgegengesetzten Zimmern die feindlichen Heere gegen einander anrücken lassen konnte, wodurch die erforderliche Täuschung in ergreifender

Weise hergestellt und der Enthusiasmus der Zuhörer zu einem „überwältigenden" gesteigert ward. Am 27. Februar erschien der Meister, „aufgefordert durch den gütigen Beifall des verehrungswürdigen Publikums und durch das ausdrückliche Verlangen mehrerer schätzbarer Kunstfreunde", in denselben Räumen abermals mit den genannten Werken, denen diesmal auch die „neue, noch nie gehörte" achte Symphonie und das „ganz neue, noch nicht gehörte" Terzett „Tremate empi tremate" (S. 157), von Siboni, Weinmüller und der Milder-Hauptmann gesungen, hinzugefügt wurden. Auch diesmal überstiegen, so erzählt Schindler, besonders bei der A-dur-Symphonie und der Schlacht von Vittoria die Jubelausbrüche der Versammlung von 5000 Zuhörern, die ohnehin schon durch die grossen Thaten bei Leipzig und Hanau in gehobenster Stimmung waren, Alles, was man bisher im Concertsaale erlebt hatte. [292]

Dieser ausserordentliche Beifall aber, den jetzt so unausgesetzt Beethoven's Musik auch vom grossen Publikum erhielt, ward der besondere Anlass zu noch einem für die Kunst bedeutsamen Ereigniss, das ein anderes hochherrliches Werk des Meisters der Welt wieder zuführte und, man kann fast sagen, eben dadurch dauernd erhielt. Es verlangten nämlich die k. k. Hofoperisten Saal, Vogel und Weinmüller zu ihrer Benefizvorstellung den seit acht Jahren zurückgelegten „Fidelio"! Man hatte ihnen nur die Wahl eines Werkes ohne Kosten überlassen. „Das Auffinden war

schwierig genug. Neue deutsche Compositionen lagen
nicht vorräthig, ältere versprachen keinen besondern
Gewinn. Die letzten französischen Opern hatten wie
im Werthe, so in der Beliebtheit verloren, und den
Darstellern fehlte der Muth, sich als Sänger allein
in die italienischen Werke zu stürzen." So erzählt
Friedrich Treitschke, den wir bereits oben mehrfach
mit Beethoven in Berührung fanden und der seit einiger Zeit des Meisters persönliche Freundschaft erlangt
hatte. Man ging also zu Beethoven und dieser erklärte
sich mit der grössten Uneigennützigkeit zur Hergabe
des Werkes bereit, bedingte aber zuvor ausdrücklich
viele Veränderungen im Texte, zu welcher Arbeit
er selbst Treitschke vorschlug.

Dieser begann nun sein Werk sogleich und erzählt
ausführlich von den Umänderungen, die er mit Hülfe
von Weinmüller und Moritz Lichnowsky vorgenommen, die aber hier zunächst nicht interessiren. Dann
berichtet Treitschke weiter von der Florestan-Arie, die
Beethoven bedeutender habe ausstatten wollen: „Wir
dichteten dieses und jenes, zuletzt traf ich nach seiner
Meinung den Nagel auf den Kopf. Ich schrieb Worte,
die das letzte Aufflammen des Lebens vor seinem Er-
löschen schildern:

> Und spür' ich nicht linde, sanft säuselnde Luft,
> Und ist nicht mein Grab mir erhellet?
> Ich seh', wie ein Engel im rosigen Duft
> Sich tröstend zur Seite mir stellet.
> Ein Engel, Leonoren, der Gattin so gleich!
> Der führt mich zur Freiheit, ins himmlische Reich! ·

Was ich nun erzähle, lebt ewig in meinem Ge-
dächtnisse. Beethoven kam abends gegen sieben Uhr
zu mir. Nachdem wir Anderes besprochen hatten, er-
kundigte er sich, wie es mit der Arie stehe. Sie war
fertig, ich reichte sie ihm. Er las, lief im Zimmer auf
und ab, murmelte, brummte, wie er gewöhnlich statt
zu singen that, und riss das Fortepiano auf. Meine
Frau hatte ihn oft vergeblich gebeten zu spielen, heute
legte er den Text vor sich und begann wunderbare
Phantasien, die leider kein Zaubermittel festhalten
konnte. Aus ihnen schien er das Motiv der Arie zu
beschwören. Die Stunden schwanden, aber Beethoven
phantasirte fort. Das Nachtessen, welches er mit uns
theilen wollte, wurde aufgetragen, aber er liess sich
nicht stören. Spät erst umarmte er mich, und auf das
Mahl verzichtend eilte er nach Hause. Tags darauf
war das treffliche Musikstück fertig."

So lebten die Geister wieder in ihm auf, die ihn
früher so innig an das Werk gefesselt. „Lieber werther
T.!" schrieb er gegen Ende März, als ihm Treitschke
das umgearbeitete Textbuch zugesandt hatte, „mit
grossem Vergnügen habe ich Ihre Verbesserung der
Oper gelesen. Es bestimmt mich, die verödeten Ruinen eines alten Schlosses wieder aufzubauen." Nun
ging es an die fleissigste Durcharbeitung jeder Pièce
und man nahm die Sache von neuem so ernst und
genau, dass es nur langsam vorwärts wollte. Als dann
die Benefizianten trieben, um die günstige Jahreszeit
nicht zu verlieren, entgegnete der Meister: „Die Ge-

schichte mit der Oper ist die mühsamste von der Welt. Ich bin mit dem Meisten unzufrieden, und es ist beinahe kein Stück, woran ich nicht hier und da meiner jetzigen Unzufriedenheit einige Zufriedenheit hätte anflicken müssen. Das ist aber ein grosser Unterschied zwischen dem Falle, sich dem freien Nachdenken oder der Begeisterung überlassen zu können." 293

Dazu kamen wieder äussere Störungen mancherlei Art. Zunächst am 25. März eine Akademie für den Theaterarmenfonds im Kärntnerthortheater, wo Beethoven selbst die Egmontouverture und Wellington's Sieg dirigirte, dann am 11. April ein von Schuppanzigh im Römischen Kaiser veranstaltetes Concert, bei dem wegen des wohlthätigen Zwecks der Meister ebenfalls persönlich mitwirkte. Und zwar spielte er hier zum ersten Male öffentlich mit Schuppanzigh und Linke das grosse B-dur-Trio! Er gewann mit seinem Spiel wie mit der Composition den „grössten Beifall". Pecuniäre Bedrängnisse, die jede Stimmung zur Arbeit zu stören geeignet waren, blieben ebenfalls nicht aus; wir werden noch zum Ueberdruss davon vernehmen. Dazu unverändert die Danaidenarbeit des „Dienstgeschäfts"! — „Ich hoffe Verzeihung zu erhalten wegen meinem Ausbleiben", schreibt er eben damals an den Erzherzog. „Ihre Ungnade würde mich unschuldig treffen; in einigen Tagen werde ich alles wieder einholen. Man will meine Oper Fidelio wieder geben. Dieses macht mir viel zu schaffen, dabei bin ich trotz meinem guten Aussehen nicht wohl. — Zu meiner zweiten Akademie sind auch schon zum Theil die Anstalten getroffen, ich muss für die Milder etwas Neues hinzuschreiben. Ich höre unterdessen, welches mein Trost ist, dass sich I. K. H. wieder besser befinden: ich hoffe bald wieder, wenn ich mir nicht zu viel schmeichle, dazu beitragen zu können. Unterdessen habe ich mir die Freiheit genommen, dem Mylord Falstaff [Schuppanzigh] anzukündigen, dass er bald die Gnade haben werde, vor I. K. H. zu erscheinen."[294]

Trotz Allem aber begannen, obwohl noch Manches fehlte, bereits Mitte April die Proben, und für den 23. Mai ward sogar die erste Vorstellung angekündigt. „Tags zuvor", erzählt Treitschke, „war die Hauptprobe, aber die versprochene neue Ouverture (in E-dur) befand sich noch in der Feder des Schöpfers. Man bestellte das Orchester zur Probe am Morgen der Aufführung. Beethoven kam nicht. Nach langem Warten fuhr ich zu ihm, ihn abzuholen, aber — er lag im Bette, fest schlafend. Neben ihm stand ein Becher mit Wein und Zwieback darin, die Bogen der Ouverture waren über das Bett und die Erde zerstreut. Ein ganz ausgebranntes Licht bezeugte, dass er tief in die Nacht gearbeitet hatte. Die Unmöglichkeit der Beendigung war entschieden." Man setzte auf den Zettel, wegen eingetretener Hindernisse müsse für heute die neue Ouverture wegbleiben, und nahm die zu den „Ruinen von Athen".

„Was weiter erfolgte, wisset ihr", schliesst

Treitschke. „Die Oper war trefflich eingeübt. Beethoven dirigirte, sein Feuer riss ihn oft aus dem Takt, aber Kapellmeister Umlauf lenkte hinter seinem Rücken alles zum Besten mit Blick und Hand. Der Beifall war gross." Beethoven wurde sogleich am ersten Abend mehreremal herausgerufen.[295]

Das Werk ward am 2., 4., 7. und 21. Juni wiederholt und dann sollte endlich eine Benefizvorstellung auch für Beethoven stattfinden. Dieser schreibt also an seinen hohen Schüler von Wien am 14. Juli 1814: „Ich höre, so oft ich mich wegen Ihrem Wohle erkundige, nichts als erfreuliches. — Was mein geringes Wesen anbelangt, so war ich bisher immer verbannt, Wien nicht verlassen zu können, um mich leider I. K. H. nicht nahen zu können, sowie auch des mir so nöthigen Genusses der schönen Natur beraubt. — Die Theaterdirection ist so ehrlich, dass sie schon einmal wider alles gegebene Wort meine Oper Fidelio, ohne meiner Einnahme zu gedenken, geben liess. Diese liebreiche Ehrlichkeit würde sie auch zum zweiten Mal jetzt ausgeübt haben, wäre ich nicht wie ein ehemaliger französischer Douanenwächter auf der Lauer gestanden. — Endlich mit einigen ziemlich mühsamen Bewerbungen kam es zu Stande, dass meine Einnahme der Oper Fidelio den 18. July statt hat. — Diese Einnahme ist wohl mehr eine Ausnahme in dieser Jahreszeit, allein eine Einnahme für den Autor kann oft, wenn das Werk einigermassen nicht ohne Glück war, ein kleines Fest werden. Zu diesem Feste ladet der

Meister Seinen erhabenen Schüler gehorsamst ein, und hofft — ja ich hoffe, dass sie Ihre Kaiserl. Hoheit gnädig aufnehmen und durch Ihre Gegenwart alles verherrlichen. Schön würde es sein, wenn I. K. H. noch die andern Kaiserlichen Hoheiten zu bereden suchten, dieser Vorstellung meiner Oper beizuwohnen. Ich werde selbst hier, das was die Ehrerbietung hierin gebeut, beobachten. Durch Vogels Krankheit konnte ich meinem Wunsche, Forti die Rolle des Pizarro zu übergeben, entsprechen, da seine Stimme hierzu geeigneter — allein es sind daher auch nun täglich Proben, welche zwar sehr vortheilhaft für die Aufführung wirken werden, mich aber ausser Stand setzen werden, auch vor meiner Einnahme I. K. H. in Baden aufwarten zu können. Nehmen Sie mein Schreiben gnädig auf und erinnern sich I. K. H. gnädigst meiner mit Huld."

Bei dieser Benefizvorstellung, die wirklich am 18. Juli stattfand, wurden dann Rocco's Goldliedchen, das freilich schon aus der allerersten Bearbeitung stammte, aber damals keinen Platz gefunden hatte, und ebenso die umgearbeitete grosse Arie Leonorens als neu angekündigt und thaten, von Weinmüller und der gewaltigen Milder-Hauptmann vorgetragen, „sehr gute Wirkung". „Die brave Ausführung der letztern [Arie] schien insbesondere mit grossen Schwierigkeiten verknüpft zu seyn", fügt der Berichterstatter hinzu und denkt dabei wohl an die drei obligaten Hörner. Auch diesmal war die Einnahme „sehr gut". Einen bedeutenden Antheil an dem glänzenden Erfolg

des Werkes aber hatten gewiss nächst der Umarbeitung mehrentheils die Darsteller, die im Ganzen ausgezeichnet waren. In diesem Jahre erfolgten denn
auch im Ganzen noch zweiundzwanzig und im folgenden zehn Aufführungen. Dann ging die Milder nach
Berlin, um auch dort „Enthusiasmus für die Oper zu
erregen". In Wien trat an ihre Stelle zunächst Mad.
Campi. Das Werk verschwand jetzt nicht wieder vom
Repertoire, fand auch bald Eingang auf allen deutschen
Bühnen und ward dann bekanntlich vor allem durch
die Schröder-Devrient von epochemachender Bedeutung für den Vortrag dramatischer Musik.[296]
Was nun die neue Bearbeitung selbst betrifft, so
mögen hier zunächst Beethoven's eigene Aeusserungen
Platz finden: „Die Oper Fidelio 1814 vom März bis
15. Mai neu geschrieben und verbessert!" lautet eine
Notiz im Tagebuch von diesem Sommer, und in
der Wiener Zeitung vom 1. Juli 1814 erschien folgende
„Musikalische Anzeige": „Der Endesunterzeichnete,
aufgefordert von den Herrn Artaria und Comp., erklärt
hiermit, dass er die Partitur seiner Oper Fidelio ge-
dachter Kunsthandlung überlassen habe, um unter seiner Leitung dieselbe in vollständigem Klavierauszuge
Quartetten oder für Harmonie arrangirt herauszugeben. Die gegenwärtige musikalische Bearbeitung ist
von einer frühern wohl zu unterscheiden, da beinahe
kein Musikstück sich gleich geblieben und mehr als
die Hälfte der Oper ganz neu componirt ist." Der
Klavierauszug ward denn auch, von Moscheles ver-

fertigt, bereits am 20. Aug. 1814 als erschienen ange-
zeigt.²⁹⁷

Die Veränderungen sind in der That durchweg
Verbesserungen, und zwar im Sinn einer schärfern
Charakterisirung und knappern Darstellung im Detail,
so wie sie eben diese Periode des Beethoven'schen
Schaffens kennzeichnen. Dass aber mehr als die Hälfte
des Werkes ganz neu componirt sei, ist nicht ganz
genau. Das Vorhandene ist eben nur umcomponirt,
allerdings oft in sehr wesentlicher Verschiedenheit des
Einzelnen, sodass jetzt wenigstens in den Hauptmomen-
ten jene klarverständliche und allergreifende Declamation erreicht ist, die dem Werke einen dauernden
Erfolg und damit eine entscheidende Einwirkung auf
die Fortentwicklung der dramatischen Musik gegeben
hat. Erst jetzt erscheinen jene musikalischen Laute,
die der Sprache des Herzens selbst abgelauscht sind,
in einer Weise künstlerisch durchgebildet und sicher
gestaltet, dass eben Jeder, der ein natürlich richtiges
Empfinden von innern Vorgängen des Menschen hat,
sie versteht und lebhaft davon ergriffen wird. Ganz
neu aber ist die sogenannte Fidelio - Ouverture in
E, die vierte, die jedoch erst bei der zweiten Aufführung eintrat. Sie reiht sich vollkommen ebenbürtig an die zu „Coriolan" und „Egmont" an und gibt ein
sehr geistvolles Argument der entscheidenden Gegensätze der Oper wie auch ein bei aller Kürze und Knapp-
heit durchaus deutliches und unsere Theilnahme kräftig
erweckendes Bild von der Grundstimmung und dem

Verlauf der Oper, wie sie denn selbstverständlich
auch technisch auf der vollen Höhe des jetzigen Beethoven'schen Könnens steht und Zeugniss gibt, dass
ihm die ernste Begeisterung für seine hohe Aufgabe und
die treue Liebe für den schönen Stoff völlig zurückgekehrt sind und Herz und Phantasie in fruchtbarsten
Schwung gebracht haben. „Meinen erhabensten Gedanken leihe Hoheit, führe ihnen Wahrheiten zu, die es
ewig bleiben", hatte er in diesem Frühjahr, also während der Fidelio-Arbeit in sein Tagebuch geschrieben.[298]
Das Weitere, was sich in Folge der Verhältnisse
dem Meister zur Composition bot, war eine Reihe von
Gelegenheitsstücken patriotischer Art. Und wenn dieselben auch ebenso wenig von kunstgeschichtlicher Bedeutung sind wie „Wellington's Sieg", so haben sie
doch ebenso sehr auch einem Beethoven erst dazu
verholfen, der grossen Menge in niedern wie höhern,
in höchsten wie allerhöchsten Regionen die Augen
über sein Schaffen zu öffnen. Zunächst erfolgt noch
während der Fidelio-Arbeit der Chor Germania,
Germania, wie stehst du jetzt im Glanze da!
aus dem Singspiel „Gute Nachricht" von Treitschke,
das die Einnahme von Paris feierte und am 11. April
1814 im Kärtnerthor von den k. k. Hofoperisten mit
weitern Musikstücken von Hummel, Mozart, Gyrowetz,
Weigl und Kanne zum ersten Male aufgeführt und
fünfmal wiederholt ward. „Werther T.", schreibt
Beethoven damals an den ihm befreundeten Dichter,
„mich freuet unendlich Ihre Zufriedenheit mit dem

Chor — ich habe geglaubt, Sie hätten alle Stücke zu Ihrem Vortheile verwenden sollen, also auch das meinige. Wollen Sie dieses aber nicht, so möchte ich, dass es irgend zum Vortheil der Armen gänzlich verkauft würde."-⁹⁹

Dann bietet sich, als bekannt wurde, dass Kaiser und Könige sich bald in Wien versammeln würden, um die neue Ordnung der Dinge, die angebrochen, endgültig festzustellen, die Composition eines Gedichts, das „die Huldigung der Stadt Vindobona den fremden Monarchen dargebracht" zum Inhalt hat. Es ist die Cantate „Der glorreiche Augenblick" von Dr. Aloys Weissenbach, die in Musik zu setzen nach Schindler's Versicherung freilich Beethoven „einen heroischen Entschluss fassen" musste, weil die Versification schlechterdings einer musikalischen Bearbeitung entgegen war. Allein wollte man den grossen Moment rechtzeitig mitfeiern helfen und auch den eigenen Vortheil davon nicht einbüssen, so musste rasch in den sauern Apfel gebissen werden. Der Meister selbst also, der so sehr Sprach-Ungewandte, machte sich zunächst daran, mit dem Verfasser im Vereine an dem Gedichte zu ändern und zu feilen. Da aber dieses nur bis zu einer sogenannten „Verbösserung" der Verse führte, so ward das Poëm getrost dem Dichter Karl Bernard zur gänzlichen Umarbeitung übergeben und derweilen die eine und andere der bereits begonnenen Compositionen wieder zur Hand genommen, darunter Gelegenheitsstückchen von mancherlei Art und Veranlassung.

Es versteht sich zunächst von selbst, dass unter so vielen und so mannichfach wechselnden Beschäftigungen, wie sie dieses Frühjahr wieder bot, auch das obligate Unwohlsein nicht fehlte, das ja fast ebenfalls mit zu Beethoven's Geschäften gehört. „Seit Sonntag bin ich wieder mit einem Katarrh behaftet, der mich recht hernimmt und wobei ich mich nur ganz leidend verhalten muss", lautet eine der allgemach stehenden Entschuldigungen gegen den Erzherzog, und das Tagebuch von diesem Frühjahr sagt dunkel und abgebrochen genug: „Bestimmung der Aerzte über mein Leben — — ist keine Rettung mehr, so muss ich — — brauchen??? Es gehört nun noch geschwinder zu vollenden was früher unmöglich. — — Concilium [sic] mit *** — —." Dieser mit drei Sternen verschwiegene Arzt war wohl der uns bereits mehrfach begegnete Dr. Johann Malfatti. Denn zu dessen diesjährigem Namensfest am 24. Juni schrieb er, wie die Fischhof'sche Handschrift sagt, auf Dr. Bertolini's Veranlassung eine Cantate für Sopran, zwei Tenor- und Bassstimmen mit Klavier und zwar, wie es dort heisst, „mit grosser Freude und Fleiss in sehr kurzer Zeit". Auch war er „am Abende der Aufführung [in Weinhaus bei Wien] ungewöhnlich heiter und lustig, wie ihn seine Freunde noch nie gesehen." Diese „sehr heitere" Cantate ist bisher nicht gedruckt.[300]

Den schönen elegischen Gesang für vier Singstimmen, Klavier und Streichquartett: „Sanft, wie du lebtest, hast du vollendet" componirte er mit der Widmung: „An die verklärte Gemahlin meines verehrten Freundes Pascolati von seinem Freunde Ludwig van Beethoven." Denn dieser, zeitlebens sein hülfreicher Freund, hatte, wie wir noch hören werden, gerade jetzt dem Meister wieder in ärgerlichsten Sachen wesentliche Dienste zu leisten. Gleicherweise damals ward der ungedruckte Chor für Singstimmen und Orchester: „Ihr weisen Gründer glücklicher Staaten" entworfen und zwar zu einem patriotischen Schauspiel, sowie die grosse Ouverture in C zur Namensfeier des Kaisers Franz, die jedoch beide erst im Herbst fertig wurden. Ebenso wurden damals drei Stücke zu einem patriotischen Drama von Fr. Duncker: „Leonore Prohaska" componirt, nämlich ein Kriegerchor, eine Romanze mit Harfe und ein Melodram für Harmonika, die ebenfalls ungedruckt in Wien existiren. Auch geschah es damals auf Duncker's Wunsch, dass Beethoven den Trauermarsch aus der Sonate Op. 26 für Orchester einrichtete zum Gebrauch bei der Aufführung dieses Stücks. Wichtiger aber als von diesen Gelegenheitscompositionen zu erfahren ist uns, dass unter den Skizzen dieser Werke auch Entwürfe zu einer „Sinfonia zweites Stück" vorkommen, z. B. ein Gang der Hörner in $^6/_8$; ferner, dass in diesem Jahre 1814 an eine Symphonie in H-moll gedacht ward, an eine „Sonate cello pastorale" und an die Composition von „Meeresstille" und „Glückliche Fahrt".[301] Und wer weiss, mit welch weitern hohen Werken die mit den Zeitbewegungen in hohen Wogen gehende Phantasie

des Meisters sich jetzt trug! Sagt doch das Tagebuch von damals: „Vieles ist auf Erden zu thun, thue
es bald! — Nicht mein jetziges Alltagsleben fort-
setzen, die Kunst fordert auch dieses Opfer — —
in der Zerstreuung ruhen, um desto kräftiger zu
wirken!"

Was aber zunächst energischen Lebens voll fertig
aus des Erschaffers Haupt hervorsprang, war die
Sonate Op. 90, deren Entwürfe, will man aus der
Opuszahl einen Schluss wagen, allerdings weit früher
fallen mögen, die aber erst 16. August 1814 der Erzherzog Rudolf, der alle Werke, sobald sie vollendet waren,
erhielt, und zwar höchsteigenhändig sich abschrieb.
Beethoven selbst sagt, dass er sie dem Grafen Moritz
Lichnowsky bestimmt habe, dem sie denn auch bei
ihrem Erscheinen im Juni 1815 gewidmet ist. Denn
abgesehen von dem alten Freundschaftsverhältnisse,
und dass Beethoven „nie vergessen, was er den
Lichnowskys überhaupt •alle schuldig", scheint es,
dass Graf Moritz eben jetzt von neuem zu einer Beethoven'schen Angelegenheit in besondern Anspruch genommen wurde.[302]

Es waren nämlich trotz aller Akademien, Benefizvorstellung und verlegerischen Unternehmungen des
Meisters Finanzen noch immer nicht gehörig „tappirt
und frisirt", ja es galt fortwährend möglichst sein Können auch zur „tüchtigen Kuh, die ihn mit Butter versorgt", zu machen. Und da nun vor allem die Sieges-
symphonie auf Wellington einen entscheidenden Ein-

druck überall hervorbrachte, so musste auf mercantile
Verwerthung dieses Werkes ein besonderer Nachdruck
gelegt werden. Der unangenehmen Streitigkeiten mit
Mälzel, der das Werk als „Freundschaftsgeschenk"
betrachtete und selbst ausbeuten wollte und dem dasselbe mit allerhand „Depositionen" und öffentlichen
„Erklärungen" förmlich erst aus den Händen gerungen werden musste, wollen wir hier nicht weiter gedenken. Genug, das Verlagsrecht verblieb dem Meister,
der das Werk an S t e i n e r verkaufte, wo es im Frühjahr
1816 erschien. Mehr aber galt ihm die „sich darbie-
tende" Gelegenheit, dem P r i n z r e g e n t e n v o n E n g-
l a n d das Werk zu übersenden. Bei der Einleitung dieser Sache nun war Lichnowsky behülflich. Wir erinnern
uns des Briefs vom 21. Sept. an den „werthen, verehrten Graf und Freund" [vgl. oben S. 26], worin er sich
gegen die Meinung verwahrt, „dass ein Schritt, den er
gemacht, durch ein neues Interesse oder überhaupt
etwas d. g. hervorgebracht worden sei", und wo dann
weiter von der besten Einleitung der Sache mit dem
englischen Gesandten Lord C a s t l e r e a g h die Rede
ist. Doch will Beethoven zunächst, dass die Sache
verschoben wird, bis der Lord das Werk selbst gehört habe. [303]
Ebenso galt es jetzt die K i n s k y'schen Händel
endgültig zu schlichten. „Dass die Sache mit K. sich
so verhält, bin ich bereit mit einem Eid zu beschwören
an K und B — G —", heisst es im Tagebuch von 1814.
Allein sein Prager „Rechtsfreund" Dr. Wolf schien

ihm die Sache falsch aufgefasst zu haben und jedenfalls „miserabel zu tractiren". Er wählte also den kürzlich in einem Alter von fast 100 Jahren verstorbenen
Dr. Kanka, einen eifrigen Freund der Musik, zu seinem Anwalt. An diesen nun liegt eine Reihe von Briefen vor, die von jener wirren Zeit ein mannichfach
interessantes Bild geben. Zunächst heisst es am 22.
Aug. 1814:

„Sie haben mir Gefühl für Harmonie gezeigt —
und Sie können wohl eine grosse Disharmonie, welche
mir manches Unbequeme verursacht, auflösen in mehr
Wohllaut in mein Leben, wenn Sie — wollen. — Ich
erwarte ehestens etwas über das was Sie vernommen,
über das was geschehen wird, da ich mit herzlicher
Sehnsucht dieser unredlichen Sache von der Kinsky'-
schen Familie entgegensehe. — Die Fürstin schien
mir hier dafür gestimmt zu sein, allein ich weiss
nichts, was endlich daraus werde. — Derweil bin ich
in allem beschränkt, denn mit vollkommenem Recht
harre ich auf das, was mir Rechtens zukömmt und
vertragsmässig zugestanden und, als Zeitereignisse
hierin Veränderungen hervorbrachten, woran kein
Mensch früher denken konnte, mir neuerdings
durch die Zusage des verstorbenen Fürsten,
durch 2 Zeugnisse bewiesen zugesagt wurde. Fällt die
Geschichte durch das Verhalten der Familie schlecht
aus, so lasse ich diese Geschichte in allen Zeitungen bekannt machen wie sie ist — zur Schande der Familie.
Wäre ein Erbe und ich hätte ihm die Geschichte so

wahrhaft wie sie ist und wie ich bin vorgetragen, ich
bin überzeugt, er hätte Wort und That seines Vorfah-
ren auf sich übergehen lassen. — An Dr. Wolf, der
gewiss niemanden wölfisch begegnet, schreibe ich auch
eben, um ihn nicht aufzubringen, damit er mich nicht
umbringe, um etwas bringe."

Ferner kurze Zeit darauf in gleich charakteristi-
scher Weise:

„Tausend Dank mein verehrter K.

Ich sehe endlich wieder einen Rechtsvertreter
und Menschen, der schreiben und denken kann, ohne
der armseligen Formeln zu gebrauchen. — Sie können
sich kaum denken, wie ich nach dem Ende dieses Han-
dels seufze, da ich dadurch in allem, was meine Oeko-
nomie betrifft, unbestimmt leben muss — ohne was es
mir sonst schadet. Sie wissen selbst, der Geist der füh-
lende darf nicht an die elenden Bedürfnisse gefesselt
werden, und mir wird dadurch noch manches mich
Beglückende für das Leben entzogen. Selbst meinem Hange und meiner mir selbst gemachten Pflicht,
vermittelst meiner Kunst für die bedürftige Menschheit zu handeln, habe ich müssen und muss ich noch
Schranken setzen. — Von unsern Monarchen etc., den
Monarchinnen etc. schreibe ich Ihnen nichts, die Zeitungen berichten Ihnen alles — mir ist das geistige
Reich das liebste und der Oberste aller geistigen
und weltlichen Monarchien. — Schreiben Sie mir doch,
was Sie wohl für sich selbst von mir wünschen,
von meinen schwachen musikalischen Kräften, damit

ich Ihnen, soweit ich damit reiche, etwas für Ihren
eigenen musikalischen Sinn oder Gefühl verschaffe.
— Denken Sie an mich, und denken Sie, dass Sie einen uneigennützigen Künstler gegen eine knickerische
Familie vertreten. Wie gern entziehen die Menschen
wieder dem armen Künstler, was sie ihm auf sonstige Art zollen — und Zeus ist nicht mehr, wo
man sich auf Ambrosia einladen konnte. — Beflügeln
Sie, lieber Freund, die trägen Schritte der Gerechtigkeit. Wenn ich mich auch noch so hoch erhoben finde,
wenn ich mich in glücklichen Augenblicken in meiner
Kunstsphäre befinde, so ziehen mich die Erlebnisse
wieder herab, dazu gehören nun auch die zwei Prozesse. — Einen Kelch des bittern Leidens habe ich
ausgeleert und mir schon das Martirerthum in der
Kunst vermittelst der lieben Kunstjünger und Kunstgenossen erworben. — Ich bitte Sie, denken Sie alle
Tage an mich und denken Sie, es sei eine ganze Welt,
da natürlich es Ihnen viel zugemuthet ist, an ein so
kleines Individuum zu denken, wie mich."

Allein trotz des eifrigen Kanka war bei der hoch-
fürstlichen Vormundschaft nichts auszurichten, ja der
Curator hatte sogar Einwendung gegen das Zeugniss
der Herren Oliva und Varnhagen rücksichtlich ihrer
nicht gleichzeitigen Gegenwart gemacht, was für Beethoven, der bei dem höchst edlen Charakter des Fürsten
überhaupt ein Zeugniss nicht für nöthig gehalten, natürlich „höchst kränkend" sein musste. Auch bedurfte
es, wie wir sehen werden, anderer, persönlicher Ein-

wirkungen, um „dem Rechte seinen Lauf zu geben“. Und da nun, wie Beethoven an Graf Moritz schreibt, obwohl er sich angetragen, auch trotz Fidelio und Schlacht von Vittoria „mit dem Hof nichts anzufangen“ war, so musste der Meister seinen Aufenthalt im geliebten Baden abbrechen, um „alles zu überlegen wegen einer grossen Akademie“. [304]

Dazu war allerdings jetzt ein Moment, wie er sowohl in Beethoven's Leben als überhaupt sich günstiger nicht denken lässt. Die Schaaren des Wiener Congresses waren im Anzuge. Mit den Herrschern von Oesterreich, Russland, Preussen, Baiern, Würtemberg, Weimar rückten Fürsten und Edelleute und die talentvollsten und berühmtesten Staatsmänner aller Nationen in die Kaiserstadt ein, um die Herrlichkeit und die Bildung von ganz Europa in ihrem Glanze zu zeigen. Die Zahl der beim Congress Betheiligten belief sich auf mehr als vierhundert, darunter Männer wie Metternich und Gentz, Nesselrode, Castlereagh, später Held Wellington selbst, Stein, Hardenberg, Humboldt, Talleyrand. Ausserdem zählte man 100000 Besucher. Der österreichische Hof übernahm gastfreundlich die Bewirthung und sorgte für fortlaufende Zerstreuungen und Festlichkeiten der mannichfachsten Art.

Dass da unter all den Künsten, die zum Aufspielen herbeigerufen wurden, in einem Centralpunkt der Musik wie Wien die Kunst der Töne nicht fehlen durfte, versteht sich von selbst, und ebenso, dass der „ge-

schätzteste Tonkünstler unserer Zeit" dabei die erste
Rolle zu spielen auserkoren ward. Und hatte nicht
dieser selbst bereits vorgearbeitet, solche Feste feiern
zu helfen und solch grosse Begebenheiten auch, durch
Musik zu veranschaulichen? Denn es war ja die
siebente Symphonie schon da, um das so eben wie-
dergewonnene freie Dasein in seiner vollen Freudigkeit
zu feiern, und ebenso jenes „klassische Tonwerk,
das bei den Productionen Freunde und Kenner
der Tonkunst durch den kühnen Schwung harmonie-
reicher Entwicklungen in Erstaunen gesetzt und ihre
Achtung vor Beethoven's Genie bis zur Verwunderung
gesteigert hatte", jene auch die Massen tief erregende
Schlacht bei Vittoria![305]
Dann aber vor allem, war nicht bereits für Beethoven
ein besonderes Gedicht gefunden, das diesen „heiligen Augenblick" in künstlichen Reim gebracht? Und
Freund Bernard war endlich auch mit der bessern
Versificirung desselben fertig geworden. Also rasch
begann der Meister seinen „heroischen Entschluss"
auszuführen, und nachdem noch am 10. October ein
fremder Musiker, welcher damals wie so mancher um der
Festlichkeiten willen nach Wien gekommen war, der
oben S. 84 erwähnte Prager Tomaschek ihn an den
Entwürfen gefunden, waren bereits am 24. Nov in
seinen eigenen Zimmern zwei Copisten beschäftigt, das
so eben fertig gewordene Werk „mit grösster Hast"
abzuschreiben. „Im zweiten Zimmer lagen auf allen
Tischen und Stühlen Bruchstücke von Partituren, die

wahrscheinlich von Umlauf, den mir Beethoven aufführte, corrigirt wurden", erzählt Tomaschek weiter
und berichtet dann folgendes Gespräch mit Beethoven:

„Ich. Sie waren doch stets gesund?

B. Wie immer voll Verdruss, es ist nicht mehr
zu leben hier.

Ich. Ich sehe, dass Sie mit Ihrer Akademie sehr
beschäftigt sind, ich möchte kein Hinderniss sein.

B. Gar nicht, mich freut es Sie zu sehen. Da
gibt es soviel Unangenehmes bei einer Akademie und
Correcturen ohne Ende!

Ich. Ich las eben die Ankündigung, dass Sie
Ihre Akademie aufgeschoben haben.

B. Es war alles falsch copirt. Ich sollte am
Tage der Aufführung Probe halten, habe daher die
Akademie aufgeschoben.

Ich. Es gibt wohl nichts Aergerlicheres und Ge-
meineres als die Vorbereitungen zu einer Akademie.

B. Da haben sie wohl Recht, man kommt vor
lauter Dummheiten gar nicht vorwärts. Und was man
für Geld auslegen muss! Es ist unverantwortlich,
wie man jetzt mit der Kunst verfährt. Ich muss ein
Drittheil an die Theaterdirection und ein Fünftheil an
das Zuchthaus entrichten. Pfui Teufel! Bis die
Geschichten aus sind, werde ich dann nachfragen, ob
die Tonkunst eine freie Kunst sei oder nicht? Glauben Sie mir, es ist nichts mit der Kunst in gegenwär-
tiger Zeit." [306]

Diesmal ward die Akademie „auf Anstiften hoher

Kunstfreunde", wohl vor allen des Erzherzogs Rudolf,
der dabei zugleich mit seinem Lehrer sich „gloriren"
konnte, veranstaltet, und zwar ward, da sie als eine
Art von Hoffest betrachtet wurde, der k. k. grosse
Redoutensaal diesmal unentgeltlich hergegeben, wenn
man nämlich das obige ärgerliche Drittel und Fünftel
nicht rechnen will.

Zuvor aber soll der Meister den hohen Herren
sich noch von einer andern Seite produciren. Am
23. November war ein Fest, „dessen Pracht und Herrlichkeit Alles überbot, was man bis dahin gesehen hatte",
erzählt Varnhagen, nämlich ein Carroussel „in der dazu
wunderbar ausgeschmükten und erleuchteten Reitbahn,
wobei besonders die österreichischen Cavaliere durch
Prunk und Gewandtheit die Bilder einer fabelhaften
Ritterzeit hervorriefen". Auch hier also ist der Herr
Erzherzog besorgt, freundlichst seinen Lehrer seine
Kunst zeigen zu lassen, und Beethoven antwortet klug
und humoristisch genug:

„Ich merke es, Eure Kais. Hoheit wollen meine
Wirkungen der Musik auch noch auf die Pferde versuchen lassen. Es sei, ich will sehen, ob dadurch die
Reitenden einige geschickte Purzelbäume machen können — Ei, ei! ich muss doch lachen, wie Eure Kais.
Hoheit auch bei dieser Gelegenheit an mich denken;
dafür werde auch ich zeitlebens sein — — — — —
— Die verlangte Pferde-Musik wird mit dem schnell-
sten Galopp bei Eurer Kais. Hoheit anlangen." —

Ob sie aber anlangt, ob er „aufspielt zu ihren

Verkehrtheiten und absurdes Zeug macht auf gemeine
Kosten mit Fürstlichkeiten, die nie aus der Art Schulden herauskommen", das erfahren wir nicht. Soviel jedoch hörten wir oben, dass er in jenen Tagen voll
Verdruss ist und meint, es sei nicht mehr in Wien zu
leben, ja Varnhagen verräth, dass er „mit den Vornehmen nichts mehr zu schaffen haben will und seinen Widerwillen mit zürnender Heftigkeit ausdrückt".[307]

Jetzt in der That aber harrte seiner der Lohn dafür, dass, so sehr er äusserlich oft genug den „Vornehmen" gleich unausweichlichen Hindernissen sein stolzes
Haupt gebeugt, sein Herz stets beim Volke gewesen,
sein Auge stets auf das Allgemeine gewendet, sein
Schaffen auf die grossen Ziele des gesammten Geschlechts gerichtet war. Denn jetzt sollte er mit leibhaf-
ten Augen auch diese Wirkung seiner Kunst auf die
Massen, ja auf die damalige Menschheit schauen.

Am 29. Nov. 1814 um die Mittagszeit fand die
denkwürdige Akademie im grossen Redoutensaale statt, wo die A-dur-Symphonie, der „Glorreiche Augenblick" und „Wellington's Sieg" zu einer so
glorreichen Aufführung gelangen, dass bereits nach
drei Tagen (am 2. December) eine Wiederholung und am
25. December nochmals, und zwar zum Vortheil des
St.-Marxspitals, eine Vorführung der gleichen Werke
stattfinden muss.

Der grosse Redoutensaal, ein länglich-viereckiger
schöner Raum mit ringsum laufenden Gallerien, fasst
nahe an sechstausend Menschen und war dieses

erste Mal „zum Erdrücken voll". Sämmtliche Monarchen, die in Wien anwesend waren und denen Beethoven persönlich die Einladung gemacht hatte, waren zugegen. Aber nicht blos vor einem „Parterre von Königen", wie sechs Jahre früher ein Talma es mit dem höfischen Pathos eines Racine gespeist, vor dem gebildeten Europa, vor der wenn auch nicht musikalischen, doch gesellschaftlichen und zum Theil auch geistigen Elite unsers Welttheils producirte der Meister diesmal seine Werke. Und wenn auch nur eins darunter, die Symphonie, von allererstem Rang der Kunst ist, auch in den zwei andern lebt neben dem höchsten Adel der Schönheit, wie ihn damals Beethoven's Schaffen repräsentirt, etwas von dem warmen Hauch der Begeisterung für die hohen Güter der Menschheit, der, wenn auch in den Worten der Dichtung zunächst blos an die Herrscher angeknüpft, doch im Grunde und zumal aus Beethoven's Herzen einzig an die Völker gerichtet war.

Und wie nun des Meisters Taktstock von seinem weit vorgeschobenen Directionspult aus die Masse der ausgezeichnetsten Virtuosen der Kaiserstadt zu ausgezeichnetsten Leistungen begeisterte, so ward auch die Stimmung der Tausende, die hier Zuhörer waren, eine nicht zu beschreibende. „Die ehrfurchtsvolle Zurückhaltung von jedem lauten Beifallszeichen verlieh dem Ganzen den Charakter einer grossen Kirchenfeier, Jeder schien zu fühlen, ein solcher Moment werde in seinem Leben niemals wiederkehren." So berichtet

Schindler, der sich unter den Mitwirkenden befand,
freilich thatsächlich nicht völlig genau, denn von
einer Zurückhaltung des Beifalls war nicht so ganz die
Rede, aber, was die Grundstimmung des Publikums
anbetrifft, gewiss in der richtigsten Weise. Offenbar
war Feierlichkeit der eigentliche Charakter der
ganzen Production und die vorherrschende Empfindung
der Anwesenden. Doch spricht die Wiener Zeitung
vom 30. Nov. ausdrücklich auch von einem „einstim-
migen Beifall" und fährt dann so fort: „Als aber
Vienna sang:

> Was nur die Erde Hoch und Hehres hat,
> In meinen Mauern hat es sich versammelt!
> Der Busen pocht! Die Zunge stammelt!
> Europa bin ich — nicht mehr eine Stadt —

und als die Seherin und der Genius sangen:

> Kein Aug ist da,
> Das seinem Fürsten nicht begegnet!

und die beiden andern Stimmen einfielen:

> Kein Herz ist nah,
> Das nicht sein Landesvater segnet —

da brach das Entzücken aus allen Anwesenden mit
dem lautesten Beifall vor, der die starke Begleitung
des Compositors weit übertönte. Ebenso fanden die
beiden anderen Compositionen den gewohnten einstim-
migen Beifall." [308]

Doch was uns mehr bedeutet, diese Tausende
von nah und fern, deren Herz sich an jenen Werken
zu einer Ahnung von Beethoven's Genius entzündete
und die den Antheil erkannten, den auch sein Schaffen

an der Entfaltung der Ideen der Gegenwart hat, sie
trugen diese Botschaft in die weiten Lande, wo sie
bald ihre Wirkung that zur Befreiung von knech-
tischem Zwang, zur Stärkung des Bewusstseins der
ewig unantastbaren Rechte unserer Natur und zum
unermüdlichen Erstreben jener neuen Ordnung der
Dinge, die auch sein prophetischer Blick erschaute, in
der der Mensch sein kann, was er sein soll. [309]

Und Beethoven, ob er selbst wohl in diesem Momente erfüllt wähnte, was er mit der ganzen Kraft
seiner Seele, mit dem Opfer von Glück und Gesundheit Zeit seines Lebens geahnt, gehofft, ersehnt
hatte?

Nur eine kleine Notiz aus jenen Tagen verräth
uns andeutend den augenblicklichen Zustand seines
Innern. „Noch erschöpft von Strapazen, Verdruss,
Vergnügen und Freude! alles auf einmal durcheinander", heisst es diesmal an den Erzherzog, zugleich
mit dem „grössten Dank für sein Geschenk", offenbar Entrée für die Akademie. Allein wir wissen, dass
seine kleine „Sternwarte" im Pasqualati'schen Hause
auf der Mölker Bastei jetzt vielfach umlagert war
von hohen und niedern Besuchern, die den weltberühmten Mann sehen wollten. Und wie die alten
Freunde, ein Oliva, Zmeskall, Pasqualati, Streicher,
Brunswick, Kanne, Schuppanzigh, Breuning, Bernard,
die beiden Lichnowsky, stolz auf des Meisters Weltruhm,
sich ihm jetzt nur näher zu verbinden strebten, so
ward manch neuer Name in den glänzenden Kranz

warmer Verehrer seiner Kunst eingeflochten. Ja jetzt
erfüllt es sich, dass, wenn auch nicht Könige kommen,
ihm zu dienen, doch Fürsten es nicht unter ihrer
Würde achten, bei dem „König der Musiker" zu anti-
chambriren. Schindler erzählt: „Der Fürst Lichnowsky
war es gewohnt, seinen Liebling recht oft in der Werkstätte zu besuchen; nach beiderseitiger Uebereinkunft
sollte von seiner Anwesenheit keine Notiz genommen
werden, damit der Meister nicht gestört werde. Der
Fürst pflegte nach einem Morgengruss irgend ein Mu-
sikwerk durchzublättern, den arbeitenden Meister eine
Weile zu beobachten und dann mit einem freundlichen
Adieu die Stube, zu verlassen. Dennoch fühlte sich
Beethoven durch diesen Besuch gestört und verschloss
zuweilen die Thür. Unverdrossen stieg der Fürst
wieder drei Stockwerke hinab. Als aber der schneidernde Bediente im Vorzimmer sass, gesellte sich die
Durchlaucht zu ihm und harrte so lange, bis sich die
Thür öffnete und sie den Fürsten der Tonkunst freundlich begrüssen konnte."

Ebenso trat Rasumowsky jetzt von neuem
dem Meister näher. Die Anwesenheit seines Kaisers
und so vieler andern Souveräne gab Veranlassung, die
gewöhnlichen „Réunions" in seinem glänzenden Palaste
am Donaukanal zu Festlichkeiten ausserordentlicher
Art zu steigern. Hier wurde denn auch Beethoven meist
zugezogen und war, wie Schindler erzählt, Gegenstand allgemeiner Aufmerksamkeit von seiten aller
Fremden. „Ein Jeder bemühte sich ihm seine Huldigung

darzubringen, von dem Fürsten ward er den anwesenden Monarchen vorgestellt, die ihm in den schmeichel-
haftesten Ausdrücken ihre Achtung zu erkennen gaben.
Die Kaiserin von Russland wünschte ihn besonders zu
becomplimentiren. Die Vorstellung fand in den Gemächern des Erzherzogs Rudolf statt, in denen er auch
noch von andern hohen Personen begrüsst worden.
Nicht ohne Rührung gedachte der grosse Meister jener
Tage in der kaiserlichen Burg und im Palaste des
russischen Fürsten und sagte einstmals mit einem gewissen Stolze, er habe sich von den hohen Häuptern
die Cour machen lassen und sich dabei stets vornehm
benommen."[310]

So wandelte der Meister wenigstens einmal im
Leben wirklich auf des Daseins höchsten Höhen.
Doch wie schön ist das Wort, das er gerade in diesen
Tagen in sein Tagebuch schreibt: „Alles was Leben
heisst, sei der Erhabenen geopfert und ein Heiligthum
der Kunst. Lass mich leben, sei es auch mit Hülfs-
mitteln, wenn sie sich nur finden! — —"

Auch diese Hülfsmittel fanden sich jetzt endlich und
in einer Fülle, die zeitlebens vorhalten zu wollen schien.
Denn wenn auch von der Einnahme der Akademien
wegen der enormen Kosten und Abgaben im Ganzen
wenig übrig blieb, von den Geschenken der fremden
Monarchen, zumal dem „grossmüthigen der Kaiserin
von Russland", konnte er nicht blos leidige Schulden
tilgen, wie denn die im Tagebuch notirte an Brentano zum Theil wohl schon damals durchstrichen

wurde, sondern er vermochte damit sogar ein Kapital
von einigen österreichischen Bankactien anzulegen, das
ihm wenigstens für spätere Zeiten einen gewissen An-
halt bot. [311]

Ja auch für sein Schaffen schien sich in diesem
Moment die so oft lockende Bahn der Operncomposition wieder zu öffnen. „Ueberall wird Cortez und die
Vestalin aufgeführt", heisst es im Tagebuch von
diesem Herbst, und doppelt wohl muss es, zumal im
Hinblick auf die jetzigen Erfolge des Fidelio, ihm
thun, im December dem theilnehmenden Erzherzog
melden zu können: „Dann handelt sich's um
eine neue Oper, wo ich mit dem Sujet dieser
Tage zu Stande komme." Es war „Romulus" von
Fr. Treitschke. Allein der Meister scheint eben mit
dem Sujet doch nicht zu Stande gekommen zu sein,
wenigstens ist nicht einmal von Entwürfen eines solchen Werkes etwas bekannt geworden. [312]

So schien in der That jetzt einmal in seinem
äussern Dasein alles Friede und Freude zu athmen,
und nicht ohne Befriedigung lesen wir als eine seltene
Ausnahme in der Reihe der meist wenig erquicklichen
Zettel den folgenden verhältnissmässig heitern an den
Erzherzog aus diesen Tagen:

„Mit wahrem Vergnügen sehe ich, dass ich meine
Besorgnisse um Ihr höchstes Wohl verscheuchen kann.
Ich hoffe für mich selbst (indem ich mich immer wohl
befinde, wenn ich im Stande bin I. K. H. Vergnügen
zu machen), dass auch meine Gesundheit sich ganz

herstellt, aufs geschwindeste, und dann werde ich sogleich eilen, Ihnen und mir Genugthuung für die Pausen
zu verschaffen. — Was Fürst Lobkowitz anbelangt, so
pausirt er noch immer gegen mich, und ich fürchte, er
wird nie richtig mehr eintreffen — und in Prag (du
lieber Himmel, was die Geschichte von Fürst Kinsky
anbelangt) kennen sie noch kaum den Figuralgesang;
denn sie singen in ganz langen langsamen Choralnoten,
worunter es welche von sechzehn Täkten
gibt. — Da sich alle diese Dissonanzen scheinen sehr
langsam auflösen zu wollen, so ist's am besten,
solche hervorzubringen, die man selbst auflösen
kann — und das Uebrige dem unvermeidlichen Schicksal anheim zu stellen. Nochmals meine grosse
Freude über die Wiederherstellung Ihrer Kaiserlichen
Hoheit."

Der Kinsky'sche Knoten begann sich jedoch endlich wirklich zu lösen, oder vielmehr er ward auch mit
des Erzherzogs Hülfe einfach zerhauen.

Der „erhabene Schüler" musste nämlich etwas
von diesen unerfreulichen Dingen vernommen haben,
und als ihm nun Beethoven auf sein Befragen antwortete, dass „es schlecht aussehe, da er nichts, gar nichts
wisse", erbot er sich selbst an den Oberstburggrafen
von Prag zu schreiben, und dieser forderte, als das geschehen, Beethoven auf, ein Gesuch an die k. k. Landrechte dort zu richten. Dies erfolgte denn auch Ende
dieses Jahres, und Beethoven, der diesen durch Baron
Pasqualati vermittelten Schritt seinem musikalischen

Rechtsfreund in Prag nach seinen Motiven ausführlich
darstellt, legt demselben die Sache im Januar
1815 nochmals dringend „an den Geist“. „Erwarten Sie meinen höchsten Dank und verzeihen Sie, dass
ich heute nicht mehr schreiben kann; so was ermü-
det“, schreibt er. „Lieber die grösste musikalische
Aufgabe. — Mein Herz hat schon etwas für Sie gefunden, wo das Ihrige auch schlagen wird, und das werden
Sie bald erhalten. — Vergessen Sie nicht auf mich
armen Geplagten und handeln — wirken Sie soviel
als nur möglich.“ Und da sein voriger „einseitiger
oder vielseitiger oder schwachseitiger“ Advcoat, um
die Sache zu beschleunigen, bereits die Forderung von
1800 auf 1500 Gulden ermässigt und Beethoven auf den
Rath Pasqualati's dies genehmigt hatte, so bewirkte
auf ein nochmaliges Schreiben des Erzherzogs der Einfluss des Oberstburggrafen, dass kurz darauf, am
15. Jan. 1815 die Landrechte wirklich erkannten: die
Kinsky'sche Vormundschaft habe dem Herrn van Beethoven einen Unterhaltungsbeitrag von 1200 Gulden Einlösungsscheinen für Lebenszeit zu entrichten!

Als Beethoven dies erfahren, schreibt er am 24.
Febr. 1815 „seinem innigst verehrten Kanka“ nach einigen scharfen Bemerkungen über die Ungerechtigkeit
des Abzugs „tausend Dank nieder“ und fügt hinzu:
„Viel Thränen, ja Wehmuth kosten mich diese Geschichten.“ — Bald darauf „endigte sich nun auch die
Geschichte mit Lobkowitz“, und „obschon sich auch
dabei ein kleines fy pfui fand“, so war doch „das Finis

da", und Beethoven konnte also nach jeder Seite hin
in diesem Augenblick, wie mit einer gewissen Befriedigung auf das bisher Geleistete und Erreichte, so mit
innerer Ruhe und neugestärkter Hoffnung in die Zukunft blicken. Denn jetzt in der That hatte, allerdings
nach fast einem Menschenalter unermüdeten Strebens,
sein Genius sich aus dem Dunkel neidischer Verkleine-
rung und dem Halblicht blos lokaler Schätzung zu der
vollen Tageshelle allgemeiner Anerkennung und des
wirklichen Weltruhms durchgerungen, und die darauf
beruhende Aussicht auf möglichst einträgliche materielle Verwerthung seiner Geistesprodukte, sowie der
jetzt neugesicherte lebenslängliche Jahresgehalt liessen
ihn für die fernere Zeit seines Lebens jene äussere
Sicherheit und Behaglichkeit erwarten, worin er mit
voller Kraft und Musse nach den höhern Idealen, die
vor seiner Seele schwebten, ja den kühnsten Zielen
seiner Phantasie ungehemmten Fluges nachzustreben
hoffen konnte. So steht denn auch im Tagebuch von
dieser Zeit das Wort Hektor's aus der Ilias ausgeschrieben:

— — Nun aber erhascht mich das Schicksal,
Dass nicht arbeitslos in den Staub ich sinke noch ruhmlos,
Nein, erst Grosses vollende, wovon auch Künftige hören. [313]

*

Und wir, indem wir jetzt diese grosse und viel-
bewegte Lebensepoche des Meisters schliessen und
nach den Früchten fragen, nicht die sie für die Kunst
im Allgemeinen getragen, denn wir haben ja die

entscheidenden Werke seines Genius jedes an seiner
Stelle nach Möglichkeit betrachtet, auch nicht was
diese Epoche für sein eigenes Können und Leisten
bedeutet, denn das gehört in den Schlussband unseres Werkes, sondern was für sein inneres Leben, für
sein menschliches Wesen die Ereignissfülle dieser
zwanzig Jahre in Freud und Leid, Hoffnung und Entsagung und namentlich jener jüngste Moment, wo er
des Lebens höchsten Preis errang wie nur je ein
Künstler, bedeuten und auf ihn gewirkt haben
— wir sind so glücklich, auch diese Frage mit einem
Worte entscheiden zu können, das Beethoven selbst
in sein Tagebuch schrieb, als ihn das in der letzten
Zeit so oft erlebte Schauspiel der hohen Wirkungen,
die seine Kunst auf Jedermann ausübt, von neuem
lebhaft an die höhern Aufgaben gemahnte, die der
Mensch in seinem kurzen Erdenwandel zu erfüllen hat
und zu denen auch er sich jetzt erst völlig auszubilden
habe, ohne dabei irgend welche Rücksicht auf das körperliche Gebrechen zu nehmen, das die häufige Ueber-
reizung des Gehörs bei den letzten schwierigen Con-
certleitungen wieder heftig hatte hervortreten lassen
— jenes schöne Wort, mit dem wir auch „Beethoven's
Jugend" schlossen, weil es wie eine sehnsüchtige Erinnerung an die einfachen Verhältnisse und den innern
Frieden jener Tage klingt, in denen er besser als in all
den drängenden Ruhmeserfolgen und dem unruhigen
Treiben der jetzigen Zeit seine reichen Kräfte zu jenem
höchsten Leisten sammeln zu können hoffte, das ihm, wie

das Endziel alles menschlichen Bestrebens, so auch der
letzte Zweck alles künstlerischen Wirkens däuchte —
das Schaffen zum Preis „des Allmächtigen, des Ewigen,
Unendlichen". Dieses Wort lautet:

„Die Ohren maschiene womöglich zur Reife bringen, alsdann reisen [314] — dieses bist du dir, den
Menschen und ihm dem Allmächtigen schuldig!
Nur so kannst du noch einmal alles entwickeln was
in dir alles verschlossen bleiben muss — — und
ein kleiner Hof — — eine kleine Kapelle — von
mir in ihr der Gesang geschrieben angeführt, zur
Ehre des Allmächtigen — des Ewigen, Unendlichen — — —!"

Dann aber inr deutlichen Gefühl, dass der Culmi-
nationspunkt seines Lebens jetzt bereits erreicht und
vielleicht sogar überschritten sei, fährt er in abge-
brochener Weise, als scheue er selbst das völlige Aussprechen der tröstlichen Ahnung, die tief im Hintergrund
seiner Seele erscheint, fort:

„So mögen die letzten Tage verfliessen — — und
der künftigen Menschheit — — — —;"

und wir ergänzen seinen frommen Wunsch und voll-
berechtigten Gedanken: der Nachwelt das Bild eines
Mannes hinterlassen, der in muthigem Ringen mit den
dunklen Mächten des Geschicks nicht müde ward, den
höchsten Zielen menschlicher Tugend und künstlerischen
Leistens nachzustreben, der nicht abliess, das Schauen
seines Geistes von dem innern Zusammenhang aller
Dinge, die Ahnung seines Herzens von der end-

lichen Auflösung aller Widersprüche zum Guten, die
Spiegelung der Harmonie alles Seienden in seiner
eigenen Phantasie durch herrlichste Werke der Kunst
auszuprägen und der künftigen Menschheit zu Er-
bauung, Trost und Nacheiferung hinzustellen! [315]
Und während er in jüngern Jahren gewähnt hatte,
die Unruhe des Herzens, die ihm auch sein künstlerisches Schaffen noch so vielfach zurückliess, in der
blossen Kühlheit der „Resignation" tilgen zu können,
ruft er jetzt mit wärmster Erregung des Herzens
und reinster Erhebung des Geistes selbst all seine
Kräfte auf zum thätigen Ergreifen höherer Güter, als
uns das Leben bieten oder rauben kann. Und mit dem
Vorsatz der vollen Ergebung in das Walten des Höchsten, den ihm nicht blos die Menge der Enttäuschungen des bisherigen Lebens, sondern mehr noch eben jenes
Wandeln auf des Daseins Höhen, das er so eben erfahren, tief in die Seele geprägt hatte und der sich fortan
in so manchem Wort des Tagebuchs ausspricht,
mit diesem Vorsatz tritt, wie in sein äusseres Wesen
edlere Duldung und Bescheidung, so in sein Inneres
und in sein Schaffen alsbald eine Abwendung vom irdischen Dasein und eine Hinwendung zu dem, was über
allem Sein erhaben schwebt und doch alles Sein zugleich
ist, die seinen spätern Werken einen eigenthümlichen
Stempel aufdrückt und gleichsam den verklärten Schein,
das Leuchten himmlischer Gestirne gibt. „Wenn ich
mich im Zusammenhang des Universums betrachte,
was bin ich und was ist der, den man den Grössten

nennt!" — dieses Wort, das er schon gegen Giulietta ausgerufen, wie mochte er jetzt erst dessen Wahrheit fühlen, wo er ja selbst einer dieser „Grössten" geworden war!

Jene die innerste Seele ergreifende Hinwendung auf das Ueberirdische aber, die bald genug zur allesbeherrschenden Grundstimmung seines Wesens wird, von wo er mit wachsendem Gleichmuth auf das stets dunkler werdende Gewirre seines Lebens herabblickt, eröffnet zugleich seinem Geiste ungeahnte Welten und seiner Phantasie ungekannte Weiten des Schaffens, vor denen ihm selbst all sein bisheriges Thun fast wie ein Kinderspiel erscheint. Zu schaffen „zur Ehre des Allmächtigen, des Ewigen, Unendlichen!" — dieser Wahlspruch war das innere Resultat seines Mannesalters, er bildet die Richtschnur seiner letzten Jahre, bei deren Darstellung auch wir dann tiefer in das hier nur angedeutete Wesen dieser Grundstimmung seiner Seele und deren Bedeutung für sein ferneres Leben und Wirken einzugehen haben werden.[316]

Quellen, Zeugnisse und Anmerkungen.

[1] Auf Leopold II. hatte Beethoven eine bisher nicht wieder aufgefundene Cantate geschrieben, und es mag dies wohl diejenige gewesen sein, welche er Joseph Haydn vorlegte (vgl. ob. I. 334), während die in Mergentheim probirte (I. 280) höchstwahrscheinlich die ebenfalls noch nicht wiedergefundene Trauercantate auf den Tod Joseph's II. ist. Vgl. Thayer, Chron. Verz. Nr. 10 u. 19, wo G. Nottebohm als Entdecker dieser Thatsachen genannt ist. Sonstige Detailberichtigungen und Ergänzungen wegen Beethoven's Werke im 1. Bd. gehören nach der Einrichtung unserer Arbeit in den 4. Bd. In biographischer Hinsicht jedoch ist schon hier zu berichtigen, dass Beethoven nicht über Mainz nach Wien reiste, sondern von Coblenz ins Lahnthal einbog, wie aus der Notiz des Tagebuchs „Post von Montabaur nach Limburg" hervorgeht, die ich erst jetzt zu entziffern vermocht habe.

[2] Interessanten Einblick in diese Dinge gewähren unter Anderm des auch mit Beethoven befreundeten Professors Julius Schneller Briefe (Hinterl. Werke I, 164 f.). Er hatte ein Geschichtswerk zur Druckerlaubniss eingereicht und musste lange auf Antwort warten. Graf Sedlnitzki erklärte ihm dies endlich mit der Nothwendigkeit von Nachfragen, weil das Werk solche Grundsätze enthalte, die mit dem System der Regierung nicht zusammenpassten. „Nun begann ich meine Handschrift zu entschuldigen, weil ich das System vor Zusammenkunft mit Hofrath Gentz nicht genau gekannt. »Aber dies hätten Sie kennen sollen. Es ist keineswegs neu. Seine Majestät hatten es jeder Zeit. Nur waren dieselben nicht so glücklich, die Organe zu finden, welche es rein wiedergeben. Seine Majestät wollen das reinmonarchische und reinkatholische, weil eins das andere wesentlich un-

terstützt und befestigt.» Ich liess nun beiläufig das Josephinische
System auftreten. «Dieses war der Anfang, die Monarchie und
die Religion zu untergraben. Es ist in den Grundsätzen zwar
vernichtet, aber in den Folgen leider noch nicht.»" Brief vom
8. Oct. 1821.

³ J. F. Reichardt erzählt Vertr. Briefe I, 287: „Bei einem
ansehnlichen Diner beim holländischen Gesandten, wo eben viele
Deutsche aus Frankfurt, Kassel, Braunschweig und Wien selbst
zugegen waren und ein recht lebhaftes Gespräch über Goethe,
Schiller und Wieland entstand, ward ich gewahr, dass ich hier
eben zuerst ein ernstliches interessantes Gespräch über literari-
sche Gegenstände führen hörte. Die Wiener kümmern sich nicht
viel darum." Brief vom 31. Dec. 1808.

⁴ Wie selbst noch im Jahre 1809, als die ganze Bevölkerung
Oesterreichs in einhelliger Begeisterung und Opferwilligkeit die
Waffen gegen den äussern Feind ergriff, nicht die leiseste Spur
politischen Lebens sich zeigte und nach dem unglücklichen Ausgang der ruhmvollen Kämpfe die Masse des Volkes sich wenig
Gedanken über die eigentlichen Ursachen desselben machte, sondern den rückkehrenden Kaiser sogar jubend empfing, ist bekannt
genug.

⁵ Es waren, wie aus dem Repertoire jener Zeit in den „Recensionen" 1863 Nr. 44 hervorgeht, vorwiegend Jffland'sche
Schau- und Rührstücke und Kotzebue'sche Lustspiele, was damals
in Wien wie in Berlin die Bühnen beherrschte. Vgl. auch Lange,
Selbstbiogr. S. 210 f. über die erste Aufführung der Iphigenie.

⁶ In der Leipziger A. M. Z. I, 252 steht ein Stück eines
Schreibens des Barons van Swieten, worin sich seine ganze Anschauungsweise zur sattsamen Genüge documentirt. Vgl. auch
Dies, Biogr. Nachr. von J. Haydn S. 158. Das Jahrb. der Tonk.
für 1796 sagt: „Dieser Herr ist gleichsam als ein Patriarch in
der Musik anzusehen, sein Geschmack ist blos für das Grosse
und Erhabene, er hat selbst vor vielen Jahren 12 schöne Symphonien geschrieben [die übrigens Haydn „steif wie er selbst"
nannte]. Wenn er sich bei einer Akademie zugegen findet, so
lassen ihn unsere Halbkenner nicht aus den Augen, um aus seinen Mienen (welche jedoch nicht Jedem verständlich genug sein
mögen) zu lesen, was sie etwa für ein Urtheil über das Gehörte
fällen sollen." Er hatte sich bei Ph. Em. Bach sechs Symphonien bestellt, die Reichardt 1774 in Hamburg hörte. A. M. Z.
1814 S. 28. Vgl. auch Jahn, Mozart III, 370; IV, 687.

⁷ Auch das Artaria'sche Tagebuch enthält die Notiz: „Abends
bey Swieten gegessen, einen 17ner Trinkgeld, dem Hausmeister
für Aufmachen 4 Kr." Dass übrigens Swieten auch anders als
blos in der Musik die Mühe Anderer auszubeuten verstand, sehen
wir aus der bei Dies S. 210 mitgetheilten Anekdote, dass er für
die Copiatur eines der Oratorien Haydn's statt 62 fl. mit frohem

Irrthum nur 6 fl. zahlte! Doch erzählt andererseits ebenfalls Haydn, dass Swieten ihm einen bequemen Wagen zur Reise nach London geschenkt habe.

⁸ Wegeler S. 29 f. Schindler I, 21 f., 38. Louis Sina (geb. 1778) war ein Schüler des Quartettcomponisten E. A. Förster. Vgl. I. 417. Anm. 25.

⁹ Vgl. Raumer's Historisches Taschenbuch 4. Jahrg. 4. Folge: „Andreas Kyrillowitsch Rasumowsky. Zur Geschichte der russischen Diplomatie." Reichardt, Vertr. Br. 1, 270. Schindler I. 39 nennt Rasumowsky „einen der ersten, der den Lauf des neuen musikalischen Gestirns mit Sicherheit bestimmt hatte". Vehse II, Oesterr. 8. S. 305.

¹⁰ A. M. Z. 1813 S. 668 in Reichardt's Autobiogr. heisst die Gräfin Thun eine der geistreichsten und liebenswürdigsten Frauen Wiens, in deren Hause Musik mit Eifer getrieben wurde und wo darum auch Kaiser Joseph wie sein Bruder Maximilian öfters erschienen. Wahrscheinlich hatte der letztere Beethoven dorthin empfohlen. Der Gräfin Thun übrigens hat dieser 1798 das Trio Op. 11 gewidmet; à son Excellence Madame la Comtesse de Thun née Comtesse d' Uhlefeld, heisst es auf der Originalausgabe. — Franz Krommer, 1759 in Mähren geboren, lebte in Wien von dem Ertrag von Lectionen und seinen beliebt gewordenen Compositionen aller Gattung, die „sich ebenso sehr durch einen humoristisch heitern Charakter als durch eine interessante Behandlung auszeichnen". Er ward k. k. Kammerthürhüter. dann 1814 Kammerkapellmeister, als welcher er den Kaiser Franz auf dessen Reisen nach Frankreich und Italien begleitete. in Paris Ehrenmitglied des Conservatoriums und in Venedig der Philharmonischen Gesellschaft wurde. Für Beethoven gehörte er offenbar zu den „alten Reichscomponisten". — Ueber Streicher und Frau werden wir Näheres später hören. Im Journal des Luxus und der Moden vom Juli 1794 zeigen Nanette und Andreas Stein ihre Uebersiedlung nach Wien an.

¹¹ Erst im Jahre 1808 findet Reichardt (Vertr. Br.), dass man jetzt auch „in Stiefeln und Frack" in den vornehmen Häusern Wiens erscheinen dürfe. Eine genaue Schilderung von Haydn's äusserer Erscheinung gibt Tomaschek in seiner Selbstbiogr. Libussa 1846 S. 330: „Eine gepuderte, mit Seitenlocken gezierte Perruque, ein weisses Halsband mit goldener Schnalle, eine weisse reichgestickte Weste von schwerem Seidenstoff, dazwischen ein stattliches Jabot prangte, ein Staatskleid von feinem kaffeebraunen Tuche, gestickte Manschetten, schwarzseidene Beinkleider, weissseidene Strümpfe, Schuhe mit grossen über den Rist gebogenen silbernen Schnallen und auf dem zur Seite stehenden Tischchen nebst dem Hut ein paar weissledene Handschuhe waren die Bestandstücke seines Anzugs, an welchem sich die Morgenröthe des 17. Jahrhunderts abspiegelte."

— Frau von Bernhard nennt Kinsky als Schwager Lichnowsky's.
Das muss eine Verwechslung mit Rasumowsky sein. Denn nach
Wurzbach's Biogr. Lexikon hatte nur ein Kinsky eine Gräfin
Thun zur Frau, und zwar der Graf Karl, geb. 1766; er heirathete
im Jahre 1810 die Gräfin Elise Thun, geb. 1790! — Das Verhält-
niss der Gatten Lichnowsky scheint auch Reichardt's Wort,
„dass die Fürstin sehr eingezogen lebe", zu bestätigen. Vertr.
Br. 1, 167.

¹² Grenzboten 1857 XIV. 28. — Br. Beethov. Nr. 112 Anm. —
A. M. Z. 1864 S. 18 sagt auch Prof. Klöber vom Jahre 1817: „Er
sprach gern von der anmassenden Eitelkeit der Wiener Aristo-
kratie, auf die er niemals gut zu sprechen war"; ferner Varnhagen, Denkw. V, 86 vom Jahre 1814: „Besonders wollte er
mit den Vornehmen nichts mehr zu schaffen haben und drückte
seinen Widerwillen mit zürnender Heftigkeit aus." Zu bemerken ist übrigens hier ausdrücklich, dass Beethoven unter seinesgleichen sogar das „van" wegliess, wie denn die Adresse eines
Briefes aus Prag 19. Febr. 1796 einfach lautet: „An meinen Bruder Nikolaus Beethoven", und die Unterschrift blos „L. Beethoven".

¹³ Conversationshefte auf der Berl., Biblioth., März und April
1820, Schindler's Biogr. 1. Aufl. S. 277.

¹⁴ Charlotte von Schiller und ihre Freunde (Stuttgart 1865),
III, 100. — Ueber Fischenich vgl. oben I, 193.

¹⁵ S. Leipziger A. M. Z. 1863 Nr. 41 — 43, 45 — 50, 1865
Nr. 9 f. Weg. S. 86. — Der „Freischütz" war ein Hamburger
Unterhaltungsblatt.

¹⁶ S. Br. Beeth. Nr. 182. — Das Artaria'sche Tagebuch
Beethoven's enthält unmittelbar nach „Mittwoch den 12. Dec.
hatte ich 15 Duk." die Notiz: »Haidn 8 Groschen« und dann eine
Reihe 2 [sc. Groschen.] Dann wieder: „22 Kr. für Haidn und
mich Chocolade", und später: „Kaffee 6 Kr. [= 2 Groschen] für
Haidn und mich." – Schindler, Biogr. 1, 27 f. Uebrigens war
Schenk damals noch nicht Componist des „Dorfbarbier", da dieses allbeliebte Singspiel erst im Sommer 1796 entstanden ist. S.
die Erzählung Treitschke's im Orpheus 1841 S. 258 ff.

¹⁷ Das Blatt, worauf dieses bereits oben I, 90 mitgetheilte
Wort steht, befindet sich im Besitz des Hrn. Bankvorstehers Ott-
Usteri in Zürich und ist das fehlende Blatt 21 und 22 aus den
„Materialien zum Generalbass" von Beethoven's Hand im Besitz
von C. Haslinger, von denen G. Nottebohm A. M. Z. 1863 Nr. 41
S. 689 nachgewiesen hat, dass sie später als Juni 1809 geschrie-
ben sein müssen.

¹⁸ S. Haydn's Brief „Musikerbriefe" (Leipzig 1867) S. 101:
„indem der grosse Mozart schwerlich Jemand anders zur Seite
haben kann."

¹⁹ Br. Beethov. Nr. 328. — Auch Ries (Notizen S 87)
erzählt: „Auf einem Spaziergange sprach ich ihm einmal von

zwei reinen Quinten, die auffallend und schön in ejnem seiner
ersten Violin-Quartette in C-moll klingen. Beethoven wusste sie
nicht und behauptete, es sei unrichtig, dass es Quinten wären.
Da er die Gewohnheit hatte, immer Notenpapier bei sich zu tragen, so verlangte ich es und schrieb ihm die Stelle mit allen vier
Stimmen auf. Als er nun sah, dass ich Recht hatte, sagte er:
»Nun, und wer hat sie denn verboten?« — Da ich nicht
wusste, wie ich die Frage nehmen sollte, wiederholte er sie einigemal, bis ich endlich voll Erstaunen antwortete: »Es sind ja doch
die ersten Grundregeln.« Die Frage wurde noch einmal wiederholt und darauf sagte ich: »Marpurg, Kirnberger, Fux u. s. w.,
alle Theoretiker!« — »Und so erlaube ich sie!« war seine Antwort." — Und doch muss er sich auch in spätesten Jahren noch,
wie mit Kirnberger, so mit Fux beschäftigt haben; wenigstens
steht unter den „angesprochenen Werken" im Beethoven'schen
Nachlass auch der von Piringer entliehene Gradus ad Parnassum
(Thayer, Chr. Verz. S. 174). Piringer war Mitbegründer der Ge-
bauer'schen Concerts spirituels in Wien 1819. Ferner enthält
der Auctionskatalog seines Nachlasses Werke von Knecht, Bach,
Riepel, Kirnberger, Vogler, Koch. Türk. Marpurg.

²⁰ Schindler, II. 197 — Weg. S. 84 u. 78. Im Auctionskatalog bei Thayer steht S. 177: „Haydn's Schöpfung in
Partitur, Messe Nr. 3 und 1 und Jahreszeiten u. s. w." — Vgl. auch,
was Dies S. 38 f. nach Haydn's Mittheilungen über dessen theoretische Studien erzählt: „Nach seinem Urtheil sind Ph. E. Bach's
Schriften das beste, gründlichste und nützlichste Werk, welches
als Lehrbuch je erschien. — Kirnberger's Schriften nannte er
ein gründlich strenge verfasstes Werk, aber zu ängstlich, zu
drückend, zu viele unendlich kleine Fesseln für einen freien
Geist. In Fux fand er nichts, was seinem Wissen mehreren Um-
fang hätte geben können, doch gefiel ihm die Methode oder Lehr-
art und er bediente sich derselben bei seinen damaligen Schü-
lern." Diese Bemerkungen unterstützen Nottebohm's Vermuthung
über die Vorstudien Beethoven's bei Haydn. — Griesinger, Biogr.
Haydn's sagt S. 119: „Als seine besten und dankbarsten Schüler pflegte er die Herren Pleyel, Neukomm und Lessel zu rühmen!" Auch in der Aufzählung bei Dies fehlt Beethoven's Namen.
— Seyfried, Stud. Anh. S. 22 erzählt: „Als J. Haydn's Kränk-
lichkeit zunahm, besuchte ihn B. immer seltener, hauptsächlich
wohl aus einer Art von Scheu, weil er bereits einen Weg eingeschlagen hatte, den jener nicht ganz, — billigte. Dennoch erkun-
digte sich der liebenswürdige Greis häufig nach seinem Telemach
und fragte oftmals: Was treibt denn unser Grossmogul?"

²¹ Es möge jedoch bereits hier Beethoven's merkwürdige
Aeusserung gegen seinen Schüler Erzherzog Rudolf in dem Brief
vom 29. Juli 1819 (Köchel Nr. 43) Platz finden: „Ich war in Wien,
um aus der Bibliothek I. K. H. das mir Tauglichste auszusuchen

Die Hauptabsicht ist das geschwinde Treffen und mit der bessern Kunstvereinigung. wobei aber praktische Absichten Ausnahmen machen können, wofür die Alten zwar doppelt dienen, indem meistens reeller Kunstwerth (Genie hat doch nur unter ihnen der deutsche Händel und Seb. Bach gehabt), allein Freiheit, weiter gehen ist in der Kunstwelt wie in der ganzen grossen Schöpfung Zweck, und sind wir Neuern noch nicht ganz so weit als unsere Altvordern in Festigkeit. so hat doch die Verfeinerung unserer Sitten auch manches erweitert. Meinem erhabenen Musikzögling, selbst nun schon Mitstreiter um die Lorbeeren des Ruhms, darf Einseitigkeit nicht Vorwurf werden, et iterum venturus judicare vivos et mortuos." Man sieht, der Meister einer Kunst, deren Leistungen fast zur grössern Hälfte von der Beherrschung des Technischen abhängen, war ebenso weit davon entfernt, das Handwerk zu verachten, wie sich selbst und seinen Geist unter dessen Knechtschaft zu geben. Und wenn er seinem Schüler die Festigkeit der Altvordern kräftig lobt, so übersieht er durchaus nicht, dass mit dieser Handwerksfertigkeit doch nur das wirkliche Genie zur wahren Kunst gelangt. und vergisst nicht, dass, wenn auch das geschwinde Treffen die Hauptabsicht ist, doch dies. wie Beethoven's apokalyptischer Ausdruck lautet, „mit der bessern Kunstvereinigung" geschehen müsse. d. h. dass eben denn doch auch bei der Musik die Kunst, d. i. das Schöne oder vielmehr, wie uns vor allem Beethoven gelehrt hat, die geistige Wirkung. die Freiheit, wozu die „Verfeinerung unserer Sitten uns erweitert habe", das Endziel alles Bestrebens sei. Und nur wenn es sich um „praktische Absichten", wie also hier um das blosse technische Lernen eines Schülers handle. könnten Ausnahmen von jenem höchsten Gesetze der Kunst gemacht und dabei die Alten doppelt gebraucht werden. weil sie eben „meistens reellen Kunstwerth", d. h. jene sorgfältige Factur haben, auf die der Schüler sich verlassen dürfe. Sich mit geistiger Freiheit über das blos Technische zu erheben habe auch in jener Zeit der reellen Mache nur das Genie vermocht: und „weiter zu gehen in der Kunst", deutet er dem Schüler damit an, werde auch wohl heutzutage nur das wirklich productive Geistesvermögen fertig bringen, und dieses sei dann zugleich der wahre Richter über die Todten und die Lebendigen. So. meine ich, löst sich nicht blos jene confus ausgedrückte Stelle zu klarem Verständnisse auf, sondern sie gibt zugleich die volle Bestätigung unserer Ausführungen über Beethoven's Lernen mit Worten aus des Meisters eigener Feder. Vgl. andererseits, was Griesinger S. 113 von Haydn's „theoretischen Raisonnements" erzählt.

²² Albrechtsberger ging in der Pedanterie so weit. dass er sogar alle Quarten aus dem reinen Satz verbannt wissen wollte. Man erzählte dies Haydn. „Was heisst das?" erwiderte dieser.

„Die Kunst ist frei und soll durch keine Handwerksfesseln be-
schränkt werden. Das Ohr, versteht sich ein gebildetes, muss
entscheiden und ich halte mich für befugt wie irgend einer, hierin
Gesetze zu geben. Solche Künsteleien haben keinen Werth, ich
wünschte lieber, dass es einer versuchte, einen wahrhaft neuen
Menuet zu componiren." Griesinger S. 114. Dies S. 58. Auch
Reichardt, Vertr. Br. II, 88 thut einige Aeusserungen über
Albrechtsberger.

²³ Die Fischhof'sche Hdschr. sagt darüber Folgendes: „Als
Haydn 1795 nach England reiste, wurde B. Schüler des Albrechtsberger, von welchem er auch seine Zweifel gelöst fand, die ihm
stets für seine Kunst so sehr am Herzen lagen. So trocken der
Vortrag und selbst die Compositionen dieses Meisters Manchem
scheinen mögen, so gründlich sind sie aber auch, und B. wusste
diese Gründlichkeit zu schätzen und hat Albrechtsberger die
Eröffnung seiner Bahn einestheils zu danken, die er mit rastlosem
Bestreben verfolgte, um zu dem Ziele jenes grossen Ruhms zu gelangen, das er erreichte." Das ist nun freilich mehr subjectives Da-
fürhalten als objective Mittheilung. Doch muss der Verkehr
mit Albrechtsberger viel länger gedauert haben, als gewöhnlich
und auch von Nottebohm angenommen wird. Denn jener im
Text S. 47 angeführten Stelle aus Beethoven's Tagebuch: „Albrechtsberger dreimal die W." geht kurz voraus die Notiz:
„Wir sind im Monat December, Donnerstag war der 5." Das
kann hier nur das Jahr 1799 sein, weil einige Seiten später
eine Notiz folgt, die auf Beethoven's 25. Geburtstag Bezug hat,
und er sich, wie aus dem Heiligenstädter Testament und andern
Stellen hervorgeht, um mindestens vier Jahre jünger hielt, als er
wirklich war. Also hat jedenfalls der Verkehr mit Albrechtsberger
bis 1799 gewährt; doch könnten die eben dort befindlichen Bemerkungen „Concert auf der Orgel" und „Fussmass vom Mino-
ritenpedal in Bonn" auf einen andern als theoretischen Verkehr
mit dem berühmten Orgelspieler deuten. — Als Albrechtsberger's
Schüler nennt F. Starke in seiner um 1820 erschienenen Wiener Pianoforteschule Eybler, Weigl, Hummel, Mayseder, Fuss,
Leidesdorf, Gänsbacher, Graf Gallenberg, Mozart's Sohn und erzählt besonders von der Hochschätzung, die dieser vorzügliche
Generalbass- und Compositionslehrer von J. Haydn erfahren
habe, welch letzteres im Jahre 1809 auch der genannte J. Fuss
bestätigt (A. M. Z XI, 301). Das aber Starke Beethoven nicht auf-
zählt, mit dem er seit 1812 in sehr nahem Verkehr gestanden,
ist ebenfalls dafür beweisend, dass dieser sich auch nicht eigentlich als Schüler Albrechtsberger's fühlte.

²⁴ In Beethoven's musikal. Nachlass bei Thayer S. 181 findet sich nur ein Werk Salieri's verzeichnet, nämlich „Les Danai-
des". Schindler I, 135. Wegeler S. 86.

²⁵ Das Gleiche sagt Mosel: „Die Tonkunst in Wien während

der letzten fünf Decennien." Wiener Mus. Zeit. Nr. 124 f. Die Variationen mit Cello über „Ein Mädchen oder Weibchen" erschienen bei J. Träg in Wien erst am 22. Sept. 1798.

²⁶ Das Jahrb. der Tonk. gibt S. 85 folgendes Verzeichniss der „bekanntesten Musikhändler und Verleger": K. k. Hoftheatralmusikalienverlag, Hr. Artaria, wo man nicht nur alle Modemusikalien in sauberem und reinem Stiche, sondern auch die grössern Werke von den meisten Autoren findet; Hr. Hofmeister (Beethoven's „geliebtester Hr. Bruder in der Tonkunst"), Hohenleitner, Kozeluch, Lausch, Träg. — Vgl. auch Schindler, Biogr. I, 53. Seyfried, Stud. Anh. S. 18.

²⁷ Fischhof'sche Handschrift. — Des faden Gyrowetz Sachen wurden um dieselbe Zeit, wie er selbst Biogr. S. 83 erzählt, von Artaria u. A. sehr gut honorirt. Das Jahrb. der Tonk. sagt aber auch von ihm: „Seine Compositionen, Quartetten, Sonaten und italienischen Arietten sind überall beliebt. Letztere haben sehr schöne Thema, gute Führung und Aesthetik!" — Aus der Anzeige in der Wiener Ztg. vom 16. Mai 1795 geht hervor, dass das Exemplar der Trios einen Ducaten kostete und dafür bei dem Verfasser im Ogylsi'schen Hause in der Kreuzgasse zu haben war.

²⁸ Das Jahrb. d. Tonk. nennt den Grafen Apponyi „einen grossen Musikliebhaber, welcher die Violine sehr gut spielt, vorzüglich aber wegen seiner wahren Kunstliebe viel für die Musik thut." Er hatte nicht lange vorher auch bei Haydn Quartette bestellt.

²⁹ In der Wiener Ztg. vom 14. u. 18. Nov. 1795 zeigten die bildenden Künstler ihren jährlichen Maskenball für den 22. mit der Bemerkung an: „Die Musik zu den Menuetten und deutschen Tänzen ist für diesen Ball wieder eine ganz neue Bearbeitung. Für den grössern [Redouten-] Saal hat sie — — Süssmayer und für den kleinen Saal die Meisterhand des Herrn Ludwig van Beethoven aus Liebe zur Kunstverwandtschaft verfertigt." Auch Artaria zeigt diese XII deutschen Tänze am 16. Dec. 1795 als dort „bekanntermassen mit Beifall aufgenommen" an, ja „die beliebten Menuetten und deutschen Tänze des Herrn L. v. B." wurden dort sogar 1797 wiederaufgespielt. Wien. Ztg. 26. Nov.

³⁰ Mozart's Briefe Nr. 142: „Als ich hinauf kam [zum Fürsten Gallizin], stand schon Hr. Angelbauer da, dem Hrn. Bedienten zu sagen, dass er mich hineinführen sollte. Ich gab aber weder auf den Hrn. Leibkammerdiener noch Hrn. Bedienten Acht, sondern ging gerade die Zimmer durch in das Musikzimmer, denn die Thüren waren alle offen, und schnurgerade zum Prinzen hin und machte ihm mein Compliment, wo ich dann stehen blieb und immer mit ihm sprach. Ich hatte ganz meinen Ceccarelli und Brunetti [ebenfalls erzbischöfliche Hofmusiker] vergessen, denn man sah sie nicht — die steckten ganz hinterm Orchester an die Mauer gelehnt und trauten sich

keinen Schritt hervor. Wenn ein Cavalier oder Dame mit dem Ceccarelli [Castrat] redet, so lacht er immer, und redet so Jemand mit dem Brunetti, so wird er roth und gibt die trockenste Antwort." Freilich heisst es z. B. in der A. M. Z. 1801 S. 61: „Man schätzt in Wien zu sehr Talente, um von dem Künstler zu verlangen, dass er niedrig kriechen soll; man würde ihn vielmehr weniger achten, wenn er es thäte." Allein das war die Ausnahme.

[31] Im Jahrb. d. Tonk. 1796 finden sich so ziemlich alle hervorragendern Klaviermeister und Dilettanten Wiens nebst ihren besondern Vorzügen aufgezeichnet. Freilich heisst es A. M. Z. III. 67 über dieses von einem „Buchdrucker" zusammengestellte Werkchen so: „Man glaube nicht, dass man einen daraus richtig kennen lernen könnte. Das Ding ist nichts als eine Buchdruckerspeculation, von einem Unwissenden zusammengemacht. Der Verf. hat nur ein ernsthaftes Bestreben dabei, das überall durchblickt, nämlich jedem etwas Schönes zu sagen." Allein jedenfalls erkennt man aus diesen Aufzeichnungen, wer von den Virtuosen damals in Wien Namen hatte. Da ist also zunächst das aus Mozart's Briefen wohlbekannte dicke Frl. Aurnhammer, dann der Regenschori Preindl, der nach Schindler vor allen Andern Beethoven wegen seiner Neuerungen aufsässig war, ferner Eberl, der unserm Meister auch später noch sogar als Vorbild hingestellt ward, Albrechtsberger's Schüler Eybler, dann Em. Al. Förster, dessen Ideengang Beethoven so leicht errieth, Kozeluch, auch Gelinek, auf welchen „berühmten Variationenschmidt" noch C. M. von Weber das witzige Epigramm machte: „Kein Thema auf der Welt verschonte dein Genie, das simpelste allein, dich selbst variirst du nie"; Gyrowetz, der Dutzendmann; Mozart's Schüler Hummel, damals siebzehn Jahre alt; das blinde Frl. Paradies; auch Streicher nebst Frau Nanette, von der wieder Mozart (Br. S. 75) seinerzeit eine so höchst komische Schilderung machte. Wölffl aber heisst dort „ein wahrhaft geschickter Pianofortespieler, welchem eine Fertigkeit eigen ist, die man nicht so bald antreffen wird". Er war ein Schüler von Mozart's Vater und von Mich. Haydn und hatte in Warschau viel Geld verdient, mit dem er nun in Wien auf etwas grossem Fusse lebte. Dies Letztere mochte den Gegensatz zwischen Beethoven und ihm noch schärfer spannen, aber jenen auch um so mehr antreiben, ebenfalls auswärts sein Glück zu versuchen. Uebrigens soll Wölffl, nachdem er noch verschiedene Triumphzüge in Europa gehalten, um 1814 im grössten Elend in London gestorben sein. J. Seyfried übertreibt das Verhältniss der beiden Virtuosen offenbar, wenn er erzählt (Stud. Anh. S. 5): „Da erneuerte sich gewissermassen die alte Pariser Fehde der Gluckisten und Piccinisten und die zahlreichen Kunstfreunde der Kaiserstadt zerfielen in zwei Parteien." Aber er berichtet ohne Zweifel aus eigener An-

schauung, wenn er sagt, besonders auf der bei Schönbrunn
gelegenen Villa von Mozart's Freund Baron Wetzlar habe
der höchst interessante Wettstreit beider Athleten nicht selten
der zahlreichen durchaus gewählten Versammlung einen unbeschreiblichen Kunstgenuss verschafft. „Jeder trug seine jüngsten Geistesprodukte vor; bald liess der eine oder der andere den momentanen Eingebungen seiner glühenden Phantasie
freien ungezügelten Lauf, bald setzten sich beide an zwei Piano-
fortes, improvisirten wechselsweise über gegenseitig sich angegebene Themata und schufen also gar manches vierhändige Capric-
cio." Weiterhin wird das Urtheil der A. M. Z. über Wölffl
auch von ihm bestätigt und ergänzt. Durchweg freilich sind
Seyfried's Mittheilungen über Beethoven ebenso ungenau, wie
geringfügig, obwohl er selbst von einem innigen Freundschafts-
bunde, täglicher Tischgenossenschaft und Herberge unter demselben Dache etc. mit Beethoven in den Fideliojahren spricht.
Auch Tomaschek erzählt Selbstbiogr. Libussa 1845 S. 379:
„Wölffl spielte in Prag unter Andern Mozart's Phantasie in
F-moll für ein Orgelwerk in einer Uhr [dessen Originalmanuscript
nebenbei gesagt in Beethoven's Besitz war] allein ohne alle
Missgriffe"; ferner: „Wölffl's eigenthümliche Virtuosität abgerechnet, hatte sein Spiel weder Licht noch Schatten, es
mangelte ihm männliche Kraft ganz und gar, daher es kommen mochte, dass sein Spiel nicht in das Innere des Menschen drang, sondern das Gymnastische daran zur Bewunderung
hinriss. Uebrigens fehlte es ihm bei sonstiger Gutartigkeit an
feiner Bildung, sein kindisch-humoristisches Wesen hat ihm den
Namen eines närrischen Wölffl zugezogen." Im Journ. des
Luxus und der Moden von 1796 heisst es S. 205, dass im März
in Schikaneder's Theater an der Wien dessen „Höllenberg" mit
Musik von Wölffl aufgeführt sei, „einem Schüler Mozart's, der für
die Zukunft viel verspricht". Vgl. ferner Ries' Aeusserung Not.
S. 94 über Beethoven's Spiel: „Ersteres (d. h. verfehlen oder
falsch anschlagen) geschah auch ihm häufig, sogar wenn er
öffentlich spielte"; sowie auch den Brief an Wegeler 29. Juni 1800:
„Wien ist überschüttet mit Leuten, und selbst dem besten Verdienst fällt es dadurch hart sich zu halten."

³² John Russell's Reise durch Deutschland etc. (Leipzig
1825) II, 309 f. — Die A. M. Z. Oct. 1798 S. 62 sagt: „Ueberhaupt kann ich Ihre Meinung von dem Geschmack und der
Musikliebe der Kaiserstadt (die Sache im Ganzen betrachtet)
nicht tief genug herabstimmen. Man hört freilich hier viel, aber
es ist gleichviel, was für welche. Musik zu haben gehört ebenso
unter die Gehörigkeiten des feinen Lebens, als vormittags Chocolade zu trinken, und eines interessirt die Geniessenden gerade
so wenig als das andere." Auch das Journal des Luxus von 1796
lässt sich S. 481 aus Wien berichten: „Gewiss nimmt kein

Publikum der Welt mehr mit Ha u s m a n n s k o s t vorlieb als das
unserige.“ Dasselbe Journal bringt stets Aufzählungen der in den
Wiener Theatern aufgeführten Opern, und da ergibt sich allerdings, dass die italienische Oper wieder ganz Herr geworden.
Für 1793 hat auch Herr von Sonnleithner als n e u aufnotirt:
La serva padrona von Paesiello; Amor rende sagace von Cimarosa; Il mercato di Monfregoso von Zingarelli; L' incanto supe-
rato von Süssmayer; Il poeta di campagna von Guglielmi u. s. w.
Dabei tanzte dann das berühmte Ehepaar V i g a n o seine Pas
de deux, und als im August 1797 Peter W i n t e r ' s „Unterbrochenes Opferfest“ kam, fand man es „nicht unterhaltend genug“.
Journ. des Luxus 1796 S. 528. Es scheint also wirklich, als
habe sich in den wenigen Jahren, seitdem Beethoven in Wien
war, in der allgemeinen Stimmung Manches verändert und sogar
eine Art von Umschwung der Jdeen vorbereitet. Auf die tief-
gehende Erregung, in der auch hier die französische Revolution
nachzitterte, war durch die Jakobinerverfolgungen ziemlich plötzlich eine allgemeine Erschlaffung gefolgt, die nicht so bald wieder weichen konnte. weil man nach dem Kosten vom Apfel der
Erkenntniss nicht so gar rasch in das alte Paradieses-Genuss-
leben zurückfallen mochte. Ein treffendes Beispiel übrigens, wie
wenig auch Beethoven in jenen Jahren im Allgemeinen in
Wien noch galt, erzählt Seyfried Anh. Stud. S. 25 nach dem
Bericht Griesinger's: „Als wir beide noch jung, ich noch Attaché,
Beethoven nur berühmt als Klavierspieler, als Componist aber
noch weniger gekannt war, trafen wir uns beim Fürsten von
L o b k o w i t z. Ein Herr, der sich für einen grossen Kunstkenner
hielt. knüpfte ein Gespräch mit Beethoven an, das sich um Lebensstellung und Neigung der Dichter drehte. »Ich wünschte«,
sagte Beethoven mit liebenswürdiger Offenheit, »ich wäre alles
Handelns und Feilschens mit den Verlegern überhoben und fände
einen, der sich entschlösse, mir für meine Lebenszeit eine bestimmte Jahresrente zuzusichern, wofür er das Recht haben sollte,
alles, was ich componire, verlegen zu dürfen, und ich würde im
Componiren nicht träge sein. Ich glaube, Goethe hat es so mit
Cotta, und wenn ich nicht irre, hat es Händel's Londoner Verleger so mit ihm gehalten.« — »Mein lieber junger Mann«. sagte
zurechtweisend jener Herr, »Sie müssen sich nicht beklagen,
denn Sie sind weder ein Goethe noch ein Händel, und es ist auch
nicht anzunehmen, dass Sie es werden, denn solche Geister werden nicht wieder geboren.« Beethoven biss die Zähne zusammen, warf dem Herrn einen geringschätzenden Blick zu und
sprach kein Wort mehr mit ihm, äusserte sich auch später ziemlich heftig über die Unverschämtheit jenes Mannes. Fürst Lobkowitz suchte Beethoven friedlichere Gesinnungen einzuflössen
und sprach freundlich, als einmal die Rede auf jenen Herrn kam:
»Lieber Beethoven, der Herr hat Sie ja nicht beleidigen wollen.

Es ist ja hergebracht, dass die meisten Menschen nicht glauben
wollen, dass einer ihrer jüngern Zeitgenossen so viel in der Kunst
leisten werde als die Alten oder Verstorbenen, welche ihren
Ruf bereits haben.« — »Leider wahr, Durchlaucht«, versetzte Beethoven »aber mit Menschen, welche an mich nicht glauben wollen,
weil ich noch nicht den allgemeinen Ruf habe, mag und kann
ich nicht umgehen.« Viele schüttelten damals die Köpfe und
nannten den jungen Beethoven arrogant und überstolz."

³³ Vgl. die verschiedenen Aeusserungen hierüber in
Reichardt's Vertr. Briefen I, 369 und bei Schindler I, 45 f., sowie
in Castelli's Memoiren (Wien 1861) I, 220 ff.

³⁴ In den Rheinischen Musen von 1794 heisst es: „Bonn
vom März. Unser Theater ist seit dem ersten dieses vom Kurfürsten aufgehoben, und alle dabei Interessirten verlieren ihren
dabei gehabten Gehalt." Maximilian siedelte zuerst nach Mün-
ster, dann nach Mergentheim und Dillingen über.

³⁵ Vgl. I, 274 f., 415. Die beiden Romberg hatten damals
bereits ihre Ruhmesumzüge begonnen. Nach der A. M. Z.
I, 112. 123 waren sie 1793 zum ersten Male in Hamburg. Besonders Bernhard kam dann oft nach Wien; 1808 wurde er
beim Fürsten Kinsky zum Quartett engagirt (Reichardt, Vertr.
Br. I. 268) und 1823 gab er glänzende Concerte in Wien.
Doch ist eine nähere Berührung der beiden Jugendfreunde nicht
anzunehmen, da Romberg den Genius Beethoven's nicht verstand
oder auch nicht verstehen wollte. Lenz, Beeth. IV, 30 erzählt
sogar, als 1812 beim Feldmarschall Soltykow in Moskau der
erste Satz von Op. 59 Nr. 1 zum ersten Male versucht wurde,
habe Bernh. Romberg die von ihm gespielte Violoncellstimme
ergriffen und als eine unwürdige Mystification mit Füssen getreten.

³⁶ Das Autograph des Briefes vom 19. Febr. 1796 besitzt Frau
Wittwe Karl van Beethoven in Wien. S. ferner Thayer Nr.
42: „Auf dem Programm zum Concert der Mad. Duschek in
Leipzig 21. Nov. 1796 steht: Eine italienische Scena componirt für Mad. Duschek von Beethoven." Vgl. Mozart's Briefe
250 u. a. Das klassische Urtheil über die Duschek steht im
Jahrb. der Tonk. S. 114. Die Bekanntschaft mit ihr konnte
schon von Wien herrühren, wo sie am 25. März 1794 im Nationaltheater eine musikalische Akademie zu ihrem Benefiz gegeben hatte. Journ. des Luxus 1794 S. 322.

³⁷ Vgl. Dittersdorf's Selbstbiogr. S. 248 f. — Schletterer,
J. F. Reichardt I, 452 f. — M. M. von Weber, C. M. von Weber
II, 282 f. — A. M. Z. I, 22. — Musik. Monatsschr. S. 70. — Schneider, Gesch. der Berliner Oper S. 52 und Beil. XXXVI, S. 15.
Ries Biogr. Notizen S. 106 — Da übrigens der kurze Aufenthalt in Berlin von keinerlei Einfluss auf Beethoven's Entwicklung war, so erschien auch eine ausführlichere Darlegung

der musikalischen Verhältnisse unter Friedrich Wilhelm II. dort überflüssig.

[38] Die Eroica war August 1804 fertig. Nach Weg. S. 78 war es Fürst Lobkowitz, der sie ankaufte und (im December 1804) zuerst aufführte. — Das dem Prinzen Louis Ferdinand gewidmete III. Concert ist in der Wiener Zeitung vom 24. Nov. 1804 als erschienen angezeigt. — In Varnhagen's „Rahel, ein Buch des Andenkens für ihre Freunde" steht ein Brief der Rahel an Fouqué, wo es über „diesen menschlichsten Menschen" Louis Ferdinand heisst: „Das Menschlichste im Menschen fasste er auf; zu diesem Punkte hin wusste sein Gemüth jede Handlung, jede Regung des Andern zurückzuführen. Das war sein Massstab, sein Probirstein in allen Augenblicken seines Lebens. Das ist das Schönste, was ich von ihm weiss." (29. Nov. 1811.) Ebendort heisst es auch: „Dass er alles, was er schriftlich besass, vor dem letzten Ausmarsch in Schricke verbrannt hat, weiss ich vom Major M. Auch hat sich nichts gefunden." Des Prinzen Ausflug nach Oesterreich und Oberitalien erwähnt auch Varnhagen von Ense: „Gallerie von Bildnissen aus Rahel's Umgang", und Denkw. V, 86 sagt er, dass Beethoven den frühen Tod des Prinzen so sehr betrauert und dessen Compositionen höchlich geschätzt habe.

[39] Zellner, Blätter f. Mus. 1857 S. 35. Die Geschichte der Berliner Singakademie (Berlin 1843 S. XI) berichtet darüber nur ganz kurz. Die 4. Lief. der von der Singakademie herausgegebenen sämmtlichen Werke von Fasch enthält: Davidiana, aus den Psalmen nach Luther's Uebersetzung: „Der die Berge festsetzet", acht Nummern mit Soli, zum Theil achtstimmig

[40] J. v. Mosel, Salieri S. 146. — Weg. S. 110. — Gyrowetz Selbstbiogr. S. 78 erzählt von Himmel's Neigung zu Schwelgerei und wie ihn dieser 1792 zu einem guten Schmaus in ein Wirthshaus geladen und dann selbst die Rechnung habe zahlen lassen. C. M. von Weber (Hinterl. Schrift. III, 91) sagt: „Als Klavierspieler hatte Himmel einen ausserordentlichen Zauber im Anschlage und eine Süssigkeit des Vortrags, der ohne eigentliche grosse Virtuosität allgemein entzückte." Prinz Louis Ferdinand schätzte ihn übrigens ebenfalls so sehr, dass er ihm sogar eine seiner Compositonen widmete. So mochte auch Himmel seinerseits wenig erbaut von Beethoven sein, und es erzählt Ries Not. S. 110: „Sie waren auch noch einige Zeit in Briefwechsel, bis Himmel gegen Beethoven einen bösen Streich spielte. Letzterer wollte immer Neues von Berlin wissen, dieses langweilte Himmel, der ihm endlich einmal schrieb, die grösste Neuigkeit sei die Erfindung einer Laterne für Blinde. Beethoven lief mit dieser Neuigkeit umher, alle Welt wollte wissen, wie dies denn eigentlich nur sein könne. Er schrieb deshalb sogleich an Himmel, es sei ungeschickt von ihm, dass er hierüber keine weitere Erklärung

geschrieben habe. Durch die erhaltene, aber nicht mittheilbare
Antwort wurde nicht nur alle Correspondenz für immer beendigt,
sondern alles Lächerliche, das darin lag, fiel auf Beethoven zurück,
da dieser unbesonnen genug war, sie hier und da sehen zu lassen.“
— Einen boshaften Witz auf Himmel's Liederleierei in der Fanchon, die einen beispiellosen Erfolg hatte, machte J. F. Reichardt:
„In dieser Oper sieht man den Himmel für einen Dudelsack an!“
— doppelt boshaft, weil Himmel in dem Rufe stand, oft betrunken
zu sein. Holtey, Briefe an Tieck III, 104. — NB. ob. S. 75, Z. 5
v. o. ist zu lesen: „im freien Verständniss der Musik.“

⁴¹ S. das Schreiben an Bettina vom 10. Febr. 1811:
„Schwatzen über Kunst ohne Thaten!!! Die beste Zeichnung
hierüber befindet sich in Schiller's Gedicht Die Flüsse, wo die
Spree spricht.“ — Vgl. auch Haydn's und Weber's Ausdrücke über
die Kritik in Berlin Musikerbriefe S. 75, 213 und ob. I,
424, Anm. 1. — Dass Beethoven in Berlin persönlich kein
besonderes Aufsehen gemacht hat, geht auch daraus hervor,
dass über seinen Aufenthalt dort so wenig bekannt geworden
ist. Auch der Bericht aus Berlin vom 20. Juni dieses Jahres
im Journ. des Luxus 1796 S. 422 erwähnt seiner mit keinem
Worte. Er hat also offenbar nicht öffentlich gespielt.

⁴² Der Kaiser Franz stand in dieser Hinsicht zwar seinen
Vorgängern weit nach, und auch z. B. Erzherzog Karl war nur
passiver Liebhaber: allein bald sollte doch die alte Musikliebe
dieses Hauses in dem Erzherzog Rudolf von neuem aufblühen,
und einstweilen vertraten Fürsten wie Lichnowsky, Liechtenstein,
Lobkowitz, Esterhazy gewissermassen die althergebrachte Pflicht
des Hofes in der thätigen Musikpflege. Vgl. Schindler, Biogr. I,
47. — Ueber den Sittenzustand des damaligen Berlin s. u. a. die
Schilderung bei Scherr. Blücher I, 109 f.

⁴³ Dass er eine solche suchte, versteht sich im Grunde von
selbst, zumal er auch noch für seine Brüder, besonders den
jüngsten Karl, mitzusorgen hatte. Es beweist sich aber auch
aus Aeusserungen wie in dem Briefe an Wegeler 29. Juni 1800:
„solange ich keine für mich passende Anstellung finde“, und an
Hofmeister (22. Sept. 1803): „— aber du lieber Gott, wo stellt
man so ein parvum talentum com ego an den Kaiserlichen Hof!“

⁴⁴ Sie befindet sich im königl. preuss. niederrh. Archiv zu
Düsseldorf. Der Kurfürst hatte jetzt selbst keine grossen Einkünfte mehr, ja Levin Schücking macht in seinem „Bauernfürst“
I, 260 nach den Erzählungen von Augenzeugen eine Schilderung
von der Mittellosigkeit und Knauserei des dicken Herrn in Mergentheim und Dillingen, die nicht vermuthen lässt, dass er für seine
frühern Angestellten noch etwas gethan oder thun konnte. „Seine
Pferde wurden zum Preise von vier oder fünf Karolin angekauft,
und seinen schieferfarbenen Rock würde ein wohlhabender Landpfarrer schwerlich als Feiertagstracht angelegt haben“, erzählt er.

[45] Libussa 1845 S. 374. Tomaschek fährt fort: „Dann hörte ich ihn zum dritten Mal beim Grafen C . . . ., wo er nebst dem graziösen Rondo der A-dur-Sonate über das Thema „Ah vous dirai-je Maman" phantasirte. Ich verfolgte diesmal mit ruhigerm Geiste Beethoven's Kunstleistung; ich bewunderte zwar sein kräftiges und glänzendes Spiel, doch entgingen mir nicht seine öftern kühnen Absprünge von einem Motiv zum andern, wodurch dann die organische Verbindung, eine allmälige Ideenentwicklung aufgehoben wird." Und so weiter im Ton der „verstorbenen alten Reichscomponisten", der in seinem Unverstand stets gleich unüberwindlich zu bleiben scheint.

[46] S. ob. S. 61. Auch im Heiligenstädter Testament vom 2. Oct. 1802 sagt er, seit sechs Jahren habe ein heilloser Zustand ihn befallen.

[47] Weg. S. 36. Vgl. auch Gubrauer: „Aus Peter und Joseph Frank's Denkwürdigkeiten." Deutsches Museum 1853 I, 15 ff. Peter Frank war ein grosser Freund der Musik und spielte selbst das Cello; sein Sohn Joseph war eine Weile Schüler von Mozart gewesen. Auch Reichardt, Vertr. Br. I. 447 erzählt von ihm.

[48] Mittheilung des Herrn Dr. Gerhard von Breuning in Wien. Dieser Madame de Breuning, née Noble de Wering, ward 1808 das Klavierconcert Op. 61 (das umgearbeitete Violinconcert) gewidmet.

[49] Siehe ob. S. 85. Doch bin ich nachträglich zweifelhaft geworden, ob auch „Christus am Oelberg" bereits in dieses Jahr fällt. Freilich Ries S. 75 berichtet ausdrücklich, dass bei seiner Ankunft in Wien (März 1800) Beethoven an diesem „Oratorium" componirt habe. Aber ebenso ausdrücklich schreibt der Meister am 1. Juni 1800 an Amenda, dass er bisher noch keine „Kirchensachen" geschrieben habe, und zu solchen rechnete man doch allgemein die Oratorien. Und dem steht zur Seite die Notiz Schindler's I, 90, dass die ersten Entwürfe dieses Werkes im Sommer 1801 in Hetzendorf entstanden seien. — Zu bemerken ist hier übrigens, dass auf der folgenden Seite des Textes hinter dem Datum des 16. November die Jahreszahl 1801 zu setzen ist.

[50] S. auch die Berichte von Ries über die beginnende Undeutlichkeit im Spiel bei Beethoven, Weg. S. 119, 94.

[51] Am 2. April 1800 hatte „endlich doch auch einmal Beethoven das Theater bekommen, und das war wahrlich die interessanteste Akademie seit langer Zeit", berichtet die A. M. Z. III, 49. „Er spielte ein neues Concert von seiner Composition, das sehr viel Schönheiten hat." Dann folgte das Septett, das mit sehr viel Geschmack und Empfindung geschrieben sei, und nachdem er meisterhaft phantasirt, die erste Symphonie, worin sehr viel Kunst, Neuheit und Reichthum von Ideen sei. Ueber die Ausführung derselben, besonders von seiten der Bläser, wird hier sehr geklagt, sie seien in kein Feuer zu bringen. — Was

aber für uns hier von grösserer Bedeutung ist und schlagend
beweist, dass der herbe Kampf mit den unerbittlichen Mächten
des Schicksals, der mit dem Eintritt der Taubheit begonnen,
bereits tief in sein Inneres eingegriffen hatte, ist der Umstand,
dass unter den Entwürfen zu den Streichquartetten Op 18, also
c. 1798—1800 bereits die völlig ausgebildeten Themen zum
ersten und zum zweiten Satze der C - moll - Symphonie vorkommen! Dies sagt uns deutlicher als alle Klagen gegen Breuning und Amenda, was seit den letzten Jahren seine Seele gerungen, und dass eben denn doch weder die bessere Lebenslage noch
die „Resignation", der er sich rühmt, so gar viel halfen, sondern
dass auch er einzig in der „Beschäftigung, die nie ermattet",
Rettung vor den Abgründen des eigenen Innern und Abwehr
des Murrens gegen die Vorsehung fand, das sich immer und immer wieder in seiner Seele regen wollte.

[52] Im Jahrb. der Tonk. von 1796 ferner heisst es: „Schupanzig, Sohn des Hrn. Professor Schupanzig bei der Realschule.
Dieser junge Mann scheint sich ganz dem Dienste Apollo's übergeben zu haben. Alles, was gute Musik heisst, ist ihm reizend,
ohne einem Instrumente oder Stück oder Meister einen aus-
schliesslichen Vorzug zu geben. Sein eigentliches Instrument
ist die Bratsche, welche er ganz ausgezeichnet gut spielt; indessen scheint er, vielleicht aus eigenem Geschmacke, seit einiger
Zeit der Violine den Vorzug zu geben, welche er sowohl in Concerten als auch im Quartett mit Gefühl, Anmuth und wahrer
Kunst spielt. Dabei dirigirt er gerne eine ganze Musik, welches
mit Präcision, Nuance, Empfindung und Feuer geschiehet. Er
ist daher in allen musikalischen Societäten bekannt, beliebt und
gesucht. Dabei gereicht ihm vorzüglich zur Ehre, dass er dienst-
fertig und gefällig ist, wodurch er sich um so mehr Freunde erwirbt." Ferner heisst es dort, dass der „so geliebte Schupanzig" alle
Donnerstag zwischen sechs und acht Uhr früh Sommerszeit musikalische Unterhaltungen von Dilettanten [im Augarten] gebe.
und S. 84, dass er in vielen Akademien dirigire. Die Leipziger
A. M. Z. III. 46 berichtet ebenfalls schon 1800 über sein
„kühnes Spiel", das auch auf seine Direction vortheilhaft ein-
wirke, will aber zunächst einen „grossen Dirigenten" nicht in
ihm erkennen, da er „blosser Praktiker ohne alle Kenntniss der
Theorie und der Composition" sei. Auch im Concertspielen
fehle ihm, was grosse Manier und feine Methode heisse, er disto-
nire sogar oft bei Doppelgriffen oder in hoher Applicatur.

[53] Köchel, Briefe Nr. 29. — Br. Beeth. Nr. 129 f Anton
Kraft, geb. 1751 in Böhmen, war von 1778—91 unter Haydn in
der Esterhazy'schen Kapelle und ward von diesem stets mit
Liebe und hoher Achtung behandelt und sogar in der Composition unterrichtet. Er war seit 1791 anfangs beim Fürsten Grass-
alkowitz und dann bei Lobkowitz, nicht aber, wie S. 98

irrthümlich gesagt wird, bei Rasumowsky engagirt. bei dem
er jedoch nebst Schuppanzigh oft genug gespielt haben wird.
Neben grosser Fertigkeit besass er höchste Präcision und
wahrhaft ausdrucksvollen Vortrag und soll den menschlichen
Gesang täuschend und zum Herzen dringend nachgeahmt haben.
Schill. Univers. Lex. Nach Schindler I, 147 hat denn auch
Beethoven noch um 1803 oder 1804 die Cellopartie des Triple-
concerts für ihn geschrieben. — Joseph Linke, geb. 1783 in
Preuss.-Schlesien kam erst 1808 (nicht 1807) nach Wien. Br.
Beeth. 322, 354.

⁵⁴ Br. Beeth. Nr. 10, 156, 114, 68, 69. In den Wiener
Recensionen für Theater und Musik 1863 stehen einige Nach-
weisungen über Zmeskall's Bestrebungen im Gebiet der Composition, besonders des Streichquartetts.'

⁵⁵ Br. Beeth. Nr. 10, 13. Lenz Krit. Katal. IV, 17 macht
die Mittheilung, dass Amenda [nicht Amanda, wie dort steht]
das Quartett in F erhalten hat, bei dessen Adagio affetuoso ed
appassionato sich Beethoven die Scene im Grabgewölbe aus
„Romeo und Julie" vorgestellt habe.

⁵⁶ Vgl. ob. I, 118, 379 und Wegeler's Nachträge S. 19.

⁵⁷ Ueber diese Beiden berichtet das Jahrb. der Tonk. von
1796, wo sie also erst kurze Zeit in Wien waren. sehr schmei-
chelhafte Dinge

⁵⁸ Die sehr schöne Wohnung auf der Bastei, welche Beethoven 29. Juni 1800 erwähnt. war nach Wegeler's Vermuthung
(Not. S. 37) im Hause Pasqualati's. mit dem Beethoven allerdings zeitlebens in freundschaftlichem Verkehr stand und der ihm
stets eine freundlich helfende Hand in allen materiellen Dingen
bot. — Graf Browne, „Brigadier au service de S. M. I. de toute
la Russie", hatte für die Dedication der Variationen in A-dur
(Danse Russe) an seine Gemalin 1797 Beethoven ein Reitpferd geschenkt, das dieser einigemal ritt, dann aber vergass und erst
wieder in Erinnerung bekam. als der Bediente. der es derweilen
für Geld ausgeliehen. eines Tages mit einer langen Futterrechnung
kam. Weg. S. 120.

⁵⁹ Vertr. Br. zur Charakteristik von Wien (Görlitz 1793).
I, 90: „Da gibt es Negozianten, die sich| durch ihre Reich-
thümer emporgeschwungen haben als der Graf Fries, dessen
Vater grosse Verdienste um die Monarchie sich erwarb." Reichardt. Vertr. Br. I. 168: „, — der junge Graf, der bisher mehr
den Wissenschaften und Künsten gelebt." Beethoven hat
dem Grafen Moritz von Fries „chambellan de S. M. I. et R." die
im Jahre 1801 erschienen Sonaten Op. 23 und Op. 24 und das
1803 erschienene, aber bereits 1801 componirte Streichquintett
in C Op. 29 gewidmet. Dass der musikalische Verkehr in diesem Hause damals lebhaft und auch Beethoven dabei zugegen
war, erfahren wir von Ries, der S. 81 folgende Begegnung mit

dem Klavierspieler Steibelt dort erzählt: „Als Steibelt mit seinem grossen Namen von Paris nach Wien kam [nach A. M. Z. III, 50 im Herbst 1800], waren mehrere Freunde Beethoven's bange, dieser möchte ihm an seinem Rufe schaden. Steibelt besuchte ihn nicht, sie fanden sich zuerst eines Abends beim Grafen Fries, wo Beethoven sein neues Trio Op. 11 zum ersten Male vortrug. [Das Trio war bereits 1798 erschienen.] Der Spieler kann sich hierin nicht besonders zeigen. Steibelt hörte es mit einer Art Herablassung an, machte Beethoven einige Complimente und glaubte sich seines Sieges gewiss. Er spielte ein Quintett von eigener Composition, phantasirte und machte mit seinen Tremulandos, welches damals etwas ganz Neues war, sehr viel Effect. Beethoven war nicht mehr zum Spielen zu bringen. Acht Tage später war wieder Concert beim Grafen Fries. Steibelt spielte abermals ein Quintett mit vielem Erfolge, hatte überdies (was man fühlen konnte) sich eine brillante Phantasie einstudirt und sich das nämliche Thema gewählt, worüber die Variationen in Beethoven's Trio geschrieben sind. [Es is aus Weigl's 1797 zuerst aufgeführtem „Corsar."] Dieses empörte die Verehrer Beethoven's und ihn selbst; er musste nun ans Klavier, um zu phantasiren; er ging auf seine gewöhnliche, ich möchte sagen, ungezogene Art ans Instrument, wie halb hingestossen, nahm im Vorbeigehen die Violoncellstimme von Steibelt's Quintett mit, legte sie (absichtlich?) verkehrt aufs Pult und trommelte sich mit einem Finger von den ersten Takten ein Thema heraus. Allein nun einmal beleidigt und gereizt, phantasirte er so, dass Steibelt den Saal verliess, ehe Beethoven aufgehört hatte, nie mehr mit ihm zusammenkommen wollte, ja es sogar zur Bedingung machte, dass Beethoven nicht eingeladen werde, wenn man ihn haben wolle." Auch Tomaschek, Libussa 1845 S. 377, erzählt von Steibelt's Aufenthalt in Prag 1799 und seiner bodenlosen Unverschämtheit. Der „mit seltenem Eigendünkel umnebelte Künstler" hatte sich ganz französirt. Er war einBerliner [geb.1755], doch durch einen langjährigenAufenthalt in Paris ging alle Spur eines Deutschen an ihm verloren, so zwar, dass er nicht mehr deutsch sprechen konnte oder vielleicht nicht mochte. Man kann sich vorstellen, wie schon dies den aller Affectation abholden Beethoven degoutirte und kann darum nichts Tadelnswerthes in seinem Benehmen gegen einen solchen Charlatan finden. „Als Klavierspieler", sagt ferner Tomaschek, „besass Steibelt einen netten und doch ziemlich markigen Anschlag, seine rechte Hand war in ihrer Bildung ausgezeichnet, die Passagen, vollführte sie mit grösster Reinheit und Rundheit, nur einen sehr langsamen Triller schlug sie; dagegen stand die Bildung der linken Hand in gar keinem harmonischen Verhältniss mit der rechten, unbeholfen, sogar täppisch humpelte sie darein, wo sie nicht selten die Wirkung der rechten Hand schwächte.

Von der Art, wie eine Phantasie beschaffen sein muss, hatte
Steibelt gewiss keine Idee." Am meisten Beifall und Geld gewann er übrigens durch eine Engländerin, die er für seine Frau
ausgab. Diese spielte nämlich das Tambourin und begleitete
ihn am Klavier. Die neue Zusammenstellung und ihr schöner
Arm elektrisirten die Hochgeborenen so, dass alle Damen guthono-
rirten Unterricht haben wollten von der Tambourinschlägerin,
wobei obendrein ein grosser Wagen voll Tambourins von Steibelt
verkauft wurde. „Nach vollbrachter Speculation ging er, seine
Börse mit Ducaten gefüllt, nach Wien, wo er vom Klavierspieler
Beethoven aufs Haupt geschlagen wurde und plötzlich dann
seine Reise nach Paris vornahm." — Im vollen Gegensatz dazu
steht John Cramer, der ebenfalls von 1799 auf 1800 in Wien
war und den allein Beethoven gegen Ries unter den Klavierspielern als ausgezeichnet rühmte. Cramer dagegen war wenigstens späterhin weder auf Beethoven's Compositionen noch
auf sein Wesen irgendwie gut zu sprechen. — Noch sind
als Freunde und Bekannte Beethoven's, von denen wir freilich
erst später das Nähere erfahren werden, schon hier zu nennen:
Graf Brunswick von Pesth, Dr. Troxler von Luzern, der
damals in Wien Medicin studirte, Julius Schneller und der berühmte Pädagog Hofrath Birkenstock, in dessen Haus nach
Schindler II, 45 Beethoven bereits 1792 eingeführt ward.

⁶⁰ Raumer, Hist. Taschenb. IV. 4. Scherr, Blücher I, 14.
Schindler, Biogr. I, 101. — Im Allgemeinen freilich war man
damals in Wien noch schlecht auf die Franzosen und ihre
Republik zu sprechen; s. z. B. Vertr. Br. (Görlitz 1793) I, 127 die
Aeusserung: „wo man im Matrosenton darauf schimpfte." —
Br. Beeth. 29. Juni 1800: „Plutarch hat mich zur Resignation geführt." — Testament vom 2. Oct. 1802: „Ach, es dünkte
mir unmöglich, die Welt eher zu verlassen, bis ich das alles hervorgebracht, wozu ich mich aufgelegt fühlte."

⁶¹ In den Briefen Beethoven's glaubte ich hier das Jahr 1800
annehmen zu müssen. Es wird sich aber zeigen, dass das von
Wegeler angegebene Jahr 1801 allerdings richtig ist.

⁶² Schöner ist wohl selten jene natürlichste Quelle der Poesie, die in dem zur Liebe erwachten Herzen jedes Menschen
fliesst, geschildert worden, als in jener Recension, womit Goethe
im Jahre 1772 in den Frankfurter Gelehrten Anzeigen die unerträgliche Fadheit, Seichtigkeit und Unwahrheit der „Gedichte eines polnischen Juden" (Mitau 1772) geisselte und dabei
überhaupt auf die „Seifenblasenideale" der Zeit hinwies, derweilen im innern Leben der Menschheit bereits ein neues wahrhaft
ideales Dasein wiedererwacht sei.

⁶³ Schindler, Biogr. 1. Aufl. S. 68, und „erster Nachtrag"
dazu.

⁶⁴ Conversationsheft von 1823: „Etait-elle riche?" — „Elle

a une belle figure." Mielichhofer u. A. versichern, dass sie
noch im Alter hervorragend schön gewesen. „Nichts nicht Schönes kann ich nicht lieben — sonst müsste ich mich selbst lieben",
schreibt auch Beethoven selbst einmal an Gleichenstein. Vgl. auch
Ries S. 117: „Beethoven sah Frauenzimmer sehr gern, besonders
schöne jugendliche Gesichter", und S. 119 die Geschichte mit
den drei „sehr schönen Schneiderstöchtern", in deren Haus Ries
wohnte, weshalb ihn Beethoven damals besonders oft besuchte.
— Die Familie Guicciardi war ein altes und angesehenes,
ursprünglich aus dem Herzogthum Modena stammendes Adels-
geschlecht, das in der ersten Hälfte des 18. Jahrh. nach
Oesterreich gekommen und wegen vielfacher Verdienste dort am
Ende desselben die Grafenkrone erlangt hatte. Giulietta war
geb. am 23. Nov. 1784, Graf Wenzel Gallenberg, der einem
uralten, aber verarmten krainischen Adelsgeschlechte angehörte,
am 28. Dec. 1783. Kneschke, Deutsche Grafenhäuser I, 258 u.
III, 153, 178.

[65] Die Feststellung dieses bisher stets streitigen Datums ist
nicht ohne Schwierigkeit, allein sie ergibt sich aus der Zusammenhaltung der feststehenden Daten mit ziemlich unumstöss-
licher Gewissheit. Zunächst wissen wir, dass die Sonaten Op. 27
am 3. März 1802 in der Wiener Zeitung als „ganz neu erschienen"
angezeigt werden, und da auch feststeht, dass Op. 26 nicht früher
als Frühjahr 1801 geschrieben ist, so wird wohl Op. 27 ebenfalls
in den Sommer 1801 fallen. Sodann lassen Beethoven's Worte gegen Wegeler vom 16. Nov. 1801 in keiner Weise eine andere Auffassung zu, als dass das Verhältniss mit dem „zauberischen
Mädchen, das nicht von seinem Stande", erst seit kurzem bestand, was sich bei Giulietta's damals sechzehnjährigem Alter
ebenfalls kaum anders denken lässt. Endlich die Briefe an sie
selbst! Der zweite hat das Datum „Montags den 6. Juli";
das könnte, falls Beethoven Wochentag und Datum richtig angibt, nur im Jahre 1800 oder 1806 sein. Im letztern Jahre aber
war Giulietta bereits seit drei Jahren Gräfin Gallenberg und mit
ihrem Gemahl in Neapel. Das Jahr 1800 aber stimmt wieder
in keiner Weise weder zu dem oben festgestellten Zeitpunkt des
Beginns, noch zu dem Briefe vom 29. Juni 1800 an Wegeler,
wo nichts von einer solchen Kurreise erwähnt wird. Also ist eine
Irrung, wie sie bei dem in solchen Dingen unaufmerksamen
Meister oft genug und zumal in solch erregtem Zustand vorgekommen, anzunehmen und das Jahr 1801 zu setzen. Dem widerspricht auch nicht Schindler's Angabe (I, 90), dass Beethoven
1801 den Sommeraufenthalt in Hetzendorf genommen, da derselbe ja nach der Reise ins Bad erfolgt sein kann. Schwieriger
ist der Endpunkt des Verhältnisses zu bestimmen. Schindler I,
91 sagt, Giulietta habe „fast plötzlich" geheirathet. Die
Heirath geschah nach Kneschke, Deutsche Grafenhäuser I,

258 erst am 3. Nov. 1803, und sollte das Verhältniss mit Beethoven so lange bestanden haben? Das ist nicht wahrscheinlich, wenn man die sämmtlichen spätern brieflichen Aeusserungen Beethoven's seit dem Jahre 1802, z. B. das Heiligenstädter Testament betrachtet, das alles Andere eher vermuthen lässt als ein noch bestehendes beglückendes Liebesverhältniss. Auch sagt Ries Not. S. 117: „Da ich ihn einmal mit der Eroberung einer schönen Dame neckte, gestand er mir, die habe ihn am stärksten und längsten gefesselt, nämlich volle sieben Monate." — Dass aber nicht schon im Winter 1801/2 der Bruch geschehen sein kann, geht aus der Dedication im März und daraus hervor, dass nach Schindler Beethoven zu seiner Freundin Erdödy aufs Land ging und dort tagelang im Freien zubrachte. Es ist also fest zu vermuthen, dass erst im Frühjahr 1802 Giulietta abbrach, und damit stimmt denn auch, was Schindler aus dieser Zeit von einer schweren Krankheit berichtet, die wohl mehr als eine trübe Gemüthsverfassung auszulegen ist. Solange keine andern Daten mit ebenso guten Gründen bewiesen werden wie die unsern, müssen wir wohl Frühjahr 1801 bis ebendahin 1802 als die Zeit dieses Lebensverhältnisses betrachten und wir werden eine weitere Bestätigung dieser Annahme später erfahren.

[66] Vielleicht hing es mit diesem jetzt um so eifrigern Bestreben nach einer festen Anstellung zusammen, dass er sich damals dem Kaiserhofe wieder zu nähern suchte und z. B. im Sommer dieses Jahres 1801 dem Grafen Fries (Anm. 59) Chambellan de S. M. I. et R. Op. 23 und 24 widmete. Was Beethoven damals an Honoraren einnahm, ersieht man ungefähr aus den Briefen an Hofmeister (Br. Beeth. Nr. 19 ff.) Allein es ist daraus nicht entfernt das Mass seiner jährlichen Gesammteinnahme festzustellen. Dass jedoch diese nicht einmal für ihn, resp. für die mitzuernährenden Brüder ausreichte, wissen wir zur Genüge, und zum erfolgreichen geschäftlichen Vertrieb seiner Arbeiten fehlte ihm jede Befähigung. — Dass es ein ungarisches Bad ist, wohin Beethoven damals gereist, sagt Schindler I, 97 und bestätigt sich aus den Briefen an Giulietta.

[67] Nach Marx, Beeth. I, 133 f., der also ebenso wenig wie Schindler die meist undeutlichen und unvollständigen Aufzeichnungen, die obendrein oft halb verwischt sind, völlig zu entziffern vermocht hat.

[68] Schindler. Biogr. 1. Aufl. S. 63 f.

[69] In diesem Sommer glücklicher Liebe fallen mit Gewissheit ausser den beiden Sonaten Op. 27 auch die Sonaten Op. 26, Op. 28 und das Quintett Op. 29, sowie nach Schindler I, 90 die ersten Entwürfe zu „Christus am Oelberg". Ferner berichtet Otto Jahn, Ges. Aufs. über Musik S. 336, auch das anmuthige Rondo in G-dur Op. 51 2 (erschienen am 11. Sept. 1802) sei zuerst der Gräfin Giulietta gewidmet gewesen, welche

aber auf diese Widmung nach Beethoven's Wunsch zu Gunsten der Gräfin Henriette Lichnowsky verzichtet habe, wofür ihr dann zum Ersatz die Cis-moll-Sonate gewidmet worden.

[70] Das eigentlich Religiöse, das wie bei allen grossen Naturen auch bei Beethoven den tiefsten Grund seines Wesens bildet, brach freilich in seinem Schaffen erst ziemlich spät hervor; allein die seltene Kraft, mit der es dann auftritt, beweist, dass seine geheimen Quellen in der Tiefe seiner Natur und in ferner Vergangenheit seines Lebens liegen, wovon wir denn hier wie in dem später zu erwähnenden Heiligenstädter Testament die ersten deutlich nachweisbaren Spuren haben, während bemerkenswertherweise in dem ersten Werke seines Genius, das zu den sogenannten Kirchensachen gehört, in dem gerade in diesem Sommer 1801 entworfenen Oratorium oder vielmehr der Cantate „Christus am Oelberg" kaum etwas Anderes herrscht als der theatralisch affectvolle Ton, womit man damals in katholischen Landen noch unsern Herrgott mit Cymbeln, Pauken und Trompeten zu preisen pflegte. Doch hat er selbst nach Schindler I, 91 in spätern Jahren es rückhaltlos für einen Fehler erklärt, die Partie des Christus in moderner Singweise opernmässig behandelt zu haben, und ebenso beweist die Verzögerung des Drucks dieser Composition, dass der Meister selbst nicht recht davon erbaut war.

[71] Die Gräfin Erdödy, geb. Niczky, von der wir noch oftmals hören werden, war 1780 geboren, also jetzt zweiundzwanzig Jahre alt und seit etwa sieben Jahren verheirathet. Sie, resp. ihr 1771 geborener Gemahl Graf Peter, besass das Gut Iedlersee auf dem Marchfelde. Was den Musiklehrer Brauchle anbetrifft, den Schindler hier nennt, so war derselbe allerdings im Hause der Gräfin „Magister" und also auch mit Beethoven wohl bekannt. Doch steht nicht fest, ob er schon damals in jenem Hause war; seine noch lebende Wittwe bezweifelt es, und deshalb ist im Text sein Name weggeblieben. Wir werden auch ihm noch oft genug begegnen.

[72] Der Gedanke des Selbstmords musste einem, der sich soviel mit Plutarch und den antiken Helden beschäftigte, nicht fern liegen, ja er spricht sich sogar mehrmals offen bei Beethoven aus. Vgl. z. B. Heiligenstädter Testament und den Brief an Wegeler vom 2. Mai 1810.

[73] „Je la meprisois", sagt zwar Beethoven selbst 1823, und ebenso äusserte er um 1816 gegen Fräulein del Rio, „von einigen Mädchen, welche er in frühern Zeiten zu besitzen als das grösste Glück erachtet hatte, habe er in der Folge eingesehen, dass er sehr glücklich sei, dass keine derselben seine Frau geworden" (Grenzboten 1857 I, 30). Allein Schindler (Biogr. 1. Aufl. S. 67) berichtet ausdrücklich: „Dass er jene Dame nie vergessen, beweist sich dadurch, dass er sich durch mich und

Andere oftmals um ihre Lebensverhältnisse erkundigen liess und immer noch den lebhaftesten Antheil an allem sie Betreffenden nahm." Auch wir werden davon noch Beweise erfahren.

[74] Vgl. oben Anm. 49 und Weg. S. 75.

[75] Ries fügt S. 116 einen komischen Beweis von dieser Zuneigung hinzu, den Beethoven ihm einmal in seiner Zerstreuung gegeben. „Als ich nämlich", erzählt er, „aus Schlesien zurückkam, wo ich auf Beethoven's Empfehlung längere Zeit auf den Gütern des Fürsten Lichnowsky als Klavierspieler mich aufgehalten hatte, und in sein Zimmer trat, wollte er sich eben rasiren und war bis an die Augen (denn so weit ging sein erschrecklich starker Bart) eingeseift. Er sprang auf, umarmte mich herzlich und siehe da, er hätte die Schaumseife von seiner linken Wange auf meine rechte so vollständig übertragen, dass er auch nichts daran zurückbehielt. Ob wir lachten? Auch musste Beethoven wohl Privatnotizen von daher über mich haben, denn er kannte mehrere meiner jugendlichen Unbesonnenheiten, mit denen er mich jedoch nur neckte."

[76] Thayer Chr. Verz. Nr. 107, gibt für dieses Datum freilich keinen Beweis, ich halte es jedoch ebenfalls für richtig, trotz der spätern Opuszahl 45. Merkwürdig ist nur, dass die Märsche nicht Browne, sondern der Fürstin Esterhazy gewidmet sind. Vielleicht war 1804, als dieselben herauskamen, Browne nicht mehr in Wien anwesend.

[77] Jedenfalls war an diesem schroffen Benehmen Beethoven's zum Theil auch der Widerwille schuld, der sich seit Jahren überhaupt gegen das Spielen in Gesellschaften bei ihm gebildet. Je mehr sein Wesen im Kampf mit sich selbst und der Welt sich vertiefte, desto mehr musste die Musik ihm ein Labsal und Heiligthum werden, das er nicht von Unbedürftigen oder gar Frivolen zur blossen Unterhaltung herabgewürdigt wissen mochte. Wegeler erzählt davon schon aus den Jahren 1794—96 (S. 19) folgendes sehr Bezeichnende: „Später, als Beethoven in Wien schon auf einer hohen Stufe stand, hatte sich auch ein ähnlicher, wo nicht noch stärkerer Widerwillen gegen die Aufforderung zum Spielen in Gesellschaften entwickelt, sodass er jedesmal dadurch allen Frohsinn verlor. Er kam dann mehrmals düster und verstimmt zu mir, klagte, dass man ihn zum Spielen zwinge, wenn auch das Blut unter den Nägeln ihm brenne. Allmälig entspann sich dann zwischen uns ein Gespräch, worin ich ihn freundlich zu unterhalten und völlig zu beruhigen suchte. War dieser Zweck erreicht, so liess ich die Unterredung fallen, setzte mich an den Schreibtisch und Beethoven musste, wollte er weiter mit mir sprechen, sich dann auf den Stuhl vor dem Klavier setzen. Bald griff er nun, oft noch abgewendet, mit unbestimmter Hand ein paar Akkorde, aus denen sich dann nach und nach die schönsten Melodien entwickelten. O warum verstand ich

nicht mehr davon! Notenpapier, das ich einigemal, um etwas Manuscript von ihm zu besitzen, anscheinend ohne Absicht auf das Pult gelegt hatte, ward von ihm beschrieben, aber dann auch am Ende zusammengefaltet und eingesteckt! Mir blieb nur die Erlaubniss, mich selbst auszulachen. — Ueber sein Spiel durfte ich nichts oder nur Weniges, gleichsam im Vorbeigehen, sagen. Er ging nun gänzlich umgestimmt weg und kam dann immer gern zurück. Der Widerwille blieb indessen und ward oft die Quelle der grössten Zerwürfnisse Beethoven's mit dem ersten seiner Freunde und Gönner." Doch werden wir ihn nach einigen Jahren wieder häufig in Gesellschaft spielen finden, freilich dann nur unter völlig Eingeweihten und Andächtigen.

⁷⁸ Doch ward damals noch von Wenigen bemerkt, dass sein Gehör abgenommen hatte. Selbst so Nahestehende wie Ries bemerkten es damals noch nicht. Vgl. Not. S. 98, 119.

⁷⁹ S. „Ein Skizzenbuch von Beethoven. Beschrieben und in Auszügen dargestellt von Gustav Nottebohm." (Leipzig 1864). Der Verfasser hat sich auch hier wieder ein ausserordentliches Verdienst um die Geschichte der Musik überhaupt und speciell um die Beethoven-Forschung erworben, und es wäre zu wünschen, dass noch manche derartige Arbeit gemacht würde. — Die damalige Bekanntschaft Beethoven's mit Frau von Frank s. Br. Beeth. Nr. 17, und eine Notiz des Berliner Archivs der Zeit und ihres Geschmacks vom Jahre 1800 (II, 482): „Wiens grösste Sängerin Gerardi, nunmehr Gattin des berühmten Arztes Frank des Jüngern" beweist, dass auch Br. Beeth. Nr. 62 an dieselbe Dame gerichtet ist. Vgl. ferner über sie Reichardt's Vertr. Br. I, 418. Diese „Esercizii" waren übrigens die Composition von Metastasio's Cantate „La tempesta", deren Text sich geschrieben in Schindler's Beeth. Nachlass III, 16 befindet. Die Composition ist für eine Singstimme mit Quartettbegleitung geschrieben.

⁸⁰ S. Mozart's Briefe. Nr. 432, 460 f. — Im Jahrb. der Tonk. von 1796 wird Hofmeister ein Compositeur genannt, der im Auslande bekannter und beliebter zu sein scheint als in seiner eigenen Vaterstadt: nach Haydn habe vielleicht Niemand so viel und für so verschiedene Instrumente geschrieben wie er. Auch steht er dort S. 85 noch unter den Wiener Verlegern verzeichnet.

⁸¹ Ueber den Verkehr Beethoven's mit Nägeli in diesen Jahren war Manches aus den Geschäftsbüchern desselben zu erfahren, aus denen mir sein Sohn, Hr. Hermann Nägeli in Zürich, in ausgedehntestem Masse Auszüge mitgetheilt hat, die an anderer Stelle folgen werden. Ueber Simrock vgl. I, 71. 281.

⁸² S. Schindler I, 86 und das Testament vom 6. Oct. 1802. Freilich konnte, wie schon angedeutet ward, der jähe Bruch seines Verhältnisses zu Giulietta auch störend genug auf sein

körperliches Befinden eingewirkt haben, um einen Sommeraufenthalt mehr als je nothwendig zu machen.

⁵³ Thayer, Chron. Verz. Nr. 99. Den Brief Beethoven's besitzt Hr. Prof. Jahn in Bonn. — Die Variationen Op. 34 übrigens sind in ihrem Wechsel der Takt- und Tonarten u. s. w. eine Reihe niedlicher Genrebildchen von zum Theil feinster Charakteristik in der Zeichnung. Man ahnt den Meister, der später symphonische Welt- und Lebensbilder zu geben wusste, die die Grenzen der Kunst auf das allerbedeutsamste erweiterten und der musikalischen Anschauung ganz neue Gebiete eröffneten, deren Bebauung Künstler wie Schumann, Liszt und Wagner mit genialem Vermögen fortsetzten.

⁵⁴ Weg. S. 98. — Der Bruder Karl war in wahrhaft erschreckender Weise jähzornig; er hat sogar einmal seiner unverbesserlichen Frau, die trotz aller Mahnung das Geldborgen bei den Hausleuten nicht lassen konnte, im Jähzorn mit einem Tischmesser durch die Hand gestochen, wovon die alte Frau noch heute die Narbe trägt. In die Zeit dieses Sommeraufenthalts fällt auch, was Ries S. 117 erzählt: „Aus dieser Quelle [der väterlichen Theilnahme] entsprang auch die einst (1802) im Unmuthe über eine unangenehme Verwicklung, in welche Karl van Beethoven mich gebracht hatte, mir brieflich gegebene Weisung: »Nach Heiligenstadt brauchen Sie nicht zu kommen, indem ich keine Zeit zu verlieren habe.« Graf Browne schwelgte nämlich um diese Zeit in Vergnügungen, wovon ich, da dieser Herr mir sehr wohl wollte, viel mitmachte und meine Studien dabei vernachlässigte." Vgl. ob. Anm. 58.

⁵⁵ Beethoven's Vater war, wie wir hörten, bereits im December 1792 gestorben, es scheint aber nicht, dass die Brüder vor Ende 1795 nach Wien kamen. Wenigstens beweist ein amtliches Schriftstück, datirt „Bonn ce 26 Ventose an 3ᵉ Republ.", dessen Original mir vorliegt, dass der „Bruder Apotheker" im März 1795 noch in der Heimat war, wo er „en qualité de pharmacien de 3ᵉ classe" dem „hospice du chateau Electoral" der „Armée de Sambre et Meuse" zugewiesen wird. Dagegen sahen wir aus dem oben S. 69 u. 82 angeführten Brief Beethoven's vom 19. Febr. 1796, dass Johann damals bereits in Wien war. Und wahrscheinlich haben die beiden Brüder die weite Reise nach Wien in Gemeinschaft gemacht.

⁵⁶ Wohl Anspielung auf die Wiener Verleger Cappi, Mollo, Artaria, die dem Meister in mancherlei Art übel mitspielten. Ries erzählt Not. S. 120 freilich aus späterer Zeit Folgendes: „Beethoven's Violinquintett Op. 29 in C-dur war an einen Verleger nach Leipzig verkauft worden, wurde aber in Wien gestohlen und erschien plötzlich bei A. und Comp. Da es in einer Nacht abgeschrieben worden war, so fanden sich unzählige Fehler darin, es fehlten sogar ganze Takte. Beethoven benahm sich hier-

bei auf eine feine Art, von der man nach einem zweiten Beispiel
sich vergebens umsieht. Er begehrte nämlich, A. sollte die fünf-
zig bereits gedruckten Exemplare mir nach Hause zum Verbessern schicken, gab mir aber zugleich den Auftrag, so grob mit
Tinte auf das schlechte Papier zu corrigiren und mehrere Linien
so zu durchstreichen, dass es unmöglich sei, ein Exemplar zu gebrauchen oder zu verkaufen. Dieses Durchstreichen betraf
vorzüglich das Scherzo. Seinen Auftrag befolgte ich treu und
A. musste, um einem Processe vorzubeugen, die Platten ein-
schmelzen." Vgl. ferner Beethoven's Erklärung in der Wiener
Zeitung vom 22. Jan. 1803: „An die Musikliebhaber. Indem
ich das Publikum benachrichtige, dass das von mir längst ange-
zeigte Originalquintett in C-dur bei Breitkopf und Härtel in Leipzig erschienen ist, erkläre ich zugleich, dass ich an der von den
Herren Artaria und Mollo in Wien zu gleicher Zeit veranstalteten Auflage dieses Quintetts gar keinen Antheil habe. Ich bin
zu dieser Erklärung vorzüglich auch darum gezwungen, weil
diese Auflage höchst fehlerhaft, unrichtig und für den Spieler
ganz unbrauchbar ist" etc. S. auch über Mollo Br. Beeth.
Nr. 25.

⁸⁷ Es ward zuerst veröffentlicht in der A. M. Z. 1827 S. 705 f.,
dann in unzähligen Büchern und Blättern wieder abgedruckt

⁸⁸ Man erkennt deutlich, dass, wie Beethoven ja in der
allgemeinen Anlage seiner Natur ein Geistesbruder Schiller's ist,
so auch bei ihm im Gegensatz zu Mozart und Goethe ein gleiches
Herausarbeiten aus dem Stofflichen ins Geistige stattfindet.
Und wie auch Schiller erst im Verkehr mit Goethe jene volle
Feinheit und Freiheit der Form, ja man kann sagen, erst jene
höhere sittliche wie geistige Cultur gewann, die seinem Schaffen
den Stempel der Vollendung aufdrückte, so werden wir ein Gleiches in spätern Jahren bei Beethoven finden, dessen Orchester-
werke auch erst dann die Vollendung erreichen sollten, die diese
kleine D-moll-Sonate besitzt. Vgl übrigens, was Schindler,
Biogr. 1. Aufl. S. 199 sagt: „Ein andermal bat ich ihn, mir den
Schlüssel zu den beiden Sonaten Op. 57 F-moll und Op. 29
[31 Nr. 2] D-moll anzugeben. Er erwiderte: »Lesen Sie nur
Shakspeare's Sturm.« Offenbar mehr ein Ausweichen als eine
Antwort!

⁸⁹ Fürst Lichnowsky hatte ihm zwei Geigen, eine Bratsche
und ein Cello, Alles von ausgezeichneter Güte, geschenkt, die sich
jetzt auf der Berliner Staatsbibliothek befinden.

⁹⁰ Vgl. oben Anm. 86. — Das Quintett Op. 29, das er hier zugleich ankündigt, erschien im December desselben Jahres 1802.
Uebrigens fügt er der Uebersendung dieser Anzeige am 13. Juli
1802 noch folgende Worte hinzu: „Die unnatürliche Wuth,
die man hat, sogar Klaviersachen auf Geigeninstrumente über-
pflanzen zu wollen, Instrumente, die so in allem entgegengesetzt

31*

sind, möchte wohl aufhören können. Ich behaupte fest, nur Mozart konnte sich selbst vom Klavier auf andere Instrumente übersetzen, sowie Haydn auch — und ohne mich an beide grosse Männer anschliessen zu wollen, behaupte ich es von meinen Klaviersonaten auch. Da nicht allein ganze Stellen gänzlich wegbleiben und umgeändert werden müssen, so muss man noch hinzu thun, und hier steckt der missliche Stein des Anstosses, den nun zu überwinden man entweder selbst der Meister sein muss, oder wenigstens dieselbe Gewandtheit und Erfindung haben muss. — Ich habe eine einzige Sonate von mir in ein Quartett für Geigeninstrumente verwandelt, worum man mich so sehr bat, und ich weiss gewiss, das macht mir so leicht nicht ein anderer nach." O. Jahn. Ges. Aufs. S. 304. Die übersetzte Sonate hat sich bis jetzt nicht gefunden.

⁹¹ S. Br. Beeth. Nr. 31, 33. Nottebohm, Skizzenbuch S. 43. Tomaschek Selbstbiogr. Libussa 1845 S. 391 sagt, das Répertoire des Clavecinistes, in dem die Sonate erschien, habe als ein Ehrendenkmal für Clementi gelten sollen, den Nägeli für den Schöpfer der neuern Klaviermusik halte. Clementi war gerade damals in der Schweiz gewesen.

⁹² Thayer, Chron. Verz. Nr. 98 weist das Datum und den Adressaten aus einem in seinem Besitze befindlichen andern Autograph Beethoven's nach, wodurch sich meine Muthmassungen Br. Beeth. Nr. 112 berichtigen. Die Schlussworte dort: „Wann können wir zum Walter gehn" etc. — dies sei hier zugleich bemerkt, beziehen sich wohl auf die Beschaffung eines Fortepianos. Das Jahrb. der Tonk. von 1796 S. 97 sagt: „Derjenige Künstler, der sich bisher am berühmtesten gemacht hat und der gleichsam der erste Schöpfer dieses Instruments bei uns ist, ist Hr. Walter, wohnhaft an der Wien im Fokaneti'schen Hause." Folgt eine Beschreibung der Vorzüge und Mängel seiner Instrumente, die vor allem den Virtuosen empfohlen werden und deren besondere Art bis ins Detail hinein an die Eigenthümlichkeiten der Sonaten Op. 47, 53 und 54 erinnert. Vgl. übrigens auch Haydn's Urtheile über Walter Musikerbriefe S. 83, 123. In späterer Zeit zog Beethoven jedoch Schanz (vgl. Musikerbr. S. 101), Stein und Streicher vor, die eben den Klavierbau sehr vervollkommnet hatten. Wir werden davon noch hören.

⁹³ A. M. Z. Nr. 29 und 44 — Uebrigens war schon der Prometheus in einem ausführlichen Briefe vom 17. April 1801 im Journal des Luxus und der Moden XVI, 303 f. besprochen worden, der jedoch mehr vom Stoff des Ballets als von der Musik handelt.

⁹⁴ Thayer, Chr. Verz. Nr. 111. — Das Finale war als zu Op. 30 Nr. 1 bestimmt bereits fertig und lag daher sehr schön abgeschrieben vor. Weg. 83.

⁹⁵ Ries erzählt Not. S. 119: „Beethoven hat in Wien noch

Unterricht auf der Violine bei Krumpholz genommen, und im Anfang, als ich da war, haben wir noch manchmal seine Sonaten mit Violine gespielt. Das war aber wirklich eine schreckliche Musik, denn in seinem begeisterten Eifer hörte er nicht, wenn er eine Passage falsch in die Applicatur einsetzte" Das Autograph von Op. 53 besitzt Joh. Kaffka in Wien. Die „Introduzione Adagio molto", 3½ Seiten lang, ist mit ganz anderer Tinte geschrieben. [96] S. ob. S. 112. Es handelt sich hier nur um die endgültige Gestaltung des Werkes. Skizzen und ausgedehnte Vorarbeiten aus den vorhergehenden Jahren lagen gewiss in Menge dazu vor. Einige derselben zum zweiten Satze sind A. M. Z. Neue Folge 1864 mitgetheilt. — Aus den ersten Worten des Billets Br. Beeth. 28: „dass ich da bin", das heisst nach norddeutschem Sprachgebrauch: dass ich zurückgekehrt bin, könnte man auf eine Reise dieses Sommers 1803 schliessen. Ich habe nichs darüber ermitteln können. — In dieser Zeit muss auch das Arrangement der Prometheusmusik für Streichquartett gemacht sein, das Artaria und Comp. in der Wiener Zeitg. vom 7. Jan. 1804 anzeigt. Ob von Beethoven selbst, erfahren wir nicht. Doch liegt ein Brief des Bruders Karl an einen Violinisten Bösinger vor, den eben Herr Artaria besitzt und der fast vermuthen lässt, dass jener bei der Arbeit des Arrangirens betheiligt gewesen. Derselbe lautet: „Liebster Freund, ich danke Ihm recht sehr für Seine Nachricht, aber mache Er nur, was Er will, mit dem Ballet, und wenn Er einen Anstand hat, so komme Er nur zu uns auf die Wieden oder zu mir. Sein wahrer Freund K. v. Beethoven. A Monsieur Monsieur Bösinger au L'ange." Auch die Ouverture des Ballets erschien damals und zwar in Partitur bei Hofmeister und Kühnel, der dieselbe am 17. Dec. 1803 im Intelligenzblatt der Zeitung für die elegante Welt angezeigt. Ob dahinter ebenfalls Bruder Karl steckte?

[97] Beethoven betrachtete Napoleon nicht blos als einen Ruhmesgenossen, sondern gewissermassen als einen Rivalen. Wenigstens deutet eine weiter unten (Anm. 104) zu erwähnende kleine Begebenheit diese seine Stimmung dem Helden der Zeit gegenüber in unverkennbarer Weise an.

[98] Weg. S. 78. Thayer. Chr. Verz. Nr. 115.

[99] Weg. S. 112, 132. Seyfried, Studien Anh. S. 7. Dass Beethoven gerade in jenen Novembertagen besonders lebhaft wieder an die trübe Zeit des Frühlings 1802 erinnert ward, an „jene Perioden im menschlichen Leben, die überstanden sein wollen", wird auch dem Umstand zuzuschreiben sein, dass eben damals, am 3. Nov. 1803, Giulietta ihren „Amant", den Grafen Gallenberg, geheirathet hatte. Wie tief muss sich eben durch dieses erneuerte Aufwallen des Schmerzes, den ihm Untreue der Geliebten bereitet, das Jdeal weiblicher Liebe und Treue in die Seele geprägt haben, und mit welcher innersten Theilnahme

des Herzens muss er daran gegangen sein, Leonorens Leid und
Freude in Tönen auszumalen! Und jetzt begreift man leicht, wie
gerade in diese ersten Fidelio-Skizzen ein Werk wie die Appassionata Op. 57 hineingerieth! Aber auch das kräftig aus dem
Innern hervorbrechende Bewusstsein der Unvergänglichkeit seines
Schaffens erklärt sich aus diesem Zustande erneuerter Erregung
seiner gesammten Seelen- und Phantasiekräfte sehr wohl. — In
Schulz' Autographenkatalog von 1862 ist angezeigt: „Beethoven
an Rochlitz. Wien 4. Jan. 1804. 3 Seiten mit Portrait. Höchst
interessant! 15 Thlr." Wo sich dieser Brief jetzt befindet, wusste
man mir nicht mehr anzugeben. In diesen Winter 1803 auf
1804 gehört ferner die später mitzutheilende Begegnung mit Clementi, der im Jan. 1804 von Prag nach Wien kam. Weg. 101.
Tomaschek, a. a. O. S. 303. Auch Abt Vogler war damals in Wien und zwar mit C. Maria von Weber und Gänsbacher. Vgl. Musikerbriefe S. 293. Er führte am 22. Dec. 1803
für die Societät der Tonkünstlerwittwen seine Oper „Kastor und
Pollux" auf und componirte für das Wiedner Theater „Samori".
— A. G. Meissner, Professor der Aesthetik in Prag, stand
damals „in der schönsten Blüte seines Skizzenruhms". Tiedge's
Selbstbiogr. herausgeg. von Falkenstein (Leipzig 1841), I, 272.

[100] S. Wegeler, Nachtr. S. 10; Not. S. 132. Auch Seyfried, Stud. Anh. S. 7 erzählt gerade von diesen Tagen: „Und
wenn ich den Meister der Töne als einen Stern erster Grösse am
musikalischen Horizonte lange schon verehrte, so musste ich das
engelreine Gemüth, den seelenguten, kindlich offenherzigen, mit
Theilnahme und Wohlwollen Alles umfassenden Menschen stünd-
lich nur noch lieber gewinnen." Es war ja die philanthropi-
sche Stimmung dieser ganzen Zeit besonders eigen.

[101] Schindler I, 138 setzt dieselbe zwar ins Jahr 1806 und
lässt sie bei Brunswick geschrieben sein, allein wir werden den
nähern Zusammenhang und das Richtige der Sache später vernehmen. Sollte nicht auch das 1805 erschienene Lied Tiedge's
„An die Hoffnung" in diese Zeit des unbeschreiblichen und
schrecklichen Eindrucks fallen, den die Abnahme des Gehörs
auf ihn gemacht?

[102] Wir werden später Gelegenheit haben, auf die allgemeine
geistige Bedeutung dieses Werkes zurückzukommen

[103] Uebrigens erzählt Schindler I, 79 das Gleiche schon von
dem ersten Accord der Prometheus-Ouverture und nennt dabei
ausdrücklich Preindl, Dionys Weber und Abt Stadler
(vgl. ebend. II, 169) als unversöhnliche Feinde der Beethoven'-
schen Neuerungen.

[104] Schindler I, 108. Uebrigens war damals nicht, wie
Schindler meint, Bernadotte französischer Gesandter in Wien,
sondern Champagny. Gothaischer Hofkal. 1803, 1804, 1805.
Die Abstimmungen für die erbliche Kaiserwürde Bonaparte's waren

bekanntlich bereits am 2. und 3. Mai 1804 erfolgt und der
Senatsbeschluss am 18. Mai 1804, sodass Napoleon also schon
lange Kaiser war, ehe im December die wirkliche Krönung geschah, und von dem Bericht dieser spricht offenbar Ries. Hierher gehört nun auch die nach mancher Seite hin interessante Anekdote, die Aloys Fuchs nach Mittheilung von „achtbarer Hand
eines Zeitgenossen" in der Wiener A. M. Z. 1846 Nr. 39 erzählt.
„Nach der Schlacht von Jena begegnete B. seinem Freund Krumpholz, dem er sehr gewogen war [s. ob. S. 183], und fragte ihn wie
gewöhnlich: »Was gibts Neues?« Krumpholz erwiderte: »Das
Neueste ist die eben angelangte Nachricht, dass der grosse Held
Napoleon abermals einen vollständigen Sieg über die Preussen
erfochten hat« Ganz ergrimmt bemerkte B. hierauf: »Schade,
dass ich die Kriegskunst nicht so verstehe wie die Tonkunst, ich
würde ihn doch besiegen!«" Vgl. Anm. 97.

 A. M. Z. VII, 321. Br. Beeth. Nr. 20. Da Ponte's Me-
moiren (Gotha 1861) S. 147.

 Man erinnere sich aus dem ersten Theile unsers Wer-
kes, wie Beethoven theils in der „Comödienprob", in der er seinen Lehrer Neefe vertrat, theils als Bratschist im Theaterorche-
ster die sämmtlichen hervorragenden Operndichtungen der
Zeit auf das genaueste hatte kennen lernen. Auch hatte ja
schon Ende 1792 Haydn nach Bonn geschrieben, „er würde ihm
grosse Opern aufgeben" (vgl. ob. S. 28), welche Bemerkung deutlich genug auf den an sich begreiflichen Wunsch der dramatischen Composition bei dem jungen Künstler hinweist. Und was
hatte er seitdem nicht Alles in Wien zu sehen Gelegenheit gehabt! Aber konnte er Salieri, Cimarosa, Weigl und gar
die geringern Compositeurs, die damals die Wiener Theater mit
ihren Werken erfüllten, einen Henneberg und Süssmayr,
Wenzel Müller, Datillieu, Umlauf, Schenk, Wra-
nizky, Wölffl, Paer, Winter u a. als sich ebenbürtig anerkennen? Einzig Mozart unter den ältern Componisten konnte
ihn zur Nacheiferung reizen, und man weiss, wie Schikaneder
durch die Zauberflöte, die bald mehrere hundert Aufführungen erlebt hatte, sein elendes Bretertheater wie seine Finanzen in
Schwung brachte. „Allzeit habe ich mich zu den grössten Verehrern Mozart's gerechnet und werde es bis zum letzten Lebens-
hauch", schreibt Beethoven noch 1826 an Stadler. Dennoch berichtet Tomaschek, a. a. O. S. 374, Beethoven habe bei seinem
Aufenthalt in Prag 1798, von einer Dame gefragt, ob er Mozart's
Opern öfters besuche, zur Antwort gegeben, er kenne sie nicht und
höre auch nicht gern fremde Musik, da er seine Originalität nicht
einbüssen wolle. Das mag jedoch Ausrede gewesen sein oder
augenblickliche Stimmung, denn in seinem Nachlass finden sich
fremde Partituren genug verzeichnet, wie z. B. die „Zauberflöte", Cherubini's „Faniska", Paer's „Leonore" etc. Die

488

Hauptsache aber ist, was Seyfried, Studien Anh. S. 17 erzählt: „Als B. noch nicht mit seinem organischen Gebrechen behaftet war, besuchte er gern und wiederholt Opernvorstellungen, besonders jene in dem damals so herrlich florirenden Theater an der Wien, mitunter wohl auch der lieben Bequemlichkeit zu Nutz und Frommen, da er gewissermassen nur den Fuss aus seiner Stube und ins Parterre hinein zu setzen brauchte. Dort fesselten ihn vorzugsweise Cherubini's und Méhul's Schöpfungen, die in selber Epoche gerade anfingen ganz Wien zu enthusiasmiren Da pflanzte er sich denn hart hinter die Orchesterlehne und hielt stumm wie ein Oelgötze bis zum letzten Bogenstrich aus. Dies war aber auch das einzige Merkmal, dass ihm das Kunstwerk ein Interesse einflösste; wenn es ihn im Gegentheil nicht ansprach, dann machte er schon nach dem ersten Actschlusse rechtsum und trollte sich fort." Beethoven's Urtheil über die „Zauberflöte" lautete nach Seyfried S. 21, es sei Mozart's grösstes Werk, denn hier erst zeige er sich als deutscher Meister, und Schindler II, 164 f., 322 erklärt, Beethoven habe diese Oper deshalb so hoch gehalten, weil fast jede Gattung der Musik vom Liede bis zum Choral und der Fuge darin vorkomme, welches Lob gewiss nur der allseitigen Productivität und ausserordentlichen dramatischen Gestaltungskraft Mozart's gelten konnte.

107 A. M. Z. 1803, 1804, 1805. Berichte aus Wien. — Privatmittheilungen von Dr. Leop. Sonnleithner in Wien. — Nach dem Journal des Luxus etc. Jan. 1803 wird Cherubini in Wien „vergöttert"; „Lodoiska" und „Wasserträger" werden aufgeführt und „die himmlische Erscheinung Medea". Br. Beeth. Nr. 250. Auch in einem bisher ungedruckten Briefe an den jetzigen Hofkapellmeister Schlösser vom 6. Mai 1823 sagt Beethoven: „Cherubini sagen Sie alles erdenkliche Schöne, dass ich nichts so sehnlich wünsche, als dass wir bald wieder eine neue Oper von ihm erhielten, dass ich übrigens für ihn vor allen unsern Zeitgenossen die höchste Achtung habe." — C. M. von Weber (Leipz. 1865) II, 511.

108 Ueber Braun s. Journ. des Luxus etc. 1796: „Geschichte des k. k. Nationaltheaters unter der Direction des Freiherrn von Braun." Lange, Selbstbiogr. S. 176, 226. (Goethe's „Iphigenia" erlebte freilich damals nur drei Vorstellungen.) Reichardt, Vertr. Br. II, 122 f., wo nicht viel Gutes über diese Direction gesagt wird. Ueber Crescentini s. Karoline Pichler. Denkw. II, 76. Ueber Vigano heisst es ebend I, 205 f.: „Die Natur wurde aufs treueste nachgeahmt. Fleischfarbene Tricots umhüllten Arme und Beine, die Tänzer und Tänzerinnen waren kaum bekleidet, ja in dem sogenannten rosenfarben Pas de deux hatte Mad. Vigano über den Tricot, der ihren ganzen Leib umgab, nichts an als drei bis vier flatternde Röckchen von Krepp, immer eins kürzer wie das andere und alle zusammen mit einem Gürtel von

dunkelbraunem Band um die Mitte des Leibes festgebunden. Eigentlich war also dieses Band das einzige Kleidungsstück, das sie bedeckte, denn der Krepp verhüllte nichts, im Tanze flogen auch oft noch diese Röckchen oder eigentlich Falbulas hoch empor und liessen dem Publikum den ganzen Körper der Tänzerin in fleischfarbenem Tricot, der die Haut nachahmte, also scheinbar ganz entblösst sehen. Mir kam das empörend frech vor, dennoch musste ich gestehen, dass die Bewegungen dieser Künstlerin hinreissend anmuthig, ihr Mienenspiel voll Ausdruck (sie war noch überdies sehr hübsch), ihre Pantomimen meisterhaft waren. Die Sensation, welche diese Frau und die Ballete, welche ihr Mann aufführte, hier machten, war ungeheuer." Und nun begreift man völlig, warum „die Geschöpfe des Prometheus", also die Erschaffung des Menschen der Gegenstand waren, wozu Beethoven seine erste, wenigstens halb dramatische Musik zu schreiben hatte. — Ueber Schikaneder s. Castelli, Memoiren (Wien 1861) I. 229 ff. A. M. Z. VI, 762; VII. 41. Gyrowetz. Selbstbiogr. S. 93 erzählt, seiner Oper „Robert oder die Prüfung" habe Beethoven den grössten Beifall ertheilt und jeder Vorstellung davon beigewohnt.

[109] Auch bei dem Abt Vogler, der damals überall mit seinen Charlatanerien und wunderbaren Concertzetteln doch wenigstens die Leute aufzuregen und für Musik zu interessiren wusste, hatte Braun eine Oper (Samori) bestellt (s. ob. Anm. 99), die, am 18. Mai 1804 mit ungemeiner Pracht gegeben, für ein imposantes Werk erklärt wurde und gefiel, jedoch ohne dass er selbst seine Rechnung dabei fand. Tomaschek, a. a. O. S. 388 t. C. M. v. Weber's Leben I. 85.

[110] Nach Treitschke's Behauptung (Orpheus 1841 S. 258) hat Sonnleithner die Wahl des Stoffs getroffen. Ein vollständiges Textbuch des „Fidelio" hat 1864 G. Nottebohm nach den Originalquellen bei Breitkopf und Härtel herausgegeben. Der Stoff scheint übrigens sehr beliebt gewesen zu sein; auch Paer hat 1804 für Dresden eine „Leonore" componirt, also noch während Beethoven an dem Werke schrieb. Ob er den Stoff ebenfalls schon aus Wien mitgenommen? Paer, 1771 in Parma geboren, hatte für Wien mehrere Opern geschrieben und war 1798 dort Componist beim Nationaltheater und bald sehr beliebt geworden. Nach Ries, Not. S. 80 soll sogar Beethoven zur Composition seines Trauermarsches in der As-dur-Sonate Op. 26 durch die grossen Lobsprüche angeregt worden sein, womit der Trauermarsch in Paer's „Achilles" (zum ersten Mal gegeben am 6. Juni 1801) von Beethoven's Freunden aufgenommen wurde. Uebrigens konnte, selbst wenn Beethoven bei Composition des „Fidelio" von Paer's gleicher Absicht wusste, abgesehen von bereits erlangtem bedeutendem Ruhme, ein Paer im Grunde ebenso wenig wie der noch unbedeutendere Gaveaux mit seinen Operettchen ein

wirklicher Rivale für Beethoven sein. — Noch ist zu bemerken, dass die mannichfach unrichtigen Angaben Treitschke's (Orpheus 1841) in Betreff des „Fidelio" sich nach unserer Darstellung von selbst berichtigen.

[111] „Leonore oder Fidelio", A. M. Z. 1863 S. 385. Dort ist die Streitfrage völlig gelöst, ob Beethoven die Oper ursprünglich Leonore genannt wissen wollte oder Fidelio. Leonore war ihm damals der einzig entsprechende Titel, doch werden wir hören, dass er ihn nicht hat durchsetzen können. Und dass ihm der wirkliche Name des heldentreuen Weibes gleich ihrem eigentlichen Wesen mehr ans Herz gewachsen war als ihr Scheinname Fidelio, werden wir jetzt um so begreiflicher finden, wo wir wissen, dass der Beginn der Composition in einen Zeitpunkt fällt, wo er an die Untreue, die er selbst erlebt, doppelt schmerzlich erinnert ward. Vgl. ob. Anm. 90.

[112] Aehnliche Betrachtungen stellte von je der Kunstverständige auch bei Stücken wie „Götz", „Egmont", „Faust" u. a. an, und wer wollte sich um solcher ästhetischen Skrupel willen den ausserordentlichen Lebens- und Gedankengehalt dieser Werke entgehen lassen, die ebenfalls so recht aus dem Herzen ihrer Schöpfer geflossen sind! Allein die Kunst hat ihre eigenen Gesetze, und um ihrer Fortentwicklung willen geschieht es und ist es allerdings unumgänglich, auf diese ewigen Grundlagen des künstlerischen Schaffens, des wahrhaft Schönen stets von neuem aufmerksam zu machen. Wir werden daher an geeigneter Stelle auf diesen zumal heute so wichtigen und so viel erörterten Fragepunkt zurückzukommen haben.

[113] Weg S. 79. — A. M. Z. Berichte aus Wien 1804, 1805. Ueber Ramm, den der Bericht vom 16. Dec. 1804 fälschlich Damm nennt. s. Mozart's Briefe (Salzburg 1865.)

[114] A. M. Z. VII. 535. Berichte vom 16. April 1804, März, April etc. 1805. Fétis, Biogr. univ. Art. Bigot: „Marie, née Kiéné, 3. März 1786 à Colmar. En 1804 elle épousa M. Bigot qui la conduisa à Vienne. Là elle vit Haydn et se lia avec Beethoven et Salieri. Le commerce de ces grands artistes électrisa son âme de feu et donna du développement à ses idées. Un mot indifférent en apparence était pour elle une source de réflexions et l'occasion de nouveaux progrès. Elle était à peine dans sa vingtiéme an" etc.

[115] Das Gedicht Breuning's. mitgeth. bei Weg. S. 65, im Ganzen mehr wohlgemeint als poetisch, enthält im Eingang auch einige Worte, die zeigen, dass eine Operncomposition längst Beethoven's Wunsch war: „Sei uns gegrüsst auf einer grössern Bahn, worauf der Kenner Stimme laut dich rief, da Schüchternheit zu lang zurück dich hielt!"

[116] A. M. Z. 1863 S. 399. Das vorher angeführte Wort Beethoven's hat nur die Bezeichnung „2. Juni"; es kann aber

nur aus dem Jahr 1804 stammen, weil es neben den Skizzen zum zweiten Finale steht, mit denen Beethoven die Arbeit an der Oper begann. Vgl. ob. S. 210.

[117] Schindler, Biogr. S. 135. Vgl. übrigens auch. was Reichardt, Vertr. Briefe I. 155 u. a. über die Milder sagt: ebenso Briefwechsel zwischen Goethe und Zelter (1812) II. 25: „Stimme, Gestalt und Wesen dieser jungen Frau sind von einer solchen Freiheit, Macht und Anmuth, wie es seit lange nicht ist vernommen worden. Man tadelt ihren Gesang als unkünstlich und dergleichen, doch finde ich vieles zu loben, z. B. Wärme, Weichheit, Zusammenhang, Sicherheit; wenigstens habe ich niemals Leidenschaft mit solcher Moderation und entscheidender Wirkung darstellen sehen." Doch bemerke ich hier ausdrücklich, dass die vollständigen Nachrichten über das Personal, für welches „Fidelio" ursprünglich geschrieben ist, erst dort gegeben werden können, wo von dem Werke selbst nach seiner künstlerischen Bedeutung die Rede ist.

[118] Das Alles erzählt in den Worten des Textes Schindler, Biogr. I. 132. Ueber Demmer sagt Einiges Castelli, Memoiren, I. 244. Er war früher berühmt gewesen, aber jetzt alt und stimmlos. — Mit Sebastian Meier übrigens stand Beethoven in naher persönlicher Verbindung, die sogar zur Duzbrüderschaft stieg. Dies begreift sich aus Castelli's Mittheilungen über denselben, die aber vielleicht etwas gar zu freundschaftlich sind. Er schreibt Memoiren I. 239: „Dieser Mann war als Sänger (Bass) nicht sehr bedeutend, aber ein wackerer Schauspieler und als Opernregisseur ein ganz ausgezeichneter Schützer und Verbreiter des wahrhaft Guten und Schönen. Niemand hat in Wien für die Verbesserung der Opernmusik und daher auch für die Verbesserung des Geschmacks in musikalischer Hinsicht so Bedeutendes gewirkt als er. Mit tiefen musikalischen Kenntnissen ausgestattet [?], war es weniger die Pflicht, die ihm als Regisseur oblag, sondern mehr seine Liebe für die Kunst, dass er im Theater an der Wien eine Oper zu Stande brachte, die nicht nur mit der Hofoper wetteifern konnte, sondern diese bei weitem übertraf. Er war es, welcher die bessern französischen Opern verschrieb, sie übersetzen liess und dann mit grosser Sorgfalt in Scene setzte. Cherubini, Catel, Dalayrac, Méhul, Boieldieu, Isouard wurden durch ihn zuerst den Wienern bekannt und bei ihnen beliebt. Wer Lodoiska, Semiramis, den Bernhardsberg, den Thurm von Gothenburg, Johann von Paris, Aschenbrödel, die beiden Füchse, Johanna, die vornehmen Wirthe u. s. w. auf dieser Bühne gesehen hat, wo sie unter Meier's Leitung ebenso gut gesungen als gespielt wurden, der wird das Vergnügen, welches sie ihm gewährten, nie vergessen; ja Meier wusste den Geschmack so zu fesseln, dass selbst kleine Operetten wie der Schatzgräber, Pächter Robert etc. dieses grosse Schauspielhaus zehn- bis zwan-

zigmal fullten. Dabei unterstützten ihn die beiden Brüder Seyfried ganz ausserordentlich. Joseph von Seyfried war ein schneller und glücklicher Uebersetzer und Jgnaz von Seyfried einer
der tüchtigsten Kapellmeister. Ich war mehrere Jahre täglich abends nach dem Theater bei Meier und lernte diesen
Mann ganz kennen; so kam es, dass das Theater an der
Wien zu jener Zeit das beliebteste Theater in Wien war.
Noch in seinem Alter, wo er als Opernsänger nicht mehr wirken
konnte, verliess ihn seine Leidenschaft für gute Musik nicht, er
sang bei Oratorien und in Kirchen im Chor mit und ich habe
öfters bei ausdrucksvollen Stellen Freudenthränen über seine ge-
furchten Wangen laufen gesehen." — Von Caché, für den
der Jacquino geschrieben, sagt Castelli I. 243, er sei ein guter
Schauspieler gewesen, der sich aber mitunter auch in der Oper
verwenden lassen musste, weil Regisseur Meier recht gut wusste,
dass in der komischen Oper ein gutes Spiel oft besser wirke als
eine gute Stimme; es musste ihm aber, bevor man ihn zu einer
Probe zuliess, seine Singpartie gewöhnlich erst eingegeigt
werden! Doch habe er komische Bedienten mit Auszeichnung
gespielt. Da begreift man manches sowohl in der Composition der Oper wie von Beethoven's Aerger. Besser ging es
ihm mit Frl. Müller (Marzelline). Sie war, wie Castelli
I. 245 sagt, „eine gar liebliche Schauspielerin und brave
Sängerin, besonders im heitern Fache; ihre Soubrettenrollen
wusste sie mit einer Decenz auszustatten, dass sie Alles für sich
einnahm."

[119] Das Billet ist mitgetheilt von O. Jahn in der A. M. Z.
vom 3. Juni 1863.

[120] Br. Beeth. Nr. 40. Dabei sei denn zugleich bemerkt,
dass die oben Seite 181 genannte Fürstin L......., die
sich so besonders für Ries interessirte, ohne Zweifel auch die Fürstin Liechtenstein ist und nicht, wie Marx (L. van Beethoven
I. 118, meint, die Fürstin Lichnowsky. Nach den Vertr. Briefen
aus Wien (Görlitz 1793) S. 88 schätzte man die jährlichen
Einkünfte des regierenden Fürsten Liechtenstein auf 90000
Gulden.

[121] Es ist die als Nr. 2 bekannte Ouverture, von der Schindler, Biogr. I. 129 erzählt, dass Beethoven kurz vor seinem Able-
ben sie sammt allen vorhandenen Theilen der Oper mit dem aus-
drücklichen Wunsch ihm übergeben habe, Alles an einem
sichern Orte aufzubewahren. Diese Manuscripte befinden sich
seit 1845 auf der Berliner Bibliothek. Die allererste Fidelio-
Ouverture hatte nur eine Probe mit kleinem Orchester bei Lichnowsky erlebt.

[122] Offenbar Druckfehler für E-dur. Wegen des obligaten
Fagotts wurde die Arie sogar als mit vier Hörnern begleitet
angezeigt. Vgl. A. M. Z. Juli 1814.

[123] Die Zeitung für die elegante Welt 1806. 4. Jan.. 4 Mai enthält ebenfalls Berichte über die Aufführungen der Oper, die später folgen werden. Von der allgemeinen Verwirrung beim Einrücken der Franzosen gibt übrigens auch K. Pichler, Denkw. II. 74 f. ein anschauliches Bild.

[124] Weg. S. 103 f. Nach Schindler I, 106 lebte Röckel, der seinen Part in der eigenen Handschrift Beethoven's besitzt, noch im Jahre 1860 in Bath in England.

[125] O. Jahn hat im Jahre 1852 bei Breitkopf und Härtel einen „vollständigen Klavierauszug der zweiten Bearbeitung mit den Abweichungen der ersten" herausgegeben.

[126] Mitgeth. von Jahn A. M. Z. 1863 S. 401.

[127] Br. Beeth. Nr. 41. Schindler I, 128 Anm. Was übrigens Beethoven's Orchesterleitung von damals anbetrifft, so berichtet Seyfried, Stud. Anh. S. 18: „Unser B. gehörte schlechterdings nicht zu den eigensinnigen Componisten, denen kein Orchester in der Welt etwas zu Dank machen kann; ja zuweilen war er gar zu nachsichtsvoll und liess nicht einmal Stellen, die bei den Vorproben verunglückten, wiederholen. »Das nächste Mal wird's schon gehen!« meinte er. Bezüglich des Ausdrucks, der kleinern Nuancen, der ebenmässigen Vertheilung von Licht und Schatten sowie eines wirksamen Tempo rubato hielt er auf grosse Genauigkeit und besprach sich, ohne Unwillen zu verrathen, gern einzeln mit jedem darüber. Wenn er nun aber gewahrte, wie die Musiker in seine Ideen eingingen, mit wachsendem Feuer zusammenspielten, von dem magischen Zauber seiner Compositionen ergriffen, hingerissen, begeistert wurden, dann verklärte freudig sich sein Antlitz, aus allen Zügen strahlte Vergnügen und Zufriedenheit, ein wohlgefälliges Lächeln umspielte seine Lippen und ein donnerndes »Bravi tutti!« belohnte die gelungene Kunstleistung. Es war des hehren Genies erster und schönster Triumphmoment, gegen welchen, wie er unumwunden gestand, selbst der Beifallssturm eines grossen empfänglichen Publikums im Schatten stand." Es scheint aber nicht, als wenn bei dieser zweitmaligen Aufführung das Orchester besonders willig seiner Leitung gefolgt wäre. Uebrigens war auch Cherubini mit den Wiener Orchestern durchaus nicht ganz zufrieden gewesen. „Was hilft es, wenn die Mitglieder viel können, wenn sie nicht wollen?" hatte er gesagt: „was nutzt grosse mechanische Geschicklichkeit in der Kunst, wenn immerwährende persönliche Rücksichten oder Bequemlichkeit oder Gleichgültigkeit der Meister (wenigstens der Entscheidenden) es so höchst schwierig, oft unmöglich machen, sie zur Verläugnung der Privatinteressen über dem Vortheil des Ganzen, sie zu einem höhern, reinern Zwecke zu vereinigen und zu begeistern!" (A. M. Z. 1807 S. 263.)

[128] A. M. Z. 1863 S. 381. f. Weg. S. 65: Die erste Strophe lautet:

Noch einmal sei gegrüsst auf dieser Bahn,
Die du betratst in bangen Schreckenstagen,
Wo trübe Wirklichkeit von süssem Wahn
Die Zauberbinde riss und furchtbar Zagen
Nun all' ergriff, wie wann den schwachen Kahn
Des wilden Sturms gewalt'ge Wellen schlagen ;
Die Kunst floh schnell vor rohen Kriegesscenen,
Vor Rührung nicht, aus Jammer flossen Thränen.

[129] Franz Xaver Kleinheinz, 1772 zu Mindelheim in Schwaben geboren, fertiger Klavierspieler und geistreicher Tonsetzer. Theaterkapellmeister in Brünn und Pesth, schrieb zwei Oratorien, zwei Messen, drei Opern etc., wovon Einzelnes durch den Druck zur Publicität gelangte. Universallexikon der Tonkunst. Dem in der vormozartischen und sogar vorgluckischen Schule erzogenen Italiener Salieri mochte es allerdings bei seinem blos formellen Schönheitssinne sonderbar genug vorkommen, wenn ein deutscher Componist mit seinem sichern Gefühle für den tiefern Zusammenhang geistiger Dinge jene alltäglichen Redensarten und nichtssagenden Mittelglieder wegliess, womit die sogenannte dramatische Musik damals wie leider noch jetzt meist zu einem platten Geschwätz statt zu einer kraftvollen Aeusserung unseres innersten Lebens gemacht wird. Und das mochte er wohl merken, dass so etwas, wie Beethoven in dieser Oper aussprach, in seinem Unterricht am allerwenigsten gelernt worden war. Gleiche Urtheile übrigens kann man heute von den allbekannten Vertretern der sogenannten Kapellmeistermusik und ihren Anbetern über R. Wagner's Opern hören. Darum ist die Geschichte der ersten Aufführungen des „Fidelio" doppelt lehrreich und interessant.

[130] Orpheus 1841 S. 267. Für Prag, sagt Seyfried Stud. Anh. S. 8, habe Beethoven eine neue, minder schwierige Ouverture entworfen, die Haslinger nach Beethoven's Tode herausgegeben habe. Es ist dies die als Op. 138 erschienene obenerwähnte Nr. 1, von der auch das Journal des Luxus etc. 1807 berichtet, sie sei eine neue.

[132] Cherubini's Aeusserung s. Schindler I. 135. Seyfried (Stud. Anh. S. 24) liess sich von Griesinger folgende Aeusserungen Beethoven's vom Jahre 1823 oder 1824 erzählen: „Mein Fidelio ist vom Publikum nicht verstanden worden, aber ich weiss es, man wird ihn noch schätzen; dennoch, obgleich ich recht gut weiss, was mein Fidelio werth ist, so weiss ich doch ebenso klar, dass die Symphonie mein eigentliches Element ist. Wenn es in mir klingt, höre ich immer das volle Orchester; Instrumentalisten kann ich alles zumuthen, bei der Gesangscomposition muss ich mich stets fragen: „Lässt sich das singen?"

[133] Und doch schrieb Beethoven gerade damals, am 11. Mai 1806, an seinen Freund Graf B r u n s w i c k in Pesth, der ihn mit Ungarwein zu versorgen pflegte, einen „sehr vergnügten" Brief, der mir bisher nicht zu Gesichte gekommen, aus dem aber die Grenzboten 1859, I, 2, 237 die Worte mittheilen: „So oft wir (mehrere amici) deinen Wein trinken, betrinken wir dich, d. h. wir trinken deine Gesundheit." Allein abgesehen davon, dass der Sinn für Scherz eine angeborene Anlage des Meisters war, ist nicht gerade die stets bereite Neigung zum Humor erst recht ein Zeichen jenes innern Ernstes, den des Lebens Prüfungen im Menschen bereiten? Wir werden bald noch sprechendere Beweise davon in Beethoven's eigenen Schöpfungen vernehmen. Wegen des Liedes selber s. Weg. Nachtr. S. 28. Den Text übersetzte Breuning im Mai 1806. Es erschien zuerst als Beilage zur Leipziger A. M. Z. vom 22. Nov. 1809 unter dem Titel: „Als die Geliebte sich trennen wollte von Ludwig van Beethoven", und hat dort einige Verbesserungen, besonders einen ausgedehntern charakteristischen Schluss, die das aus den Familienpapieren Breuning's entnommene, von Simrock einzeln herausgegebene und auch den „Nachträgern" beigegebene Lied nicht hat.

[134] Schindler I, 136. Man darf aber dabei nicht vergessen, dass Beethoven damals noch fortwährend für seinen Bruder K a r l mitzusorgen hatte, ja dieser schaffte sich gerade in jenen Tagen obendrein eine Frau an. Nach Beethoven's eigenhändigen Notaten in Schindler's Beeth. Nachl. Nr. 18 datirt der Heirathscontract des Bruders vom 25. Mai 1806. Die „Jungfer" brachte zwar 2000 Gulden mit, allein sie war eine sehr schlechte Wirthschafterin, und da der Mann erst im Jahre 1810 die erledigte Liquidationsadjunctenstelle, NB. mit Erlegung einer Dienstcaution von 1000 Gulden, erhielt und erst 1812 die Kassirerstelle, so kann man sich denken, was Beethoven für seinen „unglücklichen Bruder" auszugeben hatte, und dass es nicht übertrieben ist, wenn er selbst im Jahre 1815 die ihm gegebenen Gelder auf 10000 Gulden W. W. schätzt. Und eine solche Summe wollte verdient sein. — Wann Bruder Johann nach Linz gegangen, ist nicht recht ersichtlich. Ob. S. 193 sahen wir, dass er im Sommer 1804 in Wien ist; es kann aber leicht sein, dass bei der nicht grossen Entfernung beider Städte von einander der Herr Apotheker oftmals zum Besuch in der Hauptstadt erschien. Denn Frühling 1807 ist er, wie wir sehen werden, wieder in Wien.

[135] Auch Reichardt, Vertr. Br. 10. Dec. 1808 berichtet, dass Subscriptionsquartette bei Rasumowsky stattfanden. Und dennoch schwankte Beethoven, wie sich aus einem Blatt in Schindler's Beeth. Nachl. Nr. 36 ergibt, bei der Herausgabe des Werkes in der Widmung zwischen Rasumowsky und Fürst Karl Lich-

nowsky. Das Orginalmanuscript des F-dur-Quartetts im Besitze des Herrn P. Mendelssohn in Leipzig ist von Beethoven's Hand überschrieben‡: „Quartetto Imo· La prima parte solamente una volta. Quartetto angefangen am 26. Mai 1806." Gedanken zum Scherzando desselben enthält auch zusammen mit dem Triple-concert etc. das Leonore - Notirbuch im Besitz desselben Herrn. Einundzwanzig Blätter Skizzen der Quartetten besitzt ferner die Gesellschaft der Musikfreunde in Wien; auf eins derselben hat Beethoven mit Bleistift die oben angeführten Worte geschrieben. S. „Leonore oder Fidelio?" A. M. Z. Neue Folge I, 22.

[136] Weg. Nachtr. S. 12.

[137] Letztern Umstand hat Hr. Mortier ebenfalls aus Bigot's Munde gehört. Der Brief selbst war trotz aller Bemühungen bisher nicht zu beschaffen. Vgl. Fétis. Biogr. univ. des mus. Art. Bigot, sowie Reichardt. Vertr. Br. 1, 234. 282, wonach Bigot im Jahre 1808 Bibliothekar des Grafen Rasumowsky war und in dessen Palais am Donaukanal wohnte. Im Herbst dieses Jahres 1806 war es übrigens auch, wo Beethoven zuerst den Antrag erhielt, schottische Lieder zu harmonisiren. Er schreibt an den Verleger Thomson in Edinburg am 1. Nov. 1809: „P. S. Je veux encore satisfaire à votre souhait d'harmonizer des petites airs écossais et j'étend là dessus une proposition plus précise, sachant bien qu'on a donné à Mr. Haydn un argent de la Grande £ Bre-tagne pour chaque air." Mittgeth. bei Thayer. Chr. Verz. S. 100. Es scheint jedoch, als habe er vor dem Jahr 1809 mit der Arbeit nicht begonnen, denn Thomson schreibt am 25 Sept. 1809: „Les 21 premiers de ces airs ont été envoyés il y a près de trois ans, mais j'ignore encore si vous les avez reçu" etc.

[138] Dennoch schrieb Kotzebue's „Freimüthiger" vom 14. Jan. 1808 über das Werk, das im Frühjahr und am 15. Nov. 1807 zur Aufführung kam: „B. hat eine neue Symphonie geschrieben, die höchstens seinen wüthenden Verehrern, und eine Ouverture zu Collin's Coriolan, die allgemein gefallen hat." Die A. M. Z. berichtet 1807 S. 184 und 1808 S. 286, die vierte Symphonie habe im Concert für die Bürgerarmen (15, Nov) nicht besonders ge-fallen, im Liebhaberconcert unter Beethoven's Direction im Jan. 1808 aber „vielen und, wie mich dünkt, verdienten Beifall erhal-ten". Vgl. auch C. M. von Weber's Hinterl. Schr. I, 41. Dieses „Fragment einer musikalischen Reise, die vielleicht erscheinen wird", stand ursprünglich im Cotta'schen Morgenblatt Nr. 309 vom 27. Dec. 1809. Kaum einer von Beethoven's Zeitgenossen hat sich aber mit der Zeit bekanntlich reiner und offener zum Verständniss von des Meisters Genius und seiner Kunst bekehrt als Weber, dem eben selbst auch ein wahrhaft schöpferischer Geist innewohnte. Vgl. Musikerbriefe S. 243 u. a.

[139] Ueber Frau von Breuning vgl. ob. S. 90. Das Violin-

concert selbst ist Steffen v. Breuning gewidmet. — Ueber Fr.
Clement's Violinspiel gibt die A. M. Z. 1805 S. 500 ein ziemlich
eingehendes Urtheil. Clement war seit 1802 Orchesterdirector am
Theater an der Wien, also durch die Fidelio-Aufführungen mit
Beethoven in nähere Berührung gekommen und hatte ihm wohl
manchen Dienst dabei erwiesen. Die A. M. Z. 1807 S. 235 berichtet, dieser beliebte Violinspieler habe das Beethoven'sche Concert
mit seiner gewöhnlichen Eleganz und Zierlichkeit vorgetragen
[140] Reichardt, Vertr. Briefe I, 220 Lange, Selbstbiogr. S.
189, 193. — Die Bekanntschaft Beethoven's mit Shakspeare, von
dem er ja nach eigenem Geständniss manchen Impuls zu seinem
Schaffen empfing, wie z. B. das Adagio des Quartetts Op. 18 1
die Grabesscene aus „Romeo und Julie" darstellen sollte und die
D-moll-Sonate Op. 31 II durch Shakspeare's „Sturm" angeregt
war, diese Bekanntschaft fällt bereits in die Bonner Zeit.
Auch standen ja wenigstens einige Stücke Shakspeare's stets
auf dem Repertoire der Hofburg. Das Nähere darüber wird jedoch
erst später mitzutheilen sein. — Dass Heinrich von Collin den
Shakspeare'schen „Coriolan" nicht gekannt, hat er selbst 1808
gegen Tieck geäussert. Vgl Köpke, Ludwig Tieck I, 82.

[141] Das Billet lautet: „Beinahe beschämt durch Ihr Zuvor-
kommen und Ihre Güte, mir Ihre noch unbekannten schriftstel-
lerischen Schätze im Manuscript mitzutheilen, danke ich Ew.
Wohlgeboren innigst dafür, indem ich beide Singspiele zurück-
stelle. Ueberhäuft in meinem künsterischen Beruf gerade jetzt,
ist es mir unmöglich, mich besonders über das indische Singspiel zu verbreiten. Sobald es meine Zeit zulässt, werde ich
Sie einmal besuchen, um mich über diesen Gegenstand sowohl
als auch über das Oratorium die Sündflut mit Ihnen zu be-
sprechen." Beethoven hatte „einen indischen Chor religiösen
Sinnes" gewünscht. — S. ferner Reichardt, Vert. Br. I, 161 und
Journ. des Luxus und der Moden 1808 S. 706, wo es heisst, Beethoven wolle das Sujet Collin's nun nicht componiren. Mit diesem
so früh gestorbenen liebenswürdigen Dichter stand der Meister
offenbar auch in persönlicher freundschaftlicher Beziehung, wie
schon aus der Widmung der Coriolan-Ouverture an ihn hervorgeht. Karoline Pichler macht Denkw. II, 52 von ihm folgende
anziehende Schilderung: „Ein anspruchsloseres, einfacheres,
herzlicheres Betragen lässt sich bei einem so ausgezeichneten
Talente kaum denken, und mit dieser offenen Herzlichkeit verband sich ein gründlicher Verstand, eine ausgezeichnete Ge-
schäftskenntniss und hohe klassische Bildung." Der Ruf seines
„Regulus" war rasch durch ganz Deutschland geflogen und
hatte bekanntlich auch Goethe zu einer Besprechung des Werkes veranlasst. So ist es begreiflich, dass Beethoven den „höchsten Wunsch" hatte, gerade von Collin einen Text zu erhalten
Auch Professor Schneller von Gratz, den wir schon ob. Anm.

59 erwähnten und von dem wir sogleich das Nähere hören werden, schreibt am 19. März 1807 an Gleichenstein: „Reden Sie gleich mit unserm Freund Beethoven und besonders mit dem würdigen Breuning, ob Beethoven eine komische Oper in Musik zu setzen gedächte. Ich habe sie gelesen, mannichfaltig in der Anlage, schön in der Diction gefunden. Sprechen Sie mit ihm bei einer guten Mahlzeit und einem guten Gläschen Wein." Hinterl. Werke (Stuttgart 1840) I. 241. Und die A. M. Z. hatte bereits im October 1806 von Wien aus den Wunsch gebracht: „Möchten Künstler wie J. Weigl, Eberl, Beethoven u. a. doch ihre Talente häufiger dem dramatischen Fache widmen!"

[142] A. M. Z. 1807 S. 335. Lange, Selbstbiogr. S. 190. Die A. M. Z. lässt sich im Oct. 1806 von einer käuflichen Uebernahme des Theaters durch Esterhazy, Liechtenstein etc. berichten.

[143] Das Kunst- und Industrie-Comptoir in Wien war kurz vorher, im Jahre 1804, von dem unter dem Namen C. A. West bekannten dramatischen Dichter und Uebersetzer Joseph Schreyvogel gegründet worden, und bereits im Jahre 1807 lässt sich die A. M. Z. berichten S. 400, dass es sich besonders um Herausgabe grosser weitläufiger Werke sehr verdient mache, ferner S. 652, dass es des so eben verstorbenen Anton Eberl Nachlass gekauft habe, und S. 750, dass es unter des geistreichen Hrn. Schreyvogel Leitung sich sichtlich immer höher emporhebe; er gebe jetzt auch ein Sonntagsblatt heraus. Schreyvogel war vorher k. k. Hoftheatersecretär gewesen und als solcher wohl schon früher mit Beethoven in persönliche Berührung gekommen. Castelli, Mem. III. 232 nennt ihn einen verständigen, einfachen, schlichten Mann, einen Dramaturg im vollsten Sinne des Wortes u. s. w. Wir werden ihn auch später noch mit Beethoven in Verbindung finden, nachdem er (1814) das Geschäft einem seiner Gesellschafter übergeben und das Theatersecretariat wieder übernommen hatte. — Muzio Clementi war bereits im Winter 1803—4 in Wien gewesen, aber mit Beethoven nicht in Berührung gekommen (s. ob. Anm. 99). Ries erzählt darüber Not. S. 101: „Als Clementi nach Wien kam, wollte Beethoven gleich zu ihm gehen, allein sein Bruder setzte ihm in den Kopf, Clementi müsse ihm den ersten Besuch machen. Clementi, obschon viel älter, würde dieses wahrscheinlich auch gethan haben, wären darüber keine Schwätzereien entstanden. So kam es, dass Clementi lange in Wien war, ohne Beethoven anders als von Ansehen zu kennen. Oefters haben wir im Schwanen an einem Tische zu Mittag gegessen, Clementi mit seinem Schüler Klengel und Beethoven mit mir, alle kannten sich, aber keiner sprach mit dem andern oder grüsste nur. Die beiden Schüler mussten dem Meister nachahmen, weil wahrscheinlich jedem der Verlust der Lectionen drohte, den ich wenigstens bestimmt erlitten haben würde,

indem bei Beethoven nie ein Mittelweg möglich war." Jetzt aber
mochte bei dem Italiener die Liebe zu Geld und Geschäften den
Ehrgeiz überwunden haben, und später (1809) waren die beiden
Meister oftmals mit einander in musikalischen Gesellschaften.
Auch schätzte Beethoven nach Schindler (Biogr. II, 182) Clementi's Sonaten sehr, doch scheint persönliche Anziehung auf
keiner Seite geherrscht zu haben. -- Die Billets an Gleichenstein sind veröffentlicht in Westermann's Ill. Dtsch. Monatsheften Dec. 1865.

[144] Das Beethoven'sche Portrait, von dem in Westermann's
Monatsheften ein leidlicher Holzschnitt beigegeben ist, befindet
sich noch heute im Besitze der Frau von Gleichenstein. Der
gütigen Mittheilung dieser Dame verdanke ich zugleich die thatsächlichen Notizen über ihre Familie und Beethoven's Verkehr
dort. Doch lag ihrem Gedächtniss die Zeit zu fern, als dass die
Angabe bestimmterer Details möglich gewesen wäre. Bestätigend und ergänzend ferner waren die Mittheilungen des Herrn
Hofsecretärs Louis von Malfatti-Rohrenbach in Wien, der Therese
als Frau von Drossdick sehr gut gekannt hat. Die Haupt-
quelle für die Darstellung des nachfolgenden Verhältnisses sind
aber selbstverständlich die Billets an Gleichenstein, deren muth-
massliche chronologische Folge nicht ohne Mühe festzustellen
war. Der Beginn der Bekanntschaft mit Gleichenstein fällt jedenfalls nicht lange vor das Jahr 1807. Seine Gemahlin freilich
wusste mir darüber nur zu sagen, dass sie nicht anders wisse,
als dass Gleichenstein bald nach seiner Ankunft in Wien auch
mit Beethoven bekannt geworden sei, und diese Ankunft kann
nicht lange vor 1807 geschehen sein. Denn der mehrerwähnte
Prof. Schneller, der von seinen Wohnorten Linz und Gratz
(seit September 1806) häufig nach Wien kam, hatte Gleichenstein,
mit dem er in Freiburg i. B. studirt, im Winter 1806 7 wahrscheinlich in den Weihnachtsferien in Wien wiedergefunden
und die Jugendfreundschaft erneuert. Er schreibt am 19. Febr.
1807 von Gratz aus an ihn: „Votre lettre me fit voir que
Vous prenez à coeur mes intérets; je vous connoissois dès longtems ces sentimens nobles et amicaux, mais en voilà une preuve
convaincante. Cette lettre me transportait dans les tems où nous
vécûmes ensemble, où nous fimes ensemble l'étude des langues
modernes et anciennes, je me hatois donc d'aller chez moi et de
Vous dire dans toutes les langues auxquelles nous nous étions
appliqué, que le souvenir de Vos bontés passées ne s'éffacera jamais
en moi et que je Vous prie instamment de me conserver dans
l'avenir votre amitié inaltérable." Schneller's Hinterl. Werke
I. 236. Und ohne Zweifel war es eben Schneller gewesen, der
damals den Freund auch mit Beethoven bekannt gemacht hatte,
welcher dann sogleich ebenfalls eine lebhafte Zuneigung zu
dem höchst liebenswürdigen jungen Mann fasste. Dass aber,

wie A. W. Thayer in seiner Biographie Beethoven's, die mir so
eben zukommt, 1, 225 meint, Gleichenstein „ein vertrauter
Freund Beethoven's aus der alten Bonner Zeit gewesen", ist ein
Irrthum. Denn der junge Mann, mit dem Gleichenstein auf seinem Familiengute bei Rothweil sich im Pistolenschiessen übte
und dem dabei eine Kugel durchs Haar fuhr, war nicht Beethoven, sondern Herr von Sonnleithner aus Wien. So berichtet
Frau von Gleichenstein in Freiburg die auch mir bereits früher
von Herrn von Malfatti mitgetheilte Anekdote, die obendrein in
die Zeit nach Gleichenstein's Verheirathung fällt. — Das oben
erwähnte Leinwandbillet muss aber ins Frühjahr 1807 fallen,
weil darin eben von Clementi die Rede ist und von Henickstein, der die Pfund Sterl. ausgezahlt und ihn und Clementi nebst Gleichenstein zu Tische geladen habe. In demselben Billet ist denn auch bereits von der Herzensneigung die
verständlichste Andeutung; ebenso in solchen, die sich auf
die mannichfachen Geschäfte mit dem Industriecomptoir beziehen, die ja auch in das Jahr 1807 fallen. — Vom Hause des
Banquier Henickstein, bei dem Clementi, Beethoven und
Gleichenstein eingeladen waren, macht Reichardt, Vertr. Br. I,
268, die Beschreibung als einer „sehr liebenswürdigen, durchaus musikalischen Familie". Wir werden davon noch hören.

145 Frau von Gleichenstein besitzt zwei Portraits ihrer
Schwester, die den romanischen Typus derselben sehr ausgeprägt
zeigen. Sie bezeichnet dieselbe übrigens ausdrücklich als „früher
reif", während sie selbst damals von einer „über die Jahre grossen Kindlichkeit" gewesen und daher auch von ihrer Schwester
in deren innere Angelegenheiten nicht eingeweiht worden sei.

146 Dr. Dorner nahm auch an den musikalischen Unterhaltungen sowohl bei Malfatti's wie beim Erzherzog lebhaften Antheil. — Ludwig Schnorr, älterer Bruder von Julius Schnorr
von Carolsfeld in Dresden, geb. 1789, kam schon 1804 nach Wien.
Das Skizzenbuch, in das er die Mitglieder und Hausfreunde der
Familie Malfatti zeichnete, enthält auch die Portraits von Dr.
Dorner und Dr. Malfatti. Therese hat ihr Bild später herausge-
schnitten. — Von Julius Franz Borgias Schneller hat E.
Münch 1840 einen „Lebensumriss und vertraute Briefe" herausgegeben. Er war 1777 in Strassburg geboren, jedoch bald nach
Freiburg und nach allerlei Kreuz- und Querzügen und theilweise
abenteuerlichem Zusammenleben mit Schauspielergesellschaften
gegen Ende des vorigen Jahrhunderts nach Wien gekommen, wo
er sich durch Privatvorträge kümmerlich ernährte, aber bereits
1803 eine Professur in Linz und 1805 in Gratz erhielt, von wo er
jedoch Wien sehr häufig besuchte. Im Frühjahr 1804 trat er in
das Haus von Karoline Pichler ein, wo es „zur Hausordnung
gehörte, die ausgezeichnetsten Männer Wiens zu versammeln".
Dort lernte er Heinrich von Collin, Hormayr, Haschka (den

Dichter von „Gott erhalte Franz den Kaiser", vgl. Musikerbriefe
S. 153) u. A. kennen. Ebenso war er befreundet mit H a m m e r,
K o t z e b u e und andern Dichtern, denn er selbst verfasste mancherlei Gedichte, und 1801 hatte seine „Vitellia" sogar die Aufführung
auf dem k. k. Hoftheater erlangt. In Gratz suchte er nach Kräften für allerhand Bildung zu wirken und vor allem das musikalische Leben zu heben. Seine Begeisterung für Musik hatte ihn
auch bald mit Beethoven bekannt gemacht, dessen Werke, „zu
seinen eifrigsten Studien und zu seinen seligsten Genüssen gehörten" und die er dann später in Gratz nach Möglichkeit zur Aufführung zu bringen strebte. Sein besonderer Freund aber war
eben sein Freiburger Studiengenosse Jgnaz von Gleichenstein, mit dem er damals einen Briefwechsel in fünferlei Spra-
chen (französisch, englisch, italienisch, lateinisch und deutsch)
führte. Von diesem nun macht Münch folgende Schilderung:
„Gleichenstein gehörte zu den liebenswürdigsten Menschen,
welche der Verfasser jemals gekannt hat; ein klarer Verstand,
ein praktischer Sinn, ein redliches Gemüth voll Wahrheit und
Offenheit, ein schlichtes, naturgetreues Wesen in Allem und ei-
rige Liebe zum Guten und Schönen zeichneten ihn aus; sein
Leben und Wirken war wie ein Haus von Glas, in welchem Jedermann ihn zu allen Zeiten schauen und durchschauen konnte."
Schneller dagegen war vorwiegend ein Schwärmer, jedoch in
seiner Art zu manchem Guten, besonders in der Musik anregend.
Am 15. Oct. 1831 schreibt er selbst an Frau von Gleichenstein: „Beethoven's Stock mit Ihrem Zeugniss und mit dem
Zeugniss des Künstlervereins in Wien ist einer meiner grössten
Schätze; musikalische Mädchen, welche bei rein jungfräulichem
Wandel mir grosse Beweise einer tonkünstlerischen Entwicklung gaben, dürfen ihn küssen. Bis jetzt habe ich diese Ehre
nur dreien gestattet." Nach einem Hint. Werke I. 255 mitgetheilten Schreiben an Frau von Gleichenstein 1829 hatte er auch den
Plan gefasst, für die Zeitgenossen Beethoven's Leben zu schreiben, und nach jenem Briefe vom 15. Oct. 1831 an dieselbe Dame
scheint es, als habe er bereits diesen Plan auszuführen begonnen,
dessen Vollendung sein kurz darauf erfolgter Tod verhinderte.
Sein Biograph und Herausgeber seines Nachlasses erwähnt
nirgends darauf bezüglicher Papiere, und ich habe trotz aller
Nachforschung ebenfalls nichts davon auffinden können.

[147] Schneller's Hinterl. Werke I, 255. In Beethoven's
Tagebuch von 1814 steht: „Pertossi, welche die Theres Malfatti von mir hat, zurückfordern." Von den Goethe'schen Liedern, die Beethoven für Therese componirt hat, werden wir
später erfahren.

[148] Therese soll später ganz besonders schön Beethoven'-
sche Compositionen gespielt haben. — Das in der zweitfolgenden
Zeile des Textes vorkommende Wort „Dichter" war in der mir

vorliegenden Copie des Briefes nicht recht leserlich. Doch ist wohl „Dichter" jedenfalls dem Sinn entsprechender als „Lichter", wie in den „Briefen Beethoven's" gesetzt ist.

[149] In dieser Sache schreibt Beethoven auch an Gleichenstein: „Da mir die Frau von M. gestern gesagt, dass sie heute doch ein anderes Piano bei Schanz aussuchen wollte, so wünschte ich, dass sie mir hierin völlige Freiheit liess, eines auszusuchen, über 5)0 fl. soll's nicht kosten, soll aber weit mehr werth seyn. Du weisst, dass mir diese Herren immer eine gewisse Summe anbieten, wovon ich nie Gebrauch mache, dieses macht aber wohl, dass ich einmal ein theures Instrument sehr wohlfeil bezahlen kann, und gerne würde ich hier die erste Ausnahme von meinem festgesetzten Betragen in diesem Stücke machen, sobald Du mir nur zu wissen machen wirst, ob man meinen Vorschlag annehme — Leb wohl lieber guter Gl. heute sehn wir uns, wo Du mir zugleich die Antwort geben kannst —

Dein treuer
Beethoven."

[Aussen von fremder Hand, etwas unleserlich:]
„Nettig Halsband vom Gigaud [?]
Secretaire Schlüssel der F. v. Malfatti
4. Gigaud von uns allen grüssen; B. nicht
5. zu vergessen; um dies bitte ich Sie inständigst."

Aus derselben Zeit heisst es ferner an ihn:
„Die Gräfin [Erdödy] ladet dich heute zum Speisen ein — schreib nach Fezburg (?), wie hoch man sich einlassen wolle um ein Piano zu kaufen — vergiss nicht wegen den Hamburger Federn."

[150] Die Familie Malfatti besass ein Gut Walkersdorf bei der Abtei Göttweih an der Donau. Doch scheint diesmal der Sommeraufenthalt in der Nähe Wiens genommen worden zu sein, da sonst doch nicht ein Besuch am frühen Morgen auf eine halbe Stunde möglich gewesen wäre. Höchstwahrscheinlich war es in Mödling: wie ja auch der Herr von Malfatti-Rohrenbach nach Theresens Erzählung mitgetheilt hat, dass Beethoven eines Tages die Familie Malfatti in Mödling aufgesucht, sie nicht gefunden und aus einem Notenhefte ein Blatt gerissen habe, worauf er dann zu einem Verse von Matthisson die Melodie und auf die andere Seite mit grossen Buchstaben geschrieben habe: „Meiner lieben Therese." Welches Lied es ist, wusste Herr Malfatti nicht zu sagen. Matthisson's „Andenken", von Beethoven für eine Singstimme und Klavier componirt, erschien im März 1810 bei Breitkopf und Härtel.

[151] In den „Briefen Beethoven's" hatte ich dieses Schreiben ins Jahr 1809 verlegt. Doch die Art, wie Beethoven hier der

Aeltern des Fräuleins grüssend erwähnt, beweist, dass es in den Anfang der Bekanntschaft, also ins Frühjahr 1807 fällt. — Noch ist zu berichtigen, dass die Base M. nicht, wie Hr. Bärmann wähnte, eine Mathilde Gleichenstein, sondern die noch heute lebende Baronin Gudenus, geb. Magdalena Schulz, eine Freundin der Malfattis ist.

[152] Aus dem Anm. 144 erwähnten Leinwandbillet.

[153] Das Billet hat die Nachschrift: „Aus dem Briefe von Simrock erhellt, dass wir wohl von Paris noch eine günstige Antwort erwarten dürfen. Sage meinem Bruder eine Antwort hier-über, ob du's glaubst, sodass alles noch einmal geschwind abge-schrieben wird. — Schick mir deine Nummer von deinem Hause."

[154] Auch in diesem Billet ist vom Contract mit Simrock „auf nur Paris" die Rede und es heisst ferner: „so könnte das In-dustriecomptoir nichts dagegen einwenden"; dann in Beziehung auf die gewünschte Hausnummer: „Meinem Freund Gleichen Stein ohne Gleichen im Guten und Bösen. Das Numero von Gleichenstein's Wohnung."

[155] Dass dieser bei Schindler, Biogr. I. 94 facsimilirt mitge-theilte Ausruf sich nicht auf Marie Koschak, spätere Frau Dr. Pachler beziehen kann, ist jetzt von deren Sohn, Hrn. Dr. Faust Pachler in Wien, in der Neuen Berl. Musikz. 1865 Nr. 48 f. klar-gemacht worden. In den Billets an Gleichenstein dagegen wird der Name Malfatti stets mit einem blossen M. und zwar der glei-chen Art wie in obigem Zettel bezeichnet, sodass anzunehmen ist, er bezieht sich auf Therese. Und dass er auch bereits in diesen Sommer 1807 fällt, hat alle Wahrscheinlichkeit für sich, weil Beethoven damals in Baden und Malfattis in dem nur zwei Stunden entfernten Mödling wohnten, also eine Spazierfahrt nach Baden sehr thunlich war. Im Jahre 1808 dagegen war Beethoven um diese Sommerzeit bereits in Heiligenstadt.

[156] Das Billet lautet vollständig:

„Lieber guter G. — Du kamst nicht gestern — ohnehin musste ich Dir heute schreiben — nach Schmidt's Re-sultat darf ich nicht länger hier bleiben — daher bitte ich dich die Sache mit dem Industrie-Comptoir sogleich vorzu-nehmen, was das Schachern betrifft, solches kannst Du meinem Bruder Apotheker — übertragen. — da die Sache selbst aber von einiger Wichtigkeit ist und du bisher immer mit dem Industrie-Comptoir für mich dich ab-gabst, so kann man dazu aus mehreren Ursachen meinen Bruder nicht gebrauchen. Hier einige Zeilen wegen der Sache an das J. C. — wenn du morgen kommst, so richte es so ein, dass ich mit dir wieder hereinfahren kann — leb wohl." Folgt das im Text mitgetheilte Stück und darauf die Worte: „Vielleicht kann West [Schreyvogel, vgl. Anm. 143] mit dir kommen."

Dann heisst es zugleich an das Industriecomptoir:

„P. T. Herr von Gleichenstein mein Freund — hat Ihnen in Rücksicht meiner einen Vorschlag zu machen, wodurch Sie mich Ihnen sehr verbindlich machen würden. wenn Sie ihn annähmen — nicht Misstrauen in Sie führte diesen Vorschlag herbei, nur meine jetzigen starken Ausgaben in Rücksicht meiner Gesundheit und eben in diesem Augenblick unüberwindliche Schwierigkeiten, da, wo man mir schuldig ist, Geld zu erhalten —

Baden am 23. Juny. Ihr ergebenster Beethoven."

[157] Das Billet ist gerichtet nach Wien und hat endlich auch Gleichenstein's so oft verlangte Hausnummer „Hohe Brücke Nr. 155 2. oder 3. Stock", fällt also später als die übrigen aus Baden. Es geht aber daraus ebenfalls hervor, dass Beethoven trotz „Schmidt's Resultat" Baden vorerst noch nicht verlassen hatte. — Beethoven's Tagebuch enthält um 1817 die Notiz: „Der Heirathscontract zwischen meinem Bruder Cassier und dessen Frau wurde 1806 am 25. Mai geschlossen"; und die Conversationshefte von 1823: „Schon meines Bruders Heirath beweist sowohl seine Unmoralität als seinen Unverstand . . . . alles wurde gethan, um ihn von dieser schandvollen Verbindung zurückzuhalten — vergebens."

[158] Beethoven war in diesem Frühjahr wieder mannichfach körperlich geplagt. So liegt ein Billet an Gleichenstein aus dem Besitze des Frl. Bredl in München, und zwar von der Frau von Drossdick stammend vor, welches in diese Zeiten fallen mag: „Edler Freund! Wäre es nicht möglich mich heute mit Deinem Besuch nur auf einige Minuten zu erfreuen, alles ging erträglich, nur kann ich kaum die Latwerge überwinden. Hochachtungsvoll Dein Verehrer Beethoven." Dann von Baden am 13. Juni: „Mir geht es heut und gestern sehr schlecht, ich habe erschreckliches Kopfweh — der Himmel helfe mir nur hiervon — ich habe ja genug an einem Uebel — wenn Du kannst, so schicke mir Baahrd Uebersetzung des Tacitus — auf ein andermal mehr, ich bin so übel, dass ich nur wenig schreiben kann — leb wohl und denke an meinen Traum und mich. Dein treuer Beethoven."

[159] Auch die A. M. Z. 1807 S. 400 lässt sich im März berichten. Beethoven werde nächstens seine vier ersten Symphonien in einer sehr gewählten Gesellschaft aufführen, welche zum Besten des Verfassers sehr ansehnliche Beiträge subscribirt habe. — Nach Reichardt's Vertr. Br. von 1808 gab Lobkowitz ständige Concerte für den jungen Erzherzog, und dass schon jetzt eine nahe Verbindung desselben mit Beethoven bestand, bezeugen die folgenden beiden Billets an Gleichenstein aus diesem Frühjahr. Zunächst heisst es: „Der Erzherzog lässt mich noch gestern Abends ersuchen, heute gegen halb 2 Uhr zu ihm zu kommen, wahrscheinlich komme ich vor 3 Uhr nicht fort, ich habe daher gestern gleich für uns beide absagen lassen — begegnest Du dem

Henickstein, so sag ihm, dass ich Dir seine Einladung gleich
zu wissen gemacht, indem er eben keinen zu starken Glauben
auf mich hat, worin er auch in Betrachtung seiner nicht ganz
Unrecht hat — ich habe geschrieben, dass wir uns selbst auf ein
andermal einladen wollen [Anm. 144] — ich danke sehr für
Deine Bemühungen — es war mir leid Dich verfehlt zu haben,
aber — ich erwarte Dich so selten bei mir, dass es mir zu verzeihen, wenn ich hierin nie auf Dich rechne — ob Du mit Dorner zum Erzherzog heute Abend kommen kannst, erhältst Du von
mir noch zeitig genug Nachricht — Dein Beethoven." — Dann:
„Den Einschluss sandt ich Dir gleich gestern Nachmittags nach
Deiner ersten abschläglichen Antwort. Man sagte, Du seist im
Theater und doch war's kaum halb 5 Uhr. — Aus dem Beigeschlos-
senen von Schweiger siehst Du, dass ich darauf rechnete, dass
Dorner schon wisse, dass er kommen könnte, und so sagte ich
Dir weder Stunde noch sonst was — ich selbst kündigte Dich vor
dem Anfang der Probe beim Erzherzog an und er nahm es sehr
gütig auf — Du hast viel verlohren nicht wegen Nichtanhören
meiner Musik, aber Du hättest einen liebenswürdigen talentvollen
Prinzen gesehen, und Du würdest als der Freund Deines Freundes gewiss nicht die Höhe des Rangs gefühlt haben — verzeih
mir diese kleine stolze Aeusserung, sie gründet sich nur auf das
Vergnügen, auch diejenigen, die ich liebe, gleich hervorgezogen
zu wissen, als auf eine kleinliche Eitelkeit — so hab ich doch
nur immer Empfindlichkeit und Wehe von Deiner Freundschaft
— leb wohl — diesen Abend komm ich zu den lieben M." —
Der Einschluss des erzherzoglichen Kammerherrn aber lautet:
„Dorner habe ich bereits mit Erlaubniss des Erzherzogs
avertirt, er ist auch schon bestimmt, dem Herrn unzublättern.
Ihr Freund Gleichenstein wird wohl auch ein Plätzchen finden,
das er mit uns theilen wird. Der Erzherzog befindet sich wie
gestern und freut sich auf diesen Abend wie Ihr Freund

Pour Monsieur Louis van Beethoven.   Schweiger."
Erzherzog Rudolf, jüngster Bruder des Kaisers Franz, war
1788 geboren. Wenn man der Nachricht in Schindler's Biographie
I, 147, dass das Tripleconcert für diesen Herrn geschrieben sei,
Glauben schenken darf, so hat der Verkehr der beiden Männer,
die später in ein so inniges und schönes menschliches wie künstlerisches Verhältniss traten, bereits im Jahre 1804 begonnen, wo
jenes Werk entstand. Wann dagegen der Unterricht begann,
wissen wir nicht, doch scheint schon jetzt, im Frühjahr 1807,
wenn nicht gerade theoretische Unterweisung, doch Ueber-
wachung der Compositionsversuche des Prinzen von seiten
Beethoven's stattgefunden zu haben. Denn dieser schreibt an
Gleichenstein: „Hier sehe den Kaiserlichen Geschmack — die
Musik hat sich der Poesie so herrlich angeschmiegt, dass wirklich man sagen kann, dass sie beide ein paar langweilige Schwe-

stern sind." Damals war nach Kreissle, Schubert (S. 258) übrigens Anton Teyber „Musikmeister" des Erzherzogs. — Ueber Fürst Franz Joseph Max Lobkowitz, Herzog zu Raudnitz etc., von dem wir schon mehrfach hörten (Anm. 59, S. 200 u. s. w.), sagt Castelli, der 1811 sein Theaterdichter ward, Memoiren I. 202: „Ich lernte den Verstand, das edle Herz, die Humanität, die Liebe für die Kunst und die Grossmuth dieses verehrungswürdigen Fürsten kennen und hochachten", und erzählt einige darauf bezügliche Begebenheiten. Was Beethoven über des Fürsten Verstand dachte, siehe Br. Beeth. Nr. 98; was dagegen dessen Gutherzigkeit und grossmüthige Kunstliebe betrifft, so werden wir davon noch genug im Verlauf unserer Biographie hören. Jedenfalls gehörte Lobkowitz zu den aufrichtigsten, treuesten und opferfähigsten Verehrern unseres Meisters, mit dem er fast gleichaltrig war. Er selbst spielte ziemlich fertig Violine. Reichardt (Vertr. Br. I, 182) nennt ihn einen unermüdeten, unersättlichen, echten Kunstenthusiasten, und er war dies allerdings in einem solchen Grade, dass er sein ganzes grosses Einkommen für Kunst verschwendet hat und später in Concurs gerieth.

[160] Wegen Palffy s. ob. S. 152. Mit ihm, der übrigens ein wahrhaft enragirter Theaterfreund war, stand Beethoven auch später nicht auf besonderem Fusse und war namentlich schlecht auf seinen Kunstverstand zu sprechen. Spohr erzählt Selbstbiogr. I, 198, wie er im Jahre 1813 den Meister dann und wann im Theater an der Wien getroffen habe, dicht hinter dem Orchester, wo ihm der Graf Palffy einen Freiplatz gegeben; sein Lieblingsgespräch in jener Zeit sei eine scharfe Kritik der beiden Theaterverwaltungen des Fürsten Lobkowitz und des Grafen Palffy gewesen, und besonders auf letztern habe er oft schon überlaut geschimpft, wenn sie noch innerhalb seines Theaters waren, sodass es nicht nur das ausströmende Publikum, sondern auch der Graf selbst auf seinem Bureau habe hören können. — Der Wiener Brief steht im Journal des Luxus Jan 1808. Es ist aller Vermuthung nach der Legationsrath Griesinger, der für dieses Journal damals von Wien aus über Musik referirte. Die angeblich neue Ouverture, mit der „Fidelio" in Prag erscheinen sollte, war keine andere als die allererste, 1805 zurückgelegte, von der auch Seyfried, Stud. Anh. S. 8 sagt: „Für die Prager Bühne entwarf Beethoven eine neue, minder schwierige Ouverture, welche der nachmalige k. k. Hofmusikalienhändler Haslinger in der Auction erstand." Sie erschien mit der Opuszahl 138 im Jahre 1835 als nachgelassenes Werk — Auch der A. M. Z. 1807 wird unterm 23. Sept. berichtet: „Beethoven hat eine neue Messe für den Fürsten Esterhazy geschrieben. Bekanntlich ist dieser Fürst ein eifriger Liebhaber der Kirchenmusik, für welchen auch seine Kapellmeister N. Hummel und

Kreutzer aus Zürich, der sich durch neuere Compositionen vortheilhaft auszeichnete, ähnliche Arbeiten verfertigt haben." Vgl.
auch, was ebendas Feb. 1808 S 317 von „einem der wackersten
Künstler dieser Kaiserstadt über das Wiedererwachen des Geschmacks an grossen Compositionen für die Kirche bei verschiedenen der entscheidendsten, vielvermögendsten Kunstfreunde
Wiens" gesagt wird. Fürst Nikolaus Esterhazy, geb. 1775,
war 1794 an die Regierung gekommen und hatte wie sein Gross-
vater sogleich wieder Orchester und Chor engagirt, wofür dann
die besten Künstler der Zeit Werke, besonders Messen zu schreiben hatten.

[161] Schindler, Biogr. I. 188 setzt die Aufführung des Werks,
das nach Beethoven's von O. Jahn mitgetheiltem eigenhändigem
Titel der in Esterhazy befindlichen Abschrift „im Sept. an Mariä
Namentag" geschah, ins Jahr 1808, was in keiner Weise richtig
sein kann. Vielleicht ist übrigens zum Theil dem Vorfall in
Esterhazy der Umstand zuzuschreiben, dass die Messe bei ihrem
Erscheinen im Oct. 1812 nicht Esterhazy gewidmet ward, sondern
dem liebenswürdigen Fürsten Ferdinand Kinsky, mit dem
Beethoven freilich gerade damals auch in besondern Beziehun-
gen stand. – Was Hummel anbetrifft, so gerirte sich derselbe
als Schüler Mozart's freilich zeitlebens wie eine Art von Rivalen
Beethoven's, der seinerseits mit der verflachenden Richtung,
die vorwiegend Hummel dem Klavierspielen damals zu geben
begann, allerdings wenig einverstanden sein konnte. Wenn
aber Schindler a. a. O. von einem „Hass Beethoven's" gegen
Hummel spricht, so ist das jedenfalls übertrieben und auf keinen
Fall schon damals durch „eine mit Hummel gemeinschaftliche
Neigung zu einem Mädchen zu motiviren", da das damit gemeinte
Frl Röckel im Jahre 1807 kaum 12 Jahre alt war. Vgl. A. M. Z.
1811, S 561.

[162] Dieses Schriftstück, das jedenfalls der Hauptsache nach
von Beethoven selbst verfasst ist, jedoch ebenso gewiss die mithel-
fende Hand seiner Freunde verräth, ward zuerst veröffentlicht
von dem Besitzer des Autographs in der Wiener Allg. Musik.
Zeit. 1847 Nr. 78.

[163] Es berichtet Weg., Nachtr. S. 13: „So schrieb mir St.
v. Breuning im März 1808, Beethoven hätte bald durch ein
Paniritium (Fingerwurm) einen Finger verloren, jetzt geht es
ihm indessen wieder ganz gut. So entging er einem grossen Unglück, welches, verbunden mit seiner Schwerhörigkeit, jede ohnehin
selten auftretende Laune ganz erstickt haben würde." Der abschlägige Bescheid muss aber um so empfindlicher für ihn gewesen
sein, weil er offenbar die gegründetste Hoffnung auf Erfüllung
des Gesuchs hatte und die Sache obendrein eine gute Weile über-
legt ward. Denn der A. M. Z. wird noch im Jan. 1808 S. 238
berichtet, dass Beethoven „unter sehr vortheilhaften Bedingun-

gen für das Theater engagirt werden solle". Doch wird des Fürsten Lobkowitz eifriges Bemühen schliesslich dennoch an der Abneigung Palffy's und Esterhazy's gescheitert sein. Uebrigens war factisch bereits ein Hofoperncompositeur vorhanden, nämlich Gyrowetz. Dieser berichtet in seiner Biogr. S. 89, dass im Jahre 1797 der damalige Director Baron Braun ihn als Kapellmeister unter der Bedingung engagirt habe, jährlich eine Oper und ein Ballet zu componiren, wofür er erst 1000, dann 1200, 1500 und endlich 2000 fl. C. M. erhielt. Wenn nun, wie zu vermuthen ist, diese Verpflichtung noch jetzt bestand, so ist die abschlägige Antwort wenigstens einigermassen motivirt. — Auch von Erfüllung der eventuellen Bitte scheint zunächst nicht die Rede gewesen zu sein: wenigstens enthält die A. M. Z., die doch schon damals über Beethoven stets sehr genau berichtet, in dieser Zeit nichts, weder von einem Weihnachtsconcert noch von einem zu Mariä Verkündigung, welches Fest übrigens auf den 25. März und nicht, wie es im Text heisst, auf den 4. April fällt. Dagegen wurden in diesem Winter manche Compositionen von ihm andererseits in Wien aufgeführt, z. B. im Nov. 1807 die „prachtvolle, kräftige und schwierige Symphonie in D", sowie die Prometheus-Ouverture von einer Gesellschaft Musikfreunde unter Banquier Hering's Leitung in der Mehlgrube; im Dec. die vierte Symphonie im Hoftheater zum Besten der Bürgerarmen; im Jan. 1808 in einem Liebhaberconcert im Universitätssaale die „grosse Symphonie aus Es, welche von dem Componisten selbst dirigirt sehr vielen Beifall erhielt", sowie die Coriolan-Ouverture; dann nochmals die vierte Symphonie im Liebhaberconcert, wo sie vielen Beifall erhielt. A. M. Z. 1807 S. 140, 184; 1808 S. 238, 286. Ausserdem wurde im April sowohl in einer Akademie des Pizarro-Sängers Seb. Maier an der Wien wie kurz darauf im Burgtheater die Symphonie in Dis, sc. Eroica gegeben, sowie am Mittwoch vor Ostern in einem Concert für die Wohlthätigkeitsanstalten die vierte Symphonie. A. M. Z. X, 540. Dies musste ihn wieder lebhaft an sein besonderes Schaffensgebiet gemahnen. Auch hatte am 27. März jene Aufführung von Haydn's „Schöpfung" mit italienischem Text stattgefunden, wo der alte Meister zunächst mit tumultuarischen Freudenbezeigungen sowohl vom Orchester wie von der Versammlung empfangen wurde und dann bei der Stelle „Es werde Licht!" die Beifallsbezeigungen gleich einem tosenden Waldstrome losgebrochen waren. Auch Beethoven hatte sich unter den Freunden Haydn's befunden, die den betäubenden Eindruck des Ganzen auf den 76jährigen Greis soviel als möglich dadurch zu mildern suchten, dass sie sich immerwährend mit ihm beschäftigten. A. M. Z. X, 457. Und was wohl war geeigneter, das Gefühl der eigenen Kraft von neuem lebhaft in ihm wachzurufen als solch ein Anblick der grossartigen Wirkung seiner Kunst!

[164] Vgl. auch ob. S. 256 Beethoven's Worte gegen Therese: „Nehmen Sie ja den Punsch nicht zu Hülfe", und S. 257: „Vergessen Sie das Tolle." Seine Ausschweifung in Entschuldigung etwaiger ungestümen Excentricitäten kennen wir zur Genüge, vgl. z. B ob. S. 109. Eine ungewöhnliche Irritation des gesammten Wesens verräth aber auch der Umstand, dass, wie wir noch hören werden, der Meister in diesem Sommer 1808 mit seinen nächststehenden Gönnern, dem Fürsten Lichnowsky und der Gräfin Erdödy; in heftigen Conflict gerieth.

[165] Vgl. ob. Anm. 71. In dem Brief von 1808 sagt Beethoven selbst: „Ich wohne gerade unter dem Fürsten Lichnowsky. bei der Gräfin Erdödy." Das war, nach der Wien. Zeit. vom 17. Dec. 1808 (Anzeige der musikal Akademie) zu schliessen, Krugerstrasse Nr. 1074 im ersten Stock. Und aus dem Anm. 149 a. E. mitgetheilten Billet scheint hervorzugehen, dass er bereits seit mehr als Jahresfrist dort wohnte. Die so eben bei Breitkopf und Härtel erschienenen „Briefe von Beethoven an Marie Gräfin Erdödy, geb. Gräfin Niszky, und Mag. Brauchle, herausgegeben von Dr. Alfred Schöne", enthalten durchaus nichts Neues über die frühere Zeit der Bekanntschaft mit Beethoven. Auch ich war neulich auf die Spur eines ganzen Paquets solcher Briefe gekommen, musste aber, als ich die Besitzerin (Madame Brauchle) endlich entdeckt, leider hören, dass sie dieselben verbrannt habe. Eins jener so eben veröffentlichten Billets. das in den Herbst 1808 fallen muss, werden wir weiter unten mittheilen: es bestätigt die Innigkeit des Verhältnisses zwischen dem Meister und der die Musik als ihre einzige Unterhaltung leidenschaftlich liebenden Freundin, deren Theilnahme ihm so manche Stunde der Bedrängniss hat lindern helfen. — Was die Trios anbetrifft, so gebraucht zwar Reichardt, der sie im Dec. 1808 von Beethoven selbst bei der Gräfin vortragen hörte, davon den Ausdruck, „die er kürzlich gemacht hat"; allein abgesehen von der Unbestimmtheit dieses Ausdrucks war es ja Beethoven's Gewohnheit, zwischen der Conception und der Ausführung eines Werkes einen Zeitraum oft von vielen Jahren vergehen zu lassen, und obendrein pflegte er stets an mehreren Werken zugleich zu arbeiten. So mag die Vollendung der Trios, der beiden Symphonien und der Chorphantasie (zu der sich Skizzen schon in einem Petter'schen Notirbuche von 1800 finden) den Zeitraum dieses Sommers einnehmen So inhaltsvolle Werke jedoch wie die C-moll-Symphonie. in denen gewissermassen das Resultat einer ganzen Lebensepoche gezogen wird. sind selbstverständlich nicht die Frucht einer einzelnen Stimmung. deren Anlass deutlich erkennbar in einem einzigen bestimmten Ereigniss zu finden wäre. Zumal die Hauptmotive des ersten und zweiten Satzes dieser Symphonie gehören ja auch schon der Zeit von c. 1800 an (vgl. ob Anm. 51). Auch sei hier noch mit-

getheilt, dass Beethoven in einem weiter unten zu geben-
den Briefe an Breitkopf und Härtel die Gleichenstein-Sonate
als Op. 59. die beiden Symphonien als 60 und 61 und die Trios als
62 bezeichnet haben will, was sogar auf das Jahr 1806 als Zeit der
ersten Entwürfe dieser Werke hinweisen könnte! — Die Ariette
„In questa tomba oscura", die in diesem Sommer 1808
dem Verleger Heckel abgeliefert wurde und deren Grundstimmung ebenfalls, wie es freilich der Text erforderte, trübe Klage
ist, kommt übrigens schon unter italienischen Gesängen im Besitz von Artaria vor, die aus den Jahren 1796—1800 zu stammen
scheinen.

[166] Schindler I, 153, f. Die Einzelnheiten der Erzählung
gehen das Werk in seinem künstlerischen Detail an und gehören
deshalb nicht an diese Stelle unserer Arbeit.

[167] Journ. d. Lux.: „Fliegende Blätter aus dem Portefeuille
eines Reisenden im Junius und Julius 1808", S. 705: „Der geniale
Beethoven hat die Jdee, Goethe's Faust zu componiren, sobald er
Jemand gefunden haben wird, der ihn für das Theater bearbeitet. Dass er vor vielen Andern grossen Beruf dazu hat, ist
wohl gar nicht zu zweifeln und wir dürfen uns gewiss auf ein
tief und wahr empfundenes Produkt seines Geistes Hoffnung
machen."

[168] Andeutende Erklärung über die Grundstimmung und
den besondern Inhalt dieser beiden grossen symphonischen
Werke habe ich versucht in meinem Büchlein: „Der Geist der
Tonkunst". Kap. IX und X. Doch ist dort weitaus nicht scharf
genug das ethische Element hervorgehoben, das der C-moll-
Symphonie eine so ausgezeichnete Bedeutung gibt.

[169] Nach einer weiter unten mitzutheilenden Aeusserung in
Reichardt's Vertr. Br. I, 167 Nov. 1808 muss sich dies Wort
auf Lichnowsky beziehen, mit dem er sich offenbar einmal
wieder um irgend einer wenig bedeutenden Sache willen über-
worfen hatte. Auch finden wir diesen Gönner bei den wichtigen
Verhandlungen dieses Winters in keiner Weise mitthätig, ebenso wenig wie St. v. Breuning.

[170] Journal des Luxus 1808 S. 267. „Kassel in seinem neuen
Leben", S. 525, 541; 1809 S. 87, 97, 224. Br. Beeth. Nr. 48.
Die A. M. Z. 1809 S. 492 berichtigt die in ihrer Nr. 25 von
Wien aus gebrachte Notiz, dass Beethoven den Ruf durch
Reichardt erhalten habe, dahin, dass er denselben vielmehr
durch den königl. westfäl. obersten Kammerherrn Grafen
Truchsess-Waldburg erhalten habe und zwar zum Amt eines
ersten Kapellmeisters. Vgl. auch Reichardt's Vertr. Br.
Vorrede I.

[171] Ein autographer Zettel Beethoven's in Schindler's Beeth.
Nachl. besagt, dass Op. 58 zunächst für Gleichenstein bestimmt
war; er erhielt bekanntlich Op. 59 oder vielmehr 69, die Sonate

in A für **Klavier** und Cello, die der Meister damals ebenfalls an Breitkopf und Härtel verkauft hatte und die dann im Frühjahr 1869 erschien. Professor Schneller sagt in dem kurzen „Nachruf", den er seinem Freunde Beethoven im Unterhaltungsblatt zur Freiburger Zeitung vom 4. April 1827 widmete: „Im Leben war er lebhaft und geistreich, bieder und einfach, doch oft umflort von jener höhern gemüthvollen Trauer dichterischer Seelen. In diesem Sinne schrieb er auch die Sonate, welche er seinem Freunde, dem Freiherrn Jgnaz von Gleichenstein weihte: Inter lacrymas et luctum."

[172] Joseph Eybler, 1764 bei Wien geboren, ein Schüler Albrechtsberger's (vgl. Musikerbriefe S. 120 das Zeugniss, das ihm als solchem 1790 Jos. Haydn ausstellt), ward 1801 kaiserl. Musiklehrer, 1804 Vicekapellmeister. Es scheint übrigens, dass auch Beethoven damals mit dem Hofgut stand. Wenigstens erzählt Kreissle (Schubert S. 258) von einer Production bei Hofe in Schönbrunn, wobei „Beethoven und Teyber, die Musikmeister des Erzherzogs Rudolf, gegenwärtig waren", und dieselbe kann nach S. 33 ebend. nur in den Sommer 1808 fallen. Das Streben nach einer festen Anstellung mit Gehalt musste allerdings in diesem Momente bei Beethoven um so stärker sein, wenn vielleicht nach dem Streit mit Lichnowsky auch die 600 fl. ausfielen, die ihm der Fürst ausgeworfen, bis er eine passende Anstellung finde. (S. ob. S. 97.)

[173] Br. Beeth. Nr. 48, 49. Das Original der Eingabe besitzt Herr von Prokesch-Osten in Gmünden. Wer der Abfasser des Schriftstücks ist, erhellt nicht. Wir theilen es hier in seiner ganzen Ausdehnung mit, da es manches Detail der Verhandlungen enthüllt und Beethoven's Auffassung der Sache noch deutlicher erkennen lässt: „Es muss das Bestreben und das Ziel jedes wahren Künstlers sein, sich eine Lage zu erwerben, in welcher er sich ganz mit der Ausarbeitung grösserer Werke beschäftigen kann und nicht durch andere Verrichtungen oder ökonomische Rücksichten davon abgehalten wird. Ein Tondichter kann daher keinen lebhaftern Wunsch haben, als sich ungestört der Erfindung grösserer Werke überlassen und selbe sodann dem Publikum vortragen zu können. Hierbei muss er doch auch seine ältern Tage im Gesicht haben und sich für selbe ein hinreichendes Auskommen zu verschaffen suchen.

Der König von Westfalen hat dem Beethoven einen Gehalt von 600 Ducaten in Gold lebenslänglich, 150 Ducaten Reisegeld gegen die einzige Verbindlichkeit angetragen, bisweilen vor ihm zu spielen und seine Kammerconcerte zu leiten, welches indessen nicht oft und jedesmal nur kurz zu geschehen hat. Dieser Antrag ist sicher ganz zum Vortheil der Kunst und des Künstlers.

Beethoven hat indessen so viel Vorliebe für den Aufenthalt

in dieser Hauptstadt, so viel Dankbarkeit für die vielen Beweise von Wohlwollen, welche er darin erhalten hat, und so viel Patriotismus für sein zweites Vaterland, dass er nie aufhören wird sich unter die österreichischen Künstler zu zählen und dass er nie seinen Wohnort anderwärts nehmen wird, wenn ihm die gesagten Vortheile hier nur einigermassen zu statten kommen.

Da ihn hohe und höchste Personen aufgefordert haben, die Bedingungen anzugeben, unter welchen er hier zu bleiben gesonnen wäre, so entspricht er diesem Verlangen mit Folgendem:

1. Beethoven müsste von einem grossen Herrn die Versicherung eines lebenslänglichen Gehalts erhalten, und wenn auch mehrere hohe Personen zur Summe dieses Gehalts beitrügen. Dieser Gehalt könnte bei der jetzigen Theuerung nicht unter 4000 fl. jährlich betragen. Beethoven wünscht, dass sich die Geber dieses Gehalts sodann als die Miturheber seiner neuen grössern Werke betrachten, weil sie ihn in den Stand setzen, sich denselben zu widmen, und dass er daher nicht zu andern Verrichtungen verwendet werde.

2. Beethoven müsste immer die Freiheit behalten, Kunstreisen zu machen, weil er sich nur auf solchen sehr bekannt machen und einiges Vermögen erwerben kann.

3. Sein grösstes Verlangen und sein heissester Wunsch wäre es, einst in wirkliche kaiserliche Dienste zu kommen, um durch den in dieser Anstellung zu erwartenden Gehalt einst in den Stand zu kommen, auf den obigen ganz oder zum Theil Verzicht leisten zu können. Einstweilen würde schon der Titel eines kaiserlichen Kapellmeisters ihn sehr glücklich machen; könnte ihm dieser erwirkt werden, so wäre ihm der hiesige Aufenthalt noch viel werther. Sollte dieser Wunsch einst erfüllt werden, und sollte er von Seiner Majestät einen Gehalt erhalten, so wird Beethoven von den obigen 4000 fl. jährlich so viel zurücklassen, als der kaiserliche Gehalt betragen wird, und sollte dieser auch 4000 fl. betragen, so würde er ganz auf die obigen 4000 fl. Verzicht thun.

4. Da Beethoven seine neuen grössern Werke auch von Zeit zu Zeit einem grössern Publikum vorzutragen wünscht, so möchte er von der Hoftheaterdirection für sich und ihre Nachfolger die Versicherung haben, jährlich den Palmsonntag im Theater an der Wien zur Aufführung einer Akademie zu seinem Vortheil zu erhalten. Dafür würde sich Beethoven verbinden, jährlich eine Armenakademie zu leiten und zu dirigiren oder, wenn er dieses nicht thun könnte, zu einer solchen Akademie ein neues Werk von ihm zu liefern."

[174] Vgl. ob. Anm. 159. Fürst Ferdinand Johann Nepomuk Kinsky, dessen bereits ob. Anm. 161 Erwähnung geschah, war am 4. Dec. 1781 geboren, also jetzt erst 27 Jahre alt. Er war wie Erzherzog Rudolf und Fürst Lobkowitz ein eifriger Freund der

Musik, besonders auch der Beethoven'schen. Im April 1808
hatte er, wie das Journ. des Lux. 1808 S. 451 berichtet, unter vortheilhaften Bedingungen Bernhard Romberg engagirt. Auch
Reichardt erzählt Vertr. Br. I, 268 von dem „liebenswürdigen
Fürsten Kinsky sammt seiner schönen interessanten Gemahlin".
„Der feine kunstliebende Fürst", heisst es weiter, „hatte die Idee,
sich für sein Haus ein vollkommenes Quatuor zu verschaffen,
hatte den grossen Violoncellisten Romberg bei seinem letzten
Aufenthalte in Wien dazu ganz engagirt und ihm selbst den
Auftrag gegeben, zwei vorzüglich gute Violinisten und einen
dazu passenden Bratschisten zu engagiren." Romberg aber hatte
es, vielleicht im Bewusstsein, mit den Wiener Musikern, zumal
mit seinem Jugendgenossen Beethoven doch auf die Dauer nicht
concurriren zu können, vorgezogen, wieder auf Reisen und zwar
nach Russland zu gehen. Schon von seiner im April gegebenen
Oper „Ulisses und Circe" war der A. M. Z. X, 475 berichtet, man
habe nur eine Empfindung dabei gehabt — Langeweile. Doch fanden
bei Kinsky in diesem Winter interessante Abendmusiken statt.
Von Kinsky's Charakter entwirft Beethoven selbst sowohl in den
Briefen an die Fürstin wie an Dr. Kanka ein Bild, das den echt
ritterlichen Sinn und die Noblesse desselben hervortreten lässt.
Auch war der Fürst einer derjenigen gewesen, welche am meisten in ihn drangen, den Gehalt von 600 fl. in Gold jährlich, den
er in Westfalen erhalten konnte, auszuschlagen; „ich sollte
doch keinen westfälischen Schinken essen, sagte er damals".
Br. Beeth. S. 351.

175 Das Original des Decrets befindet sich in Schindler's
Beeth. Nachl. Offenbar war bei den Berathungen auch Dr. Dor-
ner betheiligt, wie folgendes Billet an ihn beweist:
„Haben Sie die Gefälligkeit lieber D. und theilen Sie den
Inhalt des Decrets [!] Gleichenstein ganz kurz mit —
wenn Sie Zeit haben, besuchen Sie mich einmal — Es
wird mir lieb seyn, wenn wir uns zuweilen sehen.
Ganz Ihr Beethoven."

176 Die Redaction der A. M. Z. vom 22. März 1809 bringt,
nachdem ihr schon am 1. März das Verbleiben Beethoven's in
Wien gemeldet worden, über die Sache eine Mittheilung, der vielleicht der Meister selbst nicht ganz fremd gewesen ist: „Folgende
zuverlässige Nachricht aus Wien machen wir mit frohem Glück-
wunsch gegen den, welchen sie betrifft, und mit wahrer huldigen-
der Verehrung gegen die, welche sie veranlassten, unsern Lesern
bekannt. Der geistreiche, genialische, tiefsinnige Beethoven pri-
vatisirte bisher in Wien, und die mancherlei offenbaren oder ver-
steckten Gegenparteien, die er vornehmlich unter Musikern von
Profession daselbst fand, mochten ihm die Verhältnisse dieses seines Privatlebens nicht selten sehr erschweren. [Folgt der Ruf nach
Kassel.] Da traten einige der edelsten Beschützer und Freunde

der Tonkunst in Wien zusammen, erwägend, dass eben Beethoven's Genius im Hauptsitz deutscher Instrumentalmusik, in
Wien verweilen und ohne entscheidende fremde Einflüsse
seinen selbstgebrochenen Pfad weiter wandeln müsse. Sie, die
es gewiss empfanden, dass es den Grossen und Vielvermögen-
den nicht nur ziere, dass es nicht nur ihm die Herzen gewinne,
sondern auch ein wahres Verdienst um Mit- und Nachwelt sei,
wenn er ausgezeichneten Geistern von irgend einer Art Raum
und freie Thätigkeit verschafft,' sie, der Erzherzog Rudolf, der
Fürst Lobkowitz und der Fürst Kinsky fertigten dem Künstler
unter den ehrenvollsten und zugleich schonendsten Aeusserungen
ein Document aus" etc. Folgt dessen wesentlicher Inhalt und
dann zum Schluss die Verse aus „Tasso": „Ein edler Mensch
zieht edle Menschen an" u. s. w. — Um die Stelle in Kassel, die
am allerwenigsten für einen Beethoven passte, weil sie in ihrer
Thätigkeit abhing von den Launen einerseits eines genusssüch-
tigen Königs, andererseits eines musikalisch höchst ungebildeten
Publikums (man vgl. nur die Berichte der A. M. Z. der nächsten
Jahre, z. B. 1810 S. 329 ff.), um diese Stelle bewarb sich nun,
wie er selbst Biogr. Not. S. 95 f. erzählt, des Meisters Schüler
Ferd. Ries, der seit dem Herbst nach Wien zurückgekehrt war.
Dies gab dann noch ein tragikomisches Intermezzo. Es war
nämlich J. F. Reichardt zu Ries gekommen und hatte ihm gesagt, Beethoven nehme die Stelle bestimmt nicht an, ob er
als dessen einziger Schüler mit geringerem Gehalt dorthin
gehen wolle. „Ich glaubte Ersteres nicht, ging gleich zu Beethoven, um mich nach der Wahrheit dieser Aussage zu erkundigen
und ihn um Rath zu fragen. Drei Wochen lang wurde ich abgewiesen, sogar meine Briefe nicht beantwortet. Endlich fand
ich Beethoven auf der Redoute. Ich ging sogleich auf ihn zu
und machte ihn mit der Ursache meines Ansuchens bekannt, worauf er in einem schneidenden Ton sagte: »So glauben Sie,
dass Sie eine Stelle besetzen können, die man mir
angeboten hat?« Er blieb nun kalt und zurückstossend.
Am andern Morgen ging ich zu ihm, um mich mit ihm zu verständigen. Sein Bedienter sagte mir in einem groben Ton:
»Mein Herr ist nicht zu Hause«, obgleich ich ihn im Nebenzimmer singen und spielen hörte. Nun dachte ich, da der Bediente
mich schlechterdings nicht melden wollte, gerade hineinzugehen,
allein dieser sprang nach der Thür und stiess mich zurück.
Hierüber in Wuth gebracht, fasste ich ihn an der Gurgel und
warf ihn schwer nieder. Beethoven, durch das Getümmel aufmerksam gemacht, fand den Bedienten noch auf dem Boden und
mich todtenbleich. Höchst gereizt überhäufte ich ihn mit Vor-
würfen derart, dass er vor Erstaunen nicht zu Worte kommen
konnte und unbeweglich stehen blieb. Als die Sache aufgeklärt
war, sagte Beethoven: »So habe ich das nicht gewusst; man hat

mir gesagt. Sie suchten die Stelle hinter meinem Rücken zu erhalten.« Auf meine Versicherung, dass ich noch gar keine Antwort gegeben hätte, ging er sogleich, um seinen Fehler gut zu machen, mit mir aus. Allein es war zu spät, ich erhielt die Stelle nicht, obschon sie damals ein bedeutendes Glück für mich gewesen wäre." Vgl. übrigens Br. Beeth. Nr. 51, woraus sich Beethoven's damalige Gereiztheit gegen Ries auch noch von anderer Seite erklärt: „Ihre Freunde, mein Lieber, haben Ihnen auf jeden Fall schlecht gerathen. Ich kenne diese aber schon; es sind die nämlichen, denen Sie auch die Nachrichten über mich aus Paris geschickt, die nämlichen, die sich um mein Alter erkundigt, wovon Sie so gut Kunde zu geben gewusst [eine Stelle, an der unser Meister bekanntlich zeitlebens ganz besonders sterblich war], die nämlichen, die Ihnen bei mir schon manchmal, jetzt aber auf immer geschadet haben." Nach Weg. Nachtr. S. 17 jedoch gaben eben damals sowohl Beethoven wie Breuning sich viele Mühe, die Lage von Ries zu verbessern; allein es war eben jetzt, zumal bei den Kriegsverhältnissen, wenig für ihn zu thun, und so reiste Ries bald in seine Vaterstadt Bonn zurück. — Mit diesem vorübergehenden Aerger auf seinen Schüler muss es ferner zusammenhängen, dass Beethoven am 9. April 1809 an Breitkopf und Härtel schrieb, der Klavierspieler Stein, „den er sonst wenig leiden konnte" (Weg. 115), trage ihnen an, die Symphonien zu zwei Klavieren zu übersetzen, sie mögen schreiben, ob sie das wollen und honoriren wollen. Stein starb bereits am 5. Mai dieses Jahres. A. M. Z. XI, 671. — Die bequemere Musse (nicht Muse, wie im Text verdruckt ist) dieses Frühjahrs zeigt sich übrigens, abgesehen von dem häufigern Besuch der Redouten, der auch aus einem Billet an Gleichenstein hervorgeht, auch darin, dass viel musikalische Gesellschaften besucht wurden.

[177] Nach Sonnleithner's Aufzeichnungen hatte Beethoven in einem Concert für die Wohlthätigkeitsanstalten am 15. Nov. 1808 auch wieder eine Symphonie und eine Ouverture selbst dirigirt.

[178] Der vollständige Titel des jetzt ziemlich seltenen Werkes lautet: Vertraute Briefe, geschrieben auf einer Reise nach Wien und den österreichischen Staaten zu Ende des Jahres 1808 und zu Anfang 1809 von Johann Friedrich Reichardt. Correspondent des kaiserlichen Nationalinstituts zu Paris und des königlich holländischen zu Amsterdam und Mitglied der königlich schwedischen Akademie der Musik in Stockholm (2 Bde., Amsterdam 1810 im Kunst- und Industrie-Comptoir). In der A. M. Z. 1810 Nr. 18 wird dasselbe von einem Wiener ziemlich scharf recensirt und dabei erinnert, „dass er hier nicht einmal allein in seinem (von Hrn. R. mit manchen Complimenten im Buche genannten) Namen spreche, sondern zugleich im Namen

mehrerer von Hrn. R. gefeierter Künstler und Kunstfreunde, und dass er es auch mit ihm, dem unruhigen, enthusiastischen, übergalanten 59er, von Herzen gut meine". Uebrigens ist der Beifall und Tadel, wie ihn der Ref. hier ausspricht, durchweg auch wieder nur der Ausdruck seiner subjectiven Meinung und nicht entfernt ein objectives Urtheil. Doch hat er nicht Unrecht, Reichardt Flüchtigkeit, Eitelkeit und auch etwas Indiscretion gegen die Familien, die ihn aufgenommen, vorzuwerfen. Die vortheilhafte Schilderung der geselligen Tugend und Bildung, die Reichardt von dem österreichischen hohen Adel damals macht, findet jedoch ihre Bestätigung in Varnhagen von Ense's kleiner Skizze: „Nach dem Wiener Frieden", Denkw. VIII, 40 ff.

[179] Wo und wann Reichardt Beethoven's Bekanntschaft gemacht, weiss ich nicht genau anzugeben. Doch wird es wohl im Jahre 1796 in Berlin gewesen sein. Denn nach der Geschichte der Berliner Singakademie S. XI und XII konnte auch Reichardt im Juni dort sein. — In der A. M. Z. 1810 S. 278 übrigens wird diese ganze Stelle über Beethoven mit verschiedenen Fragezeichen versehen, jedoch durchaus mit Unrecht. Denn man kümmerte sich in der That damals schon deshalb in Wien wenig um Beethoven, weil er selbst sich eben um Niemand kümmerte; und schwer auszufragen war er schon des steten Wohnungswechsels wegen. „Cyklopenartig" ferner fand ihn 1823 auch C. M. von Weber (Biogr. II, 505).

[180] Vertr. Br. I, 189, 209, 220. — Auch Breuning schreibt unterm 10. Jan. 1809: „Beethoven sah ich seit länger als drei Monaten nicht, da er seit dieser Zeit mir zwar freundschaftlich schreibt, jedoch, ohne dass ich die Ursache wüsste, mich nicht mehr besucht hat." (Weg. Nachtr. S. 28).

[181] Beeth. Stud. Anh. S. 16. Schindler bestreitet zwar überall diese Schilderungen von Beethoven's Unfähigkeit zum Dirigiren, sie sind aber zu übereinstimmend von praktischen Dirigenten aus den verschiedensten Zeitpunkten gegeben, als dass sein eifriges Gegenzeugniss Gültigkeit haben könnte. Vgl. z. B. Spohr, Selbstbiogr. I, 200 f. Die seltsame Art zu dirigiren drückt sich auch in der Notiz aus, die er selbst auf eine Abschrift von „Meeresstille und glückliche Fahrt" geschrieben hat. S. Jahn, Ges. Aufs. S. 315.

[182] An wen das Billet gerichtet, ist nicht ersichtlich, jedoch wahrscheinlich an Zmeskall. Dass es jedoch in diese Zeit und zu dieser Akademie gehört, ist wohl mehr als wahrscheinlich durch Erwähnung der Arie, des Jahreswechsels und anderer kleinen Umstände.

[183] Vertr. Briefe I. 254 f. In den Anzeigen der Akademie waren die Stücke der Messe nicht als solche bezeichnet, weil die Censur Worte aus dem Kirchentext nicht zuliess. — Die Arie war von Dem. Killitzky (später Fr. Schulz),„der schönen Böhmin mit

der schönen Stimme", gesungen worden, der freilich A. M. Z. 1809 S. 40 noch wenig Künstlerschaft nachgerühmt wird. — Das Concert (nicht in B, wie im Text versetzt ist, sondern in G) ward nach Reichardt trotz „ungeheurer Schwierigkeit zum Erstaunen schnell in den allerschnellsten Tempis" von Beethoven ausgeführt. „Das Adagio, ein Meistersatz von schönem, durchgeführtem Gesang, sang er wahrhaft auf seinem Instrumente mit tiefem melancholischem Gefühl, das auch mich dabei durchströmte", fährt er fort und meint, in der Solophantasie habe er „seine ganze Meisterschaft gezeigt"; wobei an die Aeusserung von Ries (Not. S. 100) erinnert werden mag, dass bei Beethoven das Phantasiren das Ausserordentlichste gewesen, was man hören konnte, besonders wenn er gut gelaunt oder gereizt war.

[184] Auch von den Stücken der Messe sagt Reichardt, sie seien in der Ausführung „ganz verfehlt" gewesen.

[185] Beeth. Stud. Anh. S. 15. Schindler hält die Erzählung von Ries, Not. S. 83: „Beethoven sprang wüthend auf und schimpfte auf die Orchestermitglieder und zwar so laut, dass das ganze Auditorium es hörte, endlich schrie er: Von Anfang!" — ganz mit Recht für zu grell gefärbt. Wie Seyfried blos von einem „trockenen: Noch einmal!" spricht, so sagt auch der Bericht der A. M. Z. XI. 268 blos: „Beethoven springt auf, sucht die Klarinetten zum Schweigen zu bringen, allein das gelingt nicht eher, bis er ganz laut und ziemlich unmuthig dem Orchester zuruft: »Still, still, das geht nicht! Noch einmal, noch einmal!«"

[186] Auch Ries erzählt a. a. O.: „Als aber das Concert vorbei war, erinnerten sich die Künstler nur zu wohl der Ehrentitel, welche Beethoven ihnen öffentlich gegeben, und geriethen nun, als ob die Beleidigung eben erst stattgefunden hätte, in die grösste Wuth: sie schwuren, nie mehr spielen zu wollen, wenn Beethoven im Orchester wäre u. s. w. Dies dauerte so lange, bis dieser wieder etwas Neues componirt hatte, wo dann ihre Neugierde über ihren Zorn siegte."

[187] An demselben 22. Dec. 1808 übrigens war im Burgtheater ein Concert zum Besten der Tonkünstlerwittwen, woselbst nach der A. M. Z. Jan. 1809 Haydn's „Rückkehr des Tobias" aufgeführt wurde und nach Herrn Sonnleithner's Aufzeichnung Friedr. Stein ein Pianoforteconcert von Beethoven spielte. Ohne Zweifel bezieht sich darauf, was Ries, Not. S. 114 erzählt: „Beethoven kam eines Tages zu mir, brachte sein viertes Concert in G-dur (Opus 58) gleich unter dem Arme mit und sagte: »Nächsten Sonnabend müssen Sie dies im Kärntnerthortheater [?] spielen.« Es blieben nur fünf Tage zum Einüben. Zum Unglück bemerkte ich ihm, dass diese Zeit zu kurz sei, um es schön spielen zu lernen, er möchte mir lieber erlauben, das C-moll-Concert vorzutragen. Darüber wurde Beethoven aufgebracht, drehte sich

um und ging gleich zum jungen Stein, den er sonst wenig leiden
konnte. Dieser war auch Klavierspieler und zwar ein älterer
als ich. Stein war klug genug, den Vorschlag gleich anzunehm-
men. Da er aber auch mit dem Concerte nicht fertig werden
konnte, so kam er den Tag vor der Aufführung zu Beethoven
und begehrte, wie ich es gethan, das andere aus C-moll zu spielen.
Beethoven musste wohl nachgeben und willigte also ein. Allein lag
nun die Schuld am Theater, am Orchester oder am Spieler selbst,
es machte keine Wirkung. Beethoven war sehr ärgerlich, besonders da man ihn von verschiedenen Seiten fragte: »Warum
liessen Sie es nicht von Ries spielen, da dieser doch soviel Effect
damit hervorgebracht hat?« Es machten mir diese Aeusserungen die höchste Freude. Später sagte mir Beethoven: »Ich
glaubte, Sie wollten das G-dur Concert nicht gern spielen.«
Vielleicht war dies der Anlass, dass der Meister dieses Concert
selbst spielte. Das in C-moll hatte Ries am 1. Aug. 1804 vorgetragen. Friedrich Stein übrigens, Sohn des berühmten Instru-
mentenmachers in Augsburg, war nur ein Jahr älter als Ries.
Er war im Jahre 1804 nach Wien gekommen und zählte als
Klavierspieler unter die ersten der Kaiserstadt. Schon im Sommer 1805 hatte er einmal ein Beethoven'sches Concert im Augarten gespielt. Vgl. A. M. Z. Juni 1805, Mai 1809 und ob. Anm.
176 a. E. – Was die Einnahme des Concerts betrifft, so war freilich das Theater jedenfalls unentgeltlich hergegeben. Vgl. Beethoven's Gesuch ob. S. 267. Allein Schindler I, 201 gibt nach
Hörensagen die Kosten dennoch auf 1300 fl. an, die durch nothwendige Copiatur und Verstärkung des Chors und Orchesters entstanden seien. Da mag freilich wenig oder nichts „Baares" für
den Meister übriggeblieben sein.

[188] Das Original dieses hier zum ersten Mal veröffentlichten
Briefes besitzt Hr. Senator Dr. Gwinner in Frankfurt a. M.
Die damit eingesendeten nachträglichen Verbesserungen haben
übrigens nichts mit den bekannten überflüssigen zwei Takten im
Scherzo der C-moll-Symphonie zu thun, die vielmehr durch
einen Irrthum des Stechers aus der sonst richtigen Abschrift
in die Stimmen gekommen waren und von Beethoven also erst
nach Vollendung des Stichs bemerkt werden konnten, jedoch
dann durch einen Brief an die Verleger vom 21. Aug. 1810 ebenfalls monirt wurden. Vgl. darüber Jahn, Ges. Aufs. S. 317.

[189] Die A. M. Z. XI, 269 hatte bei Gelegenheit des Concerts
vom 22. Dec. gesagt: „Alle diese angeführten Stücke zu beurtheilen ist nach erstem und einmaligem Anhören, besonders da
die Rede von Beethoven'schen Werken ist, deren hier so viele
nach einander gegeben wurden und die meistens so gross und
lang sind, geradezu unmöglich. Kurzer, unbeträchtlicher
Anmerkungen, die sich wohl machen liessen, enthalte ich mich
aber um so mehr, da wir hoffen, dass Sie alles dieses bald selbst

hören und ein gründliches Urtheil den Lesern der musik. Zeit.
darüber mittheilen werden..... Der Wirkung aller dieser Stücke
auf das gemischte Auditorium und besonders der Stücke des
zweiten Theils [C-moll-Symphonie und Chorphantasie] schadete offenbar die Menge und die Länge der Musik. Ueberhaupt ist es bekannt, dass von Wien noch mehr als von den meisten andern
Städten jener Ausspruch des Evangeliums vom Propheten in
seinem Vaterlande gilt." Gegenüber diesen mehr ausweichen-
den als eingehenden und in keinem Falle unbedingt anerkennen-
den Ausdrücken bringt dasselbe Blatt, d. h. wohl Rochlitz
selbst, einen Bericht vom 12. April 1809 über die Aufführung
der Werke in Leipzig, wo die C-moll-Symphonie übrigens bereits
am 2. Jan. zuerst aufgeführt worden war. Da werden denn die
beiden grossen Werke nach ihrer Bedeutung und Schönheit recht
lebhaft anerkannt. Doch heisst es: „die wunderlichen Launen"
des Scherzos der C-moll-Symphonie und: „Wir möchten es freilich
nicht unternehmen, alle Harmonien, welche hier [im Gewitter der
Pastorale] und auch an andern Orten vorkommen, zu rechtfertigen." Ferner wird Haydn's Abendscene nach dem Sturm
glücklicher als Beethoven's Hirtengesang etc. genannt und die
Ansicht ausgesprochen, die Pastorale hiesse wohl besser Phantasien eines Tonkünstlers etc. als eine Symphonie. Also ist doch
im Ganzen, wenn auch ein entschiedenes Gefühl für den Werth
dieser Werke, doch noch entfernt nicht jene Anerkennung aus voller Brust vorhanden, die dem Künstler sagt, dass seine Intentionen
und sein Leisten begriffen sind. Freilich wenn Beethoven jetzt
an Besprechungen dachte wie z. B. ebend. 1807 S. 453 über
die Sonate Op. 57. 1809 S. 480 von München aus über die Coriolan-Ouverture u. s. w., so durfte er bei eifrigem Bestreben vielleicht hoffen, dass das Publikum an den „bizarren Geschmack
dieses originellen Künstlers" doch endlich sich „gewöhnen werde".

[190] Vertr. Br. I. 294. 317. Vgl. auch S. 357.

[191] Vgl. ob. S. 99. 245. — Vertr. Br. I. 334. Auch S. 283
heisst es: „ihres Lehrers Beethoven." Vgl. auch II, 76. Dem
Wiener Kritiker der Buches A. M. Z. 1810 S. 289 scheint jedoch
das Klavierspiel der Mad. Bigot hier und in der Folge gar zu
sehr gelobt.

[192] Vertr. Br. I, 371, 385 f., 428. Vgl. auch II, 74, 84. Ihr
Gemahl war Major beim k. k. Infanterieregiment Hoch- und
Deutschmeister, er blieb bis 1818 in Wien. Schindler rühmt
Biogr. I, 241 von dieser Dame, der wir noch oft begegnen werden,
dass sie im Ausdruck des Anmuthigen und Naiven, aber auch im
Tiefen und Sentimentalen excellirte, demnach sämmtliche Werke
vom Prinzen Louis Ferdinand und ein Theil der Beethoven'schen
ihr Repertoire gebildet haben. „Was sie hierin geleistet, war
schlechterdings unnachahmlich; selbst die verborgensten Intentionen in Beethoven's Werken errieth sie mit solcher Sicherheit,

als ständen selbe geschrieben vor ihren Augen"; es sei ihr
oft gelungen, Beethoven selbst zu hoher Bewunderung zu bringen.
Uebrigens habe sie in diesem Vortrage ganz auf des Meisters
eigener Lehre gefusst u. s. w. Hatte doch auch Felix Mendelssohn immer gehört, wie sie Beethoven so verzogen habe!
Dieser hörte noch 1831 von ihr die Cis-moll-Sonate und
die aus D-moll spielen und sagt (Reisebr. S. 194): „Sie spielt
die Beethoven'schen Sachen sehr schön, obgleich sie seit langer
Zeit nicht studirt hat; oft übertreibt sie es ein wenig mit dem
Ausdruck und hält so sehr an und eilt dann wieder, doch spielt
sie wieder einzelne Stücke herrlich, und ich denke, ich habe etwas
von ihr gelernt. Wenn sie so zuweilen gar nicht mehr Ton her-
ausdrücken kann und nun dazu zu singen anfängt mit einer
Stimme, die so recht aus dem tiefsten Innern heraufkommt, so hat
sie mich oft an Dich, o Fanny, erinnert, obwohl Du ihr freilich
weit überlegen bist. Als ich gegen das Ende des Adagios des B-
dur-Trios kam, rief sie: »Das kann man vor Ausdruck gar nicht
spielen!«"

[193] Reichardt, Vertr. Br. I. 358. 408.

[194] Br. Beeth. Nr. 55 f. und Thayer, Chron. Verz. S. 192.
Ueber die Art, wie Frau von Ertmann speciell das Trio spielte, sagt
Schindler I. 211: beim Vortrag des mysteriösen Largo habe man
das Athmen vergessen. — Wie wenig übrigens in einzelnen
Fällen auf die Opuszahl zu geben ist, wenn es sich um die Zeit
der Entstehung handelt, beweist der Umstand, dass Op. 71, das
Blas-Sextett in Es, das im April 1813 erschien, aber wohl schon
jetzt ebenfalls an Breitkopf und Härtel verkauft sein mochte,
nach Beethoven's eigener Angabe in früher Zeit und noch dazu
in einer Nacht geschrieben ist. Jahn. Ges. Aufs. S. 332. Und
Op. 72 ist „Leonore", wovon im Frühjahr 1810 der Klavierauszug
erschien.

[195] Thayer, Chron. Verz. Nr. 144. 145. — Reichardt, Vertr. Br.
I. 467 und II. 5 vom 6. März 1809: „Abends war wieder grosses
Concert für den Erzherzog Rudolf beim Fürsten Lobkowitz, wo
neue ungeheure Sachen von Beethoven mit vieler Fertigkeit ausgeübt wurden." Auch die A. M. Z. 1810 S. 289 sagt vom Erzherzog: „dieser rasche und präcise Klavierspieler"; und Karoline
Pichler hörte noch im Winter 1812 — 13 oft im Hause des
Fürsten Lobkowitz den Erzherzog „mit seltener Fertigkeit Beethoven'sche Tonstücke vortragen". Denkw. II. 219. Er war
damals Adjunct des Erzbischofs von Olmütz, dem er im Jahre
1818 folgte.

[196] Thayer, Chron. Verz. Nr. 143, 161. — Nach Reichardt.
Vertr. Br. I, 467 geschah die Abreise des Erzherzogs zu seinem
Bataillon nach Böhmen, von wo er, wie das Manuscript des letz-
ten Satzes der Sonate besagt, am 30. Jan. 1810 zurückkehrte. — Die
Variationen Op. 76 erschienen Oct. 1810. Meine Vermuthung

über die Entstehungszeit gründet sich diesmal einzig auf die Opuszahl. Von Oliva werden wir noch hören. — Op. 75 erschien im Nov. 1810. Die genauere Chronologie der einzelnen Lieder wird später im Text festgestellt werden. — Bei Op. 82, im März 1811 erschienen, stützt sich die Vermuthung des Zeitpunkts der Entstehung ebenfalls nur auf die Opuszahl und den Umstand, dass nach Reichardt I, 358 die Fürstin Kinsky italienische Duetten mit Fräulein von Goubeau sang. „Es war ein reizender hoher Genuss, die beiden herrlichen Stimmen in so schöner Vereinigung zu hören." Brief vom 30. Jan. 1809.

[197] Elise Hahn hatte sich bekanntlich in einem Gedichte dem Dichter Bürger als Gattin angetragen. Die Ehe war aber nicht glücklich gewesen und bald getrennt worden, und nun zog Elise als Declamatrice in der Welt umher. — Beethoven's Wunsch zu heirathen, der sich hier nur scherzhaft ausspricht, nahm übrigens, wie wir sehen werden, bald eine ernstlichere Wendung.

[198] Br. Beeth. Nr. 52, 54, 56. Die Sache, die in den November 1808 fallen muss, scheint jedoch auch in Hinsicht auf sein Verhältniss zur Gräfin fatal genug geworden zu sein, und es ist wohl darauf das nachstehende Billet Beethoven's zu beziehen, das Dr. A. Schöne a.-a. O. mittheilt: „Meine liebe Gräfin, ich habe gefehlt, das ist wahr — verzeihen Sie es mir, es ist gewiss nicht vorsätzliche Bosheit von mir, wenn ich Ihnen weh gethan habe — erst seit gestern Abend weiss ich recht wie alles ist, und es thut mir sehr leid, dass ich so handelte — lesen Sie Ihr Billet kaltblütig und urtheilen Sie selbst, ob ich das verdient habe und ob Sie damit nicht alles sechsfach mir wiedergegeben haben. Indem ich Sie beleidigte, ohne es zu wollen, schicken Sie noch heute mir mein Billet zurück, und schreiben mir nur [? nicht] mit einem Worte, dass Sie wieder gut sind, ich leide unendlich dadurch, wenn Sie dieses nicht thun, ich kann nichts thun, wenn das so fortdauern soll — ich erwarte Ihre Vergebung." Vgl. ob. Anm 164 und 165.

[199] Reichardt I, 469; II. 17. 72. Die begeisterten Collin'schen „Lieder österreichischer Wehrmänner" werden dort ebenfalls mitgetheilt. Vgl. auch Journ. d. Luxus 1809 S. 371 und die ausführlichen Schilderungen der Zustände und Erregungen dieses Jahres, über die Beethoven am 2. Mai 1810 gegen Wegeler ausruft: „Auf wen mussten nicht auch die Stürme von aussen wirken?" bei K. Pichler, Denkw. II. 136 ff. Es war eine kurze, aber in jeder Weise schwungvolle Zeit, sodass man sagen kann, Oesterreich erlebte damals sein Jahr 1813. Und diese gehobene Stimmung, die „sich wie ein elektrischer Schlag durch die ganze Nation verbreitete", dieser „schönere Geist, der sich zu regen anfing", der „schönste patriotische Enthusiasmus", der glänzende Anblick eines „Volkes in Waffen" und endlich die Idee des einen ganzen grossen deutschen Vaterlandes, die damals

wirklich in Oesterreich herrschte, sie wurden ohne Zweifel auch von unserm Meister in innerster Seele getheilt. Denn das Alles gehörte ja nicht zu den „politischen Wissenschaften, wovon er nichts zu verstehen" behauptet. Vielmehr erweckte es auch in seiner Seele Ideale, die, wie wir sehen werden, grössere Werke zu erzeugen vermochten als jenen Marsch für Erzherzog Anton, der übrigens merkwürdigerweise später bei Schlesinger in Berlin in einer „Sammlung von Geschwindmärschen für die preussische Armee" erschienen ist mit dem Titel: „York'sches Corps 1813." Thayer, Chr. Verz. Nr. 147. Vgl. auch Varnhagen, Denkw. VIII. 50.

²⁰⁰ Es war am 31. Mai kurz nach Mitternacht. Von einem feierlichen Begräbniss wird nirgends etwas erwähnt, wohl aber bei Dies S. 197 von einem Todtenamt am 15. Juni bei den Schotten mit Mozart's Requiem, „das die sämmtlichen Tonkünstler Wiens an diesem Tage mit erhabener Pracht aufführten und wobei die höchsten Personen von der französischen Generalität erschienen". Beethoven war damals noch in Wien, wir erfahren aber nicht, ob er bei der Feierlichkeit für seinen verstorbenen Lehrer zugegen war.

²⁰¹ Weg. S. 121. K. Pichler erzählt die ganze Beschiessung Denkw. II. 145 ff.

²⁰² Reichardt reiste bereits Anfang April von Wien nach Prag. Trotz aller Unruhen war doch in der letzten Zeit noch Paer's „Leonore" gegeben worden und Weigl's „Schweizerfamilie" in Scene gegangen. Das Journ. d. Luxus Juni 1809 aber bringt einen „Rückblick auf die Vergnügungen des verflossenen Winters in Wien", zu dem die Redaction bemerkt: „Ich liefere diesen kurz vor Ausbruch des Kriegs von einem Freunde erhaltenen Brief noch als ein schönes Traumgemälde dieser guten, jetzt so unglücklichen Stadt. Auch sie unterlag ungeachtet des schönsten patriotischen Enthusiasmus, dem aber energische Einheit fehlte, dem gigantischen Zeitgeiste." Und der Wiener Referent der A. M. Z. schreibt am 16. Mai: „Von hier aus ist jetzt nichts zu berichten; wenn der Donner rollt, schweigt billig die Nachtigall."

²⁰³ Vgl. ob. Anm. 17. Das Wort: „Lieben Freunde, ich gab mir die Mühe blos hiermit, um recht beziffern zu können und dereinst andere anzuführen", das auf S. 22 des Manuscripts steht und die Behandlung der Quarte als Vorhalt nach Ph. E. Bach II. Kap. 21 § 7 enthält, beweist schlagend, dass es wenigstens anfangs nicht eigene theoretische Studien waren, was Beethoven hier machte, sondern er verwendete die Musse dieses Sommers darauf, eine Art von Lehrbuch herzustellen, um danach „dereinst andere anzuführen"; wie es denn auch Br. Beeth. Nr. 227 an Haslinger heisst: „Auch bitte ich mir den Kirnberger gefälligst zu schicken, um den meinigen zu ergänzen, ich unter-

richte Jemanden eben im Contrapunkt und mein eigenes Manuscript hierüber habe ich unter meinem Wust von Papieren noch nicht herausfinden können." Dass ferner diese Arbeiten in den Frühsommer 1809 fallen, ergibt sich daraus, dass auf der ersten Seite der „Materialien zum Generalbass" folgende Worte stehen: „Von 101 bis 1000 fl. ein Viertheil — alle Miethparteien ohne Unterschied" — welches Zwangsdarlehn von den Franzosen durch Circulare vom 28. Juni 1809 ausgeschrieben wurde. Ebenso steht auf der 17. Seite des Heftes in einer Abhandlung über den Dreiklang: „Druckfehler in der Sonate für Klavier mit obligatem Violonschell." Op. 69 aber erschien April 1809, nachdem Beethoven noch am 4. März an Breitkopf und Härtel geschrieben hatte: „Hier das Opus etc. von den drei Werken — Sonate für Klavier und Violonzell dem Herrn Baron von Gleichenstein Op. 59!" Und dass der „Anzuführende" Niemand anders ist als Erzherzog Rudolf, versteht sich aus allem bisher über das Verhältniss der Beiden Vernommenen wohl von selbst, und Beethoven hatte gewiss Ursache, sich seiner Ausbildung mit Fleiss anzunehmen. Jedoch wie es eben zu gehen pflegt und bei einem Mann von Geist nicht wohl anders sein kann, die Arbeit begann nachgerade den Meister selbst zu interessiren, er machte aus dem blossen Geschäft ein Studium und zwar so sehr, dass er sich in manche Sachen ganz vertiefte. Nottebohm (A. M. Z. 1863 Nr. 41 ff.) hat, wie bereits oben mitgetheilt worden, die einzelnen „Studien" genau beschrieben. Schon bei der Accordlehre hat Beethoven drei Systeme neben einander gestellt, Bach's, Kirnberger's und Marpurg's, und Nottebohm bemerkt dazu a. a. O. S. 707 mit Recht: „Beethoven war schon der Mann dazu, der seiner Kunst wie ein Feldherr einer Festung von allen Seiten beizukommen suchte." Dann aber führen ihn Kirnberger's „Gedanken über die verschiedenen Lehrarten in der Composition" (Berlin 1782) und zumal dessen Bemerkungen über Natur und Eigenthümlichkeit der drei verschiedenen Dissonanzen nicht nur dahin, dass er sich jenes Buch mehr als halb ausschreibt, sondern dass er sogar die Beispiele, die Kirnberger zu der zweiten Gattung des Contrapunkts gibt, selbst in ein System bringt und nach den fünf Gattungen des einfachen Contrapunkts zusammenträgt und eintheilt. Auf das contrapunktische System nach den Grundsätzen Kirnberger's lässt er dann die Lehre von dem Fux'schen Contrapunkt folgen, und auch hier beweist eine Anzahl „sonst nicht anzutreffender Bemerkungen, worin er seiner Vorlage entgegentritt und eine der Lehre von Fux entgegengesetzte Ansicht ausspricht", das selbstthätige Interesse, welches Beethoven an den theoretischen Studien genommen hat. Da steht denn auch einmal: „Der Tropfen Wasser durchlöchert endlich einen Stein, nicht mit Gewalt, sondern indem er oft darauf fällt; nur durch unermüdeten Fleiss werden Wissenschaften erhalten, sodass man mit Wahrheit sagen kann: kein Tag ohne Linie, nulla dies sine linea." Und wenn wir vernehmen, dass noch im Jahre 1814 15 ein Heft aus Marpurg's Abhandlung von der Fuge mit der Aufschrift „Die übrigen Contrapunkte" entstand (Nottebohm a. a. O. S. 828) und im Tagebuch vom Herbst 1814 steht: „Den ersten besten Satz in Canons erfinden auf Harmonie gebaut", sowie: „immer von halb sechs bis zum Frühstück studirt" und andere Stellen mehr, so ist allerdings damit „der Beleg geliefert für den Ernst, mit welchem Beethoven an dem theoretischen Theile seiner Kunst sich betheiligte". Allein es bleibt dennoch völlig zu Wahrheit bestehen, was oben (S. 38, 52 und Anm. 21) über das Verhältniss Beethoven's zur „sogenannten alten Schule" nach seinen eigenen Aeusserungen gesagt wurde, dass er weder ein „Verächter" derselben war, noch sie nach ihrem Werth überschätzte, vielmehr genau wusste, dass sie im Grunde doch nur die Regeln aufstellt nach Gesetzen, die der wahre Genius der Kunst von Natur in sich trägt. — Noch ist hier zu erwähnen, dass Türk bereits in einer Ausgabe seiner Klavierschule ein Beispiel von Beethoven gibt und zwar aus dem Adagio der Pathétique, sowie ferner, dass Nottebohm in Wien eine Abschrift von Bach's „Morgengesang am Schöpfungstage" besitzt, auf dem von Beethoven's Hand steht: „Von meinem theuern Vater geschrieben."

[204] So hat den Vorgang nach Beethoven's eigener Erzählung „in heiterer, gesprächiger Stimmung" etwa im Jahre 1816 das Fräulein Del Rio in ihr Tagebuch geschrieben. (Grenzboten 1857 I. 14. S. 27. Auch Seyfried erzählt denselben mit der Version: „Drohung mit Hausarrest" (Stud. Anh. S. 21), und Varnhagen von Ense, der im Herbst 1809 in Wien war, sagt Denkw. VI. 79 sogar: „in einem schrecklichen Fall, als in Wien ein Fürst ihn zwingen, körperlich zwingen wollte." Seyfried schliesst ausserdem: „Zur Genugthuung für erlittene Schmach musste des Gönners Büste ein Sühnopfer werden, sie fiel in Trümmer zerschlagen vom Schranke herab zur Erde." Die Sache hatte also viel Aufsehen gemacht, sie ist auch häufig wiedererzählt worden und hat namentlich unter dem Titel „Beethoven's erste Liebe" in breiter, mannichfach ausgeschmückter Darstellung vor etwa zehn Jahren die Blätter erfüllt. Der Vorgang wird dabei mit so manchem Detail erzählt, dass die Vermuthung nahe liegt, der erste Verfasser habe einen Bericht aus ziemlich directer Quelle erhalten. Mit den Personen dagegen ist ihm eine Verwechslung passirt, denn einmal ist es nicht Fürst Eduard, der Verfasser der Geschichte des Hauses Habsburg, sondern sein Vater Fürst Karl, von dem hier die Rede sein kann, und von einer Comtesse Karoline in diesem Hause ist mir ebenfalls nichts bekannt, wohl aber von einer „Mademoiselle la Comtesse Henriette de Lichnowsky", der allerdings Beethoven, wenn auch nicht eine Sonate,

so doch und zwar um das Jahr 1802 das Rondo für Klavier in G-
dur gewidmet hat. S. ob. Anm. 69. — Es fand übrigens jetzt eine
völlige Trennung zwischen den beiden alten Freunden statt, die
sogar bis zum Jahre 1814 gedauert hat, wo denn Beethoven, gerührt von dem Andenken und Wohlwollen, „das die verehrungs-
würdige Fürstin Christiane von neuem für ihn bewiesen, sich be-
sinnt, was er dieser Familie alle schuldig sei, wenn auch ein
unglückliches Ereigniss Verhältnisse hervorbrachte, wo er es
nicht so, wie er wünschte, zeigen konnte“. Bei dieser Gelegenheit
sei zugleich berichtigt, dass auch die ob. S. 261 erwähnten Aufführungen Beethoven'scher Werke nicht, wie dort vermuthet wird,
bei Lobkowitz, sondern bei Lichnowsky stattgefunden haben.
Vgl. Morgenblatt 1807, S. 336.

205 Thayer, Chr. Verz. Nr. 149 und 150 gibt ohne Bezeich-
nung seiner Quelle October 1809 als die Entstehungszeit von
Op. 77 und 78 an, und jedenfalls ist es wahrscheinlicher, dass dies
Op. 77 auf jener „kurzen Rast“ beim Grafen Brunswick, die
Schindler I. 138 erwähnt, „in einem Zuge niedergeschrieben“ ist
als Op. 57, das übrigens ebenfalls diesem Freunde gewidmet ist.
Graf Franz Brunswick, von dem und dessen Schwester wir
bereits ob. S. 122 und Anm. 79 und 123 hörten, war ein Alters-
genosse des Meisters und ihm bereits seit den ersten Jahren des
Wiener Aufenthalts befreundet. Das Verhältniss der beiden
Männer blieb bis zu Beethoven's Tod in gleicher Vertraulichkeit
bestehen, leider aber ist von ihrer reichen Correspondenz nur
sehr wenig mehr vorhanden, sodass Brunswick's Hinterbliebene die
Vermuthung aussprechen, er habe Beethoven's Briefe verbrannt.
Er sowohl, der ein höchst ausgezeichneter Cellist und ein Musik-
freund von der edelsten, aufopferungsfähigsten Art war, sowie
auch seine Gattin, die Gräfin Sidonie, gehörten zu den besten
Spielern Beethoven'scher Werke in Wien. Im Jahre 1824 schreibt
Schindler in das Conversationsheft: „Graf Brunswick kommt also,
vielleicht die Frau auch?“ — „Ich freue mich, ihn kennen zu
lernen.“ — — „Ja wohl, ein seltener, edler Mensch.“ Von der
Gräfin Therese besitzt ein lebensgrosses Brustbild in Oel aus
Beethoven's Nachlass Frau Wittwe Karl van Beethoven in Wien.
Auf der Rückseite desselben stehen in Gross-Antiqua die
Worte: „Dem seltenen Genie, dem grossen Künstler, dem guten
Menschen von T. B.“ Der antik aufgefasste Kopf verräth edle
Schönheit in den Linien. — Von der Correspondenz Beethoven's
mit Thomson sind Stücke mitgetheilt bei Thayer, Chron. Verz.
S. 100 f.

206 Vgl. Br. Beeth. Nr. 47. Ueber den Grafen Oppersdorf,
der also direct veranlassend auf Beethoven's Schaffen eingewirkt
hat, vermag ich nichts Näheres anzugeben. Dass jedoch die ihm
bestimmte Symphonie, die er „bald erhalten werde“ (s. ob. S. 277),
die in A-dur gewesen und dass sie bereits im Winter 1807/8 in

den Entwürfen des ersten Satzes begonnen war, könnte man
aus der Notiz auf S. 9 der Petter'schen Skizzen zu derselben
schliessen: „Ouverture Macbeth's fällt gleich in den Chor der
Hexen ein." Denn nach der Wiener Zeit, für Theater, Musik
und Poesie 1808 wurde im Febr. dieses Jahres, also ein Jahr
nach der glänzenden Intrade der hochadligen Hoftheaterdirection,
im Kärntnerthortheater neueinstudirt „Macbeth" gegeben, und
es ist möglich, dass Beethoven dadurch in jener Zeit zur
Composition einer Ouverture zu dem machtvollen Werk seines
hochbewunderten dramatischen Lieblingsdichters angeregt wurde
und dass ihm wie bei Collin's „Coriolan" dabei zugleich ein bestimmter praktischer Zweck mit vorlag, oder gar dass die Direction
selbst ihn zu einer solchen Arbeit aufforderte. Es ist aber, soviel
wir wissen, nicht einmal zu Entwürfen eines solchen Werkes gekommen, und nach der A. M. Z. wurde am 10. Jan. 1811 jenes
Drama in Wien mit einer Musik von Gallus gegeben, die schon vor
vielen Jahren componirt sei. — Die Egmontmusik fällt ebenfalls 1808 oder 1809, denn schon im Manuscript des ob. S. 299
erwähnten Streichquartetts Op. 74 stehen auf einem Blatte des
Presto die Worte: „Partitur von Egmont gleich an Göte" (Thayer,
Chr. Verz. Nr. 145), und die besondere Beschäftigung mit Goethe
in jener Zeit sahen wir schon ob. S. 256. Von Liedern fällt
Reissig's „Lied aus der Ferne" bestimmt in das Jahr 1809, von
Sonaten vielleicht Op. 79, erschienen im Nov. 1810, ohne Zweifel
eine Gelegenheitscomposition; doch hörten wir ja ob. S. 300 schon
auch von Entwürfen zu Op. 96, und sollten da nicht auch
Op. 89 und 90 für irgend einen der musicirenden Freunde
wenigstens schon ausgedacht sein? Auf Blatt 45 des Petter'schen
Skizzenbuchs der 7. Symphonie steht: „Polonaise allein für
Klavier."

[207] Man müsste in der That das ganze Leben des Meisters
auszugsweise durchgehen, wollte man alle die Aeusserungen anführen, wo sich das Gefühl dieses Missverhältnisses mehr oder
weniger stark ausspricht. An Aeusserungen über die Taubheit
ist aus jener Zeit zu verzeichnen, was im Skizzenbuch der
7. und 8. Symphonie sogleich auf der ersten Seite steht: „Baum-
wolle in den Ohren am Klavier benimmt meinem Gehör das
unangenehme Rauschen."

[208] Im Artaria'schen Tagebuch steht Robertson's Geschichte
von Amerika, welches Werk im Jahre 1777 erschienen war. —
Von Plutarch hörten wir schon, ebenso von Baahrd's Uebersetzung des Tacitus. S. ob. Anm. 158. Auch Plinius las er gern.

[209] Wir erinnern uns aus „Beethoven's Jugend", was Dr.
Müller (A. M. Z. XXIX. 345) von ihm sagt: „er überliess sich dem
durch Töne und später durch Dichter geweckten Gefühle und der
brütenden Phantasie." Ebenso vgl. man ob. S. 256 Beethoven's
Aeusserung: „obschon hier und da mich Dichter aufwecken

möchten." Und mit der Einsamkeit. worein ihn sein Gehörleiden
versetzte, musste die Beschäftigung mit allerhand Lectüre nur
noch zunehmen. Es würde also vergebliche Mühe sein. auch nur
im Allgemeinen nachweisen zu wollen, mit was für Büchern sich
Beethoven beschäftigt. und wir können also nur auf dasjenige
Rücksicht nehmen, was uns in seinen Compositionen, Briefen,
Tagebüchern etc. freilich in staunenswerther Menge begegnet. Von
Claudius. Klopstock. Bürger, Lessing war schon früher
die Rede. von Gellert hat er bekanntlich die sechs geistlichen
Lieder componirt. — Wie er Matthisson verehrte, wissen wir aus
dem Briefe vom 4. Aug. 1800 und der Composition manchen Liedes (Adelaide. Opferlied, Andenken). — Von Hölty ist nur ein
obendrein ungedrucktes Lied unter seinen Werken zu finden.
nämlich die „Klage"; von Tiedge. dessen „Urania" er selbst besass, ebenfalls nur die „Hoffnung". aber diese bekanntlich in
zweimaliger Composition, und wir werden noch erfahren, wie er
diesen Dichter und seine Werke verehrte. — Auch Seume's Gedichte besass der Meister und liebte sie sehr. Er selbst schreibt
im Jahr 1819 an einen Bekannten. dass er „an Seume's Grab [in
Teplitz 1811] sich unter die Zahl seiner Verehrer gestellt habe."—
Unter den österreichischen Dichtern stand auch ihm wohl Heinrich von Collin am höchsten, doch wissen wir nicht. dass ausser
zu „Coriolan" weiter etwas zu seinen Werken von Beethoven geschrieben ist. — Von Christian Kuffner ist der Text zur Chorphantasie. und da später auch ein Marsch zu dessen „Tarpeja"
geschrieben wurde, so ist hier wohl wie bei Reissig die persönliche
Bekanntschaft des liebenswürdigen Dichters mit dem Meister der
nächste Anlass zur Beschäftigung mit seinen Gedichten. Uebrigens
hat Kuffner fast ein halbes Hundert Bände gedichtet, darunter auch
drei Oratorien: nämlich für Haydn „Die vier letzten Dinge".
„welches dem frommen Tonsetzer so wohl gefiel, dass er über
einen Chor der reuigen Sünder Thränen vergoss", und welches
dann später von Eybler componirt ward. aber trotz zweimaliger
Aufführung sich nicht halten konnte: für Drechsler „Rosa von
Viterbo" und für Beethoven „Saul". So erzählt Castelli, Mem.
III. 234. und damit stimmt. dass in Beethoven's musikalischem
Nachlass Kuffner den Text zu einer Cantate anspricht, deren
erste Abtheilung zum Inhalt hat: „Saul kehrt nach glänzenden
Siegen" etc. Wir werden. da dies in Beethoven's letzte Lebensjahre fällt, darauf zurückzukommen haben. — Mit dem jungen und
talentvollen Dichter Joseph Ludwig Stoll ferner, dem Sohn
des berühmten Arztes gleichen Namens, war der Meister ebenfalls persönlich bekannt und verwandte sich im Sommer 1810 für
ihn, der in unglücklichen Verhältnissen lebte, auch persönlich.
Varnhagen, der Stoll im Jahre 1809 in Wien kennen
lernte. rühmt das Talent dieses „Kauzes". das sich so eben in dem
aristophanisirenden Lustspiele „Die Schnecken" bewährt habe;

an Einfällen und Plänen sei er unerschöpflich, doch sein Talent allein sei ihm nie Sporn genug zur Thätigkeit gewesen, auch sei weder Ordnung noch Folge in seinen Angelegenheiten, und so gehe es ihm schlecht. (Denkw. VIII, 59.) Auch Reichardt erzählt von „dem jungen blonden Mann von etwas wüstem poetischen Ansehen", den er in Weimar und Halle kennen gelernt habe und dessen poetischen Geistes und kindlich heitern Charakters er sich stets zu erfreuen gehabt. Stoll war Theaterdichter und „einer von den Kunstmännern, denen man ein freies, sorgenfreies Leben bestellen müsste, damit er seinen Ideen oder Launen nachleben könnte". Vertr. Br. II, 110, wo denn auch ein Gedicht Stoll's „An meines Vaters Geist" mitgetheilt wird, das seine damaligen Leiden recht poetisch und Theilnahme erweckend ausspricht. Auch Collin und Andere nahmen sich seiner an, dass er in Wien zu bleiben vermöchte, allein man scheint ihm nicht recht haben helfen zu können, und so setzte der junge Mann denn „sein einziges Heil in eine Reise nach Paris, weil er voriges Jahr wichtige Bekanntschaften gemacht habe, die ihn dazu führen würden, von dort eine Professur in Westfalen zu erhalten". Beethoven, welcher dies an Hammer-Purgstall schreibt, erbittet von diesem, dass er sich verwende, dass Stoll unentgeltlich mit einem Kurier reisen könne. Und bezeichnend genug für des Meisters Herzensantheil an dem „armen Unglücklichen" sind die Worte: „Es ist wohl bei manchem andern Menschen die Rede, wie einer unglücklich geworden durch eigene oder fremde Schuld, das wird jedoch nicht der Fall bei Ihnen und bei mir sein, genug der Stoll ist unglücklich." Da ihm Napoleon, freilich weil er ihn für seinen Vater, den Arzt, nahm, eine Pension ausgesetzt hatte, so muss Stoll wohl damals nach Paris gekommen und also auch Beethoven's Wunsch erfüllt worden sein. Uebrigens hat dieser von Stoll nur das Lied „O, dass ich dir vom stillen Auge" componirt, das 1814 in den Wiener „Friedensblättern" Nr. 7 veröffentlicht wurde. Das Autograph aber, im Besitz Herrn Petter's, trägt die Worte: „An die Geliebte, 1811 im December." Ob Beethoven damals auch mit Justinus Kerner, der sich nach Varnhagen a. a. O. im Herbst 1809 ebenfalls Stoll's besonders annahm, bekannt wurde, weiss ich nicht. Auch Zacharias Werner zählte zu Stoll's persönlichen Freunden; wir werden von ihm noch hören. Von Reissig erschienen bei Artaria: „Achtzehn deutsche Gedichte mit Begleitung des Pianoforte von verschiedenen Meistern, Sr. k. k. Hoheit dem Durchlauchtigsten, Hochwürdigsten Erzherzog Rudolf von Oesterreich, Coadjutor von Olmütz, ehrfurchtsvoll gewidmet von C. L. Reissig, k. k. österreichischem Rittmeister." In dieser Sammlung sind von Beethoven fünf Stücke componirt, die jedoch zum Theil auch wieder einzeln erschienen sind und wahrscheinlich in den Winter 1808/9 fallen. Dass auch hier persönliche Bekanntschaft und vielleicht auch die Widmung an den Erzherzog

Anlass zur Composition der unbedeutenden Lieder gewesen, ist mehr als wahrscheinlich. Noch nach vielen Jahren kommt ihm der Name Reissig wechselsweise mit Reisser manchmal in die Feder. S. Br. Beeth Nr. 334 Anm. — Dass Beethoven auch mit dem Hoftheatersecretär Kotzebue, der schon seit Ende des vorigen Jahrhunderts in Wien lebte, bekannt gewesen, werden wir noch erfahren; doch ersieht man nichts von einer besondern Schätzung dieses charakterlosen Faiseurs, der sich freilich, wie er selbst in einem Schreiben an Beethoven (Reval, 24 Sept. 1813) sagt, „zu dessen aufrichtigsten Verehrern zählte"!

[210] Vgl. ob. Anm. 140 und 206. In Schindler's Beeth. Nachl. befindet sich von der in Mannheim 1779 erschienenen Eschenburg'schen Uebersetzung Shakspeare's der zweite, neunte und zehnte Band, enthaltend „Othello", „Romeo und Julie", „Viel Lärm um nichts", „Ende gut, Alles gut", und von der 1783 erschienenen der dritte und vierte Band mit „Kaufmann von Venedig", „Wie es euch gefällt", „Der Liebe Mühe ist umsonst", „Wintermärchen" — alle Stücke ausser den beiden vorletzten mit vielen Zeichen des Lesens, namentlich Strichen etc. versehen. Im Sommer 1816 schrieb Beethoven in sein Tagebuch folgende Stelle offenbar aus irgend einer Zeitungskritik aus: „Malheureusement les génies mediocres sont condamnés à imiter les défauts des grands maitres sans les apprécier les beautés: de là le mal que Michel Ange fait à la peinture, Shakspeare à l'art dramatique et que Beethoven fait de nos jours à la musique."

[211] Weg., Nachtr. S. 9 berichtigt die Angabe der Kölner Zeitung vom 22. März 1835, dass Beethoven die Kantische Philosophie studirt habe, mit der obengegebenen Nachricht und führt die Namen Adam Schmidt, Wilhelm Schmidt, Hunczovsky, Leibarzt Göpfert als die damals über Kant Vortragenden an. — Ueber A. W. Schlegel's Vorlesungen spricht sich Reichardt, Vertr. Br. II, 179 ff. und Schreyvogel's „Sonntagsblatt" 1808 ausführlich aus. Uebrigens war damals auch Ludwig Tieck in Wien. Mit ihm ist Beethoven auch persönlich bekannt geworden, ohne dass es jedoch trotz Tieck's grosser Liebe zur Musik, wie es scheint, zu einer intimern Berührung gekommen wäre. Von einer persönlichen Bekanntschaft mit einem der beiden Schlegel erfahren wir dagegen gar nichts. Dass er von A. W. Schlegel's Shakspeare-Uebersetzung „durchaus nichts habe wissen wollen", behauptet Schindler, Biogr. II, 181 und fügt als Ursache hinzu: „Er erklärte sie für steif, gezwungen und stellenweise zu abweichend, was er blos aus dem Vergleiche mit Eschenburg schliessen konnte." Allein wie stimmt das dazu, dass er dem Frl. Malfatti gerade Schlegel's Uebersetzung empfahl! S. ob. S. 256. Uebrigens kann man sich vorstellen, dass das geleckte, eitle und unmännliche Wesen A. W. Schlegel's, von dessen Aufenthalt und Verhältniss zu Frau von Staël in Wien K. Pichler (Denkw.

II, 115. f) eine nicht eben Achtung einflössende Beschreibung macht, unserm Meister wenig zugesagt haben würde.

²¹² Wir müssten viel Ueberfluss an Raum haben, wollten wir hier nur die Menge der Redensarten citiren, die Beethoven aus Schiller stets im Munde führte. Es werden uns deren noch genug begegnen. Von einer Composition von „Freude, schöner Götterfunken" hörten wir bereits S. 28. Das Motto dieses Kapitels aber stammt aus dem ob. Anm. 206 erwähnten Skizzenbuch, und es heisst dabei einmal: „Ouverture ausarbeiten", dann: „Abgerissene Sätze aus Schiller's Freude zu einem Ganzen gebracht", endlich: „Ouverture Schiller" mit einem Thema daneben. Man sieht, seine Phantasie war auch damals wieder viel mit einem Stoffe beschäftigt, der mehr als zwölf Jahre später Grundinhalt seines grössten symphonischen Werkes werden sollte.

²¹³ Das ungedruckte Liedchen ist im Besitz Artaria's. Thayer, Chr. Verz. Nr. 15 vermuthet wohl mit Recht, dass es für die Bonner Oper geschrieben ist. — Auch Reichardt, Vertr. Br. I, 359 klagt, dass man in Wien Goethe's Stücke oft nicht sehen könne.

²¹⁴ Das Flohlied erschien im Nov. 1810. Doch habe ich übersehen, dass auch „Gretel's Warnung", in der A. M. Z. 1810 S. 855 mitgetheilt, aus „Faust" ist. Auch besitzt Hr. J. Dessauer in Wien ein Blatt mit Skizzen zu „Meine Ruh' ist hin", erst G-dur ⁴⁄₄, dann zu den Worten „Mein Busen drängt sich" G-moll ⁶⁄₈. In einer Conversation mit seinem Freunde Bichler über ein für Boston bestelltes Oratorium sagt Beethoven: „Ich schreibe nur das nicht, was ich am liebsten möchte, sondern des Geldes wegen, was ich brauche. Es ist deswegen nicht gesagt, dass ich doch blos ums Geld schreibe. Ist diese Periode vorbei, so hoffe ich endlich zu schreiben, was mir und der Kunst das Höchste ist — Faust." Das war 1823.

²¹⁵ Das Genauere über diesen Gegenstand ist erst da zu sagen, wo von Beethoven's Schaffen die Rede ist.

²¹⁶ Er nannte diese hochgelegene Wohnung mit dem weiten Freiblick auf Leopolds- und Kahlenberg seine Sternwarte; wenigstens geht dies aus dem Schreiben Beethoven's an Bettina hervor. Vgl. ob. S. 302 und Anm. 58, 59 a. E. und 99. Bettina wohnte im Birckenstock'schen Hause in der Erdbeergasse.

²¹⁷ Bettina war offenbar eine durch und durch musikalische Natur. Auch Beethoven hatte ihr über ein paar Lieder ihrer Composition „viel Schönes gesagt, dass, wenn sie sich dieser Kunst gewidmet hätte, sie grosse Hoffnungen darauf bauen könne". Nur schade, dass den tiefen Wirkungen, die die Musik auf ihre Phantasie und ihr Gemüth, überhaupt auf ihr inneres Leben machte, nicht die genügende geistige Ausbildung oder vielmehr die Fähigkeit zur Seite ging, dem innerlich Empfundenen und ahnend Erschauten einen Ausdruk zu geben, der mit voller Bestimmtheit die Sache bezeichnet und so auch Andern

verständlich macht. Bei oft wirklich überraschend getreuen Aussprechen des Ganzen, was sie von Beethoven hörte, wählt sie im Einzelnen häufig, ja meistens Ausdrücke, die nur halb richtig sind, oder gar etwas Anderes bezeichnen, als sie sagen wollte. So kommt es, dass ihre Worte vielfach übertrieben, phantastisch, ja geradezu als sinnlos erscheinen und gar oft so genommen worden sind. Und doch schaut man bei tieferem Eingehen durch, und wir werden das später noch deutlich erkennen, dass ihr nicht blos von der Musik überhaupt, sondern speciell auch von Beethoven's Geiste Manches verständlich geworden, wovon sich die Schulweisheit nichts träumen liess. Dann aber muss man nicht vergessen, wie unbeholfen der Meister selbst, der kaum die gewöhnlichen Sachen des Lebens völlig richtig sagt, im Ausdruck eigentlich geistiger Dinge war, wie rhapsodisch und apokalyptisch seine Redeweise ist, wenn er tiefere Ideen und Empfindungen mit Worten ausdrücken will! Dass aber Beethoven, was freilich selten genug geschah, zu lebhaftesten Expectorationen sogar über seine Kunst sich herbeiliess, das ist nicht allein schon aus Bettina's innerlich erregtem, phantasie- und schwungvollem Wesen, das ja obendrein Musik verstand, zu begreifen, sondern mehr noch, weil er in ihr zugleich gewissermassen mit dem Dichter selbst sprach, den er so hoch verehrte und dessen einst geliebte Maximiliane Laroche ja die Mutter dieses seltsam schillernden Schmetterlings war, der im Sommer 1810 auch einmal nach der Kaiserstadt geflogen kam. Und nur einem Schindler kann es in den Sinn kommen, dies zu bezweifeln. Freilich, „die Fülle der Gesichte", in der Beethoven manchmal lebte, einem solchen „trockenen Schleicher" aufzudecken, möchte wohl dem Meister niemals eingefallen sein! — Dass er aber beim Wiederhören des Gesagten das beliebte Mutter Breuning'sche Wort „Raptus" gebrauchte, ist wohl begreiflich. Auch Faust hätte nach seinem schönsten Monolog nur dasselbe gethan. Ebenso begreiflich ist das schliesslich durchbrechende Gefühl der Unzulänglichkeit seiner Worte für die Dinge, die er durch Töne auszudrücken strebte. Wie aber Goethe selbst den Bericht aufgenommen, werden wir später erfahren.

218 Welche Probe dies war, ist nicht ersichtlich; sie muss der Beschreibung nach im Theater stattgefunden haben. Von der Egmont-Musik kann jedoch nicht wohl die Rede sein, das hätte Bettina behalten und angemerkt. Vielleicht war es zu einem der Schuppanzigh'schen Augartenconcerte, die nach der A. M. Z. XII, 879 in diesem Sommer 1810 zahlreich besucht wurden und in denen man manches Gute zu hören bekommen konnte. Dort pflegte Beethoven manchmal seine Symphonien selbst zu dirigiren, wie das Moscheles (The life of Beethoven S. XI) gerade von diesem Sommer 1810 erzählt.

219 Br. Beeth. Nr. 66.

²²⁰ Das Schreiben vom 23. Jan. an Zmeskall Br. Beeth. 63.

²²¹ Diese Stelle aus dem Briefe an Ries vom 5. März 1818, die letzterer unterdrückt hatte, ist nach dem Autograph im Besitz des Herrn Componisten August Buhl in Frankfurt. Die Menge der Entschuldigungsbillets an den Erzherzog beweist genügend, wie lästig ihm der Unterricht desselben war.

²²² Der Taufschein ist im Besitz der Frau van Beethoven in Wien. — Breuning's Brief wird Weg., Nachtr. S. 14 angeführt.

²²³ Die Entstehung der sämmtlichen genannten Goethe'schen Lieder fällt in dieses Frühjahr 1810 oder höchstens in den Winter vorher. Die Skizze von „Herz mein Herz" habe ich in den Wiener Recensionen Dec. 1865 veröffentlicht. Vgl. auch den Br. Beeth. vom 11. August 1810. Die Copie von „Freudvoll und leidvoll", das bereits vor dem 24. Mai 1810, wo die erste Aufführung der Egmont-Musik stattfand, fertig gewesen sein muss, besitzt Fräulein Bredl in München aus dem Nachlass der Frau von Drossdick; an der untern Ecke rechts steht von fremder, vielleicht Theresens Hand das Wort: „Thérèse." Das Ganze hat Albumformat. Die Egmontlieder wurden übrigens für Antonie Adamberger, Tochter des berühmten Tenoristen, geschrieben. Sie selbst erzählte mir, wie Beethoven in jener Zeit zu ihr gekommen sei, um sich über den Umfang und die Ausbildung ihrer Singstimme zu unterrichten, und dann kurz nachher die fertigen Lieder gebracht habe. Wir werden davon am geeigneten Orte hören. — „Kennst du das Land" sang er selbst Bettina vor, s. ob. S. 320. Das Originalmanuscript von „Wonne der Wehmuth", „Sehnsucht" und „Mit einem gemalten Bande", im Besitz des Herrn Ascher in Wien, trägt die Jahreszahl 1810. Die „Sehnsucht" ist bereits in demselben Jahre erschienen. Ausserdem ist hier mitzutheilen, dass J. Dessauer in Wien den vollständigen Entwurf sowohl zum „Erlkönig" (D-moll $^6_8$), als zu „Rastlose Liebe" (Es-dur $^6_8$) besitzt.

²²⁴ Frl. Malfatti heirathete im Jahr 1817 den ungarischen Baron von Drossdick, der damals in Mainz, wegen Grenzregulirungen, lebte. Sie verlor ihren Mann aber bald und lebte dann später in Wien und in München. — Einen eigenthümlichen Eindruck macht, nach Kenntniss der damaligen Verhältnisse Beethoven's, sein Brief vom 11. August 1810 an Bettina, also nachdem die Heirathspartie sich zerschlagen hatte. Dass Beethoven besonders in dem Zustande, in dem er sich augenblicklich befindet, sein durch verschmähte Liebe doppelt aufgeregtes Inneres lebhafter gegen die neue Freundin ausschüttet, als es vielleicht sonst geschehen wäre, ist zu natürlich, als dass es der besondern Erklärung bedürfte, und wir sehen aus ihrem Buch „Ilius Pamphilius und die Ambrosia" (Berlin 1857), II. 168, 178 f., dass auch sie diese scheinbare „Liebe" des Meisters völlig richtig aufgefasst hat. Die Gesellschaft, wo Bettina nach ihrem Bericht

Beethoven oft sah, war eben bei dem Herrn von Birkenstock, dessen noch jetzt lebende Tochter Antonie den Herrn F. A. Brentano, Bettina's Bruder, zum Manne hatte. Letztern Namen werden wir ebenfalls bald unter Beethoven's hülfreichsten Freunden finden.

²²⁵ Bei diesem Liede ist noch zu bemerken, dass es genau nach den Angaben gestaltet ist, die Goethe selbst in „Wilhelm Meister" über die Composition desselben macht. Was den Vortrag von Liedern bei Beethoven betrifft, so sagt zwar Schlosser, Biogr. S. 45, dass seine Stimme auch singend nie gefallen konnte, und wir glauben ihm das gern, allein er hat es dennoch wie jeder echte Musiker verstanden, selbst mit „grauer" Stimme seinen Zuhörern Sinn und Verständniss der Lieder tief in die Seele zu zwingen. Dies erzählt auch Frau v. Arneth-Adamberger. — Die später erfolgte Dedication der Goethe'schen Lieder an die Fürstin Kinsky, von der wir oben S. 300 hörten, beweist nichts weiter, als dass eben das Verhältniss mit Theresen zu Ende war.

²²⁶ Vgl. Thayer, Chr. Verz. Nr. 153, 154, 157. Auch Nr. 294 wird eine Ecossaise angeführt, die, um das Jahr 1810 von der Harmoniemusik im Prater gespielt, von Krumpholz im Gedächtniss behalten und nach dessen Angabe von Carl Czerny niedergeschrieben worden sei. — Den Brief an Thomson gibt ebenfalls Thayer, Chr. Verz. S. 100.

²²⁷ Thayer, Chr. Verz. Nr. 161: „Skizzen zu diesem Quartett kommen in zwei Notirbüchern der Landsberg'schen Autographensammlung vor und zwar mit Skizzen zum Concert in Es, zur P.-F.-Sonate, Op. 81, zur Egmont-Musik, zum Trio, Op. 97. etc.

²²⁸ Schlosser, Biogr. S. 46. — Vgl. ob. Anm. 206 a. E. Thayer, Chr. Verz. Nr. 162 meint, da Op. 95 von Beethoven selbst mit „October 1810" und Op. 95 mit „März 1811" bezeichnet sei, so müsse man vorerst den Winter 1810—11 als das Datum der Composition annehmen; doch darf man auch hier wohl, wie so oft und sogar meistens bei Beethoven, nur an die eigentliche Gestaltung und Vollendung bereits im Entwurfe vorliegender Intentionen denken. Vgl. übrigens auch unten Anm. 232 das zweite Billet an den Erzherzog Rudolf.

²²⁹ Das hier ausgelassene Stück handelt von dem Brief Bettina's und von Berlin, s. ob. Anm. 41. Die Berliner Kritik war im Ganzen nicht gut auf Beethoven zu sprechen. Man vergl. nur die einschlagenden Artikel in Reichardt's Berl. Musik. Zeit. 1805—6, in der A. M. Z., der Eleg. Zeit. u. a. Auch wurde im Allgemeinen, zumal damals, nur selten von Beethoven etwas dort aufgeführt. Marx, Beeth. II, 196 sagt sogar, dass noch bis zum Jahr 1824 in den Berliner Concerten eine Beethoven'sche Symphonie zu den äussersten Seltenheiten gehört habe. „Christus am Oelberge" erhielt am 22. April 1812 im Concert spirituel in Berlin auch „nur getheilten Beifall", A. M. Z. XIV, 378. Uebri-

gens theilte er dies Schicksal langer Verkennung mit Haydn und mit Mozart (vgl. Jahn. Moz. IV. 315.

[230] Bei Anlass des Citates aus Schiller's „Jungfrau von Orleans" sei bemerkt, dass in Schindler's Beethoven's Nachl. ein sehr beschmuztes und zerlesenes Exemplar dieses Werkes in dem Wiener Nachdruck von dem Jahre 1810 sich befindet. — Was die Absendung der Egmont-Musik betrifft, die ja schon zwei Jahre vorher geschehen sollte (s. ob. Anm. 206), so ist mir nichts bekannt geworden, ob sie wirklich stattgefunden. Auch Goethe erwähnt in seinen 1823 geschriebenen Annalen des Jahres 1811 davon nichts, obwohl er von Musik Mehreres anführt.

[231] In Schindler's Beeth. Nachl. III. 42 befindet sich eine „Cantate auf den Tod der Königin Luise, 1810, vom Privatgelehrten Seyler in Leipzig". Vielleicht betraf die im obigen Brief erwähnte Cantate ebenfalls diesen am 19. Juli 1810 erfolgten Tod. der nach der A. M. Z. XII. 836 am 31. Aug. in Breslau mit den „schauerlichen Harmonien des Todtenmarsches von Beethoven" gefeiert worden war. In Schindler's Nachlass sind auch „vier Lieder von Beethoven an sich selbst von Clemens Brentano" vorhanden.

[232] Br. Beeth. Nr. 68. — Ebenfalls hierher gehören die Billets 21 und 22 an den Erzherzog, die Köchel fälschlich in das Jahr 1814 setzt. Die A. M. Z. 1811 S. 294 nämlich berichtet: „Am 7. [März] wurde zu Ehren der hier durchreisenden Prinzessin Katharina Amalia Christina von Baaden bei Hof in dem herrlich erleuchteten neuen Saale ein grosses Concert gegeben, wobei nicht nur beide Majestäten, sondern auch alle Glieder der kaiserl. Familie und der hohe Adel in grosser Anzahl erschienen. Die bei diesem Concert ausgeführten Musikstücke hatte der k. k. erste Kapellm. Hr. Salieri in Vorschlag zu bringen, der auch das Orchester leitete" etc. Beethoven machte sich während dieser Festlichkeiten eigenmächtig Ferien, und darauf bezieht sich das erste der beiden Billets. Das Originalmanuscript des Trios hat nach Thayer. Chr. Verz. Nr. 164 zu Anfang die Notiz: „Trio am 3. März 1811" und am Schluss: „il fine. Geendigt am 26. März 1811." Ebenso wie der Erzherzog war übrigens die Gräfin Erdödy bemüht, sogleich eine Abschrift des Trios zu erhalten. Wenigstens kann man nicht gut anders als auf dieses Werk die beiden sonst wenig bedeutenden Billets beziehen, die Dr. Schöne a. a. O., S. 19 u. 20, mittheilt; nicht aber aus den Gründen, die dieser beibringt, denn die erste öffentliche Aufführung des Trios fand nicht am 11. April 1811, sondern 1814 statt, sondern weil im ersten der Billets von einer Akademie Linke's die Rede ist, die nach der A. M. Z. XIII. 293 in der That am 24. März 1811 statt hatte und worin „unter Schuppanzigh's Leitung des Orchesters auch Beethoven's Ouverture aus Egmont mit vielem Fleisse durchgeführt wurde"; sodann

weil auch die Worte des zweiten Billets: „ich sehe, dass die Violin-
und Violonschellstimmen dorten schon geschrieben sind", an das
Copiren der Trios beim Erzherzog erinnern. Die Gräfin wohnte
also damals ausserhalb der Stadt, wahrscheinlich in Jedlersee,
und Linke und der Magister Brauchle vermittelten den musikalischen Verkehr mit dem befreundeten Meister.

²⁰⁰ Mittheilung der Frau von Gleichenstein, die auf meine
Anfrage zugleich bemerkt, dass ihres Wissens zu diesem Ehren-
tage der Hausfreund nichts componirt habe. Im folgenden Jahre
schon kam übrigens das junge Ehepaar zum Besuche nach
Wien.

²⁰¹ Die Angaben des Textes sind hier in mancher Hinsicht
zu ergänzen und zu berichtigen. Friedrich Treitschke,
Theaterdichter und einer der Inspectoren der Theater, nach
Reichardt (Vertr. Br. I. 188) ein verständiger, ruhiger Mann
von freundlichem Charakter, war mit Beethoven jedenfalls schon
seit einigen Jahren persönlich bekannt, und es hatte dieser ihn
offenbar ersucht, einen Stoff, den er irgendwo gelesen und der
ihm zum Operntext gut dünkte, für ihn zu bearbeiten. Es waren
„Die Ruinen von Babylon", und es scheint, dass Treitschke in
der That „sobald als möglich" die Bearbeitung bewerkstelligt
und ebenso bald auch Beethoven mit der Composition begonnen
hatte. Denn bereits vom Juli oder August dieses Jahres berichtet
Varnhagen von Ense (Denkw. III, 193): „Ich hatte Beethoven einen Operntext versprochen, einen andern, den er schon be-
arbeitete, sollte ich verbessern." Also war er vorerst mit
Treitschke's Bearbeitung nicht zufrieden, und es hat sich darüber
auch eine Correspondenz zwischen beiden entsponnen, die mir
jedoch bisher unzugänglich blieb. Beethoven weilte nämlich damals in Teplitz, wie auch der Badebericht des Journal des
Lux. 1811 S. 775 unter den dort anwesenden ausgezeichneten
Gästen den „genialen Compositeur Beethoven" nennt. Der Meister war der Aufforderung gefolgt, die ihm am 6. Juni des
vorigen Jahres Goethe durch Bettina hatte machen lassen, dass
er sich zu einer Reise nach Karlsbad bestimme, wo er, Goethe,
beinahe jedes Jahr hinkomme und die beste Musse haben würde,
von ihm zu hören und zu lernen. In Teplitz hatte ihn denn
auch Varnhagen kennen gelernt, der von seinem damaligen Aufenthalt zweimal berichtet, zunächst Denkwürd. III. 192: „Hier
sei nur in Kürze gesagt, dass der Fürst von Ligny und die fürstlich Clary'sche Familie, der Herzog von Sachsen-Weimar, die
Gräfin von Waldburg-Truchsess, gewesene Oberhofmeisterin am
westfälischen Hofe zu Kassel [s. ob. Anm. 170], der Fürst von
Windischgrätz und der Graf von Trogoff, Graf und Gräfin von
der Goltz aus Berlin, Frau von Craven, die Gräfin von Schlabren-
dorf, Frau von Grotthuss und viele Andere, deren Namen sich diesen anschliessen, eine ziemlich bunte Gesellschaft bildeten, in

welcher es lebhaft genug herging. Clemens Brentano besuchte
mich, Fichte und Friedr. Aug. Wolf kamen, die Gräfin von der
Recke brachte Tiegde mit, Beethoven konnte trotz seiner Wild-
heit uns nicht entgehen, nur Goethe blieb leider aus, auf den wir
gehofft." Ferner noch ausführlicher ebendaselbst VI. 78:
„Der Kapellmeister Himmel, dieser wüste Sonderling, der fast
nur noch zwischen behaglichem Champagnerrausch und trostloser
Nüchternheit lebte, liess uns . . . . sein Fortepianospiel hören;
Karoline Longhi gewann in demselben Concert durch ihre Harfe
grossen Beifall. Doch in derselben Zeit war ich mit einem Musiker bekannt geworden, gegen welchen mir jene ganz in den
Schatten traten. Es war Beethoven, dessen Anwesenheit wir
schon lange wussten, aber Niemand hatte ihn noch gesehen.
Seine Harthörigkeit machte ihn menschenscheu und seine Eigenheiten, die sich in der Absonderung nur immer schroffer ausbil-
deten, erschwerten und kürzten bald wieder den wenigen Umgang,
auf den ihn der Zufall etwa stossen liess. Er hatte aber im
Schlossgarten auf seinen einsamen Streifereien einigemal Rahel
gesehen, und ihr Gesichtsausdruck, der ihn an ähnliche, ihm werthe
Züge erinnerte, war ihm aufgefallen. Ein liebenswürdiger junger
Mann, Namens Oliva, der ihn als treuer Freund begleitete, ver-
mittelte leicht die Bekanntschaft. [S. ob. S. 300.] Was Beethoven
den dringendsten Bitten hartnäckig verweigerte, was in einem
schrecklichen Fall, als in Wien ein Fürst ihn zwingen, körperlich
zwingen wollte, seinen Gästen vorzuspielen, ihm keine Gewalt abtrotzen gekonnt, das gewährte er jetzt gern und reichlich, er
setzte sich zum Fortepiano und spielte seine noch unbekannten
neuesten Sachen oder erging sich in freien Phantasien. Mich
sprach der Mensch in ihm noch weit stärker an als der Künstler,
und da zwischen Oliva und mir bald enge Freundschaft entstand,
so war ich auch mit Beethoven täglich zusammen und gewann zu
ihm noch nähere Beziehung durch die von ihm begierigaufge-
fasste Aussicht, dass ich ihm Texte zur dramatischen Composition
liefern oder verbessern könnte." — Das mehrerwähnte Petter'sche
Skizzenbuch der beiden Symphonien schliesst mit verschiedenen
Entwürfen zu dem Liede von Stoll „An die Geliebte", das
1811 im December fertig ward. — Auch an den „Schottischen"
Liedern ward fortgearbeitet. Vgl. Thayer, Chron. Verz. S. 101 das
Briefstück vom 20. Juli 1811. — Die übrigen Angaben des Textes
ergeben sich aus Weg., Nachtr. S. 20. Auch die A. M. Z. berichtet schon im Jan. 1811 aus Wien: „Wie man sagt, dürfte Hr. von
Beethoven künftiges Frühjahr eine Reise nach Italien unternehmen,
um seine Gesundheit, welche seit einigen Jahren sehr angegriffen
war, unter dem südlichen Himmel wiederherzustellen. Wer
wünscht nicht mit uns aus ganzer Seele, dass durch diese Reise
der Zweck erreicht werden möge?" Vielleicht war Seume's „Spaziergang nach Syrakus" damals mitanregend für den Entschluss

einer italienischen Reise. Denn in Teplitz war es ja, wo der edle
Wanderer das Jahr vorher gestorben und begraben war und wo
Beethoven, zumal durch Tiedge's Begeisterung für ihn mitentzün-
det, an seinem Grabe sich unter die Zahl seiner Verehrer gestellt
hatte. Doch waren auch das Jahr vorher die Freunde Treitschke
und Zach. Werner in Italien gewesen, und wir werden bald
noch von einem besondern Anlass hören, der ihm eine solche
Reise auch aus andern als blossen Gesundheitsrücksichten wün-
schenswerth machte.

²⁵⁵ Auch der Wiener „Sammler" 1812. S. 84 gibt einen ausführlichen Bericht über die ganze Sache. Danach war das Ersuchen an Kotzebue bereits im Mai 1811 erfolgt; dieser hatte die
Bitte „sehr bald" erfüllt und nun „dem Wunsche der Direction
gemäss die musikalische Composition der als geistreicher origi-
neller Tonsetzer bekannte Herr L. v. Beethoven übernommen".
Uebrigens wird der A. M. Z. (XII. 376) bereits am 6. Febr. 1810
aus Pesth berichtet, es werde ein neues grosses Theater gebaut,
welches man noch vor Ablauf dieses Jahres eröffnen zu können
hoffe, und wenn auch dort wie in spätern Berichten unter den
Männern, die sich in Pesth besonders um Musik und Theater bemühen, der Name Brunswick's fehlt, so ist es doch mehr als
wahrscheinlich, dass dieser intime Freund und Verehrer Beethoven's auf „den Wunsch der Direction" von Einfluss gewesen ist.
— Der Tag der Aufführung war zugleich Geburtstag des Kaisers
Franz, welcher „biedere Enkel der guten Maria Theresia" und
„liebevolle vortreffliche Herrscher", natürlich von dem „bie-
dern" Dichter nicht wenig gepriesen wird. In keiner Weise zu
vermengen mit dieser rohen und absichtsvollen Vergötterung
des Dichters ist aber die aufrichtige und tiefe Empfindung, womit unser Meister, dem man gewiss nicht übereifriges Loyali-
tätsbestreben vorwerfen kann, diese Stellen, besonders das Gebet des Oberpriesters um Erscheinen eines Altars für
Franz II. in Musik gesetzt hat. Vielmehr ist der tiefe Ernst, der
über dieser ganzen Stelle liegt, der reinste Ausdruck jener innigen Verehrung, die der Oesterreicher für sein Kaiserhaus empfand und die auch Beethoven für sein „zweites Vaterland" und
dessen Herrscher um so mehr theilen musste, als er dieselbe
mehrmals und zumal in der letzten schweren Zeit in ihrer vollen
Stärke und Aufrichtigkeit hatte hervorbrechen sehen. Denn in der
That, er hätte nicht, was er doch wirklich besass, ein menschliche
Dinge lebendig mitfühlendes Herz im Busen tragen, sondern
ganz von kalten Theorien beherrscht sein müssen, wenn nicht
auch auf ihn jener Empfang des Kaisers Franz am 27. Nov. 1809,
als derselbe nach abgeschlossenem Frieden in einer unscheinbaren
Chaise, nur vom Grafen Wrbna begleitet, in die Hauptstadt zurückkehrte, den allertiefsten Eindruck gemacht hätte! Die nicht
gebotene, nicht vorbereitete allgemeine Illumination der ganzen

Stadt, das ganz freudetrunkene Gebaren der Leute, wovon unter
Andern K. Pichler Denkw. II, 175 erzählt, musste auch ihm zeigen, wie in Oesterreich der Herrscher wahrhaft heiss und treu
geliebt ward, und dieses allgemeine Gefühl ist es, dem Beethoven
hier, wie jeder wahre Künstler es an seiner Stelle gethan, den
aufrichtigsten und zugleich schönsten Ausdruck gab. Dass ihm
dabei die Nichterfüllung des Versprechens, das er im März 1809
Gleichenstein mittheilt: „der Titel als kaiserl. Kapellmeister
kommt auch noch nach" etc. (s. ob. S. 301), nicht beirrte, ist nach
seiner Art und Weise zu denken und zu handeln nur natürlich,
und wir werden später noch mehrmals Gelegenheit haben, zu
sehen, wie sehr auch dieses der von jedem rechten Mann ge-
hegten natürlichen Gefühle der Menschenbrust gleich der Liebe zu
seinen Verwandten mit voller Kraft in Beethoven's Herzen lebte.
— Der „Sammler" nennt die Musik „sehr originell und vortrefflich, ganz ihres grossen Meisters würdig", und sagt, dass auch
die Wiederholungen am 10. und 11. Febr. „jedesmal bei vollem
Hause und mit gleichem Beifalle stattgefunden". Dass Beethoven
nicht zugegen war, ist daraus zu schliessen, dass dieser Umstand
nirgends erwähnt wird und dass er am 8. Febr. 1812 von Wien
aus zwei Briefe (an Varenna und Zmeskall) schreibt. Uebrigens
ward bereits am 22. März der Marsch aus den „Ruinen von Athen"
in einer Akademie Clement's an der Wien aufgeführt, und die
A. M. Z. 1812 S. 283 sagt darüber: „Diese Composition, sowohl
nach der Anlage als nach der Ausführung und Wirkung betrachtet, ist von hoher Schönheit" etc.

    [236] Körner's Ges. Werke, Einl. Die Correspondenz Kör-
ner's mit Beethoven ist mir bis jetzt ebenfalls unzugänglich
geblieben. Das Liebenswürdige und Glänzende der Erscheinung
Körner's damals in Wien berichten u. A. K. Pichler. Denkw. II.
202 f., Spohr, Selbstbiogr. I, 191 und Castelli, Mem. I, 287. Fürst
Lobkowitz hatte ihm die Stelle eines Theatersecretärs bestimmt,
vielleicht auch die Bekanntschaft mit Beethoven vermittelt und
die Verbindung der beiden Männer zu gemeinsamer künstlerischer Arbeit angeregt. Denn so eben war durch ihn ein Aufruf
an die deutschen Dichter ergangen, dabei mitzuwirken, „dass die
deutsche Oper zum vollendetsten Werke darstellender Kunst erhoben würde", und für das beste Gedicht ein Preis von 100 Du-
katen ausgesetzt. A. M. Z. April 1812 S. 305.

    [237] Den Brief besitzt Hr. Hermann Nägeli in Zürich. Der
jetzt 81jährige, in Frankfurt lebende Schreiber desselben, der
davon freilich nichts mehr wusste, bestätigte mir dessen Inhalt mit manchem Detail, wobei namentlich vorkam, dass Beethoven den Namen seines hohen Schülers „mit Stampfen" ausgesprochen habe. Dr. Troxler (nicht Droxler), der Jugendfreund
Beethoven's, dessen bereits ob. Anm. 59 Erwähnung geschah,
„der tiefsinnige Naturphilosoph und gründliche Arzt", wie ihn

Varnhagen, Denkw. V, 24 nennt. war im Jahre 1809 wieder in Wien gewesen; auch werden wir ihm auf dem Wiener Congress wieder begegnen. Schnyder's Aufenthalt in Wien währte nur ein Jahr; er ging im Sommer nach Baden zu einem dortigen Musiker in Unterricht und verlor bei dem grossen Brande dort sein ganzes bewegliches Hab und Gut. Mit Beethoven kam er in keine persönliche Berührung mehr, da dieser bis in den Spätherbst von Wien abwesend war. Doch hat er später einmal an ihn geschrieben, und Beethoven erinnerte sich dann seiner, als ein Bekannter von ihm, ein Hr. von Biehler, dem wir später noch begegnen werden, Erzieher im Hause des Wiener Grosshändlers v. Puthon (wohl desselben Putot, dessen „sehr hübsche und feingebildete" Frau eine Schülerin Clementi's war; Reichardt. Vertr. Br. I. 426), mit seinem Zögling in die Schweiz reiste. Er schreibt also am 19. Aug. 1817 an Schnyder: „Euer Wohlgeboren! Sie haben sich einmal Ihres Daseins in Wien bei mir erinnert und mir davon schriftliche Beweise gegeben. d. g. von einer edlern, bessern Menschennatur thut mir wohl — fahren Sie fort, sich immer weiter in den Kunsthimmel hinauf zu versetzen, es gibt keine ungestörtere, ungemischtere, reinere Freude, als die von daher entsteht." etc.

[238] Vgl. Br. Beeth. Nr. 92 die eigene Erzählung Beethoven's. Der Advocat Dr. Zizius war ein eifriger Musikfreund, bei dem auch Spohr die beste Aufnahme fand (Selbstbiogr. I. 185). Moscheles (Life of Beeth. S. XII) nennt ihn einen Freund Beethoven's und erzählt. in den musikalischen Zusammenkünften bei Zizius und Zmeskall hätten Beethoven's Werke zuerst ihren Weg zur öffentlichen Aufmerksamkeit gefunden. Moscheles sah Beethoven dort manchmal, und zwar vom Jahr 1810 an. Seine Erzählung findet, was Zmeskall betrifft, ihre Bestätigung auch aus den ob. S. 297 mitgetheilten Berichten Reichardt's und anderswoher. Der damals noch junge Baron von Krufft (nicht Kraft) aber, der von Beethoven „so schön gesprochen, geurtheilt", war der spätere k. k. Staatskanzleirath. geb. 1779, gest. 1818. der „als Pianist durch Fertigkeit. Präcision und Ausdruck, als Tonsetzer durch Geist, Verstand und Geschmack höchst ausgezeichnet" genannt wird. (Vgl. auch Reichardt, Vertr. Br. II. 40.)

[239] Thayer. Chr. Verz. Nr. 144; doch heisst jener französische Maler Troyes. nicht Troyer. Auch die A. M. Z. 1812 S. 210 bespricht dieses Concert vom 12. Febr. ausführlich, sagt aber von Czerny, er habe zwar mit vieler Sicherheit und Geläufigkeit gespielt und gezeigt, dass er es in seiner Macht habe, auch die grössten Schwierigkeiten zu besiegen, jedoch wäre mehr Reinheit im Vortrage seinem Spiele zu wünschen und würde demselben noch mehr Rundung geben. — Um hier zugleich noch einige Notizen über auswärtige Aufführungen Beethoven'scher Musik von damals zu geben. so war nach der A. M. Z. 1811. S. 231. vom Musikdir. F. Schneider am 18. März 1811 in Leipzig auch die

„sehr schwere Pianofortestimme" der Chorphantasie meisterhaft vorgetragen worden, und das Orchester hatte dabei ebenfalls seine grosse Kunstfertigkeit, Sorgsamkeit und Liebe zu Beethoven'schen Compositionen von neuem bewährt. Ferner berichtet dasselbe Blatt Jan. 1811, dass die vierte Symphonie und „Ah perfido" in Leipzig mit „einstimmigem Beifall" und „grösstem Vergnügen" gehört worden seien, kann aber nicht unterlassen hinzuzusetzen: „Möchte es doch dem geistreichen, verehrten Meister möglich, möchte er geneigt sein, auf diesem Wege weiter und, wie er es jetzt allerdings vermöchte, immer höher zu wandeln!" Ebenso wünscht man 1811 S. 49 bei Besprechung von Op. 74, dass er doch in der Weise von Op. 18 sich erhalten haben möge; denn „man könne nicht wünschen, dass die Instrumentalmusik sich in diese Art und Weise verliere"! Doch war nicht lange vorher ebenfalls in Leipzig die Eroica „zum lebhaften Vergnügen der äusserst zahlreichen und bis zum letzten Accord mit gespanntester Aufmerksamkeit theilnehmenden Zuhörer mit unverkennbarer Lust und Liebe vom Orchester so genau, so feurig und doch auch mit so viel Delicatesse ausgeführt, wie sie es verlangt". Im gleichen Jahrgang S. 135 heisst es dann aber wieder bei Besprechung von Grandes Variations etc. par F. Ries, Oeuvr. 15: „und selbst nicht wenige der Variationen Beethoven's, des Lehrers von Hrn. R., müssen diesen nachstehen." So wird denn auch ebend. S. 152 von den Variationen Op. 76 gesagt: „Eine Art Burleske, die, von geübten Klavierspielern vorgetragen, welche auch das Pikante und Wunderliche gehörig zu verstehen und wiederzugeben im Stande sind, die wenigen Minuten, welche sie erfordert, allerdings angenehm unterhalten kann." Und A. M. Z. 1810 S. 887 hat ein Recensent von C. M. von Weber's Variationen über ein Thème original sich sogar zu der Behauptung verstiegen: „der Art nach glaube Ref. sie am besten mit den grössern Beethoven'schen Variationen vergleichen zu können, nur dass Beethoven sich in dieser Gattung nicht immer so viel Mühe gegeben habe, als selbst dem vorzüglichen Genius nöthig sei, wenn etwas Ausgezeichnetes zu Stande kommen soll." Wenn so etwas in Wien gelesen wurde — und man las es ja dort in Musikkreisen — so war das allerdings nur Wasser auf die Mühle der ewigen Schmähler, Verkleinerer und Neider, deren Beethoven ja dort die Hülle und Fülle besass und die ihr „schönes Urtheil" dann als von aussenher bestätigt aussprechen konnten.—Von den Musikverhältnissen in Gratz, deren sich Professor Schneller (Anm. 146) so besonders annahm, gab derselbe auch selbst öffentliche Nachricht durch Aufsätze, die in seinen Hinterl. Werken wieder abgedruckt sind. So berichtet er z. B. im Wiener „Sammler" 1812 S. 234, dass er selbst auf den Gedanken gerathen sei, musikalische Akademien für wohlthätige Zwecke und für schmachtende öffentliche Institute zu veranstalten, deren Erfolg denn sogleich bei der ersten Aufführung sehr gut gewesen sei. Nach dem Briefe Beethoven's Nr. 80, der also in den Herbst 1811 fällt, war Schneller kurz vorher selbst in Wien gewesen und hatte auch in den Gratzer Musikangelegenheiten mit Beethoven verhandelt; doch war der Kammerprocurator Va renn a der eigentliche Arrangeur der Concerte. — Frl. Ma rie Ko schak (Anm. 155), der wir auch später noch begegnen werden, war die Tochter des Dr. jur. Koschak, dessen Haus ebenfalls ein Mittelpunkt für Kunst und Künstler in Gratz war, und „eins der ausgezeichnetsten Mädchen, die irgend eine Stadt je hervorgebracht, reich mit Schönheit, Geist und Anlage für Kunst begabt"; Schneller hatte die Talente dieses seltenen Wesens von 1807—9, also noch in ihrer Kindheit entwickelt und sie besonders für seine Lieblingsleidenschaft, die Musik, begeistert. So erzählt E. Münch nach den Mittheilungen von Schneller's Pflegesohn, Anton P ro ke sch, der seinerseits bei der Nachricht von Beethoven's Tode am 21. Aug. 1827 von Bournabad bei Smyrna aus in Erinnerung der Gratzer Aufführungen gegen seinen Pflegevater ausruft: „Wie viele Blüten hat dieser Mann nicht in den Kranz meiner Jugend geflochten! Meine schönsten Empfindungen, so wollte der Zufall, fanden ihre Wiege in diesen Blüten." (Schneller's hinterl. Werke III.) Man sieht, mit welcher Begeisterung die Musik und vor allem die Beethoven'sche seinerzeit in Gratz betrieben worden war.

240 Wiener Zeit. vom 11. April 1812. Herr Röth in Augsburg besitzt in seiner Autographensammlung folgendes Blatt von Beethoven's Hand: „Laut meiner Unterschrift bezeuge ich, dass ich 45 fl. W. W. für die Copiatur nach Gratz richtig empfangen habe. Wien am 15ten april. Ludwig van Beethoven. Der Empfangschein des Kopisten hierüber wird nachgeschickt werden." Darunter steht dann von eines Herrn Rettich Hand, an den Beethoven auch die Stimmen des Oratoriums bereits übersandt hatte (Br. Beeth. Nr. 83), Folgendes: „Durch Herrn Banquier Müller erhalten 30 fl. W. W. Meine Auslagen machen für die Staffette 21 fl. W. W., für an Herrn Beethofen bezahlte Copiaturkosten 45 fl., zusammen 66 fl. Folglich bitte mir noch 36 fl. W. W. anzuweisen. Rettich." Demnach waren, wie alle baaren Auslagen, auch die Kosten der Stafette von den Concertgebern zu tragen, und nach Br. Beeth. Nr. 85 zu schliessen, hat Varenna diese „ausserordentliche Gelegenheit zur Fortschaffung dieses Werkes" selbst angegeben.

241 Br. Beeth..Nr. 85, 88. Von diesen Concertunternehmungen und Beethoven's Antheil daran wird auch weiterhin noch die Rede sein.

242 „Ohne ein kleines Notenbuch, worin er seine momentanen Ideen bemerkte, war er nie auf der Strasse zu finden. Kam zufällig darauf die Rede, so parodirte er Johanna d'Arc's Worte: »Nicht ohne meine Fahne darf ich kommen.«" Seyfr., Stud.Anh.19.

Eben aus diesem Frühjahr 1812 erzählt auch Schnyder von Wartensee (vgl. ob. S. 341), der damals manchmal in dem gleichen
Gasthause mit Beethoven speiste, eines Tages sei derselbe spät
zu Tische gekommen, und auf seine Frage nach der Ursache davon
habe er mit der Antwort, er sei in Feld und Wald umherge-
schwärmt und habe Honig gesammelt, ihm sein Notirbuch hinge-
reicht, damit er sehe, was er Alles gefunden. Schnyder blätterte
darin und gab es dann mit den Worten zurück, das seien ja Hiero-
glyphen, das könne er nicht lesen. „Ja wenn Sie es lesen
könnten, würde ich es Ihnen nicht gegeben haben", sagte lachend
Beethoven. Vgl. auch Br. Beeth. Nr. 86.

²⁴³ Das Originalmanuscript besitzt (nach Thayer) Herr P.
Mendelssohn. Das Wort May freilich sei von einem unachtsamen
Buchbinder abgeschnitten; dass es aber so heisse, könne man aus
dem übriggebliebenen Ende von j oder y mit ziemlicher Gewissheit schliessen. Vgl. auch den Brief an Varenna ob. S. 348.

²⁴⁴ Marx, Biogr. Beeth. II, 197 ff. Doch darf man, wenn
auf dieses Werk Beethoven's so ganz besonders das Wort
„romantisch" angewandt wird, darunter weniger die äusserliche
Färbung des Ganzen verstehen — in dieser Hinsicht sind wohl
C. M. von Weber, Marschner u. A. romantischer zu nennen als
Beethoven — sondern wenn die sogenannten Romantiker ein unwi-
derstehlicher Zug des Innern in das Mittelalter zurückführte, so
war dies nur ein natürlicher Trieb nach der Wahrheit des eigenen
wirklichen Daseins, von der das klassische Ideal mehr und mehr
uns zu entfernen drohte und die man sicherer zu fassen wähnte,
wenn man in die eigene Vorzeit zurückstieg, als wenn man in die uns
lebendig umgebende Gegenwart blickte. Beethoven aber, dem trotz
seiner vorzugsweise auf den Klassikern, den alten wie den neuern,
beruhenden Bildung und Anschauung jener nach einer tiefern
Erfassung der Wirklichkeit unseres modernen Daseins sehn-
suchtsvoll drängende Trieb in besonders starker Weise eigen
war, suchte diesen tiefern Lebensgehalt nicht sowohl in der Vergangenheit als in der ihn lebendig umgebenden Gegenwart, in
der eigenen Anschauung der Dinge, die uns wirklich zur Anschauung vorliegen. Daher im Gegensatz nicht blos zu den romantischen Dichtern, sondern ebenso und fast noch mehr zu den
Romantikern in der Musik das Fernsein alles Schwebelnden und
Nebelnden und einer blos äusserlich „romantischen" Färbung
in seinen Werken und dafür die grösste Lebenswahrheit, ja ein
greifbarer Realismus, zu dem eben nur der fähig und berechtigt
ist, der das Leben in seiner tiefern Wahrheit, in seinem innern
Wesen erkannt hat. So viel hier von einem Gegenstande, zu
dem wir später noch näher geführt werden und der einer um so
genauern Erörterung bedürfen wird, als über die sogenannte
Romantik Beethoven's die unsichersten und verkehrtesten
Vorstellungen cursiren. Wie sehr man übrigens das besondere

Wesen seines Genius schon damals zu ahnen begann, oder vielmehr genauer, wie sehr man zu merken begann, dass in seinem Schatten die treibenden Keime der Gegenwart leben, beweisen verschiedene Kritiken der A. M. Z. aus jener Zeit, theils aus der Feder von Amadeus Wendt, theils von Th. A. Hoffmann. Z. B. 1810 Nr. 40 und 41 steht eine sehr begeisterte, besonders das „Ahnungsvolle, Romantische" hervorhebende Besprechung der fünften Symphonie von Wendt; 1812 S. 307 eine über die Chorphantasie; 1813 S. 141 über die Trios Op. 70 von Wendt u. s. w. Vor allem ist die „überströmende Phantasie" des Meisters dasjenige, woran sich je nach Richtung und Geschmack die Einen stossen, die Andern erfreuen und begeistern. Eine eigenthümliche Ironie des Schicksals aber ist es, dass der specifische Romantiker in der Musik, C. M. v. Weber, gerade über diese siebente Symphonie in die Worte ausbrach: „Nun haben die Extravaganzen dieses Genies das Non plus ultra erreicht, und Beethoven ist nun ganz reif für das Irrenhaus." Freilich hatte Weber damals nur erst den Rockzipfel der Romantik erfasst und das äussere Gewand derselben, Schauer und Dämmer, galten ihm noch mehr als das eigene innerste Leben und Fühlen des deutschen Herzens, von dem er selbst später so schöne Bilder geben sollte.

[245] Eine besondere Fügung war es, dass kurze Zeit später gerade dieses Werk vor allen die Siegesfreuden und Feierlichkeiten in einem der grössten geschichtlichen Momente unseres Vaterlandes verherrlichen helfen sollte. Und von keinem der monumentalen Orchesterschöpfungen des Meisters kann man denn auch behaupten, dass sie sich in höherem Grade die Liebe des Volkes, der musikliebenden Masse erworben habe, als von der siebenten Symphonie.

[246] Von diesem Vers aus Schiller's „Freude" liegt mir ein Facsimile vor, doch weiss ich nicht, aus welchem Stammbuch; und zu bemerken ist, dass es „Brüder" heisst, nicht „Bruder".

[247] Wegeler, S. 136. A. M. Z. IX. 516. Auch wird dem Cotta'schen Morgenblatt bereits am 24. April 1807 von Wien aus berichtet, Beethoven wolle eine Reise nach Frankreich machen, wo seine Musik immer mehr Verehrer finde. In der A. M. Z. Aug. 1809 dagegen wird über das Sinken des Geschmacks im Publikum in Paris geklagt. Im Decbr. 1810 gibt dasselbe Blatt Bericht über die Conservatoriumsconcerte und rühmt namentlich deren Universalität in den Programmen. Die eine Anzeige enthalte: Haydn, Mozart, Méhul, Rhode, Cherubini, Cimarosa, die andere Jomelli, Catel, Sacchini, Durante, Pergolese. Beethoven, Winter, Boildieu, Berton, Kreuzer. Dabei wird darauf aufmerksam gemacht, dass freilich das Bedürfniss der Anstalt als Schule manche vorzügliche Werke beiseite liegen lassen heisse, weil sie für den Lehrzweck nicht passen. Daher könne z. B. Beethoven nur sparsam gebraucht werden. Vgl.

auch ebend. 1810 S. 422. 1811 S. 346, 733 f., 737 und endlich
S. 707. wo die Concerte in Wahl und Anordnung der auszu-
führenden Stücke vortrefflich genannt und dazu bemerkt wird:
„Von Beethoven's Symphonien habe ich nur zwei hier gehört
und man hat sie ebenfalls meisterhaft ausgeführt. Von den jungen ausführenden Künstlern werden sie ungemein geliebt, von
den Zuhörern zwar trefflich, aber (die erste abgerechnet) zu lang
befunden, zum Theil auch zu wild und grotesk und hin und wieder zu abspringend in der Ausführung der gewählten Ideen.
Auf dem Fortepiano sind Dussek's und Beethoven's herrliche
Werke die beliebtesten." Ferner S. 761 aus dem „Schreiben
eines Deutschen in Paris": Gluck, Cherubini, Haydn und Mozart.
dies seien die Meister, deren Partituren man jetzt bei weitem am
häufigsten dort antreffe. — Was London betrifft, so sahen wir ob.
S. 251, dass Clementi den Verlag von Kammermusik Beethoven's
dort übernommen hatte. Und bereits im Sommer 1812 ward ein
ländliches Fest einer kunstliebenden Gesellschaft in England
durch Beethoven'sche Musik verherrlicht, und der Dichter Gra-
ham verfertigte aus Anlass dieses Ereignisses ein Gedicht auf
den Meister, das im Edinburger Magazin vom 9. März 1813 veröffentlicht wurde. (Wien. Friedensblätter 1814, S, 81.) Auch die
Bestellung der Schottischen Lieder vgl. ob. S. 306) beweist, dass
des Meisters Ruhm schon seine Strahlen über den Kanal zu werfen begann, und wir werden die Wirkung davon bald genauer erkennen. — Den Ruf nach Neapel erwähnt Beethoven selbst in dem
Schreiben an Kanka (Br. Beeth. S. 351): „Einen andern Ruf nach
Neapel schlug ich etwas später ebenfalls aus", d. h. später als
1809. In Neapel war seit 1806 sein einstiger Nebenbuhler Graf
Gallenberg als Componist von Balletmusik mit Erfolg thätig.
Er ward dort später sogar „Directeur de la musique des ballets
de Sa Majesté". Die A. M. Z. 1810 und 1811 gibt aber wirklich
haarsträubende Berichte über die Musikzustände Neapels, und
auch in diesem Jahre 1812 heisst es in einem Briefe vom 8. März:
„In Neapel sah es übel genug aus: Alles äusserte laut seine Unzufriedenheit mit den Stücken, mit den Componisten, mit den Singenden, mit der Direction." So nahm sich die Regierung der
Theater an und man wünschte, da die Einheimischen, wie Paesiello.
nicht mehr gefielen, fremde Componisten. Dabei nun war eben
Gallenberg thätig. Denn in einem Briefe vom 10. April 1813,
dessen Original Gräfin Marie Brunswick besitzt, gibt Cherubini
von Paris aus Gallenberg auf sein Verlangen die Bedingungen
an, die er für die Reise nach Neapel zur Composition einer Oper
stelle. So wird auch wohl Giulietta's Gemahl es gewesen sein,
der die Einladung an Beethoven besorgte, und wir werden sehen.
dass es in des Meisters Absicht gelegen zu haben scheint, „die
weite Reise" zu machen. Der Zustand der Musik in Italien war
damals überhaupt Gegenstand der öffentlichen Aufmerksamkeit

geworden, und die Gesellschaft der Wissenschaften und Künste
hatte sogar darüber eine Preisfrage aufgegeben, die dann Perotti
löste. Die A. M. Z. gibt von dieser Preisschrift 1813 Nr. 13 ausführliche Mittheilung.

[248] Im Ganzen genommen waren freilich die genannten Com-
ponisten damals allgemeiner gekannt und weiter berühmt als
Beethoven. Doch wird in einem Gedicht in der A. M. Z. 1810
S. 305 der Meister wenigstens schon neben Cherubini genannt,
freilich zugleich mit Graun, Adlgasser, Kreutzer, Himmel!
Der Ruhm Salieri's, Cherubini's, Spontini's schrieb sich eben von
Paris her, das seit Gluck das Eldorado für Operncomponisten geworden war. Uebrigens heisst es bei der ersten Aufführung der
„Vestalin" in Wien, die am 12. Nov. 1810 mit Glanz und Pracht
und vielem Beifall stattfand, die Oper sei doch in Hinsicht des
Stils kein solches Meisterwerk, dass es sofort die solenne Krönung verdient hätte. Aber als sich in der gleichen Zeit das
falsche Gerücht verbreitet, Cherubini sei von Esterhazy engagirt und komme nach Oesterreich, da ist eine allgemeine Freude,
als wenn es keinen Beethoven in Wien gebe. — Schilderungen
der Badegesellschaften in Teplitz, Karlsbad aus jener Zeit s.
ausser der ob. Anm. 234 mitgetheilten von Varnhagen von Ense
in Goethe's Annalen 1807 ff. Journ. des Luxus 1811 S. 774, und
ebend. 1812 S. 505 ff. wird eine Beschreibung der so sehr schönen
Umgebungen von Teplitz gegeben.

[249] Original im Archiv der Gesellschaft der Musikfreunde
in Wien.

[250] Die beiden Briefe sind abgedruckt Grenzboten 1859 I. 2.
S. 237. Der zweite derselben weicht übrigens in mancher Beziehung von dem in unserm Text gegebenen ab, sodass nur eine Copie
vorgelegen haben kann. Das Original enthält noch die Nachschrift:
„Da ich nicht weiss, auf welche Art Du zu dem Portrait gekommen,
so thust Du am besten, es mitzubringen; für die Freundschaft
findet sich schon ein empfänglicher Künstler, dasselbe zu ver-
doppeln." Von welchem Portrait die Rede ist, weiss ich nicht.

[251] Dass Brunswick damals in Wien war, erzählt auch
Schindler I, 181. 195. ohne Zweifel nach Brunswick's eigenem
Bericht.

[252] Br. Beeth. Nr. 77. 78. 79. Nr. 73 daselbst (10. Sept. 1811)
ist durch Versehen falsch datirt und gehört ins Jahr 1817. Doch
war die Verbesserung des Metronoms, wie wir noch sehen werden,
eine Sache gemeinschaftlicher Bemühung deutscher Musikfreunde,
und auch Zmeskall beschäftigte sich viel damit. Mälzel, geb.
1776 in Regensburg, hatte nach der A. M. Z. II, 414 schon 1800
ein ziemlich vollständiges künstliches Orchester erfunden und
reiste mit diesem Panharmonikon später in der Welt herum. Im
Journ. des Luxus 1807 S. 446 ff. steht ein Bericht darüber aus
Paris. Er war jetzt ebenfalls wieder im Begriff, eine Reise anzu-

treten und zwar nach London, um seinen berühmten Trompeter-
automaten zu produciren, welches Project jedoch für diesmal
verschoben ward. Das „ta ta ta“ des Kanons, den Schindler,
Biogr. I. 196 abgedruckt hat, bedeutet die Schläge des Pendels
am Metronom, für den sich eben auch Beethoven, wie wir erfahren
werden, besonders interessirte. Ein anderes mehr persönliches
Interesse aber band ihm jetzt und später an jenen etwas schwindel-
haften Mechanikus, weil ihm dieser nämlich Gehörmaschinen versprochen hatte.

²⁵³ Wiener Musikvereins-Archiv. Den Besuch in Linz auf
der Hinreise berichtet Schindler I, 184, 195.

²⁵⁴ Vgl. oben S. 342 f. und Anm. 234. Br. Beeth. Nr. 92.

²⁵⁵ In Br. Beeth. Nr. 95 theilt Beethoven selbst mit, dass die
Concerte in Gratz eine reichliche Einnahme gebracht hatten.

²⁵⁶ Anmerk. 253. — Giacomo Battista Polledro, geb. bei
Turin 1776, ein Schüler Pugnani's, hatte von 1809 an Deutschland
durchwandert und jetzt in Wien bei übervollem Hause in zwei Concerten viel Beifall geerntet. Der A. M. Z. (1812 S. 280) wird von
dort berichtet: „Sein Spiel ist in der That gross zu nennen; er
verachtet alle kleinlichen, dem Concerte nicht angemessenen Ver-
zierungen und verbindet Empfindung mit Kunstfertigkeit.“ Vgl.
ebendort 1811 S. 457, 675. Journal des Luxus 1813 S. 36 und
dagegen Tomaschek's Urtheil (Selbstbiogr., Libussa 1846 S. 343):
„Wiewohl er mit seinem netten Ton und mit kleinlicher Bogen-
führung bei der Kammermusik ausgereicht, so war er doch ganz
und gar nicht dazu geeignet, in grossen Räumen gehörig zu wirken“
u. s. w. Die A. M. Z. 1813 S. 499 gibt eine biographische Skizze
von ihm. — Ueber das Concert in Karlsbad sagt die Wiener Zeit.
29. Aug. 1812: „Böhmen. Aus Karlsbad wird unterm 7. Aug.
berichtet: Kaum war das Unglück, welches jüngsthin die Bewohner von Baden betroffen hat, hier bekannt geworden, als die beiden Tonkünstler Hr. v. Beethoven und Hr. Polledro den
edelmüthigen Entschluss fassten, zur Unterstützung der Verunglückten ein musikalisches Concert zu veranstalten. Da mehrere
hohe Kurgäste bereits zur Abreise vorbereitet waren, es folglich
darauf ankam, für den wohlthätigen Zweck auch die Gunst des
Augenblicks zu benutzen, so wurde dieses Unternehmen binnen
zwölf Stunden zur Ausführung gebracht. Der hohe Kunstgenius
der beiden Unternehmer, von dem Bewusstsein des edlen Zwecks
begleitet, hatte Alles geleistet, was dem höchsten Aufwande
menschlicher Kräfte möglich ist, und so der zahlreichen und ansehnlichen Versammlung von Kennern und Kunstfreunden den
schönsten und seltensten Genuss bereitet. Allgemeiner und rau-
schender Beifall und eine Kasseneinnahme von 954 fl. W. W.
hatte ihre menschenfreundliche Theilnahme belohnt.“ Auch die
A. M. Z. 1812 S. 596 erwähnt dieses Concerts, jedoch nur mit
wenigen Worten.

²⁵⁷ S. ob. Anm. 234. Dass jedoch auch diesmal Varnhagen und Rahel genannt sind, ist eine Verwechslung mit dem Jahr 1811. Tiedge und Frau von der Recke freilich waren alljährlich in Teplitz. Ueberhaupt aber war die Badegesellschaft dort in diesem Jahre ganz besonders glänzend, sodass am 9. Aug. der Wiener Zeit. berichtet wird, es seien heuer mehr fürstliche Personen dort gewesen, als in manchem Bade die Zahl aller Kurgäste betrage: der Kaiser zweimal, die Kaiserin Marie Louise, Erzherzog Ferdinand, der Herzog von Weimar, Friedrich August und Prinz Anton von Sachsen u. s. w., und manche Lustbarkeiten seien den hohen Herrschaften gegeben worden. Die Kaiserin von Oesterreich brauchte die Kur von Anfang Juli bis 10. August. Wien. Zeit vom 18., 25., 29. Juli, 19. Aug. 1812.)

²⁵⁸ Die Wien. Zeit. vom 18. Juli 1812 berichtet den ersten Besuch des Kaisers Franz mit seiner Tochter, der Kaiserin von Frankreich, am 5. Juli in Karlsbad, wobei „den Majestäten die von dem herzogl. weimarschen geheimen Rathe von Goethe eigens verfassten Huldigungsgedichte ehrfurchtsvoll überreicht wurden". Im Uebrigen vgl. Goethe's Annalen Sämmtl. Werke XXVII, 291. 261. Und wie muthet es uns heutzutage an, wenn es S. 351 heisst: „In Karlsbad sah ich Fürst Metternich und fand an ihm wie sonst einen gnädigen Herrn." Vgl. auch C. M. von Weber's Biogr. von seinem Sohne I, 327, 385.

²⁵⁹ Brief an Bettina. Goethe's mannichfache Aeusserungen über Musik ohne Ausnahme beweisen, dass er eben „mit jenem Verstand" die Musik, wenigstens die Beethoven'sche nicht zu hören vermochte. Sie bezeugen höchstens eine ganz allgemeine Ahnung davon, dass in dieser Kunst ein besonderes Ausdrucksgebiet des Geistes vorliegt, verrathen aber nirgends eine rechte Vorstellung von dem, was sich darin von innern Dingen ausspricht. Er selbst schreibt um 1795 an Madame Unger in Berlin, die ihm Zelter'sche Lieder gesandt hatte: „Musik kann ich nicht beurtheilen, denn es fehlt mir an Kenntniss der Mittel, deren sie sich zu ihren Zwecken bedient; ich kann nur von der Wirkung sprechen, die sie auf mich macht, wenn ich mich ihr rein und wiederholt überlasse; und so kann ich von Herrn Zelter's Compositionen meiner Lieder sagen: dass ich der Musik kaum solche herzliche Töne zugetraut hätte." Am deutlichsten spricht in dieser Hinsicht das, was er Bettina auf die oben S. 318 f. mitgetheilten Aeusserungen Beethoven's antwortet. „Dein Brief, herzlich geliebtes Kind, ist zur glücklichen Stunde an mich gelangt", schreibt er am 6. Juni 1810 (Briefwechsel mit einem Kinde II, 201 f.). „Du hast Dich brav zusammengenommen, um mir eine grosse und schöne Natur in ihren Leistungen wie in ihrem Streben, in ihren Bedürfnissen wie in dem Ueberfluss ihrer Begabtheit [!] darzustellen; es hat mir grosses Vergnügen gemacht, dies Bild eines wahrhaft genialen

35*

Geistes in mich aufzunehmen. Ohne ihn classificiren zu wollen. gehört doch ein psychologisches Rechnungskunststück dazu, um das wahre Facit der Uebereinstimmung da herauszuziehen, indessen fühle ich keinen Widerspruch gegen das, was sich von Deiner raschen Explosion erfassen lässt; im Gegentheil möchte ich Dir für einen innern Zusammenhang meiner Natur mit dem, was sich aus diesen mannichfaltigen Aeusserungen erkennen lässt, einstweilen einstehen. Der gewöhnliche Menschenverstand würde vielleicht Widersprüche darin finden; was aber ein solcher vom Dämon Besessener ausspricht, davor muss ein Laie Ehrfurcht haben, und es muss gleichviel gelten, ob er aus Gefühl oder aus Erkenntniss spricht, denn hier walten die Götter und streuen Samen zu künftiger Einsicht, von der nur zu wünschen ist, dass sie zu ungestörter Ausbildung gedeihen möge; bis sie indessen allgemein werde, da müssen die Nebel vor dem menschlichen Geist sich erst theilen." Man sieht freilich, nach seiner stets gepflegten schönen Art sucht der Altmeister auch hier, wie einst seinem Freunde Schiller gegenüber, die „Grenzen seiner Natur" durch Aneignung selbst des Fremdesten zu erweitern. Und so lässt er denn auch Beethoven ebendort das Herzlichste sagen und ihn zu einer Zusammenkunft in Karlsbad einladen. „Ihn belehren zu wollen", schliesst er, „wäre wohl selbst von einem Einsichtigern, als ich bin, Frevel, da ihm sein Genie vorleuchtet und ihm oft wie durch einen Blitz Hellung gibt, wo wir im Dunkeln sitzen und kaum ahnen, von welcher Seite der Tag anbrechen werde." Allein eben diese wohlerkannten „Grenzen seiner Natur", sein durchaus antik angelegtes Wesen schieden ihn von dem romantischen Licht aus, das in der Musik leuchtet, und die blitzartigen Hellungen, die auch seinem Genius hier widerfuhren, liessen ihn nur um so tiefer das Dunkel empfinden, in dem er nach dieser Seite hin zeitlebens verharrte. Dies musste ihm selbst am entschiedensten zum Bewustsein kommen, als er Beethoven sah und hörte, den Repräsentanten der „musiksten Musik" die es je gegeben, daher er ihm denn auch wie ein Abgesandter aus einer fremden Welt, „wie ein vom Dämon Besessener" erschien. Daher ferner die bekannten Aeusserungen gegen den jungen Mendelssohn, als dieser ihm das erste Stück der C-moll-Symphonie vorspielte. „Das berührte ihn ganz seltsam", heisst es Reisebriefe S. 8; „er sagte erst: »Das bewegt aber gar nichts, das macht nur staunen, das ist grandios «; und dann brummte er so weiter und fing nach langer Zeit wieder an: »Das ist sehr gross, ganz toll, man möchte sich fürchten, das Haus fiele ein; und wenn das nun alle die Menschen zusammenspielen!« Und bei Tische, mitten in einem andern Gespräch, fing er wieder damit an." Das war 1830, also mehrere Jahre nach Beethoven's Tode und nachdem die Welt, d. h. ausser Zelter, Dionys Weber und einigen andern Chorführern der „guten alten Zeit" in der Musik, längst über des

Meisters Bedeutung sich ausgesprochen. Was nun aber Beethoven's Composition seiner Lieder betrifft, so war er zwar begierig, sie zu hören, denn es gehöre zu seinen erfreulichsten Genüssen, für die er sehr dankbar sei, wenn ein solches Gedicht früherer Stimmung ihm durch eine Melodie (wie Beethoven ganz richtig erwähne) wieder aufs neue versinnlicht werde (gegen Bettina, Briefw. II. 202); allein wir wissen ganz gut, dass er die Zelter'sche Composition seiner Lieder jeder andern vorzog, eben weil, wie Jahn richtig bemerkt, sie am wenigsten Musik zu denselben hinzubrachte. Im Uebrigen finden wir ihn zwar zeitlebens viel mit Musik beschäftigt, aber mehr für Talente wie Kaiser, Reichardt, Eberwein, Himmel und vor allen Zelter interessirt als für die musikalischen Heroen, und seine Aeusserung gegen Schiller (bei Gelegenheit der Don-Juan-Aufführung in Weimar 1797) über das Missgeschick von Mozart's frühem Tode in Betreff der Entwicklung der Oper beweist nur sein sicheres Gefühl für die Grenzen jeder Kunst, indem er von der Oper das erhoffte, was er selbst und kein Dichter mit dem blossen Wort mehr auszusprechen wusste. Allein dass es gerade Beethoven war, der für jenes kräftige Zueinanderströmen und völlige Ineinanderaufgehen von Wort und Ton, wovon allerdings einzig eine wahre Fortentwicklung der Kunst zu hoffen war, die ersten entscheidenden Schritte gethan, indem er der Tonsprache jene Durchbildung und jenen Gehalt gab, die sie geschickt machten, selbst dem geistigsten Wortausdrucke versinnlichend und verinnerlichend zugleich sich zu verbinden, das ahnte der Altmeister nicht, mit dem Verstande vermochte er Beethoven's Werke nicht zu hören. So kamen ihm auch Bettina's Aeusserungen über Musik „als wunderliche Grillen vor, die sie in ihrem Köpfchen habe erstarren lassen". Sie harmonirte nämlich in ihren Ansichten nicht mit Zelter! (Briefw. mit einem Kinde II, 287, 11. Juni 1811.)

²⁶⁰ Alle sterblichen Menschen der Erde nehmen die Sänger
Billig mit Achtung auf und Ehrfurcht; selber die Muse
Lehrt sie den hohen Gesang und waltet über die Sänger.
Diese Verse der Odyssee (VIII, 479—81), die auch in dem Handexemplar Beethoven's (Ausg. von 1781 in Schindl. Beeth. Nachl.) angestrichen sind, haben nach der Bemerkung in einem alten Bonner Concertzettel auf der Rückseite des Titelblattes der Partitur von „Meeresstille und glückliche Fahrt" gestanden, die von Beethoven „dem Verfasser der Gedichte, dem unsterblichen Goethe" gewidmet ist. (Thayer, Chr. Verz. S. 128.) In diesem Sinne also wird er dem Altmeister auch jetzt persönlich begegnet sein.

²⁶¹ Briefw. mit Zelter II, 28. Zelter antwortete am 14. Sept. in seiner bornirten Weise, die von der Kunst nie etwas Anderes als das Tageshandwerk zu fassen gewusst hat: „Was Sie von Beethoven sagen, ist ganz natürlich. Auch ich bewundere ihn mit Schrecken. Seine eigenen Werke scheinen ihm heimliches Grauen

zu verursachen, eine Empfindung, die in der neuern Cultur viel
zu leichtsinnig beseitigt wird. Mir scheinen seine Werke wie
Kinder, deren Vater ein Weib oder deren Mutter ein Mann wäre.
Das letzte mir bekannt gewordene Werk (Christus am Oelberge)
[s. ob. Anm, 229] kommt mir vor wie eine Unkeuschheit, deren
Grund und Ziel ein ewiger Tod ist. Die musikalischen Kritiker,
welche sich auf Alles besser zu verstehen scheinen als auf Naturell
und Eigenthümlichkeit, haben sich auf die seltsamste Weise in
Lob und Tadel über diesen Componisten ergossen. Ich kenne
musikalische Personen, die sich sonst bei Anhörung seiner Werke
alarmirt, ja indignirt fanden und nun von einer Leidenschaft dafür ergriffen sind, wie die Anhänger der griechischen Liebe. Wie
wohl man sich dabei befinden und was daraus entstehen kann,
haben Sie in den Wahlverwandtschaften deutlich genug gezeigt." Welche verstandeslose Rohheit noch ein ganz besonders
Relief bekommt, wenn man ebend. die Worte vom 12. Aug. 1811
über Himmel liest: „Es wäre kein Wunder, wenn die Welt an
ihm den besten Musiker verlöre!" Ueberhaupt ist nach meiner Ansicht dieser gesammte Briefwechsel, zumal was die Aeusserungen
über Musik betrifft, das Fadeste, Abgestandenste und Unerquick-
lichste, was man lesen kann, und es ist nur zu bedauern, dass solch
altersschwaches Zeug gedruckt worden ist. Ja man ist dabei versucht zu behaupten, dass das lange Alter unseres grössten Dichters fast ein Unglück für die Nation geworden ist; wenigstens hat es in Kunst und Literatur eine solch merkwürdig lenden-
lahme Nachfolgerschaft erzeugt, dass nur die allerentschiedensten
innern Umwälzungen aller Zustände es annähernd vermocht
haben, uns einigermassen wieder auf gesundere Wege zu bringen,
wo von Goethe nicht die die Form überschätzende Schwäche seines
Alters, sondern die der Tradition spottende übersprudelnde Kraft
seiner Jugend zu Vorbild und Richtschnur genommen wird. — Anzuführen ist ferner als ein charakteristisches Merkmal für das
Verhältniss zu Beethoven, dass in den Annalen von 1812 bei der
Erwähnung von Teplitz sein Name nicht einmal genannt ist. Also
muss wenigstens für Goethe diese Bekanntschaft kein irgend
nennenswerthes Ereigniss gewesen und ihm ebenso wenig im
Jahre 1823, wo die Annalen entstanden und Beethoven schon
seinen Weltruhm hatte, von irgend welcher Bedeutung erschienen sein.

202 Man erinnere sich an Bettina's Ausdruck: „er schreitet
weit der Bildung der gesammten Menschheit voran." Und dass
auch die Kritik diese geistige Bedeutung Beethoven's zu ahnen
begann, ist bereits ob. Anm. 244 berührt worden. „Auf den
ersten Anblick des Ganzen ergibt sich das mächtige Empor-
streben eines tiefdenkenden Genius aus dem Meere unendlicher
Harmonien zu höchster Klarheit und Selbstbeschaulichkeit",
heisst es A. M. Z. Mai 1812 überschwänglich genug von der Chor-

phantasie, und ebend. S. 316 vgl. man die Worte eines Münchener Referenten über „Christus am Oelberge", sowie S. 520 die Recension der Coriolan-Ouverture, von welchen Expectorationen man heute freilich keine einzige völlig unterschreiben möchte.

²⁶³ „Glauben Sie mir, Lieber", schreibt Beethoven am 24. Juli 1804 an Ries, „dass mein Aufbrausen nur ein Ausbruch von manchen unangenehmen vorhergegangenen Zufällen mit ihm [St. v. Breuning, s. ob. S. 194] gewesen ist. Ich habe die Gabe, dass ich über eine Menge Sachen meine Empfindlichkeit verbergen und zurückhalten kann; werde ich aber auch einmal gereizt zu einer Zeit, wo ich empfänglicher für den Zorn bin, so platze ich auch stärker aus als jeder Andere." Die Thatsächlichkeit des ganzen Vorgangs zu bezweifeln, ist auch für den, der die Briefe an Bettina für nicht echt hält, nach den ob. Anm. 257 gegebenen Daten unmöglich. Höchstens kann das Datum des Briefes (15. Aug.) einige Bedenken erregen. Während nämlich alle übrigen Veröffentlichungen blos „Teplitz, August 1812" haben, wird in dem Buche „Ilius Pamphilius und die Ambrosia" ausdrücklich der 15. dieses Monats angegeben. Nun war aber nach dem Briefe an den Erzherzog am 12. Aug. Beethoven in Franzensbrunn, und was noch bedenklicher ist, am 10. Aug. war die Kaiserin bereits abgereist, sodass das „gestern" der Begegnung jedenfalls nicht richtig ist. Doch ist man bei Beethoven überhaupt der Richtigkeit der Datirung nur selten gewiss, und jedenfalls wird man in Betreff des Tages des ganzen Evenements warten müssen, bis das Original des Briefes sich findet. — Goethe übrigens in der Weise in Schutz zu nehmen, wie sein sonst trefflicher Biograph Lewes es gethan, ist geradezu lächerlich. Wer erst warten muss, bis auch andere Künstler als Goethe in die ähnliche Situation einer besonders hervorragenden Lebensstellung kommen, um danach des Dichters Benehmen in diesem Falle zu taxiren, der hat überhaupt keinen Massstab für Beurtheilung menschlicher Dinge und Persönlichkeiten in Händen. Denn nicht, wie wir sind, sondern wie wir sein sollen, ist das Mass, wonach in letzter Instanz zu urtheilen ist, und dieses Mass soll Jeder in sich selbst tragen

²⁶⁴ Dass Beethoven den Hut auf dem Kopfe behielt, ist allerdings ein unartiger Verstoss gegen die Sitte. Aber werden wir denn überhaupt nie damit beginnen, auch diesen Rest orientalischer Kniebeugung abzuschütteln? — Beethoven hatte trotz seines frühen Dienstes am Bonner Hofe die Formen des gesellschaftlichen Verkehrs in höchsten Regionen nicht gelernt oder auch nicht lernen wollen. Ries erzählt darüber aus eigener Anschauung im Winter 1808 9: „Etikette und was dazu gehört, hatte Beethoven nie gekannt und wollte sie auch nicht kennen. So brachte er durch sein Betragen die Umgebung des Erzherzogs Rudolf, als Beethoven anfänglich zu ihm kam, gar oft in grosse

Verlegenheit. Man wollte ihn nun mit Gewalt belehren, welche Rücksichten er zu beobachten habe. Dieses war ihm jedoch unerträglich; er versprach zwar sich zu bessern, aber — dabei blieb's. Endlich drängte er sich eines Tages, als man ihn, wie er es nannte, wieder hofmeisterte, höchst ärgerlich zum Erzherzog, erklärte gerade heraus, er habe gewiss alle mögliche Ehrfurcht für seine Person, allein die strenge Beobachtung aller Vorschriften, die man ihm täglich gebe, sei nicht seine Sache. Der Erzherzog lachte gutmüthig über den Vorfall und befahl, man solle Beethoven nur seinen Weg ungestört gehen lassen, er sei nun einmal so." Diese Erzählung kennzeichnet richtig das Verhältniss der beiden Männer, und man thut dem Andenken an dem Erzherzog keinen Dienst, wenn man ihn, wie Köchel in der Einleitung zu den von ihm herausgegebenen „83 Originalbriefen Beethoven's" es gethan, so darstellt, als habe er seine vergänglichen Gaben den ewigen, die der Genius des Meisters ihm und der Menschheit darbrachte, irgend gleichgeachtet. Vielmehr war es die Ahnung von dem Werthe dieser Gaben des Meisters, was den Prinzen alle menschlichen Eigenheiten und Unarten seines Lehrers vergessen liess, und nur die aufrichtige Liebe und Verehrung, womit er an dem Schaffen und an dem persönlichen Wesen desselben hing, lässt sich einigermassen als Aequivalent für Beethoven's Leistungen betrachten. „Denn Liebe ist freiwillige Gabe" hat sich der Meister selbst in dem Gedicht „Genügsam" aus Goethe's „West-östlichem Diwan" angestrichen. Dies nur nebenbei, denn das Nähere jenes Verhältnisses wird erst dort darzustellen sein, wo dasselbe von vordrängender Bedeutung in des Meisters Leben wird.

²⁶⁵ Zu den „Ausflügen", die der Meister im August von Teplitz aus machte, gehörte nach der A. M. Z. 1812 S. 596 auch einer nach Eger. — Das Stammbuchblatt Beethoven's ward 1864 in Leipzig zum Verkauf ausgeboten; die Billets sind Grenzboten 1859 I, 2, S. 239 mitgetheilt. Amalie Sebald war nach der Geschichte der Berliner Singakademie bereits 1801 in dieses Institut eingetreten, ihre Schwester Auguste, später Bischof Ritschl's Gattin, im Jahre 1802. Von 1804 an werden beide als Solosängerinnen der Sopranpartie aufgeführt. Der Ausdruck „Sängerin" ist daher nur halbrichtig, die Dame war es nicht ihrem Berufe, sondern blos ihrer Neigung nach. Die Schilderung ihres Wesens macht M. M. von Weber in der Biographie seines Vaters I, 351. Sie mochte damals gegen 30 Jahre alt sein.

²⁶⁶ S. ob. Anm. 209 und 234. Mit Tiedge, dessen dichterische Begeisterung ja ebenfalls „aus Nächten dunkler Trauer" stammt, verband ihn aufs innigste die in so mancher Hinsicht gleiche Geistesart. Zumal die Art und Weise, wie auch er in den schönen Umgebungen von Teplitz umherschwärmte und „in Einsamkeit und Natur" die Seele zu schwärmerischen Elegien stimmte,

musste ihn Beethoven stets näher bringen, und die persönliche Bekanntschaft mit ihm liess ihn auch persönliche Eigenschaften und Anschauungen in dem Dichter entdecken, die er aus innerstem Herzen theilte. So erzählt Varnhagen von 1811 (Denkw. VI. 81): „Tiedge war ein Franzosenfeind wie irgend einer; noch am Tag vorher hatte er zu mir und Beethoven das kräftige Wort über Napoleon gesagt: Sie können ja den Menschen gar nicht sehen wegen des Glückes, das vor ihm steht!" Vgl. ob. Anm. 104. Diese Zuneigung zu dem Dichter der „Urania", den er in seinem rheinischen Dialekt immer Tiedsche aussprach (Grenzboten 1857 I. 27), scheint sich sogar zu einer Art Verehrung gesteigert zu haben. Denn ein Briefanfang an ihn, den Thayer (Dwight's Jour. of Mus. 1860, S. 35) mittheilt, lautet so: „Jeden Tag schwebte mir folgender Brief an Sie, Sie, Sie immer vor." Auch Elisa von der Recke, mit welcher Tiedge seit 1805 ganz zusammenlebte und deren Gedichte er 1806 herausgegeben, scheint in ihren Dichtungen von Beethoven geschätzt worden zu sein. Wenigstens befinden sich in seinem Nachlass fünf geschriebene Lieder von ihr, und im Herbst dieses Jahres 1812 schreibt er an Zmeskall: „Die Bücher von Tiedge und Frau von der Recke, ich kann sie nicht länger entbehren, da ich einige Rechenschaft darüber geben muss." Die Bemerkung ebendaselbst aber: „1 Brief an Selowonowitsch, maitre des bureaux des postes in Kassel" könnte mit Frl. Sebald und ihren „Samojeden" in Verbindung stehen. - Noch ist darauf aufmerksam zu machen, dass die „Hoffnung" die Opuszahl 94 trägt, also unmittelbar auf die in diesem Jahre 1812 fertig gewordenen Symphonien 7 und 8 (Op. 92 und 93) folgt, was darauf hinweisen dürfte, dass die Skizzen zu dieser allerdings erst 1816 ans Licht getretenen zweiten Composition der „gemüthvollen Dichtung Tiedge's" bereits aus diesem Sommer 1812 stammen.

[267] Hierauf folgt in der mitgetheilten Reihe ein Blatt, auf welches A. Sebald geschrieben hat: „Mein Tyrann befiehlt die Rechnung, da ist sie:

Ein Huhn 1 fl. W. W.
Die Suppe 9 Kr.

Von Herzen wünsche ich, dass Sie Ihnen bekommen möge" Worunter dann Beethoven geschrieben: „Tyrannen bezahlen nicht, die Rechnung muss aber noch quittirt werden, und das könnten Sie am besten, wenn Sie selbst kommen wollen. N. B. mit der Rechnung zu Ihrem gedemüthigten Tyrannen."

[268] Grenzboten 1857 I, 32. Die von Beethoven angegebene Zeit stimmt zwar nicht ganz genau, da sie eher auf 1811 als auf 1812 weisen würde. Allein wird die mädchenhafte Erzählerin so genau gehört oder Beethoven den Zeitpunkt im Moment so genau bedacht haben? — Was seine Aeusserung, „diese Harmonie habe er noch nicht gefunden", betrifft, so darf man sich der innerlich

Antheil nehmenden Art erinnern, deren die Berliner Damen der gebildeten Stände in so ausgezeichneter Weise fähig sind. Und vor allem muss man bei unserm so manchen Liebesdienstes mehr als gewöhnliche Sterbliche bedürfenden „unbehülflichen Sohne Apollo's" sich vergegenwärtigen, wie solch selbstverleugnende Herzensgüte und hülfebereite Liebenswürdigkeit auf sein Inneres wirkte, um zu begreifen, dass er diese so wahrhaft schöne und in echter deutscher Weiblichkeit begründete Verbindung „nicht aus dem Gemüthe bringen konnte". Hier scheint zum ersten Male ein Verhältniss zu einem weiblichen Wesen stattgefunden zu haben, welches in der That im Stande gewesen wäre, ihn dauernd zu beglücken, sowohl weil sie „seine Kunst zu würdigen" als sein Herz zu fassen verstand. Und bei einer solchen Verbindung wäre er wohl selbst an seiner Meinung irre geworden, dass er seine Kunst immer mehr lieben würde als seine Frau". Zudem war ja Amalie so gut wie er selbst bereits über die Jahre der blossen Leidenschaft hinaus!

[269] Amaliens Gatte, der Justizrath, heisst Krause, nicht Kramer, wie nach Weber a. a. O. irrig geschrieben ist; im Jahre 1819 steht sie mit diesem Namen unter den Sopranistinnen der Singakademie verzeichnet. Sie starb im Jahre 1846 in Berlin.

[270] „1812 im October war ich in Linz wegen B —", heisst es im Tagebuch von 1814 und „Sinfonia Linz im Monath October 1812" auf dem Originalmanuscript im Besitz Haslinger's in Wien. Doch kann hier nur von der letzten Feilung die Rede sein, denn schon am 2. Sept. 1812 berichtet die A. M. Z.: „Er hat wieder zwei neue Symphonien geschrieben, auf welche im voraus aufmerksam zu machen wir uns verbunden fühlen." Und diese Notiz stammt höchst wahrscheinlich aus einem Schreiben Beethoven's an Breitkopf und Härtel, mit denen er ja auch schon wegen Druck und Correctur anderer Werke, z. B. der C-Messe, in stetem Verkehre stand. Aus diesen Daten beantworten sich denn auch mit Genauigkeit die Fragen Schindler's in einem Conversationsheft vom Frühling 1823: „Also zur Zeit, als Sie die siebente schrieben, existirte blos eine Skizze zur achten, n'est-ce pas? — - aber ausgearbeitet ist sie doch erst nach der siebenten worden — 1816/17." — Ebenfalls im October 1812 in Linz wurden jene III Equale für 4, resp. 6 Posaunen geschrieben, die Seyfried mit untergelegtem Text als Trauergesang für Männerstimmen zu Beethoven's Begräbniss arrangirte. (Thayer, Chr. Verz. Nr. 171.) — Auch muss nach den ebend. S. 101 mitgetheilten Briefstücken an Thomson in diesem Sommer an den Schottischen Liedern fortgearbeitet worden sein; am 19. Febr. 1813 erhält derselbe wieder „30 Irish Airs".

[271] Obwohl schon Haydn und Mozart es verstanden haben, in ihren Menuetts eine feine Ironie der komischen Feierlichkeit niederzulegen, worin jene Zeit gesellschaftlich sich bewegte, so

waren sie doch selbst noch gar zu sehr in derselben Weise befangen, als dass sie es zu einer solch gründlichen Verspottung derselben hätten bringen können, wie sie Beethoven hier geschaffen hat. Aus diesem besondern Charakter des Stücks, das sei hier nebenbei bemerkt, wird man auch auf das eigentliche Tempo desselben schliessen können, das fast überall zu rasch genommen wird und so dem Eindruck des Ganzen Eintrag thut.

[272] Dieses bereits mehrfach citirte Tagebuch, das vom Herbst 1812 bis in das Jahr 1818 geht, befindet sich auf der Berliner Staatsbibliothek.—Was die Deutung jenes Ausspruchs betrifft, so ist derselbe klar: sobald man nur an die ausserordentlich kühne Art denkt, womit z. B. im Anfang des zweiten Theils des ersten Satzes der siebenten Symphonie, in der Durchführung, die Stimmen in Weite und Grösse geführt sind, und diese an Seb. Bach erinnernde Weise, ein Stimmengewebe möglichst weitschichtig zu machen, ist nur eins der jetzt mehr und mehr hervortretenden Mittel, seinen Compositionen etwas Transparentes zu geben, indem er die Harmonie immer mehr aufzulockern beginnt. Nach dieser Seite hin steht die achte Symphonie weit über der vierten, mit der man sie vielfach zusammenzustellen liebt; ihre Technik ist in jeder Hinsicht interessanter und kunstvoller als die der vierten und weist schon ganz entschieden auf das Bestreben des Meisters, seinem Material stets mehr etwas Geistiges zu verleihen, es von dem Stofflichen mehr und mehr abzulösen und zum Ausdruck innerlichster Dinge fortzubilden. Sogar mit der Form im Ganzen experimentirt er hier gewissermassen, sodass man deutlich fühlt, sie ist ihm in der alten Weise schon längst nicht mehr dem Standpunkte des eigenen Innern gemäss, ja es will ihm schon im nächsten Jahre die intentionirte Symphonie in H-moll nicht mehr aus der Feder. Und wie er drei Jahre später die Violoncellsonate Op. 102 I eine „freye Sonate" nennt, so ist auch hier das Bestreben nach eben einer solchen Befreiung zu sehen, nur dass offenbar im Ganzen und Grossen jene vollkommene Sicherheit und Klarheit, jenes höhere Geistige, was jene Sonate und auch schon Op. 101 zeigen, noch nicht vorhanden ist, weil es eben innen noch nicht gewonnen war.

[273] Cherubini war zum ersten Mal schon 1784 in London gewesen und P. Winter 1802/5. Uebrigens könnte man hier auch an den Ruf nach Neapel (vgl. Anm. 247) denken. Im Tagebuch vom Frühling 1813 stehen hinter dem italienischen Liedchen: „Scherza amando la Rondinella, lieto gode la tortorella, io solo misera non io goder" folgende Worte: „Immer im Italienischen übersetzen und blos wegen Zweifel hie und da die Woche ein- zweimal den Universitätslehrer der italienischen Sprache fragen." Freilich erwähnen die mir bekannten damaligen Berichte von Neapel nichts von einer solchen Berufung Beethoven's; im Gegentheil heisst es bereits im Nov. 1812, dass „der

rühmlichst bekannte Compositeur Sim. Mayer in Bergamo für künftigen Carneval dorthin verschrieben sei, um zwei Opern zu componiren. (A. M. Z. XIV, 789.) Auch ist aus der Reise bekanntlich überhaupt nichts geworden. Doch sollten die Italiener einigermassen wohl dafür entschädigt werden, dass Beethoven keine Oper für sie schrieb. Es gab nämlich der uns bekannte Vigano (s. Anm. 108) den ganzen Carneval 1813 hindurch sein grosses Ballet Prometheus mit zusammengestoppelter Musik von Haydn. Beethoven, Weigl etc., und die A. M. Z. 1813 S. 514 lässt sich aus Mailand berichten, dass dasselbe nicht blos dort, sondern durch ganz Italien ein gewaltiges Aufsehen gemacht und viele Federn in Bewegung gesetzt habe. Es erschienen sogar „Lettere critiche intorno al ballo Prometeo", woraus der Ref. einiges auf die Musik Bezügliche mittheilt. Von Beethoven's ursprünglicher Musik waren vier Nummern, allein es war auch aus andern seiner Werke Einiges eingeflickt, und da heisst es denn so: „L'estersore dovea aggiungere et [L] de Bolthower (Beethoven), del quale sono realmente alcuni de pezzi più squisiti nel primo e nel terzo atto. Bisogna avere un triplice bronzo intorno al petto per non gustare tutto il bello di questa musica divina e per non sentirci l'animo commossa da tutte quelle passioni, ch'essa viene vivamente destando" etc. Die allerhöchste, die Lieblingsscene der Mailänder aber war L'inamoramento di Eone e di Lino, deren Musik (von Beethoven) die Italiener „la più bella aria di tutto il ballo" nannten Zum Schluss heisst es sogar: „Ueber die Musik dieses Ballets ist in Italien nur eine Stimme; Jedermann ist durch sie bezaubert und ich hörte so Manchen im Theater sagen: Vorrei esser chiuso in un palco, solo per sentire senza vedere." Uebrigens werden wir Beethoven auch noch das folgende Jahr 1814 hindurch mannichfach mit Composition italienischer Texte beschäftigt sehen, und wenn man ein unvollendetes Manuscript im Besitz des Musikvereins in Wien, ein Terzett, wegen Anführung der Namen der Singenden: Volivia, Sartagenes, Porus, als zu einer Oper gehörig betrachten will, so darf man es wohl in diese Zeit und mit dem „Ruf nach Neapel" in Verbindung bringen. Dieser konnte ihn auch um so mehr interessiren, als nach der A. M. Z. 1813 S. 531 dort den ganzen Winter hindurch bis in den Sommer Mozart's „Don Juan" ununterbrochen und mit grösstem Beifall gegeben ward.

[274] Vgl. Br. Beeth. S. 96. Nach der Aeusserung ebend. S. 349: „Das species facti beweist, dass ich über ein halb Jahr abwesend war von Wien", scheint es, dass er erst im December dahin zurückkehrte, und jetzt mochten, als er wieder persönlich anwesend war, die Verwandten auch ihre Auspressungen wieder eifriger betreiben, während er noch im Sommer, wie es ebendort heisst, „eben nicht auf Geld angestanden" hatte. Vgl. übrigens die Angaben ob. Anm. 134, wonach also wesentlich die schlechte

Wirthschaft der Frau schuld an der drückenden Lage des Bruders Karl sein musste. Wir werden noch zum Ueberdruss davon hören.

[275] Die III Gesänge von Goethe, Op. 83, waren im Oct. 1811 erschienen und eben jetzt im October auch die Messe in C, dem Fürsten von Kinsky gewidmet, dessen Tod übrigens auf den 3. Nov., wie es bei Köchel Anm. 11 richtig heisst, und nicht, wie ebend. S. 6 verdruckt ist, auf den 13. Nov. 1812 fällt. C. Wurzbach, „Die Fürsten und Grafen Kinsky" (Wien 1864), S. 4 f., erzählt schöne Züge von der persönlichen Bravour und Tüchtigkeit des trefflichen Mannes in der Schlacht wie im Leben.

[276] Br. Beeth. Nr. 93, 94. Die Vormundschaft ward vom Oberstburggrafen Kolowrat geführt.

[277] Köchel a. a. O. Nr. 3, 4, 5. Nach einem Billet des Erzherzogs an Beethoven (im Besitz des Malers Amerling in Wien) spielte der Prinz mit Rode wiederholt auch eine Sonate, vermuthlich Op. 96. -- Wien war übrigens in diesem Winter 1812/13 in auffallender Weise von Virtuosen und Künstlern aller Art überschwemmt, vielleicht weil der Norden von Kriegsrüstungen erfüllt war. Am 17. Dec. gaben Louis Spohr und seine Gattin bei gedrängt vollem Hause und zu allgemeinem Entzücken ihr erstes Concert, dem dann am 11. Jan. das zweite und am 21. und 24. die Aufführung des „Jüngsten Gerichts" folgten. Am 27. Dec. kam der berühmte Fagottist Brandt aus München, am 28. der Violinist Seidler und am 3. Febr. der Oboist Westenholz aus Berlin. Am 6. gab Rode, erster Violinist des Kaisers von Frankreich, Concert, wobei Beethoven's vierte Symphonie erstes Stück „nach so langem Entbehren ein herrlicher und seelenvoller Genuss" war, am 31. Jan. wieder, und „fand diesmal ungleich mehr Beifall als neulich, wollte aber im Cantabile doch auch diesmal den Erwartungen des Publikums nicht genugsam entsprechen". (A. M. Z. 1813 S. 53 f., 112 ff.) Später kamen dann noch C. M. von Weber, Abt Vogler mit seinen windmacherischen Orgelconcerten, die Sängerin Harlas und der grosse Klarinettist Bärmann. Ausführlicheres über alle diese Dinge s. bei Spohr, Selbstbiogr. I, 176 ff. und Musikerbriefe S. 221 ff. Auch Moritz Hauptmann kam in diesem Frühjahr nach Wien und blieb bis zum Herbst; ebenso der damals 19jährige Meyerbeer, um Hummel's Spiel zu studiren. — Was nun Beethoven damals für Rode, dessen Spiel also bereits hinter seinem Ruhm zurückgeblieben war, componirt hat, ist nicht bekannt geworden. Dass es nicht, wie in der Bibliothèque universelle Nouv. edit. XXXVI, 210 behauptet wird, die „delicieuse romance" sein kann, versteht sich von selbst, da die beiden Romanzen Beethoven's bereits im Jahre 1805 erschienen sind. Doch mag Rode damals, vielleicht durch Beethoven selbst darauf aufmerksam gemacht, dieselbe mit nach Paris genommen haben, wo sie dann später bekanntlich von Baillot „so schön gesungen" wurde.

²⁷⁸ Br. Beeth. Nr. 95, 96. An Thomson schrieb er 19. Febr. 1813: „J'ai reçu votres trois chères lettres du 5 Aout, 30 Oct. et 21 Dec." und sandte 30 Irish Airs ein. Doch scheint darur nichts Klingendes erfolgt zu sein. — Wegen Brentano s. ob. Anm. 217. Vielleicht hängt mit Gefälligkeiten ähnlicher Art auch das „Kleine Trio in einem Satz. An meine kleine Freundin M. B. zur Aufmunterung im Klavierspielen. Componirt im Jahre 1812" zusammen. Es erschien als Oeuv. posth. „Frl. Maximiliana Brentano gewidmet". Brentano lebte damals noch in Wien.

²⁷⁹ Wie er hier bei allem äusserlichen Missgeschick, zu dem trotz der Teplitzer Kur auch wieder körperliches Leid sich gesellte (vgl. Br. Beeth. Nr. 96: „Meine Gesundheit ist nicht die beste"), Musse fand, an die „Nothbedrängten" in Gratz zu denken, so schrieb er in derselben Zeit für Christoph Kuffner zu dessen Trauerspiel „Tarpeja" einen Triumphmarsch, der bei der ersten Aufführung des Stückes, zum Vortheil des pensionirten Schauspielers Lange, Mozart's Schwager, am 26. März 1813 auf dem Theaterzettel als „neu componirt" bezeichnet wurde. (Thayer, Chr. Verz. Nr. 178.) Das Drama war übrigens nicht neu, denn im Weimarer Journ. des Lux. wird bereits März 1809 ein Stück daraus mitgetheilt. Der Marsch wurde auch in Schuppanzigh's Augartenconcert am 1. Mai nebst der C-moll-Symphonie aufgeführt. A. M. Z. 1813 S. 416. — Der König von Holland hatte bei seiner Uebersiedlung nach Gratz den Prof. Schneller zu sich berufen, um von ihm Unterricht in der Literatur zu nehmen. Dies gab Veranlassung zu einem so innigen Verhältniss der beiden Männer, dass Schneller der tägliche Gesellschafter des Exkönigs und sogar sein Liebling und Freund ward. So wird er es auch wohl gewesen sein, der den für Kunst und Wissenschaft schwärmenden „reichen Dritten" auf Beethoven und seine bereitwilligen Opfer für die Gratzer Concerte aufmerksam gemacht hatte. (Schneller's Hinterl. Werke I, 11.) Wir hören aber nicht, dass von einer „Belohnung" etwas erfolgt sei.

²⁸⁰ Es wird dieser „Herzog" mit seiner „obligaten" Frau wohl der „schneidernde Bediente" sein, von dem Schindler I, 187 erzählt, wie er den Meister durch Jahre so gut gepflegt habe; und dieser Umstand ist es, der vermuthen lässt, dass jenes Billet ebenfalls in diese Zeit gehört. Welches Quartett bei Lobkowitz probirt werden sollte, weiss ich nicht. Ein neues kann es nicht gewesen sein, denn das letztcomponirte war Op. 95 (s. ob. S. 333.)

²⁸¹ Schindler, Biogr. I, 187. Eine Ursache, dass Beethoven nicht einmal zu einem Lokal für sein Concert gelangen konnte, war jedenfalls auch die Ueberhäufung der Stadt mit Concertgebern damals. (S. ob. Anm. 277 und A. M. Z. 1813 S. 397 ff.) Auch L. Spohr, der Beethoven nach seiner Ankunft in Wien sogleich aufgesucht, aber nicht angetroffen hatte, erzählt Selbstbiogr. I, 197 f., wie seine Hoffnung, ihn in irgend

einer der musikalischen Gesellschaften anzutreffen, getäuscht und ihm mitgetheilt worden sei. Beethoven habe sich, seitdem seine Taubheit so sehr zugenommen, von allen Musikpartien zurückgezogen und sei überhaupt sehr menschenscheu geworden. Auch ein zweiter Besuch war vergebens. Endlich traf er ihn ganz unerwartet in einem Speisehause und ward von dem Meister, der schon von ihm gehört und gelesen, ungewöhnlich freundlich begrüsst, was die Tischgesellschaft sehr verwunderte, da er gewöhnlich düster und wortkarg vor sich hinstarrte. Beethoven kam nun öfter in dieses Speisehaus und besuchte Spohr auch in seiner Wohnung, sodass sie bald gute Bekannte wurden. Bei einer andern Gelegenheit nun erzählt Spohr: „Er war kein guter Wirth und hatte noch das Unglück, von seiner Umgebung bestohlen zu werden. So fehlte es oft am Nöthigsten. In der ersten Zeit unserer Bekanntschaft fragte ich ihn einmal, nachdem er mehrere Tage nicht ins Speisehaus gekommen war: Sie waren doch nicht krank? — »Mein Stiefel war's, und da ich nur das eine Paar besitze, hatte ich Hausarrest«, lautete die Antwort!" Welcher Erzählung bestätigend einige Notizen in Beethoven's Tagebuch aus jener Zeit zur Seite stehen. Z. B. unmittelbar nach der im Text citirten Stelle heisst es: „Alle Abends durchsehen!", dann nicht lange nachher: „Alles im Vorrath kaufen, um den Betrügereien des X. X zu steuern! Frage den X wegen der Lichter." Im Sommer 1814 aber steht förmlich triumphirend da: „Sieben Paar Stiefel!"

²⁵² Wien. Musikvereins-Archiv. Schindler I. 186. Br. Beeth. Nr. 113 und ob. Anm. 252.

²⁵³ Saadi's „Rosenthal" erschien 1792 in der vierten Sammlung von Herder's „Zerstreuten Blättern". „Das Schweigen" hat der „ohnehin lakonischen Natur" Beethoven's so sehr gefallen, dass er es am 24. Jan. 1816 als Canon in das Stammbuch von Charles Neate aus London und in derselben Zeit mit etwas veränderter Wortwendung auch einmal als kleinen Canon bei Del Rios aufschrieb. Grenzboten 1857 I. S. 26. Das zunächst noch ausgeschriebene Gedicht ist „Verschwendete Mühe" (Herder's Sammtl. Werke IX. 71. 77). Wir werden ihn auch später noch mit dieser „Blumenlese aus morgenländischen Dichtern" beschäftigt finden. Auf jenen Auszug aber folgen im Tagebuch unmittelbar die Worte: „Das Beste, an Dein Uebel nicht zu denken, ist Beschäftigung."

²⁵⁴ Karl Bernard, ein junger Philolog und Dichter, z. B. des Spohr'schen „Faust", später Redacteur der Wiener Zeitung, hatte das Stück ausführlich in der Thalia von 1813 besprochen und dazu offenbar das Manuscript vor sich gehabt, das er dann Beethoven geliehen haben mag, der sich den ganzen ersten Monolog Elvirens ausgeschrieben hat. (Vgl. A. Müllner's Theater, Stuttgart 1820, II. 141 ff.) Die Bekanntschaft Bernard's mit Beethoven wird nicht viel früher als in diese Zeit fallen, scheint aber auf

einer schwärmerischen Verehrung des jungen Dichters für den Meister beruht zu haben. Denn in den „Miscellen", die derselbe vom Herbst dieses Jahres 1813 an unter der Chiffre „K. B." in die A. M. Z. schreibt, spielt Beethoven die erste und hauptsächlichste Rolle. So heisst es z. B. dort Decbr. 1813 S. 806: „Möchte uns doch der grösste Romantiker der Tonkunst, L. v. Beethoven, mit einer musikalischen Shakspeare-Gallerie bereichern! Mit welcher gigantischen Kraft würde uns Beethoven, z. B. in einer Ouverture zum Macbeth in die Tiefen des Reichs der Finsterniss hinabschauen lassen" etc. -- was in Erinnerung an die ob. Anm. 206 mitgetheilte Notiz vermuthen lassen darf, dass Beethoven sich mit dem jungen Dichter über poetische Dinge, besonders über seinen „poëte de prédilection" gern unterhielt. Wir werden demselben bald wieder begegnen. -- Weiter findet sich im Tagebuch dieser Zeit, wahrscheinlich zur Lectüre aufnotirt: „Die Schärpe und die Blume. Der standhafte Prinz von Calderon. Rosamunde von Alfieri, Ausgabe von Gozzi." Möglich auch, dass die Gespräche mit Goethe in Teplitz ihn zu so weit verzweigten literarischen Beschäftigungen, zumal zu dem Orient geführt hatten. Vom „Standhaften Prinzen" wird im Journ. d. Lux. bereits 1809 eine Uebersetzung von Schlegel angezeigt. Es finden sich übrigens nirgends Spuren von Compositionen zu einem der aufnotirten Werke.

[285] Mälzel war der eigentliche Veranlasser der Schlachtmusik, dergleichen damals übrigens in der Luft lag. Auch Tobias Haslinger, dem wir später noch oft genug begegnen werden, hatte bei sich selbst ein Werk herausgegeben: „Ideal einer Schlacht, ein musikalisch-charakteristischer Versuch für das Pianoforte", worüber die A. M. Z. Juni 1813 einen heitern kleinen Bericht gibt. Besonders die verschiedenen Ueberschriften: „Wie der Feldherr den Entwurf zur Schlacht entwickelt", und sich dabei „seine Ideen durchkreuzen", „Der Abend vor der Schlacht", „Befehl des Feldherrn zur Wegnahme mehrerer Schanzen", und wie der „Feind einen grossen Fehler begeht, dieser benutzt wird, die Cavallerie sich mit Ruhm bedeckt" und dergl. mehr erregen mit Recht die Heiterkeit. Es berichtet nun Moscheles, der seit 1809 in Wien war (Life of Beeth. I. 153): „Ich verfolgte den Ursprung und Fortgang des Werkes und erinnere mich, dass Mälzel nicht nur entschieden Beethoven den Anstoss gab, es zu schreiben, sondern sogar den ganzen Plan dazu ihm vorlegte; er selbst schrieb alle Trommelmärsche und Trompetensignale der französischen und englischen Armeen auf, gab dem Componisten Winke, wie er die englische Armee durch die Töne von »Rule Britannia« einführen, wie er »Malbrock« in einem schaurigen Gesang anbringen und die Schrecken der Schlacht schildern solle und das »God save the king« mit einem Effect anbringen, der die Hurrahs der Massen darstelle. Sogar die unglückliche

Idee, die Melodie von »God save the king« zum Thema einer lebhaften Fuge zu verwenden, stammt von Mälzel her. Alles dies
sah ich in Skizzen und Partitur, die Beethoven in Mälzel's
Werkstätte brachte, damals der einzige passende Platz zur Aufnahme, den er hatte." Die letzte Stelle ist unverständlich.
Dass aber Beethoven damals besonders viel mit Mälzel verkehrte,
mochte, abgesehen von der Anfertigung der Gehörmaschinen, die
er ihm versprochen, darin seinen Anlass haben, dass Mälzel damals
mit der Vollendung seines Metronoms beschäftigt war. Und
wenn man erwägt, dass in diesem Herbst die Herren Salieri,
Beethoven, Weigl etc. eine öffentliche Erklärung abgaben, dass
dasselbe Alles leiste, was von solch einem Hülfsmittel zur besten
Direction zu verlangen sei, und dass auch die Vaterländischen Blätter 13. Oct. 1813 melden: Beethoven ergreife diese
Erfindung als ein willkommenes Mittel, seinen genialen Compositionen aller Orten die Aufführung in dem ihnen zugedachten
Zeitmass zu verschaffen, so muss man auch das bekannte Schreiben an Ignaz v. Mosel (auf dessen Original übrigens nicht 1817
steht) in dieses Jahr setzen und erkennt dann, wie sehr sich der
Meister nicht blos für die Sache interessirte, sondern auch ihres
Erfinders persönlich lebhaft annahm. Auch findet man das hier
gegebene Versprechen, „die noch aus der Barbarei der Musik her-
rührenden Bezeichnungen des Zeitmasses bei allen seinen neuen
Compositionen nicht mehr zu gebrauchen", schon bald gehalten,
z. B. bei den Sonaten Op. 90, 101. Damit aber nicht zufrieden,
sucht er obendrein den einflussreichen Hrn. von Mosel zu gewinnen,
durch Pränumeration Mälzel Absatz seines Fabrikats zu verschaffen. „Es versteht sich von selbst, dass sich Einige hierbei an die
Spitze stellen müssen, um Aneiferung zu erwecken", schreibt er;
„was an mir liegt, so können Sie sicher auf mich rechnen, und
mit Vergnügen erwarte ich den Posten, welchen Sie mir hierbey
anweisen werden." Nun begreift sich auch, wie es Mälzel wagen
konnte, Beethoven Geld anzubieten, sowie dass dieser dergleichen
annahm und dass er sich darauf einliess, mit dem Hrn. Hofmecha-
nikus eine Akademie zu unternehmen, und sogar später mit ihm
zu reisen gedachte. Anfangs mochte er bei dem Concert nun wohl
blos patriotische Zwecke im Auge haben, dann aber drängte ihn
„die Noth des Tages" zunächst an den eigenen Vortheil zu denken,
und darauf bezieht sich auch noch das Billet „an den Freiherrn Joseph von Schweiger", das Köchel Br. Nr. 9 mittheilt.
Allein offenbar erkannte man bald, dass es denn doch mit der
Aufführung der Schlachtsymphonie zum eigenen Vortheil nicht
wohl gehe. Denn schon wurden die Vorbereitungen zu den
grossen Concerten gemacht, in denen der k. k. Hofconcipist
Ignaz von Mosel am 11. und 14. Nov. für die verwundeten
Krieger in der Reitschule mit mehr als 700 Dilettanten Händel's
„Alexanderfest" aufführte und die grosse Summen einbrachten.

So kamen denn auch Mälzel und Beethoven, „dem dieser Anlass, ein Opfer seiner Kunst bei dieser Zeit auf den Altar des Vaterlandes niederzulegen, sehr willkommen war", überein, das Werk zum Besten der Krieger zu geben, und auf Mälzel's Ansuchen zeigten sich die auserlesensten Künstler der Kaiserstadt zur Mitwirkung bereit. Wien. Zeit. u. Zeit. f. d. elegante Welt 1814 S. 39.

[286] Br. Beeth. Nr. 113, wo es denn ferner heisst: „Da Mälzel ein roher Mensch, gänzlich ohne Erziehung, ohne Bildung, so kann man denken, wie er sich während dieser Zeit gegen mich betragen und mich dadurch immer mehr empörte." — Auch das Notirbuch des Werkes im Besitz von Artaria enthält die Worte Beethoven's: „Wellington's Victory Vittoria, blos God save the king, aber eine grosse Siegs-Ouverture auf Wellington." Merkwürdig contrastirt damit, wenn Tomaschek (Libussa 1847 S. 435) sagt: „Man erzählte mir, dass er selbst das Werk für eine Dummheit erklärte und es ihm nur insofern lieb war, als er damit die Wiener total schlug." Das kann sich jedoch höchstens auf die eigentliche Schlachtmusik beziehen.

[287] Ein seltsamer Irrthum ist, dass hier Beethoven den Platz an der grossen Trommel Hummel zuschreibt, da er doch Meyerbeer gebührt. Denn Moscheles (Life of Beeth. S. 147) sagt ausdrücklich: „I must claim for my friend Meyerbeer the place here assigned to Hummel, who had to act in the cannonade; and this I may the more firmly assert as the cymbals having been instructed to me, Meyerbeer and I had to play from one and the same part." Und wir werden sehen, dass bei einem andern Anlass der Meister sich des wirklichen Grosstrommlers genau erinnerte. Die Wien. Zeit. enthält übrigens jene „Danksagung" nicht.

[288] Die Wiener Zeit. vom 20. Dec. 1813 zählt die mitwirkenden Künstler ersten Ranges sämmtlich auf. Der im Text genannte Romberg ist nicht Bernhard, der vielmehr damals in Stockholm war (A. M. Z. 1813 S. 817), sondern Anton, der berühmte Fagottist. — Spohr, Selbstbiogr. I. 201 erzählt freilich, Beethoven's Direction damals sei „unsicher und oft lächerlich" gewesen, und fährt dann fort: „Dass der arme taube Meister die Pianos seiner Musik nicht mehr hören konnte, sah man ganz deutlich. Besonders auffallend war es aber bei einer Stelle im zweiten Theile des ersten Allegro der Symphonie. Es folgen sich da zwei Halte gleich nach einander, von denen der zweite pianissimo ist. Diesen hatte Beethoven wahrscheinlich übersehen, denn er fing schon wieder an zu taktiren, als das Orchester noch nicht einmal diesen zweiten Halt eingesetzt. Er war daher, ohne es zu wissen, dem Orchester bereits zehn bis zwölf Takte vorausgeeilt, als dieses nun auch und zwar pianissimo begann. Beethoven, um dieses nach seiner Weise anzudeuten, hatte sich ganz unter das Pulte verkrochen. Bei dem nun folgenden Crescendo wurde er wieder sichtbar, hob sich immer mehr und sprang hoch in die Höhe, als

der Moment eintrat, wo seiner Rechnung nach das Forte beginnen musste. Da dieses ausblieb, sah er sich erschrocken um, starrte das Orchester verwundert an, dass es noch immer pianissimo spielte, und fand sich erst wieder zurecht, als das längst erwartete Forte endlich eintrat und ihm hörbar wurde. Glücklicherweise fiel diese komische [?] Scene nicht bei der Aufführung vor, sonst würde das Publikum sicher wieder gelacht haben." Doch sagt Schindler I. 200, sogar bei der Schlachtsymphonie habe an Präcision bei der Leitung nichts gefehlt; dagegen wieder Tomaschek a. a. O. S. 435 von der Akademie am 29. Nov. 1814: „Die Akademie ging unter Umlauff's Direction vor sich, Beethoven stand ihm zur Seite und taktirte mit, aber seiner Taubheit wegen meist unrichtig, was jedoch keine Störung nach sich zog, denn das Orchester behielt nur Umlauff's Direction im Auge." Vgl. ob. Anm. 181.

²⁸⁰ Eine der unverbesserlichsten „Nachteulen" war der noch immer unermüdliche „Variationenschmidt" G. Gelinek (s. ob. S. 30 und Anm. 31). Tomaschek erzählt a. a. O. S. 435 noch aus dem Herbst 1814 Folgendes: „Ehe ich Wien verliess, wollte ich doch eins der besuchtesten Kaffeehäuser sehen. Ich trat in ein sehr besuchtes Kaffeehaus, und wen traf ich dort? Den Herrn Abbé Gelinek, den fruchtbaren Variationenfabrikanten. Seine erdbraune Physiognomie hellte sich auf, als er mich erblickte. Nach geschehener wechselseitiger Bewillkommnung dauerte es auch nicht lange, dass er an mich die Frage stellte, ob ich in der Probe [zum Concert vom 29. Nov.] gewesen sei und was ich von Beethoven's Composition halte? Dass ich dem Tondichter sein gebührendes Recht widerfahren liess, wird wol Niemand der Unbefangenen in Zweifel ziehen; doch der Herr Abbé schien mit meinem Urtheil nicht zufrieden zu sein, wobei er mir Mehreres von Beethoven erzählte, woraus ich schloss, dass er gegen B. nicht sehr freundlich gesinnt sei. Er erklärte ganz aphoristisch [sic!], dass allen seinen Tonwerken der innere Zusammenhang fehle und dass sie nicht selten auch überladen sind. Dies nannte er grobe Uebelstände einer Composition und suchte ihr Dasein in dessen Compositions-Art und Weise zu begründen, indem er vorgab, dass B. von jeher gewohnt sei, jede musikalische Idee, die ihm einfiel, auf ein Stückchen Papier zu notiren und das Papierchen in einen Winkel eines Zimmers zu werfen, wo dann mit der Zeit die mit Motiven bezeichneten Papierchen zu einem Haufen anwüchsen, den die Magd beim Auskehren und Aufräumen nicht anrühren dürfte. Kam nun B. die Lust an zu componiren, so suchte er aus diesem Ideenschatz sich einige Motive heraus, die er zu Haupt- und Mittelsätzen des vorhabenden Tonwerks zu verwenden glaubte, wobei er aber selten eine glückliche Wahl traf. Ich störte den Fluss seiner leidenschaftlichen, dabei aber holprigen Rede nicht" etc. Wieder muss man

sagen: Tout comme chez nous! — Es waren übrigens durch die beiden Akademien (10 und 5 fl. W. W. Entrée) 4006 fl. eingegangen, die dem Kriegspräsidio eingereicht wurden. „Meiner erwähnte der Hofkriegsrath gar nicht", sagt Beethoven in der „Deposition" gegen Mälzel, „und doch war Alles, wodurch die Akademien bestanden, von mir." Allein der Hofkriegsrath hatte es ja nur mit dem Veranstalter derselben zu thun, und das war nach allen Berichten eben Mälzel. — Was den Bericht der A. M. Z. (1814 S. 70 ff.) betrifft, so ist es hier das erste Mal, dass von dem Wiener Referenten Beethoven's Schaffen ganz bedingungslose Anerkennung gezollt ward. „Einen der interessantesten und höchsten Genüsse erhielten die Freunde der Tonkunst", beginnt derselbe, und die Symphonie hält er, „ohne dass ihr jene feste Durchführung und Verarbeitung der Hauptgedanken, die wir in den übrigen Werken dieses Meisters anzutreffen gewohnt sind, mangelte, für die melodiereichste, gefälligste und fasslichste unter allen B.'schen Symphonien; das Andante musste jedesmal wiederholt werden und entzückte Kenner und Nichtkenner". Von der „Schlacht bei Vittoria" aber heisst es, der Effect, ja selbst die eigentliche Täuschung sei ganz ausserordentlich und der Laie habe dies Werk ganz alarmirt angestaunt und nicht gewusst, wie ihm geschehen. Auch Tomaschek erzählt (a. a. O. S. 435) von der Aufführung des 29. Nov. 1814, die grössere Zahl der Zuhörer sei ausser sich gerathen; „und als das Orchester in dem heillosen Lärm von Trommeln, Rasseln und Pochen beinahe ganz unterging und ich mein Missfallen über den tobenden Beifall gegen den Herrn von Sonnleithner [s. ob. S. 209] äusserte, bemerkte er in spöttischem Tone, dass es der Mehrzahl lieber noch wäre, wenn man auf ihr Timpanum schlüge". Doch wenn auch hier wie überall und zu jeder Zeit die grosse Masse durch die Nebendinge angezogen ward, die A. M. Z. constatirt ausdrücklich: „Uebrigens erhielt Hr. v. B. zur Freude aller wahren Kunstfreunde bei jedem Erscheinen neue Beweise grosser Theilnahme und Werthachtung von dem zahlreich anwesenden, in jeder Hinsicht achtungswürdigen Auditorium." Auch das Journal des Luxus bringt im Juni 1815 einen Artikel „über Beethoven und einige seiner neuesten Werke", der, obwohl vom April 1815 datirt, doch von diesen ersten Aufführungen der „Schlacht" seinen Anlass nimmt. Er gibt eine schwungvolle Darstellung des Werkes und schliesst mit den Worten: „Es war ein wahrer Genuss, und der Beifall strömte Beethoven unaufhaltsam entgegen." Der Sammler, die Vaterländischen Blätter und die Zeitung für die elegante Welt enthalten keinen Bericht, wohl aber das Morgenblatt (1814 S. 31).

[290] „Musik ist höhere Offenbarung als alle Weisheit und Philosophie", sagte Beethoven zu Bettina; „sie ist der Wein, der zu neuen Erzeugungen begeistert; Musik ist so recht die Ver-

mittlung des geistigen Lebens zum sinnlichen; Musik ist der
einzige unverkörperte [sc. körperlose] Eingang in eine höhere
Welt des Wissens, die wohl den Menschen umfasst, dass er aber
nicht sie zu fassen vermag; sie gibt Ahnung, Inspiration
himmlischer Wissenschaften." Dann wieder noch specieller:
„Auch ihr liegen die hohen Zeichen des Moralsinns zum Grund
wie jeder Kunst, alle echte Erfindung ist ein moralischer Fortschritt." (Goethe's Briefw. mit einem Kinde II, 193, 194, 197.)

[291] Wer wird hier nicht an das Wort Bettina's vom Jahre
1810 erinnert: „Möge er nur leben, bis das gewaltige und erhabene Räthsel, das in seinem Geiste lebt, zu seiner höchsten
Vollendung herangereift ist, gewiss dann lässt er den Schlüssel
zu einer himmlischen Erkenntniss in unsern Händen, die uns der
wahren Seligkeit um eine Stufe näher rückt." Das ist der
Widerhall seines eigenen Wünschens und Strebens, das er gegen
diese feinfühlig phantasievolle Natur so lebhaft gesprächig aufdeckte! Eine Spur der erwachenden Neigung zur kirchlichen
Composition zeigt sich schon in dem Frühjahr 1813, wo im Tagebuch unmittelbar hinter den Auszügen aus Müllner's „Schuld"
die Worte stehen: „Wie muss Eleison im griechischen ausgesprochen werden? E-le-ison ist recht" — was in Verbindung
mit einer später mitzutheilenden Notiz nicht wohl anders als auf
den Textanfang des Requiems „Kyrie eleison" gedeutet werden
kann. Er wollte nämlich ein solches für seinen kurz vorher verunglückten Gönner Fürst Kinsky schreiben. S. Anm. 306.

[292] Was das Oratorium betrifft, so ward es freilich erst wirklich bestellt am 9. Nov. 1815; allein die Fischhof'sche Hdschr.
sagt, dass schon bald nach dem ob. Anm. 285 erwähnten Concerten, wo die Idee der Begründung einer „Gesellschaft von Musikfreunden" entstand, auch der Wunsch erwachte, Beethoven zu
vermögen, dass er ein grosses Oratorium liefere. Auch deutet
eine der „Miscellen", die K(arl) B(ernard) in dieser Zeit wieder in
die A. M. Z. (Febr. 1814) schrieb, darauf, dass mit Beethoven von
solchen Dingen die Rede gewesen war. „Unstreitig gehört das
Oratorium zu den herrlichsten Erzeugnissen der Tonkunst. Und
doch wie wenig ist seit Händel und Graun hierin geschehen! Woran
wohl mag das liegen? Leben nicht grosse, geniale, das ganze Gebiet
der Tonkunst umfassende Meister unter uns? Ich nenne statt aller
andern nur Beethoven und Cherubini. Oder sollte der tief religiöse
Sinn die jetzt lebenden Künstler nicht mehr beseelen wie unsere
frommen Altvordern? Auch der Gedanke sei ferne! Kein wahrer
Künstler kann wohl ohne Gefühl für das Höchste im Menschen
sein und alle Kunst ruht auf religiöser Basis" etc. — eine Anschauung, die der damaligen Stimmung Beethoven's ganz besonders entsprach. Doch obgleich Bernard, der auch damals ein
verbindendes Gedicht zur Egmontmusik verfasst hatte (A. M. Z.
1814 S. 189), selbst später das Werk „Der Sieg des Kreuzes"

für ihn schrieb, zur Composition eines Oratoriums ist es niemals gekommen. Die „Gesellschaft der Musikfreunde des österreichischen Kaiserstaates", die eine so grosse Bedeutung für die Pflege und Fortentwicklung der Kunst in Oesterreich gehabt hat und noch hat, erhielt am 28. Juni 1814 die kaiserliche Bestätigung. „An der Spitze derselben steht Se. kaiserl. Hoheit der Erzherzog Rudolf, welcher das ihm durch eine Deputation der Gesellschaft angebotene Protectorat angenommen hat und dessen ausgezeichnete Liebe zur Kunst, sowie seine vorzüglichen Kenntnisse der Gesellschaft in seiner hohen Person sowohl eine Stütze als auch eine Zierde sichern", heisst es A. M. Z. 1814 S. 553. Auch ihrem Protector zu Gefallen musste die Gesellschaft womöglich sogleich ihr Auge auf seinen Lehrer richten. — Ueber das erste Concert, in dem auch der Marsch mit Chor und die Bassarie aus den „Ruinen von Athen" aufgeführt wurde, s. Bernard's Dramaturgischen Beobachter 7. Jan. 1814 und A. M. Z. XVI, 132: „Nachdem des Hrn. L. v. Beethoven neueste Symphonie und die (musikalische) Schlacht bei Vittoria bei zwei Productionen eine überaus günstige Aufnahme gefunden, so bestimmte dies den Componisten auf Verlangen mehrerer Freunde der Tonkunst und seiner Muse, ein Concert zu seinem Vortheile in dem grossen Redoutensaale zu veranstalten. Die Versammlung war zahlreich, die Erwartung wurde auch diesmal vollkommen befriedigt und der Componist mit Auszeichnung beehrt." Der Meister selbst aber schreibt davon am 13. Febr. 1814 an Brunswick: „Du freust Dich wohl über alle Siege, auch über den meinen." — Vgl. auch die Anzeige des zweiten Concerts Wien. Ztg. 24. Febr. 1814 und A. M. Z. 1814 S. 201, zumal über die achte Symphonie. die natürlich wie jetzt jedes Neue von Beethoven „die grösste Aufmerksamkeit" erregt hatte. Ueber die Zusammensetzung des Orchesters in diesem Concerte enthält das Tagebuch vom Frühsommer dieses Jahres folgende Notiz: „Bei meiner letzten Musik im grossen Redoutensaale hatte sie 18 Violin. prim., 18 id. secund., 14 Violon, 12 Violonc., 7 Contrabässe, 2 Contrafagotte."

²⁰³ Das Journal des Luxus 1815 S. 350 sagt: „Die günstige Aufnahme der »Schlacht von Vittoria« hatte aber eine weit wichtigere und wohlthätigere Folge, als vielleicht Beethoven selbst erwartet hatte, denn sie zog bald die Wiederaufführung seiner Oper »Fidelio« nach sich. Unser Künstler. entschloss sich die frühere Arbeit nach seinen jetzigen Ansichten der Gesangsmusik umzuarbeiten." - Ignaz Saal. geb. 1761 in Geiselhöring bei Regensburg, war von 1782 an in Wien engagirt, wo er „40 Jahre über mit ungeschwächtem Beifalle in allen ersten Basspartien der deutschen und italienischen Oper glänzte". — Johann Michael Vogl. geb. 1768 in Steyer und seit 1794 an der Wiener Oper angestellt, ist jedem Freunde Schubert'scher Lieder aus dessen Biographie von Dr. Kreissle von Hellborn (Wien 1865) be-

kannt. Er ist es gewesen, der durch seinen trefflichen Vortrag in spätern Jahren nicht blos Schubert's Lieder in weiten Kreisen zuerst beliebt machte, sondern sogar auf dessen künstlerische Entwicklung mannichfach veredelnd einwirkte, indem er vor allem darauf drang, dass Schubert stets „auf die Wahrheit des Ausdrucks, auf das Erfassen der Hauptempfindung, sowie auf richtige Accentuirung und makellose Declamation sein vorzüglichstes Augenmerk richtete". Er hatte Jurisprudenz studirt und stand auf einer nicht gewöhnlichen Stufe allgemeiner geistiger Bildung, sodass er im Gesang „mit bewusster Consequenz den Weg dramatischen Vortrags verfolgte und in der Darstellung des Charakteristischen, in der künstlerischen Verbindung der Wahrheit mit der Schönheit seine Stärke besass." Diese besondere Richtung mochte gerade ihn wohl lebhaft an den „Fidelio" erinnern. Doch werden wir hören, dass er wegen seiner Stimmlage Beethoven nicht ganz behagte. — Karl Weinmüller, 1765 bei Augsburg geboren, ein echtes Kind des Theaters, war ebenfalls schon seit 1795 in Wien, wo er als Lux im „Dorfbarbier" zuerst seine Kraft des übersprudelnden Humors bekundete. Er ward bald der Liebling des Publikums. „Sein herrliches, sorgfältig cultivirtes, aller Abstufungen fähiges Organ von wahrhaft männlich sonorer Kraft, das Contra-D erreichend und bis zum F im silberreinen Metallklang sich emporschwingend, die deutlichste Aussprache, eine seelenvolle, zum Herzen dringende Declamation, in jedem Charakter der eigenthümlich bezeichnende Vortrag" — das Zusammentreffen solcher Eigenschaften musste allerdings auch einem Beethoven Achtung vor dem Künstler einflössen. Sein Billet an Moritz Lichnowsky (Br. Beeth. Nr. 111) sagt uns denn auch, dass die Berathschlagungen über die Veränderung der Oper „bei Hrn. Weinmüller auf dem Graben im Spielmann'schen Hause" stattfanden, und eins an Treitschke (Br. Beeth. Nr. 110), dass ihm auch dieser Sänger „am liebsten" war, wo es galt, eine eingeschaltete Note in das „Goldliedchen" in allen Instrumenten einzusetzen, da er doch sonst nicht leiden will, „dass ihm ein Anderer, sei es wer immer, seine Compositionen ändert". Auch werden wir ihn noch oft in Berührung und in persönlichem Gesellschaftsverkehr mit diesem k. k. Hofoperisten finden. — Friedr. Treitschke, damals Vicedirector des Hofoperntheaters, das vom 1. Mai 1814 an Graf Palffy für eigene Rechnung übernahm, hat bekanntlich seine Erinnerungen an diese Wiederaufführung wie die Billets Beethoven's im „Orpheus" 1841 mitgetheilt. Seine Frau, Signora Caro, war eine der ersten Tänzerinnen beim grossen Ballet und selbst Erfinderin „allerliebster Pas de deux" etc. Vgl. A. M. Z. 1814 S. 69.

[204] A. M. Z. 1814 S. 286, 355 und Sammler 1814 S. 148. Es wurden ausserdem ein Quartett von Haydn und Beethoven's Septett vorgetragen. Vermuthlich war es dieses Trio und nicht das in D.

zu dessen Probe in Beethoven's Wohnung Spohr zufällig hinzu-
kam; denn er nennt es neu. Doch hat die Entscheidung dieser
Frage keine Bedeutung für die nachfolgende Beschreibung, die er
(Selbstbiogr. I, 203) von des Meisters damaligem Klavierspiel
macht. „Ein Genuss war's nicht," sagt er; „denn erstlich stimmte
das Pianoforte sehr schlecht, was Beethoven wenig kümmerte,
da er ohnehin nichts davon hörte, und zweitens war von der früher
so bewunderten Virtuosität des Künstlers in Folge seiner Taubheit fast gar nichts übrig geblieben. Im Forte schlug der arme
Taube so darauf, dass die Saiten klirrten, und im Piano spielte
er wieder so zart, dass ganze Tongruppen ausblieben, sodass man
das Verständniss verlor, wenn man nicht zugleich in die Klavierstimme blicken konnte. Ueber ein so hartes Geschick fühlte ich
mich von tiefer Wehmuth ergriffen. Ist es schon für Jedermann
ein grosses Unglück, taub zu sein, wie soll es ein Musiker ertragen,
ohne zu verzweifeln? Beethoven's fast fortwährender Trübsinn
war mir nun kein Räthsel mehr." Im Mai ward das Trio im
Prater wiederholt, und „mit dieser Production schied Beethoven
als ausübender Klavierspieler für immer aus der Oeffentlichkeit".
(Schindler I, 197.) Nach Spohr's Beschreibung war es allerdings
hohe Zeit dazu. — Trotz aller seiner Beschäftigungen fand er
aber, wer weiss wodurch veranlasst, noch Zeit. für die Familie
Kobler, die in diesem Frühjahr 1814 mit ihren grotesken
Tänzen in Wien mit vieler Auszeichnung aufgenommen wurde
(A. M. Z. 1814 S. 132 und S. 284), ein Arrangement, das
Allegro und Presto Nr. 8 aus der Prometheusmusik zu machen,
das unter dem Titel: „Musique de Ballet en forme d'un Marche
arrangé pour le pianoforte à quatre mains, composé pour la
Famille Kobler par Louis van Beethoven" bei Hofmeister in
Leipzig erschienen ist. Tanzten diese Beinkünstler vielleicht da-
mals in einer Privatgesellschaft bei Palffy oder sonst einem
Grossen? — Auch fällt manch andere Compositionsskizze in diese
Zeit der Fidelio-Arbeit, z. B. Matthisson's Heimweh.

[295] Spohr, Selbstbiogr. I, 199. Der ob. Anm. 289 und 293
erwähnte Bericht des Journ. d. Luxus 1815 S. 350 f. sagt: „Das
Publikum ward gespannt in seiner Erwartung und sah diese auch
erfüllt. Denn Beethoven wurde bei der ersten Vorstellung mit
grossem Beifalle herausgerufen." Dann folgt eine kurze Inhalts-
angabe und darauf Besprechung der Musik im Einzelnen. „Die
ganze Oper beweist Beethoven's grosse Originalität", heisst es
weiter. „Wie viel Schönes dürfen wir noch von ihm erwarten!
Nur wünschen wir, dass er im Opernfache ein Textbuch bearbeiten
möge, welches in einem heitern Geiste gedichtet sei, damit
seine Phantasie in die Regionen der Wonne geführt und seine
Schöpfungen noch mehr den Geist des Entzückens und die
Schönheit der Natur athmen mögen!" schliesst der Referent,
offenbar im lebhaften Nachgefühl an die Wirkungen der A-dur-

Symphonie, deren der ganze Bericht seltsamerweise mit keinem
Worte gedenkt. — Auch die Wiener Theaterzeitung vom 28.
Mai 1814 hat Ausdrücke wie die folgenden: „Endlich hat das
Genie einmal durchgedrungen" — „unser grosser Beethoven" etc.
Und die A. M. Z. 1814 S. 420 sagt: „Ausser der Ouverture hat
man die meisten Musikstücke lebhaft, ja tumultuarisch beklascht
und den Componisten nach dem ersten und zweiten Act einstimmig
hervorgerufen." Das Sujet freilich sei veraltet, die Musik nicht so
originell, als man erwarten müssen, es fehle nicht an Reminiscen-
zen etc., heisst es dabei. Allein Sammler (1814 S. 351), Friedensblätter (Nr. 6) und Morgenblatt (1814 S. 680) berichten
ebenfalls von stürmischem Hervorruf, ungemeiner Wirkung etc.,
und das Publikum entschied sich durchaus für das Werk, indem
das Haus jetzt stets gefüllt war. — Einen besonders schönen Zug
von Begeisterung für dasselbe und seinen Erschaffer aber erzählt
Moritz von Schwind von dem 17jährigen Franz Schubert,
der damals aus der Schule kommend den Anschlagezettel der
ersten Aufführung von „Fidelio" sah und sogleich seine Bücher
zum Antiquar trug, um ein Billet zu erstehen. Nach Kreissle
(F. Schubert S. 34) studirte der junge Musiker damals bei St.-Anna
Pädagogik, um seines Vaters Gehülfe als Schullehrer zu werden.
Am 15. Mai hatte er die im Jahre 1813 in Angriff genommene
natürliche Zauberoper „Des Teufels Lustschloss" von
Kotzebue beendigt, und vielleicht war es der Eindruck des „Fidelio",
was ihn bestimmte, das Werk in demselben Jahre ganz noch einmal zu componiren, eine Arbeit, mit der er damals seinen Lehrer
Salieri gar höchlich überraschte. — Die zweite Aufführung des
„Fidelio" übrigens, wo eben die Ouverture in E zum ersten Mal
erschien, fand am 26. Mai statt. „Der Componist ward wieder
zweimal hervorgerufen", sagt die A. M. Z. S. 421.

296 Was die Art der Aufführung des Werkes betrifft, so sagt die
Wiener Theaterzeit. vom 28. Mai, sie sei hinter der Aufgabe zurückgeblieben, der Sammler aber spricht von „präciser Durchführung" und die A. M. Z. berichtet, die Chöre seien gut gegangen
und das Orchester habe seinen alten Ruhm bewährt; Mad. Milder
sei hervorgerufen worden und zum Gelingen des Ganzen hätten vorzüglich Hr. Weinmüller (Kerkermeister) und Dem. Bondra d. j.
(Marzelline) beigetragen; Hrn. Vogl's Spiel (Pizarro) sei unver-
besserlich gewesen, doch scheine diese Rolle mehr für einen eigentlichen Bass geschrieben zu sein und dem Bariton des Hrn. V. fehle
Tiefe und Kraft; statt Hrn. Radichi (Florestan) würde man lieber
Hrn. Wild gesehen haben; auch Tomaschek rügt seine „gewöhnliche Mattseligkeit" in dieser Rolle. Es versteht sich aber von
selbst, dass durch die Wiederholung jeder seine Partie mehr und
mehr durchdrang und vor allem dadurch auch ein Ensemble entstand, das für den dramatischen Vortrag überhaupt von nachwir-
kender Bedeutung ward. Dass Vogl Beethoven's Anforderungen

nicht entsprach, lag eben wirklich nur in der besondern Lage seines Stimmorgans; denn er hatte in der Rolle des Pizarro „seinen Ruhm bewährt". wie das Journ. d. Lux. S 352 sagt Jedenfalls aber hatte er seinem Nachfolger Forti gezeigt, in welcher Weise man diese Rolle vorzutragen und zu spielen habe. Dieser „genügte denn auch in derselben vollkommen" (A. M. Z. 1814 S. 550); wie denn auch Castelli (Mem. I, 242) von ihm sagt, sein Bariton sei, wenn auch nicht kräftig, doch angenehm und zierlich gewesen und seine gute Stimme mit angemessener Schauspielkunst Hand in Hand gegangen. Und Tomaschek (S. 356) sagt von ihm. Wohlklang und Biegsamkeit der Stimme seien in dieser Vollkommenheit selten zu treffen. — Auch Saal. der „Oberpriester des Openntheaters", war nach der oben gegebenen Schilderung seines Wesens ohne Zweifel ein vortrefflicher Minister, der die edle Humanität. die aus den Tönen seines Parts spricht, gewiss so wiederzugeben wusste, dass sie nach der dauernden Spannung der seelenbeängstigenden Scene vorher wie Himmelsthau in das Herz des Hörers träufte. — Frl. Bondra besass nach Castelli (I. 225) zwar nur wenig Stimme, verstand sie aber gehörig zu gebrauchen und war dabei eine ganz gute Schauspielerin. Ihre Arie fand denn auch der Referent des Journ. d Lux. „sehr naiv und natürlich fliessend". — Weinmüller. „der dramatische Sänger par excellence, der zugleich ein ganz vortrefflicher Schauspieler war und, obschon von der Natur körperlich nicht sehr vortheilhaft begabt, einen solchen Schmelz in der Stimme und solchen Ausdruck im Vortrag besass, dass er die Zuhörer bis zu Thränen rührte" (Castelli. Mem. I. 148). Weinmüller musste allerdings ein Rocco sein. der den ganzen Sinn der Rolle dem Zuschauer aufdeckte. und so hören wir auch. dass dieselbe zu jenen „Glanzpartien gehörte, durch die er „bis zur Begeisterung zu entzücken" vermochte. — Den tiefsten Eindruck aber musste, wie sich von selbst versteht. die Milder-Hauptmann machen und auch den Widerstrebendsten von der dramatischen Gewalt, die in dieser Partie der Oper liegt. nachhaltig überzeugen. Sogar der dickhäutige Zelter schreibt über sie am 10. Juni 1815. als sie in Berlin gastirte (Briefw. m. Goethe II. 191): „Stelle Dir eine ruhige. tüchtige, weibliche Gestalt. völlig ausgewachsen, im 30. Jahre vor: schönarmig. weiss, weich, deutsch, sicher, unverderblich, welche die Lippen so weit von einander thut, dass eine leicht ansprechende. breite. volle Stimme bequem hindurchkann, so siehst Du Mad. Milder. welche gestern in der Gluck'schen Armida aufgetreten ist. Denkst Du Dir zu einer solchen Figur ein Inneres. das aus reiner Naivetät besteht und mit dieser Unschuld an die Pallas von Velletri (wenn ich die nenne, die ich meine) erinnern kann, so hast Du auch die Armida. Dass ein solches Wesen. das durch keine Regel und angenommene Kunstart sich genirt weiss. wie ein tüchtiger Strom dahinfliesst. nicht kommt. nicht geht

und steht, als wenn Zuschauer dabei wären, vielmehr wie ein
Schmied vor seinem Feuer, um heiss herauszuziehen, was er kalt
hineingelegt — dass ein solches Wesen unsere Kunstkenner in
Verwirrung und Conflict setzt, wird sich vielleicht noch laut aussprechen" etc. Das war in derselben Zeit, wo sie bei den Berlinern
in Fidelio „Enthusiasmus erregte". Wie dann im Jahre 1822 die
S c h r ö d e r - D e v r i e n t die Rolle auffasste, werden wir später
hören; sie aber war es, durch die der Schöpfer des heutigen
Musikdramas, R i c h a r d W a g n e r, nach eigenem Geständniss
zuerst auf das Eigentliche und Wahre des dramatischen Ge-
sangvortrags aufmerksam gemacht ward. — Mad. C a m p i, die
im Jahre 1815 für die Milder eintrat, war als Coloratursän-
gerin mit einer etwas spitzen Kopfstimme, die jedoch den frischen
Klang bereits eingebüsst hatte, eine gute „Königin der Nacht",
aber keine Leonore. So mag es gekommen sein, dass mit ihrem
Eintritt die Wiener Aufführungen der Oper an Zahl nachliessen.

    [297] Moscheles selbst erzählt darüber (Life of Beeth. Pref.
XII) Folgendes: „Als im Jahre 1814 Artaria einen Klavierauszug
von Beethoven's Fidelio herausgeben wollte, fragte er den Componisten, ob ich ihn anfertigen dürfe. Beethoven willigte ein
unter der Bedingung, dass er jedes einzelne Stück zu sehen be-
komme, ehe es in die Druckerei komme. Während meiner häufigen
Besuche, deren Zahl ich durch alle möglichen Entschuldigungen
zu vermannichfachen trachtete, behandelte er mich mit der gütig-
sten Nachsicht Obgleich seine wachsende Taubheit ein grosses
Hinderniss bei unserer Unterhaltung war, gab er mir dennoch
manche belehrende Winke und spielte mir selbst solche Partien
vor, die er auf eine besondere Art für das Klavier gesetzt haben
wollte." Auch Schindler erzählt (Biogr. II, 171), wie Beethoven
den jungen Hofkapellmeisteradjuncten so lange aufgemuntert,
bis er mit dieser schwierigen Arbeit ganz zufrieden gewesen.
Er musste dann auch das Arrangement eines Stückes der Oper
für Klavier übernehmen, das bereits Hummel ebenfalls für Artaria
arrangirt, aber Beethoven, ohne zu wissen, wer die verfehlte Arbeit
gemacht, zerrissen hatte. „Am Schlusse jenes Stückes schrieb
Moscheles vielleicht in der Besorgniss, es werde ihm damit wie
seinem Vorgänger ergehen, die Worte: Fine mit Gottes Hülfe.
und Beethoven schrieb darunter: Mensch, hilf dir selber."

    [298] Jetzt heisst es von dieser Musik denn auch plötzlich „echt
klassisch": die Musiker von Metier seien vor Bewunderung ver-
stummt (Morgenblatt), der grosse M e i s t e r d e r T ö n e, auf
den Wien mit Recht stolz sei etc. (Friedensblätter), „der ausgezeichnete Künstler, den Wiens kunstsinnige Bewohner schon lange
zu bewundern Gelegenheit hätten" (Sammler). Castelli's Wiener
Hoftheater-Taschenbuch auf das Jahr 1815 ferner bringt ein
Bildchen der Rettungsscene der Oper, die Friedensblätter das
„neue" Lied „An die Geliebte" [s. ob. Anm. 209], kurzum die

Begeisterung für die Oper und ihren Compositeur war jetzt allgemein. Die neue Ouverture wurde „mit rauschendem Beifall aufgenommen" (A. M. Z. 1814 S. 421); das Journ. d Lux. 1815 S. 351 aber sagt: man könne sie zwar nicht unter die vortrefflichen Stücke zählen, sie beweise jedoch immer Beethoven's Originalität und Neuheit, im Ganzen habe sie zu wenig Form, obgleich genug Bewegung! – Unmittelbar der im Text angeführten Stelle des Tagebuchs voraus gehen die als Motto dieses Kapitels gegebene Stelle und die über „God save the king"; dann folgen die Worte über das Orchester in seiner letzten Redoutensaalmusik und kurz darauf die über die Umarbeitung des „Fidelio". Dass diese noch in die Sommerzeit fällt, geht wohl aus den Worten hervor: „Beim Quartier den alten Ofen wegräumen, auf den Boden tragen."

²⁹⁹ Die Einnahme von Paris „versetzte alle Herzen und Zungen in Bewegung und in lauten Jubel", und jeder Künstler suchte den Moment auf seine Art feiern zu helfen. Junker Tobias Haslinger schrieb im Drang der Gefühle mit Starke und Moscheles zusammen 4 Stücke für Klavier und gab sie mit Titelkupfern heraus: 1) Die Schlacht bei Paris; 2) Deutschlands Triumph oder Einzug der verbündeten Mächte zu Paris; 3) Der Kurier oder Wiens Jubel bei dem Eintreffen der Siegesnachricht; 4) Das neubeglückte Oesterreich oder Franz I. Rückkehr zu seinen Landeskindern. (A. M. Z. Intell. S. 23.) Besonders „die glorreiche Zurückkunft unseres erhabenen Monarchen" wurde theatralisch wie musikalisch in Wien nach Kräften gefeiert, und das Morgenblatt (1814 S. 652) sagt, es sei unmöglich, sich einen Begriff von dem jubelnden Enthusiasmus zu machen, mit dem der Kaiser empfangen worden. Allein ganz Deutschland hallte ja jetzt von Jubel wieder über den rückkehrenden ewigen Frieden, und die A. M. Z. bringt Notizen über eine Friedenscantate nach der andern, ja Rochlitz gibt schon im Mai einen solchen Text, den er nach den Worten der Bibel verfasst, mit der Einleitung: „War je ein Friedensfest religiös zu feiern, so ist es das jetzt zuerwartende" etc.

³⁰⁰ Der Text der „Cantata campestra a 4 Voci con cembalo obligato composta 1814 di L. v. B." ist vom Abbate Bondi. O. Jahn (Ges. Aufs. S. 297) setzt sie aus Versehen ins Jahr 1816 Beethoven war in diesem Sommer viel mit dem Italienischen beschäftigt. Das Tagebuch enthält die Notizen: „Rosamunde v. Alfieri. Ausgabe von Gozzi" und „Pertossi, welche die Theres Malfatti von mir hat, zurückfordern." Dann lieh er sich am 26. Juli 1814 sechs Bände von Metastasio's Werken und zwar von Artaria, die dieser noch im Nachlass als sein beansprucht. Hr. Artaria der Sohn theilt nun mit, dass Beethoven damals sogar eine italienische Oper zu schreiben gedachte. Wahrscheinlich aber hatte Artaria damals auch italienische Arietten bestellt, denn in dem Reclamirungsverzeichnisse heisst es ferner: „Eine ihm bereits bezahlte Aria seiner Composition in Partitur, welche sich derselbe am

27. Sept. 1814 zu nochmaliger Durchsicht von Artaria & Comp. zurückgeben liess und seitdem nicht wieder abgeliefert hat." Es war „Primo Amore. Rondo Vocal", noch heute im Besitz Artaria's. Ferner ist unter den von diesem „angesprochenen Werken" ein „Andante vivace mit Gesang". Kleine Skizzen eines solchen für Orchester aber enthält ein grosses Blatt von Beethoven's Hand in Artaria's Besitz, welches also wohl ebenfalls aus diesem Sommer stammt. Es stehen ferner darauf von ihm ausgeschrieben und zum Theil mit Versmass versehen mehrere Gedichte aus Herder's „Zerstreuten Blättern" (vgl ob. Anm. 283) und zwar: Die laute Klage, Morgengesang der Nachtigall, Die Perle, Anmuth des Gesanges, Macht des Gesanges, letzteres mit der Notiz: „blos eine Note, eigentlich declamirt." Darauf folgen in ungeheuren Buchstaben, ursprünglich mit Bleistift geschrieben, dann aber mit Tinte überzogen, die Worte: „Mein Decret hat nur im Lande zu bleiben [s. ob. S. 283], wie leicht ist in jedem Flecken dieses erfüllt, mein unglückseliges Gehör plagt mich hier nicht, ist es doch, als wenn jeder Baum zu mir spräche auf dem Lande heilig! heilig! — im Walde Entzücken, wer kann alles ausdrücken. — schlägt alles fehl, so bleibt das Land selbst im Winter wie Gaden, Untere Brühl etc. — leicht bei einem Bauern eine Wohnung gemiethet, um die Zeit gewiss wohlfeil — Süsse Stille des Waldes — Der Wind der beym 2ten schönen Tag schon eintrifft, kann mich nicht in W. halten, da er mein Feind ist." Er fühlte sich nach all den Anstrengungen der Fidelio-Arbeit so leidend, dass er sogar an schlimmen Ausgang dachte und eine Zeit-Bestimmung (denn so ist das „Zt", das dem Wort Bestimmung vorausgeht, wohl zu deuten) der Aerzte über sein Leben haben wollte. Auch das Gehör hatte unter den häufigen Fidelio-Proben wieder gelitten. „Die Ohrenmaschine könnte so sein, dass Sterne der Oeffnung den Eingang des Schalls sich der Schall rund um das Ohr fortpflanzte, um auf diese Weise gegen alle Oeffnungen hören könnte", heisst es unverständlich genug damals im Tagebuch.

[301] Eine Copie des Elegischen Gesanges mit der im Text gegebenen Ueberschrift besitzt Hr. Karl Haslinger in Wien. und das Skizzenbuch Beethoven's im Besitz des Hrn. Componisten Dessauer enthält ausser Entwürfen zu diesem Werke und der Malfatti-Cantate auch solche zu der neuen Florestan-Arie, zu einer „Sinfonia 2tes Stück" und schliesst mit „Ihr weisen Gründer". Eine Copie dieses letztern Chors besitzt ebenfalls Hr. Karl Haslinger; auf derselben steht von Beethoven's Hand: „Eben um diese Zeit die Ouverture in C" und: „1814 am 3ten September." Das Originalmanuscript der letztern auf der Wiener Hofbibliothek aber trägt die Worte: „Overtüre von L. v. Bthvn. am ersten Weinmonath 1814 abends zum Namenstag unsers Kaisers"! — Copien der Stücke aus Leonore Prohaska besitzt Hr. L. v. Sonnleithner

in Wien. Frl. Del Rio erzählt darüber Grenzboten 1857 S. 24,
im 1815 Jahre während des Wiener Congresses habe der geheime
Cabinetssecretär Duncker des Königs von Preussen bei ihren
Aeltern gewohnt, welcher ein grosser Musikliebhaber gewesen,
namentlich Beethoven sehr verehrt habe; er habe denselben
gebeten, zu seinem Trauerspiel einige Stücke zu componiren.
Duncker musste oft deswegen sich mit dem Compositeur be-
sprechen und immer sei dieser mit dem Text des Jägerchors
nicht zufrieden gewesen, auch zuletzt noch nicht ganz, weil Beethoven den Nachdruck auf die erste Silbe wünschte. Die Stücke
seien noch bei ihnen vorhanden, und sie hatten auch die Erlaubniss erhalten, dieselben unter dem Namen „Friedrich Duncker"
zu veröffentlichen, es sei aber nicht dazu gekommen. Das Stück
habe die Aufführung nicht erlangt, weil der Zeitpunkt, wo es
allgemeinen Antheil erregt haben könnte, bereits vorübergegangen
war. Der herrliche Marsch sei jährlich einmal, glaube sie, in
einem geschlossenen Musikverein aufgeführt worden. Duncker
habe sich einen neuen Marsch nicht ausgebeten, weil er gefunden,
dass er keinen schönern hören könne u. s. w. Da nun der König von
Preussen übrigens wie die andern Potentaten erst Ende September
in Wien anlangte, so ist die Composition dieser Stücke frühestens
in den Herbst 1814 zu setzen. Mitzutheilen ist noch, dass Hr.
Dessauer ein Skizzenblatt sowohl vom Melodram wie vom Trauermarsch besitzt. — Die zuletzt genannten Skizzen „Sinfonie in II-
moll, Meeresstille" etc. fallen übrigens nicht mehr ins Jahr 1814,
sondern schon ins Frühjahr 1815. Denn ganz im Anfang dieses
jetzt im Besitz des Herrn Hofkapellmeister Rietz in Dresden
befindlichen Notirbuchs wird der Aufführungen der „Schlacht"
in London (10. und 13. Febr. 1815) gedacht. Das starke Skizzenbuch vom „Glorreichen Augenblick" aber, das Hr. Paul Mendelssohn in Berlin besitzt, hat ebenfalls die Notiz „Sinfonie auf 2erley
Horn", sowie ferner Entwürfe „a due" zu „Merkenstein, das
nach Beethoven's eigener Angabe im Tagebuche „am 22. Dec.
1814 geschrieben" wurde u. s. w.

³⁰² Die Copie des Erzherzogs Rudolf mit der Ueberschrift:
„Sonate. Wien am 16. August 1814 von Ludwig van Beethoven"
befindet sich auf der k. k. Bibliothek in Wien. Aus Anm. 232
wissen wir, dass der Erzherzog der erste war, der die fertigen
Werke seines Lehrers erhielt; also wird die Sonate wohl erst in
diesem Sommer in Baden vollendet sein. Am 21. Sept. bemerkt
er gegen Lichnowsky, „längst sei diese Dedication ihm bestimmt
gewesen", und Schindler (Biogr. 1. Aufl. Anh. S. 154) verräth uns,
dass die Sonate sogar eigens für und auf ihn componirt wurde.
Graf Moritz von Lichnowsky, erzählt er, habe sich nach dem Tode
seiner ersten Gemahlin in eine Opernsängerin verliebt, die sowohl
wegen ihres schönen Talents als auch wegen ihres sittlichen Wan-
dels der Liebe eines die Kunst so tief fühlenden Mannes würdig

gewesen. Es seien ihm aber bei der beabsichtigten Heirath von der
Familie Hindernisse bereitet worden, die ihn in unangenehme
Lagen versetzt und zu mancherlei Kämpfen zwischen Kopf und
Herz Veranlassung gegeben haben sollen. Nach vieljährigem
Ausharren habe er aber das Ziel seiner Wünsche erreicht und
die glücklichste Ehe geschlossen. Beethoven, der natürlich
von all diesen Dingen seines Freundes, mit dem er ja durch die
Fidelio-Arbeit wieder in vielfache Berührung gekommen, ge-
nau unterrichtet war, hatte ihm nun diese Liebesgeschichte in
Musik setzen wollen. Dies erklärte der Meister selbst auf Lichnowsky's Frage nach der „Idee" dieses allerdings sehr lebhaft und
nachdrücklich redenden Werkchens und fügte hinzu, wenn er
eine Ueberschrift wolle, möge er über den ersten Satz schreiben:
„Kampf zwischen Kopf und Herz", und über den zweiten: „Conversation mit der Geliebten." Nur äussere Rücksichten hatten
Beethoven abgehalten, die Sonate auch mit diesen Ueberschriften
drucken zu lassen. — Von der seltenen Lebhaftigkeit und greif-
baren Realität der Vorstellungen, die er selbst bei seiner Musik
hatte, berichtet übrigens auch Frl. Del Rio nach der Erzählung
„eines guten Bekannten von ihm", der öfter im engern Cirkel
der Aufführung von Beethoven'schen Compositionen beigewohnt
hatte. „Da konnte man fortwährend seine Selbstgespräche beobachten", erzählt er; „so sagte er einmal: »Jetzt kommt der unge-
rathene Sohn!«" — Es waren also die ob. Anm. 169 und S. 306
berührten Misshelligkeiten mit Lichnowskys völlig ausgeglichen; auch Fürst Karl suchte seinen alten Freund, wie wir noch
hören werden, nach wie vor wieder auf und Graf Moritz war
zu jeder Mithülfe bei Beethoven's Unternehmungen bereit.

303 Von der materiellen Bedrängniss dieses Sommers spricht
auch die Fischh. Hdschr.: „Eben diesem Freunde B..i. [Berto-
lini] vertraute er einst, dass er bald in Geldverlegenheit zu gerathen fürchte." Und wenn man nun im Tagebuch zu derselben
Zeit die Worte liest: „Von heute an nie in das Haus — — oh
Schande über dich, von einem solchen — — etwas zu verlangen",
so drängt sich unwillkürlich der Gedanke auf, dass der vorsich-
tige Italiener Beethoven's Begehren abgeschlagen, und man möchte
auch den üblen Rath, den der Meister wenige Zeilen später völlig
gegen seine sonstige Natur und Anschauungsweise sich selbst
gibt: „Gegen alle Menschen äusserlich nie die Verachtung
merken lassen, die sie verdienen, denn man kann nicht wissen,
wo man sie braucht", auf die böse Stimmung zurückführen, die
eine solche Begegnung naturgemäss in ihm erzeugen musste.
Allein so wenig wie er trotz aller Noth und Bedrängniss früher
von dem „reichen Dritten" oder gar von den „armen Convent-
frauen" etwas nehmen wollte, ist er jetzt zu bewegen, sein Können
andern als künstlerischen Zwecken dienstbar zu machen. Die
Fischh. Hdschr. erzählt: „In derselben Zeit war ein englischer

General K. [King] in Wien, der sich für die Werke Beethoven's
sehr interessirte und ein thematisch-chronologisches Verzeichniss seiner Werke wünschte. Sämmtliche bis damals erschienene
Klavierwerke B.'s hörte er bei und von Hrn. Karl Czerny. B..i
kam hier mehrmals mit K. zusammen und dieser wünschte, entzückt von B.'s Werken, dass er ihm eine Symphonie, jedoch ver-
ständlicher als die bereits componirten und einfacher zur Ausführung in England, schreiben sollte, wofür er augenblicklich ihm
200 Duc. und die Versicherung geben würde, solche durch die
Philharmonische Gesellschaft in London zu B.'s Vortheil aufführen
zu lassen. Zugleich liess er B. durch B..i aneifern, mit ihm
nach England zu reisen, wo er ihm eine brillante Existenz versichern zu können glaube etc. Als B..i dies Alles seinem Freunde
mit theilnehmender Freude vortrug, nahm es B. jedoch ganz
anders auf. Er äusserte, dass er sich nichts vorschreiben lasse,
er brauche kein Geld, verachte solches und werde um die halbe
Welt sich nicht in die Laune eines Andern schmiegen, um so
weniger aber etwas schreiben, was nicht in seinem Sinne, in
seiner Eigenthümlichkeit liege. Auch war er von derselben Zeit
an kalt gegen B..i und blieb es." Wir aber glauben wie gesagt
hier auch noch einen besondern Grund des Eifers und Zorns
gegen seinen „Freund" Bertolini vermuthen zu sollen. — Sogleich
nach der Benefizvorstellung nun war er nach seinem geliebten
Baden geeilt, theils um in der „süssen Stille des Waldes" seinem
Körper und zumal dem angegriffenen Gehör Ruhe zu gönnen,
theils um in der Abgeschiedenheit und Musse eine Reihe kleinerer
Compositionen zu vollenden, die unmittelbar Geld eintragen, bis
wieder grössere Einnahmen, die er erwartet, eintreffen. Die
italienischen Arietten spielen dabei die Hauptrolle, zugleich
aber wird wieder an den „Schottischen Liedern" gearbeitet, und das Tagebuch enthält die Worte: „Die Schottischen
Lieder zeigen, dass ungezwungen die unordentlichste Melodie vermöge der Harmonie behandelt werden kann." Derweilen wird
dann die Uebersendung und Widmung der „Schlacht von Vittoria"
ins Werk gesetzt. Dazu war aber zunächst nöthig, das unbe-
dingte Eigenthumsrecht derselben für den Meister selbst ge-
setzlich festzustellen. Mälzel hatte zwar die Partitur, wie sie für
seine Panharmonika gesetzt war, zurückgegeben; allein als das
Werk für Orchester ausgesetzt einen so grossen Erfolg hatte und
Mälzel also damit auch auswärts zu reussiren hoffte, war er in
Beethoven gedrungen, es ihm ganz zu überlassen; dieser aber
wollte es ihm nicht ohne Bedingungen geben, zumal ihn Mälzel
durch sein rohes Betragen verletzt hatte. Andererseits fühlte
sich Beethoven ihm „einigermassen verbindlich" wegen der Gehörmaschinen, die er ihm versprochen und auch geliefert hatte.
Dieselben waren aber „nicht brauchbar genug" für Beethoven
und er hatte also keine Lust, Mälzel dafür zum „ausschliess-

lichen Eigenthümer" jenes Werkes zu machen. Um also die
Sache zum Ausgleich zu bringen, hatte er bei seinem Freunde
Pasqualati und dem Advocaten Dr. von Adlersburg mehrere Zu-
sammenkünfte mit Mälzel gehabt, die jedoch zu keinem Resultat
führten. Bei der letzten Besprechung war der Windmacher nicht
einmal erschienen, vielmehr nach München gereist und hatte
das Werk dort mit Erfolg hören lassen, auch „wenigstens 500 fl.
C. M. damit gemacht". Dadurch glaubte nun Beethoven mit Recht
jede Verbindlichkeit gegen Mälzel getilgt, um so mehr, da das
Werk in verstümmelter Weise zur Aufführung gebracht worden
war. Mälzel hatte nämlich einzelne Stimmen einige Tage zu
Hause gehabt und danach „von einem musikalischen Handwerker
das Ganze zusammensetzen lassen". Mit diesem „Stückwerk" also
„hausirte er in der Welt herum", und als er nun im Juli gar damit nach London kommt, wo ja unserm Meister doppelt viel daran
liegen muss, mit seinem Schaffen nicht in einem falschen Lichte
zu stehen, erlässt dieser eine „Erklärung und Aufforderung
an die Tonkünstler" daselbst, worin er sich sowohl gegen das
von Mälzel producirte Werk als ein „unechtes und verstüm-
meltes" wie auch gegen eine solche Beeinträchtigung seines
Rechts der Aufführung verwahrt. Daraus erfahren wir denn
auch, dass das Werk bereits im Juli an den Prinzregenten gesendet war. Vergl. auch das Billet Nr. 16 bei Köchel. Wie
die Sache ablief, werden wir später hören, denn es gab noch
mancherlei Schreibens darum. Hier sei nur noch erwähnt, dass
der wegen seiner Verschwendung und Ausschweifung wohlbekannte Prinz seinerzeit auch Haydn häufig bei sich gesehen
hatte. Dieser schreibt am 20. Dec. 1791 an seine Freundin Frau
von Genzinger: „Der Prinz von Wales sass an meiner rechten
Seite und spielte das Violoncell so ziemlich gut mit . . . . ., er liebt
die Musik ausserordentlich, hat sehr viel Gefühl, aber wenig
Geld." (Musikerbriefe S. 140.) Darum erhielt auch Haydn nichts
von ihm, reichte aber später, als das Parlament des Prinzen
Schulden bezahlte, ebenfalls seine Rechnung ein und ward richtig
bezahlt.

³⁴⁴ Br. B. Anh. Dass der zweite Brief später als der vom 22.
Aug. fällt, geht aus der Erwähnung der Monarchen hervor, die
erst Ende September in Wien eintrafen. Dr. Kanka (nicht Kauka,
wie dort fälschlich steht) wird schon im Jahrb. der Tonk. von
1796 unter den hervorragenden Dilettanten in Prag genannt.
Beethoven spricht auch davon, ihm den Klavierauszug von „Fidelio"
zu schicken.

³⁴⁵ So drückt sich der Verleger Steiner in einer Anzeige des
Werkes Wien. Zeit. 6. März 1816 aus. Ueber die Feste und Musikaufführungen während des Wiener Congresses gibt Tomaschek
(Libussa 1847 S. 360 ff.) nach einem Tagebuch, das er damals
geführt, ausführlichen Bericht, ebenso die A. M. Z., das Journ.

d Lux., das Morgenblatt u. a. Wir heben davon nur die Monstreauf-
führung von Händel's „Samson" in der k. k Reitschule am 16. Oct.
hervor, welche die neue „Gesellschaft der Musikfreunde" unter
I. v. Mosel's Leitung mit 700 Dilettanten zur Feier der anwesenden Monarchen veranstaltete und wo denn auch die „höchsten
Herrschaften" sämmtlich erschienen. Matinéen und Soiréen fehlten
natürlich auch nicht. Mayseder, A. Romberg, Bärmann,
Fränzl, Bayer, Moscheles (mit einer Phantasie über Motive
aus „Fidelio"), Kraft jun., Spohr u. A. liessen sich hören.
Glänzende Opernaufführungen wurden ebenfalls veranstaltet,
„Don Juan", „Fidelio", „Vestalin", „Johann von Paris", „Die
Schweizerfamilie" wechselten mit einander ab. Von neuen Sachen
hatte die „Eselshaut", ein „satirisches Machwerk" mit Musik von
Hummel, an der Wien grossen Zulauf, Meyerbeer's „Die beiden
Khalifen" aber fiel am 20. Oct. [Tomaschek a. a. O. sagt irrig
24. Oct.] trotz vortrefflicher Darstellung, glänzender Decoration
und des „gewaltigen Applauses", den die anwesenden Preussen
sogleich nach der Ouverture und Introduction hören liessen,
völlig durch, welches Ereigniss, wie wir sogleich erfahren werden,
auch für Beethoven ein Anlass ward, über den jungen Musiker
ein Urtheil zu fällen, welches den Verehrern der „Afrikanerin"
heute nicht ganz behagen mag.

³⁰⁶ Die ganze mannichfach interessante Erzählung Tomaschek's in der Libussa zunächst 1846 S. 359 ff. lautet: „Am
10. [Oct., nachdem er tags vorher „Fidelio" gehört] vormittags besuchte ich in Gesellschaft meines Bruders Beethoven. Der Arme
hörte ausserordentlich schwer an diesem Tage, sodass man mehr
schreien als sprechen musste, um für ihn verständlich zu sein.
Das Empfangszimmer, in dem er mich freundlich begrüsste, war
nichts weniger als glänzend möblirt, nebstbei herrschte auch darin
eine so grosse Unordnung als in seinem Haare. Ich fand hier ein
aufrecht stehendes Pianoforte und auf dessen Pulte den Text zu
einer Cantate (»Der glorreiche Augenblick«) von Weissenbach; auf
der Claviatur lag ein Bleistift, womit er die Skizze seiner Arbeiten
entwarf; daneben fand ich auf einem so eben beschriebenen
Notenblatte die verschiedenartigsten Ideen ohne allen Zusammenhang hingeworfen, die heterogensten Einzelnheiten nebeneinander
gestellt, wie sie ihm eben in den Sinn gekommen sein mochten.
Es waren die Materialien zu der neuen Cantate. So zusammen-
gewürfelt wie diese musikalischen Theilchen war auch sein
Gespräch, das er, wie es bei Schwerhörenden der Fall zu sein
pflegt, mit sehr starker Stimme führte, dabei fortwährend mit
einer Hand um das Ohr herumstreichend, gleichsam als wollte
er die geschwächte Gehörkraft aufsuchen. Einiges aus dieser
Unterhaltung, bei welcher er mir manches Zeitwort schuldig
blieb, theile ich hier mit, gewisse Namen jedoch übergehend,
deren Bezeichnung mir zweckwidrig scheint. — Ich, Herr van

Beethoven, Sie werden vergeben, dass ich Sie störe. Ich bin
Tomaschek aus Prag, Compositeur bei dem Grafen Buquoy, und
nehme mir die Freiheit, Sie in Gesellschaft meines Bruders zu
besuchen. — B. Es freut mich sehr, Sie persönlich kennen — —
Sie stören mich nicht im geringsten. — Ich. Herr Doctor R. empfiehlt
sich Ihnen. — B. Was macht er? Schon längst hörte ich nichts
von ihm. — Ich. Er wünscht zu wissen, wieweit Sie mit Ihrem
Process vorgerückt sind. — B. Vor lauter Umständlichkeiten
kommt man ja nicht vorwärts. — Ich. Ich hörte, Sie hätten ein
Requiem componirt? — B. Ich wollte ein Requiem schreiben,
[für Kinsky, s. ob. Anm. 291], sobald die Geschichte geendigt
wäre. Warum sollte ich eher schreiben, als ich meine Sache habe?
— Nun begann er mir das Ganze zu erzählen. Er sprach auch
hier ohne festen Zusammenhang, mehr rhapsodisch; endlich
wandte sich das Gespräch wieder auf andere Gegenstände. —
Ich. Herr van Beethoven scheinen recht fleissig zu sein. — B. Muss
ich nicht? Was würde mein Ruhm sagen? — Ich. Besucht Sie mein
Schüler Worzischek öfter? — B. Er war einigemal bei mir,
doch habe ich ihn nicht gehört. Letzthin brachte er mir etwas
von seiner Composition, das für einen jungen Menschen wie er
brav gearbeitet ist. (Beethoven meinte darunter die zwölf Rhap-
sodien für das Pianoforte, welche mir gewidmet später in Druck
erschienen.) — Ich. Sie gehen wohl selten aus? — B. Fast nirgends-
hin. — Ich. Heute wird eine neue Oper von *** gegeben [Hummel's
„Eselshaut"]; ich habe keine Lust, eine Musik dieser Art anzu-
hören. — B. Mein Gott! Solche Componisten muss es auch geben,
was würde sonst der gemeine Haufe thun? — Ich. Man erzählte mir
auch, dass sich hier ein junger fremder Künstler aufhält, der ein
ausserordentlicher Fortepianospieler sein soll. [Vgl. A. M. Z.
1814, Nov. S. 789: „Hr. Meyer-Beer hat hier in Privatcirkeln
— öffentlich spielte er nie — seinen Ruhm als einen der grössten
jetzt lebenden Künstler gegründet und ist als solcher allgemein
geschätzt und werthgeachtet." S. auch Musikerbriefe S. 239.]
B. Ja, auch ich vernahm von ihm, ihm selbst aber hörte ich nicht.
Mein Gott! Er soll nur ein Vierteljahr bei uns bleiben, dann
wollen wir hören, was die Wiener von seinem Spiel halten. Ich
kenne das, wie alles Neue hier gefällt. — Ich. Auch sind Sie wohl
nie mit ihm zusammengekommen? — B. Ich lernte ihn bei der Aufführung meiner Schlacht kennen, bei welcher Gelegenheit mehrere
von den hiesigen Componisten ein Instrument übernahmen. Jenem
jungen Manne war die grosse Trommel zu Theil geworden. Hahaha! Ich war gar nicht mit ihm zufrieden; er schlug sie nicht
recht und kam immer zu spät, sodass ich ihn tüchtig herunter-
machen musste. Hahaha! Das mochte ihn ärgern. Es ist nichts
mit ihm, er hat keinen Muth, zur rechten Zeit drein zu schlagen.
— Ueber diesen Einfall musste ich und mein Bruder herzlich
lachen. [S. ob. Anm. 287.] Seine Einladung zu Tische ablehnend,

37*

empfahlen wir uns mit dem Vorbehalt, ihn vor meiner Abreise noch einmal zu besuchen." Darüber heisst es nun a. a. O. 1847 S. 430: "Am 24. [Nov.] besuchte ich Beethoven, denn ich fühlte ein grosses Verlangen in mir, ihn vor meiner Abreise noch einmal zu sehen. Ich wurde von seinem Diener gemeldet und sogleich vorgelassen. Wenn es schon bei meinem ersten Besuch in seiner Wohnung unordentlich aussah, so war dies jetzt noch mehr der Fall. [Folgt das im Text Gegebene über das Copiren, wobei noch mitzutheilen ist, dass auch im Tagebuch von damals steht: "Nie wird eine Partitur so richtig abgeschrieben, als sie der Autor selbst schreibt": dann kommen Aeusserungen über ein Freibillet für Tomaschek zu Beethoven's Akademie, worauf sich folgendes pikante Gespräch über Meyerbeer's „Die beiden Khalifen" entspinnt:] Ich. Waren Sie in ***'s Oper? — B. Nein, sie soll sehr schlecht ausgefallen sein. Ich habe an Sie gedacht: Sie haben's getroffen, als Sie sich von seiner Composition nicht viel versprachen. Ich habe den Abend nach der Production mit den Opernsängern [Weinmüller und Forti] im Weinhause gesprochen, wohin sie gewöhnlich kommen. Ich sagte ihnen geradezu: »Ihr habt Euch wieder einmal ausgezeichnet! Welchen Eselsstreich habt Ihr gemacht! Schämen sollt Ihr Euch, dass Ihr noch nichts versteht, nichts zu beurtheilen wisst, einen solchen Lärm über diese Oper zu schlagen! Ist es erlaubt, ein solches Urtheil von alten Sängern zu erleben? Ich möchte mit Euch darüber reden, aber Ihr versteht mich nicht.« [Meyerbeer verstand schon damals die Kunst, sich die Darstellenden durch besondere Liebenswürdigkeit des Benehmens zu gewinnen.] — Ich. Ich war in der Oper, sie fing mit einem Hallelujah an und endete mit Requiem. — B. Hahahahaha! So ist es auch mit seinem Spiele. Man hat mich öfter gefragt, ob ich ihn gehört habe: ich sagte nein: doch aus den Urtheilen meiner Bekannten, die so etwas zu beurtheilen verstehen, konnte ich abnehmen, dass er zwar Fertigkeit hat, übrigens aber ein oberflächlicher Mensch ist. — Ich. Ich hörte, dass er vor seiner Abreise nach ** [Paris, Musikerbriefe S. 246] bei Herrn *** gespielt und viel weniger gefallen hat. — B. Hahahaha! Was habe ich Ihnen gesagt? Ich kenne das. Er soll sich nur auf ein halbes Jahr hersetzen, dann wollen wir hören, was man über sein Spiel sagen wird. Das heisst Alles nichts. Es ist von jeher bekannt, dass die grössten Klavierspieler auch die grössten Componisten waren, aber wie spielten sie? Nicht so wie die heutigen Klavierspieler, welche nur die Claviatur mit eingelernten Passagen auf und ab rennen, putsch — putsch — putsch — was heisst das? Nichts! Die wahren Klaviervirtuosen, wenn sie spielten, so war es etwas Zusammenhängendes, etwas Ganzes; man konnte es geschrieben gleich als ein gut durchgeführtes Werk betrachten. Das heisst Klavierspielen, das Uebrige heisst nichts! — Ich. Ich finde es sehr lächerlich, dass ihn ***, der selbst über das Instrument

sehr beschränkte Begriffe zu haben scheint, für den grössten
Klavierspieler erklärt hat. — B. Er hat gar keine Begriffe von
der Instrumentalmusik. Er ist ein erbärmlicher Mensch, ich will
es ihm ins Gesicht sagen. Er lobte einmal eine Instrumental-
composition über die Massen, aus welcher überall Bocks- und
Eselsohren heraussahen; ich musste über seine Unwissenheit
von Herzen lachen. Den Gesang versteht er und dabei soll er
bleiben, ausserdem aber versteht er von der Composition blut-
wenig. — Ich. Auch ich nehme eine sehr kleine Idee von ***'s
Kenntnissen von hier mit. — B. Wie gesagt, ausser dem Gesang
versteht er gar nichts. — Ich. Der ***, wie ich höre, macht hier viel
Aufsehen. — B. Mein Gott! Er spielt hübsch, hübsch — ausserdem ist er ein — — — Es wird nichts aus ihm. Diese Leute
haben ihre bekannten Gesellschaften, wohin sie öfters kommen,
da werden sie gelobt und immer gelobt, und aus ist's mit der
Kunst! Ich sage es Ihnen, es wird nichts aus ihm. Ich war sonst
in meinen Urtheilen vorlaut und machte mir dadurch Feinde
— jetzt urtheile ich über Niemand und zwar aus dem Grunde,
weil ich Niemand schaden will; und endlich denke ich mir:
ist es etwas Ordentliches, so wird es sich trotz alles Anfeindens
und Neides aufrecht erhalten; ist es nichts Solides, nichts Festes,
so fällt es ohnedies zusammen, man mag es stützen, wie man will. —
Ich. Dies ist auch meine Philosophie. — Unterdessen hatte B.
sich angekleidet und zum Ausgehen fertig gemacht." — Wer
die von Beethoven Genannten, von Tomaschek Verschwiegenen
sind, dürfte bei der Menge von Musikern, die damals in
Wien waren, schwer zu errathen sein. Möglich, dass der erste
Salieri war.

⁶⁶⁷ Augsb. Allg. Zeit. 1814 Nr. 338 a. E.: „Gestern wohnten
alle Monarchen der Probe des Tourniers bei; heute auch die
Kaiserin Marie Louise." Vgl. auch ebend. S. 1356, 1372, 1382.
K. Pichler Mem., III, 50. Die Wiener Zeit. vom 25. Nov. 1814
gibt einen ausführlichen Bericht über das Carrousel, ebenso das
Morgenblatt 1814 S. 1203. Zu bemerken ist, dass damals bei
Artaria ein Heft „Carrousels-Musik des am 23. Nov. und 1. Dec.
abgehaltenen Hof-Carrousels in der k. k. Reitschule für das Pianoforte eingerichtet" erschienen ist. Das Arrangement rührt von
Moscheles her. Dass die überaus schwache Composition von
Beethoven ist, möchte ich bezweifeln. — Varnhagen, Denkw. V,
86 erzählt: „Der Fürst Anton Radziwill, der in seiner Composition des Goethe'schen Faust schon weit vorgerückt war und
hier seinem musicalischen Hange mit aller Innigkeit folgte, war
mir Anlass, meinen wackern Beethoven wieder aufzusuchen, der
aber, seit ich ihn gesehen, an Taubheit und mürrischer Menschenscheu nur zugenommen hatte und nicht zu bewegen war, unsern
Wünschen gefällig zu sein" u. s. w. Auch steht auf Blatt 3 des
P. Mendelssohn'schen Notirbuchs vom „Glorreichen Augenblick"

eine kleine Skizze Beethoven's zu den Worten: „Ich bin der Herr von Zu. Du bist der Herr von Von."

³⁰⁸ Das officielle Organ fährt dann fort: „Der sämmtliche allerhöchste Hof, die anwesenden Souveräne und fremden Monarchinnen, Prinzen und Prinzessinnen haben die Aufführung dieser Musik mit ihrer Gegenwart beehrt." Deshalb war nach gewohnter Sitte, eben weil die hohen Herrschaften mit lautem Beifall empfangen worden, zunächst jede Beifallsbezeigung gegen den Componisten verboten, und es beweist die besondere Stärke des Eindrucks, den die ganze Feier machte, dass man sich trotz alledem in der lauten Aeusserung seines Beifalls nicht zurückhalten liess, der bei den im Text angeführten Stellen freilich zunächst wieder an die Herrscher adressirt war, im weitern Verlauf des Concerts aber auch dem Meister und seinen Werken galt. Das Morgenblatt 1815 S. 24 sagt ausdrücklich: „Hätten die hier anwesenden Monarchen die Akademie [nicht?] mit Ihrer Gegenwart beehrt, so wäre der Enthusiasmus bei vielen passenden Stellen lauter geworden." Auch die A. M. Z. 1814 S. 867 berichtet: „Das Gedicht [der Cantate] hat viele gelungene Momente und verdiente von einem ausgezeichnetenComponisten in Musik gesetzt zu werden. Gross und ergreifend war der Chor: »Wer muss die Hehre seyn?« und bald darauf wieder der Chor: »Heil Vienna dir und Glück«, mit abwechselndem Sologesang der Vienna. Noch zeichnete sich aus ein Quartett und vorzüglich beim Schluss des Ganzen der Chor der Weiber, der Chor der Kinder und der Chor der Männer, jeder einzeln und dann alle drei Chöre zusammen fugirt, mit den Worten: »Vindobona dir und Glück! Welt, dein grosser Augenblick!« war von grosser imposanter Wirkung. Weniger scheinen dem Componisten die Recitative zu gelingen, deren Declamation nicht immer die richtige ist und die auch den Zuhörer weniger ansprechen. Allgemein und lebhaft war der Beifall, den der Componist im reichen Masse einerntete" etc. Es sangen aber auch die Milder-Hauptmann und die Bondra, Wild und Forti: das Violonsolo spielte Mayseder. Bei der Wiederholung war der Saal freilich kaum zur Hälfte gefüllt und die Milder nicht bei Stimme, die Beifallsbezeigungen aber desto grösser. — Auch das Journ. des Luxus 1815 S. 99 sagt: „Ein Verein der ersten und besten Virtuosen Wiens huldigte durch die trefflichste Ausführung des geistreichen Tonsetzers Genius. Beethoven dirigirte selbst, welches den Eindruck bei uns Zuhörern um Vieles erhöhte. Immer mehr von der geselligen Welt durch sein zunehmend schweres Gehör getrennt, lebt Beethoven blos in seinen musikalischen Schöpfungen. Deswegen gibt er sich auch bei der Direction seiner Werke dem innern Charakter derselben ganz hin und scheint mit ihnen verschwistert zu sein." Vgl. ferner Tomaschek ob. Anm. 288 a. E. Auch die Augsb. Allg. Zeit. berichtet von dieser Akademie. NB. das erste Mal über Beethoven!

³⁰⁹ Der Text der Cantate freilich strotzt von Loyalität. denn
Weissenbach's Liebe für seinen Kaiser und sein Vaterland ging
wie bei jedem Vollbluttyroler „bis zur Ueberspannung". (Castelli,
Mem. III, 247.) Aber abgesehen davon, dass das Gedicht trotz
seiner schwülstigen Sprache die hochgehende Woge der patriotischen Begeisterung von damals mit wirklich aufrichtigem Gefühl und poetischer Stimmung wiedergibt und so auch Beethoven
innerlich anregen musste, war auch ihm selbst ja jenes Gefühl
persönlicher Anhänglichkeit an den Landesvater nicht fremd
und er hatte ihm schon wiederholt musikalischen Ausdruck gegeben. (S. Anm. 235 u. 301.) Jetzt aber war obendrein die Begrüs-
sung der siegreichen Herrscher in Wien zugleich eine Feier des
so lang ersehnten Friedens und, was Beethoven persönlich viel
galt, der Vertreibung des bis aufs Blut gehassten Erbfeindes des
Vaterlandes und eben der Freiheit, die dieser selbst dereinst mit
seinen Fahnen in die Welt getragen. Hätte Beethoven, der sein
Vaterland so sehr liebte, ahnen können, dass derselbe Friedens-
congress, den er hier grüssend besang, weil er wie alle Welt die
Begründung der Freiheit der Völker auch nach innen davon erhoffte, eben diese Einheit und Freiheit der Nation für mehr als
ein halbes Jahrhundert völlig untergraben werde, er hätte
gewiss seine Feder nicht gerührt, den „glorreichen Augenblick"
feiern zu helfen. So aber galten ihm wie Jedermann die Fürsten
als Vorboten und Hersteller der neuen Ordnung der Dinge, die
alle Welt ersehnte, und was ist natürlicher, als dass sich auch
bei diesem Werke seine Phantasie in den Strom der Begeisterung
tauchte und dass es darum auch wenigstens etwas von jenem
innerlich befreienden Hauch erhielt, der ein Grundzug seiner
eigenen Natur ist. — Von Weissenbach war schon am 15. Nov.
1813 in einem Concert im Hofoperntheater ein Monolog „Germa-
niens Wort und Gruss" durch Antonie Adamberger „dramatisch
dargestellt" worden. (A. M. Z. 1813 S. 843.) Er war Professor
der Wundarzneikunde in Salzburg, kam aber oft nach Wien. Auch
Prof. Schneller war mit ihm befreundet und hat einmal eine begeisterte Rede über ihn gehalten. (Hint. Werke I, 29.)

³¹⁰ Mit dem Billet an den Erzherzog schickt er die Partitur
der Cantate und fügt hinzu: „Ich hoffe günstige Nachrichten
über den Gesundheitszustand I. K. H.; wie gern wollte ich
viele Nächte ganz opfern, wenn ich im Stande wäre, Sie gänzlich wiederherzustellen!" — Unter den aufgezählten Freunden
ist nur Friedrich August Kanne uns neu. Wir werden ihm
noch oft genug begegnen. Ebenso war Anton Schindler,
geb. 1796 zu Medl bei Olmütz, in diesem Frühjahr zuerst mit dem
Meister in persönliche Berührung getreten und kann fortan
als Augenzeuge fungiren. Von weitern Freunden Beethoven's
fand sich auch selbstverständlich die Gräfin Erdödy wieder ein,
und zwar diesmal, wie das Tagebuch verräth, mit 34 Flaschen

Wein, von denen ..15 Bouteillen im Zimmer der Dienstmagd-
standen. Auch Dr. Troxler (s. Anm. 237) war als Vertreter
der Interessen der Schweiz damals in Wien, und mit dem Fürsten
Radziwill muss der Meister trotz der Aeusserung Varnhagen's
(Anm. 307) ebenfalls in nähere Berührung gekommen sein, denn
nicht blos, dass ihm die im nächsten Jahre erschienene Ouverture
zur Namensfeier gewidmet ist, auch in den Conversationsheften
vom Winter 1823 schreibt Herr Deetz aus Berlin: „Fürst Radziwill spricht noch immer mit dem grössten Enthusiasmus von
Ihnen." Auch nach aussen drang jetzt Beethoven's Ruhm schnell,
und ferne Freunde, die seit Jahren geschwiegen, wie der Pfarrer
Amenda in Kurland, liessen etwas von sich hören. (S. ob.
S. 108.) — Von jenem Feste beim Grafen Rasumowsky (s. ob.
S. 16 und 243), das durch die Gegenwart der meisten Monarchen,
Erzherzoge etc. verherrlicht wurde, spricht auch die Wien. Zeit.
vom 8. Dec. 1814. Sein prachtvolles Palais auf der Landstrasse,
das er 1809 eröffnet und ..zu einem wahren Paradiese für sein
Privatleben geschaffen hatte", brannte am 31. Dec. desselben
Jahres mit sämmtlichen Kostbarkeiten und Kunstschätzen ab.
(Journ. des Lux. 1815 S. 59.) Schindler, Biogr. I. 233 sagt ferner:
..Man vergebe das scheinbar Ueberschwängliche des Ausdrucks,
wenn hinzugefügt wird, dass fast alle am Wiener Congresse versammelten Herrscher Europas die Ruhmesurkunde unseres
Meisters besiegelt haben." Von jetzt an begannen sich natürlich auch die Portraits des Meisters zu mehren und zu verbreiten. Bekanntlich hat Aloys Fuchs in der Wien. Allg. Musikz.
1845 Nr. 97 ein ..Verzeichniss aller bisher erschienenen Abbil-
dungen L. van Beethoven's" zusammengestellt, welches allein 37
verschiedene Zeichnungen etc. angibt. Ein von Riedl in Leipzig
1801 gestochenes Brustbild ist als Titel der A. M. Z. von 1804
erschienen. Ein lebensgrosses Kniestück in Oel, etwa zwischen
1805 und 1807 von dem Secretär Mähler in Wien gemalt und
im Besitz der Familie Beethoven dort, ist kürzlich, von Kriehuber
lithographirt, bei Artaria herausgekommen. Von der L. Schnorr'-
schen Skizze vernahmen wir ob. S. 252. Jene Verlagshandlung liess dann 1814 von Höfel einen trefflichen Stich nach einer
sehr lebensvollen Zeichnung von Letronne erscheinen, der also den
Congressbesuchern vorlag. Im nächsten Jahre malten den Meister
in Oel ein junger Dilettant Namens Heckel und wieder Mähler.
Ersteres Brustbild besitzt Hr. Musikalienhändler Heckel in
Mannheim, wo in demselben Jahre auch eine Lithographie danach
von A. Hatzfeld erschien, letzteres Hr. Director Karajan in Wien,
der eine Photographie des vortrefflichen Bildes hat anfertigen
lassen, wonach H. Adlard einen Stahlstich für die englische Uebersetzung meiner Ausgabe der „Briefe Beethoven's" (Longmans,
London 1866) gemacht hat. In den nächsten Jahren wurden
noch mehrere Portraits des Meisters nach dem Leben gemalt, deren

585

wir später Erwähnung thun werden. Das 1814 bei Artaria erschienene ist nach Schindler II, 287 „mustergültig für die Wahrheit des Charakteristischen" [!], und die stechenden, scharf hervorschauenden Augen, überhaupt der Ausdruck von Energie, der in dem von körperlicher Gesundheit strotzenden Gesicht liegt, zeigen allerdings das volle Bewusstsein der Geltung und des Weltruhms, zu dem er eben damals aufgestiegen war.

³¹¹ Ueber die Unkosten der Akademie sagt Schindler I, 201, dass die Copiatur der Cantate schon 567 fl. betragen habe. Dazu kam das Orchester, das in dem Concert vom 27. Febr. allein auch 344 fl. gekostet hatte, und das obenerwähnte Drittel und Fünftel. Da begreift man, wenn Beethoven an Kanka schreibt: „Meine zwei letztgegebenen Akademien kosten mich 1508 fl. Wäre das grossmüthige Geschenk der Kaiserin nicht, ich hätte beinahe nichts übrig behalten." Elisabeth Alexiewna von Russland, dieselbe deutsche Prinzessin, der nicht lange vorher Freiherr vom Stein in Petersburg ihre geringschätzige Rede über ihr Vaterland so muthig streng verwiesen hatte, zeigte also doch lebhaften Sinn für deutsche Kunst. Beethoven hatte aber auch, wie Thayer, Chr. Verz. Nr. 189 nach einer Mittheilung des verstorbenen Dr. Bertolini angibt, gerade damals die Polonaise für Klavier Op. 89 geschrieben, die ihr gewidmet ist. Doch fällt der Entwurf des Werkes u. A. in frühere Zeit, wie aus Anm. 206 d. E. zu schliessen ist. — In dem Billet an den Erzherzog Dec. 1814 redet Beethoven ferner von einer Akademie im Theater, gleichfalls zum Besten des impressario in angustia, weil man soviel rechtliche Scham empfunden habe, ihm das Dritttheil und die Hälfte nachzulassen, hierfür habe er einiges Neue im Werk"; doch ersieht man nicht, dass es zu einer solchen gekommen ist. Wenigstens reden die Blätter nur von der „Akademie für die Armen", d. h. für das Bürgerspital zu St.-Marx, der wir bereits oben gedachten. Die Wien. Zeit. vom 7. Jan. 1815 sagt darüber, die ungewöhnlich zahlreiche Versammlung von Zuhörern aus allen Klassen sei durch die Gegenwart mehrerer der hier anwesenden hohen Fremden verherrlicht worden. Diese gelungene Unternehmung aber danke die Verwaltung vorzüglich der Unterstützung und anspruchslosen Bereitwilligkeit des Herrn L. v. Beethoven, welcher zu dieser Aufführung seine von allen Kunstkennern mit ausgezeichnetem Beifall gekrönten Compositionen unentgeltlich überlassen habe. Er erhielt denn auch am 16. Nov. 1815 vom Wiener Magistrat das Bürgerrecht Das Diplom besitzt Herr Maler Ammerling in Wien.

³¹² In Schindler's Beeth. Nachl. befinden sich noch folgende Libretti: 1) Bacchus vom Berge 1815. Vgl. ob. S. 108. 2) Wilhelm Penn oder die Verlobten. Heroische Oper in 3 Aufzügen. Entwurf. 3) Die Apotheose im Tempel des Jupiter Ammon. Ernste Oper in 2 Acten von Joh. Sporschill; mit Notizen von

Beethoven's Hand! 4) Wladimir der Grosse. Oper in 3 Aufz. Skizze; mit Conversationen! 5) Der betrogene Ehemann oder der reiche Pachter. Singspiel in 3 Aufzügen. Alles nach 1819.

[313] Br. Beeth. S. 348, 353 ff. Köchel Br. S. 86, Anm. 11. Beethoven hatte sich in seiner materiellen Bedrängniss wieder recht ungestüm gegen den Fürsten Lobkowitz benommen. Denn dieser beginnt eine Neujahrsgratulation an den Erzherzog Rudolf d. d Prag 29. Dec. 1814, deren Concept sich im fürstlichen Archiv zu Raudnitz befindet, mit den Worten: „Obwohl ich mit dem Betragen des Beethoven gegen mich nichts weniger als Ursache habe zufrieden zu sein." Jedenfalls also tragen die Herren Beamten und Geschäftsführer von jenem „kleinen ty pfui" die Schuld, der gute Fürst war in seiner jetzigen gedrückten Lage genug zu bedauern. Und wie er dort fortfährt: „so freut es mich doch als leidenschaftlichen Musikfreund, dass man seine gewiss grossen Werke nun wirklich zu würdigen anfängt", so hatte er auch ein wirkliches Herz für Beethoven's menschliche Verhältnisse, und wir werden noch hören, dass dieser den nicht gewöhnlichen Kunst- und Edelsinn seines Gönners, zumal nach dessen frühem Tode recht wohl zu schätzen wusste. — Die Stelle der Ilias steht XXII, 303.

[314] Es geht aus einer kurz darauf folgenden Notiz des Tagebuchs hervor, dass eine Reise nach England im Werke war, auf welcher er auch seine „vaterländischen Gegenden" wiederzusehen hoffte, nach denen die Sehnsucht ihm niemals erlosch. Auch ein Blatt mit Fidelio-Skizzen im Besitz des Hrn. Dessauer in Wien enthält Entwürfe zu Matthisson's „Heimweh" mit der Ueberschrift „An Wegeler":

> Noch einmal möcht' ich, eh' in die Schattenwelt
> Elysiums mein sel'ger Geist sich senkt,
> Die Flur begrüssen, wo der Kindheit
> Himmlische Träume mein Haupt umschwebten.

Und was ferner die im Text folgenden Worte „ein kleiner Hof — eine kleine Kapelle" betrifft, so haben wir uns nur des ob. S. 299 erwähnten Versprechens des Erzherzogs Rudolf zu erinnern. Beethoven mit an seinen Erzbisthumssitz Olmütz zu nehmen, wo dann freilich die Compositionen pflichtgemäss kirchlicher Art zu sein hatten

[315] Auch der Fortgang der Stelle wie besonders der Schluss lassen trotz ihrer abgerissenen und schwer verständlichen Redeweise einen solchen Ideengang in seiner Seele deutlich erkennen. „Händel, Bach, Gluck, Mozart, Haydn's Portraite in meinem Zimmer — — — Sie können mir auf Duldung Anspruch machen helfen — — — — " heisst es. „Um nur nächst vom Vergangenen man was reden wollte, so hat das Vergangene doch das Gegenwärtige hervorgebracht — Sie wurden irdisch — — erschreckliche Weissagungen und durch die Dichtungen, durch ihre — Bedeutenheit gerettet."

[316] Im November 1814 schrieb „K. B" in die A. M. Z. wieder „Miscellen", die hauptsächlich von Beethoven handeln und deren vierte die folgenden Betrachtungen enthält: „Seine Seele gleicht dem Meere; ist es ruhig, dann spiegelt sich der Himmel sammt seinen Gestirnen in seinen Fluten; aber haucht der allmächtige Odem der Natur über dasselbe, dann wogt es auf und bricht sich schäumend und brandend an dem Gestade. So auch bei ihm. Ist seine Seele ruhig und still, dann brechen freundlich leuchtende Strahlen nach allen Richtungen in unendlicher Fülle daraus hervor und eine Wunderwelt wird uns erschlossen bei ihrem magischen Schimmer. Doch ist der innerste Kern seines Wesens von feindlichen Kräften bewegt, dann freilich stürzen nur Wogen der Harmonie donnernd und brandend neben und über einander dahin; aber selbst in diesem Orkan tönt oft ein leiser Himmelsklang hinein, der auf Frieden deutet, auf Beschwichtigung im Sturm. Es öffnet sich dem Auge des Geistes ein Ausblick wie in unabsehliche Fernen über eine weit spiegelnde Fläche, welche kein Sturm mehr trüben wird." Eine Aeusserung, die sogar biographische Bedeutung gewinnt, wenn man bedenkt, dass Karl Bernard durch die Umarbeitung des „Glorreichen Augenblicks" in diesem Sommer und Herbst wieder vielfach und sehr nahe mit Beethoven in Verbindung gekommen und offenbar durch ein tieferes Schauen in das dem gewöhnlichen Menschenauge scheu verborgene Wesen des Meisters zu einer solchen Expectoration über ihn innerlich angeregt worden war. Zumal in der allernächsten Zeit aber enthält auch das Tagebuch Auszüge vorwiegend religiöser oder doch comtemplativer Natur. Und im Frühjahr 1816, als er wegen des steten Unwohlseins einmal gegen Frl. Del Rio von seinem Ende sprechend auf ihren Zuruf: „Das wollen wir noch lange hinausschieben", erwiderte: „Ein schlechter Mann, der nicht zu sterben weiss, ich wusste es schon als ein Knabe von fünfzehn Jahren, freilich für die Kunst habe ich noch wenig gethan!" — fügt er auf ihre Bemerkung, dass er deswegen keck sterben könne, „so vor sich hin" antwortend hinzu: „Mir schweben ganz andere Dinge vor!" Es waren eben die Missa solennis und die neunte Symphonie noch nicht geschrieben.

REGISTER

der in diesem Bande vorkommenden Werke Beethoven's.

Druckfehler.

S. 8 Z. 2 v. o. lies: könnten statt: könnten.
„ 19 „ 1 v. o. „ Kissow statt: Kti-sow.
„ 41 „ 5 v. o. „ nun statt: mir.
„ 45 „ 4 v. o. „ 1810 statt: 1809.
„ 74 „ 2 v. u. „ 28. statt: 22.
„ 79 „ 5 v. u. „ genügen statt: begnügen.
„ 91 „ 1 v. u. „ Wunder statt: wieder.
„ 103 „ 11 v. u. „ 1808 statt: 1807.
„ 128 „ 5 v. u. „ 1850 statt: 1840.
„ 248 „ 12 v. u. „ durch die Ouverture.
„ 257 „ 3 v. u. „ und statt: oder.
„ 287 „ 4 v. u. „ zersprengt statt: zerstreugt.
„ 311 „ 7 v. u. „ jedes echt deutsche Wesen.
„ 327 „ 13 v. u. „ siebzehnjährigen tugendschönen und etc.
„ 381 „ 14 v. o. „ eheliches statt: ähnliches.
„ 444 „ 13 v. u. „ freundlichst besorgt statt: besorgt, freundlichst.
„ 453 „ 13 v. u. „ auch statt: nach.
„ 540 „ 11 v. u. „ Schmäher statt: Schmähler.

INHALT.

Drittes Buch.

Herrscherzeiten. 1806—1814.